PANINI BOOKS

OBLIVION

EIN MASTER-CHIEF-ROMAN

TROY DENNING

Basierend auf dem
Xbox-Videogame-Bestseller

Bibliografische Information der Deutschen Nationalbibliothek
Die Deutsche Nationalbibliothek verzeichnet diese Publikation in der
Deutschen Nationalbibliografie; detaillierte bibliografische Daten
sind im Internet über http://dnb.d-nb.de abrufbar.

Amerikanische Originalausgabe:
»HALO: Oblivion – A Master Chief Story« by Troy Denning
published in the US by Gallery Books, An Imprint of Simon & Schuster Inc.,
New York, September 2019.

Deutsche Ausgabe: Panini Verlags GmbH, Schloßstr. 76, 70176 Stuttgart.

Geschäftsführer: Hermann Paul
Head of Editorial: Jo Löffler
Head of Marketing: Holger Wiest (email: marketing@panini.de)
Presse & PR: Steffen Volkmer

Übersetzung: Andreas Kasprzak & Tobias Toneguzzo
Lektorat: Karin Weidlich
Umschlaggestaltung: tab indivisuell, Stuttgart
Satz: Greiner & Reichel, Köln
Druck: GGP Media GmbH, Pößneck
Printed in Germany

YDHALOM002

ISBN 978-3-8332-4343-1
1. Auflage, März 2023

Auch als E-Book erhältlich: ISBN 978-3-7367-9808-3

Findet uns im Netz:
www.paninicomics.de

PaniniComicsDE

ANMERKUNG DES HISTORIKERS

Am 15. April 2526, mehr als ein Jahr, nachdem der Planet Harvest während des Erstkontakts an die Allianz gefallen war, schlug die Menschheit zurück. Im Zuge von Operation: STILLER STURM drang eine kombinierte Streitmacht aus Spartans und OAST-Absprungtruppen erstmals in feindliches Gebiet vor, wo sie eine Versorgungswelt am äußeren Rand der Hegemonie angriffen, zwei außerirdische Städte dem Erdboden gleichmachten, eine Orbitalwerft auslöschten und eine feindliche Flotte dezimierten. Nun, kaum sechs Monate später, bringt die Allianz ihre ganze Militärmacht zum Einsatz. Jede Woche fallen zwei bis drei menschliche Kolonien, und neue Invasionsrouten tun sich auf, bevor der Flottengeheimdienst der Erde sie auch nur identifizieren kann. Wie alle Spartans eilt auch Team Blau von einem Notfall zum nächsten; es ist ein verzweifelter Versuch, der Sturmwoge der Gewalt Einhalt zu gebieten. Doch inzwischen zweifelt selbst die Führungsriege des Weltraumkommandos der Vereinten Nationen daran, dass sich diese Woge überhaupt noch aufhalten lässt ...

1. KAPITEL

14:03 Uhr, 5. Juni 2526 (Militärkalender)
Nasimbrücke, Samalat-Schlucht
Karposgebirge, Planet Mesra, Qusdar-System

Die gepanzerten Allianzfahrzeuge schälten sich am gegenüberliegenden Rand der Schlucht aus dem wolkenverhangenen Dschungel, eine nicht enden wollende Reihe von schlanken Umrissen, die auf Kissen aus Luft die schlammige Straße emporglitten. Aus einer Entfernung von fünf Kilometern wirkten die Panzer so groß wie eine Fingerspitze, ihre pfeilförmigen Hüllen gekrönt von einem Paar Plasmakanonen und so tiefviolett, dass sie beinahe mit der Düsternis verschmolzen. Zwischen ihnen bewegten sich mehr als hundert kleinere Gefechtsvehikel und die zylindrischen Umrisse von drei KBF – Kampf-Brückenbaufahrzeuge –, Letztere eingehüllt in das schwache Schimmern der Energieschilde.

Ein KBF konnte eine Teleskopplattform ausfahren und damit in weniger als einer Minute eine kilometerbreite Schlucht passierbar machen. Die Nasimbrücke in die Luft zu jagen, würde den feindlichen Vormarsch also nicht aufhalten; die Außerirdischen würden die Samalat-Schlucht trotzdem mit geballter Macht überqueren, und das fünfte Ghost-Bataillon würde dennoch hundert gepanzerte Fahrzeuge aufhalten müssen … mit wenig mehr als Handgranaten und schultergestützten Raketenwerfern.

7

Eine unmögliche Aufgabe.

Das fünfte Ghost-Bataillon war auf ein Viertel seiner ursprünglichen Stärke zusammengeschrumpft, was gerade mal zweihundertachtzig Soldaten entsprach. Sie hatten kaum noch Verpflegung, medizinische Vorräte oder Munition, außerdem hatten sie gerade eine zweitägige Schlacht hinter sich, und sie waren die letzten dreißig Stunden ohne Pause marschiert, weil sie das einzig verbliebene Bataillon der Miliz von Mesra waren und *irgendjemand* den feindlichen Vormarsch ja aufhalten musste. Die Pioniertruppe der 24. Marinebrigade brauchte Zeit, um die gewaltige Xenotim-Mine im benachbarten Tal zu zerstören – und dabei ging es nicht nur darum, die unterirdischen Anlagen zum Einsturz zu bringen; nein, sie mussten die Tunnel mit Nuklearsprengköpfen pulverisieren, damit das Erz ganz sicher niemandem mehr von Nutzen sein könnte.

John-117 wusste nicht viel über Xenotim, nur dass es eine Quelle von Ytterbium und Erbium war, Lanthanoiden, die eine wichtige Rolle bei der Herstellung ultraeffektiver Laser und kompakter Fusionsreaktoren spielten. Deswegen war es ungemein wichtig, dass die Minen nicht in die Hand der Allianz fielen. Wichtig genug jedenfalls, um Team Blau bei einem simplen Verzögerungsmanöver einzusetzen.

Mesra besaß reiche Vorkommen zahlreicher Lanthanoid-Erze – die meisten von ihnen in der Nähe uralter Höhlensysteme, die Jahrtausende vor der Ankunft der ersten menschlichen Kolonisten entstanden waren –, außerdem war es zufällig eine der wenigen Welten, die beim Angriff der Allianz von einem planetenweiten Plasmabombardement verschont geblieben waren. Daraus hatten die Analytiker des Kampfverbands X-Ray geschlossen, dass die Aliens die Bergbauanlagen von Mesra intakt einnehmen wollten, und Admiral Preston Cole hatte die lokale Miliz gebeten, sich nicht mit dem Rest der Bevölkerung evakuieren zu lassen, sondern stattdessen dem UNSC zu helfen und der Allianz die

Suppe zu versalzen. Die Mesranis hatten bis zum letzten Mann geschworen, ihre Heimat nicht zu verlassen, ehe sie nicht jeden Außerirdischen getötet hätten, der einen Fuß auf ihren Planeten setzte.

So ein Schwur war selbst nach Spartan-Standards reichlich übertrieben, aber die Mesranis hatten bewiesen, dass es nicht nur so dahergesagt war. Während der verbissenen Schlachten der letzten acht Tage hatten sie Brigade um Brigade geopfert, um zu verhindern, dass die Allianz irgendeine der Minen intakt eroberte. Jetzt war nur noch dieses letzte geschwächte Bataillon übrig, um die abgelegensten Erzvorkommen des Planeten zu schützen. John war froh, dass er und Team Blau noch rechtzeitig eingetroffen waren, um ihnen zu helfen.

Vor allem, da die Mesranis ihr letztes Gefecht schlugen, nur um dem Rest der Menschheit ein klein wenig mehr Zeit zu erkaufen.

John zog sich vom Rand des Bergkamms zurück, der oberhalb der Schlucht aufragte. Auf der Rückseite dieses Hangs versuchten die meisten Mesranis gerade in hastig ausgehobenen Gräben ein wenig zu schlafen. Der Rest von Team Blau – Fred-104, Kelly-087 und Linda-058 – war zu der behelfsmäßigen Landezone auf einem Absatz am Fuß des Hanges hinabgestiegen, um Ausrüstung zu holen. Vermutlich kletterten sie inzwischen schon wieder aus dem Tal hoch.

Zumindest *hoffte* John, dass sie auf dem Rückweg waren. Diese Schlacht würde früher als erwartet losbrechen und sie waren noch längst nicht mit dem Graben fertig. Er stieg ungefähr ein Dutzend Meter den Hang hinab, um die schlafenden Mesranis nicht zu stören, dann arbeitete er sich seitlich an dem nebelumhüllten Berghang entlang, auf den Kommandoposten des Fünften Bataillons zu.

Das knorrige Unterholz in diesem Teil des Dschungels war unter einer Schicht hauchfeiner Spinnennetze verborgen, die es unmöglich machten, den Boden unter den eigenen Füßen zu sehen. Das Gespinst war nicht dick genug, um jemanden in seinen Bewegungen zu behindern, aber es verbarg jede Menge Bodenunebenheiten und umgestürzte Baumstämme – Stolperfallen, die einen taktisch soliden Plan ganz schnell in ein Desaster verwandeln konnten. John nahm sich vor, diesen Faktor im Hinterkopf zu behalten.

Er erreichte den Außenposten: einen nach oben hin offenen Bunker, der in die Rückseite des Berghangs hineingegraben worden war. Ein armlanges Spinnenwesen kauerte auf der Spitze des Erdwalls, von wo aus es abwechselnd seine feinen Netze am Boden und die Soldaten in der Grube unter ihm beobachtete. Seine Mandibeln waren groß wie Kampfmesser, und über seinen pelzigen Beinen glänzten acht nach oben ausgerichtete Augen, aber das Tier sah gefährlicher aus, als es eigentlich war. Solange man nicht eine Hand oder ein Bein in eins ihrer Brutnester streckte, waren die Biester relativ harmlos, und die Mesranis machten in der Regel einfach einen kleinen Bogen um sie.

Im Innern des Bunkers arbeitete ein Dutzend mesranischer Techniker an Funkgeräten und taktischen Sensorstationen. Vier Offiziere hatten sich um einen tragbaren Feldtisch versammelt und sich auf dem unebenen Grund nach vorn gebeugt, während sie mehrere Monitore betrachteten, die mit ferngesteuerten Beobachtungskameras verbunden waren. Im Vergleich zu regulärer Militärtechnologie war das System primitiv und umständlich, aber einen großen Vorteil hatte es: Es funktionierte ganz ohne Satelliten oder Drohnen, und in einer Umgebung, wo der Feind sowohl in der Luft als auch im Orbit die Oberhand hatte, war das nicht zu unterschätzen.

John wählte eine freie Stelle, dann sprang er in den Bunker hinab. Kurz richteten sich alle Augen auf ihn – wenn ein Spartan in einer vierhundertfünfzig Kilo schweren Mjolnir-Kampfrüstung in ein zwei Meter tiefes Loch sprang, konnte jeder seine Landung spüren, selbst schlafende Soldaten –, dann widmeten

10

sich die Mesranis wieder ihren Aufgaben. Nur der befehlshabende Major, eine schlanke Frau mit Kampfhelm und schlammverschmierter Uniform im Dschungeltarnmuster, ließ ihren Blick ein wenig länger auf ihm verweilen.

»Sind Sie die Verstärkung, die mir versprochen wurde?«

»Ja, Ma'am.« Durch die transparente Sichtscheibe ihres Helms konnte John eine schlanke Nase, hohe Wangenknochen und schwarze Brauen über müden, eingesunkenen Augen sehen. Sie hatte einen breiten Mund mit schmalen Lippen, die von Flüssigkeitsmangel und zu viel Herumgekaue gezeichnet waren. Er salutierte vor ihr. »Master Chief John-117, zu Diensten.«

Sie hob die Finger an den Helm, aber die Bewegung sah mehr nach einem saloppen Gruß als nach einem militärischen Salut aus. »Sie haben eine Zahl als Nachname, Eins-Eins-Sieben?«

»Ma'am, es wäre einfacher, wenn Sie mich John oder Master Chief nennen.« Er konnte ihr nicht erklären, dass die Nummer dem streng geheimen SPARTAN-II-Supersoldatenprogramm entstammte, daher versuchte er, das Thema zu wechseln, indem er sein Visier der unleserlichen Aneinanderreihung von Buchstaben auf dem Namensaufnäher des Majors zuwandte. »Verzeihung, Major. Wie spricht man Ihren Namen korrekt aus?«

»Bah'd de Gaya y Elazia de los Karim.« Sie nahm die Hand wieder runter und ihre Mundwinkel krümmten sich vor Belustigung. »Es wäre einfacher, wenn Sie mich Bah'd nennen.«

John senkte zackig die eigene Hand. »Ja, Ma'am.«

»Bah'd.«

»Ja, Ma'am.« John schnitt eine Grimasse, noch während er sprach. Er und Team Blau hatten die letzten Tage an der Seite der Mesranis gekämpft, aber er fand die egalitäre Einstellung der Miliz noch immer befremdlich, und sosehr er sich auch anstrengte, er vergaß stets, ihre Offiziere beim Vornamen anzusprechen. »Verzeihung, Ma'am … Ich meine, *Bah'd.*«

»Schon besser.«

Bah'd blickte über den hinteren Rand des Bunkers den Hang hinab. Dort unten, aus der Richtung der Xenotim-Mine kommend, arbeiteten sich die Silhouetten von drei riesigen Gestalten langsam durch das moosüberwucherte Unterholz nach oben. Jede von ihnen war mit Munitions- und Sprengstoffkisten beladen; außerdem hatten sie sechs große M68-Gausskanonen dabei, die sie von zerstörten Warthog-Geländewagen abmontiert hatten. Wie John trugen auch die drei anderen Spartans energiebetriebene Kampfrüstungen, aber das SPARTAN-Programm war noch immer so jung, dass jede ihrer Rüstungen als Teil des COBALT-Feldtestprojekts mit unterschiedlichen Modifikationen versehen war – sie sahen aus wie Variationen desselben Grundtyps, jede in einem anderen Farbton.

»Ich hatte gehofft, dass mehr von Ihnen kommen würden«, sagte Bah'd. »Diese Schlacht wird eine verdammt knappe Geschichte.«

»So knapp nun auch wieder nicht«, erwiderte John. »Wir werden sie aufhalten.«

»Mit sechs Gausskanonen?« Bah'd schüttelte ihren behelmten Kopf. Nach UNSC-Luftunterstützung fragte sie gar nicht erst. Bei der niedrigen Wolkendecke und der erdrückenden Lufthoheit der Allianz hätte ein Sparrowhawk über diesem Schlachtfeld keine zwei Minuten überlebt. »Ich nehme an, Sie haben noch nicht oft gegen Panzerkolonnen gekämpft, John. Ihre Gausskanonen werden maximal ein paar Schüsse abgeben können, bevor diese Wraiths sie ausschalten.«

»Wraith« war der geläufige Spitzname der Menschen für die großen Schwebepanzer der Allianz. Bevor er seinen Beobachtungsposten verlassen hatte, hatte John in der feindlichen Kolonne fünfzig dieser Wraiths gezählt. Seit ihrer Ankunft auf Mesra hatten er und Team Blau mindestens doppelt so viele feindliche Kampffahrzeuge zerstört, aber er versuchte gar nicht erst, das Bah'd zu erklären; sie hätte ihm ohnehin nicht geglaubt.

»Wir werden kontinuierlich unsere Position ändern«, sagte er stattdessen. »Zwei Schüsse, dann wechseln wir die Stellung. Und immer so weiter.«

»Zu Fuß?«, fragte Bah'd. Mit einem Gewicht von über hundert Kilo waren die M68er alles andere als handlich, wenn sie nicht auf ein Fahrzeug montiert waren. »Wie soll das denn bitte gehen?«

»Es würde zu lange dauern, das zu erklären.« Einmal mehr wich John der Frage aus. Nur wenige Leute hatten die nötige Sicherheitsfreigabe, um über das SPARTAN-Programm informiert zu werden. Und selbst wenn Bah'd eine davon gewesen wäre, hätte John keine Lust gehabt, ihr zu erzählen, dass er und die anderen Mitglieder von Team Blau als Sechsjährige für ein streng geheimes Projekt ausgewählt worden waren, das genetisch manipulierte Supersoldaten aus ihnen machen sollte. »Aber wir schaffen es, das können Sie mir glauben.«

Bah'd ließ den Blick erneut abschätzend über seine Kampfrüstung schweifen, von seinem kantigen Helm bis zu seinen klobigen Stiefeln. John war froh, dass das reflektierende goldene Visier seine Miene verbarg. Die biologischen und extrem schmerzhaften Augmentationen, denen er zu Beginn der Pubertät unterzogen worden war, hatten seine Größe auf über zwei Meter und sein Gewicht auf fast hundertdreißig Kilogramm anschwellen lassen. Das änderte aber nichts daran, dass er nur fünfzehn Jahre alt war, mit einem jugendlichen Gesicht, dem die Selbstsicherheit einer erfahrenen Offizierin wie Bah'd fehlte.

Schließlich nickte der Major. »Also gut, John. Ich glaube Ihnen.« Sie wandte sich ihren erschöpften Offizieren zu und bedeutete ihnen herüberzukommen. »Es ist schließlich nicht so, als hätten wir eine andere Wahl.«

John wartete, während sie ihm die Offiziere vorstellte, die die drei Kompanien des Bataillons anführten – oder was noch davon übrig war. Dabei nannte Bah'd die beiden Männer und die Frau nur bei ihren Vornamen. Alle drei wirkten nach zahlreichen Tagen

ununterbrochener Kämpfe und Märsche ausgezehrt, mit einge-
fallenen Augen und Wangen, und keiner von ihnen sah älter aus
als drei- oder vierundzwanzig. Nur einer trug den Doppelbalken
eines Captains an seinem Kragen, die anderen waren noch immer
Lieutenants – ein sicheres Zeichen, dass sie auf die Schnelle ausgewählt worden waren, um den Platz ranghöherer Offiziere zu
übernehmen, die im Kampf gefallen waren.

»Wie Sie sehen können, ist der Feind bei seinem Vormarsch
sehr vorsichtig.« Bah'd deutete auf den linken Monitor, wo ein
Schwarm brusthoher, maskentragender Zweibeiner zu sehen war,
der vor den langsam dahinschwebenden Truppentransportern
durch den Nebel stapfte. Das UNSC hatte diese kleinen Wesen
»Grunts« getauft, und sie waren eine von insgesamt fünf Allianz-
Spezies, gegen die John bislang gekämpft hatte.

»Wir vermuten, dass die Allianz mit einem Angriff mehrere
Kilometer unterhalb der Nasimbrücke rechnet«, fuhr Bah'd fort,
»und damit, dass sie sich danach jeden Meter erkämpfen müssen.
Tja, hätten wir genügend Leute, würden wir es auch genauso machen.«

Während sie sprach, loderte am Rand des Bildschirms ein
Feuerball auf und Fetzen eines unglücksseligen Grunts wurden
zwei Meter hoch in die Luft geschleudert. Sofort schwenkten die
Geschütztürme der Truppentransporter herum und begannen,
das nahe Unterholz niederzumähen. Dabei explodierte ein halbes
Dutzend weiterer Tretminen in lodernden Flammensäulen. Die
Grunts warfen sich panisch in Deckung, und zwei von ihnen hatten das Pech, auf Minen zu landen, die sie wie ein feuriger Geysir
zurück in die Höhe katapultierten. Kurz darauf zuckten vom linken Rand des Bildes Plasmastrahlen heran, als weitere Fahrzeuge
außerhalb des Erfassungsbereiches das Feuer eröffneten.

»Die Aliens haben unser erstes Minenfeld erreicht, das heißt,
sie sind fünf Kilometer von der Brücke entfernt«, erklärte Bah'd.
»Es gibt noch drei weitere solcher Felder zwischen ihrer jetzigen

Position und der Zwei-Kilometer-Marke, alle im Dickicht entlang des Weges platziert.«

»Um dafür zu sorgen, dass die Allianz auf der Straße bleibt«, schlussfolgerte John. »Und danach?«

»Ein Kilometer Antifahrzeugminen«, antwortete der Mann mit den Captains-Balken – Bah'd hatte ihn als Aurello vorgestellt. »Unter dem Schotteroberbau und an der Straßeninnenseite platziert.«

»Warum nicht auch an der Außenseite?«, fragte John. »Nicht genug Minen?«

Aurellos Augen blickten ins Nichts, und es dauerte fast fünf Sekunden, ehe er begriff, dass man ihm eine Frage gestellt hatte.

»Dank der 24ten Marinebrigade haben wir mehr als genug Minen«, sagte er dann. »Alles, was uns fehlte, war Zeit. Wenn wir die Außerirdischen zwingen, näher am Rand der Schlucht zu bleiben, stürzen ein paar ihrer Fahrzeuge vielleicht in die Tiefe.«

»Wir haben gelernt, jeden Vorteil zu nutzen, den wir kriegen können«, hängte Bah'd an. »Der letzte Kilometer vor der Brücke ist stark vermint und wir haben weiteren Sprengstoff entlang der Schlucht vergraben. Mit ein wenig Glück wird der gesamte Rand wegbrechen, wenn sie ihre Brückenfahrzeuge einsetzen.«

»Das Glück ist dem gewogen, der vorbereitet ist«, erwiderte John. Das hatte Franklin Mendez immer gesagt, der leitende Ausbilder der Spartans auf Reach. »Und Sie scheinen definitiv vorbereitet zu sein.«

Erneut gruben sich Falten in Bah'ds Augenwinkel und sie wechselten einen Blick mit Aurello. John wusste nicht, was sie so amüsant fand, aber er nahm keinen Anstoß daran. Dieses gesamte Bataillon würde vermutlich in ein paar Stunden tot sein, insofern lockerte er gern die Stimmung auf, auch wenn das auf seine Kosten ging.

Er wandte sich dem mittleren Monitor zu, der eine dreidimensionale Karte des erwarteten Schlachtfeldes zeigte, und fragte: »Wo sollen wir Stellung beziehen?«

»Vielleicht sollten wir Ihnen erst mal sagen, was wir geplant haben«, entgegnete Bah'd. »Dann können wir das immer noch besprechen.«

»Besprechen?«

John linste zur Zeitanzeige des Head-up-Displays an der Innenseite seines Helms hoch. Der Computer der Mjolnir-Rüstung – der durch ein Neuralimplantat an seiner Schädelbasis direkt mit seinem Bewusstsein verbunden war – zeigte ihm sofort die erwartete Ankunftszeit der feindlichen Kolonne an. Manchmal hatte John das Gefühl, dass ein Geist in seinem Kopf lebte. Andererseits erlaubte ihm die Neuralschnittstelle auch, eine fast fünfhundert Kilo schwere Rüstung ebenso mühelos zu bewegen wie seinen eigenen Körper … und eine Unzahl taktischer Daten zu verarbeiten, ohne in irrelevanten Details zu ertrinken. Hätte er das Implantat nicht, wäre er allein in den letzten sechs Wochen mindestens ein Dutzend Mal gestorben.

»Bei allem Respekt, Bah'd, ich bin mir nicht sicher, ob wir Zeit für Besprechungen haben. Die ersten Wraiths werden die Nasimbrücke in« – John konsultierte die Ankunftszeit auf seinem HUD – »achtundsiebzig Minuten erreichen. Mein Team und ich müssen Schussbahnen freiräumen und Stellungen ausgraben.«

»Warum verschwenden Sie dann Zeit damit, mich nach meinen Wünschen zu fragen?« Bah'ds Tonfall wechselte von hart zu nachsichtig. »Hier bei der Miliz von Mesra arbeiten wir zusammen.«

»Ja, Ma'am«, sagte John. »Verzeihung, Ma'am.«

Bah'd verdrehte die Augen angesichts seiner reflexartigen Höflichkeit, dann blickte sie den weiblichen Lieutenant an. »Hiyat, was denken Sie?«

Hiyat war eine hochgewachsene Frau mit kaffeebrauner Haut und bernsteinfarbenen Augen, die aller Müdigkeit zum Trotz belustigt funkelten.

»Ja, Ma'am.« Sie warf John einen entschuldigenden Blick zu, nur um nachzuschieben: »Natürlich, Ma'am.«

Alle lachten, aber John fand ihren erzwungenen Humor im Angesicht des sicheren Todes ein wenig irritierend. Unverhältnismäßige Reaktionen waren ein Anzeichen von Kriegsneurosen, vor allem bei erschöpften Soldaten, die zu viele Stimpacks benutzten, um wachsam zu bleiben. Dennoch zwang er ein kurzes, kratziges Lachen durch die externen Lautsprecher seines Helmes. Es war nie gut, ein Spielverderber zu sein.

Hiyat machte einen Schritt zurück, dann fuhr sie mit dem Finger den Verlauf einer Dschungelstraße nach, die von der Nasimbrücke aus an dieser Seite der Schlucht entlangführte. Nach ungefähr einem Kilometer beschrieb sie eine scharfe Haarnadelkurve um den Rand des Berghanges herum, zurück in Richtung des Kommandopostens, ehe sie abknickte und zu der drei Kilometer entfernten Xenotim-Mine hinabführte. Entlang ihrer gesamten Länge war diese Straße das einzige Stück ebenes Terrain auf der Karte.

»Wie Sie sehen können«, begann Hiyat, »verläuft die Ytterbium-Straße unter unserer Position entlang, von der Nasimbrücke bis zur Abzweigung zur Doukala-Xenotim-Förderanlage. Auf den gesamten zwei Kilometern ist sie mit Lotus-Antipanzer-Ladungen vermint.«

»Der Feind wird also nur langsam vorankommen und den ganzen Weg über ein leichtes Ziel für Angriffe sein.«

John betrachtete die steilen Hänge auf der Rückseite des Sarpesikamms. Wenn die Wraiths hier die Fahrbahn verließen, würden sie vermutlich ins felsige Tal unter ihnen hinabstürzen. Er streckte den Arm über Hiyats Schulter vor und tippte dort den Bildschirm an, wo die Straße über die Felswände einer keilförmigen Schlucht hinwegführte. Sie war auf der Karte als Kharsis-Klamm markiert.

»Haben Sie darüber nachgedacht, an dieser Klamm zusätzliche Sprengladungen zu platzieren?«

Hiyat reckte den Hals, während sie an Johns Arm entlangblickte, als wäre ihr gerade erst aufgefallen, wie groß er eigentlich war.

Nachdem ihre Augen seine Fingerspitze erreicht hatten, richtete sie sie wieder auf sein Visier.

»Das haben wir bereits getan«, erklärte sie. »Und darum wird es auch unsere wichtigste Aufgabe sein, ihre Brückenfahrzeuge auszuschalten.«

»Falls wir die zerstören können«, führte Aurello aus, »kommen die Wraiths nicht weiter, wenn wir die Kharsis-Klamm sprengen. Der Allianz wird nichts anderes übrig bleiben, als auszusteigen und die Doukala-Mine zu Fuß anzugreifen. Ihre Marinebrigade sollte sie lange genug zurückhalten können, bis die Pioniere mit ihrer Arbeit fertig sind.«

John fragte nicht, warum es der Marinebrigade zufallen würde, den Infanterieangriff zurückzuhalten. Die Samalat-Schlucht war auf Höhe der Nasimbrücke einen Kilometer breit. Das war mehr als das Doppelte der effektiven Reichweite eines tragbaren Raketenwerfers; die Mesranis konnten den Feind also erst auf dieser Seite der Schlucht angreifen. Hier drüben wäre die Entfernung aber so gering – sogar im besten Falle weniger als zweihundert Meter – dass es eine riskante, blutige Schlacht werden würde. Selbst wenn ihr Plan perfekt aufging, würden keine Ghosts mehr *übrig* sein, wenn die Allianz die Klamm erreichte.

John blickte Bah'd an. »Was wenn Team Blau die Brückenfahrzeuge auf der anderen Seite der Schlucht aufhalten könnte?«

»*Können* Sie denn?«

»Unsere M68-Gausskanonen haben eine effektive Reichweite von acht Kilometern«, sagte John. »Die Schlucht ist nur ein Achtel so breit. Die Lufthoheit des Feindes wird das größere Problem sein.«

»Da können wir helfen«, warf Hiyat ein. Sie legte zwei Finger auf den Bildschirm und zog sie in einer Zangenbewegung zusammen, woraufhin sich der Kartenausschnitt vergrößerte und auch die bergige Landschaft an beiden Enden der Nasimbrücke sichtbar wurde. »Unser Bataillon hat zwölf Luftabwehrbatterien auf diesen

Bergen platziert, direkt unter der Wolkengrenze. Unsere Raketen werden die feindlichen Bodenfahrzeuge also von oben treffen.«

»Sehr gut.« Natürlich würden die Raketenbatterien nicht alle Angriffsfahrzeuge der Allianz ausschalten. Aber angesichts des bergigen Terrains und der niedrigen Wolkendecke sollte dieser ungewöhnliche Angriffswinkel die feindlichen Piloten aus dem Konzept bringen – und *dieser* Vorteil könnte ausreichen, um Team Blau zum Erfolg zu verhelfen. »Dann wird Team Blau die Brückenfahrzeuge ausschalten, bevor sie die Schlucht überqueren.«

»Und da sind Sie sicher?«, fragte Bah'd.

»So sicher, wie ich es unter den gegebenen Umständen sein kann.« John begann allmählich zu glauben, dass die Ghosts diesen Tag tatsächlich überleben könnten, sofern sie die Sprengung der Nasimbrücke genauso gründlich vorbereitet hatten wie den Rest ihrer Pläne. Zumindest sollte das Bataillon aber der 24. Brigade genug Zeit verschaffen können, um die Doukala-Mine zu zerstören *und* die Überlebenden zu evakuieren. Erneut berührte er den Bildschirm. »Wenn die Allianz das andere Ende der Brücke erreicht, werden sie Drohnen losschicken, um Ihre Sprengladungen zu entschärfen.«

Die Drohnen waren eine weitere Spezies innerhalb der feindlichen Reihen: insektenartige Wesen mit Flügeln. Die meisten Allianzbrigaden hatten mindestens eine leichte Kompanie mit hundert Drohnen dabei, die als ihre Späher fungierten.

»Wir haben Attrappen und Störfallen. Die Brücke wird hochgehen, wenn wir bereit sind, da können Sie Gift drauf nehmen.«

»Gut«, nickte John. »Dann sollten Sie warten, bis die ersten Wraiths beinahe unsere Seite erreicht haben. Wenn die Brücke in die Luft fliegt, während die Kolonne in Bewegung ist, wird die Verwirrung uns mehr Zeit verschaffen, um unsere Ziele anzuvisieren.«

Der dritte Lieutenant, der bislang stumm geblieben war, trat vor. John konnte sich nicht an seinen Namen erinnern, also blendete der Computer der Mjolnir-Rüstung ihn auf dem HUD ein: JAKOME.

»Ich verstehe nicht, John.« Jakome war ein Mann mit kantigem Gesicht, eingesunkenen Augen und einer breiten Nase. »Wenn wir die Brücke so früh sprengen, und Sie die Brückenfahrzeuge zerstören, bevor sie einsatzbereit sind, wie sollen wir dann den Rest der Kolonne angreifen?«

»Das müssen wir nicht«, erwiderte John. Vermutlich hatte der Schlafmangel Jakomes Gedankenprozess verlangsamt. »Die Kolonne wird auf der anderen Seite der Schlucht festsitzen und die Doukala-Mine bleibt sicher.«

»Aber die Aliens werden außer Reichweite sein«, konterte Jakome.

»*Und die Doukala-Mine bleibt sicher*«, wiederholte John. »Ehe der Feind einen neuen Angriff starten kann, hat die 24te die gesamte Mine in radioaktive Schlacke verwandelt.«

»Sagen Sie«, entgegnete Aurello. »Aber wenn wir den Aliens Zeit zum Nachdenken geben, werden sie einen anderen Weg finden, die Mine einzunehmen.«

»Es *gibt* keinen anderen Weg«, beharrte John. »Sobald die Brücke zerstört ist, müssten sie einen groß angelegten Luftangriff starten, und nicht mal die Allianz kann so eine Operation ohne Vorbereitungszeit durchführen – nicht bei der dicken Wolkendecke über diesem Dschungelgebirge.«

»Sie haben keine Ahnung, was die Allianz kann«, brummte Aurello. »Wenn die letzten sechs Wochen das UNSC etwas gelehrt haben, dann doch sicher, dass man mit *allem* rechnen muss.«

Da hatte er natürlich recht. Vor sieben Wochen waren John und drei Spartan-Teams gemeinsam mit dem 21ten OAST-Absprungbataillon an Operation STILLER STURM beteiligt gewesen – einem streng geheimen und hochriskanten Vorstoß in das Territorium der Allianz. Ihr Ziel war es gewesen, die Außerirdischen hart zu treffen und der Menschheit die nötige Zeit zu verschaffen, damit sie Gegenmaßnahmen gegen die Allianztechnologie entwickeln konnte. Die Operation hatte in der Zerstörung von zwei feindlichen Städten, einem orbitalen Flottenversorgungsring und acht Großkampfschiffen gegipfelt.

Und doch hatte dieser Erfolg nichts geändert. Keine zwei Wochen später war die Allianz zurückgekehrt, mit mehr Flotten, als das UNSC im Auge behalten konnte, und Team Blau war nach Circinius IV entsandt worden, um die überlebenden Kadetten der Corbulo-Akademie für Militärwissenschaft zu retten. John hatte es lediglich geschafft, drei Studenten lebendig von dem Planeten fortzubringen, doch selbst das war noch ein gutes Ergebnis verglichen damit, wie sich der Krieg andernorts entwickelte. Die Invasion wurde mehr und mehr zu einem Ansturm, und es verging kein Tag, an dem die Außerirdischen nicht einen weiteren menschlichen Außenposten zerstörten oder irgendein UNSC-Konvoi spurlos verschwand. Alle zwei bis drei Wochen fiel eine Welt, und neue Einfallsrouten taten sich so schnell auf, dass nicht mal der Flottengeheimdienst ONI hinterherkam. Weil die meisten Schlachtfeldinformationen schon veraltet waren, wenn sie eingingen, versuchte das Flottenkommando inzwischen auch nicht mehr, an einer koordinierten Kernstrategie festzuhalten. Stattdessen operierte jeder Kampfverband mehr oder weniger eigenständig – nicht der beste Weg, um einen Krieg zu bestreiten, aber im Moment war es das Beste, was die Menschheit tun konnte.

Doch das würde sich ändern müssen.

Nach einem Augenblick sagte John: »Wir wissen vielleicht nicht alles über die Fähigkeiten des Feindes, aber das ändert nichts an den grundlegenden Feldtaktiken. Und die grundlegendste Feldtaktik von allen lautet: ›Opfere deine Soldaten nicht, wenn es nicht sein muss.‹«

»Aber wir dürfen den Aliens keine Zeit geben, sich neu zu formieren.« Aurello blickte zu Jakome und Hiyat hinüber, die beide energisch nickten, dann fuhr er fort: »Wir müssen sie weiter unter Druck setzen. Das hier ist der Ort, wo wir uns an ihnen rächen.«

»Rächen?« Hatte John etwas verpasst? Die Mesranis waren disziplinierte Soldaten und disziplinierte Soldaten stürzten sich nicht einfach nur aus Hass in einen Selbstmordangriff. »Was hat Rache mit dieser Operation zu tun?«

»Die Nasimbrücke ist ein Nadelöhr«, sagte Jakome. »Und die Ytterbium-Straße ist ein Spießrutenlauf. Unsere Raketen werden wie Regen auf sie herabprasseln.«

»Wie ... Regen«, wiederholte John. Auf Reach hatte man ihn auch in Schlachtfeldpsychologie ausgebildet, darum wusste er, dass zu viel Stress Soldaten bisweilen zu unbedachten, mörderischen Wutausbrüchen trieb. Aber solche Episoden entstanden aus dem Eifer des Gefechts heraus, ohne Vorwarnung; sie wurden nicht sorgsam geplant, so wie der Angriff, den die mesranischen Offiziere gerade vorschlugen. John drehte sich zu Bah'd herum. »Was für Kampfstimulanzien nehmen Sie?«

»Stimulanzien?« Bah'ds Augen wurden schmal. »Wollen Sie irgendetwas andeuten, John?«

»Major, ich mache keine Andeutungen.« Ihre gereizte Reaktion verwirrte John. Stimpacks gehörten zur Standardausrüstung von UNSC-Spezialeinheiten – die oft tagelang ohne Schlaf kämpfen mussten –, aber in der Hitze eines langwierigen Gefechts konnte es leicht geschehen, dass man zu viel davon nahm. »Ihre Offiziere haben sich auf ein sinnloses Ziel versteift. Das ist ein klassisches Symptom einer Stim-Überdosis.«

Bah'ds Stimme nahm einen eisigen Ton an. »Die Mesranis benutzen keine Stimpacks, John.«

»Nein?« John blickte die Lieutenants an. Er war nicht sicher, ob er Bah'd glauben sollte. Diese Leute hatten drei Tage nur mit Kämpfen und Marschieren verbracht, ganz ohne Schlaf. Dass sie ohne Aufputschmittel noch so wach und geistesgegenwärtig waren, erschien ihm unwahrscheinlich. »Sind Sie da sicher?«

»Ganz sicher, John.« Kein Zweifel, Bah'd war aufrichtig wütend. »Wir würden unsere Körper nie mit diesem Gift vollpumpen.«

John sah die Empörung in den harten Augen ihrer Untergebenen. Aber wenn sie keine Stimpacks benutzten, war das nur noch mehr Grund zur Sorge. Das menschliche Gehirn brauchte Schlaf, um die Schadstoffe abzubauen, die sich während des Wachseins ansammelten, und John wusste, dass schon 24 Stunden ohne Ruheperiode zu Konzentrations- und Gedächtnisstörungen führten. Nach 48 Stunden begann das Gehirn, sich kurzzeitig abzuschalten. Man sprach dabei zwar von Sekundenschlaf, aber diese Phasen konnten bis zu einer halben Minute andauern, und was auf sie folgte, waren Verwirrung und Orientierungslosigkeit. In einer Kampfsituation konnte das verheerende Auswirkungen haben. Nach 72 Stunden war die Schadstoffkonzentration im Gehirn so hoch, dass schwerwiegende Aussetzer bei Konzentration, Motivation und Gedächtnis praktisch unvermeidlich wurden – und auch Halluzinationen gehörten zu den typischen Symptomen.

Es gab nur einen Weg, den Auswirkungen von Schlafmangel entgegenzuwirken: Man steigerte kurzzeitig die Signalübertragung der Synapsen im Gehirn. Genau dazu dienten Stimpacks und genau darum waren sie im Kampf bisweilen notwendig. Falls es natürliche Methoden gab, die denselben Effekt erzielten, hatte John jedenfalls noch nie davon gehört.

Nach einer kurzen Pause sagte er: »Verzeihung – ich wollte niemanden beleidigen. Das UNSC hat wohl eine, ähm, pragmatischere Einstellung, wenn es um Kampfstimulanzien geht.«

»Das ist einer der Gründe, warum die Kinder von Mesra sich ihre eigene Welt gesucht haben.« Bah'd blickte ihre Lieutenants an, während sie sprach. »Und warum wir Rache an den Außerirdischen nehmen werden, die uns diese Welt wegnehmen wollen.«

»Schön, aber nicht *hier*.« Johns Ton war fest, aber rein technisch war es nur eine Bitte. Bah'd und die anderen hatten einen höheren Rang als er, ganz zu schweigen davon, dass sie einem anderen Militär angehörten, das nicht derselben Befehlskette unterstand. »Wir müssen uns auf unser Ziel konzentrieren. Der Feind ist uns weit überlegen, und es ergibt keinen Sinn, ihn näher als unbedingt nötig an die Doukala-Mine heranzulassen.«

Bah'd schwieg so lange, dass John schon glaubte, sie wäre mit offenen Augen eingeschlafen, dann sagte sie schließlich: »Wir haben dasselbe Ziel, John. Wir wollen verhindern, dass Mesras Xenotim in die Hände der Allianz fällt. Aber die Mesranis haben noch ein weiteres Ziel: die Aliens zu töten, die auf unserer Welt eingefallen sind.«

»Sie werden mehr von ihnen töten, wenn Sie schlau kämpfen«, konterte John. »Ihr Bataillon könnte den Planeten gemeinsam mit der 24ten verlassen, sich ausruhen und auf hundert anderen Welten Rache an der Allianz nehmen.«

»Falls alles nach Plan läuft … und der Feind auf der anderen Seite der Schlucht bleibt.«

Bah'd betrachtete erneut den linken Monitor, der die feindliche Fahrzeugkolonne auf ihrem Weg zur Nasimbrücke zeigte. Der Allianzkommandant hatte wegen der Minenfelder seine Marschbefehle geändert, und nun wurde die Kolonne von Ein-Personen-Angriffsfahrzeugen, kurz EAF, angeführt. Sie sahen aus wie Motorräder, nur ohne Räder und mit Flügeln an der Vorderseite. Einheiten von Drohnen-Spähern flogen neben der Kolonne her; ihre schimmernden Flügel wirkten kaum groß genug, um ihre mehrgliedrigen Körper in der Luft zu halten, und doch glitten sie sicher über das verminte Unterholz hinweg. Johns HUD zeigte ihm, dass die feindliche Streitmacht in siebenundsechzig Minuten ihre Seite der Brücke erreichen würde.

Ohne den Blick von dem Monitor zu nehmen, fragte Bah'd: »Verraten Sie mir, John-117, in wie vielen Schlachten Sie schon gekämpft haben?«

»Mehr als ein paar.« Diese Information unterlag natürlich der

Geheimhaltung, aber Bah'd musste verstehen, dass John mit der Stimme der Erfahrung sprach, wenn er einen Vorschlag machte.

»Sehr viel mehr sogar. Ich könnte Ihnen nicht mal eine genaue Zahl nennen.«

»Dann also mehr als fünf?« Bah'd musterte weiterhin den Monitor. »Und wie viele dieser *vielen, vielen* Schlachten liefen genau nach Plan?«

»Keine einzige«, räumte er ein. »In der Regel konnten wir uns glücklich schätzen, wenn der Plan die ersten drei Minuten überlebte.«

Bah'd nickte. »Dieselbe Erfahrung habe ich auch gemacht.« Jetzt wandte sie sich wieder ihren Untergebenen zu. »Und deswegen schlage ich Folgendes vor.«

Die erschöpften Lieutenants strafften die Schultern, so wie Soldaten überall es taten, wenn sie neue Befehle erhielten, und John erkannte, dass die Besprechungsphase damit beendet war.

»Ich möchte, dass John und sein Team das Feuer auf die ersten Brückenfahrzeuge eröffnen, sobald sie eine reelle Chance haben, sie mit ihren Gausskanonen zu zerstören. Das wird die Aliens zwingen, schnell vorzustoßen, wenn sie die Brücke einnehmen wollen.«

Hiyat zog die Augenbraue hoch, Aurello und Jakome blickten nur verwirrt drein. Vielleicht lag es am Schlafmangel, denn John erkannte sofort, wie es weitergehen würde … und es gefiel ihm kein bisschen.

»Sie wollen auf der anderen Seite der Schlucht einen Hinterhalt legen und die Brücke sprengen, *bevor* der Feind sie überquert?«

»Genau«, bestätigte Bah'd. »Das ist der letzte Ort, wo die Allianz uns erwarten wird. Sie werden im Minenfeld festsitzen, ohne vorrücken zu können, und unsere Raketen werden ihre Geschütze beharken.«

Aurello und Jakome grinsten breit, und Hiyat begann, enthusiastisch zu nicken. Selbst John musste zugeben, dass bei dieser

Lösung jeder bekam, was er wollte: Die Mesranis würden den Feind weiter unter Druck setzen und jede Menge Außerirdische töten, und die Allianz hätte praktisch keine Chance, die Doukala-Mine einzunehmen. Der einzige Punkt, der John übel aufstieß, war, dass zweihundertachtzig gute Soldaten bei einem Selbstmordangriff sterben würden – vom Ghost-Bataillon zu echten Geistern.

»Ja, das würde funktionieren«, sagte er. »Aber Sie werden gemeinsam mit dem Feind in der Falle sitzen und das muss nicht so sein. Zerstören Sie die Brücke einfach von dieser Seite der Schlucht aus.«

»Machen Sie sich Sorgen um uns, John?« Einmal mehr gruben sich Fältchen in Bah'ds Augenwinkel. »Wie nett von Ihnen.«

Sie widmete sich den Monitoren, wo Geysire aus Feuer und Erde in die Höhe stoben, als die EAF die feindliche Kolonne in das nächste Minenfeld führten. Bah'd sagte nichts, und ihre runden Schultern und ihr auf die Brust gesenktes Kinn legten den Schluss nahe, dass sie erneut in Sekundenschlaf verfallen war. Bei einer Einheit des UNSC wäre akuter Schlafmangel Grund genug, um das Urteilsvermögen eines Offiziers infrage zu stellen, womöglich sogar, um ihn vorübergehend seines Kommandos zu entheben. Aber John hatte keine Befehlsgewalt über die Miliz der Mesranis – und schon gar nicht über Bah'd –, außerdem hatte er sie mit seiner Stimulanzien-Frage bereits genug verärgert. Er konnte nicht riskieren, dass sie ihm die Unterstützung entzog. Nicht wenn er die Doukala-Mine beschützen wollte.

Bah'ds Kopf ruckte hoch, als sie in den Wachzustand zurückkehrte.

»Es hat nichts mit Nettigkeit zu tun, Bah'd.« John wusste, dass die Lautsprecher der Mjolnir-Rüstung seinen Worten ein zusätzliches Maß an Nachdruck verliehen, darum achtete er darauf, in sanftem Ton zu sprechen. »Das Fünfte ist ein gutes Bataillon und es muss heute nicht sterben.«

»Vielleicht nicht.« Bah'ds Stimme wurde zu einem Wispern, und ihre Augen waren hart wie Stahl, als sie sich zu John herumdrehte. »Aber die Aliens schon.«

2. KAPITEL

15:00 Uhr, 5. Juni 2526 (Militärkalender)
Sarpesikamm, Samalat-Schlucht
Karposgebirge, Planet Mesra, Qusdar-System

Die letzten Minen waren explodiert und die feindlichen Wraiths rückten in Zweierreihen vor. Ihre violetten Hüllen schwebten auf einem Kissen aus unsichtbarer Energie dahin, während sie sich an den qualmenden Hülsen zerstörter EAF vorbeischoben. Ihre Waffen hatten nicht genug Reichweite, um über die Samalat-Schlucht zum Sarpesikamm hinüberzuschießen, darum blieben ihre Plasmakanonen die ganze Zeit über auf den dschungelüberwucherten Hang oberhalb der Straße gerichtet. Jetzt, wo sie nur noch ein Kilometer von der Brücke trennte, befürchteten ihre Kommandanten sicher einen Flankenangriff aus der Distanz, und ebenso sicher hatten sie ein halbes Dutzend Taktiken in petto, um auf einen solchen Angriff zu reagieren.

John-117 wünschte nur, er wüsste, welche Taktik sie letztendlich wählen würden. Rascher Vorstoß mit gleißenden Kanonen oder das Halten der Position und gezielte Erwiderung des Feuers? Großflächiges Unterdrückungsfeuer oder radargestützter Präzisionsbeschuss? Koordinierter Gegenschlag oder freie Zielauswahl? Jede dieser Taktiken brachte eigene Gefahren und Möglichkeiten mit sich und bedurfte individueller Vorbereitungen. Das war

28

eines der schwierigsten Dinge beim Kampf gegen die Allianz – die Außerirdischen dachten nicht wie Menschen, dementsprechend schwer war es, ihre Entscheidung vorauszusagen.

John suchte noch immer nach verräterischen Hinweisen, als sich ein kopfgroßes Echsenwesen aus dem Blätterdach des Dschungels herabfallen ließ und ledrige Schwingen ausbreitete … dann richtete es den Schwanz auf und landete auf der Mündung der Gausskanone. Sie hatten keine Stative für die Waffen, darum lagen John und der Rest von Team Blau in niedrigen Kuhlen, die sie ausgehoben hatten, die langläufigen Waffen vor ihnen auf Haufen hochgeschaufelter Erde gestützt. Und jetzt blockierte die Kreatur ihm die Sicht – sowohl die Sicht seiner Augen als auch die Sicht durch die Zieloptik seines HUD.

Er wagte es jedoch nicht, das Tier zu verscheuchen. Die Allianz ließ den Sarpesikamm sicher von Spähern nach Geschützstellungen absuchen und ein erschrocken davonflatterndes Reptil würde ihre Aufmerksamkeit auf seine Position lenken.

»Blau Eins, mein Sichtfeld ist vorübergehend blockiert.« John benutzte den Teamkanal, eine sichere Verbindung, nur für ihn und die drei anderen Mitglieder von Team Blau. Die feindliche Signalüberwachung würde das Signal vermutlich aufschnappen, aber inzwischen jagte die Funkeinheit des Fünften Bataillons jede Sekunde hunderttausend Täuschsignale in den Äther. Die Chance, dass ausgerechnet Johns Meldung herausgepickt und entschlüsselt – oder gar zu ihrem Ursprung zurückverfolgt – wurde, war praktisch null. »Haltet mich auf dem Laufenden.«

»Das erste Brückenfahrzeug hat bereits das Schussfeld von Blau Vier erreicht.« Blau Vier war Linda-058, die sich am unteren Ende ihrer Schützenlinie postiert hatte, weil sie die beste Scharfschützin des gesamten SPARTAN-II-Programms war. »Es wird von vier Wraiths abgeschirmt.«

Damit hatten sie bereits gerechnet. Deswegen hatte Team Blau hoch oben auf dem Sarpesikamm Stellung bezogen. Hier waren sie zwar einen zusätzlichen halben Kilometer von der Brücke entfernt, aber sie konnten über die großen Wraiths hinwegschießen und die Brückenfahrzeuge von oben treffen. Dennoch machte die Taktik John ein wenig nervös. Die Zielsoftware ihrer Mjolnir-Rüstungen würde die Flugbahn berechnen und den Geschossabfall in der überdurchschnittlich hohen Schwerkraft von Mesra auf ihren HUDs anzeigen. Doch selbst wenn ein Computer alles für sie berechnete, waren Schüsse von oben aus so großer Distanz knifflig, und wenn der erste danebenging, würden sie keine Zeit haben, um alles neu zu kalkulieren.

Nach einem kurzen Moment fragte John: »Haben wir trotzdem freies Schussfeld?«

»Ja«, bestätigte Linda.

»Gut«, murmelte John. Die Echse kauerte noch immer auf seiner Gausskanone und starrte mit halb aufgestelltem Nackenkragen an dem tarngemusterten Lauf entlang zu ihm herüber. Seinen Helm und seine Rüstung hatte er mit denselben hauchfeinen Netzen umhüllt, die den Dschungelboden bedeckten, aber sein Visier lag weiterhin frei. Vermutlich war das Tier von seiner eigenen Reflexion auf der goldenen Scheibe fasziniert. »Macht alle Meldung, wenn die Ziele eure Schusslinie erreichen.«

»Blau Zwei, hab das Ziel im Schussfeld«, sagte Fred-104, der stellvertretende Teamleiter, der sich durch seinen trockenen Humor auszeichnete. »Das ist die letzte Chance für die Mesranis, zur Vernunft zu kommen und sich zurückzuziehen.«

»Das werden sie nicht«, erwiderte John.

Trotz seiner Kritik hatte Bah'd den Großteil ihres Bataillons über die Brücke geführt, als die Allianzpanzer noch mehrere Kilometer entfernt gewesen waren. Ihren Vormarsch hatten die Mesranis geschickt hinter den Seitenbarrieren der Brücke getarnt, und sie hatten sich nur nach Minenexplosionen vorwärtsbewegt, wenn die feindliche Kolonne durch den Rauch geblendet wurde. Doch nun würde das Fünfte Bataillon auf der anderen Seite der

Schlucht festsitzen, egal ob Team Blau die Brückenfahrzeuge ausschaltete oder nicht, und das Wissen, dass so viele Mesranis in einer sinnlosen Schlacht ihr Leben wegwerfen würden, machte allen vier Spartans zu schaffen.

»Bist du da sicher?«, fragte Linda.

»Ganz sicher«, antwortete John. »Die Offiziere haben Angst, der Plan könnte nach hinten losgehen, wenn sie den Feind nicht kontinuierlich unter Druck setzen.«

»Und das hast du ihnen abgekauft?« Das war Kelly-087, die nie lange mit ihrer Meinung hinter dem Berg hielt. »Die wollen doch nur möglichst viele Aliens abschlachten.«

»Auch das«, räumte John ein. »Sie sprachen von Rache.«

Er hatte Bah'ds Plan akzeptiert, weil die Xenotim-Mine geschützt blieb und er die Kooperation der einheimischen Miliz brauchte. Es war die sichere Option gewesen. Natürlich hätte er auch auf seinem eigenen Plan beharren können. Ja, er hätte argumentieren können, dass Bah'd und die Lieutenants wegen ihres akuten Schlafmangels keine taktischen Entscheidungen treffen konnten. Vielleicht hätte er es sogar tun sollen. Aber dann hätte er wahrscheinlich die Unterstützung des Fünften Bataillons verloren und die Mission gefährdet – und die Mission kam zuerst.

Die Mission kam *immer* zuerst.

»Blau Drei, Ziel im Visier«, verkündete Kelly.

»Verstanden.«

Das Echsenwesen, das noch immer auf Johns Gausskanone hockte und Johns Blickfeld versperrte, fauchte seine Reflexion an. John war ungefähr ebenso weit von Kelly entfernt wie sie von Fred und sie hatte das Ziel keine zehn Sekunden nach Blau Zwei in ihrem Schussfeld gehabt. Nicht mehr lange und sie würden das Feuer eröffnen müssen.

Kaum dass der Gedanke in seinem Kopf Form angenommen hatte, blendete der Computer der Mjolnir-Rüstung einen

Sechs-Sekunden-Countdown auf seinem Frontsichtdisplay ein. Bei drei Sekunden aktivierte John die Lautsprecher seines Helms.

»Husch, Kleiner.«

Die Kreatur breitete ihre Flügel aus, als wollte sie davonflattern, aber dann riss sie den Schnabel auf und stürmte über den zwei Meter langen Lauf der Kanone auf ihn zu. Jetzt, wo der Zielsensor nicht länger verdeckt wurde, färbte sich das Fadenkreuz rot, und John wusste, dass das M68 *irgendetwas* anvisiert hatte. Er wusste nur nicht, was, weil das Echsenwesen nun sogar noch mehr von seinem Blickfeld blockierte. Er hob eine Hand, um das Tier zu verscheuchen … da sah er einen Klumpen gelben Schleims aus seinem Rachen schießen.

John drehte den Kopf weg und ließ den Schleim gegen die Seite seines Helms klatschen, dennoch landeten zahlreiche gelbe Speichelfäden auf der linken Hälfte seines Visiers. Die Kreatur prallte gegen seinen Helm und begann sofort, zu kratzen und zu schnappen. Nach einer Sekunde bekam John sie schließlich zu fassen.

Er zerquetschte das Tier zwischen seinen Fingern – nicht aus Bösartigkeit, sondern weil er nicht riskieren konnte, dass es davonflog und seine Position verriet –, dann ließ er es auf den Boden fallen und wischte über sein Visier. Ohne Erfolg. Die linke Seite blieb gelb verschmiert, und er musste den Helm drehen, um die feindliche Kolonne klar zu sehen. Sein Zielkreuz folgte einem Wraith, der neben der blasenförmigen Fahrerkabine eines Brückenfahrzeugs herschwebte. Hinter diesem ersten Wraith folgten drei weitere, die ihr Bestes taten, um den zylindrischen Mittelteil des Fahrzeugs abzuschirmen, in dem sich die Brückenausrüstung befand.

Netter Versuch.

John drehte die Bildvergrößerung seines HUD hoch, bis er im Innern der Fahrerkabine die schnabelgleichen Schnauzen von vier Schakalen – eine hochgewachsene, vage vogelähnliche Spezies, mit der die Spartans schon zuvor Bekanntschaft gemacht hatten – erkennen konnte, dann neigte er die Mündung der Gausskanone leicht nach oben, bis das Zielkreuz über dem vorderen Rand der runden Kabine lag.

»Blau Eins, Ziel anvisiert«, meldete er. »Es kann losgehen.«

Drei Statusleuchten auf seinem HUD blinkten grün, dann sagte Linda: »Blau Vier eröffnet das Feuer.«

Der Energieschild des Brückenfahrzeugs schimmerte grell, als Lindas erster Schuss sein Ziel traf. Dann legte Kelly mit ihrer Kanone nach und der Schild löste sich Funken sprühend auf.

Zu diesem Zeitpunkt waren die Wraiths bereits stehen geblieben und ihre stumpfen Nasen schwenkten in Richtung des Sarpesikamms herum. Ihre Plasmamörser waren die einzigen Waffen, die über die kilometerbreite Samalat-Schlucht hinwegfeuern konnten, aber sie waren fest im Chassis der Panzer verankert, weswegen sich das gesamte Fahrzeug dem Ziel zudrehen musste.

Linda und Kelly feuerten jeweils einen zweiten Schuss auf das Brückenfahrzeug ab und stanzten zwei sternförmige Löcher in die Fahrerkabine. Von innen spritzte Schakalblut gegen die zertrümmerte Scheibe.

Über den vier Wraiths vor dem Brückenfahrzeug stieg eine Salve aus Mörsergeschossen in die Höhe. Zu langsam. Kelly und Linda eilten bereits zu ihrer nächsten Position, noch bevor die Geschosse den Zenit ihrer Flugbahn überschritten hatten. Nun eröffneten John und Fred das Feuer auf die Fahrerkabine. Bereits nach je einem Schuss quollen Flammen und Rauch aus der zerstörten Fahrerkabine, also zielten sie bei ihrem zweiten Schuss auf den großen Frachtzylinder.

Das Brückenfahrzeug scherte in Richtung der Schlucht aus, aber John hatte nicht vor, hierzubleiben und zu warten, was passieren würde. Er packte die Gausskanone mit beiden Armen und schnellte aus seiner Kuhle hoch wie ein Sprinter aus dem Startblock. Es gab keine furchterregendere Infanterieabwehr als eine Plasmaladung. Diese Geschosse erzeugten so gewaltige Hitze, dass sich die Einschlagstelle augenblicklich in Asche verwandelte; alles, was sich in der Umgebung befand, wurde »nur« niedergewalzt und verkohlt. John hatte schon gesehen, wie sich Betonbunker nach einem direkten Treffer in Wolken aus weiß glühendem Staub auflösten und Beinahe-Treffer Soldaten in rauchende Haufen geschwärzter Knochen verwandelten.

Er rannte schräg über den Hang auf seine nächste Position zu. Wegen des Echsenschleims auf seinem Visier musste er sich entscheiden, ob er dabei die Allianz im Auge behalten wollte oder ob er den Helm besser wegdrehen und darauf achten sollte, wo er hintrat.

John wählte Letzteres.

Er hatte gerade fünf Schritte gemacht, als das weiße Licht der Plasmaexplosion den Dschungel ausblendete. Eine Schockwelle traf ihn von hinten und die Temperaturanzeige seiner Mjolnir schoss in die Höhe. John schaffte es, auf den Füßen zu bleiben, auch wenn er über den Stumpf eines riesigen Schwammbaums stolperte, den er kaum sehen konnte. Er fing sich und rannte weiter, wobei er die Knie bei jedem Schritt hochzog, um nicht an der nächsten Stolperfalle hängen zu bleiben. Seine Augen blieben die ganze Zeit über fest auf den Wegpunkt gerichtet, zu dem das HUD ihn führte – die nächste Bodenkuhle.

Alle drei Statusleuchten auf seinem Frontsichtdisplay leuchteten gelb. Das bedeutete, dass der Rest des Teams ebenfalls zu seinen nächsten Schützenpositionen unterwegs war. Wäre einer von ihnen bewegungsunfähig oder getötet worden, würden ihre Leuchten auf Rot umspringen.

John wechselte zum Funkkanal des Fünften Bataillons. »Das erste Brückenfahrzeug ist neutralisiert. Wir haben die Fahrer ausgeschaltet, können aber noch nicht bestätigen, dass es zerstört wurde.«

»Nun, ich kann es bestätigen.« Bah'd klang besorgt. »Es ist in die Schlucht hinabgestürzt und hat zwei Wraiths mitgerissen.«

»Sind das denn keine guten Neuigkeiten?«

»Doch, natürlich.«

Er wartete auf eine Erklärung. Die Lichtblitze im Dschungel ringsum wurden immer greller, als die Außerirdischen ihren Beschuss intensivierten. Schwammbäume und riesige Moosfarne gaben unter den gnadenlosen Erschütterungswellen nach und kippten um. Auf dem HUD wechselten die Statusleuchten von Linda und Kelly auf grün. John begann, leichter zu atmen, als auch er den Bereich des Artilleriebombardements hinter sich ließ … nur um über einen Felsen zu stolpern, den er wegen des Echsenschleims nicht gesehen hatte. Um ein Haar hätte er die Gausskanone fallen gelassen. Und Bah'd hatte noch immer nichts gesagt.

»Major, es ist nicht zu spät für einen Rückzug«, erklärte John. Der Pfeil des Wegpunktfinders sank zum unteren Rand seines HUD, und als er den Kopf neigte, entdeckte er die zwei Meter lange Kuhle, die er zuvor in den Hang gegraben hatte. »Falls Sie Zweifel haben, ist noch immer Zeit, um …«

»Das reicht, John. Niemand hier hat Zweifel.«

»Warum klingen Sie dann so besorgt?«, hakte John nach. Gleichzeitig ließ er sich auf die Knie fallen und balancierte die Gausskanone auf dem Erdhaufen aus, den er vor der Kuhle aufgeschüttet hatte, um die Waffe abzustützen. »Wo liegt das Problem?«

»Dort, wo es immer liegt«, sagte Bah'd. »Die Allianz tut nicht, was wir erwartet haben.«

John hatte das Schussfeld zur Straße bereits freigeräumt, und auch wenn er nur durch eine Hälfte seines Visiers sehen konnte, reichte das doch, um die feindliche Kolonne zu betrachten. Mindestens fünf Wraiths hatten angehalten, um ein Plasmabombardement zu starten, aber damit hatten sie gerechnet. Solange die Samalat-Schlucht zwischen der Allianz und den Spartans lag, konnten die Außerirdischen nicht gleichzeitig schießen und vorrücken. Als er den Grund für Bah'ds Sorge nicht entdecken konnte, versuchte John erneut, den Echsenschleim von seinem Helm zu wischen.

35

Das Einzige, was er damit erreichte, war, das Zeug noch weiter zu verteilen. Schließlich gab er es auf und vergrößerte stattdessen den Bildausschnitt, den er deutlich sehen konnte. Und dann ergab Bah'ds Unbehagen plötzlich Sinn.

Anstatt weiter vorzurücken, um ihr Ende der Brücke zu sichern – wo das Fünfte Bataillon im Hinterhalt lag – waren die EAF gemeinsam mit den Wraiths stehen geblieben und hinter den großen Panzern in Deckung gegangen. Und die Grunt-Fußsoldaten kauerten sich ihrerseits mit eingezogenen Köpfen hinter den EAF zusammen, so als würden sie jeden Moment mit einem Raketenhagel aus den Wolken rechnen.

»Bedeutet das, was ich denke, dass es bedeutet?«, fragte John. Team Blau war ungefähr fünfhundert Meter schluchtabwärts von der Position des Fünften Bataillons, außerdem konnten sie die Situation nur aus der Deckung heraus beobachten, was bedeutete, dass John keinen so guten Überblick hatte wie Bah'd. »Es sieht aus, als wären die Wraiths für ein Artillerieduell in Position gegangen.«

»Nein, kein Duell«, korrigierte Bah'd. »Die gesamte Kolonne hat gestoppt. Sie bereiten ein Sperrfeuer vor.«

»Ein Sperrfeuer?«, wiederholte John. Eine Artilleriekanonade war eher dazu geeignet, Infanterieeinheiten zu behindern als sie tatsächlich zu zerstören, deswegen setzte man sie in der Regel nur ein, um einen feindlichen Vorstoß zu unterbrechen oder einen verbündeten Vorstoß zu unterstützen. Aber da sie noch immer auf der anderen Seite der Samalat-Schlucht waren, könnte der einzige Infanterievorstoß aus der Luft erfolgen – und das war angesichts der niedrigen Wolkendecke mehr als unwahrscheinlich. »Das kann ich mir nicht vorstellen.«

»Wir können von hier aus Dutzende Unterstützungsfahrzeuge sehen, die zur Spitze der Kolonne vorrücken«, erklärte Bah'd.

Unterstützungsfahrzeuge waren gepanzerte Transporter, die von Truppen und Munition bis hin zu Sprengstoff und medizinischen Vorräten alles Mögliche an Bord haben konnten – einschließlich des flüssigen Trägergases, das die Allianz benutzte, um ihre Plasmawaffen neu aufzuladen.

»Ich verstehe«, brummte John. »Informieren Sie Ihre Luftabwehrbatterien. Sagen Sie ihnen, die Unterstützungsfahrzeuge haben oberste Priorität.«

»Das habe ich bereits.« Bah'd zögerte, kurz, dann murmelte sie: »Wir übersehen hier irgendetwas, John. Sie haben es selbst gesagt. Die Allianz würde bei diesen Verhältnissen keinen Angriff aus der Luft starten.«

»Vielleicht habe ich mich geirrt«, erwiderte er, auch wenn er es nicht glaubte. Könnten die Außerirdischen einen groß angelegten Angriff von oben starten, hätten sie den Sarpesikamm einfach außen vor gelassen und ihre Truppen direkt über der Doukala-Xenotim-Mine abgesetzt. »Wir sollten trotzdem auf alles gefasst sein.«

Der Artilleriebeschuss nahm weiter an Intensität zu und rollte über den Hang auf John zu. Doch obwohl blendend grelle Stroboskoplichter auf die rechte Seite seines Visiers anbrandeten, waren die Mörsergeschosse im Moment das geringste seiner Probleme. Um die Mjolnir-Rüstungen zu zerstören, die er und seine Spartans trugen, wäre schon ein direkter Treffer nötig. Außerdem räumte die Allianz ihnen praktisch das Schussfeld frei, indem sie den Dschungel in Schutt und Asche legte. Sobald die vier Spartans die gesamte Länge der Schlucht hinabblicken konnten, müssten sie nicht mehr darauf warten, dass die Brückenfahrzeuge in ihre zuvor festgelegten Feuerzonen rollten; dann könnten sie ihre Ziele anvisieren, sobald sie in Reichweite kamen.

John wechselte auf den Teamkanal. »Sieht irgendwer das nächste Brückenfahrzeug?«

Die Statusleuchten auf seinem HUD blinkten allesamt rot.

»Dann stellt das Feuer ein«, befahl John. »Sie wollen uns dazu bringen, dass wir unsere Position preisgeben.«

»Da bin ich aber erleichtert.« Freds Ton war trocken, wie immer, wenn er eine witzige Bemerkung machte. »Ich dachte schon, sie versuchen, uns umzubringen.«

»Klopf weiter solche Sprüche, und ich nehm ihnen die Arbeit ab«, erwiderte Kelly. »Dein Humor kann einen wirklich zum Äußersten treiben.«

»Genug geplaudert«, unterbrach John sie. Normalerweise hatte er nichts gegen ein wenig Humor – es lockerte die Stimmung auf, und ein entspanntes Team war ein effizientes Team. Aber während der nächsten Minuten wollte er den Kanal für Verletztenberichte und taktische Koordination freihalten. »Bevor sich hier noch jemand totlacht.«

»Ha, ha«, machte Linda, dann: »Der Beschuss kommt näher.«

Einen Moment später rollte ein schrecklicher Donner über John hinweg. Der gesamte Dschungel erzitterte und kleine Kügelchen weiß glühenden Plasmas brannten sich durch das Blätterdach. Verkohlte Pilze und qualmende Moosbüschel regneten auf ihn herab. Die meisten Soldaten lernten in der Ausbildung, dass sie bei einem Artilleriebombardement ihren Kopf schützen und flach liegen bleiben sollten, aber Spartans waren nicht wie die meisten Soldaten.

John hielt den Kopf oben und schräg gelegt, damit er durch die saubere Seite seines Visiers nach einem Muster im feindlichen Beschuss suchen konnte. Oder zumindest versuchte er es. Erde und Flammen formten einen Vorhang, während sie in die Luft hochwirbelten; Schwammbäume und Moosfarne verwandelten sich in Feuersäulen, und die Schockwellen brandeten wie Hammerschläge auf seine Rüstung ein. Mit jeder Sekunde wurde das Donnern noch ohrenbetäubender. Der Boden bäumte sich auf, ganze Sektionen des Unterholzes verschwanden in blendend hellen Hitzeblitzen, und Rauch und Staub lagen so dicht in der Luft, dass man die vasenförmigen Feuerbälle der nächsten Geschosse kaum noch sehen konnte. John war also auf den Computer seiner Rüstung angewiesen, um das Lodern der Mörsereinschläge zu messen und anhand dessen den feindlichen Angriffsplan abzuschätzen.

Lindas Statusleuchte wechselte von Grün zu Gelb, dann drang ihre Stimme aus dem Teamkanal, halb übertönt vom Grollen des Bombardements. »Ich muss meine Position aufgeben!«

John wusste, dass ihr Computer einen Einschlag direkt bei ihrer Stellung vorausberechnet hatte und sie nun zu einem sicheren Ort lotste; dennoch zog sich sein Magen zusammen. Mörsergeschosse verkohlten alles in einem Umkreis von zwanzig Metern und der sekundäre Schadensradius war sogar noch größer. Die Druckwelle allein erhöhte das Risiko für einen Infanteriesoldaten um das Zehnfache. In ihrer Mjolnir-Rüstung würde Linda natürlich nichts passieren, es sei denn, sie rannte direkt in einen herabheulenden Plasmaball hinein … Aber in einem so heftigen Bombardement war das eine reale Gefahr. Tatsächlich bezifferte Johns eigener Computer das Risiko mit fünfzig Prozent.

Er behielt ein Auge auf sein HUD gerichtet und wartete darauf, dass Lindas Statusleuchte wieder auf Grün umsprang. Gleichzeitig achtete er aber darauf, dass sein Visier dem Bombardement zugewandt blieb, damit seine Rüstung weiterhin die Einschlagmuster analysieren konnte. Früher oder später würde den Plasmamörsern das Trägergas ausgehen, was bedeutete, dass die Feuermannschaften die Waffen mithilfe der Unterstützungsfahrzeuge wieder aufladen mussten. Wenn das geschah, würde die Intensität des Beschusses nachlassen, und Team Blau könnte sein nächstes Ziel ins Visier nehmen.

John linste zu der feindlichen Kolonne hinüber, aber durch den Rauch und die Flammen war es unmöglich zu erkennen, wo die Unterstützungsfahrzeuge hinter den Wraiths in Position gingen. *Hinter den Wraiths* … wo bereits die Grunts und die Ein-Personen-Angriffsfahrzeuge Deckung gesucht hatten. Wäre es nicht ziemlich umständlich, wenn der Feind beim Aufladen seiner Panzer um seine eigene Infanterie und EAF herummanövrieren müsste?

John schaltete sich auf den Funkkanal des Fünften Bataillons. »Bah'd, sind diese EAF noch immer hinter den Wraiths?«

»Ja«, antwortete sie. Obwohl sich die internen Lautsprecher des Helms direkt neben seinen Ohren befanden, ging die Stimme des Majors fast vollständig im Dröhnen der Einschläge unter. »Die Allianz muss noch schlechter informiert sein als wir. Sie glauben wohl, dass wir ihren Artilleriebeschuss erwidern können.«

John wusste nicht, wie gut oder schlecht die Außerirdischen informiert waren, und er hatte nicht vor, sich auf Vermutungen zu verlassen. »Was ist mit den Unterstützungsfahrzeugen?«, fragte er. »Wo sind die?«

»Sie haben sich am inneren Straßenrand aufgereiht.« Bah'd verstummte, und John befürchtete schon, dass der Feind ihren Funk gestört haben könnte, ehe sie sich schließlich wieder meldete. »Wie wollen sie die Mörser aufladen, wenn hinter den Wraiths die EAF stehen?«

»Gute Frage«, sagte John. Lindas Statusleuchte glühte inzwischen wieder grün, und der Knoten in seinem Magen begann, sich zu lösen. Sie hatte eine neue Position erreicht – vermutlich eine, wo sie den Berechnungen ihres Computers nach keinen direkten Treffer befürchten musste. »Ich melde mich wieder.«

Bevor Bah'd bestätigen konnte, ertönte auch schon Lindas Stimme auf dem Teamkanal. »Meine neue Position ist in einem Einschlagkrater, siebenundzwanzig Meter von meiner …« Der Donnerschlag einer nahen Explosion füllte den Kanal und Johns Herz schlug ihm kurz bis in den Hals hoch. Dann konnte er endlich wieder Lindas Stimme hören. »… habe das zweite Brückenfahrzeug gesehen.«

»Du kannst es sehen?«, fragte Fred. »Hast du einen Röntgenblick oder so?«

»Nein.« Lindas Tonfall wurde weicher. »Aber zu einem Röntgenvisier würde ich nicht Nein sagen.«

»Da musst du noch ein paar Jahre warten.«

»Konzentriert euch, Leute«, sagte John. Da man sie von Kindesbeinen an trainiert hatte, waren die Spartans immun gegen den lähmenden Effekt eines schweren Bombardements, aber der psychologische Stress ließ sich nie ganz abschalten. Freds und Lindas Geplänkel war nur ihre Art, mit der nervenzerreißenden Anspannung des Artilleriebeschusses fertigzuwerden. »Wir stehen hier unter Beschuss, schon vergessen?«

»Wie könnten wir das vergessen, Blau Eins?« Linda atmete kurz durch, dann berichtete sie: »Ich habe das Brückenfahrzeug gesehen, als ich meine Position wechselte. Auf Kopfhöhe ist die Sicht besser.«

»Gute Arbeit. Team Blau, riskieren wir einen Blick«, sagte John, wobei er sich aufrichtete. »Aber schön vorsichtig.«

In der Mitte eines Plasmasperrfeuers zu stehen, war selbst für Spartans gefährlich, aber es war das Risiko wert. Falls sie ihre Gausskanonen gegen das Ziel einsetzen konnten, würde das Bombardement ihren Angriff tarnen, und Team Blau könnte das zweite Brückenfahrzeug ausschalten, ohne seine Position zu verraten.

»Linda, deine Zielkoordinaten?«

Eine Markierung erschien auf Johns HUD. Sie ruckelte auf der Innenseite seines Visiers hin und her, weil von allen Seiten Schockwellen auf ihn einprügelten, aber die Sichtweite auf Kopfhöhe war tatsächlich viel besser. Die Fontänen hochgewirbelter Erde waren hier nicht so dicht und der Rauch verdünnte sich zu einem trüben grauen Dunst. Der Großteil des Hanges unter ihnen hatte sich durch den Mörserbeschuss der Außerirdischen in eine baumlose Kraterlandschaft verwandelt, und obwohl er nur die Hälfte seines Visiers verwenden konnte, vermochte er doch bis zur Samalat-Schlucht hinunterzuschauen. Aber als er sich in Richtung des Wegpunktes drehte, wurde die Sicht durch ein Fleckchen Dschungel versperrt, das noch nicht niedergebombt worden war.

»Blau Eins, habe kein freies Sichtfeld«, meldete er.

»Blau Zwei, ich sehe das Ziel«, sagte Fred. »Zwar nur die vordere Hälfte, aber das wird reichen.«

»Blau Drei, ich sehe es auch nicht«, hängte Kelly an. »Ich müsste aber nur ein kleines Stück vorrücken, um das zu korrigieren.«

»Halten wir fürs Erste die Position.« John taumelte, als ihn ein naher Einschlag um ein Haar von den Füßen riss. »Zurück in eure Kuhlen.«

Bevor er sich wieder in seine eigene Kuhle legte, blickte er noch einmal zu der Straße auf der anderen Seite der Schlucht hinüber. Die Kolonne der Wraiths war durch die Rauchschwaden kaum zu erkennen, eine geisterhafte Linie aus winzigen violetten Pfeilspitzen, die schillernde Funken in Richtung des Sarpesikamms spien. Er schraubte die Vergrößerung hoch, bis er sehen konnte, dass die EAF noch immer hinter den Wraiths standen und die Grunts hinter den EAF kauerten.

Und hinter den Grunts schwebten fünfzig Unterstützungsfahrzeuge am Straßenrand wie riesige Käfer mit lang gezogenen Körpern und runden Köpfen. Sie *mussten* ganz einfach das Flüssiggas an Bord haben, das die Wraiths in Kürze brauchen würden, um ihre Mörser aufzuladen. Aber eine Fördervorrichtung oder Schläuche oder Stutzen waren nirgends zu sehen, und die Grunts ignorierten die Fahrzeuge größtenteils, abgesehen davon, dass sie ihnen aus dem Weg gingen.

John wusste nicht, was der feindliche Kommandant plante, und das gefiel ihm nicht. Während die Flotte und die Waffentechnologie der Allianz dem UNSC klar überlegen waren, hatte ihre Infanterie menschlichen Spezialeinheiten wie den Orbitalen Absprung-Schocktruppen bislang nicht viel entgegenzusetzen gehabt. Aber falls sie nun Kommandanten ins Feld schickten, die die Taktiken des UNSC durchschauen – und auf den Kopf stellen – konnten, dann liefen die Menschen Gefahr, den einzigen Vorteil zu verlieren, den sie noch hatten.

Sobald die Unterstützungsfahrzeuge stehen blieben, drehten

die EAF-Fahrer ihre Vehikel in Richtung der Brücke herum und begannen vorzurücken. Einen Moment lang glaubte John – mehr noch, er *hoffte* sogar –, dass sie Platz machten, damit die Wraiths beladen werden konnten. Doch die Grunts trafen keinerlei Vorbereitungen, rückten lediglich näher an die Panzer heran, und Johns Hoffnung löste sich in Luft auf.

»Bah'd, halten Sie sich bereit«, sagte er auf dem Bataillonskanal. »Die EAF nähern sich der Brücke.«

»Ich sehe es, John.« Bah'ds Ton klang mehr als nur ein wenig ungeduldig. »Und wir *sind* bereit.«

»Verzeihung, Ma'am«, erwiderte John, obwohl es ihm nicht wirklich leidtat. So erschöpft, wie Bah'd und ihre Offiziere waren, schien es nur vernünftig, sie auch auf das Offensichtliche hinzuweisen. »Ich wollte nur sichergehen.«

»Wir haben die bessere Sicht, John«, grollte Bah'd. »Wir *sehen* sie.«

Während sie sprach, fuhren die Unterstützungsfahrzeuge Streben aus, anschließend sanken sie auf den Boden hinab. Ihre Frachtabteile klappten auf wie Muschelschalen, wobei sich die beiden Hälften auf ganzer Länge nach außen neigten. Darunter kam eine wogende Masse aus Chitin zum Vorschein, aber John erkannte erst, dass es sich um Dutzende kniende Gestalten handelte, als sie sich aufrichteten. Jede der Kreaturen hatte einen segmentierten Körper und ein doppeltes Paar langer Flügel. Ihre herzförmigen Schädel wurden von schimmernden Augen und schweren Mandibeln dominiert, und ihr Torso ruhte auf einem säugetierähnlichen Becken, hinter dem ein langer Unterleib herabhing, ein wenig wie ein fetter, ovaler Schwanz.

Drohnen.

John zählte zwanzig in jedem Frachtabteil, allesamt mit Plasmagewehren bewaffnet. Bei fünfzig Unterstützungsfahrzeugen am Straßenrand machte das insgesamt tausend Drohnen. Er hatte noch nie von einer so großen Formation gehört – oder davon, dass sie in gepanzerten Transportern auf das Schlachtfeld geschmuggelt wurden.

Jetzt ergab das Bombardement plötzlich Sinn.

»Sie haben Luftlandetruppen«, sagte John auf dem Teamkanal. »In Bataillonsstärke. Macht euch bereit.«

3. KAPITEL

Noch immer im wirbelnden Rauch stehend, noch immer durchgeschüttelt von den versengend heißen Druckwellen der nahen Mörsereinschläge, beobachtete John, wie die Unterstützungsfahrzeuge auf der anderen Seite der Schlucht ihre Fracht entfesselten. Während sich die Türen der Frachtabteile weiter öffneten, kletterten Hunderte von Drohnen zwischen den herabgleitenden Hälften hervor, jede auf der Suche nach einer freien Stelle, wo sie ihre Flügel ausbreiten und sich in die Lüfte emporschwingen könnte.

»Bah'd, Sie sehen das auch ... oder?«, fragte John auf dem Funkkanal des Fünften Bataillons. Es war absolut unmöglich, diese Szene zu übersehen, aber in ihrem erschöpften Zustand erkannte sie vielleicht nicht, was es bedeutete – und was sie zu tun hatte. »Die Allianz bereitet den Start von Luftlandetruppen vor. Sie müssen ...«

»Glauben Sie, ich bin blind?« Bah'd sprach mit leiser, aber verärgerter Stimme. »Oder eine Idiotin?«

»Weder noch, Ma'am.« John hätte entgegnen könnten, dass die Xenotim-Mine wegen ihrer Entscheidung, die Brücke zu überqueren, nun anfällig für einen Luftangriff war, aber er widerstand dem Drang. »Ich glaube nur, dass Sie sehr, sehr müde sind.«

»Ihre Sorge wurde zur Kenntnis genommen«, sagte Bah'd. »Und hören Sie auf, mich Ma'am zu nennen. Ich bin nicht Ihre Tante.«

Sie wechselte auf einen anderen Kanal und einen Moment später begannen oberhalb der Nasimbrücke Raketenschweife aus dem Dschungel emporzusteigen.

Die drei vordersten Unterstützungsfahrzeuge explodierten in gewaltigen Säulen aus Feuer, aber der Rest der Kolonne war außer Reichweite des Fünften Bataillons, und immer mehr Drohnen krochen aus ihren Frachtabteilen, bevor sie ihre Flügel ausbreiteten und etwas an ihren Schenkeln und Schultern zurechtrückten.

John zoomte bis zur maximalen Vergrößerung heran, und er sah, dass hufeisenförmige Kapseln an den Exoskeletten der Drohnen befestigt waren. Im Lauf der vergangenen Tage hatte Team Blau immer wieder gegen Drohnen mit solcher Ausrüstung gekämpft, und ein paarmal waren sie nahe genug herangekommen, um festzustellen, dass diese Kapseln keine Waffen oder Munition enthielten, ja, noch nicht mal Rationen oder Gaskartuschen.

John vermutete, dass sie ihren Trägern zusätzlichen Auftrieb verschafften, denn die Drohnen, die damit ausgerüstet waren, schienen deutlich schneller und wendiger zu sein als ihre nackten Artgenossen. Aber das war natürlich nur eine Theorie. Gewissheit würden sie erst haben, wenn sie ein paar dieser Geräte sicherstellten und sie den Wissenschaftlern von ONIs neuer Beta-3-Division übergaben, die sich ganz der Analyse und der Rekonstruktion von Allianztechnologie verschrieben hatte.

Doch welchen Zweck die Kapseln auch immer erfüllten, es war offensichtlich, dass die Drohnen gleich starten würden. Wahrscheinlich sollten sie die Brückenfahrzeuge der Kolonne beschützen, indem sie die Gausskanonen von Team Blau ausschalteten. Zumindest wäre das die offensichtliche Taktik … aber der feindliche Kommandant hatte bereits bewiesen, wie verschlagen er war.

Gut möglich, dass er seine Luftlandetruppen von hier aus losschickte, um die Doukala-Mine zu erobern, bevor sie zerstört werden konnte.

John öffnete den UNSC-Befehlskanal.

»Brigade Tactical.« Das war der Codename für das Hauptquartier der 24. Marinebrigade, das ein paar Kilometer entfernt am Doukala-Presswerk eingerichtet worden war.

Die Antwort ertönte, kaum dass er ausgesprochen hatte. »Blau Eins, hier Brigade Actual.« Actual bedeutete, dass er mit dem Kommandanten der entsprechenden Einheit sprach, in diesem Fall also dem General der 24ten, Brigadegeneral Arthur Pahlavi. Offenbar war das Hauptquartier mehr als nur ein wenig besorgt über die Situation an der Nasimbrücke. »Sprechen Sie.«

»Es könnte sein, dass feindliche Luftlandetruppen die Mine angreifen.«

»Durch *diese* Wolken?«, fragte Pahlavi. »Haben Sie einen Schlag auf den Kopf bekommen, Spartan?«

»Nein«, erwiderte John. »Der Feind ist bereits unter der Wolkendecke. Drohnen mit Plasmagewehren. Sie starten von Bodentransportern aus. Wir schätzen ihre Stärke auf ungefähr tausend Kämpfer.«

»Was …? *Tausend?*«

»Korrekt.«

Während sie sprachen, heulten von den verborgenen Luftabwehrgeschützen auf den umliegenden Hügeln ganze Salven von Anaconda-Raketen empor, um anschließend auf die Allianzkolonne hinabzuprasseln. Die Anaconda-Werfer konnten nicht nach unten schießen und die Boden-Luft-Zielsensoren waren anfällig für Störungen durch Funksignale. Folglich rasten viele von ihnen in die Hügelflanke oder sie verschwanden unter ihnen in der Schlucht. Ein paar fixierten auch die größeren Sensorprofile der Wraiths an und jaulten in die Mörserrohre der Panzer. Die daraus resultierenden Explosionen waren nicht spektakulär – Trägergas war ziemlich harmlos, bis ihm durch einen elektronischen Prozess die Elektronen entzogen wurden –, aber John sah, wie die Kanonengeschütze von fünf großen Panzern in die Luft hochflogen.

»Wann werden sie angreifen?«

John wusste weder, wie schnell die Drohnen fliegen konnten, noch, wie weit die Samalat-Schlucht auf dem Luftweg von der Doukala-Xenotim-Mine entfernt war, aber sein Computer hatte alle Daten und blendete eine geschätzte Ankunftszeit auf dem HUD ein.

»Sie könnten in fünf bis zehn Minuten dort sein, Sir.«

»Was ist mit den Wraiths?«, fragte Pahlavi. »Wie lange, bis wir die am Hals haben?«

»Schwer zu sagen«, gestand John. Die Wraiths würden erst ihr Trägergas auffüllen müssen, bevor sie ein weiteres Bombardement starten konnten. Aber ein guter Taktiker hätte die Hälfte der fünfzig Wraiths in Reserve gehalten, um im Falle eines erfolgreichen Angriffs sofort vorrücken zu können, und der Allianzkommandant hatte sein taktisches Geschick bereits unter Beweis gestellt. Er würde seine Reserve nach vorn schicken, sobald der Zugang zur Brücke gesichert wäre. »Vielleicht zwanzig Minuten, vielleicht vierzig. Sofern wir sie nicht vorher aufhalten.«

Während sich der Raketenbeschuss fortsetzte, fanden immer mehr Anacondas die richtigen Ziele. Dutzende von Unterstützungsfahrzeugen vergingen in Feuerbällen und brennende Drohnen wurden aus den Frachtabteilen in die Luft geschleudert. Rauchfahnen von ihren zerfetzten Flügeln zeichneten ihre Flugbahn nach, bis sie auf dem Boden aufschlugen.

»Sir, die Zahl der Drohnen dürfte inzwischen eher bei achthundert liegen«, sagte John. »Die Mesranis haben ein paar Treffer gelandet.«

»Schön für sie«, brummte der General. »Aber die Wraiths bereiten mir größere Magenschmerzen.«

»Ich verstehe, Sir.«

»Sie müssen sie aufhalten, Master Chief«, erklärte der General. »Ansonsten gehört die Doukala-Mine praktisch schon ihnen.«

»Ich werde Sie auf dem Laufenden halten.« Das war die militärische Art zu sagen, dass er sein Möglichstes versuchen würde. »Ich muss mich jetzt wieder um die Schlacht kümmern.«

»Tun Sie das«, erwiderte der General. »Und stoppen Sie diese Wraiths. Ende.«

Das Fünfte Bataillon hatte im Schutz der Anaconda-Salven seinen eigenen Angriff gestartet. Die Soldaten krochen durch das Unterholz neben der Straße und deckten die Drohnen mit Flankenfeuer ein. Wegen der dichten Vegetation konnte John nicht sehen, wie viele der menschlichen Soldaten vorrückten. Ein vorsichtiger Stratege hätte eine einzelne Kompanie entsandt, ein aggressiver Kommandant gleich zwei. Angesichts von Bah'ds Schlafentzug würde es ihn nicht wundern, wenn sie alle drei losgeschickt hätte … und persönlich den Angriff anführte.

Die EAF der Allianz rasten den Mesranis entgegen und spien Plasmastrahlen, bevor sie sich eines nach dem anderen überschlugen, als sie die Lotus-Panzerabwehrminen auslösten. Dann schaltete sich der vorderste Wraith in den Kampf ein; er unterbrach nicht mal seine Mörserkanonade, während seine Kanonengeschütze herumschwenkten. Sie begannen den Dschungel methodisch niederzumähen und das Raketenfeuer der Mesranis ebbte in Sekundenschnelle ab. Es war offensichtlich, dass das Fünfte Bataillon in der falschen Position war, um den Drohnenangriff aufzuhalten. Das Einzige, was sie dort drüben tun konnten, war zu sterben.

John wechselte zurück auf den Teamkanal. »Blau Zwei und Vier, schaltet diese Brückenfahrzeuge aus.«

Die Statusleuchten seines Teams blieben einen kurzen Augenblick dunkel, als sie Johns Befehl verarbeiteten. Wenn nur zwei Gausskanonen das Feuer eröffneten, würden sie beide mindestens vier Schuss brauchen, um die Schilde eines Brückenfahrzeugs zu überlasten und es zu zerstören. Und das würde dem Feind genug Zeit geben, um selbst inmitten des Plasmabombardements ihre Position zu erfassen.

Aber der beste Weg, einen Wraith-Angriff auf die Doukala-Mine zu verhindern, war nun mal, sie am Überqueren der Samalat-Schlucht zu hindern. Und dafür musste Team Blau die Brückenfahrzeuge ausschalten.

»Soll ich meine Position ändern und sie unterstützen?«, fragte Kelly.

»Nein«, antwortete John. »Du kommst mit mir.«

»Und dann?«

»Ziehen wir ihr Feuer auf uns«, erklärte er. »Wir schießen ein paar Drohnen ab. Das sollte die Wraiths von Fred und Linda ablenken.«

John trat hinter einen umgestürzten Schwammbaum und stützte den Lauf seiner Gausskanone auf dem nunmehr horizontalen Stamm ab. Es war nicht die beste Auflage, die er in seinem Leben benutzt hatte, aber im Moment kam es auch nicht auf absolute Präzision an. Die Geschütze der Wraiths hatten den Flankenangriff des Fünften Bataillons bereits zum Erliegen gebracht, und jetzt sprangen die ersten Drohnen in die Luft hoch, um über der Straße eine lange, geschwungene Angriffslinie zu formen. Solange John in ihre ungefähre Richtung feuerte, würde er *definitiv* eine Reaktion provozieren.

»Blau Eins, bereit«, sagte er.

Bevor sie ihre Bereitschaft bestätigte, fragte Linda: »Fred, zwei Schüsse im Wechsel?«

»Warum nicht?«, erwiderte Fred. Alternierender Beschuss würde ein Ziel zwar nicht so schnell ausschalten wie simultanes Feuer, aber wenn sie sich mit ihren Schüssen abwechselten, wären ihre Gausskanonen schwerer zu entdecken. »Mehr Spaß für alle.«

»Du hast eine seltsame Vorstellung von Spaß«, kommentierte Linda. »Oben zielen, unten schießen?«

»Gute Idee.«

Gausskanonen waren zu unhandlich, um sie in stehender Position zielgenau einzusetzen. Also würden Fred und Linda aufstehen, um die Brückenfahrzeuge über dem Rauch auf ihren HUDs zu markieren, und sich dann auf den Bauch legen, um ihre M68er auf den improvisierten Auflagen vor ihren Kuhlen abzustützen. Die Software in ihrer Mjolnir-Rüstung würde die HUD-Markierung ihrer Bewegung entsprechend verschieben, aber sie mussten trotzdem manuell zielen – durch den dichten Rauch hindurch. Es war gut möglich, dass sie sechs oder sieben Schüsse brauchen würden, um ein Ziel zu zerstören.

Freds Statusleuchte sprang auf Grün um, ebenso wie die von Kelly und Linda.

Die Drohnen flogen bereits über die Wraiths hinweg, also platzierte John sein Zielkreuz in der Mitte ihrer Angriffslinie.

Als er den Abzug der Gausskanone drückte, wurde ein magnetischer Induktionsmotor aktiviert, der die Stahlgeschosse der Waffe durch den zwei Meter langen Lauf hindurch auf Überschallgeschwindigkeit beschleunigte. Das Resultat war ein trommelfellzerschmetternder Knall, gepaart mit einem Strom blauer Reibungsblitze, die die andere Seite der Schlucht erreichten, noch ehe er den Abzug ganz durchgezogen hatte.

Mehrere Drohnen platzten in einer Wolke aus Chitin und Käfersaft auseinander und John ließ den Rest der Salve über die Angriffslinie nach außen wandern. Er zerfetzte noch mindestens ein Dutzend weitere Drohnen, bevor er den Abzug kurz losließ und eine zweite Salve in die entgegengesetzte Richtung entfesselte. Zu diesem Zeitpunkt drehten sich bereits die ersten Wraiths herum, um ihr Feuer auf seine Position zu konzentrieren.

John hob die Gausskanone auf seine Arme und sprintete in Kellys Richtung los. Normalerweise war es in so einer Situation besser, möglichst viel Platz zwischen den Mitgliedern des Teams zu haben, aber solange eine Seite seines Visiers mit Echsenschleim bedeckt war, musste er auf Kellys Position zurennen, um den Feind im Auge behalten zu können.

Die Drohnen flogen über die Schlucht hinaus und die Plasmamörser ihrer eigenen Wraiths töteten mindestens ebenso viele der Insektenwesen wie Kellys M68. Aber John hatte bereits gewusst, dass die Außerirdischen ihr Bombardement nicht unterbrechen würden, nur weil ihre Lufteinheiten vorrückten. Die Allianz hatte schon oft bewiesen, dass ihr der Tod des Feindes wichtiger war als das Leben ihrer eigenen Soldaten, und ein Sperrfeuer war nur effektiv, solange man es aufrechterhielt.

Eine Woge aus Licht und Hitze hüllte John ein, als eine Plasmasalve an seiner vorherigen Position einschlug. Vornübergebeugt taumelte er durch den Rauch, über entwurzelte Farne und verborgene Baumwurzeln stolpernd, während die Druckwellen ihn vor sich her über den Hang schubsten. Erst nach einem halben Dutzend Schritte gewann er das Gleichgewicht wieder, und er ging hinter einem felsigen Vorsprung in Deckung.

Nun zuckte von Kellys Position aus eine zweite Linie aus blauen Schlieren über die Schlucht und der Mörserbeschuss wanderte von John fort auf sie zu. Sofort kletterte er auf den Vorsprung, wo er auch im Liegen über den Rauch hinwegblicken konnte, dann stützte er den Kanonenlauf auf den Fels und eröffnete erneut das Feuer.

Die Drohnen hatten die Schlucht zur Hälfte überquert, aber selbst aus einer Entfernung von fünfhundert Metern sah John noch, wie ihre segmentierten Leiber unter seinen Schüssen zerbarsten. Jetzt, wo der Lauf der Kanone auf stabilem Untergrund auflag, konnte er sein Zielkreuz präzise von Drohne zu Drohne lenken, und eine Wolke umherfliegender Chitinsplitter breitete sich über der Schlucht aus.

Seine Präzision erfüllte ihn mit Befriedigung; dennoch machte John sich keine Illusionen, dass er den Vormarsch der Drohnen aufhalten könnte. Selbst im besten Fall würden Kelly und er nur die Hälfte ihrer Angriffslinie eliminieren, bevor sie über ihnen hinwegflog und außer Reichweite verschwand. Was bedeutete, dass immer noch vierhundert Drohnen übrig wären, um über die Doukala-Mine herzufallen. Nein, ihr eigentliches Ziel war nach wie vor dasselbe: das Feindfeuer von Fred und Kelly abzulenken, damit sie die letzten beiden Brückenfahrzeuge zerstören konnten.

John warf einen Blick auf die Statusleuchten seines Teams und sah, dass Freds und Lindas Lämpchen gelb glühten – sie waren beide einsatzfähig, aber noch immer mit dem ersten Fahrzeug beschäftigt. Er feuerte seine zweite Salve ab, anschließend wuchtete er die Gausskanone auf seine Arme und sprang von dem Vorsprung in den dichten Rauch hinab. Er hasste es, eine so gute Feuerposition aufgeben zu müssen, aber er würde es noch viel mehr hassen, von einem Mörsergeschoss atomisiert zu werden.

Kellys Statusleuchte wechselte zu Grün – was bedeutete, dass sie die nächste Position erreicht hatte und zum Angriff bereit war. John drehte sich um und rannte schräg über den Hang. Jetzt konnte er den Vormarsch der Drohnen zwar nicht mehr verfolgen, aber es wäre zu berechenbar, wenn er sich einfach immer weiter auf Kelly zubewegte. Außerdem liefen sie dann Gefahr, dass sie einander zu nahe kamen; ihre Taktik funktionierte nur, solange sich die feindlichen Wraiths hin- und herdrehen mussten.

Einmal mehr füllte sich die Luft mit Hitze, brodelndem Rauch und Druckwellen, als Mörsergeschosse auf den Felsvorsprung schräg hinter ihm herabregneten. Er stolperte durch einen verglasten Krater – eine seiner vorigen Positionen, die von einer Plasmasalve getroffen worden war – und entdeckte einen zersplitterten Schwammbaum, der wie durch ein Wunder stehen geblieben war. Kurz entschlossen legte er den Lauf der Kanone auf eine Astgabel, bevor er über die Schlucht spähte.

Die Drohnen waren inzwischen zu einem langen, zuckenden Wall dunkler Gestalten herangewachsen, die mit schnell schlagenden Flügeln durch den Rauch glitten. Ihre krummen Arme hielten Plasmagewehre unter ihren lang gezogenen Leibern, und ihre herzförmigen Schädel schwenkten von einer Seite auf die andere, während sie nach Zielen suchten. John drückte den Abzug und das M68 riss ein zwanzig Meter langes Loch in ihre Angriffslinie. Mindestens ein Dutzend Drohnen regneten als Chitintrümmer in die Schlucht hinab.

Daraufhin schwappte ihm ein Inferno aus Plasmastrahlen entgegen, aber auf dem Sarpesikamm war er gut hundert Meter über seinen Feinden, und zielgenau bergab zu schießen, war um ein Vielfaches leichter, als zielgenau bergauf zu schießen. Die meisten Schüsse zischten harmlos über seinem Kopf hinweg; das Einzige, was ihn traf, waren ein paar verkohlte Stücke Schwammbaum, die von seinen Schultern abprallten.

Während sich der Baum vor ihm zusehends in seine Einzelteile auflöste, feuerte John ungerührt eine weitere Salve ab. Die Lücke in der feindlichen Reihe weitete sich auf fünfzig Meter aus … aber die Drohnen flogen weiter in ihrer ursprünglichen Formation und in ihrer ursprünglichen Richtung den Hang hoch, auf die andere Seite des Sarpesikamms und die Doukala-Mine zu.

Anstatt einen Schwarm in Johns Richtung loszuschicken, um seinem Beschuss ein Ende zu machen, deckten sie ihn lediglich mit Flankenfeuer ein. Versuchten sie, seine Aufmerksamkeit zu halten?

John hatte nicht vor, ihren Köder zu schlucken.

Er ließ die Gausskanone hinter dem Schwammbaum auf den Boden fallen, nahm das BR55-Kampfgewehr von der magnetischen Halterung an seinem Rücken und wirbelte auf die Seite herum, auf der er nichts sehen konnte.

Halb erwartete er, dass weitere Drohnen in sein Blickfeld huschen würden, als die schleimverschmierte Seite seines Visiers in Richtung der Kammspitze herumschwenkte, aber alles, was er sah, waren die blauen Blitze von Kellys Kanone, die sich durch den Rauch brannten und das obere Ende der feindlichen Angriffslinie ausdünnten. Die Drohnen machten auch keine Anstalten, sich ihrer Stellung zu nähern.

Die Sache gefiel ihm nicht.

Aber jetzt musste er erst einmal abrücken und seine Position wechseln, bevor die nächsten Mörsergeschosse einschlugen. Würde er in Kellys Richtung rennen, könnte er in die Plasmasalve hineingeraten, die für sie bestimmt war, also wandte er sich hangaufwärts.

»Blau Drei, Feuer einstellen«, befahl er auf dem Teamkanal. »Lass die M68 liegen und triff mich auf der Rückseite des Kammes.«

Kellys Statusleuchte blinkte grün.

John rannte zur Spitze des Kammes hoch, vorwärtsgeprügelt von den Druckwellen der ersten Mörsergeschosse, die auf seiner letzten Stellung niedergingen. Er bedauerte nicht weiter, dass sie die Gausskanonen zurückließen, denn Team Blau hatte noch zwei weitere in Reserve; sie waren im Kommandobunker des Fünften Bataillons verstaut, der sich auf der anderen Seite des Hanges befand … nur einige hundert Meter schluchtabwärts von der Stelle, wo gerade die Drohnen am äußeren Rand der Angriffslinie dahinflogen.

Und wenn sich die Drohnen zwischen Team Blau und dem Kommandobunker befanden, dann befanden sie sich auch zwischen Team Blau und den Zündern für die Sprengladungen an der Nasimbrücke und der Kharsis-Klamm.

Vielleicht hatte der feindliche Kommandant gar nicht vor, einen riskanten Luftangriff auf die Doukala-Mine zu starten. Vielleicht suchte er nach dem Kommandobunker, um die Brücke zu retten.

John schaltete sich in den Funkkanal des Fünften Bataillons ein. »Ghost Leader …« Das war Bah'ds Rufzeichen. »Die Drohnen nähern sich dem Kommandobunker auf dem Sarpesikamm. Ich wiederhole, sie nähern sich …«

»Das müssen Sie nicht zweimal sagen, John«, unterbrach Bah'd ihn. »Wir können es sehen.«

John wartete. Es war offensichtlich, welche Anweisung der Major jetzt geben musste. Er wollte nicht derjenige sein, der es aussprach … Aber als Bah'd nichts weiter sagte, erkannte er, dass ihm keine andere Wahl blieb.

»Major, Sie müssen die Brücke sprengen.« John erreichte die Spitze des Sarpesikamms und sah, dass das Mörserbombardement die Rückseite noch mehr in Mitleidenschaft gezogen hatte als die Vorderseite. Man konnte keine fünf Schritte machen, ohne über den Krater eines Mörsereinschlags zu stolpern. »Geben Sie den Befehl.«

»Ich versuche es ja.« Bah'ds knappe Antwort hatte weniger mit Johns Forderung zu tun als mit dem Kampflärm, der im Hintergrund zu hören war – oder zumindest hoffte er, dass es so war. »Der Kontakt ist abgebrochen.«

»Ich verstehe«, murmelte John. Das Fünfte Bataillon hatte zwei Trupps im Kommandobunker zurückgelassen, um Wache zu halten und die Fernzünder zu aktivieren. Angesichts der Kraterlandschaft vor ihm war es nicht weiter schwer, sich auszumalen, was mit ihnen geschehen war. »Haben Sie Ersatzzünder?«

»Ja, natürlich.« Bah'd begann zu keuchen, als wäre sie verwundet – oder außer Atem. »Es gibt Ersatzzünder für beide Sprengziele. Wir versuchen gerade, den für die Brücke zu erreichen.«

John drehte sich wieder zur Vorderseite des Sarpesikamms herum und sank auf ein Knie. Das Artilleriefeuer war inzwischen fast völlig verstummt, aber selbst wenn dem nicht so gewesen wäre, befand er sich hier hoch genug über dem Rauch und den umherfliegenden Trümmern, um freien Blick auf die Schlucht zu haben.

Eine Kompanie von mesranischen Soldaten rannte zu Fuß über die Brücke und hatte bereits ungefähr ein Drittel des Weges zum Sarpesikamm zurückgelegt. Die beiden anderen Kompanien –

oder was noch von ihnen übrig war – kauerten hinter ihnen im halb von Kanoneneinschlägen eingeebneten Dschungel und verschossen ihre letzten Raketen auf die Wraiths, die sich ihrerseits durch einen Friedhof minenzerfetzter EAF auf die Brücke zuschoben.

Die Schlacht hatte sich in ein Wettrennen verwandelt, und John bezweifelte, dass die Mesranis gewinnen würden. Er musste wohl oder übel zum Kommandobunker hinabsteigen und hoffen, dass die Fernzünder dort noch einsatzfähig waren oder zumindest repariert werden konnten. Über die Möglichkeit, dass sie völlig zerstört waren, hätte er am liebsten gar nicht erst nachgedacht – aber er musste.

»Was ist mit der Kharsis-Klamm?«, fragte John. »Wo ist der Ersatzzünder für dieses Ziel?«

»Hundert Meter oberhalb der Straße«, antwortete Bah'd. »Folgen Sie einfach dem Draht.«

»Verstanden«, bestätigte John. Ersatzzünder wie dieser waren immer direkt mit den Sprengsätzen verbunden, als letztes Mittel, falls die Funksignale gestört wurden. »Viel Glück.«

Kellys Identifizierungsmarker erschien auf dem Bewegungstracker von Johns HUD, und er drehte den Helm weit nach links, damit er sie durch die saubere Seite seines Visiers sehen konnte. Ihre grüne Mjolnir-Rüstung war mit Schlamm und Ruß bedeckt – offenbar war sie mehr als einmal nur mit knapper Not Mörsereinschlägen entkommen –, und ihr Visier, das sich blasenförmig um ihren gesamten Kopf wölbte, war von den weißen Linien verbrannter Fasern gezeichnet. John machte sich eine mentale Notiz, die Ausrüstung von Team Blau um ein Lösungsmittel zu ergänzen.

»Ist das nicht einfach *allerliebst?*«, kommentierte sie auf dem Teamkanal, nachdem sie sich fünf Meter weiter flach auf den Bauch fallen gelassen hatte. Sie deutete mit ihrem Kampfgewehr in Richtung der Schlucht, wo sich die vordersten Wraiths bereits der Auffahrt zur Brücke näherten und aus ihren Kanonentürmen Tod und Plasmafeuer auf die flüchtenden Mesranis schleuderten. »Was denken diese Kerle sich nur?«

»Vermutlich dasselbe wie ich mir.« John ließ die Position des Kommandobunkers von seiner Rüstung mit einem Wegpunkt markieren, dann richtete er sich auf und begann dicht unter der Kuppe des Hanges loszujoggen. »Ich hätte nicht zulassen dürfen, dass das Fünfte Bataillon die Brücke überquert.«

»Und wie hättest du das bitte angestellt?« Kelly stemmte sich auf die Beine hoch und folgte ihm. Sie achtete darauf, sich seitlich und weit genug hinter ihm zu halten, dass ein Einschlag sie nicht beide erwischen würde – es war schließlich durchaus möglich, dass eine Drohne sie entdeckte und ihre Position an die Wraiths übermittelte. »Du hast keine Befehlsgewalt über das Fünfte. Du gehörst ja nicht mal zum selben Militär.«

»Ich hätte es versuchen sollen.«

Er hatte Bah'ds Kompromiss akzeptiert, weil so jeder bekam, was er wollte, aber das Schlachtfeld war kein Ort für halbe Sachen. Jetzt verloren deswegen Menschen ihr Leben und die gesamte Mission war in Gefahr.

John befand sich hoch genug an der rückwärtigen Hangseite, dass er alle paar Schritte den Kopf recken und über den Kamm auf die andere Seite spähen konnte. Das Sperrfeuer hatte den Dschungel eingeebnet und die Ytterbium-Straße unter ihnen in eine Kraterwüste verwandelt, vom Ende der Nasimbrücke bis hinunter zu der scharfen Kurve, wo die Straße in Richtung der Kharsis-Klamm abknickte. Jetzt, wo die Wraiths das Feuer eingestellt hatten, schwirrten Hunderte Drohnen dicht über dem Hang dahin. Mit schlagenden Flügeln huschten sie von einem Einschlagkrater zum nächsten, während sie nach verborgenen Feinden suchten.

Oder nach etwas anderem.

»Sie haben es auf die Zünder abgesehen«, sagte John auf dem Teamkanal. Ein guter Taktiker – und genau das war der feindliche Kommandant augenscheinlich – würde auf Nummer sicher gehen wollen, dass die Zünder während des Bombardements zerstört worden waren. »Die Allianz will die Brücke intakt haben.«

»Das schaffen sie nicht.« Kelly machte eine Pause, dann fragte sie: »Oder?«

John riskierte es, den Kopf so weit hochzustrecken, dass er die Brücke sehen konnte. Ein Wraith hatte sie bereits zur Hälfte überquert, gefolgt von zwei weiteren, die in Abständen von jeweils dreißig Metern dahinglitten. Hinter den drei Panzern begann eine ganze Kompanie EAF, allesamt von Schakalen bemannt, mit der Überquerung. Der Rest der Kolonne wartete, bereit, herüberzuschwärmen, sobald das andere Ende der Brücke gesichert wäre.

Mindestens hundert Mesranis lagen zerfetzt auf der Fahrbahn; die Kanonengeschütze der Wraiths hatten kurzen Prozess mit ihnen gemacht. John zoomte an die Leichen heran und blickte von einem Gesicht zum nächsten, bis er Bah'd entdeckte. Ein Plasmatreffer hatte ein Loch in ihren Helm gebrannt und der Großteil ihres Kinns war fortgesprengt worden. Er prägte sich das Bild in allen Details ein, damit er es nie vergessen würde. Das kam davon, wenn man bei seiner Taktik Kompromisse machte. Das kam davon, wenn man seinen Instinkt dem Konsens opferte.

Schließlich duckte John sich wieder hinter die Kuppe des Hangs.

»Sie haben definitiv eine Chance.« Er begann den kraterübersäten Hang hinunterzulaufen. »Vielleicht sogar eine bessere als wir. Kommt ganz darauf an, was wir im Kommandobunker finden.«

»Du machst Witze, oder?«, entgegnete Kelly. »Sieh dich mal um. Das Einzige, was wir dort finden werden, sind verkohlte Knochen.«

»Wir müssen trotzdem nachsehen«, beharrte John.

Da der erste Wraith bereits halb über die Schlucht war, wäre es Selbstmord, den Ersatzzünder an ihrem Ende der Brücke erreichen zu wollen. Selbst wenn sie es schafften, sich einen Weg durch die Hundertschaften von Drohnen zu kämpfen, würden die Panzer sie vernichten. Einem direkten Beschuss durch Plasmakanonen waren nicht mal Mjolnir-Rüstungen gewachsen.

Freds und Lindas Statusleuchten wechselten auf Johns HUD zu Grün, aber er verzichtete darauf, sie um eine Lagemeldung zu bitten. Sie hatten das zweite Brückenfahrzeug ausgeschaltet und begannen jetzt mit der Suche nach dem dritten. Sobald auch dieses Ziel zerstört wäre, würden sie Bericht erstatten und nach weiteren Anweisungen fragen. So arbeiteten Spartans im Feld.

Effizient.

John war noch fünfzig Meter vom Kommandobunker entfernt – oder von dem, was einmal der Kommandobunker gewesen war –, als die ersten Drohnen in einer surrenden dunklen Wolke über der Kuppe des Sarpesikamms auftauchten.

»Oh, Mist.« Während Kelly noch sprach, wurde aus der Welle von Chitin und Flügeln eine Flut, und dann wurde die Flut zu einem Tsunami. »An denen kommen wir unmöglich vorbei.«

»Wenn wir uns beeilen, erreichen wir die Zünder vielleicht vor ihnen.«

»John, da *sind* keine Zünder mehr«, sagte Kelly. »Der Bunker hat einen direkten Treffer abbekommen. Von einer Plasmaladung. Da ist nichts mehr übrig.«

Eine Drohne entdeckte John und begann, weiße Energiestrahlen in seine Richtung zu schleudern. Er erwiderte das Feuer und durchlöcherte den Schützen, aber da rissen bereits Dutzende weitere Außerirdische ihre Waffen herum.

Die Spartans waren noch immer fünfundzwanzig Meter von dem Bunker entfernt, aber bereits aus dieser Entfernung konnte John sehen, dass der gesamte Bereich verglast war. Er musste nicht erst über die Mauer klettern, um zu wissen, dass es im Innern genauso aussah. Außerdem waren zehn Drohnen bereits dort und jede Sekunde erreichten mehr den Bunker.

John zog eine Splittergranate aus ihrer Magnethaltung, dann machte er sie scharf und sagte: »Also schön, gehen wir mal davon aus, du hast recht.«

Er warf die Granate in den Krater und änderte die Richtung, sodass er nun direkt den Hang hinabrannte, der Kharsis-Klamm entgegen. Spartans gaben nicht auf – aber sie warfen auch nicht sinnlos ihr Leben weg.

Rings um ihn jaulten Plasmastrahlen durch die Luft, und seine Rüstung knackste und zischte, als mehrere Geschosse davon abprallten. Ein Blick auf den Bewegungssensor zeigte ihm, dass Kellys ID-Symbol zwanzig Meter unter und ein Stück rechts von ihm in Position ging, also korrigierte er seinen Kurs in ihre Richtung.

Während er Feindbeschuss ausweichend und über Krater hinwegspringend den Hang hinunterstürmte, öffnete er noch einmal den UNSC-Funkkanal. »Brigade Actual. Blau Eins hier.«

»Blau Eins, Brigade Actual.« Es war wieder General Pahlavi persönlich, der sich meldete. »Ich höre?«

»Es steht wohl doch kein Angriff aus der Luft bevor«, meldete John. »Die Drohnen sind am Sarpesikamm beschäftigt.«

»Und diese Wraiths?«

Kellys Helm und Gewehrlauf tauchten über dem verglasten Rand eines Einschlagkraters auf, einen Moment später blitzten Sterne aus Licht vor der Mündung der Waffe auf. Die Leuchtspurgeschosse surrten so dicht an Johns Helm vorbei, dass er zusammenzuckte.

Oder zumindest glaubte er, dass das an den Leuchtspurgeschossen lag. Vielleicht war es auch die Aussicht auf das, was er dem General nun beibringen musste.

»Sie überqueren die Brücke, Sir.« Das Plasmafeuer ließ nach, als Kelly mehrere Drohnen abschoss und die anderen in Deckung schwirrten. »Wir konnten sie nicht sprengen.«

»Gott*verdammt*, Master Chief! Was ist passiert?«

»Kann ich das vielleicht in der Nachbesprechung erklären, Sir? Wir sind hier gerade ein wenig beschäftigt.« Als John den Krater erreichte, von dem aus Kelly seinen Rückzug deckte, markierte er einen neuen Wegpunkt auf dem HUD und lenkte seine Schritte wieder in Richtung der Kharsis-Klamm. Falls er den Ersatzzünder fand, könnten sie die Kolonne vielleicht noch aufhalten. »Eine Möglichkeit gibt es noch.«

Eine neue Stimme, scharf und weiblich, hallte aus dem Empfänger. »*Was* für eine Möglichkeit, Spartan?«

John war so überrascht, dass er den Echsenschleim auf seiner Gesichtsscheibe vergaß und der Länge nach in einen Krater stürzte, den er nicht gesehen hatte. Die Stimme gehörte Captain Amalea Petrov, der Kommandantin der *Night Watch*, einem Prowler der *Razor*-Klasse, der Team Blau seit dem Beginn der Allianz-Großoffensive vor sechs Wochen als mobile Basis diente. Rein technisch war sie nur an Bord ihres Schiffes Johns Vorgesetzte und Missionskommandantin – aber sie überschritt diese Linie praktisch schon seit dem Tag, als die Spartans die *Night Watch* das erste Mal betreten hatten.

John kletterte zum Rand des Kraters hoch und eröffnete mit seinem Kampfgewehr das Feuer, um Kelly Deckung zu geben, während sie hinter ihm nachrückte.

»Ma'am.« Während John auf dem Befehlskanal sprach, zerfetzte er mit drei Salven ebenso viele Drohnen. »Ich dachte, dass Prowler in feindlichem Raum Funkstille halten sollten, um ihre Position nicht zu verraten.«

»Dasselbe habe ich auch gedacht.« General Pahlavis Tonfall war barsch und drohend. »Vor allem, wenn sie sich in einen fremden Funkkanal einschalten.«

»Verzeihen Sie, General.« Petrov klang nicht wirklich, als würde es ihr leidtun. »Wir sind gerade im Anflug.«

»Was?!«

John war nicht sicher, ob er oder der General die Frage riefen –

nicht dass es einen Unterschied machte. Kelly sprang über ihn hinweg in den Krater, ließ das leere Magazin zu Boden fallen und rammte ein neues in die Waffe.

»Sie haben mich gehört«, sagte Petrov. »Wir kommen Team Blau holen.«

»*Was?*!« Diesmal war Johns ganz sicher, dass es seine Stimme war. Kelly kroch neben ihn und eröffnete das Feuer, damit er sich zum Boden des Kraters zurückziehen und nachladen konnte. »Wir stecken mitten in einer Schlacht, Ma'am.«

»Dessen bin ich mir bewusst«, erwiderte Petrov. »Aber diese Sache ist wichtig, Master Chief. Team Blau muss abholbereit sein, wenn ich dort unten ankomme. Der Befehl stammt direkt von Admiral Cole.«

John seufzte. »Wann?«

»Sie haben vierzehn Minuten.« Ein Navigationsmarker erschien auf seinem HUD – die Landezone befand sich neunhundert Meter entfernt, in Richtung von Fred und Linda. »Kommen Sie nicht zu spät. Wir müssen genauso schnell wieder raus, wie wir reinkommen.«

Kaum dass sie sich ausgeklinkt hatte, schnappte General Pahlavi: »Und was wird aus diesen Wraiths?«

John kletterte aus dem Krater. »Ich halte Sie auf dem Laufenden, Sir.«

Eine lang gezogene Salve ratterte los, als Kelly ihm Feuerdeckung gab. »John, was sollen ...«

»Du hast die Lady gehört«, sagte er. »Wir haben vierzehn Minuten.«

Während er weiter den Hang hinabbrannte, musste er wegen seines verschmierten Visiers alle paar Meter den Kopf drehen, um zu sehen, wie nahe ihm die Drohnen bereits gekommen waren, und zweimal musste er sein Kampfgewehr hochreißen und ein paar besonders schnelle Insektenwesen aus der Luft holen. Der Großteil des Schwarms schien sich aber noch immer mehr auf die

Suche nach den Fernzündern zu konzentrieren als auf den flüchtenden Spartan, und Kellys Feuerschutz reichte aus, um den Rest in Schach zu halten.

Freds und Lindas Statusleuchten waren auf Gelb umgesprungen und sie wurden nicht wieder grün. Entweder sie hatten das dritte Brückenfahrzeug noch nicht entdeckt, oder sie hatten Mühe, es auszuschalten.

John schaltete auf den Teamkanal, um sich zu vergewissern. »Blau Zwei, Statusbericht?«

»Sie halten das Ziel außer Schussweite zurück«, berichtete Fred.

Natürlich. Die Außerirdischen würden ihr letztes Brückenfahrzeug nicht riskieren, solange sie die Brücke intakt einnehmen konnten. Dieser Allianzkommandant war schlau.

Zweihundert Meter über der Kharsis-Klamm warf John sich in einen kleinen Krater. In diesem Bereich hatte es längst nicht so viele Einschläge gegeben wie weiter oben am Hang, und es standen noch genug Schwammbäume, um sein Blickfeld zu blockieren, aber immer wieder sah er die Ytterbium-Straße zwischen den Ästen hervorblitzen, wenn sie sich an den Wänden der steilen Klamm entlang nach innen wölbte.

Er drehte sich herum und feuerte den Hang hoch, um nun seinerseits Kelly Feuerschutz zu geben. »Blau Zwei, Blau Vier – vergesst das Brückenfahrzeug«, befahl er. »Begebt euch sofort zum Abholpunkt.«

»Bist du sicher?«, fragte Linda. »Wenn du die Klamm sprengst, werden sie einfach das Brückenfahrzeug nehmen und …«

»Wir wissen nicht, wie lange sie dafür brauchen«, erwiderte John. Spartans gaben niemals auf. »Und wir müssen in vierzehn Minuten an Bord der *Night Watch* sein. Also setzt euch in Bewegung.«

»Verstanden«, sagte Linda. »Wir sichern die Landezone.«

»Gut.« Kelly schlitterte zu John in den Krater und wechselte das Magazin. »Wir werden Feuerdeckung brauchen.«

Ein harter Knall ertönte auf der Straße unter ihnen, und als John den Kopf drehte, sah er ein EAF, das auf einer Wolke aus Erde und Flammen in die Höhe gewirbelt wurde. Einen Moment später folgte eine zweite Explosion, und ein weiteres EAF flog durch die Luft. Das Ganze wiederholte sich wieder und wieder, jedes Mal ein paar Meter näher an der Kharsis-Klamm als zuvor.

»Wir haben keine Zeit mehr.« John schob ebenfalls ein neues Magazin in sein Gewehr, dann wandte er sich wieder hangabwärts und kletterte aus dem Bunker. »Halte mir die Krabbler vom Leib.«

»Gerne«, bestätigte Kelly. »Aber wenn sie immer noch ein Brückenfahrzeug haben, warum machen wir uns dann überhaupt …?«

Der Wald unter ihnen begann sich in Rauch aufzulösen, als das Donnern von Kanoneneinschlägen die Luft erfüllte. Baumstämme und Moosfarne zersplitterten, Schlamm und Erde spritzten in mannshohen Fontänen hoch in die Luft … und Splitter des Ersatzzünders und der Zündleitungen waren sicher auch darunter. Der gesamte Dschungel wurde eingeebnet bis hinab zur Ytterbium-Straße, wo sich der erste Wraith gerade um die Kurve zur Kharsis-Klamm schob und dabei Plasmaladung um Plasmaladung auf den Hang abfeuerte.

»Die Wraiths sind hier!« John aktivierte den UNSC-Befehlskanal im selben Moment, als er sich wieder in den Krater warf. »Wir konnten sie nicht aufhalten. Es tut mir leid, General. Es war einfach nicht möglich.«

4. KAPITEL

Der Plasmabeschuss setzte sich ohne Unterlass fort und mähte den Wall aus Moosfarnen und Bäumen systematisch nieder. Eine Welle aus Rauchwolken und Schlammgeysiren rollte durch den Dschungel, während die Drohnen ihren Beschuss unablässig fortsetzten. Wann immer einer ihrer Plasmastrahlen Johns Mjolnir traf, wurde das Knistern und Knacken der Rüstung tiefer – ein sicheres Zeichen, dass die Außenhülle bald nachgeben würde. Fred und Linda hatten die Landezone bereits erreicht, aber er und Kelly waren noch dreihundert Meter und mindestens vier Minuten entfernt, und falls die *Night Watch* nicht wartete, waren sie so gut wie erledigt.

Vielleicht hätten sie nicht den Weg durch den Dschungel wählen sollen. John hatte es für ihre beste Option gehalten, als sie mit hundert Drohnen im Nacken über die kraterübersäte Rückseite des Sarpesikamms gestolpert waren. Und tatsächlich hatte das dichte Blätterdach ihre Verfolger abgebremst und den Spartans ein wenig Deckung geboten, aber jetzt … Jetzt musste John sich fragen, ob sie das Unvermeidliche einfach nur hinausgezögert hatten.

66

Kelly sprintete ein Dutzend Schritte vor ihm, weit genug voraus, dass der Feind sie nicht beide gleichzeitig treffen konnte. Aber sie war die schnellste Läuferin unter den Spartans, und eigentlich hätte sie bereits viel weiter sein können, vielleicht sogar schon bei der Landezone.

»Blau Drei, lauf schon mal vor«, forderte John sie auf. »Stell sicher, dass Commander Petrov auf uns wartet.«

»Sie wird warten. Das weißt du.«

»Das war ein Befehl«, sagte John. »Wenn die *Night Watch* nicht mehr da ist, müssen wir umplanen und einen Weg zu den Evakuierungsschiffen der Kampfpioniere finden.«

Es dauerte ein paar Herzschläge, ehe Kelly antwortete. »Verstanden. Aber ich weiß, was du tust.«

»Ich gebe einen Befehl.« John wollte nicht den Helden spielen – tote Helden gaben lausige Anführer ab –, aber er wusste auch, dass gute Anführer niemals unnötig das Leben eines Soldaten wegwarfen. »Lauf voraus und sag mir, wie es an der Landezone aussieht.«

Kelly zog das Tempo an und schon bald war ihre Rüstung zwischen den Büschen und Ästen verschwunden. John nahm derweil seine letzte Granate in die Hand. Die Explosion würde selbst im besten Fall nur ein paar Drohnen aus der Luft holen, aber sie würde Dutzende weitere desorientieren. Falls John Glück hatte, könnte das ausreichen, um die zweihundert Meter bis zur Landezone zurückzulegen, ehe der Feind ihn einholte. Er drückte den Zündknopf und warf die Splittergranate über die Schulter. Einen Moment später füllte sich die saubere Seite seines Visiers mit Helligkeit. Zu früh, um von seiner Granate zu stammen.

Obwohl er sofort den Kopf herumriss, brannten sein Ohr und seine Wange, als hätte man ihm kochendes Wasser ins Gesicht geschüttet. Während die nächsten Plasmaschüsse heranjaulten, warf er sich zur Seite – auf seine schleimgeblendete Seite. So konnte er nicht sehen, womit er zusammenprallte, aber es war hart und unnachgiebig, und er stolperte in die andere Richtung zurück.

Er machte das Beste daraus, indem er herumwirbelte, einhändig sein BR55 hob und mehrere Kugeln auf die dunkle Masse von Drohnen abfeuerte, die hinter ihm über den Moosfarnen näher kam. Die beiden vordersten Angreifer stürzten zu Boden, dann loderte zwischen den anderen ein Feuerball auf. Granatensplitter und Insektenblut spritzten gegen Johns Visier und die Druckwelle brachte ihn vollends aus dem Gleichgewicht. Er kippte nach hinten ... bis ihn ein titaniumlegierter Kampfhandschuh am Kragen packte.

»Hör auf herumzutrödeln.« Es war Fred. »Wir haben eine Verabredung.«

Während Fred John auf die Beine zog, blitzte zu beiden Seiten Mündungsfeuer aus dem Unterholz auf – und es waren nicht nur zwei Spartans mit ihren Kampfgewehren. Was John hörte, war das Donnern von zwei *Dutzend* vollautomatischen Waffen – mehrere Einheiten von Soldaten. Die meisten benutzten MA5Ber, aber da waren auch mehrere leichte Maschinengewehre vom Typ M739 und eine Handvoll M247er auf tragbaren Gestellen.

Innerhalb von zwei Sekunden war alles vorbei. Der Drohnenschwarm klatschte in Fetzen und Brocken auf die Farne herab, und eine unheimliche Stille senkte sich über den Bereich, unterbrochen allein vom fernen Donnern der ersten Mörsergeschosse, die auf die Doukala-Mine niedergingen.

John konsultierte seinen Bewegungstracker und sah, dass sich vor ihm eine Reihe grüner Punkte durch den Dschungel erstreckte. Als er den Punkten mit dem Blick folgte, entdeckte er vier Gruppen von Marines in voller Kampfrüstung, die sich gerade aus ihren verborgenen Positionen erhoben.

Kelly trat zu ihm. »Ich kann bestätigen, dass Petrov auf uns wartet.« Sie legte den Helm schräg. »Wer hätte das gedacht?«

»Hat denn jemand daran gezweifelt?«, fragte Fred. Er deutete über die Schulter, in Richtung der Landestelle. »Sie möchte dich sehen. *Dringend.*«

»Danke für die Warnung.« John drehte sich herum. »Dann wollen wir sie nicht weiter warten lassen.«

Linda sprang von ihrer Position zwischen den Ästen eines Schwammbaums herab und übernahm gemeinsam mit Fred die Führung. Sie führten Team Blau und die Marines auf einem Pfad von erst kürzlich niedergetrampeltem Boden zu einer gluckernden Senke, wo die Mesranis eine behelfsmäßige Landezone aus dem Dschungel herausgesprengt hatten. Die Plattform war zu klein für den breiten Rumpf des *Razor*-Prowlers, darum saß die *Night Watch* mitten in dem kleinen Fluss, der am Grund der Senke dahinplätscherte. Ihre Landefüße ruhten auf gefällten Baumstümpfen und niedergedrückten Farnen zu beiden Seiten des Ufers. Die Spartans näherten sich dem Schiff von hinten; der Bug des Prowlers war flussabwärts ausgerichtet, dorthin, wo sich die Doukala-Mine befand.

In der offenen Einstiegsluke stand eine schlanke Frau in schwarzem Kampfoverall, flankiert von zwei schweren Maschinengewehren vom Typ M247, die auf das Deck geschraubt waren und von Mannschaftsmitgliedern bemannt wurden. Als die Frau die Spartans aus dem Dschungel auftauchen sah, richtete sie einen Finger auf John, dann machte sie auf dem Absatz kehrt und marschierte zurück in den Frachtraum.

»Ich glaube, wir haben Feindkontakt«, witzelte Linda über die Schulter. »Brauchst du Verstärkung?«

»Danke, aber ich werde es überleben … hoffe ich.«

John folgte Fred und Linda in den Frachtraum und erst dort hängte er sein Kampfgewehr an die Magnethalterung hinter seinem Rücken. Anschließend schritt er über das Deck zu Lieutenant Commander Amalea Petrov. Sie hatte ein von Sorgenfalten gezeichnetes Gesicht mit eisblauen Augen über einer Stupsnase und einem zierlichen Kinn, eingerahmt von kupferrotem Haar, das bis zu besagtem Kinn hinabreichte. Aber da war nichts Zierliches an ihrer grimmigen Miene, und sie schien nur noch grimmiger zu werden, als John näher kam.

Er blieb einen Schritt vor ihr stehen und salutierte. Trotz seiner verschmierten Gesichtsscheibe nahm er den Helm nicht ab. Petrov kannte sein wahres Alter zwar, aber es war vermutlich keine gute Idee, sie daran zu erinnern. Wie die meisten Offiziere nahm sie Vorschläge und Einschätzungen ernster, wenn sie dabei nicht in das Gesicht eines Fünfzehnjährigen blickte.

Petrov erwiderte den Salut abgehackt. »Ich habe vierzehn Minuten gesagt, Spartan. Nicht *achtzehn* ...« Sie blickte auf ihre Uhr, dann korrigierte sie sich. »Neunzehn.«

»Wir konnten die Mission nicht in vierzehn Minuten beenden, Ma'am.« John beendete den Salut, indem er die Hand senkte, aber er entschuldigte sich nicht. Sobald Team Blau von Bord ging, leitete er die Mission, nicht Petrov – und wenn er sich dafür entschuldigte, dass er seinen Job machte, würde sie das nur ermutigen, weiter ihre Befugnisse zu überschreiten. »Wir brauchten neunzehn.«

»Und? *Haben* Sie?«

»Haben wir was, Ma'am?«

»*Die Mission beendet,* Master Chief. Haben Sie die Wraith-Kolonne aufgehalten?«

»Nein, Ma'am.«

Das zuzugeben, schmerzte mehr, als er erwartet hatte. Nicht unbedingt, *weil* die Mission gescheitert war, sondern mehr der Grund, *warum* sie gescheitert war. Der einzige Vorteil der Menschheit gegenüber der Allianz – ihre überlegene Infanterie und ihr taktisches Verständnis am Boden – schien ins Wanken zu geraten.

Die Außerirdischen hatten genauso klug taktiert wie die Spartans – vielleicht sogar noch klüger. Sie hatten ihre Absichten getarnt und dann das Überraschungsmoment für ihren Angriff genutzt. Noch beunruhigender war, wie schnell und gnadenlos sie den einzigen Fehler der Verteidiger – die Entscheidung des Fünften Bataillons, die Nasimbrücke zu überqueren – ausgenutzt hatten. Wenn die anderen Kommandanten der Allianzinfanterie auch nur halb so gut waren wie dieser, dann steckte die Menschheit in größeren Schwierigkeiten, als das Flottenkommando glaubte.

»Master Chief?«

Petrovs Ton war scharf, und John erkannte, dass er eine Frage überhört hatte. Erst das Gefecht gestern auf der Bogadlan-Ebene, heute das Plasmainferno des Sarpesikamms – Team Blau hatte mehr als vierundzwanzig Stunden ohne Pause gekämpft. Nicht mehr lange und *er* würde die Nebenwirkungen von Schlafmangel zu spüren bekommen.

»Ich fragte, ob Sie verletzt sind«, sagte Petrov. »Oder ignorieren Sie mich lediglich?«

»Weder noch.« Johns Bewegungstracker füllte sich mit den grünen Punkten von Verbündeten, als die Marines in den Frachtraum hochstiegen. »Ich habe nur nachgedacht.«

»Ach, das können Sie auch?« Petrovs Augen wurden schmal, und sie wandte sich der Luke zu, die in den vorderen Teil der *Night Watch* führte. »Wir werden diese Unterhaltung auf dem Flugdeck fortsetzen, Spartan.«

»Ja, Ma'am.« Bevor John ihr durch die Luke folgte, aktivierte er den Teamkanal und sprach unbemerkt zu seinen Spartans. »Geht in die Ausrüstungskammer, damit das Wartungsteam mit euren Rüstungen anfangen kann. Was immer hier los ist, wir müssen bereit sein.«

Ihre Statusleuchten blinkten grün, also ging John hinter Petrov her. Es gab mehrere Orte an Bord, wo sie sich ungestört hätten unterhalten können, insofern wusste er nicht, warum sie zum Flugdeck wollte. Aber er war sicher, dass sie ihre Gründe hatte. Petrov war nämlich ebenfalls eine gerissene Taktikerin; alles, was sie tat, war auf maximale Effektivität ausgelegt. Oft war John nicht sicher, wie weit er ihr vertrauen konnte, aber er versuchte, aufgeschlossen zu bleiben. Erst vor Kurzem hatte er auf die harte Tour gelernt, dass man vor allem bei den Offizieren vorsichtig sein musste, die sich mehr wie Freunde und weniger als Anführer gebärdeten.

Petrov trat durch die offene Tür auf das Flugdeck, wo völlige Stille herrschte, obwohl eine vollständige Mannschaft Dienst schob. Pilotin und Kopilot saßen in dem leicht tiefer liegenden Cockpit ganz vorn, dahinter hatten der Navigator und der Kommunikationsoffizier ihre Stationen und seitlich davon befanden sich die Instrumente der Sensoroffizierin und des Waffenoffiziers.

Nachdem sie die Mannschaft mit einem knappen »Weitermachen« angehalten hatte, sich weiter auf ihre Aufgaben zu konzentrieren, nahm Petrov auf dem Kommandantensessel im hinteren Teil des Abteils Platz und begann, die in die Armlehne eingelassenen Tasten zu drücken. Daraufhin erschien eine taktische Karte unter dem Holoprojektor, der direkt vor dem Sessel an der Decke befestigt war. Die Karte zeigte die Klamm als doppelte Linie aus glühendem Grün und den Himmel als einen schmalen Keil aus schwammigen weißen Wolken zweihundert Meter darüber.

Petrov schob einen Finger in das Hologramm, zu einer Linie winziger Ws – Wraith-Symbole –, die sich vom Rand her der Klamm näherten.

»Sie haben meine Crew und meinen Prowler gefährdet, Master Chief«, sagte sie. »Und Sie haben sich und den Ersten Zug gefährdet. Für nichts und wieder nichts.«

»Es war meine Entscheidung«, erklärte John. »Wir mussten es versuchen.«

»Sogar wenn es jeden hier an Bord das Leben gekostet hätte?«, entgegnete Petrov. »Denn so hätte es ganz leicht enden können.«

John trat neben den Kommandosessel, dann beugte er sich vor und drehte den Helm, damit er das taktische Holo durch die saubere Seite seines Visiers studieren konnte. Die Wraiths waren die einzigen sichtbaren Feinde, und nichts deutete darauf hin, dass sie von dem Prowler wussten, der keine vier Kilometer entfernt im Dschungel gelandet war.

Nach ein paar Sekunden sagte er: »Ich sehe keine Bedrohung. Die Aliens haben keine Ahnung, dass wir hier sind.«

»Sie konzentrieren sich auf die falschen Aliens.«

Petrov tippte einen weiteren Befehl in das Tastenfeld, woraufhin das Blickfeld nach oben schwenkte, bis die weißen Wolken den unteren Rand des Darstellungsbereichs formten. Nun konnte man bis ins Weltall hinaufblicken, wo ein großer Schwarm feindlicher Seraphs – jeder mit einem S markiert – in einem niedrigen Orbit umherschwirrte.

Was Johns Aufmerksamkeit erregte, waren aber die Markierungen im *unteren* Teil des Holos, dicht über der Wolkendecke. Die Außerirdischen hatten eine große Zahl von Banshees über dem Schlachtfeld und mindestens zwanzig von ihnen kreisten praktisch direkt über dem Sarpesikamm und der Doukala-Xenotim-Mine.

Petrov blickte zu der blonden Frau an der Sensorstation hinüber. »Wie viele sind es inzwischen, Fähnrich Gombaz?«

»Ich schätze, so drei Staffeln Banshees«, antwortete Gombaz. »Und dazu noch eine Staffel Seraphs. Es ist schwer, genaue Angaben zu machen; wir haben hier unten nur ein begrenztes Sensorfeld, und die Seraphs verschwinden immer wieder aus dem Erfassungsbereich, während sie den Orbit wechseln, um über uns zu bleiben.«

»Irgendeine Spur von ihrem Mutterschiff?«

»Nein, Ma'am«, sagte Gombaz. »Aber es kann nicht weit sein. Diese Jäger haben keine große Reichweite.«

»Sehr gut. Halten Sie mich auf dem Laufenden.« Petrov wandte sich wieder zu John um. »Vor vier Minuten waren diese Flieger noch nicht hier. Wir hätten bereits wieder weg sein sollen, bevor sie unsere Position erreichten. Stattdessen kauern wir nun im Dreck und hoffen auf eine Chance zur Flucht.«

»Wir hatten eine Mission zu erfüllen.«

»Falsch. Sie hatten eine Mission, die sie nicht erfüllen konnten.« Petrov schüttelte den Kopf, doch dann schlug sie einen versöhnlicheren Ton an. »Hören Sie, ich weiß, dass Spartans niemals aufgeben – das verstehe ich. Aber Sie dürfen bei aller Entschlossenheit nicht den Überblick verlieren, John. Manchmal ist Stolz es nicht wert, alles andere zu riskieren.«

»Mit Stolz hatte das nichts zu tun, Ma'am«, entgegnete John. »Nur damit, zu verhindern, dass der Feind an die Xenotim-Vorkommen dieses Planeten kommt.«

»Wenn Sie das sagen«, winkte Petrov ab. »Aber wir wissen doch nicht mal, was die Aliens mit dem Xenotim vorhaben. Und ein Spartan ist wertvoller als ein Dutzend Xenotim-Minen – allein schon, was die Kosten für seine Ausrüstung und seine Ausbildung angeht.«

»Wenn man einen Krieg gewinnen will, muss man manchmal Risiken eingehen.«

»Wenn man einen Krieg gewinnen will, muss man aber auch das Risiko gegen den Nutzen abwägen.« Petrov atmete stoßartig aus. »John, glauben Sie, Admiral Cole hätte mich angewiesen, Team Blau mitten in einer Operation auszufliegen, wenn diese Sache nicht wichtiger wäre als eine Xenotim-Mine? *Viel* wichtiger?«

Bevor John antworten konnte, drehte sich der Kommunikationsoffizier zu Petrov um und sagte: »Verzeihung, Commander.«

Sie bedeutete John mit erhobenem Finger, zu warten, dann nickte sie dem Offizier zu. »Ja, Lieutenant Heuse?«

»Der Funkverkehr deutet darauf hin, dass die 24te in zwölf Minuten eine groß angelegte Evakuierung startet.«

»*Zwölf Minuten?*«, wiederholte Petrov. »Warum dauert das so lange?«

»Die 24te ist eine volle Pionierbrigade, Ma'am«, warf John ein.

74

»Fünftausend Soldaten zusammenzurufen und an Bord zu bringen, dauert Zeit.«

Petrov bedachte ihn mit einem finsteren Blick, bekam aber keine Gelegenheit, ihn für seine Einmischung zu rügen, denn Heuse schüttelte entschieden den Kopf.

»Das ist nicht der Grund für die Verzögerung«, erklärte er. »Sie haben ein weiteres dieser seltsamen Tunnelnetzwerke unter der Erzader gefunden. Die Pioniere glauben, dass sie es nutzen können, um die mesranische Anlage zum Einsturz zu bringen – und einen Teil der Allianztruppen gleich mit zur Hölle zu schicken. Soll ich sie kontaktieren und vorschlagen, dass sie es bleiben lassen?«

Nach kurzem Überlegen schüttelte Petrov den Kopf. »Nein, Lieutenant. Die 24te soll nicht wissen, dass wir noch immer hier sind.«

John wollte nicht noch mehr von Petrovs vernichtenden Blicken provozieren, aber er konnte seine Überraschung nicht unterdrücken. »Wie sollen wir uns dann mit ihnen koordinieren?«

Heuse senkte bedauernd den Kopf, während er sich wieder seinen Instrumenten widmete.

Petrov hingegen wirkte in erster Linie verärgert. »Wir sind ein Prowler, Master Chief. Wir sind nicht hier, um uns mit irgendwem zu *koordinieren*.«

»Ich verstehe, Ma'am.« John hatte im Lauf der letzten Monate schon mit zahlreichen Prowler-Kommandanten zusammengearbeitet, und sie alle hatten zwei Eigenschaften gemeinsam: Sie waren außerordentlich fähig und extrem verschlagen. Aber selbst unter ihnen spielte Petrov in ihrer ganz eigenen Liga. »Sie werden die Evakuierung nutzen, um unbemerkt zu fliehen.«

Sie nickte. Widerwillig.

»Ma'am …«

John wusste nicht, was er sagen sollte. Die Evakuierungsschiffe der 24ten waren schwerfällig, mit dünner Panzerung und magerer

Bewaffnung – nicht gerade Schlachtkreuzer. Wahrscheinlich würden sie den Angriff der Banshees auch ohne die Hilfe der *Night Watch* überleben, aber sobald sie den Orbit erreichten, wären sie leichte Beute für die Seraphs … und falls sich das Mutterschiff der Jagdmaschinen in den Kampf einschaltete, waren sie schon so gut wie tot.

»Ist das moralisch vertretbar?«

Petrovs Miene wurde vollkommen ausdruckslos. »Es ist *effektiv*«, sagte sie. »Und im Moment ist das alles, was zählt.«

Als sie einen weiteren Befehl an ihrer Armlehne eingab, machte das taktische Hologramm einer zweidimensionalen Videoaufzeichnung Platz. Das Bild zeigte eine von braunen Wolken umwogte Scheibe, und John brauchte einen Moment, um den Planeten zu identifizieren. Es war Netherop, eine unbewohnte Treibhauswelt, die er vor einigen Wochen bei einer Mission selbst umkreist hatte. Damals hatten die Spartans versucht, ein Allianz-Kampfschiff zu erobern – leider erfolglos. Netherop befand sich im selben Sektor wie Mesra, nur ein paar kurze Slipspace-Sprünge entfernt und tief in der Grenzregion, wo Spezialeinheiten des UNSC, die sogenannten »Wolf Packs«, Anschläge auf die Transportrouten der Allianz durchführten, allein fliegende Schiffe überfielen und Versorgungskonvois störten, um den Vormarsch des Feindes hinauszuzögern.

Während die Aufzeichnung weiter abgespielt wurde, tauchten die orangefarbenen Schweife von sieben Raketen im Bild auf. Sie zogen über Netherops perlfarbener Mesosphäre hinweg, dann wurden sie abrupt langsamer und sanken in die braune Atmosphäre des Planeten hinab. Hinter ihnen folgte die langhalsige Scheibe einer leichten Allianzfregatte – oder zumindest klassifizierte das UNSC sie als solche. Das schmal zulaufende Heck des Schiffes flackerte unter den Einschlägen weiterer Raketen, und dunkle Flecken zeigten an, dass es schon seit einiger Zeit Schaden nahm.

Die harte Stimme von Vizeadmiral Preston J. Cole hallte aus dem Lautsprecher an der Decke des Flugdecks. »Dieses Video wurde von der Brücke der *Kayenta* aus am dritten Juni um 21:00 Uhr über Netherop aufgenommen.«

Vor weniger als zwei Tagen, erkannte John.

»Die *Kayenta* ist das Flaggschiff von Einsatzgruppe Pantea«, erklärte Petrov. Sie musste nicht extra erwähnen, dass es sich um einen Zerstörer der *Halberd*-Klasse ohne eigenes Marine-Kontingent handelte; alle Wolf-Pack-Einheiten, die zum Kampfverband X-Ray gehörten, benutzten diese Schiffe. »Begleitet wurde sie von der *Chaco,* der *Cibola,* der *Mesa Verde* und der *Rio Grande.*«

John fragte nicht, was mit der anderen Hälfte der Einsatzgruppe geschehen war. Die Lebenserwartung von Wolf-Pack-Zerstörern wurde in Wochen gemessen.

Coles Stimme kommentierte unterdessen weiter das Video: »Wir haben der Allianzfregatte den Codenamen *Glücksfall* gegeben. Ihre Schilde und schweren Waffen wurden von der ersten MAC-Salve des Wolf Packs ausgeschaltet, und Captain Greyveld hat die Gunst der Stunde erkannt und genutzt.«

Die schlanken, pfeilförmigen Umrisse von zwei Zerstörern der *Halberd*-Klasse schoben sich auf die außerirdische Fregatte zu, wobei sie mit ihren Archer-Raketen weiter Stücke aus dem Heck des größeren Schiffes sprengten. Die *Glücksfall* reagierte, indem sie hart nach Backbord wendete; sie wollte den Angreifern ihre Flanke zudrehen und sie mit einer Breitseite ihrer noch immer funktionsfähigen Impulslaser beharken.

Ein schrecklicher Fehler. Die Laser der Fregatte stanzten zwar mehrere Krater in den dick gepanzerten Bug der Verfolger, aber die andere Seite der scheibenförmigen Hülle tauchte dabei in die Mesosphäre des Planeten ein und begann rot zu glühen, als die Reibung das Schiff langsam aus seinem Orbit zog. Ein paar Minuten lang sah es so aus, als könnte die *Glücksfall* ihre lang gezogene Nase noch herumdrehen und sich wieder aufrichten, doch dann kippte der Bug weg, und die Fregatte begann einen langen, rauchumwogten Sinkflug in die braunen Wolken von Netherop.

Das Video wechselte zu einer Nahaufnahme von Admiral Coles grauhaarigem Kopf. Sein Gesicht war schmal und von tiefen Sorgenfalten gezeichnet.

»Die *Chaco* hat ihre beiden Pelicans in die Atmosphäre geschickt, um sich ein Bild von der Lage zu machen«, erklärte er. »Nur einer von ihnen ist zurückgekehrt, aber er hatte Bildmaterial davon, wie der andere durch die Impulslaser der *Glücksfall* abgeschossen wurde.«

Cole machte eine Pause – lange genug, sodass John sich schon wunderte, ob das Video vielleicht stehen geblieben war. Als der Admiral schließlich weitersprach, lag ein Schimmern in seinen Augen, das ihn mit einem Mal zehn Jahre jünger aussehen ließ.

»Ich muss Ihnen nicht sagen, was das bedeutet, Amalea, also will ich direkt zum Punkt kommen. Sektion Drei hat bereits ein Bergungsschiff des ONI losgeschickt, um die *Glücksfall* zu einer sicheren Anlage zu schleppen, aber die Mannschaft hat weder die nötige Erfahrung noch die nötige Ausrüstung, um eine bemannte Allianzfregatte zu stürmen und zu sichern – erst recht nicht, bevor jemand an Bord die Selbstzerstörung aktiviert.«

John atmete langsam aus. »Dann ... fliegen wir also nach Netherop.«

Petrov hielt die Aufzeichnung an. »Sie klingen ja nicht gerade erfreut«, kommentierte sie. »Würden Sie etwa lieber hier auf Mesra bleiben?«

»Bei allem Respekt, Ma'am, es ist nie klug, sich über einen Köder zu freuen.«

»Sie meinen, die Gelegenheit ist zu gut, um wahr zu sein?«

»Ich glaube nicht an Zufälle«, erwiderte John. »Bei Netherop unternahmen wir unseren ersten Versuch, ein Allianzschiff zu entern. Der Feind weiß also, dass wir den Planeten im Auge behalten. Und er ist nicht weit von Mesra entfernt, wo sie wiederholt Kontakt mit einem Team von Spartans hatten.«

Petrov zog die Augenbrauen hoch. »Sie glauben, die Allianz würde eine ganze Fregatte opfern, nur um vier Spartans zu töten?«

»Oder um uns gefangen zu nehmen.« John drehte seinen Helm so, dass er ihr ganzes Gesicht sehen konnte. »Sie haben doch selbst gesagt, jeder von uns ist ein Dutzend Xenotim-Minen wert.«

»Was offensichtlich ein Fehler war«, brummte Petrov. »Ich muss wirklich lernen, den Mund zu halten, bevor Sie vor Eitelkeit noch aus ihrer Rüstung platzen.«

John war froh, dass sie ihn durch sein Visier nicht lächeln sehen konnte. »War das ein Scherz, Ma'am?«

»Hoffentlich.« Petrov hielt kurz inne, dann fragte sie: »Glauben Sie, wir bekommen es mit ihrer Spezialeinheit zu tun?«

John seufzte leise. Bei einer ihrer letzten Operationen, die im Angriff auf eine Versorgungswelt der Allianz gegipfelt hatte, hatten die Spartans mehrmals gegen gut ausgebildete Krieger in dunkelroter Rüstung gekämpft. Im Laufe der Mission war John mehr und mehr zu dem Schluss gelangt, dass der Feind eine spezielle Truppe von Spartan-Jägern zusammengestellt hatte. Leider hatte er den Fehler begangen, Dr. Catherine Halsey – der Gründerin, Chefwissenschaftlerin und administrativen Leiterin des SPARTAN-II-Programms – von diesem Verdacht zu erzählen.

Dr. Halsey war zu zwei Dritteln Wissenschaftlerin und zu einem Drittel Übermutter, und sie hatte sofort eine Liste von Prozeduren und Vorsichtsmaßnahmen zusammengestellt, die beachtet werden sollte, wo immer ihre Spartans ins Kriegsgeschehen eingriffen. Seitdem war John aufgefallen, dass einige Offiziere im Umgang mit den Spartans einen skeptischen, bisweilen sogar spöttischen Ton anschlugen.

»Es ist zu früh für irgendwelche Rückschlüsse, Ma'am«, sagte er. »Fragen Sie mich noch mal, wenn wir irgendwo rote Rüstungen sehen.«

»Das sollte kein persönlicher Seitenhieb sein, John.«

Petrov berührte ihre Armlehne. Das Video wurde mit dreifacher Geschwindigkeit vorgespult, und Coles Miene verzog sich in einem Marathon wechselnder Gesichtsausdrücke, während er weitersprach.

»Um es kurz zu machen: Der Admiral sagt, dass Einsatzgruppe Pantea nahe Netherop in Position bleiben wird, um Flottenunterstützung zu leisten und etwaige Versuche der Allianz abzuwehren, falls sie die *Glücksfall* zurückholen will«, fasste Petrov zusammen. »Aber sie können nicht lange dort ausharren. Wir müssen uns also beeilen – weswegen Sie diesmal auch nur einen Zug regulärer Marines als Verstärkung bekommen und keine OAST-Einheit. Die Überlebenden Black Daggers sind über mehrere Systeme verteilt, um andere Einheiten auszubilden, und Admiral Cole hat niemanden, den er sonst schicken könnte.«

»Das würde ohnehin keinen Unterschied machen«, sagte John. »Es ist eine Falle.«

»Vermutlich. Sie sind jedenfalls nicht der Einzige, der das glaubt.«

Petrov tippte eine Taste an, woraufhin Coles Gesicht einer Frau mittleren Alters Platz machte. Sie hatte eine schmale Nase, mandelförmige blaue Augen und kragenlanges dunkles Haar.

»John, das ist eine Falle.« Dr. Halseys Stimme war leise, aber angespannt. »Aber ich möchte, dass ihr trotzdem dort hingeht.«

John blickte zu Petrov hinüber, die aber nur die Schultern hochzog und sagte: »Sie wollte eben auch ihre Meinung beitragen. Schließlich ist sie Ihre … Nun, was immer sie für euch Spartans ist.«

»Das ist schwer zu erklären, Ma'am«, erwiderte John. »Ich bin nicht mal sicher, ob ich es selbst weiß.«

Halsey fuhr fort: »Wir verlieren diesen Krieg, weil wir nicht mal die einfachsten Grundlagen der Allianztechnologie verstehen. Und jetzt gerade bietet uns der Feind ein voll funktionstüchtiges

Schiff an, bis unter die Decke vollgestopft mit seiner Technologie. Das könnte der Schlüssel sein, um endlich effektive Gegenmaßnahmen zu entwickeln.«

»Ziemlich riskant, etwas so Wertvolles als Köder zu benutzen, oder?«, warf Petrov ein.

»Sie wissen, dass wir mit einer Falle rechnen werden«, entgegnete John. »Darum muss es ein besonders verlockender Köder sein.«

Halseys Nachricht war noch nicht zu Ende. »John, du weißt, wie wichtig das Sternenholo für uns war.«

Damit meinte sie ein feindliches Navigationsgerät, das Einsatzgruppe Yama während STILLER STURM von Bord einer abgeschossenen Korvette geborgen hatte. Halsey hatte diese Technologie benutzt, um eine Versorgungswelt am Rande des Allianzterritoriums zu finden; nur so hatten die Spartans und das 21te OAST-Absprungbataillon ihren erfolgreichen Angriff durchführen können. Natürlich hatte dieser Sieg einen Preis gefordert; John hatte unter anderem einen wertvollen Mentor verloren, Colonel Marmon Crowther. Er hatte aber auch eine wichtige Lektion über die Fähigkeiten und die Selbstlosigkeit nicht-augmentierter Soldaten gelernt.

»Nun, die *Glücksfall* ist tausendmal wichtiger«, fuhr Halsey fort. »Wenn ihr die Fregatte intakt erobern könnt, hat die Menschheit vielleicht noch eine Chance. Viel Erfolg, John.«

Halseys Bild verschwand. Petrov deaktivierte den Deckenprojektor, dann lehnte sie sich auf ihrem Kommandosessel zurück und blickte erwartungsvoll zu John hoch.

»Und?«, fragte sie. »Kriegen Sie das hin?«

»Es ist nicht so, als hätten wir eine Wahl, Ma'am.«

»Natürlich nicht«, erwiderte Petrov. »Ich wollte nur wissen, ob Sie an Ihren Erfolg glauben.«

John neigte seinen Helm nach vorn. »Ich glaube immer an unseren Erfolg.«

»Gut.« Petrov warf einen Blick auf die Uhr, die in die Kontrolltafel an ihrer Armlehne eingelassen war, dann nickte sie in Richtung achtern. »Und jetzt melden Sie sich in der Rüstkammer, damit ihre Ausrüstung repariert werden kann.«

»Jawohl, Ma'am.«

John ging zur Tür hinüber.

»Und, John? Sorgen Sie dafür, dass Ihre Leute angeschnallt sind. Hier rauszukommen, wird ziemlich haarig.«

5. KAPITEL

Neuntes Zeitalter der Rückforderung
41. Zyklus, 144 Einheiten (Kriegskalender der Allianz)
Flottille der unbesungenen Frömmigkeit, Infiltrationskorvette *Quiet Faith*
Geosynchrone Umlaufbahn, Planet N'ba, Eryya-System

Aus der Entfernung war N'ba nur ein rostbrauner Fleck in der
endlosen Dunkelheit und das näher kommende Schiff ein winziger Lichtpunkt, der immer langsamer wurde, während er sich
auf den Planeten zuschob. Nizat 'Kvarosee beobachtete das Ganze
von der Beobachtungskuppel der *Quiet Faith* aus, und obwohl er
erst seit dreihundert Atemzügen hier stand, schmerzte sein Bein
bereits von der Hüfte bis zum Knöchel. Dennoch weigerte er sich,
sein Gewicht zu verlagern oder sein Bein in einem angenehme-
ren Winkel abzuknicken. Seine Schmerzen waren die Konsequenz
seines Versagens, und er würde die Götter nicht erzürnen, indem
er sich dieser Konsequenz entzog.

Ein höfliches Mandibelklacken ertönte hinter ihm, und als
Nizat den Kopf drehte, sah er seinen jungen Adjutanten auf die
Plattform zwischen den Pilotenstationen zutreten. Tam 'Lakosee
war ein typisches Sangheili-Männchen – imposant in seiner Er-
scheinung, mit keilförmigem Kopf, kleinen Augen und vier Mandibeln um seinen Mund, jede mit kleinen gekrümmten Zähnen
besetzt. Er trug eine leichte Uniform, wie sie für den Dienst an

83

Bord vorgesehen war; im Grunde ein nanolamellierter Überwurf, der seine sehnigen Arme und seine kräftigen Beine frei ließ. Wie alle Sangheili, einschließlich Nizat selbst, bewegte er sich aufgrund seiner lang gezogenen Fußwurzeln auf gespreizten Zehen, was in einem federnden Gang resultierte.

'Lakosee blieb einen Schritt vor der Kuppel stehen. Vor gar nicht allzu langer Zeit – vor gerade mal fünf Zyklen – hätte der Adjutant noch *drei* Schritte entfernt innegehalten. Aber damals waren sie auch noch auf Nizats Flaggschiff, der *Pious Rampage* gewesen, wo einem Flottenmeister eine ganze Suite von Kabinen zur persönlichen Verfügung stand. An Bord einer Infiltrationskorvette wie der *Quiet Faith* gab es keinen Platz für solche Förmlichkeiten – eine Erniedrigung, die Nizat akzeptierte und als Teil seiner bescheidenen Hingabe sogar begrüßte.

»Gibt es Neuigkeiten?«

'Lakosee tippte sich mit seinen vier Fingerspitzen an die Stirn. »Die Leser glauben, dass es sich um ein Menschenschiff handelt«, meldete er. »Es benutzt Deuterium-Fusionsantriebe und hat genug Masse, um ein Bergungsschiff zu sein.«

»Kann es auch in der Atmosphäre fliegen?«

»Das konnten die Leser aus der Entfernung nicht bestimmen«, antwortete 'Lakosee. »Aber angesichts seiner Masse fällt es in die mittlere Klasse menschlicher Lasttransporter und es hat zehn Antriebe.«

»*Zehn?*«

Im Zuge von Nizats erstem Vorstoß in das Territorium der Ungläubigen hatten seine Spione die größten Bergungsschiffe der Menschen bei diversen Notfallevakuierungen beobachtet, aber keines von ihnen hatte mehr als sechs Antriebe gehabt. Zehn Stück an einem mittelgroßen Transporter ... So etwas hatte er noch nie gesehen.

»Dann kann es *ganz sicher* in der Atmosphäre fliegen«, brummte Nizat. »Mit so vielen Antrieben kann es seine eigene Masse und die eines weiteren Schiffes tragen. Wie viele Patrouillenvehikel hat es abgesetzt?«

»Zwölf.« 'Lakosee fragte nicht, woher Nizat wusste, dass Patrouillenschiffe gestartet waren. Die Menschen hatten sich als fähiger Gegner erwiesen, als sie Zhoist überfallen und den Ring des reichlichen Überflusses zerstört hatten, und ein fähiger Gegner stürzte sich nicht in eine gefährliche Mission, ohne vorher Aufklärung zu betreiben. »Sie überprüfen die Monde und die möglichen Rücksprungpunkte.«

»Gut«, sagte Nizat. »Es würde mich mehr beunruhigen, wenn sie *nicht* nach einer Falle suchten. Das würde bedeuten, dass sie sich bereits sicher wären und *uns* ködern wollten.«

Was aber nicht hieß, dass er nicht beunruhigt war. Abgesehen von der *Steadfast Strike* – dem Köderschiff auf der Oberfläche des Planeten – handelte es sich bei allen Schiffen der Flottille der unbesungenen Frömmigkeit um Infiltrationskorvetten mit Tarnsystemen. Aber die Tarntechnologie der Allianz war selbst bei optimaler Wartung nur zu achtzig Prozent effektiv. Und bei einer kleinen Flotte wie seiner eigenen, auf einer eigenmächtigen Mission, ganz ohne Unterstützung, ohne Zugang zu den normalen Versorgungslinien der Flotte … Da war es schlichtweg unmöglich, Systeme optimal zu warten. Nizat schätzte die Wahrscheinlichkeit, dass die zehn Korvetten in seiner Flottille unbemerkt bleiben würden, insgesamt auf siebzig Prozent. Aber bei zwei Schiffen lag sie vermutlich eher bei fünfzig Prozent.

Er ließ seine Mandibeln zusammenklicken und wappnete sich für lange, angespannte Stunden des Nichtstuns. Die menschlichen Patrouillenschiffe würden mindestens eine Umkreisung benötigen, um ihre Suche abzuschließen, und er würde hier unter der Beobachtungskuppel bleiben; er würde sich nicht zurückziehen, nicht essen oder trinken, bis er Gewissheit hatte, dass die Götter seinem Plan gewogen waren. Bis er mit Sicherheit wusste, dass seine Infiltrationskorvetten unbemerkt geblieben waren.

Es wäre nicht das erste Mal, dass er stundenlang unter einer Beobachtungskuppel ausharrte.

Nach dem Debakel bei Zhoist hatten die Hohen Propheten Nizat in die Heilige Stadt High Charity gerufen, um sich für sein Versagen zu rechtfertigen, und die ganze Reise über war er allein unter der Beobachtungskuppel der *Pious Rampage* gestanden. Er hatte weder gegessen noch getrunken, nur reglos in die lichtlose Pracht des Slipspace hinausgestarrt und über seinen gescheiterten Feldzug gegen die Menschen nachgedacht. Tausendmal hatte er sich gefragt, wie er es nur hatte zulassen können, dass eine so schwache Spezies über ihn triumphierte. Tausendmal hatte er seinen Glauben infrage gestellt und nach einem Flackern von Verderbnis gesucht, das ihn vom rechten Weg abgebracht haben könnte.

Doch er hatte nichts gefunden. Nicht einmal vor den grausigen Aufgaben war er zurückgeschreckt, die man ihm auftrug. Er hatte Welt um Welt im reinigenden Feuer von Plasmabombardements gebadet, bis verkohlte Knochen und kochendes Gestein und schmelzende Erde zu Glas verbrannten. Er hatte hunderttausend Flüchtlingsschiffe aufgehalten, ihre Hüllen aufgerissen und die Insassen erfrierend und erstickend in die Weite des Weltalls davontreiben lassen. Zahllose weitere Gefangene hatte er seinen Willensbrechern und den gnadenlosen Verhöreinheiten der Jiralhanae übergeben, und nicht einmal angesichts der Grausamkeit hatte er gezaudert, die diese Menschen durchlitten, nur weil sie in eine Spezies von Ungläubigen hineingeboren worden waren.

Nein, er hatte die Dunkelheit, die zwischen seinen Herzen heranwuchs, stets ignoriert. Er hatte getan, was die Hohen Propheten von ihm verlangten, in der Gewissheit, dass er sie alle auf der Großen Reise voranbrachte, indem er ihnen diente. In dem Glauben, dass sie eines Tages dieselbe gottgleiche Stufe der Existenz erklimmen würden wie einst die Blutsväter.

Doch trotz all dessen hatte er sich letztlich als unwürdig erwiesen. Nicht nur, dass die Menschen seine Flotte des kompromisslosen Gehorsams dezimiert hatten; sie hatten auch den Ring des reichlichen Überflusses gesprengt, den Großträger *Hammer of Faith* in den Konstruktionswerften zerstört … und sie hatten in zwei der zehn Städte der Erbauung – diesen heiligen Orten, die einst von den Blutsvätern selbst bewohnt worden waren – Höllenbomben gezündet. Es war absolut unvorstellbar.

Selbst als die *Pious Rampage* nach Hunderten Einheiten im Slipspace wieder in den Normalraum zurücksprang, war Nizat sein Versagen noch immer völlig unerklärlich. Er wusste nur, dass er die Götter und sich selbst enttäuscht hatte und dass er nun auf dem Weg in die Vergessenheit war, von dem es keine Wiederkehr gab.

Dann drehte sich die *Pious Rampage* zur Seite und Nizat sah sein Ziel in der tiefen Dunkelheit hängen.

High Charity war eine gigantische Raumstation mit einer riesigen rotbraunen Kuppel über einem langen, schillernden Stiel aus verschiebbaren Andockbuchten. Sie stellte gleichzeitig die heiligste Stadt der Allianz und den Sitz ihrer imperialen Regierung dar. Obwohl die Unwürdigen nie von ihrer Existenz erfahren würden, beherbergte sie doch Milliarden Wesen aus sämtlichen Welten in der Allianz-Hegemonie. Sie war der Kern eines heiligen Produktionskomplexes mit grenzenlosen Kapazitäten, Heimathafen der größten Flotte, die es in der gesamten Galaxis gab und ein Irrgarten aus seelenerbauenden Wundern, die jede privilegierte Spezies besuchen und bestaunen durfte.

An dem Stiel unterhalb der Kuppel waren Tausende von Schiffen angedockt, darunter mindestens hundert von derselben Größe wie die *Pious Rampage* und zwanzig, die sogar noch riesiger waren. Während seiner hundert Jahre im Dienst der Allianzflotte hatte Nizat noch nie eine solche Ansammlung von Großkampfschiffen gesehen, und die winzigen Lichter an den kleineren Schiffen, die um sie herumschwirrten, verrieten ihm, dass diese Armada gerade startbereit gemacht wurde.

Nizat studierte die Schiffe weiter, während sich die *Pious Rampage* ihrer Andockstelle am oberen Ende des Stiels näherte. Dabei stellte er fest, dass die Armada in zwanzig Gruppen unterteilt war, jede mit einem der zwanzig Großschiffe in der Mitte – und jede ungefähr doppelt so groß wie die Flotte, die man ihm gegeben hatte, um das menschliche Ungeziefer auszumerzen. Diesmal wollten die Hohen Propheten offenbar kein Risiko eingehen. Sie waren entschlossen, die Seuche der Menschheit ein für alle Mal aus der Galaxis hinfortzubrennen.

Und sie würden scheitern.

Nizat wusste es ganz einfach, ebenso wie er wusste, dass er zwei Herzen hatte. Es war eine simple Tatsache. Als er zu der Ansammlung imposanter Kriegsmacht hinüberblickte, sah er darin den Grund für seine eigene Niederlage reflektiert. Die Menschen würden sich nie durch Feuerkraft allein besiegen lassen. Es war, als würde man versuchen, eine Jellusuj zu zerquetschen; sobald man mit dem Stiefel darauf trat, teilte sich die Kreatur, und ihre Einzelteile krochen in alle Richtungen davon – nur um einen Zyklus später wieder zurückzukehren, und jede Larve wäre noch gefräßiger als ihr Vorgänger.

Nizat trat aus der Beobachtungskuppel und wandte sich dem Inneren seines Privatquartiers zu. *Jetzt* ergab sein Versagen Sinn – und es war seine Pflicht, es den Hohen Propheten ebenfalls verständlich zu machen.

Kurze Zeit später erreichte Nizat in Begleitung von zehn loyalen Begleitern den Eingang zum Sanktum der Hierarchen. Er trug seine blaue Bordrüstung – natürlich ohne Helm und Waffen –, denn es war sein Recht, in seiner Rüstung zu sterben. Und daran, *dass* er sterben würde, gab es keinen Zweifel.

Er würde sich den Hohen Propheten stellen und ihrer Anklage lauschen. Anschließend würde er seine Fehler erklären und Vorschläge machen, damit andere Schiffsmeister vor derartigen Fehleinschätzungen verschont blieben. Falls er überzeugend genug war, würden sich die Hohen Propheten seine Worte zu Herzen nehmen, und er könnte auf den Pfad der göttlichen Transzendenz zurückkehren. Falls nicht, würden sie ihm für seinen Dienst danken und ihn zur *Pious Rampage* schicken, wo er seine letzten Stunden auf dem Weg in die Vergessenheit darben würde.

So oder so würde es nicht lange dauern, bis der Stille Schatten zuschlug. Vielleicht nach zehn Atemzügen oder nach zehn Zyklen, je nachdem, wie viel Ehre er verdient hatte. Aber letztlich würden sie kommen.

Nachdem Nizat und seine Begleiter am Eingang stehen geblieben waren, hob die äußere Ehrenwache – zwanzig Sangheili in rot-gelber Rüstung – ihre Energiestäbe mit den gespaltenen Klingen senkrecht nach oben. Ihr Kommandant, ein hochgewachsener Klingenmeister in goldschimmerndem Körperpanzer, neigte seinen länglichen Helm zum Gruß nach vorn.

»Willkommen, Flottenmeister 'Kvarosee.« Er trat an Nizats Seite und blickte kurz hinter ihn, um sich zu vergewissern, dass er keine Waffen an seinem Rücken trug. »Die Hierarchen warten begierig darauf, dir eine Audienz zu erteilen.«

»Das überrascht mich nicht.«

Nizat drehte sich um, um seine Begleiter zu präsentieren. Die meisten von ihnen waren Schiffsmeister in voller Bordrüstung, und im Gegensatz zu Nizat trugen sie auch ihre Helme und Waffen; Energieschwerter und Plasmagewehre hingen offen an ihren Gürteln. Alle zehn waren zeremonielle Freiwillige, die angeboten hatten, als Nizats Leibwächter zu dienen. Wenn der Stille Schatten angriff, würden sie alle sterben, aber hätte Nizat ihre Hilfe abgelehnt, wäre das eine unverzeihliche Beleidigung ihrer Ehre.

Wie es Tradition war, trugen sieben seiner Begleiter auch kleine Kästchen, jedes aus dem Gestein einer anderen Welt hergestellt, während ein achter Sangheili – sein Adjutant, Tam 'Lakosee –

einen noch kleineren durchsichtigen Behälter hielt, der aus feinstem subanesischem Aragonit bestand.

Nizat deutete auf seine Eskorte. »Ich habe Zierrat für die Splitterhalle mitgebracht.«

»Wie vorausschauend.« Die Stimme des Klingenmeisters war freundschaftlich, aber respektvoll. Nizat überlegte, ob sie sich vielleicht bei seinem letzten Besuch hier getroffen hatten, damals, als man ihm das Kommando über die Flotte des kompromisslosen Gehorsams erteilt hatte … Aber natürlich konnte er nicht sicher sein. Ehrenwachen enthüllten nur selten ihre Identität. »Genau dort erwarten dich die Hohen nämlich.«

Mit Voraussicht hatte das Ganze nichts zu tun. Die Hierarchen empfingen ihre militärischen Kommandanten immer in der Splitterhalle. Der Raum war mit Blöcken aus Lechatelierit dekoriert – hitzeverschweißten Silikaten von den Welten, die die Allianz durch ihre Plasmabombardements von allem unwürdigen Leben reingewaschen hatte. Es wäre ein Sakrileg, würde ein Flottenmeister die Halle ohne ein neues Fragment betreten. Ohne einen Beweis für seine unermüdliche Arbeit seit dem letzten Besuch.

Nizats Leibwache durfte ihn nicht ins Innere des Sanktums begleiten, nicht mal, wenn sie ihre Waffen und Helme abgelegt hätten. Der Klingenmeister winkte mehrere seiner Untergebenen heran, dann richtete er seine Aufmerksamkeit wieder auf Nizats Begleiter.

»Ihr müsst sie öffnen.«

Sie kamen der Aufforderung ohne Zögern nach und zeigten den Ehrenwachen schimmernde Klötze aus verglaster Erde, manche alabasterweiß, andere bronzefarben oder braun. Die Wachen hoben die Fragmente an, um sich zu vergewissern, dass nichts darunter verborgen war, dann klappten sie die Kästchen zu und nahmen sie an sich.

Der Klingenmeister blickte 'Lakosee an. »Du auch. Mach es auf.«

»Dieses nicht«, warf Nizat ein. »Es ist für den Lichthüter.«

Der Klingenmeister legte den Helm auf die Seite. Vielleicht wurde ihm erst jetzt klar, warum Nizat nach High Charity zurückgerufen worden war. In jedem Fall neigte er anerkennend den Kopf.

»Nizat 'Kvarosee stand stets in dem Ruf, ein frommer und umsichtiger Feldherr zu sein.« Der Klingenmeister wandte sich dem Sanktum zu und winkte, woraufhin die verstärkten Türen aufglitten. Anschließend bedeutete er Nizat, mit ihm zu kommen. »Gestatte mir die Ehre, an deiner Seite zu schreiten.«

Der Weg zur Splitterhalle war kurz und unkompliziert, und Nizat kannte ihn noch von seinem ersten Besuch. Man musste nur einem gewölbten Korridor aus Hartlicht folgen, so gewaltig, dass es wirkte, als würden seine Wände aus dem Horizont eines fernen grünen Meeres emporsteigen. Nach hundert Schritten bogen sie links in eine riesige Halle ab, deren Boden, Wände und Decke mit Platten aus poliertem Lechatelierit bedeckt waren.

Ein Ring aus dreihundert Ehrenwachen stand in der Mitte dieses Raums, eine Hälfte den schimmernden Wänden zugewandt, die andere nach innen gedreht, dem Trio zerbrechlich aussehender Gestalten zugewandt, die dort auf ihren imposanten Schwebethronen saßen.

Nizat fand es jedes Mal aufs Neue ironisch, wie mickrig die San'Shyuum waren. Ihre Körper waren so ausgemergelt, dass sie kaum stehen konnten, ihre langen, schlangenartigen Hälse so dünn, dass man sie mühelos umdrehen könnte, und ihre gewölbten Schädel so klein, dass sie fast unter ihren Kronen verschwanden und man nur bei genauerem Hinsehen erkannte, wo die üppigen Verzierungen ihrer Schultern endeten und der Thron begann. Dennoch waren diese Hohen Propheten die Herrscher der Allianz – des größten interstellaren Imperiums, das diese Galaxis gesehen hatte, seit die Blutsväter in die Göttlichkeit aufgestiegen waren.

Als Nizat und der Klingenmeister den Kreis der Ehrenwache erreichten, blieb Letzterer in der Lücke stehen, die die anderen für sie frei gemacht hatten. Nizat selbst ging weiter, ohne auf Erlaubnis zu warten. Er wusste, dass die Hierarchen dem Stillen Schatten bereits Anweisung gegeben hatten, ihn zu töten, und er wollte zeigen, dass er keine Angst vor ihrem Urteil hatte.

Der Klingenmeister, der Nizats wortlose Geste zu verstehen schien – und vielleicht sogar bewunderte –, wartete, bis er die Hälfte des Weges zu den drei Thronen zurückgelegt hatte, ehe er verkündete: »Höchst Erhabene, vor Euch tritt der Flottenmeister Nizat 'Kvarosee.«

»Das sehen wir«, sagte der San'Shyuum, der auf dem mittleren Thron saß. Der Hohe Prophet der Gnade war der Älteste des Dreiergespanns, zu erkennen an den weißen Haaren, die aus seinen Brauen und den langen Kehllappen unter seinem Kinn sprossen. Seine pergamentartige Haut war so blass, dass sie fast schon durchscheinend wirkte. »Willkommen, Flottenmeister.«

Nizat blieb fünf kurze Schritte vor den Thronen stehen und senkte den Kopf, während er die Hand an die Stirn hob.

»Eure Vorladung ehrt mich.« Er drehte sich und deutete auf die Ehrenwachen mit den Kästchen. »Ich bringe Erinnerungsstücke an unsere jüngsten Erfolge.«

Der San'Shyuum zu Gnades Rechter beugte sich auf seinem Thron vor. Er war der Prophet des Bedauerns und der Jüngste der drei, mit bräunlicher Haut und großen Nasenschlitzen. An seinem Kinn war nur der Ansatz von Kehllappen zu sehen.

»Aber bringst du uns auch *Spartans?*« Ohne auf Nizats Antwort zu warten, wandte Bedauern sich den anderen Hierarchen zu. »Die Dämonen müssen für die Entweihung von Zhoist büßen. Die Priester des Schmerzes werden sie hundert Zyklen lang schreien lassen, bevor sie ihnen die Gnade des Todes gewähren.«

»Es wäre ein Fehler, sich zu sehr auf die Spartan-Dämonen zu konzentrieren, Erhabener.« Das war eine Erkenntnis, zu der Nizat schon vor ein paar Wochen gelangt war: Die Menschen kämpften mit ihrem Herzen und ihrem Verstand weit effektiver als mit ihren Flotten und ihren Waffen. »Die Spartans sind nur die Spitze des feindlichen Speeres. Wenn wir verhindern wollen, dass die Menschen einfach eine neue Spitze aufschrauben, müssen wir den Schaft zerbrechen.«

Bedauerns Haut verdunkelte sich zu einem wütenden Bronzeton. »Hüte deine Zunge. Hohe Propheten begehen keine *Fehler*.«

»So wurde es mir beigebracht«, erwiderte Nizat. Wenn er schon sterben sollte – und nach dem kolossalen Debakel bei Zhoist war das praktisch garantiert –, dann sollte sein Tod zumindest einen Nutzen haben. Er würde denen, die es am dringendsten hören mussten, die ungeschminkte Wahrheit sagen. »Und darum bin ich sicher, dass Ihr Euch auf den Quell der menschlichen Stärke konzentrieren werdet, nicht nur auf eine ihrer Ausgeburten.«

Bedauern zog die Lippen zurück, aber der Prophet der Wahrheit, der zu Gnades Linker saß, sprach zuerst.

»Wagemut wird dir in der Schlacht mehr bringen als hier, Flottenmeister.« Die meisten Flottenmeister, die eine Audienz vor dem Trio erhalten hatten, waren sich einig, dass Wahrheit der Einflussreichste der Hierarchen war. Was sein Alter anging, lag er irgendwo zwischen Bedauern und Gnade, und er hatte rosa angehauchte Haut und winzige Nasenschlitze, die halb unter seiner breiten Nasenfalte verborgen lagen. »Aber dieser ›Quell der Stärke‹, von dem du sprichst … Welcher Gestalt ist er?«

»Er hat keine Gestalt, Erhabener«, antwortete Nizat. »Er ist wie der Stille Schatten – allgegenwärtig, aber nur selten sichtbar. Die Menschen nennen es *Oh-Nii*.«

»*Oh-nii?*«, wiederholte Wahrheit.

»Das ist die Abkürzung für ihren Flottengeheimdienst«, erklärte Nizat. »Tel 'Szatulai, die Erste Klinge, die einst mit der Bloodstar-Flottille gegen die Geißel des Spartans kämpfte, erzählte mir davon. Er beschrieb ONI als die Wiege der menschlichen

Durchtriebenheit. ONI hat den Angriff auf Zhoist geplant. ONI hat die Spartans erschaffen und ihre Kampfrüstungen entwickelt.«

»Und woher wusste *er* das?«, hakte Gnade nach. Er warf den beiden anderen Hierarchen einen kurzen Blick zu. »Warum war er so gut … informiert?«

»Sein Wissen stammte hauptsächlich aus Gefangenenverhören, Erhabener, und von Bauplänen, die wir den Ungläubigen abnahmen.« Nizat verschwieg vorsichtshalber, dass diese Pläne von einer Gruppe menschlicher Verräter stammten, die auf ein Bündnis mit der Allianz gehofft hatte. Die Hohen Propheten hätten sicher kein Verständnis dafür, dass sie Gespräche mit solch verabscheuungswürdigen Wesen geführt hatten, schon gar nicht in der aktuellen Situation. »Ein Großteil dieser Informationen wurde durch spätere Ereignisse bestätigt, und bislang gab es nichts, was sie entkräftet hätte. Wir haben also allen Grund zu der Annahme, dass sie zutreffend sind.«

Gnade neigte seinen Thron nach vorn. »Wo sind diese Baupläne jetzt? Hast du Sie dem Minister der Ketzerläuterung übergeben?«

»Das war leider nicht möglich.« Während Nizat sprach, schwenkte Gnade seinen Schwebesessel wieder in seine normale Position zurück, aber er wirkte eher erleichtert als enttäuscht. »Ich weiß nur, was die Erste Klinge mir erzählt hat. Sein Flaggschiff war am Ring des reichlichen Überflusses angedockt, als er fiel, und ich vermute, dass die Baupläne mitsamt der *Sacred Whisper* in der Atmosphäre verbrannten.«

»Das ist vermutlich am besten so«, brummte Gnade. Einmal mehr wandte er sich seinen Mithierarchen zu. »Wer weiß, welche Blasphemie solche Dokumente noch beinhaltet hätten?«

Die beiden anderen Propheten neigten zustimmend ihre mächtigen Kronen … und Nizat schaffte es nur mit Mühe, seine Überraschung zu verbergen. Welche Blasphemie sich auch immer in den Bauplänen verborgen haben mochte, sie hätten sicherlich auch wichtige Informationen enthalten – Informationen, die dem Minister der Ketzerläuterung geholfen hätten, die Denkweise und die Fähigkeiten der Menschen besser zu verstehen. Ihr Verlust war eine ebenso große Tragödie wie der Untergang der *Hammer of Faith*, wenn nicht gar noch schwerwiegender.

Aber es stand Nizat nicht zu, die Prioritäten der Hohen Propheten infrage zu stellen. Seine Aufgabe war lediglich, sie auf dem Pfad des Triumphes voranzubringen. Also nahm er allen Mut zusammen und sprach aus, was vermutlich sein letzter Ratschlag als Offizier der Allianzflotte sein würde.

»Erhabene, als ich heute mit der *Pious Rampage* High Charity anflog, da fiel mir die gewaltige Armada auf, die Ihr gegen die Menschen ins Feld schicken wollt.«

»Sie *ist* ziemlich beeindruckend, nicht wahr?«, sagte Bedauern. »Die größte Armada, die die Galaxis je gesehen hat.«

Überlegenheit gegenüber den Flotten der Blutsväter zu beanspruchen, war in höchstem Maße frevlerisch, aber Nizat beschloss, die Bemerkung zu ignorieren. Sicherlich hatte sich der Hierarch nur unglücklich ausgedrückt, denn kein Hoher Prophet würde absichtlich so einen Frevel begehen. »Es ist definitiv der größte Schlachtverbund, den *ich* je gesehen habe«, sagte er vorsichtig. »Aber er wird nicht reichen.«

Bedauerns Augen quollen so weit aus den Höhlen, dass Nizat schon befürchtete, sie würden über seine Wangen herabkullern. »*Was?*«

»Man kann Wasser nicht mit der Faust zerschmettern«, erklärte Nizat. »Man muss seine Quelle abschneiden.«

Wahrheit hob einen dürren Finger, um Bedauerns aufkeimenden Wutanfall zu ersticken, dann beugte er sich auf seinem Thron nach vorn. »Und damit meinst du wieder dieses ONI?«

»Richtig, Erhabener«, bestätigte Nizat. »ONI ist die Quelle ihres Einfalls- und Listenreichtums. Wenn Ihr die Menschheit auslöschen wollt, dann müsst Ihr erst ONI vernichten. Andernfalls werden die Menschen Euch wieder und wieder durch die Finger schlüpfen, nur um später mit noch mehr Höllenbomben und Tarnschiffen zurückzukehren. Mit mehr Spartans in noch besserer Dämonenrüstung. Mit Waffen, die noch schrecklicher sein werden, als sich selbst das Ministerium der Entdeckung ausmalen kann.«

»Das wären in der Tat unheilvolle Aussichten«, räumte Gnade ein. Er würdigte Nizat keines Blickes, während er sprach, stattdessen starrte er auf den Boden zwischen ihnen. »Wir haben diesen Feldzug begonnen und wir dürfen nicht versagen. Wenn wir ...«

»Wir *können* nicht versagen. Die Götter sind mit uns!«, fiel Wahrheit dem anderen Propheten ins Wort. Anschließend wandte er sich Nizat zu. »Aber davon auszugehen, dass keiner unserer Feinde uns je fordern könnte, wäre töricht. Sprich, wie viele Flotten werden wir brauchen?«

»Um ONI zu zerstören?«

»Das war doch dein Vorschlag, oder etwa nicht?«

»Ja, Erhabener.« Nizat war erstaunt, wie aufgeschlossen die Hierarchen wirkten. Nach seinen Erfahrungen mit dem Unterminister der Artefaktsuche – einem jungem San'Shyuum, der Nizats Flotte zugeteilt worden war, um die Reinigung ungläubiger Welten zu heiligen – hatte er nicht erwartet, dass die Hohen Propheten seinen Argumenten lauschen würden. »Aber ich weiß nicht, wie viele Flotten wir brauchen werden, um ONI zu finden.«

»Seht Ihr?« Bedauern machte eine wedelnde Handbewegung. »Er will sich nur wichtigmachen.«

Wahrheit musterte Nizat durchdringend. »Ich hoffe doch, dass dem nicht so ist, Flottenmeister.«

»Ich bin lediglich hier, um zu dienen, Erhabener. Ich habe keine anderen Motive.«

»Sehr gut«, nickte Wahrheit. »Also, wo sollen wir nach ONI suchen?«

Nizat breitete die Arme aus. »Überall und nirgends«, erwiderte er. »In den Geistern, die über das Schlachtfeld schweifen. Ich weiß es nicht.«

»Aber wenn wir dir eine neue Flotte geben, würde dir bestimmt etwas einfallen, nicht wahr?« Bedauern hob die Hand und stach bei jedem Wort mit dem mittleren seiner drei krummen Finger in Nizats Richtung. »Du versuchst, mit diesem Unsinn dein Kommando zu retten, aber das funktioniert nicht.«

Nizat antwortete nicht sofort. Erst ermahnte er sich, dass er mit einer solchen Reaktion hätte rechnen sollen. Die Hierarchen hatten ihn nicht in ihr Sanktum gerufen, weil sie aus ihren Fehlern lernen wollten, sondern weil sie jemanden brauchten, der die Schuld auf sich nehmen würde.

Und wenn jemand diese Schuld tragen sollte, dann Nizat. Er war ebenso ungestüm und übermütig wie die Hierarchen gewesen, als er sich in den Krieg gegen die Menschen gestürzt hatte, und dieser Fehler – und ONI – hatte ihn alles gekostet, was er je gehabt hatte. Jetzt blieb ihm nur noch, die schmerzhaften Lektionen, die die Menschen ihn gelehrt hatten, an die Allianz weiterzugeben, auf dass andere Flottenmeister vor demselben Schicksal verschont bleiben mochten.

Schließlich sagte er: »Das Einzige, was ich retten will, ist unseren Sieg, Erhabener. Es gibt hundert Flottenmeister, die besser geeignet wären als ich, ONI zu zerstören.«

»Aber keiner von ihnen hat so direkt gegen ONI gekämpft.« Wahrheit blickte Bedauern an, während er sprach. »Und solche Erfahrung sollte man nicht unterschätzen.«

»Ebenso wenig wie den Verlust einer Flotte, eines orbitalen Versorgungsringes und zweier heiliger Städte!«, brauste Bedauern auf. »Manche Erfahrungen sollten sich nicht wiederholen.«

»Genau deswegen müssen wir unsere Optionen sorgsam abwägen«, konterte Wahrheit. Jetzt drehte er seinen Thron wieder nach vorn und starrte Nizat an. »Aber falls wir ONI nicht *finden*

97

können, können wir es auch nicht zerstören. Gehe ich richtig in der Annahme, dass du eine Lösung für dieses Problem hast, Flottenmeister?«

Nizat senkte seine Mandibeln. »Hohe Propheten irren sich nie, Erhabener.« Er zögerte, wohl wissend, dass sein Vorschlag ein Sakrileg darstellte … Aber es war auch die einzige Möglichkeit, das Nervenzentrum des ONI zu finden. »Ich habe über eine Methode nachgedacht, aber es ist nichts, was man ernsthaft in Betracht ziehen sollte.«

»Das werden wir entscheiden, Flottenmeister.« Wahrheits Tonfall wurde hörbar ungeduldig. »Nun sprich schon. Deine Worte werden keine negativen Folgen für dich haben.«

»Wie Ihr wünscht.« Nizat atmete tief ein, dann sagte er: »Wir könnten Luminalfeuer einsetzen.«

Alle drei Hierarchen reagierten auf dieselbe Weise: Ihre Kiefer klappten herunter und sie starrten ihn mit großen, vorquellenden Augen an. Luminalfeuer gehörten zu den seltensten und heiligsten aller Allianzwerkzeuge, denn sie nutzten eine Technologie der Blutsväter, die nicht mal das Ministerium der Entdeckung verstehen, geschweige denn nachbauen konnte.

Nach allem, was Nizat gehört hatte, verfügten die winzigen Luminalfeuer über Quantenpunktcomputer und integrierte Sensoren, die ihre eigene Position durch Gravitationswellenanalyse und temporale Verzerrungen verfolgen konnten. Natürlich gab es viele Formen von Navigationsgeräten, die eine ähnliche Funktion erfüllten, und das auf verständlichere Weise. Was Luminalfeuer so besonders machte, war die Tatsache, dass sie noch eine weitere Blutsvätertechnologie beinhalteten – etwas, das sich Quantenverschränkung nannte. Und dank dieser Technologie konnten sie ihre Position an Empfängereinheiten weiterleiten, die im Schatzgewölbe des Lichthüters verwahrt wurden.

Bedauern war der Erste der Hierarchen, der seinen Schrecken überwand. »Jetzt verstehe ich, warum sich die Götter von dir abgewandt haben«, sagte er. »Du bist ja noch verdorbener als die Menschen. Wenigstens begreifen *sie* ihre Blasphemie nicht.«

»Es waren nicht die Götter, die meine Flotte zerstörten, Erhabener.« Nizat wandte sich Wahrheit zu, dem Hierarchen, der ihn aufgefordert hatte, offen zu sprechen. »Es war ONI – mit gerade einmal einer Handvoll Spartan-Dämonen.«

»Die Dämonen mögen einmal Glück gehabt haben«, brummte Bedauern. »Aber nächstes Mal wird das anders sein. Nicht jeder Flottenmeister ist so unfähig wie du.«

»Aber auch nicht so erfahren.« Gnade warf Bedauern einen vielsagenden Blick zu. »Mit Erfahrung kommt Weisheit, und ein weiser Kommandant meidet die Schlachten, die ein waghalsiger verlieren würde.«

Bedauern sog den Atem ein. »Ihr würdet es tatsächlich tun? Ihr würdet ein heiliges Feuer in die Hände der Menschen geben … wo doch ohnehin nur noch drei übrig sind?«

Tatsächlich waren nur noch zwei Luminalfeuer einsatzfähig, aber Nizat hatte nicht vor, den Propheten jetzt davon zu erzählen. In all den Blutsväterruinen, die je erforscht worden waren, hatte man insgesamt nur vier dieser Artefakte gefunden. Sie waren nur Flotten anvertraut worden, die unerforschtes Territorium betraten, und durften nur zu einem einzigen Zweck eingesetzt werden: um die Entdeckung eines der legendären Heiligen Ringe zu verkünden – den Schlüsseln, die die Tür zur Großen Reise öffneten.

Ein Luminalfeuer – das sagenumwobene Verlorene Feuer – galt seit mehr als fünftausend Zyklen als verschollen; seit die Flotte, die es mit sich getragen hatte, verschwunden war. Als Nizat das Kommando über die Flotte des kompromisslosen Gehorsams übernommen hatte, hatte man ihm zwei der verbliebenen drei Luminalfeuer mitgegeben – eine Ehre, die die Bedeutung seiner Mission widerspiegelte. Bevor er losgeschickt worden war, um die Menschheit auszulöschen, hatten die Hierarchen ihm nämlich im Geheimen von ihrer Vermutung erzählt, dass sich die Heiligen

Ringe im Territorium der Menschen befinden könnten. Was sie zu dieser Vermutung führte, hatten sie leider verschwiegen, und Nizat hatte nicht gewagt, sie danach zu fragen. In jedem Fall war dies der Grund für ihren ungewöhnlichen Schritt gewesen, einer Flotte gleich zwei der heiligen Luminalfeuer anzuvertrauen. Und zu seiner grenzenlosen Schande war eines von Nizats Artefakten zerstört worden. Es befand sich an Bord der *Almighty Persuasion*, als das Schiff während des Angriffs auf Zhoist durch eine menschliche Höllenbombe zerstört wurde.

Somit blieben nur noch zwei Luminalfeuer: das eine im Schatzgewölbe des Lichthüters oben auf der Terrasse der Erleuchtung … und das eine, das gerade in dem kleinen Aragonit-Kästchen in Tam 'Lakosees Händen vor dem Sanktum der Hierarchen wartete.

Das *Luminalfeuer,* das Nizat einsetzen würde, um ONI zu finden.

Bedauerns Frage hing noch immer in der Luft, und Nizat sah, wie Gnade ihn in Erwartung einer Antwort – oder eines Protests – anstarrte.

»Verzeiht, Erhabener«, begann er an Bedauern gerichtet. »Aber Ihr würdet es nicht den Menschen in die Hände geben. Ihr würdet es benutzen, um die Menschheit *auszulöschen.*«

»Was genau die Aufgabe ist, die die Götter uns auferlegt haben«, fügte Gnade an, wobei er aber nicht Bedauern, sondern Wahrheit anblickte. »Kann es überhaupt einen Zweifel daran geben, dass die Götter einen solchen Einsatz der Luminalfeuer unterstützen? Ganz ehrlich, es würde mich nicht überraschen, wenn es sogar ihr *Wille* wäre – der eigentliche Grund, warum sie uns die Luminalfeuer überhaupt offenbart haben.«

Wahrheit musterte Gnade ein paar Augenblicke, dann sagte er schließlich: »Wer vermag schon zu sagen, was die Götter wollen?« Ohne auf eine Erwiderung zu warten, drehte er seinen Thron wieder zu Nizat herum. »Ich will es gestatten, aber die Luminalfeuer müssen dem Hüter nach dieser Mission unverzüglich zurückgebracht werden. Es wäre ein unvorstellbares Sakrileg, sie den Menschen zu überlassen.«

»Das wird nicht passieren, Erhabener«, versprach Nizat. Er erkannte, dass etwas Unvorstellbares geschehen war. Die Hierarchen würden den Stillen Schatten zurückrufen und ihm ein neues Kommando geben. »Die Luminalfeuer werden uns den Weg zur Zentrale von ONI zeigen und nach dem Fall von ONI werden sie wieder in unserem Besitz sein. Die Menschen werden nicht mal wissen, dass sie überhaupt existieren.«

»Hoffen wir es … um deinetwillen.« Gnade blickte Wahrheit an und neigte seine Krone. »Vielleicht hast du recht. Vielleicht ist dieses ONI der Grund, warum wir das Geschenk der Luminalfeuer erhielten.«

Ein angewidertes Brummen drang tief aus Bedauerns Kehle, während er sich auf seinem Thron zurücksinken ließ. »Das ist ein Fehler.«

»Hohe Propheten begehen keine Fehler«, entgegnete Wahrheit. Er nickte Nizat zu. »Erkläre uns deinen Plan.«

»Es ist ganz einfach«, begann Nizat. »ONI will unsere Technologie erbeuten, um sie besser zu verstehen. Schon mindestens einmal haben sie eine Gruppe von Dämonen geschickt, um eines unserer Schiffe zu entführen. Und es gibt Grund zu der Annahme, dass sie den erbeuteten *Kelguid* benutzten, um Zhoist zu finden.«

»Woher hatten sie den?«, fragte Gnade, mit einem Mal wieder nervös. Ein *Kelguid* diente dazu, Slipspace-Routen zu kartografieren und zu speichern. »Könnten sie ihn benutzen, um High Charity zu finden?«

»Eine unserer Korvetten stürzte auf einem Mond von Borodan ab«, beantwortete Nizat die erste Frage des Hohen Propheten. »Sie hatten genug Zeit, das Wrack zu durchsuchen, bevor wir eintrafen und die Absturzstelle säuberten.«

»Was ist mit High Charity?«, beharrte Gnade.

»Ein *Kelguid* ist nur eine Sternenkarte«, beruhigte Nizat ihn. »Mit so vielen Namen, wie es Sterne gibt, und die Menschen können keinen davon lesen.«

»Zhoist haben sie aber gefunden.« Gnade linste erst zu Wahrheit hinüber, dann zu Bedauern. »Vielleicht ist es Zeit, High Charity zu verlagern.«

Nizat war nicht überrascht, als die anderen Hierarchen sofort zustimmend mit den Köpfen wippten. Wenn es etwas gab, was die San'Shyuum mehr schätzten als die mobile Hauptwelt der Allianz, dann war es ihre eigene Sicherheit.

»Was immer als Köder für diese Falle benutzt wird«, warnte Bedauern, »ich hoffe, es ist weniger riskant als ein *Kelguid*.«

»Aber es muss verlockend sein«, entgegnete Wahrheit. »Wenn wir ein Luminalfeuer aufs Spiel setzen, dann müssen wir auch sicher sein, dass ONI es zurück zu ihrem Innovationstempel bringt.«

»Da gäbe es viele Möglichkeiten«, sagte Nizat. »Und Luminalfeuer sind sehr klein. Ich bin sicher, wir könnten es im Innern eines Gerätes verstecken, das das Interesse von ONI weckt, ohne uns selbst gefährlich zu werden.«

Er war erleichtert, dass die Hierarchen seinen Plan verstanden. Das Risiko, dass die Menschen das Luminalfeuer entdeckten, war gering, genauso wie er es den San'Shyuum versichert hatte. Aber das Relikt würde ihnen verraten, wohin der Feind ihren Köder brachte … und Nizat hoffte, dass es der Innovationstempel der Menschen sein würde.

»Könnten wir ONI vielleicht mit einem Dorn der Ehrerbietung locken?«, schlug Gnade vor. »Oder mit einem Omnileiter? Beides könnte in den Händen der Menschen keinen großen Schaden anrichten.«

»Weil die Menschen bereits eigene Kommunikationsknoten und Analysegeräte haben«, sagte Nizat. »Würden wir ein Luminalfeuer in so einem Gerät verstecken, könnten wir nicht sicher sein, dass sie es für wertvoll genug halten, um es in ihren Innovationstempel zu bringen. Nein, wir brauchen etwas, das sie noch nicht haben. Etwas, das so interessant für sie ist, dass ONI nicht widerstehen kann.«

»Schwebt dir etwas Konkretes vor?«, fragte Wahrheit.

»Mir fallen zwei gute Optionen ein, Erhabener. Die Ungläubigen haben keine Antigrav-Geräte oder Energieschilde. Wir müssten natürlich entscheiden, was von beidem für sie interessanter wäre – und kompliziert genug, damit das Luminalfeuer getarnt bleibt.«

»Warum gehen wir nicht auf Nummer sicher und versuchen es mit beidem?«, schlug Wahrheit vor. »Du hast doch zwei Leuchtfeuer, oder?«

Nizat zögerte. Nach der Zerstörung der *Almighty Persuasion* hatte er nur noch ein Luminalfeuer, und es wäre grässlichste Blasphemie, einen Hohen Propheten anzulügen – vor allem einen, der ihn unterstützte. Aber falls er jetzt die Wahrheit zugab und die Hierarchen erfuhren, dass eines der Luminalfeuer, das sie ihm anvertraut hatten, bereits verloren war ... dann würden sie auf keinen Fall ein weiteres riskieren. Nizats Hoffnung auf eine zweite Chance wäre damit besiegelt. Und ihre Chance, ONI zu zerstören, gleich mit.

Als er nicht sofort antwortete, reckte Wahrheit ungeduldig den Hals. »Flottenmeister?«

»Eine ausgezeichnete Idee, Erhabener«, sagte Nizat. »Ich war nur nicht sicher, ob es vielleicht Nachteile geben könnte. Aber jetzt, wo ich darüber nachgedacht habe ...«

»Moment.« Gnade neigte seinen Thron so weit nach vorn, dass es aussah, als könne er jeden Moment herausfallen. »Du hast die Frage des Propheten der Wahrheit nicht beantwortet.«

»Eine scharfsichtige Feststellung«, nickte Bedauern. Auch er beugte sich vor. »Du *hast* doch noch die Luminalfeuer, die wir dir gegeben haben, oder?«

Nizat fluchte im Stillen. Einmal mehr hatte ihn sein Glück im Stich gelassen. Gnade hätte er vielleicht mit einer ruhig vorgetragenen Lüge täuschen können, aber nicht Bedauern. Seine anfängliche Kühnheit hatte ihm das Missfallen des Hohen Propheten eingebracht, und jetzt, wo sein Misstrauen geweckt war, würde Bedauern eine Bestätigung seiner Worte verlangen.

»Ich habe die beiden Luminalfeuer, Erhabener«, erklärte Nizat. »Aber ich brauche nur eines, um unsere Falle zu stellen.«

»Aber wir gaben dir *zwei*«, beharrte Bedauern, noch immer am Rand seines Throns. »Soll das heißen, dass … du eins *verloren* hast?«

»Nein, ich habe es nicht verloren, Euer Hochwürden. Das Luminalfeuer befand sich an Bord der *Almighty Persuasion*, als sie bei Zhoist zerstört wurde.« Nizat machte eine Pause. »Aber ich habe noch immer das andere.«

»Ich verstehe.« Bedauerns Stimme nahm einen höhnischen Tonfall an. »Du hast zugelassen, dass ein Luminalfeuer zerstört wurde, und jetzt willst du, dass wir für einen verrückten Plan ein zweites aufs Spiel setzen – um einen Feind zu zerstören, den wir nicht mal sehen können. Möchtest du vorher vielleicht nach dem Verlorenen Feuer suchen, damit du das auch noch zerstören kannst?«

»Erhabener, bei allem Respekt, wir wissen beide, dass das sinnlos wäre.«

Nachdem die Flotte mit dem Verlorenen Feuer verschwunden war, hatte der Lichthüter die Empfängereinheit aktiviert, um es zu orten. Das Luminalfeuer befand sich gegenwärtig tief im Kern der Galaxis, wo die Gravitationsgezeiten und die Sternendichte selbst für die robustesten Schiffe der Allianz zu extrem waren. »Aber ich danke Euch für das Angebot.«

Bedauerns Augen wurden schmal vor Zorn. »Zumindest scheint deine Unverfrorenheit Grenzen zu kennen.« Er blickte Gnade an. »Ich überlasse dir die Entscheidung, aber das Risiko, durch diesen unfähigen Trottel alle unsere heiligen Luminalfeuer zu verlieren, erscheint mir untragbar.«

Eisige Kälte breitete sich in Nizats Adern aus. Gnades Blick haftete starr auf ihm, seit er den Verlust des Luminalfeuers eingestanden hatte, und er konnte spüren, wie sein Traum von Wiedergutmachung davontrieb wie ein Schiff auf der Strömung von Gnades Worten. Man würde sich seiner – falls überhaupt – nur als unfähiger Kommandant erinnern; als Versager, besiegt von einem primitiven Feind, der gerade erst gelernt hatte, den Slipspace zu benutzen.

Aber noch schlimmer war, dass die Hierarchen denselben schrecklichen Fehler begehen würden, den er gemacht hatte: Sie würden ganz auf die zahlenmäßige Überlegenheit ihrer Schiffe und auf die Macht ihrer Waffen vertrauen und ihren Erfolg nur daran messen, wie viele Milliarden sie ausgelöscht hatten. Aber für jede Milliarde besiegter Menschen würde ONI eintausend Dämonen oder zehntausend orbitale Absprungtruppen schicken, um die Transportrouten der Allianz zu verminen, um ihre Werften zu sabotieren und ihre Vorräte zu vergiften. Und je mehr Flotten die Hierarchen schickten, umso mehr Versorgungseinrichtungen würde ONI zerstören. Sicher, die Menschen würden gewaltige Verluste erleiden, aber es gab viele von ihnen, und letzten Endes würde die Macht der Allianz zerbröckeln – zermürbt nicht in der Schlacht, sondern durch Wartungsfehler, durch Hunger und Krankheit, durch den Mangel an benötigten Vorräten.

Endlich nahm Gnade seinen Blick von Nizat. Er wandte sich zu Wahrheit um und sagte: »Vielleicht hätten wir dem Unterminister der Artefaktsuche mehr Aufmerksamkeit schenken sollen. Er meinte in seinen Berichten doch, ohne seine Ratschläge wäre die Flotte des kompromisslosen Gehorsams bei Borodan untergegangen.«

»Der Unterminister hat viele Ratschläge beigesteuert, ja«, presste Nizat hervor.

Selbst dieses Zugeständnis weckte in ihm den Wunsch, sich die eigene Zunge herauszureißen. Der Unterminister der Artefaktsuche war der wohl egoistischste Magistrat gewesen, dessen Gegenwart Nizat je hatte erdulden müssen. Mehr noch, er hatte sich als garstiger Unruhestifter und politischer Opportunist erwiesen ... bis Tam 'Lakosee ihm schließlich den Kopf abgeschlagen hatte, nur um seinem endlosen Gemecker ein Ende zu bereiten. Den Mord zu vertuschen, war das schwerste Verbrechen, das Nizat je begangen hatte – aber auch dasjenige, das er am wenigsten bedauerte.

»Aber hätte ich auf seine taktischen Vorschläge gehört«, fuhr er fort, »wäre die Flotte des kompromisslosen Gehorsams bei E'gini von einer Begleitkorvette zerstört worden.«

»Daran zweifle ich nicht«, sagte Wahrheit. Sein Blick wanderte von Nizat zu den anderen Hierarchen und wieder zurück. »Aber wenn wir nur noch zwei Luminalfeuer haben, können wir kein Risiko eingehen.«

»Es würde die Große Reise selbst gefährden«, hängte Gnade an. »Das musst du doch selbst sehen.«

»Natürlich.«

In Wirklichkeit sah Nizat nur, dass sein Weg zurück auf den Pfad der Ehre endgültig versperrt war; Bedauern hatte ihn dazu verdammt, den Weg in die Vergessenheit zu beschreiten. Jetzt würde Nizat niemals die göttliche Transzendenz der Blutsväter erreichen. Indem der Hierarch Gnade und Wahrheit dazu gebracht hatte, ihre Meinung zu ändern, hatte er aber nicht nur Nizats Schicksal besiegelt, sondern auch das aller Flotten, die die Hierarchen noch in den Krieg gegen die Menschen schicken würden. Die Allianz würde die Menschen nie bezwingen. Sogar die Große Reise war in Gefahr ... Es sei denn, Nizat fand selbst einen Weg, ONI zu zerstören.

Er blickte ein letztes Mal zu Bedauerns schmunzelndem Gesicht hoch, dann verbeugte er sich und berührte die Stirn mit seinen Fingern. »Wenn die Hohen Propheten keine weiteren Fragen haben ...«

»Wir haben genug gehört, Flottenmeister.« Bedauern machte eine wegwerfende Bewegung mit seiner dreifingrigen Hand. »Kehre auf dein Schiff zurück und warte auf deine nächsten Befehle.«

Nizats »nächste Befehle« würden natürlich von einem Krieger des Stillen Schattens überbracht werden – ein nunmehr unausweichliches Schicksal, das ihn ohne jede Vorwarnung ereilen würde, wenn er es am wenigsten erwartete.

»Wie Ihr wünscht, Erhabener«, sagte Nizat.

»Und lass das verbliebene Luminalfeuer zum Hüter bringen«, wies Bedauern ihn an. »Bei der erstbesten Gelegenheit.«

»Wie Ihr wünscht«, erwiderte Nizat. »Ich werde mich noch vor meiner Rückkehr auf die *Pious Rampage* darum kümmern.«

»Du hast es mitgebracht?« Einen Augenblick lang wirkte Wahrheit überrascht, dann nickte er. »Natürlich. Ein guter Flottenmeister ist sich seiner Situation stets bewusst.«

Nizat wusste nicht, warum der Klingenmeister beschlossen hatte, mit ihm und seinen Begleitern zu kommen. Vielleicht wollte er einfach nur sichergehen, dass das Luminalfeuer im Schatzgewölbe des Lichthüters abgegeben wurde; vielleicht hoffte er auch, den Angriff des Stillen Schattens hinauszuzögern, bis Nizat High Charity verlassen hätte. In jedem Fall war es eine glückliche Fügung. Der Klingenmeister hatte ihn mit mehr Würde behandelt, als die Umstände es rechtfertigten, und Nizat hasste es, dass er es ihm auf so schreckliche Weise vergelten musste. Es mochte nötig sein, aber er wusste, dass er es den Rest seines Lebens bereuen würde.

Er würde versuchen, es zumindest kurz zu machen.

Das Schatzgewölbe des Lichthüters befand sich in einem wenig besuchten Bereich auf der Terrasse der Erleuchtung. Die Celadon-Kuppel erhob sich in der Mitte der vierzackigen Brücke der

Geduld, und die Verzierungen an seinen Wänden sollten die Gezeiten des Ut'hua-Mondmeeres widerspiegeln, die von der erdrückenden Schwerkraft des Gasplaneten Thua über die Ewigen Ebenen gepeitscht wurden. Der Eingang des Bauwerks befand sich ganz unten, verbogen hinter einem wellenförmigen Vorsprung, der tatsächlich aussah, als würde er sich an der hohen Mauer brechen. Darüber führte ein Balkon um das gesamte Gebäude herum. Der Klingenmeister blieb vor den beiden Ehrenwachen stehen, die die Tür flankierten, und drehte sich zu Nizat um.

»Du kannst den Wachen das Luminalfeuer geben.« Er deutete auf den Krieger rechts des Eingangs. »Sie werden dafür sorgen, dass der Hüter es erhält.«

»Wie du wünscht.«

Nizat nahm sich einen Moment, um die Wachen zu mustern und die Entfernung zwischen sich, dem Klingenmeister und den beiden Kriegern abzuschätzen. Hatte er überhaupt eine Chance? Ein Sprichwort aus seiner Jugend fiel ihm ein: *Einen Klingenmeister tötet man mit dem ersten Hieb oder gar nicht ...* Er neigte den Kopf.

»Ich weiß wirklich zu schätzen, dass du einem besiegten Flottenmeister solchen Respekt zeigst.« Er hob die Finger an die Stirn, was ebenfalls ein ungewöhnliches Zeichen von Respekt darstellte, schließlich war er der Ranghöhere von ihnen beiden. Zumindest im Augenblick noch. Aber angesichts der Umstände erschien es ihm nur angebracht. »Danke.«

»Ehrlos ist allein der, der sich ergibt.« Der Klingenmeiste berührte seinen Helm, dann senkte er die Hand zu seiner Brust. Als Nizat diese freundschaftliche Geste sah, war er plötzlich nicht mehr sicher, ob er seinen Plan wirklich umsetzen konnte. »Du hast dich nicht ergeben. Es wäre mir eine Ehre gewesen, in deiner Flotte zu sterben.«

»Danke, Klingenmeister«, murmelte Nizat. »Und ich wäre stolz gewesen, dich in meinen Diensten zu haben.«

Er wusste, wenn er dem Klingenmeister noch länger ins Gesicht sah, würde seine Entschlossenheit vollends erlöschen, also wandte er sich seinem Adjutanten zu und streckte den Arm aus. Doch anstatt das Kästchen mit dem Luminalfeuer zu nehmen, griff er nach unten und zog das Energieschwert von 'Lakosees Hüfte.

Hinter Nizat rief die Wache auf der linken Seite der Tür: »Klingenmeister! Vorsicht ...«

Aber es war bereits zu spät. Nizat aktivierte die Klinge, während er herumwirbelte, und rammte sie durch den Hals des Klingenmeisters, ehe die Wache ihre Warnung beenden konnte. Der Klingenmeister war tot, noch bevor er den Verrat begreifen konnte, und Nizat deaktivierte das Schwert, damit es ihm nicht aus der Hand gerissen wurde, als der Tote zusammenbrach.

Einen Moment später glühte die Energieklinge aber bereits wieder auf. Nizat sprang auf die nächststehende Wache zu, die durch ihren rufenden Kameraden abgelenkt worden war. Sie ging noch schneller zu Boden als der Klingenmeister, denn das Schwert erwischte sie am Nacken und schnitt ihr feinsäuberlich den Kopf von den Schultern.

Doch die andere Wache hörte auf zu schreien und sprang vor, die Spitze ihres Energiestabes auf Nizats ungeschütztes Gesicht gerichtet.

Nizat wirbelte zur Seite, trotzdem zischte die zweigezackte Klinge so dicht an ihm vorbei, dass er die Hitze in seinen Augen spüren konnte. Er riss sein Schwert in einem Rückhandhieb nach oben und durchtrennte den Schaft des Energiestabes auf halber Höhe. Noch in derselben Bewegung drehte er das Handgelenk, um nach dem Hals der Wache zu stechen, aber da war der andere Sangheili bereits bei ihm. Er packte Nizat an der Kehle, riss ihn vom Boden hoch und donnerte ihn gegen die Mauer des Schatzgewölbes.

Nizats Klinge schnitt durch leere Luft, seine Hand wurde abgeblockt, als sie dicht über dem Nacken der Wache gegen ihren

Helm stieß. Ebendiesen Helm rammte der Krieger nun nach vorn, und Nizat musste den Kopf zur Seite drehen, damit sein Gesicht nicht zertrümmert wurde. Er sah, wie die Hand der Wache zu dem Schwert an ihrem Gürtel glitt, und versuchte erneut mit seiner eigenen Klinge zuzuschlagen, doch der Helm der Wache war immer noch im Weg. Also zog er stattdessen das Knie hoch und rammte es zwischen die Beine des Kriegers … ohne Erfolg.

Einen Moment später erfüllte der Gestank von schmelzender Rüstung und verkohltem Fleisch die Luft, als Nizats Begleiter der Wache eine Salve Plasmastrahlen in den Rücken jagten. Die Knie des Kriegers gaben nach und er kippte nach vorn, sodass er Nizat an der Wand festnagelte.

Nizat war jedoch zu erfahren, um einfach davon auszugehen, dass sein Gegner tot war. Er deaktivierte sein Schwert, dann zog er den Arm zurück, drückte die Emitterschlitze an den Hals der Wache und zündete die Klinge erneut. Ein abgewürgtes Gurgeln ertönte aus dem Helm des Sangheili, dann sank er vor Nizats Füßen in sich zusammen.

Er stieg über die Leiche hinweg, deaktivierte sein Energieschwert und hielt es 'Lakosee hin.

Der Adjutant war zu verdutzt, um die Waffe zu nehmen. Er hatte das Kästchen mit dem Luminalfeuer fallen gelassen und hielt sein Plasmagewehr in der Hand, während er schockiert auf die toten Ehrenwachen hinabstarrte – ebenso wie der Rest von Nizats Eskorte.

Schließlich hob 'Lakosee den Kopf. »Flottenmeister, ich … Was haben wir getan?«

»Ich werde es später erklären.« Nizat trat vor und hängte das Schwert wieder an 'Lakosees Gürtel. »Jetzt müssen wir erst einmal diese Leichen verstecken. Bringt sie ins Schatzgewölbe des Hüters.«

Sein Adjutant rührte sich nicht. »Ich verstehe das nicht. Gehörten sie zum Stillen Schatten?«

In seinem verzweifelten Wunsch, 'Lakosee und die anderen aus ihrer Starre zu reißen, war Nizat kurz versucht zu lügen und die Wahrheit später zu erzählen. Aber wenn ein Kommandant erst einmal das Vertrauen seiner Untergebenen verloren hatte, konnte er es nie wieder ganz zurückgewinnen – und Nizat *brauchte* das Vertrauen seiner Schiffsmeister, wenn er ONI zerstören wollte. Er hob das Kästchen auf, dann blickte er seinem Adjutanten in die Augen.

»Sie waren treue Krieger, die für eine würdige Sache gestorben sind – genauso wie ihr geschworen habt, es für mich zu tun.« Er ließ seinen Blick über 'Lakosees Schulter hinweg zu den Schiffsmeistern gleiten, die sich freiwillig gemeldet hatten, ihn zu begleiten. »Werdet ihr euer Versprechen halten und mir vertrauen, bis ich euch alles erklären kann? Oder sollen wir hier warten, bis der Rest der Ehrenwache entdeckt, was wir getan haben?«

'Lakosee blickte den Rest der Eskorte an. »Bringt die Leichen ins Gewölbe«, sagte er. »Ich habe lange unter dem Flottenmeister gedient, und ich weiß, was immer er tut, es ist der Wille der Götter.«

Selbst jetzt, als Nizat starr in die wogenden braunen Wolken von N'ba hinabblickte, war er in Gedanken noch auf High Charity. Er und seine Begleiter hatten das Schatzgewölbe des Lichthüters gestürmt und den uralten San'Shyuum schlummernd auf seinem Schwebethron vorgefunden. Nachdem sie ihn grob geweckt hatten, hatten sie ihn gezwungen, die Schatzkammer zu öffnen, in der das letzte Luminalfeuer und die Empfängereinheiten verwahrt wurden. Anschließend hatte Nizat befohlen, den Hüter zu fesseln und ihn in die Kammer zu sperren, damit er nicht zu früh Alarm schlagen könnte.

Einer seiner Begleiter, Yey 'Mootasee, hatte protestiert und darauf hingewiesen, dass sich keiner von ihnen mit den Wundern im Schatzgewölbe des Hüters auskannte; wenn sie sichergehen wollten, dass der alte Kerl keinen Alarm auslöste und sie daran hinderte, auf ihre heilige Mission aufzubrechen, dann gab es nur einen Weg.

Die anderen waren derselben Meinung gewesen und so hatten die neun Schiffsmeister und Tam 'Lakosee gemeinsam ihre Energieschwerter in die Brust des alten San'Shyuum gerammt.

Danach hatte es keinen Zweifel mehr daran gegeben, wie sie zu Nizat und seiner heiligen Mission standen. Sie waren jetzt so etwas wie seine Jünger, und er konnte nur hoffen, dass er ihrer Hingabe gerecht wurde.

Ein drängendes Mandibelklacken hinter ihm holte Nizats Gedanken in die Gegenwart zurück.

»Verzeih die Störung.« 'Lakosee war weniger als einen Schritt hinter Nizat, einen Fuß bereits auf der Plattform unter der Beobachtungskuppel. »Aber diese Sache duldet keinen Aufschub. Die *Divine Whisper* hat ein kleines Schiff der Ungläubigen erfasst. Es wird bald außer Schussreichweite sein.«

Die *Divine Whisper* war Yey 'Mootasees Infiltrationskorvette. »Was für eine Art Schiff?«

»Ein Landungstransporter«, antwortete 'Lakosee. »Wir können das Mutterschiff nicht finden.«

»Dann muss es eines ihrer Tarnschiffe sein«, schlussfolgerte Nizat.

Als er es das letzte Mal mit menschlichen Tarnschiffen zu tun gehabt hatte, hatten sie Spartans und orbitale Absprungtruppen an Bord gehabt … und sie hatten seine Flotte bei Zhoist dezimiert.

»Flottenmeister?«, fragte 'Lakosee. »Uns bleibt nicht viel Zeit.«

»Wenn Dämonen auf diesem Transporter sind, haben die Ungläubigen eine echte Chance, die *Steadfast Strike* zu erobern.« Und das war das Letzte, was Nizat wollte. Sein Plan sah vor, eine Gruppe von Menschen an Bord der Fregatte zu lassen, damit sie dort zwei Gegenstände finden konnten, in denen Luminalfeuer ver-

112

steckt waren. Anschließend sollte ein Trupp seiner Flottenjäger sie wieder verjagen, und sobald die Ungläubigen in sicherer Entfernung wären, würde sich die *Steadfast Strike* selbst zerstören, um ihre List überzeugender zu machen – und um zu verhindern, dass ein zweites Enterkommando das Schiff doch noch einnahm. »Unsere Flottenjäger sind einer Kompanie Spartans nicht gewachsen. Die Dämonen würden sie abschlachten und die Kontrolle über die Korvette übernehmen.«

»Haben wir diese Möglichkeit denn nicht bedacht?«, fragte 'Lakosee. »Es ist noch immer Zeit, die *Guarding Spear* loszuschicken!«

»Lass sie starten«, nickte Nizat. »Und finde dieses Tarnschiff. Spartans sind wie *Mulegs*. Wo einer ist, können hundert andere lauern.«

6. KAPITEL

04:50 Uhr, 7. Juni 2526 (Militärkalender)
Night Watch, UNSC-Prowler der *Razor*-Klasse
Im unteren polaren Orbit, Planet Netherop, Ephyra-System

Nach zwei Tagen im Slipspace stand John-117 auf Amalea Petrovs Flugdeck und beobachtete, wie der ferne Lichtfleck eines D75-TC/r-Aufklärungsbootes im trüben Glühen von Netherops Mesosphäre verschwand. Es war ein standardmäßiger Pelican-Truppentransporter, aber mit spezieller Aufklärungsausrüstung bestückt, und er war gestartet, kaum dass die *Night Watch* den Orbit erreicht hatte – entgegen Johns Bedenken.

Normalerweise verbrachten Prowler erst zehn bis zwölf Stunden im Orbit, ehe sie Aufklärungsschiffe entsandten. Sie versteckten sich im Zwielicht an der Tag-Nacht-Grenze eines Planeten und hielten mit passiven Sensoren nach Feindbewegungen und anderen Auffälligkeiten Ausschau. Diesmal hatte Lieutenant Commander Petrov die Mission aber unmittelbar nach ihrer Ankunft im Orbit gestartet. Anstatt lange nach dem Feind zu suchen, hatte sie den Pelican mit seiner dreiköpfigen Crew losgeschickt, um ihn aus der Deckung zu locken.

John wusste, warum sie die Operation beschleunigen wollte. Je länger seine Einheit brauchte, um auf Netherop zu landen und die Allianzfregatte zu erreichen, desto schlechter standen die Chancen, dass sie das abgestürzte Schiff intakt sichern könnten. Aber ein Prowler der *Razor*-Klasse hatte nur zwei Pelicans in seinem Hangar, und das Enterkommando würde beide brauchen, wenn Spartans und Marines die Oberfläche gleichzeitig erreichen sollten.

»Drei Minuten seit Start«, meldete der Navigationsoffizier. Er saß hinter dem Kopiloten, und seine Hände bewegten sich trotz der Schwerelosigkeit mit eleganter Sicherheit über die Konsole. »Fünfzehn Sekunden bis zur Tropopause.«

John begann, sich zu entspannen. Sobald der Prowler durch die Tropopause gesunken war, würde ihm die dicke Wolkendecke von Netherop Schutz bieten. Mehr noch, die elektrostatische Energie in der brodelnden Atmosphäre des Planeten würde ihn sogar teilweise vor Sensorsuchläufen verbergen. Und falls er tatsächlich die Position ihres Zieles ermitteln und Daten über die feindliche Verteidigung sammeln konnte, dann würde sich Petrovs riskante Taktik bezahlt machen.

»Commander!«, rief die Sensoroffizierin. »Ich erfasse Zielstrahlung in einem höheren Orbit, Entfernung: zwanzigtausend Kilometer.«

Petrov tippte auf die Kontrolltafel an ihrer Armlehne. »Alle Mann, Kampfbereitschaft!«

John griff nach einer Haltestange an der Wand und stemmte die Stiefel gegen das Deck. Indem er sich an zwei Punkten abstützte, würde er sich mit dem Schiff bewegen, sollte es sich unter einem plötzlichen Feindangriff aufbäumen. Noch hatte zwar niemand gesagt, dass die *Night Watch* anvisiert wurde, aber Weltraumschlachten begannen immer ganz plötzlich. Sobald man ein Ziel identifiziert hatte, waren die ersten Angriffe nur eine Frage von Sekunden.

»Fähnrich Gombaz, haben Sie …«

Eine blendend grelle Linie zuckte in der Ferne vorbei. Sie teilte den Himmel von hoch oben über der Tag-Nacht-Grenze bis hinab in die Mesosphäre auf der hellen Seite des Planeten.

»Sie feuern auf den Aufklärungs-Pelican«, meldete Gombaz. Die Linie brannte sich tiefer in die Tagseite von Netherop, beinahe zu schnell, als dass man ihr mit dem Auge folgen konnte, dann löste sie sich in eine großflächige Blase auf. »Großer Detonationsradius.«

»Also gut.« Petrovs Stimme zitterte – jeder hier wusste, dass die Plasmakanonen eines Kampfschiffes kurzen Prozess mit einem Pelican machen würden, selbst wenn sie ihn nur streiften. »Wissen wir, wo sich das Feindschiff befindet?«

»Im Moment schon. Aber es könnte …« Gombaz hielt inne, dann sagte sie: »Wir haben den Kontakt mit dem Pelican verloren, Ma'am.«

»Danke, Fähnrich.« Petrovs Ton war ungeduldig. »Was ist nun mit dem *Feindschiff*?«

»Es ist wieder vom Schirm verschwunden. Vermutlich verfügt es über Tarnsysteme«, antwortete Gombaz.

»Wenn wir *jetzt* alle Sensoren hochfahren, kann ich es noch finden«, erklärte der Waffenoffizier. »Dann könnten wir es ausschalten …«

»Nein. Wir wollen fürs Erste unentdeckt bleiben.« Petrov blickte zu John hinüber. Sie war nur lose in ihrem Sessel festgeschnallt, und als sie den Kopf drehte, drehte sich ihr gesamter Körper mit. »Einwände, Master Chief?«

»Im Moment ist es die richtige Entscheidung.« Es war frustrierend, dass die Besatzung des Pelicans noch leben könnte, hätte Petrov sich nur die Zeit genommen, nach Spuren des Feindes Ausschau zu halten. Aber den Captain eines Prowlers auf ihrer eigenen Brücke zu kritisieren, war nie eine gute Idee. »Selbst wenn wir *dieses* Schiff mit dem ersten Schuss vom Himmel holen, wissen wir nicht, wer sonst noch da draußen lauert.«

»Weil wir nicht zehn Stunden nach Sensorausschlägen gesucht haben?«

»Das habe ich nicht gesagt, Commander.«

»Oh doch, das haben Sie«, erwiderte Petrov. »Und vielleicht haben Sie sogar recht. Aber das bedeutet nicht zwangsläufig, dass das hier eine Falle ist … und die *Glücksfall* nur ein Köder.«

»Eine Falle wäre die einfachste Erklärung, Ma'am.«

»Es wäre *eine* Erklärung«, konterte Petrov. »Eine andere lautet, dass sich ein Tarnschiff der Allianz an Einsatzgruppe Pantea vorbeigeschlichen hat und jetzt versucht, die abgestürzte Fregatte zu beschützen, bis eine Flotte eintrifft, um sie abzuschleppen.«

»Ja, ich schätze, das wäre eine Möglichkeit.«

»Mehr als nur das. Es ist die einzige Erklärung, warum sie den Pelican abgeschossen haben, bevor er die Oberfläche erreichte.« Petrov machte eine Pause und blickte streng zu Johns Visier auf. »Benutzen Sie Ihren Kopf, John. Wenn der Feind hier eine Falle gelegt hat, um Spartans zu killen, warum lässt er sie dann zuschnappen, ehe er überhaupt sicher sein kann, dass Spartans an Bord sind?«

Da hatte sie recht. Nachdem die Allianz den Pelican bereits im Anflug zerstört hatte, war davon auszugehen, dass die Außerirdischen jeden Feind von der abgestürzten Fregatte fernhalten wollten – nicht dass eine ihrer Spezialeinheiten auf der Oberfläche lauerte, um menschlichen Supersoldaten aufzulauern.

»Na schön, vielleicht haben sie es nicht konkret auf Spartans abgesehen«, räumte John ein. Er ließ den Haltegriff los und begann frei über dem Deck zu schweben. »Vielleicht haben sie ein anderes Ziel.«

»Was, ein Bergungsschiff und ein paar Wissenschaftler?« Petrov schnaubte. »Bislang sind das nämlich die Einzigen, die die Oberfläche erreicht haben.«

»Ich weiß nicht«, musste John zugeben. Eine intakte Fregatte aufs Spiel zu setzen, nur um eine Handvoll menschlicher Wissenschaftler in die Hände zu kriegen? Das ergab keinen Sinn – nicht wo die Technologie der Allianz der Menschheit so überlegen war. Trotzdem fühlte sich etwas an dieser Situation falsch an – es waren einfach zu viele Zufälle für Johns Geschmack. »Und genau das ist das Problem. Wir wissen nicht, wie die Allianz denkt, weil wir ihre Fähigkeiten nicht kennen.«

»Sind Sie nicht hier, um das zu ändern, Spartan?«

»Ja, Ma'am«, erwiderte John. »Aber wenn wir die *Glücksfall* sichern wollen, brauchen wir eine gute Strategie. Das ist unser einziger Trumpf.«

Petrov musterte ihn einen Moment lang, dann fragte sie: »Wovor haben Sie Angst, John?«

»Davor, dass die Mission scheitert«, erklärte er ohne Zögern. Falls sie hoffte, ihn mit der Frage aus dem Konzept zu bringen, musste er sie enttäuschen. »Die Mesranis haben am Sarpesikamm improvisiert und die Xenotim-Mine fiel an den Feind. Jetzt muss Stoßtrupp Blau mit halber Stärke in feindlichem Gebiet landen ...«

»Weil ich einen Pelican verloren habe«, beendete Petrov den Satz. Selbst wenn man einen Pelican bis unters Dach vollstopfte, bot er maximal zwanzig Soldaten Platz. Und Stoßtrupp Blau – das war der Name, den sie für die kombinierte Einheit aus Team Blau und dem Ersten Marine-Zug ausgewählt hatten – zählte insgesamt fünfunddreißig Kämpfer. »Das denken Sie doch, oder, Spartan?«

»Typ-G kann nicht zweimal fliegen«, sagte John nur. Typ-G war die Abkürzung für den D75-TC/g Pelican, der mit zwei Mini-Guns an den Flügeln und einem Paar Kanonengeschützen an seinem Bauch speziell für die Luftunterstützung ausgestattet war. »Selbst wenn wir die Landezone ohne Feuerdeckung erreichen würden.«

Petrov widersprach ihm nicht. Landungsschiffe überlebten nur selten zwei Flüge; ihr Kontingent abzusetzen, wieder in den Orbit aufzusteigen und weitere Soldaten an Bord zu nehmen, dauerte so lange, dass der Feind normalerweise bereits in Abfangposition war, wenn der Flieger zum zweiten Anflug ansetzte.

»Und nach drei Jahren Pelican-Ausbildung an der Akademie und drei weiteren Jahren als Pilotin hätte ich daran denken sollen, bevor ich den Aufklärungsflug genehmigte, nicht wahr?«, sagte Petrov.

»Haben Sie denn daran gedacht?«

Petrov verdrehte die Augen, bis nur noch das Weiße zu sehen war. »Schaffen Sie Stoßtrupp Blau in den Absprunghangar, Master Chief. Und sagen Sie Ihren Leuten, sie sollen sich gut festhalten – das könnte ein ruppiger Anflug werden.«

»Sie fliegen die Landezone mit der *Night Watch* an?« John erkannte, dass Petrov die Eroberung der *Glücksfall* ernster nahm, als er bislang gedacht hatte. Der Aufklärungsflug hatte allein dazu gedient, herauszufinden, ob der Feind einen Truppentransporter angreifen würde. Jetzt wusste sie, dass die Allianz wirklich versuchte, Bergungskommandos von ihrer abgestürzten Fregatte fernzuhalten, und sie nicht nur als Köder für einen Hinterhalt benutzte.

»Ich hoffe, sie haben einen Rückzugsplan«, sagte John. Angesichts der Wichtigkeit ihrer Mission hatte er nur zwei Dinge an Petrovs Trick auszusetzen, nämlich dass sie ihn nicht eingeweiht hatte ... und dass sie bereitwillig die Mannschaft eines Pelican geopfert hatte. »Dort unten könnte alles Mögliche schiefgehen.«

Petrov hatte sich bereits wieder ihren Statusanzeigen zugewandt. »*Der Hangar,* Master Chief«, befahl sie. »Wir wissen vielleicht nicht, wie die Aliens ticken, aber wir wissen, dass sie nicht dumm sind. Gehen wir also davon aus, dass sie bereits nach der *Night Watch* suchen.«

»Jawohl, Ma'am.«

John gab den Befehl über die Bordsprechanlage des Prowlers weiter, dann machte er sich auf den Weg, um sich im Absprunghangar zu Stoßtrupp Blau zu gesellen. Der Erste Zug steckte bereits in seinen Vakuumrüstungen – praktisch ein voller Oberkörperpanzer über einem siebenschichtigen Vakuumanzug, abgerundet durch vollständig versiegelte CH252-Helme mit

Atemgeräten sowie luftdichte Handschuhe und Stiefel. Lieutenant Cacyuk hatte sie in Trupps unterteilt und angewiesen, ihr Sicherheitsgeschirr an den Halteringen längs der Hangarwände einzuklinken. Sesi Cacyuk war eine kleine, schwarzhaarige Frau, die John bei normaler Schwerkraft kaum bis zum Brustbein reichte, mit einem runden Gesicht, flachen, breiten Wangenknochen und honigfarbenen Augen. Als sie John reinkommen sah, stieß sie sich von dem nervös dreinblickenden Private ab, dem sie gerade gezeigt hatte, wie er sein Sicherheitsgeschirr festziehen sollte, und schwebte herüber, um den Neuankömmling abzufangen.

»Wie sieht der Plan aus, Master Chief?«

»Es gibt noch keinen. Commander Petrov versucht nur, uns zu unserem Ziel zu bringen, bevor der Feind uns aufhalten kann. Danach sieht der Plan vermutlich so aus, dass wir schnellstmöglich vorstoßen und hart zuschlagen.«

Cacyuk runzelte die Stirn. »Wird das denn reichen?«

»Natürlich, Ma'am«, erwiderte John. »Wir werden dafür sorgen, dass es reicht.«

»Na schön, Master Chief.« Cacyuk wirkte zwar nicht wirklich überzeugt, aber doch ein wenig zuversichtlicher. »Geben Sie Bescheid, wenn Sie den Ersten Zug brauchen.«

»Mache ich!« John nickte. Cacyuk war zehn Jahre älter als er und hatte rein technisch auch den höheren Rang. Aber jeder wusste, wer diese Operation leiten würde, sobald sie die Oberfläche erreichten. Admiral Coles Befehle ließen keinen Zweifel daran, dass der Erste Zug die Spartans unterstützen sollte. Folglich hatte John das Kommando. »Danke, Lieutenant.«

Er stieß sich ab und glitt zur Absprungluke, wo der Rest von Team Blau auf ihn wartete. Es gab keine Sicherheitsleine, die einen fünfhundert Kilo schweren Spartan halten konnte; Team Blau würde sich darum einfach hinknien und an den Metallklammern im Deck festhalten, die normalerweise dazu dienten, Warthog-Geländefahrzeuge zu sichern. Der Griff ihrer Kampfhandschuhe war stärker als die Nylongeschirre der Marines. Sollte jemand durch den Hangar trudeln, wenn der Prowler feindlichem Beschuss ausweichen musste, dann würde es sicher kein Spartan sein.

Ein Alarmton erklang, gefolgt von einer weiblichen Stimme aus dem Hangarlautsprecher. »An das gesamte Personal, bereit machen für Kampfanflug. Ich wiederhole: Bereit machen für Kampfanflug.«

Die Durchsage endete mit einem Knacken, und ein leichter Ruck durchlief das Schiff, als auf dem Deck über ihnen eine Luke aufglitt. Kurz darauf folgte eine zweite Vibration: Der letzte Pelican des Prowlers zündete seine Fusionsantriebe und startete aus dem Haupthangar. John und Petrov hatten nicht darüber gesprochen, aber da Stoßtrupp Blau mit der *Night Watch* die Landezone anfliegen würde, wusste er zumindest, dass der D75-TC/g nur seine dreiköpfige Besatzung an Bord hatte – ein sicheres Zeichen, wie gering Petrov seine Überlebenschancen einschätzte. Einen Herzschlag später schwebte Johns Körper nach oben, als der Prowler abbremste und aus seinem Orbit abtauchte.

Linda-058 legte den Helm in den Nacken, sodass sie in die Richtung blickte, in die der Pelican davongeflogen war. Auf dem Teamkanal sagte sie: »Es ist zu früh.« Die Linsen ihres Helms richteten sich wieder auf John. »Ist das ein Ablenkungsmanöver?«

»Das wäre meine Vermutung«, erwiderte er. »So hat sie auch den ersten eingesetzt.«

»Ohne Pelicans haben wir keine Luftunterstützung.« Linda schüttelte den Helm. »Ich hoffe wirklich, dieser Commander weiß, was sie tut.«

»Sie weiß es.« John hielt inne. Er hatte Lieutenant Cacyuk gesagt, was er über Petrovs Absichten wusste, nicht was er davon hielt. Aber sein eigenes Team hatte ein wenig mehr verdient. Wenn er sich Sorgen machte, sollten sie es wissen. »Sie hat es mir nur nicht verraten. Ich glaube, der Commander improvisiert.«

»Was für eine Erleichterung«, feixte Fred. »Ich hatte schon Angst, es gäbe diesmal so was wie einen Plan.«

»Pläne werden überschätzt«, entgegnete Kelly. »Vor allem, wenn man sie sich auf die Schnelle aus den Fingern saugen muss.«

John drehte sich zu ihr um und legte den Helm schräg. »Du hältst es also für eine gute Idee, sich blind in die Kampfzone zu stürzen?«

»Ganz und gar nicht. Aber was ist die Alternative? Darauf warten, dass *noch mehr* Allianzschiffe hier aufkreuzen?«

»Punkt für dich«, räumte John ein. Er war nicht nur der Anführer von Team Blau, er leitete die gesamte Spartan-Einheit, und in dieser Funktion hatte man ihm eingebläut, dass er seine Untergebenen nicht unnötigen Risiken aussetzen durfte. Das UNSC hatte insgesamt nur dreiunddreißig Spartans; sie waren eine unersetzliche Waffe, denn neue auszubilden und auszurüsten, würde zehn Jahre dauern und mehr kosten, als einen Zerstörer zu bauen. »Aber wenn man blind losstürmt, verliert man leicht mal einen Stoßtrupp.«

»Es ist das Risiko wert«, beharrte Kelly. »Wenn es je einen Moment gab, alles zu riskieren, dann jetzt.«

John neigte in stummer Zustimmung den Kopf. Die *Glücksfall* zu sichern, war genau die Art von Mission, die über den Verlauf des Krieges entscheiden konnte – darüber, ob sie in einem Jahr verloren oder noch zehn Jahre durchhielten und letztendlich gewannen. Aber er musste sicher sein, dass alle so dachten. Wenn ein Teil des Teams bereit war, alles auf diese Karte zu setzen, und der Rest mehr Wert auf Schadensbegrenzung legte ... Nun, das könnte zu einem Desaster führen. Also drehte er sich zu Fred um.

Normalerweise hätte John die Hand gehoben, um anzudeuten, dass er Freds Meinung hören wollte, aber die *Night Watch* begann bereits, auf ihrem steilen Eintrittswinkel zu zittern und zu ruckeln, darum brauchte er beide Hände, um sich an den Metallklammern auf dem Deck festzuhalten. Stattdessen ließ er seine Statusleuchte auf Freds HUD blinken.

»Was? Stimmen wir jetzt etwa ab?«, fragte Fred. »Der Miliz auf Mesra hat das nicht gerade geholfen!«

»Es ist keine Abstimmung«, erklärte John. »Ich möchte nur wissen, was du denkst.«

»Ich bezweifle, dass es Commander Kamikaze da oben interessiert, was ich denke.« Fred blickte zur Decke hoch und zuckte mit den Schultern. »Aber sie liegt nicht falsch. Wenn wir uns nicht beeilen, können wir die Sache ebenso gut vergessen.«

Als Nächstes wandte John sich Linda zu, aber bevor er seine Statusleuchte blinken lassen konnte, sagte sie bereits: »Hätte ich ein Problem mit dem Plan, hätte ich es gesagt.«

»Verstanden. Dann sind wir uns also einig.« John blickte in die Runde. »Und was *Commander Kamikaze* angeht ... Ich schlage vor, das behalten wir für uns.«

Im selben Moment, als die drei Statusleuchten an seinem Helm grün aufleuchteten, wurde Johns Körper hart nach Steuerbord gedrückt. Die *Night Watch* führte eine Reihe abrupter Kurskorrekturen durch, und von den Marines, die hinter ihnen an ihren Sicherheitsgeschirren hingen, ertönte eine Reihe erschrockenes Keuchen und Ächzen. Kaum dass John sich wieder in eine gerade Position hochgezogen hatte, bäumte sich das Deck unter ihm auf, und seine Mjolnir-Knie knallten laut wie Glockenschläge auf das Deck.

»Das sind Ausweichmanöver«, erklärte Kelly. Sie benutzte ihren externen Helmlautsprecher. »Kein gutes Zeichen.«

»Es wäre besser gewesen, sie hätten uns in Abwurfkapseln runtergeschickt«, fügte Fred hinzu. »Dann hätten wir zumindest kleinere Ziele abgegeben.«

»Das geht auf uns.« Cacyuks helmgefilterte Stimme ertönte irgendwo hinter Kelly. Als John den Kopf drehte, sah er den Lieutenant am vorderen Ende der ersten Marine-Gruppe. Hinter dem

Visier ihres versiegelten Helms waren nur ihre Augen und ihre Wangen zu erkennen. »Der Erste Zug ist nicht für Absprungeinsätze ausgebildet. Wir sind stinknormale Frontschweine.«

»Hätte ohnehin keinen Unterschied gemacht«, versicherte John ihr. Cacyuks Erklärung erinnerte ihn nicht nur daran, wie wenig Erfahrung ihre Einheit hatte, sondern auch daran, wie viel Improvisation bei dieser Mission im Spiel war. Spartans arbeiteten normalerweise mit OAST-Eliteeinheiten zusammen, aber der Erste Zug bestand aus regulären Soldaten. Nicht dass sie keine Kampferfahrung hatten oder nicht in den Grundlagen ausgebildet waren – aber sie wussten praktisch nichts von Spezialtaktiken. »Bei einer so aufgeladenen Atmosphäre wie der von Netherop könnten Kapseln sonst wohin abdriften. Ein Wirbel würde reichen, und wir würden den Rest der Mission damit verbringen, einander zu suchen.«

Johns Arme streckten sich, als die *Night Watch* zur Seite kippte, dann zog sie fast senkrecht nach unten, und sein Körper schwebte einmal in die Luft hoch. Am liebsten hätte er das Flugdeck angefunkt, um sich einen Statusbericht geben zu lassen, aber er hatte nicht vor, eine Brückenmannschaft mitten in einem Ausweichmanöver abzulenken.

Johns Rüstung donnerte wieder auf das Deck herab, und er hatte Mühe, sich an den Metallklammern festzuhalten. Hinter sich hörte er, wie mehrere Marines würgten und sich erbrachen, und als wenig später seine eigenen Innenohren zu protestieren begannen, erkannte er, dass der Prowler in einen brutalen Spiralflug übergegangen war. Falls das so weiterging, würde keiner von ihnen noch geradeaus schießen können, wenn sie die Landezone erreichten.

Das Knistern und Prasseln von Plasmastrahlen und radioaktiven Gelgeschossen hallte durch die Außenhülle der *Night Watch*. Der Prowler reagierte prompt, und als seine vier Autokanonen losratterten, klang es im Innern des Hangars, als wären sie ins

Herz eines heftigen Gewitters teleportiert worden. Gleichzeitig beschrieb das Schiff eine Fassrolle, und Johns Knie schlitterten erneut über das Deck, diesmal in die andere Richtung. Weiteres Husten und Würgen mischte sich in die Geräuschkulisse.

Je näher sie dem Feind kamen, desto lauter und gleichmäßiger wurde das Klirren der Plasmatreffer. Das Feuer der Autokanonen verwandelte sich von einem konstanten Dröhnen zu einem rhythmischen Rattern, als eines der Geschütze ausfiel. Dann ertönte Petrovs Stimme gleichzeitig aus Johns Helmempfänger und der Bordsprechanlage.

»Für Ausstieg bereit machen. Zwei Minuten bis zur Landezone.«

Zwei Minuten – bei voller Anfluggeschwindigkeit entsprach das ungefähr zweitausendfünfhundert Kilometern. Aber Petrov konnte nicht einfach die Absprungluke öffnen und erwarten, dass Stoßtrupp Blau bei diesem Tempo von Bord hüpfte. Der Prowler würde stark abbremsen müssen – und wenn er dafür seine Fusionsantriebe einsetzte, bedeutete das eine Schubumkehr. Team Blau musste John das nicht erklären; die Spartans drehten sich bereits um und stemmten ihre Stiefel gegen das Deck, während sie die Hände fester um die Halteklammern schlossen. Ihre Gesichter waren nun Lieutenant Cacyuk und ihrem Zug zugewandt, die wie Insekten in einem Spinnennetz von ihren Sicherheitsgeschirren hingen. Die Augen der Marines glänzten groß und rund hinter ihren Visieren.

Ihre Furcht war verständlich, schließlich waren sie nie zuvor aus einem fliegenden Schiff abgesprungen, während feindliche Jagdmaschinen auf sie feuerten. Aber John war sicher, dass sie sich wieder fassen würden, sobald sie erst festen Boden unter den Füßen hatten. So war es immer bei Marines.

»Wenn ihr eure Atemgeräte abgenommen habt, um euch zu übergeben, überprüft noch mal die Versiegelung!«, sagte er. Solange ihre Kinne wieder in den Kinnschalen steckten, sollten sich die Helme eigentlich automatisch wieder versiegeln, aber die

Verschlüsse zu überprüfen, war eine bessere Beschäftigung, als einfach nur darüber nachzudenken, dass sie jeden Moment abgeschossen werden könnten. »Wir müssen vielleicht durch Rauchwolken springen und ihr wollt keinen Qualm in eurem Helm haben.«

Bis auf den letzten Mann begannen die Marines, die Schläuche und Verschlüsse ihrer Atemgeräte abzutasten.

Die gesamte *Night Watch* schüttelte sich, als sie ihre Archer-Raketen abfeuerte. Die Jäger der Allianz drehten ab oder wurden zerstört; in jedem Fall verstummte ihr Beschuss. Ein paar Sekunden später – gerade genug Zeit, dass die Trümmer aus ihrer Flugbahn stürzen konnten – ließ das Grollen der Fusionsantriebe den Hangar erbeben.

Es fühlte sich an, als wäre der Prowler gegen eine Felswand geflogen, und Johns Beine mussten sich während des 9-G-Bremsmanövers gegen tausend Kilogramm Gewicht stemmen. Die Marines wurden in ihren Geschirren nach vorn gerissen, auf die Spartans zu. Ihre Augen quollen aus den Höhlen, ihre Haut wurde gegen ihre Visiere gedrückt und ihre Ausrüstung wölbte die Taschen an ihren Vakuumrüstungen nach außen.

Erneut tönte Petrovs Stimme aus der Bordsprechanlage. »Eine Minute bis zur Landezone.« Mit anderen Worten: noch ungefähr 750 Kilometer. »Eine weitere Banshee-Staffel ist im Anflug, aber die Baselards von der *Wheatley* sind auf dem Weg, um uns den Rücken freizuhalten.«

Die Gesichter der Marines wurden zu sehr von den G-Kräften verzerrt, um noch Furcht projizieren zu können, aber John wusste, wie beunruhigend, nein, beängstigend die Situation auf sie wirken musste: das Dröhnen der Fusionsantriebe, die Ankündigung, dass der Prowler gleich wieder unter Beschuss stehen würde … Er öffnete den Kanal, der für alle Mitglieder von Stoßtrupp Blau bestimmt war, und begann über ihre Helmlautsprecher zu den Marines zu sprechen.

»Zehn Sekunden vor dem Ausstieg wird das Schiff doppelt so stark abbremsen. Es wird sich anfühlen, als würde euch jemand das Herz aus der Brust ziehen. Ein paar von euch werden vielleicht das Bewusstsein verlieren. Aber die Banshees werden an uns vorbeirasen und ein Dutzend Kilometer vor uns sein, wenn wir von Bord gehen.«

Er machte eine Pause und vergewisserte sich, dass sie ihm alle zuhörten, anstatt sich auf den feindlichen Beschuss zu konzentrieren, der bereits wieder durch die Hülle hallte.

»Drei Sekunden vor dem Ausstieg öffnet sich die Luke. Dann wird der Pilot die Fusionsantriebe abschalten und wenden. Der Prowler sollte zu diesem Zeitpunkt eine Geschwindigkeit von ungefähr fünfzig Stundenkilometern haben und der Absprunghangar wird entgegen unserer Flugrichtung ausgerichtet sein. Ihr werdet dann eure Primärwaffe in eine Hand nehmen und die freie Hand am Öffnungsknopf eures Sicherheitsgeschirrs haben.«

Mit diesem Teil war der Erste Zug vermutlich schon vertraut – der »fliegende Ausstieg« wurde in der Standardausbildung jedes Marines trainiert –, aber John bezweifelte, dass irgendeiner von ihnen das Manöver schon in einer echten Kampfsituation durchgeführt hatte, erst recht nicht nach einem Übelkeit erregenden Anflug unter massivem Feindbeschuss. Sie noch einmal an das Prozedere zu erinnern, konnte also nicht schaden.

»Sobald sich die Luke öffnet, wird aus dem hinteren Teil des Hangars eine Rampe ausgefahren. Die Marines in der ersten Reihe werden ihre Sicherheitsgeschirre lösen und den Spartans die Rampe hinunter folgen. Ihr springt im vollen Sprint vom Rand ab und rennt weiter, bis eure Füße den Boden berühren und der Schwung der Bewegung euch ...«

Irgendwo über ihnen war ein lauter Knall zu hören, und John sah, wie sich Dutzende geweitete Augen in Richtung des Geräuschs drehten.

»Aufgepasst! Darauf, was gerade da draußen geschieht, könnt

ihr ohnehin keinen Einfluss nehmen.« Die allgemeine Aufmerksamkeit richtete sich wieder auf ihn. »Jede Reihe von Marines löst ihre Geschirre, sobald die Reihe davor ...«

Ein zweiter Knall ertönte, noch lauter und durchdringender, außerdem folgten ihm in rascher Folge drei Donnerschläge, jeder ein wenig tiefer als der vorige. Die Halteklammern vibrierten in Johns Händen, als der Prowler weiter abbremste und das Grollen der Fusionsantriebe an Intensität gewann. Die Kräfte, die auf seine Beine wirkten, nahmen erst um das Doppelte, dann um das Dreifache zu. Jetzt rissen die ersten Nylongurte und die Schreie von Marines hallten aus dem Truppkanal.

John fragte sich, ob sie es zur Landezone schaffen würden. Sein Rüstungscomputer versuchte nicht mal, eine Wahrscheinlichkeit zu berechnen, stattdessen blendete er einen Countdown auf dem HUD ein. 27 SEKUNDEN, 99 KM ZUR LZ.

Eine männliche Stimme meldete sich über die Bordsprechanlage, ächzend angesichts der G-Kräfte. »Fest... fest... hal... ten!«

»Wie sollen wir uns bitte ... noch fester ... fest...halten?«, fragte Fred.

Der Countdown auf Johns HUD stand jetzt bei 24 SEKUNDEN, 94 KM ZUR LZ.

Unvermittelt verstummten die Fusionsantriebe. Jetzt wurde der Hangar nur noch vom Wummern der Autokanonen und dem Trommeln der Plasmatreffer erfüllt. Die Marines sackten in ihren Geschirren nach unten, und das Gewicht, das auf Johns Beine drückte, fühlte sich fast wieder normal an, als die *Night Watch* wendete.

Er und die anderen Spartans versuchten, sich wieder umzudrehen, sodass sie der Absprungluke zugewandt wären, aber der Prowler reagierte nur träge. Mehrere Sekunden schien er seitwärts durch die Luft zu schlittern, bebend und klappernd unter seinen eigenen Kanonengeschossen, und mehr als einmal drohte er auf die Seite zu kippen. Außerdem verlor er so schnell an Höhe, dass

Johns Knie den Bodenkontakt verloren und er einmal mehr in der Luft hing – noch immer mit dem Gesicht nach Backbord.

Der Countdown erreichte 14 Sekunden. 73 Kilometer.

Eine Sekunde später hallte ein ohrenbetäubendes Scheppern durch den Hangar. Die Wand auf der Steuerbordseite faltete sich nach innen auf, begleitet von einem Hagel aus Bolzen und Splittern der Titanpanzerung, die durch die Luft zischten und Metall, Vakuumrüstungen und Sicherheitsgeschirre zerfetzten. Ein halbes Dutzend Marines wurden nach oben gegen die Decke geschleudert, wobei sie Blut und durchtrennte Nylonriemen hinter sich herzogen.

Endlich schwang die Nase des Prowlers vollends herum und nach oben. John und die Spartans pressten ihre Zehen und Knie fest gegen das Deck.

Aus der Bordsprechanlage dröhnte Petrovs Stimme: »Wir stürzen ab!«

Sie hatten nur ein paar Sekunden, um sich vorzubereiten. John wurde flach auf das Deck gedrückt, und er vergaß beinahe zu atmen, während die Schreie der Marines in seinen Ohren widerhallten und die Geschosse der Allianz durch das Loch in der Schiffshaut hereinzischten. Ein Teil von ihm wartete darauf, dass Fred einen dummen Spruch machte – vielleicht *hoffte* er sogar darauf oder auf irgendetwas anderes, das die Anspannung brechen würde –, aber alle drei Spartans blieben stumm. Die Flakgeschosse, die einen halben Meter vor ihren Visieren einschlugen, nahmen ihre ganze Aufmerksamkeit in Anspruch.

Dann kam schließlich der Aufprall.

Das Deck bäumte sich auf und sie alle wurden nach oben gerissen. John spürte, wie der Verriegelungsmechanismus in seinen Kampfhandschuhen zuschnappte, damit seine Finger nicht den Halt um die Metallklammern verloren. Der feindliche Beschuss fand ein abruptes Ende, als der Prowler langsamer wurde und die feindlichen Banshees über sie hinwegrasten. Die Marines hinter ihnen fielen wieder nach unten und wurden von ihren Sicherheitsgeschirren aufgefangen. Ihr Ächzen und ihre Schreie waren laut genug, um selbst das Kreischen der berstenden Schiffshülle zu übertönen.

Rings um die Absprungrampe stiegen kleine Wolken aus Rauch hoch. Jemand auf dem Flugdeck – vermutlich Petrov, sofern sie noch am Leben war – hatte die Notverschlüsse gesprengt, und die Luke fiel in zwei Hälften unter der *Night Watch* weg. Durch das Loch sah John gelbes und braunes Terrain vorbeihuschen – Wüstenterrain.

»Los, los, los!«, brüllte er.

Er stemmte sich hoch und rannte aus dem gedämpften Licht des Hangars in die bernsteingelbe Helligkeit von Netherop hinaus.

Der Countdown auf seinem HUD zeigte 8 SEKUNDEN, 60 KM ZUR LZ an.

7. KAPITEL

05:12 Uhr, 7. Juni 2526 (Militärkalender)
Night Watch, UNSC-Prowler der *Razor*-Klasse
Absturzstelle, Planet Netherop, Ephyra-System

Die Knöpfe an Amalea Petrovs Kommpad hatten sich noch nie so klein angefühlt. Sie hatte hundertmal geübt, die Codes zum Überschreiben der Selbstzerstörungssequenz einzutippen, und jedes Mal hatte sie die Aufgabe innerhalb des Zeitlimits von fünfundvierzig Sekunden bewältigt. Aber jetzt, wo alles darauf ankam, jetzt, wo ihr Prowler abgestürzt war und sie neben der Ingenieursstation kniete, vor ihr die freigelegte Sicherheitsabdeckung des Selbstzerstörungssystems … *Jetzt* waren ihre Finger plötzlich zu groß, um die Tasten zu drücken und die richtigen Codes einzugeben.

Amalea atmete langsam aus, dann hielt sie den Kommpad dicht über die Schnittstelle des Selbstzerstörungsmechanismus. Eine Nachricht erschien auf dem kleinen Display: IDENTIFIZIERUNGSCODE EINGEBEN.

Diesmal wählte sie einen anderen Ansatz. Anstatt behutsam jeden Buchstaben und jede Zahl einzeln einzugeben, so wie bei den drei vorigen Versuchen, tippte sie die Sequenz schnell ein, so als würde sie einem ihrer Untergebenen eine dringende Nachricht schicken.

AMALEA 78^&9 PETROV TANGO VICTOT FOCT-
ROT.

Der Code enthielt mindestens zwei Tippfehler, aber das war
bei den meisten ihrer Nachrichten so, und die KI der *Night Watch*
erkannte ihr natürliches Schreibmuster.

BEFEHL?

KONTROLLE DES SELBSTZERSTÖRUNGSSYSTEMS
auf PETROVS KOMMPAD ÜBERTRAGEN.

Das Display wurde dunkel – eine Sicherheitsmaßnahme, damit nicht autorisierte Benutzer glaubten, sie würden jeden Moment das Ziel einer bordweiten Suche werden. Aber Amalea
wusste, dass in zehn Sekunden die nächste Nachricht erscheinen würde und dass jeder Versuch, die Prozedur zu beschleunigen, einen Neustart des gesamten Protokolls nach sich ziehen
würde. Sie bezweifelte, dass die Personen, die dieses System entwickelt hatten, je selbst gezwungen gewesen waren, ihr Schiff in
feindlichem Gebiet zu verlassen, aber sie musste zugeben, dass
die Maßnahmen Sinn ergaben. Wenn ein Prowler-Kommandant
keine zehn Sekunden Zeit hatte, sollte er auch nicht die Kontrolle über den Selbstzerstörungsmechanismus seines Schiffes übernehmen.

Amalea hatte diese zehn Sekunden zwar, aber vielleicht beging
sie dennoch einen Fehler. Sie glaubte nicht, dass der feindliche
Kommandant sie ausgetrickst hatte. Immerhin hatte er – sie ging
davon aus, dass es ein *Er* war; den ONI-Berichten zufolge, die sie
gelesen hatte, waren die toten Aliens, die sie auf dem Schlachtfeld geborgen hatten, zu neunzig Prozent männlich – ihren Köder
geschluckt, als sie unmittelbar nach ihrer Ankunft im Orbit den
Aufklärungs-Pelican losgeschickt hatte. Und der Start des zweiten Pelicans hatte ihn so weit aus dem Konzept gebracht, dass
sie bis auf sechzig Kilometer an seine abgestürzte Fregatte herangekommen waren. Amalea hatte nur nicht damit gerechnet, dass
die Aliens so viele Kampfflieger zur Verfügung hatten. Eigentlich

hätte der zweite Pelican, der D75 TC/s, die letzten Banshees fortlocken sollen, bis sie Stoßtrupp Blau ungestört abgesetzt hätte.

Doch stattdessen hatte ihr der Feind zwei weitere Staffeln entgegengeschleudert. Da waren mehr getarnte Allianzmaschinen in der Gegend, als irgendjemand erwartet hatte. Sicher, hätte Amalea die üblichen zehn bis zwölf Stunden im Tarnmodus gewartet und die Lage beobachtet, hätte sie das vielleicht bemerkt, aber falls noch weitere Feindschiffe auftauchten, um der abgestürzten Fregatte zu helfen, wären die Erfolgschancen von Stoßtrupp Blau bis dahin gleich Null gewesen. Sie hatte sich diese Entscheidung nicht leicht gemacht, und selbst jetzt noch, wo es sie die *Night Watch* gekostet hatte, war Amalea sicher, dass sie das Richtige getan hatte.

Und dennoch …

Dass der Master Chief ihre Entscheidung nicht unterstützt hatte, nagte an ihr. Bei all ihren bisherigen Einsätzen hatte John stets den aggressivsten Ansatz gewählt, insofern war Amalea davon ausgegangen, dass er ihren kühnen Plan begrüßen würde. Sie wusste nicht, was sie von seinen Bedenken halten sollte. Glaubte er wirklich, dass sie ein zu großes Risiko eingegangen war? Oder gefiel es ihm nur nicht, dass sie den Fähigkeiten seiner Spartans nicht blind vertraute und sich lieber auf kalte Berechnung verließ?

Das Display erwachte wieder zum Leben und zeigte an: AUTORISIERUNGSCODE?

Amalea begann erneut, auf dem Kommpad herumzutippen. FLOTTE^DMIR^L PETROV.

Dass sie diesen Code gewählt hatte, war mehr als nur simple Eitelkeit; es sollte sie daran erinnern, wonach sie strebte – eine Ermahnung, konzentriert zu bleiben und sich an den Plan zu halten.

Der nächste Schritt in diesem Plan sah vor, dass Stoßtrupp Blau die *Glücksfall* stürmte. Falls Amalea die feindliche Fregatte sichern konnte, wäre sie für den bis dato wichtigsten Coup in diesem Krieg verantwortlich. Admiral Stanforth und Admiral

Cole würden anerkennen müssen, was sie geleistet und in welchem Maße sie zum Erfolg von Team Blau beigetragen hatte. Und logischerweise würden sie dasselbe für all ihre Spartan-Teams wollen.

Ja, und wenn Amalea die anderen Spartans auf dieselbe Weise forderte und förderte wie Team Blau, dann würde ihr das Flottenkommando bald auch andere Projekte anvertrauen, die für den Verlauf des Krieges von entscheidender Wichtigkeit waren. Projekte, so geheim und sensibel, dass Amalea erst von ihnen erfahren würde, wenn man ihr die Kontrolle darüber gab. Und ihr Aufstieg in die höchsten Kommandoebenen des UNSC würde stetig voranschreiten.

Alles, was sie tun musste, war, eine hilflose Fregatte einzunehmen.

Nach einer Drei-Sekunden-Verzögerung summte Amaleas Kommpad und eine neue Nachricht erhellte den Schirm über dem Tastenfeld.

ANPASSUNG DES SELBSTZERSTÖRUNGSSYSTEMS ABGESCHLOSSEN.

KONTROLLE ÜBER DIE FURY-FUSIONSLADUNG LIEGT BEI LIEUTENANT COMMANDER PETROV.

IM TODESFALL ODER BEI KONTAKTVERLUST WIRD DAS SYSTEM VON DER NIGHT WATCH AKTIVIERT.

BESTÄTIGEN?

Amalea tippte BESTÄTIGE ein.

Als das Display diesmal dunkel wurde, klappte sie die Sicherheitsabdeckung wieder zu und drückte ihren Daumen auf die biometrische Scannerfläche. Ein dreifaches Zirpen ertönte. Sollte jemand versuchen, auf das Selbstzerstörungssystem zuzugreifen, würde sie sofort darüber informiert werden. Amalea blickte auf die Zeitanzeige ihres Kommpads, während sie aufstand. Inzwischen waren mehr als zwei Minuten seit ihrer unglaublichen

Notlandung vergangen. Der Pilot und die Kopilotin hatten unter größtem Druck Können und Ruhe bewiesen, indem sie die *Night Watch* am Fuß eines felsigen Hügellands zum Stillstand gebracht hatten, und Amalea war froh, dass sie stets großen Wert auf rigoroses Training gelegt hatte.

Doch ihre verpatzten Versuche, die Selbstzerstörung zu übertragen, hatten sie kostbare Zeit gekostet. Inzwischen waren die Banshees vermutlich schon gewendet und auf dem Weg zurück zur Absturzstelle ... was bedeutete, dass sie den Prowler vermutlich unter Feindbeschuss verlassen würde. Aber es war nicht die Vorstellung, getötet zu werden, die Amalea beschäftigte, jedenfalls nicht wirklich. Vielmehr wurden ihre Gedanken von der Tatsache beherrscht, dass sie jetzt praktisch das Selbstzerstörungssystem der *Night Watch* war.

Sollte sie sterben, würde das den Fury-Sprengkopf aktivieren, und alles um den Prowler herum würde sich in einer thermonuklearen Explosion auflösen. Die Logik dahinter war, dass ein Schiff vermutlich von gegnerischen Streitkräften umgeben war, wenn es die Selbstzerstörung einleitete, und die Menschheit musste jede Gelegenheit nutzen, um dem feindlichen Militär zu schaden. Zugegeben, es war nicht die Art System, die ein Prowler-Kommandant selbst wählen würde, aber es barg eine gewisse Kaltblütigkeit, die Amalea zu schätzen wusste.

Leider könnte sich in ihrem Fall genau dieses Element als kontraproduktiv erweisen. Denn wenn sie starb, würde Team Blau ebenfalls untergehen – und jegliche Hoffnung auf eine erfolgreiche Mission wäre dahin.

Amalea verließ das Flugdeck und eilte in Richtung des Hangars los ... nur um zu sehen, wie John aus dem Frachtbereich auftauchte. Er trug einen 100-Liter-Tank unter jedem Arm und einen Reinigungsfilter auf dem Rücken. Einen Moment später wirbelte er in ihre Richtung herum, und kurz glaubte sie schon, dass er einen der Tanks quer durch den Korridor auf sie schleudern würde.

»*Commander?*« Johns Haltung entspannte sich, sobald er sie erkannte. Er trat zur Seite, damit sich der Rest von Team Blau hinter ihm durch die Luke schieben konnte. Auch sie hatten Vorrats-
tanks unter ihre Arme geklemmt. »Warum sind Sie immer noch
an Bord?«

»Es ist mein Schiff. Und jetzt Sie?« Amalea machte einen Schritt
auf John zu. »Was machen Sie mit meinen Wassertanks?«

»Es ist heiß draußen, Ma'am. *Sehr* heiß.«

»Oh«, machte sie. »Gut mitgedacht.«

John legte den Kopf schräg, als würde er darüber nachgrübeln,
warum sie zurückgekommen war. »Der erste Offizier meinte, alle
überlebenden Crewmitglieder wären bereits evakuiert worden.«

»Ich bin nicht wirklich ein Crewmitglied.« Amalea sah keinen
Grund, zu verbergen, was sie getan hatte. Im Gegenteil, sie wollte, dass er es wusste. »Und ich musste das Selbstzerstörungssystem
des Prowlers übertragen.«

»Oh, natürlich.« Johns Helm kehrte in eine aufrechte Position
zurück. »Der Fury.«

»Ich dachte mir schon, dass Sie es verstehen würden.« Ein Fury-
Fusionssprengkopf hatte eine Sprengkraft von fast einer Mega-
tonne. Auf einem Planeten mit einer Atmosphäre bedeutete das,
dass der Krater allein sechzig Meter tief und vierhundert Meter
breit sein würde. In einem Umkreis von zwei Kilometern würde die Detonation alles wegbrennen und die Druckwelle würde
sich in einem ungleich größeren Radius ausbreiten. »Und, Master
Chief?«

»Ja, Ma'am?«

»Sie sollten *wirklich* versuchen, mich lebend von Bord zu schaffen«, hängte Amalea an. »Kriegen Sie das hin?«

»Natürlich, Commander.« John blickte den Korridor hinab,
und der Rest von Team Blau machte ihr Platz, damit sie in die
Mitte der Gruppe treten konnte. »Solange Sie zwischen uns bleiben, wird Ihnen nichts passieren.«

8. KAPITEL

07:15 Uhr, 7. Juni 2526 (Militärkalender)
Nahe der Absturzstelle der *Night Watch*
Berge der Verzweiflung, Planet Netherop, Ephyra-System

Die Sonne war ein formloser Klumpen Hitze, der durch die niedrige braune Wolkendecke auf einen felsigen, staubbedeckten Landstrich schien. Dieser platte Streifen Land erstreckte sich am Fuß eines vertrockneten Felshanges, so steil, dass der Staub in grauen, pudrigen Lawinen an seinen Hängen hinunterwirbelte. Auf einer Seite des Hügellandes ragten Berge wie ein endloser Wall himmelwärts, ihre Gipfel so hoch, dass sie in den niedrigen Wolken verschwanden. Auf der anderen Seite lag ein brütend heißer Talkessel, tief genug, dass sein Grund unter einem schimmernden blauen Meer aus gebrochenem Licht verborgen lag – eine gewaltige Fata Morgana in der wabernden Luft.

Es war nicht der schlimmste Ort, an dem die *Night Watch* hätte landen können, das wusste John. Aber das hieß nicht, dass es ein guter Ort war.

Die Überlebenden waren während der letzten beiden Stunden acht Kilometer weit marschiert, wobei sie mehr oder weniger auf ihre ursprüngliche Landezone nahe der *Glücksfall* zuhielten – denn John und Petrov und der Rest von Stoßtrupp Blau waren noch immer entschlossen, die abgestürzte Allianzfregatte einzunehmen.

137

Das hieß … einige Marines des ersten Zuges konnte man nicht wirklich als entschlossen bezeichnen. Viele von ihnen schwitzten aus allen Poren, mehrere krümmten sich unter Hitzekrämpfen und ein paar stolperten schwach und benommen dahin. Aber sie blieben in Bewegung, und wenn sie die Fünfzig-Kilometer-Wanderung zur *Glücksfall* überstanden, dann würden sie auch kämpfen, daran hatte John nicht den geringsten Zweifel.

Das größte Problem für die meisten von ihnen würde der Marsch selbst sein. Noch waren keine Jagdmaschinen aufgetaucht, um sie aus der Luft zu beharken. Petrov vermutete, dass der feindliche Kommandant nicht mehr viele Banshees hatte und er nicht riskieren wollte, durch Gewehrfeuer noch weitere Flieger zu verlieren. Vielleicht war sogar etwas dran an ihrer Theorie; Linda hatte mit ihrem SRS99-Scharfschützengewehr vor über einer Stunde zwei Aufklärungsmaschinen vom Himmel geholt, und seitdem hatten sie keine weiteren Banshees mehr gesehen.

John hatte eine simplere Erklärung.

Die außerirdischen Aufklärungspiloten hatten gesehen, dass die Überlebenden der *Night Watch* in der Hitze sterben würden, und der Allianzkommandant hatte beschlossen, sie den Elementen zu überlassen. Es gab schließlich keinen Grund, Banshees aufs Spiel zu setzen und Munition zu verschwenden, wenn ihnen die lebensfeindliche Umgebung die Arbeit abnahm. Und sollte doch jemand überleben, wäre er nach dem langen Marsch durch diesen Glutofen ein leichtes Ziel.

Oder zumindest hätte John so gehandelt, wären die Rollen vertauscht gewesen – einfach abgewartet, während der Feind zermürbt wurde.

»Wie wäre es dort?« Petrov deutete auf eine große Schlucht mit steilen Wänden, die sich ein Stück hangaufwärts an einer Klippe auftat. Der Commander war in ihrer blauen Fluguniform neben John hermarschiert, seit sie die Absturzstelle verlassen hatten, und dass sie in Netherops hoher Schwerkraft noch immer mit ihm

Schritt halten konnte, war überaus beeindruckend. »Sieht groß genug für die gesamte Gruppe aus.«

John blieb stehen, um die Schlucht zu studieren. Sie war mit blätterlosen orangefarbenen Pflanzen bewachsen, die aussahen wie brusthohe Armleuchter, aber über der Schattenseite hatte der Wind eine Mauer aus sonnengebackenem Staub aufgetürmt. Wenn die Druckwelle heranrollte, würde dieser Wall losbrechen und alles in der Schlucht unter sich begraben.

»Nein.« John deutete auf die Verwehung. »Das da oben müssen mehrere tausend Tonnen Staub sein. Wir Spartans würden vermutlich überleben, sofern wir nicht mitgerissen würden, aber der Großteil des Ersten Zugs würde zermalmt werden, und jeder, der kein Atemgerät trägt, würde ersticken.«

Petrov erblasste, während sie über die Schulter blickte. Die Kolonne von Marines und Prowler-Crewmitgliedern hinter ihnen war inzwischen einen halben Kilometer lang. Einige waren zurückgefallen, weil sie Verwundete trugen oder die Wassertanks den Hang hinaufschleppten, aber was ihnen allen zu schaffen machte, waren die Schwerkraft und die Temperaturen von knapp fünfundvierzig Grad Celsius. Darum hatten die Marines ihre Atemgeräte zurückgelassen und ihre Rüstungen gelockert, während sich die Crewmitglieder bis zu den Hüften aus ihren Overalls geschält hatten. Weil die Luft wärmer war als ihre Körpertemperatur, sorgte nur ihr eigener Schweiß für Kühlung, während er in der trockenen Luft verdunstete.

»Aber wir müssen Deckung finden, und zwar bald«, sagte Petrov. »Wir können sie nicht weiter so schinden. Andernfalls ist es egal, wie weit wir weg sind, wenn ich die Selbstzerstörung aktiviere, weil sie dann nämlich alle schon an einem Hitzeschlag gestorben sind.«

Sie hätten Hilfe von der *Phyllis Wheatley* anfordern können, aber John wollte keine Rettungsmission vorschlagen. Kurz nachdem Petrov die Kontrolle über das Selbstzerstörungssystem auf sich übertragen hatte und sie das Schiff verlassen hatten, war ein halbes Dutzend Allianzflieger über der *Night Watch* aufgekreuzt. Sie hatten über dem Prowler gekreist, bereit, jeden niederzuschießen, der sich dem Schiff näherte. Wenig später waren zehn weitere Maschinen hinzugestoßen und über der Absturzstelle tiefer gegangen. Soweit es John anging, war jede Bitte an die *Wheatley* damit hinfällig – zumindest jetzt noch.

Er hatte größten Respekt vor ONI-Piloten, aber die *Wheatley* hatte nur zwei Pelicans und zwölf Baselards an Bord. Diese Abfangjäger waren in erster Linie für den Weltraum konzipiert; bei Einsätzen innerhalb der Atmosphäre waren sie zu träge, um es mit den wendigeren Banshees aufzunehmen. Bis Petrov den Fury-Sprengkopf zündete und die Absturzstelle ausbrannte, waren die Überlebenden der *Night Watch* also auf sich allein gestellt. Das Einzige, was sie im Moment tun konnten, war, sich weiterzuschleppen, um eine sichere Entfernung zu erreichen.

Und bei einem taktischen Ein-Megatonnen-Nuklearsprengkopf musste diese Entfernung verdammt groß sein.

»Ich meine es ernst, John«, sagte Petrov. »Wenn wir anfangen, Leute durch Hitzschläge zu verlieren, müssen wir es vielleicht darauf ankommen lassen.«

»Ich weiß, Ma'am.«

Johns HUD zeigte ihm, dass seit der Notlandung der *Night Watch* exakt einhundertsiebenundzwanzig Minuten vergangen waren, aber ohne ein satellitengestütztes Navigationssystem konnte auch seine Mjolnir-Rüstung nur schätzen, wie weit sie während dieser Zeit gekommen waren, indem sie seine Schrittlänge mit der Zahl seiner Schritte multiplizierte.

8,56 KILOMETER.

Die Fury-Fusionssprengköpfe, die an das Selbstzerstörungssystem jedes UNSC-Prowlers angeschlossen waren, galten als »saubere« Bomben – mit anderen Worten, sie setzten nur wenig Strahlung frei. Bei ihrer gegenwärtigen Entfernung müssten Stoßtrupp Blau und die Crew keine Angst vor Gammastrahlen, einem Neutronensturm oder radioaktivem Fallout haben. Der Radius, in dem sich der Feuerwall ausbreitete, wurde mit ungefähr acht Kilometern beziffert; solange sie alle in Deckung waren, wenn die *Night Watch* gesprengt wurde, wären Verbrennungen dritten Grades also ebenfalls unwahrscheinlich.

Aber die Schockwelle wäre immer noch ein Problem. Sie wäre nicht stark genug, um einen Menschen direkt zu verletzten, wenn er flach in einer Kuhle lag, aber sie würde Pflanzen entwurzeln, kleine Steine vor sich herwirbeln und Fels- oder Staublawinen auslösen.

»Ich habe nicht vor, die Kommandantin des ersten Schiffes zu sein, das von der Allianz erbeutet wird«, sagte Petrov. Sie litt vielleicht unter den frühen Symptomen eines Hitzschlags, aber sie konnte offensichtlich noch klar denken. »Selbst wenn es bedeutet, dass ich den Knopf drücke, bevor wir Deckung finden.«

»Ich weiß, Ma'am.« Tarntechnologie war einer der wenigen Aspekte der Weltraumkriegsführung, in dem die Menschheit der Allianz nicht meilenweit hinterherhinkte. Einen Prowler in die Hand des Feindes fallen zu lassen, wäre also ebenso eine Katastrophe für das UNSC, wie es die Eroberung der *Glücksfall* für die Allianz wäre. »Aber so weit wird es nicht kommen.«

»Da können Sie nicht sicher sein, John. Die Aliens sind bereits an Bord meines Schiffes.«

Petrov blickte immer wieder zurück, über die Köpfe ihrer Crew und der Marines hinweg zu der Absturzstelle der *Night Watch*. Selbst mit der Vergrößerung von Johns HUD war der Prowler nur noch als winziger deltaförmiger Schatten zu erkennen, umschwirrt von den Stecknadelköpfen von mehr als einem Dutzend Banshees. Alle Schiffe waren verschwommen, und es sah aus, als würden sie hoch über dem Boden schweben.

John wusste natürlich, dass das nur eine Illusion war – eine Fata Morgana, ausgelöst, weil sich das Licht brach, während es durch die heiße Luft über dem kühleren Boden fiel – aber seine Unruhe blieb. Die Allianz verfügte über etliche Technologien, die das UNSC noch nie gesehen hatte, und er wurde das dumpfe Gefühl nicht los, dass die Außerirdischen tatsächlich eine Art von Anti-Gravitationsgerät benutzten, um den waidwunden Prowler in den Orbit hochzuziehen.

Er wechselte zum Teamkanal. »Blau Vier, hat sich die Position des Prowlers irgendwie verändert?«

»Nein.« Linda war zwei Kilometer unter ihrer Position zurückgeblieben und beobachtete die Allianz mit ihrem Scharfschützengewehr. »Ich habe den Brechungswinkel gemessen. Die *Night Watch* ist noch immer am Boden, auch wenn es nicht so aussieht.«

»Irgendeine Spur von Aufklärungsschiffen?« Auch wenn die Allianz den Prowler nicht von der Oberfläche hochzog, könnte sie doch Aufzeichnungen machen und Daten messen. »Oder errichten sie vielleicht einen Funkturm am Boden?«

»Das hätte ich sofort gemeldet.« Linda klang beinahe beleidigt.

»Was ist mit den Banshees? Gibt es da ein Kommen und Gehen?«, hakte John nach. Wenn sie schon keine Bilder machten, versuchten die Außerirdischen vielleicht, Instrumente und Systeme von der Absturzstelle fortzuschaffen. »Irgendwelche Anzeichen, dass sie Ausrüstung abtransportieren?«

»Schwer zu sagen. Wegen des Hitzeschimmerns kann ich nicht so weit ranzoomen.« Nach einer kurzen Pause fügte Linda hinzu: »Es sind inzwischen zwei Stunden, John.«

»Du bist nicht die Erste, die mich daran erinnert.« Er senkte den Blick zu der Kolonne von schwitzenden Marines und Crewmitgliedern. Selbst wenn die Aliens noch nicht begonnen hatten, die Instrumente des Prowlers zu ihrem Mutterschiff zu schaffen – und nach all dieser Zeit *mussten* sie damit begonnen haben –, waren die vier Spartans die Einzigen, die in klimatisierten Kampfrüstungen steckten. Die anderen würden nicht mehr lange so weitermarschieren können. »Also gut. Pack dein Gewehr ein und schließ zu uns auf. Blau Drei?«

Kelly ließ ihre Statusleuchte grün blinken, um anzuzeigen, dass sie ganz Ohr war.

»Gibt Blau Zwei deine Granaten, dann such dir einen guten Aussichtspunkt. Du übernimmst jetzt die Beobachtung.« Kelly und Fred waren ungefähr einen halben Kilometer vor John und suchten nach einem geeigneten Versteck, wo sie vor der Druckwelle der Selbstzerstörung geschützt wären. »Informier mich und Commander Petrov, wenn irgendwelche Allianzflieger die Absturzstelle verlassen.«

»Wird gemacht«, bestätigte Kelly.

»Blau Zwei?«

»Lass mich raten«, sagte Fred. »Die Staubverwehungen.«

So war es oft bei Team Blau. Sie hatten seit ihrer Kindheit zusammen trainiert, und manchmal fühlte es sich an, als würden ihre Neuralimplantate und Rüstungscomputer auch ihre Gehirne miteinander verbinden.

»Kriegst du das hin?«, fragte John.

»Ich komme schon klar.« Ein Anflug von Sarkasmus klang aus Freds Stimme. »Solange der Staub nicht zurückschießt.«

»Wie lange?«

Fred schwieg einen Moment, bevor er antwortete: »Kommt drauf an, was ich in den Wolken finde.«

Fred brauchte sechzehn Minuten, um die Schlucht an der Grenze zu den niedrigen braunen Wolken zu erreichen. Vermutlich hätte er es schneller geschafft, wäre er nicht mit zwei zusätzlichen Raketenzylindern für seinen M41 beladen gewesen – und mit genug Granaten, um damit den Helm eines Brute zu füllen. In der hohen Schwerkraft von Netherop drückte das zusätzliche Gewicht auf seine Schultern, und er hatte Mühe, auf den staubbedeckten Hängen Halt zu finden.

Die seltsame Vegetation – nicht dass es viel davon gab – machte die Sache auch nicht leichter. Er lernte schnell, einen Bogen um die orangefarbenen Armleuchterbäume zu machen, denn im Staub unter ihren gewölbten Kronen lauerte eine knotige Masse von gummiartigen Zweigen, die sich wie Schlingen um einen Fuß oder ein Bein legen konnten. Und dort, wo das rote Schiefergestein blank dalag und vermeintlich sicheren Halt versprach, musste er sich einen Weg durch brusthohe fleischfressende Gewächse kämpfen, die er schon bald »Paddelpflanzen« taufte.

Die Paddelpflanzen wucherten an den Luvseiten der Schieferformationen, und ihre großen graugrünen Blätter waren mit einem gekräuselten weißen Flaum überzogen, in dem sich kleine Insekten verheddert hatten … oder zumindest sah es aus wie Insekten. Die Kreaturen waren ungefähr halb so groß wie ein Fingernagel, aber sie hatten glatte blaue Haut, drei smaragdgrüne Augen und fünf Beine. Außerdem wurden sie gerade von schuppigen Raupen aufgefressen, die durch eine pulsierende Nabelschnur mit den Blattstielen verbunden waren.

Was für ein netter Ort dieses Netherop doch war.

Bevor er weiter den wolkenverhangenen Hügel hochstieg, blickte Fred noch einmal zurück, um sich zu vergewissern, dass die anderen in sicherer Entfernung waren. Anschließend wandte er sich dem fast lückenlosen Wall aus herangewehtem und verhärtetem Staub und Stein zu, der sich auf seiner Seite über der Schlucht aufgetürmt hatte und bisweilen weit über den Abgrund ragte. Was die Schlucht selbst anging, so formte ihr Boden eine Rinne, die in eine große, diamantförmige Höhle überging. Diese Höhle musste schräg unter dem gesamten Felshang hindurchführen, denn am unteren Ende fiel dumpfes Licht herein. Ihre Wände waren asymmetrisch, aber glatt wie Beton, abgesehen von nur ein paar Einbuchtungen, wo Splitter herausgebrochen waren. Auch die oberen Ränder wirkten so gerade, als sei hier eine Einheit Kampfpioniere am Werk gewesen.

Nicht dass ein Mensch eine solche Schlucht entwerfen würde – aber das Ganze schien definitiv nicht natürlichen Ursprungs zu sein.

Fred aktivierte den Teamkanal. »Was, wenn ich euch sage, dass das hier mal so eine Art Straße war?«

»Ich würde sagen, beeil dich lieber, die Schluchtränder frei zu sprengen«, erwiderte John. »Kelly glaubt, dass die Allianz ihre Seraphs belädt.«

»Oder es sind nur Trugbilder wegen der Hitze«, relativierte Kelly. »Schwer zu sagen, was ich da sehe.«

»Aber da ist irgendwas«, meldete sich Linda zu Wort. »Ich sehe es ebenfalls. Dunkle Umrisse, die sich zwischen der *Night Watch* und einem Seraph bewegen.«

»Ich mach ja schon«, brummte Fred. Er achtete darauf, Abstand zum Rand der Schlucht zu halten – schließlich wollte er nicht zu früh eine Lawine auslösen –, und kletterte an einem Schiefervorsprung hoch, der in die niedrigen Wolken emporstach. »Hier ist ein Tunnel, der von der Schlucht zu euch runterführt. Seht euch mal um. Da muss es irgendwo einen Eingang geben. Dann könntet ihr geschützt nach oben klettern. Nachdem der ganze Staub runtergestürzt ist, versteht sich.«

»Ein Tunnel?«

John klang nicht so überrascht, wie er eigentlich sein sollte. Team Blau hatte den Slipspace-Sprung von Mesra hierher genutzt, um sich auf die Mission vorzubereiten und alle verfügbaren Informationen über Netherop zu studieren – nicht dass es da viel zu studieren gab. In der *UNSC-Datenbank unbewohnter Planeten* wurde Netherop folgendermaßen beschrieben: nicht kolonisiert, bedingt bewohnbar, von minimalem strategischem Wert, ohne nutzbare Rohstoffe. In dem angehängten Bericht des Expeditionskorps stand, dass die Erkundung des Planeten aufgrund der lebensfeindlichen Umgebung abgebrochen worden war. Der Bericht endete mit der Empfehlung, eine besser ausgerüstete Expedition solle zurückkehren und weitere Nachforschungen anstellen. Ein geheimer ONI-Anhang listete den Planeten jedoch als möglicherweise verlassen auf – eine nebulöse Beschreibung, die vieles bedeuten konnte. Vielleicht hatte die erste Expedition eine alte Kolonialsonde gefunden. Oder sie war auf Landschaftsmerkmale gestoßen, die künstlichen Ursprungs sein mochten … wie eine Straße.

Fred konnte sich vorstellen, wie die Sache weitergegangen war. Irgendein Schreibtischtäter hatte nur bis »minimaler strategischer Wert, ohne nutzbare Rohstoffe«, gelesen und den Bericht elektronisch der *UDUP* hinzugefügt. Danach hatte ihm jahrelang niemand mehr Beachtung geschenkt … bis Team Blau zum *ersten* Mal nach Netherop geschickt worden war, um im Orbit ein Forschungsschiff der Allianz zu entern.

Doch damals hatte sich das UNSC natürlich auf andere Dinge konzentrieren müssen.

»Ein Tunnel?«, wiederholte John. »Geht das auch genauer, Fred?«

»So sieht es eben aus. Ich bin sicher, so kommt ihr sicher nach oben.« Fred war inzwischen in der Wolkenschicht hoch genug gestiegen, dass der schmierige braune Dunst einen ölartigen Film auf seinem Visier hinterließ. »Ihr müsst nur den Eingang finden, dann werdet ihr schon sehen.«

»Wir werden danach suchen«, erwiderte John. »Aber beeil dich. Falls jemand versucht, die Absturzstelle zu verlassen, wird Commander Petrov den Fury zünden.«

»Verstanden«, bestätigte Fred.

Tatsächlich verstand er nur zu gut. Das UNSC wollte ebenso wenig, dass die Allianz die Geheimnisse ihrer Prowler-Technologie enthüllte, wie die Allianz wollte, dass das UNSC die Geheimnisse ihrer Energieschilde und Plasmawaffen lüftete. Darum durfte kein Alien die Absturzstelle verlassen, selbst wenn das bedeutete, dass die Marines und die Besatzung der *Night Watch* ebenfalls ihr Leben verloren.

Nachdem er weitere hundert Meter den Hang hochgestiegen war, wurde die Schlucht endlich schmaler. Schließlich endete sie an einer Schieferwand, die steil in die Höhe ragte und zweihundert Meter über Fred in den braunen Wolken verschwand. Auch hier wurde die Windseite der Felsen von Paddelpflanzen gesäumt, aber oberhalb der Schlucht prangte eine drei Meter breite Lücke in der seltsamen Vegetation.

Etwas Großes hatte sich dort durch die Büsche geschoben. Fred stieg um die Luvseite des Vorsprungs herum, wo er runde Hufspuren entdeckte, die parallel zueinander zu der Lücke hinaufführten, jeweils mit einem Abstand von ungefähr zwei Metern zwischen den Abdrücken. Die Spuren waren in der Mitte gespalten, so wie die Hufe einer Ziege, und ihre Größe und ihre Form war zu gleichmäßig, um von einem Tier zu stammen. Die Natur brachte keine Geschöpfe mit so vollkommen runden Füßen hervor.

Leider hatte er keine Zeit, über die Fauna nachzudenken, die die Gebirge von Netherop ihr Zuhause nennen mochte. Fred folgte den Spuren, kletterte durch die Lücke zwischen den Pflanzen und wandte sich dann wieder hangabwärts, um über der Schlucht in Position zu gehen. Dabei sah er, dass viele der Paddelblätter am Stiel abgebrochen waren und die schuppigen Raupen plattgedrückt und mit herausgerissener Nabelschnur auf dem Boden lagen. Im Staub entdeckte er zudem Dutzende Spuren, die auf unheimliche Weise an die Fußabdrücke menschlicher Kinder erinnerten – so unwahrscheinlich das auch sein mochte. Natürlich gab es viele Tiere, die vage menschenartige Spuren hinterließen. Bären zum Beispiel.

Er bezweifelte aber, dass es auf Netherop Bären gab.

Fred erreichte die Stelle oberhalb der Schlucht, die er sich zum Ziel gesetzt hatte. Unter ihm ragte der verhärtete Staubwall weit über den Abgrund hinaus. Hätte er versucht hinabzuspringen, hätte der Vorsprung vermutlich unter seinem Gewicht nachgegeben, und er wäre unten in der Schlucht gelandet. Dann hätte er die nächsten Minuten warten müssen, bis die Lawine vorbei wäre, bevor er einmal mehr mit dem Aufstieg beginnen konnte.

Fred nahm eine Granate vom Gürtel und öffnete den Truppkanal. »Alles bereit auf der vergessenen Landstraße.«

»Die vergessene Landstraße?«, echote Petrov.

»Sie stehen davor«, antwortete Fred. »Wie ich die ganze Zeit schon zu erklären versuche …«

»Räumen Sie einfach den Schluchtrand!«, schnappte der Commander.

»Könnte sein, dass es nicht gleich beim ersten Versuch klappt«, warnte Fred. »Halten Sie also Abstand, bis ich Ihnen grünes Licht gebe.«

»Wir werden es versuchen«, versprach Petrov. »Und jetzt los.«

»Jawohl, Ma'am.« Fred machte die Granate scharf. »Gleich wird's laut!«

Er warf die Granate auf die Verwehung und beobachtete, wie sie in der losen oberen Staubschicht versank. Eine Sekunde später kullerte sie auf der anderen Seite nach unten, dem Rand der Schlucht entgegen … bis sie mit einem harten Knall und einem orangefarbenen Blitz explodierte.

Der obere Teil des Vorsprungs verwandelte sich in eine pudrige Wolke, die zehn Meter in die Luft hochgeschleudert wurde, der untere Teil brach los und stürzte in den Abgrund hinunter. Danach konnte Fred nur noch wirbelnden Dunst sehen, aber ein dumpfes Donnern verriet ihm, dass sich mehr Staub in die Schlucht ergoss.

Er nahm den M41-Raketenwerfer von der Magnethalterung an seinem Rücken und feuerte die erste Rakete in die Wolke hinein, wobei er auf einen Punkt ungefähr zweihundert Meter schluchtabwärts zielte. Diese Detonation war lauter und tiefer als die Granate, aber der Feuerball schimmerte nur als orangefarbenes Glühen durch den Staub.

Das dumpfe Tosen schwoll an, und er wusste, dass eine Kettenreaktion begonnen hatte. Anschließend feuerte er auch seine zweite Rakete ab, auf eine Stelle in vierhundert Meter Entfernung. Diesmal konnte er nicht mal ein Glühen sehen.

»Gute Arbeit«, meldete sich John auf dem Teamkanal. »Da steht eine fünfhundert Meter hohe Staubwolke über der Schlucht. Ist der Rand jetzt frei?«

»Sag du's mir.« Fred zog den leeren Zylinder aus dem Raketenwerfer und griff nach seiner Ersatzmunition. »Ich kann hier oben gar nichts sehen.«

»Dann schlage ich vor, dass du blind weiterfeuerst«, meldete sich Kelly. »Ich sehe Umrisse, die aus der *Night Watch* kommen. Eine ganze Menge Umrisse sogar.«

»Ich glaube, die Explosion hat ihre Aufmerksamkeit erregt«, sagte Linda. »Sie fächern aus und … Sie sind stehen geblieben.«

»Vielleicht sind sie nicht sicher, was sie sehen«, mutmaßte Fred. »So ähnlich wie ihr.«

»Vielleicht«, murmelte John. »Aber es wird nicht lange dauern, bis jemand in einen Banshee springt und nachsehen kommt.«

Er musste nicht extra erklären, was das bedeutete. Selbst wenn die Allianz nur eine einzelne Banshee-Staffel entsandte, konnte Petrov kein Risiko eingehen. Sobald der erste Flieger die Absturzstelle der *Night Watch* verließ, würde sie den Fury zünden.

»Ich mach dann mal weiter.« Fred lud seinen Raketenwerfer. Er musste nach vorn zur Schluchteinmündung, darum folgte er dem Pfad, den die mysteriöse Kreatur – oder die mysteriösen Kreatur*en* – hinterlassen hatten. »Ich werde weiter auf die Ablagerungen feuern, während ich mich vom Eingang der Schlucht vorarbeite. Gebt Bescheid, wenn Commander Kamikaze den roten Knopf drücken will.«

»Wird gemacht«, erwiderte John. »Und, Fred? Gewöhn dich besser nicht an diesen Spitznamen. Wenn der Commander hört, dass du sie so nennst …«

»Schon klar«, sagte Fred. »Die Wahrheit tut weh – und zwar meistens dem, der sie ausspricht.«

Als er sich dem vorderen Teil der Schlucht näherte, fiel ihm eine geisterhafte, spinnenähnliche Silhouette auf, die zweihundert Meter entfernt stand, eingehüllt in den wirbelnden braunen Dunst. Beinahe hätte Fred sie für eine Illusion gehalten, hätte die Spur paralleler gespaltener Hufabdrücke nicht direkt über den Hang zu ihr geführt. Er zoomte mit seinem HUD näher heran, aber der Staub und der ölige Film auf seinem Visier behinderten seine Sicht.

Das Einzige, was er mit Gewissheit sagen konnte, war, dass dieses Wesen knapp anderthalbmal so groß wie ein Warthog war, mit fünf langen Beinpaaren, die gleichmäßig um einen runden Leib mit flacher Oberseite angeordnet waren. Die hinteren Beine, die weiter oben auf dem Hang standen, waren nach innen geknickt, die Beine auf der anderen Seite indes gerade nach unten gestreckt, sodass der Körper in einer mehr oder weniger aufrechten Position ruhte. An einer Seite prangten zwei runde Kugeln, bei denen es sich um Ohren handeln könnte, vielleicht aber auch um große, externe Augen … oder um kleine Köpfe.

»Ich glaub, ich spinne …«

»Über deinen Geisteszustand können wir später reden«, sagte John. »Wie sieht es mit der Schlucht aus?«

Die Kreatur schien zu spüren, dass sie beobachtet wurde, denn sie huschte mit erstaunlicher Geschwindigkeit davon und verschwand hinter einem Felsvorsprung außer Sicht. Fred hatte noch immer keine Ahnung, was es war, aber er hoffte, dass das Spinnending genug Intelligenz besaß, um den Kopf einzuziehen – zumindest bis die *Night Watch* explodiert war. Er drehte sich um und rannte parallel zum Schluchtrand weiter.

»Ich arbeite dran«, sagte er.

Als die Wolken über ihm zurückblieben, konnte Fred am Rande des gewaltigen Staubvorhangs entlangrennen, der aus der Schlucht emporwallte. Zunächst war es unmöglich, irgendetwas auf der anderen Seite zu erkennen, vor allem, da die Schlucht hier wieder breiter wurde, aber als das Grollen der Lawine nachließ, sank dieser Vorhang langsam in sich zusammen. Nach fünfhundert Metern feuerte Fred eine Rakete zum anderen Rand der Schlucht hinüber.

Sofort brodelte die Staubwolke wieder höher und das Grummeln der Lawine schwoll zu einem Tosen an. Fred rannte weitere zweihundert Meter an der Schlucht entlang, bevor er die zweite Rakete benutzte. Er vermochte jedoch nicht zu sagen, ob das Geschoss überhaupt Wirkung zeigte, dafür war der Staub noch immer zu dicht und der Lärm zu laut.

Sobald er den M41 mit dem nächsten Zylinder geladen hatte, setzte er seinen Weg fort. Er feuerte aber erst wieder, als das Donnern der Lawine nachließ und sich der Staubvorhang so weit gelichtet hatte, dass er die andere Seite der Schlucht sehen konnte. Diesmal ließ die Explosion keine weitere Staubwolke in die Luft emporsteigen. Gut. Um auf Nummer sicher zu gehen, versuchte er es noch einmal, nachdem er weitere zweihundert Meter hangabwärts gerannt war.

Der Staubvorhang wurde immer dünner und die Geräusche der Lawine waren vollends verstummt, als Fred schließlich stehen blieb. In der Tiefe unter sich konnte er eine Raute aus blauem Licht sehen, wo die Fata Morgana über dem Tal waberte.

Er zog den leeren Zylinder aus dem M41 und aktivierte den Truppkanal. »Ich denke, die Schlucht ist geräumt«, sagte er. »Ihr könnt hochkommen.«

»Schon unterwegs, Spartan«, meldete sich Petrov. »Aber Sie gehen jetzt besser in Deckung. Sie haben zwanzig Sekunden.«

Freds Kopf ruckte herum. Bevor er selbst wirklich wusste, wonach er suchte, aktivierte sich der Entfernungsmesser seiner Rüstung, und das HUD zeigte an, wie weit der Weg den Hang hinunter zum Eingang der Schlucht war.

709 METER.

Nicht mal Spartans waren so schnell. »Mist.«

»Schnell, Fred«, drängte Kelly auf dem Teamkanal. »Commander Kamikaze meint es ernst. Sie wird den Knopf drücken.«

»Warum? Was ist los?«

Die Antwort erschloss sich Fred, noch bevor er die Frage ganz ausgesprochen hatte. Irgendein Allianzflieger musste von der Absturzstelle gestartet sein. Er warf den leeren Raketenzylinder beiseite und wirbelte in Richtung des Prowlers herum ... aber sein Blick blieb an zwei Gestalten hängen, die auf einem nahen Felsvorsprung lagen, vielleicht fünfhundert Meter von seiner Position entfernt. Ihre Arme und Beine waren flach ausgestreckt, die winzigen Punkte ihrer Köpfe knapp über den Rand des Vorsprungs geschoben, so als würden sie die Aktivität drüben bei der *Night Watch* beobachten.

Fred vergrößerte den Bildausschnitt, und was er sah, erinnerte auf erschreckende Weise an menschliche Kinder mit schlanken, fast schon dürren Körpern und zerzaustem Haar. Sie trugen einfache Kleidung, die aussah, als wäre sie aus Pflanzenfasern gewoben, und ihre Füße steckten in Sandalen mit schwarzen Sohlen. Hinter ihnen, am unteren Rand des Vorsprungs, kauerte eines der bizarren Spinnendinger, die Fred schon zuvor gesehen hatte – vielleicht war es sogar dasselbe Wesen.

Er wechselte zurück auf den Truppkanal. »Warten Sie, da sind ...«

»Wir können nicht warten«, schnappte Petrov. »Die Banshees starten.«

Fred konnte es ebenfalls erkennen: Dort, wo der winzige Prowler auf dem blauen Meer der Fata Morgana schwamm, schlängelten sich drei violette Schweife durch das Hitzeflimmern in den Himmel hoch. Impulsantriebe. Petrov hatte recht – sie konnte nicht warten. Aber diese Kinder (sofern es wirklich Kinder waren) auf dem Felsvorsprung wussten weder, was gleich passieren würde, noch, wie sie sich schützen konnten. Fred formte mit den Händen einen Trichter um seinen Helmlautsprecher und schrie.

Selbst wenn sie seine Sprache beherrschten, hätte er sich auf diese Entfernung nicht verständlich machen können, aber vielleicht konnte er zumindest ihre Aufmerksamkeit erregen, sie von dem Vorsprung fortwinken …

Der winzige Prowler verwandelte sich in eine Murmel aus hellem Licht. Dann schwoll diese Murmel zu einem Ball an, so grell, dass es sich anfühlte, als würden einem Messer in die Augen stechen. Die kindlichen Gestalten sprangen auf, aber dann wurden sie auch schon von der Walze aus grauem Staub verschluckt, die über die Hügel rollte. Einen Herzschlag später spürte Fred, wie sich die Hitze durch seine Mjolnir fraß. Die Druckwelle schleuderte ihn rücklings in die Schlucht hinab, Staub wirbelte um ihn hoch und sein Visier wurde dunkel.

9. KAPITEL

07:58 Uhr, 7. Juni 2526 (Militärkalender)
Bunker von Stoßtrupp Blau, Tunnel der Überraschungen
Vergessene Landstraße, Planet Netherop, Ephyra-System

Die Druckwelle erreichte sie in Form einer Staubwoge und drohte, Johns Hände und Füße aus den Einkerbungen zu reißen, an denen er sich festhielt. Über ihm, am Ausgang der Höhle – oder vielleicht war es *wirklich* ein Tunnel – verlor ein halbes Dutzend geisterhafter Gestalten den Halt. Sie stürzten den diamantförmigen Trichter hinab und schlitterten dann über die steile Schräge direkt auf John und die beiden anderen Spartans zu.

Er grub seine Finger und Zehen noch fester in die Einbuchtungen und öffnete den Teamkanal. »Achtung!«

Zwei Statusleuchten – die von Kelly und Linda – blinkten grün. Freds LED blieb dunkel, aber das war besser als ein rotes Blinken. Dunkel bedeutete: ZUSTAND UNBEKANNT. Rot hingegen würde bedeutete, dass er in Schwierigkeiten oder tot war.

Als die Figuren näher kamen, verwandelten sie sich in vier fluchende Marines und zwei Crewmitglieder, die um sich traten und versuchten, an dem steil abfallenden Tunnelboden Halt zu finden. Der Sturz eines weiblichen Marines endete, als sie mit ihren Stiefeln auf Johns Schultern landete, einen zweiten Soldaten konnte er festhalten, als er über seinen ausgestreckten Arm kullerte.

154

»Ich habe zwei«, meldete er auf dem Teamkanal.

»Ich nur einen«, erwiderte Linda.

»Keine Sorge.« Kellys Stimme klang angestrengt. »Ich hab die drei anderen aufgefangen. Wenn sie nur endlich aufhören würden zu zappeln.«

John aktivierte seinen Helmlautsprecher. »Halten Sie bitte still.«

Anschließend blickte er über die Schulter zu Kelly hinüber, die sich in der Mitte des Tunnels festhielt. Drei staubbedeckte Marines kauerten halb stehend, halb sitzend auf ihren Schultern. Hinter ihr benutzte Linda ihren Ellbogen, um ein weibliches Crewmitglied gegen den Stein zu pressen. Hätte sie die Frau nicht erwischt, wäre sie weitere fünfzig Meter durch den Tunnel geschlittert und dann jenseits der Öffnung den steilen Hang zum Fuß des Fata-Morgana-Beckens hinabgestürzt.

»Ist irgendjemand verletzt?«, fragte John. Als niemand etwas sagte, spähte er durch den Tunnel nach oben. Der Boden war glatt, aber nicht zu steil, und der Eingang lag nur zwanzig Meter über ihnen. »Dann weiter. Kelly, schick deine Leute zuerst hoch.«

»Ihr habt ihn gehört«, sagte Kelly. »Schnell, bevor ich euch den Schacht runterwerfe.«

Die erste Soldatin kletterte bereits wieder nach oben, wobei sie erst den Staub aus den Einkerbungen wischte, bevor sie Finger- oder Zehenspitzen hineinschob. Als klar wurde, dass sie nicht gleich wieder in die Tiefe rutschen würde, folgten ihr die anderen, und es dauerte nicht lange, bis auch Linda, Kelly und zu guter Letzt John in die Schlucht hochstiegen.

Das Erste, was er tat, nachdem er oben angekommen war, war, Fred auf dem Teamkanal anzufunken. »Blau Zwei, Statusmeldung?«

»Ich bin gleich da«, sagte Fred. Seine Statusleuchte blinkte gelb. »Meine Gelenke müssen immer noch Druck abbauen.«

»Deine Rüstung hat sich arretiert?«, fragte Kelly.

»Natürlich«, antwortete Fred. Mjolnir-Rüstungen verfügten über eine hydrostatische Gelschicht. Um den Träger vor tödlichen Erschütterungs- und Aufprallverletzungen zu bewahren, setzte der Computer diese Gelschicht unter Druck, sobald er zu hohe G-Werte maß. Die Rüstung versteifte dann zu einem unbeweglichen Schutzpanzer. »Mir ist gerade eine Fury-Schockwelle gegen den Kopf geklatscht.«

John blickte zum Rand der Schlucht hoch, aber der Staub hing noch immer zu dicht in der Luft, um weiter als ein Dutzend Meter zu sehen. »Warum bist du nicht in Deckung gegangen?«

»Es war keine Zeit«, erklärte Fred. Seine Stimme klang bereits ein wenig entspannter. »Ich hatte noch versucht, es euch zu sagen … Da draußen sind Kinder.«

»Kinder?«, wiederholte John mit einem Blick zu Kelly. Sie drehte lediglich die Handflächen nach außen; sie hatte auch keine Ahnung, wovon der andere Spartan da redete. »Hier? Auf Netherop?«

»Genau das dachte ich auch«, erwiderte Fred. »Aber ich habe sie gesehen. Kleine Gestalten. Zwei Stück. Sie ritten auf einer Art … Spinnenmaschine.«

John bedeutete Kelly mit einem Fingerwackeln, ihm zu folgen. Linda hingegen winkte er in Richtung von Petrov und Cacyuk; ein Spartan sollte bei den beiden Offizieren bleiben, um sie über die Lage auf dem Laufenden zu halten und strategische Ratschläge beizusteuern, sollte sich die Situation verkomplizieren. »Wo bist du jetzt, Fred?«

»Ich weiß, was du denkst. Und ich weiß, was ich gesehen habe. Sie waren nur einen halben Kilometer entfernt.«

»Das beantwortet nicht meine Frage.«

Fred seufzte. »Ungefähr hundert Meter die Schlucht hoch«, meldete er dann. »Ich wurde vom Rand heruntergeblasen.«

»Hast du dir dabei vielleicht den Kopf gestoßen?«, hakte Kelly nach.

»Ich hab mir alles Mögliche gestoßen.«

»Bleib, wo du bist«, sagte John. »Wir kommen dich holen.«

»Das ist nicht nötig.«

»Aber es ist ein *Befehl*«, entgegnete John. »Wir wollen nur auf Nummer sicher gehen.«

Gemeinsam mit Kelly begann er, der Schlucht hangaufwärts zu folgen. Nachdem sie fast eine Minute durch den dichten Staub gestapft waren, entdeckten sie Fred schließlich fünfzig Meter voraus – eine graue Silhouette auf einem Felsbrocken, die Hände in die Hüften gestemmt.

»Und, sehe ich aus, als hätte ich eine Gehirnerschütterung?«, fragte er.

»Nein, aber du klingst verrückt«, erwiderte Kelly. »Sogar noch mehr als sonst.«

Fred sprang von dem Felsen herab und kam ihnen entgegen. »Erbitte Erlaubnis, mich aus eigener Kraft zu bewegen!«

Bevor John antworten konnte, füllte Petrovs Stimme seinen Helm. »Wir haben nicht viel Zeit, Master Chief.« Linda musste sie über Freds Sturz aufgeklärt haben – aber ihre Sorge um seinen Geisteszustand hatte sie womöglich verschwiegen. »Die Pelicans von der *Wheatley* sind bereits unterwegs.«

»Danke, Ma'am«, sagte John. Jetzt, wo sie die Absturzstelle der *Night Watch* sterilisiert hatten, würde die Allianz einige Minuten brauchen, um neue Flieger herzuschicken. Der ideale Zeitpunkt, um Hilfe von der *Wheatley* anzufordern. »Fred scheint es so weit gut zu gehen. Er wurde nur von einer Luftspiegelung irritiert.«

»Es war *keine* Luftspiegelung«, brummte Fred. »Ich war nur einen halben Kilometer entfernt.«

»Vielleicht ist das auf Netherop ja weit genug«, warf Linda ein. Sie sprachen alle auf dem offenen Kanal des Stoßtrupps. »Bei dieser Hitze, in einer so dichten Atmosphäre ... Wer kann da schon sagen, wie das Licht gebeugt wird?«

»Sie haben nicht *geschimmert*.« Fred änderte abrupt die Richtung und wandte sich der leeseitigen Wand der Schlucht zu. »Wer immer sie sind, sie wurden vermutlich getötet und fortgewirbelt, aber ihre Spinnenmaschine könnte noch da sein. Sie stand hinter einem Felsvorsprung und hatte vermutlich festeren Halt.«

»Ihre Spinnenmaschine hat sich festgehalten?« John blickte zur Kelly hinüber, die jedoch nur hilflos die Arme ausbreitete. »Fred, hörst du dir eigentlich selbst zu?«

»Ich weiß, dass es verrückt klingt. Netherop soll angeblich unbewohnt sein.« Fred hatte die Mauer der Schlucht erreicht und begann, einen Haufen aus frisch herabgestürztem Staub hochzuwaten. »Aber der Tunnel da unten und die Rinne in der Schlucht? Irgendjemand muss dieses Zeug gebaut haben.«

»Aber sicher nicht Kinder auf Spinnenmaschinen«, konterte John. Nach der traditionellen Definition hatte die menschliche Expansion in die Äußeren Kolonien erst 2412 mit der Besiedlung von Alluvion begonnen, und hundertvierzehn Jahre waren nun wirklich nicht genug Zeit, eine entlegene Welt wie Netherop zu entdecken, sie zu kolonisieren, Tunnel durch ihren Berg zu bauen ... und sie dann wieder zu *vergessen*. »Denk mal an den Zeitrahmen. Dieser Tunnel müsste innerhalb der letzten hundert Jahre gebaut worden sein ... und er sieht deutlich älter aus. Und was deine vergessene Landstraße angeht? Ich bin nicht mal sicher, dass es eine Straße ist.«

»Dann haben die Kinder und die Spinnenmaschinen vielleicht nichts mit dem Tunnel und der Straße zu tun«, räumte Fred ein. Er blickte nur kurz zu John zurück, während er weiter zum Rand der Schlucht hochkletterte. »Aber was kann es schaden, nachzusehen?«

John folgte dem anderen Spartan schweigend. Ihm fiel kein guter Grund ein, *nicht* nachzusehen – solange sie wieder bei der Landezone wären, wenn die Pelicans eintrafen.

»Also schön, fünf Minuten«, sagte er schließlich. »Aber vorsichtig. Was immer du gesehen hast, es könnte auch ein Trick der Allianz sein. Und wenn wir nichts finden ...«

»Gib mir zehn Minuten«, bat Fred. »Wer kann schon sagen, wie weit die Schockwelle ...«

»*Vier Minuten*«, schaltete sich Petrov ein. »Wir werden in fünf Minuten abgeholt, und ich habe nicht vor, auf Sie zu warten. Haben Sie das verstanden?«

»Ja, Ma'am«, antwortete Fred. »Laut und deutlich.«

John erreichte den oberen Rand der Schlucht, und er sah sofort, dass sie nichts finden würden. Der gesamte Hang war leergefegt, entweder von der Druckwelle selbst oder von den gewaltigen Staublawinen, die darauf gefolgt waren. Jetzt war da nur noch Schicht um Schicht aus rötlichbraunem Schiefergestein bis hoch in die niedrig hängenden braunen Wolken. Unterbrochen wurde der Anblick allein von den schwarzen Keilen weiterer Schluchten, die sich in das Terrain gegraben hatten.

Die Absturzstelle der *Night Watch* war nur ein Fleck in der fernen Fata Morgana, eine blaue Delle, die einen Fingerbreit über dem Trugbild des Bodens zu schweben schien. Der Prowler selbst existierte nicht länger; er hatte sich ebenso in seine Atome aufgelöst wie der Schwarm außerirdischer Jagdmaschinen.

Kurz wurde Johns Blickfeld auf den Krater blockiert, als Fred an ihm vorbeieilte. Er bewegte sich hangabwärts auf einen Felsvorsprung unterhalb der vergessenen Landstraße zu.

»Fred!« John setzte ihm nach. »Wir haben nichts gefunden ...«

»Ich habe immer noch dreieinhalb Minuten.« Fred deutete auf die gewaltigen Dünen am Fuß des Hanges, wo die Staublawinen zum Stillstand gekommen waren. »Vielleicht wurden sie begraben.«

Jetzt war John sicher, dass Fred nicht klar dachte. Selbst wenn irgendetwas – oder irgend*jemand* – auf dem Hang gestanden hätte, als der Fury explodierte, wäre es so gut wie unmöglich, ihn inmitten all dieses Staubs zu finden. Vor allem, wenn sie dafür weniger als vier Minuten Zeit hatten.

Aber es würde noch länger dauern, Fred zu überzeugen, also

winkte John Kelly herbei, und sie begannen, zu den Dünen hinunterzujoggen. Fred rannte schräg über die Felsen, sodass er den Fuß des Hanges ungefähr fünfhundert Meter vor der vergessenen Landstraße erreichte. Als er stehen blieb, blickte er zunächst wieder den Hang hoch – zweifelsohne benutzte er den Zoom seines Visiers, um nach Spuren der Kinder oder der Spinnenmaschine zu suchen, die er gesehen haben wollte.

John und Kelly erreichten die Stelle ein paar Sekunden später, und sie verbrachten die nächste Minute damit, das felsige Terrain über ihnen zu studieren. John konnte nichts entdecken, was Freds Hirngespinst bestätigen konnte, nur nacktes Gestein und ein paar Wurzeln und Büsche – die er aber zweimal für menschliche Gliedmaßen hielt, bevor er genauer hinsah.

Schließlich fragte er: »Siehst du irgendwas?«

»Noch nicht«, sagte Fred. »Versuchen wir es auf der anderen Seite.«

Die Spartans wandten sich um und blickten auf die gewaltigen Staubdünen hinab. Sie hatten den Pfad, dem Stoßtrupp Blau zuvor gefolgt war, völlig verschluckt und reichten bis zum Rand des Talkessels hinab, aber wegen der pudrigen Textur ließen sich ihre Ränder mühelos vom Gestein ringsum unterscheiden. Ein Stück entfernt lagen mehrere staubverhüllte Umrisse, bei denen es sich vermutlich um losgerissene Schieferfelsen handelte. John sah jedenfalls nichts, was nach einem Menschen oder einem Spinnenwesen aussah – auch nicht nach Teilen davon.

Ein Timer erschien auf seinem HUD: 94 SEKUNDEN: Sein Computer hatte die unterbewusste Frage beantwortet, wie viel Zeit ihnen noch blieb, um Fred zu besänftigen.

Blau Zwei sprang in eine Staubdüne, wo er bis über den Helm versank, anschließend begann er, sich in einem blinden Suchmuster hin und her zu schieben; einen Meter nach links, dann einen Meter nach vorn und wieder einen Meter nach links.

»Kommt ihr auch?«, fragte er auf dem Teamkanal.

John blickte Kelly an, die den Kopf neigte und murmelte: »Du musst verrückt sein.«

»Versuchen können wir es wenigstens.« John benutzte seinen Bewegungstracker und die Spur absinkenden Staubs, um Freds Suchbereich zu finden, dann sprang er einen Meter rechts davon in die Düne, wo er sofort von grauer Dunkelheit verschlungen wurde. »Das ist leichter, als mit ihm zu argumentieren.«

Kelly tauchte einen weiteren Meter rechts in den Staubberg ein. Jetzt waren sie ganz auf ihre Bewegungstracker angewiesen, um sich zu koordinieren und nicht alle denselben Bereich abzudecken. Ihre Mjolnir-Rüstungen verfügten über einen Sauerstofftank, Atmen war also kein Problem, außerdem wurden die Dünen weiter vorn wieder niedriger. Wann immer ihre Füße etwas berührten, was sie nicht durch Abtasten identifizieren konnten, hoben sie es auf und schlurften in Richtung des Beckens, bis ihre Helme wieder an die Oberfläche kamen; dann wischten sie ihre Visiere sauber und betrachteten, was sie entdeckt hatten.

In Johns Fall waren es vier längliche Felsen, die ihrer Form nach Köpfe oder Füße hätten sein können, außerdem zwei halbmeterlange Wurzeln, die an Gliedmaßen erinnerten. Als der Timer auf seinem HUD Null erreichte, hatte niemand einen Hinweis auf die Kinder oder die Spinnenmaschine gefunden, die Fred gesehen haben wollte. John watete aus der Düne und drehte sich zu dem Muster aus Furchen um, das Fred im Staub hinterlassen hatte.

»Die Zeit ist um.«

»Und wir haben eine Mission zu beenden.« Fred seufzte in seinen Helm, dann tauchte er wieder aus dem pudrigen Berg auf, in einer Hand einen Stein, in der anderen ein Stück Paddelpflanze. Mit einem Kopfschütteln warf er beide Gegenstände in das Becken hinab. »Aber ich weiß, was ich gesehen habe.«

»Niemand behauptet das Gegenteil«, erwiderte John. Kelly kletterte mit leeren Händen aus dem Staub, und sie wandten sich wieder hangaufwärts, der Schlucht zu, wo der Erste Zug und die

161

Mannschaft der *Night Watch* warteten. »Aber die Pelicans werden in weniger als einer Minute eintreffen und das hier ist nicht Teil der Mission.«

»Ich weiß, ich weiß.« Fred ließ ein letztes Mal den Blick über die Dünen schweifen, dann stieg er zu ihnen hoch, bis der Staub nur noch seine Füße bedeckte.

Ein ferner Knall hallte über die Fata Morgana in dem Becken. Als John den Kopf hob, sah er einen orangefarbenen Punkt zwischen den braunen Wolken aufglühen. Während er tiefer sank, dehnte sich dieser Punkt zu einem Schweif aus, mit einem kleinen, keilförmigen Umriss an seiner Spitze, der auf einer Linie aus roten Flammen zu reiten schien. John vergrößerte das Bild ... und der Umriss verwandelte sich in einen brennenden Pelican.

Nun konnte er auch die vier Banshees sehen, die dem Pelican im Nacken saßen und sein Heck mit Plasmastrahlen beharkten, während er dem Becken entgegenstürzte. Zumindest bis hinter den außerirdischen Fliegern vier Rauchspuren aus den Wolken auftauchten und ihrerseits das Feuer eröffneten. Alle vier Banshees flackerten weiß, dann lösten sie sich in Wolken aus metallenem Konfetti auf, während der brennende Pelican unter ihnen durch das Meer aus gebrochenem Licht schlingerte und als feuriger Ball auf dem Boden zerschellte.

Petrovs Stimme füllte den Truppkanal. »John, kommen Sie zurück! Wenn dieser letzte Pelican landet ...«

»Wir werden da sein«, versicherte er ihr. Die drei Spartans stürmten bereits in vollem Sprint den Hang hinauf. »Keine Sorge.«

Doch John war nicht sicher, ob der zweite Pelican es schaffen würde. Die Wolken über ihnen wurden von immer weiteren Plasmageschossen und Raketeneinschlägen durchzuckt, bis es aussah, als würde ein Gewitter auf sie zukommen, keine Rettungsmission. Und dann begann es die ersten brennenden Wracks – sowohl außerirdische Banshees als auch UNSC-Baselards – aus dem braunen Himmel zu regnen.

»Wo kommen all diese Allianzflieger her?«, fragte Linda auf dem Teamkanal. »Das sind zu viele für ein paar Tarnkorvetten.«

»Müsste ein ganzer *Haufen* Tarnkorvetten sein«, stimmte Fred ihr zu. »Und die Banshees kommen in Wellen. Vielleicht tauchen ihre Träger einer nach dem anderen …«

»Später«, unterbrach John die beiden. Sie gingen davon aus, dass die Allianz menschlichen Denkmustern folgte, und das war ein Fehler, der Leben kosten konnte – diese Lektion hatte John auf Mesra gelernt. »Lasst uns erst mal lebend zu den anderen zurückkommen. Über den Rest können wir uns dann noch den Kopf zerbrechen.«

Während er sprach, ging der verbliebene Pelican tiefer, dicht gefolgt von vier weiteren Banshees, deren Kanonen sich in sein Heck fraßen. Zwei der *Baselards* von der *Wheatley* nahmen die Verfolgung auf und deckten die Außerirdischen mit einem Kugelhagel ein. Ein Banshee spie Rauch und trudelte unkontrolliert davon, doch zwei weitere stießen durch die Wolkendecke und setzten sich hinter die Baselards, um glühendes Plasma auf ihre Antriebsdüsen herabhageln zu lassen.

Die Baselards hatten keine Chance und ihre Piloten wussten es. Eine Maschine begann zu qualmen, die andere verlor einen Antrieb, und beide feuerten ihre Archer-Raketen ab – ein verzweifelter Versuch, den Pelican zu schützen.

Dann explodierte plötzlich alles gleichzeitig. Die Banshees, die Baselards und der Pelican lösten sich in einem gewaltigen Feuerball auf, der Flammenschweife und wirbelndes Metall über den gesamten Talkessel verteilte.

Jetzt waren nur noch zwei Banshees übrig; die beiden, die die Baselards angegriffen hatten. Sie richteten sich ein paar Hundert Meter über dem Becken aus ihrem Sinkflug auf und rasten über der Fata Morgana dahin, ihre kreuzförmigen Silhouetten wabernd in der aufsteigenden Hitze. Erst glaubte John, sie würden das Vernünftigste tun und nach einem teuer erkauften Sieg umkehren.

Aber das war nicht die Strategie der Allianz.

Die Banshees zogen ihre Nasen hoch und kamen in einem weiten Kreis näher, bereit, die Hänge in Plasmafeuer zu baden. John riss sein BR55 aus der Magnethalterung, dann wirbelte er herum und ließ sich auf ein Knie sinken. »Linda ...«

»Ja, ich sehe sie.«

Zwei dunkle Sterne tauchten am Bug des vorderen Banshees auf, als Linda mit ihrem durchschlagskräftigen SRS99-Scharfschützengewehr das Feuer eröffnete. Der Flieger begann zu trudeln, dann stürzte er in die Fata Morgana hinab und kullerte als Ball aus Feuer und blauem Metall mehrere hundert Meter über den Boden.

Der letzte Banshee hatte die Staubdünen zu dem Zeitpunkt fast erreicht, und seine Plasmageschosse stanzten eine Reihe aus Kratern in die Schieferformationen, als er mit seinem Angriff begann. John zielte mit seinem Kampfgewehr auf einen Punkt dicht über der Kuppel, wechselte auf den vollautomatischen Feuermodus und drückte den Abzug durch. Er konzentrierte sich nicht darauf, den Banshee zu treffen; in erster Linie wollte er die Luft vor dem Flieger mit Kugeln füllen. Fred und Kelly, die neben ihm knieten, feuerten ebenfalls wild drauflos, denn es war praktisch ausgeschlossen, dass eine tief fliegende Jagdmaschine auf diese Distanz Treffer vermeiden konnte. Ein Dutzend Kugeln ließen Funken von der Nase des Banshees stieben und zumindest ein paar davon durchschlugen die Panzerung. Doch der Banshee kam weiter näher und eine Linie aus Staubgeysiren raste auf die Spartans zu.

John warf sein leeres Magazin aus und griff nach einem neuen, dann hörte er den Knall von zwei Scharfschützengeschossen, die direkt über seinem Kopf hinwegrasten. Etwas Dunkles spritzte aus der Oberseite der Banshee-Kuppel, einen Moment später kippte der Flieger weg und bohrte sich in den tiefsten Teil der Dünen.

Der Absturz ließ eine zwanzig Meter hohe Staubwolke hochwallen, aber John konnte das gedämpfte Kreischen von nachgebendem Metall hören und den brutalen Aufprall in seinen Stiefelsohlen fühlen. In der trüben, staubverdunkelten Luft prallte etwas Metallisches von seiner Schulterplatte ab.

»Vorsicht!«

Er hob den Kopf und suchte in dem wirbelnden Dunst nach weiteren Trümmern, denen er vielleicht ausweichen musste.

Doch die herabregnenden Teile des Banshees waren weder groß noch gefährlich; die Trümmer, die schwer genug gewesen wären, um seine Mjolnir zu beschädigen, flogen nicht weit genug. Nach ein paar Sekunden, als das Klirren und Scheppern zu vereinzeltem Klappern abgeebbt war, griff John schließlich nach dem Objekt, das seine Schulterplatte getroffen und sich danach vor seinen Füßen in den Boden gebohrt hatte. Es sah aus wie eine Art Strebe, aber von einem Baumuster, wie er es noch nie zuvor gesehen hatte. Er klemmte es sich unter den Arm und versuchte zum Ersten Zug und der Prowler-Mannschaft hochzuspähen. Leider war der Staub immer noch so dicht, dass alles, was mehr als ein paar Meter entfernt war, zu einem vagen Schemen wurde. Und nach zehn Metern war überhaupt nichts mehr zu erkennen.

Wenn das hier vorbei war, würden die Rüstungen und Waffen von Team Blau einer eingehenden Wartung bedürfen.

»Status?«, fragte John auf dem Teamkanal.

Alle drei Statusleuchten in seinem Helm blinkten grün, dann trat Fred zu ihm und zog die Strebe unter seinem Arm hervor.

»Wo hast du das gefunden?«

»Ist auf mich gefallen«, antwortete John.

Die Strebe war ungefähr einen Meter lang und stumpfgrau, mit einem Kugelgelenk an einem Ende und einer runden Metallplatte am anderen. Diese Platte war ungefähr so breit wie Johns Handfläche und entlang der Mitte gespalten, sodass sich die beiden Hälften individuell nach innen oder außen verschieben konnten.

»Warum?«

»Ich wusste es doch!« Der verrückte Tonfall kehrte in Freds Stimme zurück. »Weißt du, was das ist?«

»Die Landestrebe eines Banshees?«

Fred machte mit der freien Hand eine hackende Bewegung, um anzuzeigen, dass John vollkommen falsch lag. »Das ist der *Beweis*«, sagte er dann. »Es ist ein Spinnenbein!«

»Oh, bitte nicht«, stöhnte Kelly. »Nicht das schon wieder.«

»Wartet nur ab.« Fred versuchte vergeblich, das Objekt an der Magnetklammer auf seinem Rücken zu befestigen – offenbar bestand es aus einem nicht metallischen Material –, bevor er es kurzerhand unter seine Armbeuge schob. Anschließend begann er zur Absturzstelle des Banshees hinabzusteigen. »Da müssen noch neun weitere von der Sorte sein.«

John hielt ihn am Arm zurück. »Vergisst du nicht etwas?« Er neigte den Helm hangaufwärts. Über ihnen stand Commander Petrov am Eingang der Schlucht, die Hände in den Hüften, das Kinn auf die Brust gelegt, während sie zu den Rauchwolken am Fuß des Beckens hinüberspähte. Hinter ihr saßen die anderen abwartend im Staub, wobei die meisten Mitglieder der Prowler-Crew auf den Boden zwischen ihren Füßen hinabstarrten, während die Marines mit abwesenden Blicken den Himmel absuchten.

»Ach, ja.« Fred hatte endlich eine Stelle gefunden, wo er sein Spinnenbein befestigen konnte: den Riemen des Schultergestells für seine zusätzliche Ausrüstung. »Die Hitzeopfer.«

»Du meinst wohl, unsere Unterstützung«, meinte Kelly.

Fred blickte zu der schimmernden Fata Morgana über dem Becken hinunter. »Ich glaube nicht, dass es in diesem Hochofen von einer Welt einen Unterschied macht.«

»Versuchen wir, positiv zu bleiben.« John begann, den Hügel zu Petrov hochzusteigen. »Und kein Wort über diese Spinnenmaschine. Die halbe Einheit steht vermutlich kurz vor einem Hitzschlag – denen fällt es schon schwer genug, sich zu konzentrieren.«

»Na, gut«, bestätigte Fred. »Aber was, wenn sie selbst so eine Maschine sehen?«

»Keine Sorge, werden sie nicht«, erwiderte John.

Während sie sich Commander Petrov näherten, fiel ihm auf, dass Linda von einem hitzegeschwächten Marine zum nächsten ging. Sie vergewisserte sich, dass die Soldaten tranken, und zeigte ihnen, wie sie aus ihren Waffen und Kleidern behelfsmäßige Schattenspender improvisieren konnten. John bedeutete Fred und Kelly, ihr zu helfen, dann trat er zu Petrov und aktivierte seinen Helmlautsprecher.

»Ich sehe keine neuen Opfer«, begann er. Petrov starrte noch einen Moment zu den schwarzen Rauchwolken hinab, bevor sie sich ihm zuwandte. Ihr Gesicht war trockener und röter als zuvor, und die tiefen Falten auf ihrer Stirn deuteten auf heftige Kopfschmerzen hin. »Ma'am, wann haben Sie das letzte Mal etwas getrunken?«

»Versuchen Sie das Thema zu wechseln, Master Chief?«

»Ich wusste nicht, dass wir überhaupt schon ein Thema hatten.«

»Opfer«, erinnerte Petrov ihn. Sie wandte sich wieder den Rauchsäulen zu, die über dem Becken aufstiegen. »Wie weit ist es bis zum Ziel?«

»Zur *Glücksfall?*«, fragte John. Als sie nickte, erschien eine Wegmarkierung auf seinem HUD. »Einundfünfzig Kilometer Luftlinie.«

Petrov schnaubte. »Nicht mal ein Aasgeier würde in dieser Hitze so weit kommen.«

»Dazu kann ich nichts sagen, Ma'am«, erwiderte John. »Ich habe noch nie einen Aasgeier gesehen.«

Sie wandte sich wieder ihm zu. »Hätte ich mir denken können.« Ihr Ton war überraschend sanft. »Vertrauen Sie mir, kein Aasgeier würde so weit kommen … und wir auch nicht.«

John überlegte, ob er Fred vielleicht doch erlauben sollte, von seinen Phantomkindern und ihrer Spinnenmaschine zu erzählen.

So benommen, wie Petrov wirkte, würde sie ihm womöglich glauben, und wenn ein paar Kinder hier überleben konnten, sollte sie das optimistischer stimmen, was ihre eigenen Chancen anging.

»Wir werden es schaffen«, sagte er. »Wir haben jede Menge Wasser und ein Aufbereitungsgerät.«

»Das können sie bei uns zurücklassen«, murmelte Petrov. »Sie haben Ihre eigenen Aufbereitungssysteme, wenn ich mich nicht irre.«

»Ma'am?«

Sie schürzte die Lippen. »Ihre Mjolnir-Rüstungen«, erklärte sie. »Die haben ein autarkes Versorgungssystem, wenn ich Ihre Akten richtig gelesen habe. Sie können in fast jeder Umgebung beliebig lange überleben.«

»Das ist richtig.« John gefiel nicht, in welche Richtung sich diese Unterhaltung entwickelte. »Aber wenn Sie glauben, dass wir Ihre Mannschaft und den Ersten Zug zurücklassen werden ...«

»Nun kommen Sie schon, Master Chief. *Natürlich* werden Sie uns zurücklassen. Das ist die einzige Option, wenn wir die Mission erfüllen wollen.«

»Nichts für ungut, Ma'am«, entgegnete John, »aber wir sind nicht an Bord Ihres Prowlers, also ist das auch nicht Ihre Entscheidung. Außerdem bin ich nicht sicher, ob Sie gerade klar denken.«

»Jedenfalls klarer als Sie.« Petrov blickte über die umliegenden Hänge hinweg. »Wie schnell können vier Spartans zu Fuß fünfzig Kilometer zurücklegen?«

»Das kommt ganz auf das Terrain an ...«

»Weichen Sie meiner Frage nicht aus«, grollte Petrov. »Laut Ihren Akten kommen sie bei langen Märschen auf durchschnittlich zwanzig Kilometer pro Stunde. Das heißt, Sie könnten in zweieinhalb Stunden bei der *Glücksfall* sein, wenn das Terrain günstig ist.«

»Ich würde nicht darauf zählen, dass das Terrain günstig ist«, sagte John.

»Nun, wenn es für Spartans ungünstig ist, dann wird es für uns noch viel schlimmer sein«, fuhr Petrov fort. »Und Marines bringen es im Durchschnitt nur auf fünf Kilometer pro Stunde. Aber in dieser Hitze? Wenn wir Wassertanks und Verletzte und Hitzeopfer tragen müssen? Da schaffen wir maximal zwei Kilometer. Vielleicht sogar nur einen.«

John wandte den Blick ab. Wenn sie langsam marschieren und regelmäßig Pausen machen mussten, um sich abzukühlen, wäre ein Kilometer pro Stunde eine adäquate Schätzung.

»Team Blau würde ein paar Stunden brauchen«, sagte Petrov, »der Rest von uns vermutlich zwei Tage – sofern wir es überhaupt den ganzen Weg schaffen. Nichts, was Sie hier tun können, wird daran etwas ändern. Es sei denn, Sie haben vor, dreißig Mann Huckepack zu tragen.«

John wandte sein Visier wieder Petrov zu. An ihrer Logik ließ sich nicht rütteln. Verdammt.

»Irgendetwas müssen wir tun können, um Ihre Chancen zu verbessern.«

»Beenden Sie die Mission«, erwiderte Petrov. »Nehmen Sie diese verfluchte Fregatte ein, reißen Sie sich unter den Nagel, was Sie nur können, und kommen Sie dann zurück. Das ist besser, als bei uns zu bleiben und uns beim Krepieren zuzusehen.«

»Na schön«, begann John. »Ich verstehe Ihr Argument. Es gefällt mir nicht, aber …«

»Glauben Sie etwa, es gefällt mir?«, fragte Petrov. »Die *Wheatley* wird bei der ursprünglichen Landezone in Position gehen, fünf Kilometer von der *Glücksfall* entfernt, und den Feind von dort aus beobachten. Fordern Sie ihr Sicherheitsteam als Unterstützung an, wenn Sie glauben, dass es Ihre Chancen verbessert.«

»Ich werde es in Erwägung ziehen, Ma'am«, versprach John.

»Werden sie überhaupt auf mich hören?«

»Sie werden alles tun, was Sie von ihnen verlangen«, sagte Petrov. »Und wenn nicht, dann *zwingen* Sie sie eben.«

»Ich verstehe.«

»Das will ich schwer hoffen.« Petrov legte eine Hand auf seinen Rücken und schob ihn vorwärts, auf den Rest der Gruppe zu, wo Team Blau noch immer damit beschäftigt war, Feldflaschen herumzureichen und provisorische Unterstände zu errichten. »Kapern Sie dieses Schiff, Master Chief – und tun Sie's innerhalb der nächsten zehn Stunden. Mehr Zeit haben wir nicht.«

10. KAPITEL

Team Blau hatte keine Wahl. Die Rinne der Vergessenen Landstraße, die sich unterhalb des Tunnels fortsetzte, hatte mehr Kur-
ven als eine Kleinsche Flasche, aber sie führte grob in die richtige
Richtung, und ihr zu folgen, ging schneller, als durch Dutzende
tiefe Schluchten zu klettern. Dennoch zeigte Johns HUD nach
siebenundvierzig Kilometern Marsch an, dass sie sich der *Glücksfall* nur um dreiundzwanzig Kilometer genähert hatten – kein sehr
gutes Verhältnis. Sie waren bereits seit zwei Stunden unterwegs,
und das bedeutete, dass sie noch mindestens drei Stunden dieses
Tempo halten mussten. Vorausgesetzt, die Vergessene Landstraße
schlug nicht noch mehr Haken.

Sie hatte die Spartans von dem Becken und der Fata Morgana
fortgeführt und schlängelte sich inzwischen an der Seite einer gewaltigen Schlucht entlang. Links des Weges fiel der Boden hundert Meter ab, einem blauschimmernden Band entgegen, bei dem
es sich vermutlich nur um eine weitere Luftspiegelung handelte.
Rechts erhob sich eine zerklüftete Felswand, die wahrscheinlich
ebenfalls hundert Meter in die Höhe ragte, bis dicht unter die
schmutzig braune Wolkendecke.

Kelly bildete die Vorhut. Sie ging dreihundert Meter vor John, und die Hitze ließ ihre winzige Gestalt flackern, während sie das Team am Abgrund entlangführte. Zunächst quollen noch Staubverwehungen aus kleinen Nebenschluchten und Kluften hervor, aber sie wurden zusehends weniger. Bald bedeckte nur noch eine dünne Schicht den Pfad, und dort, wo der Wind den Staub zur Seite geblasen hatte, kamen dreieckige Pflasterblöcke zum Vorschein – der letzte Beweis dafür, dass sie sich in der Tat auf einer Straße befanden. Nicht dass die Spartans inzwischen noch einen Beweis brauchten.

Hitze und Alter hatten die Blöcke pockennarbig und rissig gemacht und ihre Farbe erinnerte an gebleichte Knochen.

Team Blau joggte tiefer in die Schlucht hinein. Auf den meisten Planeten wäre ein Canyon kühl und schattig, hier hingegen stieg die Temperatur stetig weiter. Kellys Gestalt verschwamm so sehr, dass sie kaum noch zu sehen war. John bezweifelte, dass der Erste Zug und die Prowler-Crew ihnen ohne Schutz folgen konnten. Die dunklen Felswände waren natürliche Wärmespeicher wie die Ziegel in einem Brennofen. Bei Einbruch der Dunkelheit würden sie die Hitze in die Schlucht abgeben; spürbar kühler wurde es vermutlich erst tief in der Nacht.

Wann immer das sein mochte.

Er blickte zu den Schluchträndern hinauf und suchte am wolkigen Himmel über ihnen nach dem weißen Fleck von Netherops Sonne. Sie hatte sich den ganzen Morgen über kaum bewegt. Wer vermochte schon zu sagen, wie lange es hier hell blieb?

Der Computer blendete eine Nachricht auf seinem HUD ein: TAGESHELLE AUF DIESEM BREITENGRAD (AUF BASIS DER SONNENLAUFBAHN): 23 STUNDEN, 5 MINUTEN.

John spürte seine zusammengepressten Kiefer. Das würde ihren Tag-Nacht-Rhythmus massiv stören. Hatte sich auf Netherop denn *alles* gegen die menschlichen Besucher verschworen?

»Wer macht denn so was?«

Fred war vierhundert Meter hinter John, am Ende ihrer Formation, folglich ertönte seine Stimme nur auf dem Teamkanal.

»Du musst dich schon genauer ausdrücken«, sagte Linda. »*Wer* macht *was?*«

»Wer baut eine Straße auf halber Höhe einer Schluchtwand?«, verdeutlichte Fred. »Sie sollte entweder am Boden des Canyons verlaufen oder oben am Rand. Warum haut jemand stattdessen einen Pfad in die Klippe. Zudem noch in so hartes Gestein.«

»Du gehst schon wieder davon aus, dass Aliens so denken wie Menschen«, tadelte John.

»Wer sagt denn, dass sie von Aliens gebaut wurde?«

»Ist das nicht ziemlich offensichtlich?«, warf Kelly ein. »Kein Mensch würde eine Straße auf halber Höhe in eine Schluchtwand hauen.«

Fred stöhnte und sie joggten schweigend weiter. Die Schlucht beschrieb immer engere Windungen, und je seltener die Nebenschluchten wurden, desto höher stieg die Temperatur – wodurch sich die Sicht weiter verschlechterte. Schließlich ließ John das Team enger zusammenrücken; der Abstand zwischen den Spartans schmolz zunächst auf zweihundert Meter, dann auf hundertfünfzig, damit sie weiter Sichtkontakt halten konnten.

Nach fünfzehn Minuten blinkte Kellys Statusleuchte zweimal rot: das Zeichen dafür, stehen zu bleiben, während sie etwas überprüfte. John trat dicht vor die Felswand, um seinen Rücken zu schützen, dann sank er auf ein Knie und suchte den Streifen braunen Himmel über ihnen nach näher kommenden Banshees ab. Vor einem Monat wäre eine gewundene Schlucht der letzte Ort gewesen, wo er mit einem Luftangriff gerechnet hätte, aber auf Mesra hatte sich gezeigt, dass die Allianz nicht mit denselben technischen Limitationen zu kämpfen hatte wie das UNSC.

»Ihr werdet es nicht glauben«, meldete sich Kelly, »aber ich glaube, jemand hat Wegmarkierungen auf der Straße platziert.«

»Wenn es um die Allianz geht, glaube ich alles«, erwiderte John. Trotz der zahlreichen Biegungen der Schlucht war dies kein geeigneter Ort für einen Hinterhalt. Eine Wand fiel steil ab, die andere stieg ebenso steil an, es gab also kaum Stellen, wo man sich verstecken konnte – höchstens oben am Rand, und dort hätte man einen denkbar schlechten Schusswinkel. Ganz abgesehen davon, dass die Ziele nur bis zur nächsten Kurve rennen müssten, um sichere Deckung zu erreichen. »Beschreib uns, was du siehst.«

»Steine«, sagte Kelly. »An der Straße entlang verteilt.«

»Du findest es verdächtig, dass Steine von einer Klippe losbrechen?«, fragte Linda.

»Wenn sie eine andere Farbe haben als die Klippe, dann schon. Das Gestein hier ist braun, körnig und sehr hart. Der Stein, den ich gerade ansehe, ist schwarz und staubig, und da sind jede Menge deutlicher Bruchstellen. Ich glaube, es könnte Kohle sein.«

John ging zum anderen Rand der Straße hinüber und legte den Kopf in den Nacken. Die Luftspiegelung war nicht so auffällig, wenn man nach oben blickte, weil es keinen großen Temperaturunterschied zwischen ihrer Position und der Luft über ihnen gab. John hatte also einen guten Blick auf den oberen Rand der Schlucht.

Wenn er sich nicht irrte, war Kelly an der Mündung einer scharfen Kurve stehen geblieben, wo sich der Canyon nach rechts krümmte und dann ein paar hundert Meter in diese Richtung weiterführte, ehe er in die entgegengesetzte Richtung abknickte. Wenn er dem bisherigen Muster folgte, würde er nach ungefähr der gleichen Distanz die nächste Biegung beschreiben: Dieses ewige Hin und Her war der Grund, warum Team Blau zwei oder drei Kilometer an der vergessenen Landstraße entlangjoggen musste, um seinem Ziel einen Kilometer näher zu kommen.

John vergrößerte einen Ausschnitt seines HUDs. Da war ein Flimmern nahe dem Rand der Schlucht, weil der Fels die Hitze der Sonne speicherte, aber er konnte dennoch erkennen, dass die Kante sauber und gerade war – keine gezackten Ränder oder knotigen Ausbuchtungen, die darauf hingedeutet hätten, dass der Gneis von einem Kohleflöz durchzogen wurde. Was bedeutete, dass es keine Erklärung für die dunklen Gesteinsbrocken gab.

Einerseits wollte John ihren Marsch nicht wegen ein paar Steinen unterbrechen, die vermutlich schon seit Jahrtausenden auf der vergessenen Landstraße lagen. Aber wenn diese Steine nicht von der Klippe stammten, dann war ihr Hiersein ein Rätsel … Und wenn man sich in feindlichem Territorium befand, durfte man nichts ignorieren, was man nicht erklären konnte.

»Wir sehen uns das besser genauer an«, entschied er. »Linda, komm nach vorn und behalte den oberen Rand der Schlucht im Auge. Wenn das eine Falle ist und sie merken, dass wir den Köder nicht schlucken, zeigen sie vielleicht ihre Köpfe.«

Lindas Statusleuchte blinkte grün.

»Fred …«

»Schon unterwegs«, erwiderte Fred. »Ich gehe zwei Nebenschluchten zurück.«

»Gut«, sagte John. »Kelly und ich klettern die letzte hoch.«

Fred und Kelly ließen ihre Statusleuchten aufglühen.

Jeder wusste, was er zu tun hatte. Wenn man sich an einen Hinterhalt heranschlich, war es nie klug, den offensichtlichen Weg zu nehmen. Ein geschickter Feind würde Wachen aufstellen, um sich gegen einen Flankenangriff zu schützen, darum näherte man sich besser aus einer unerwarteten Richtung.

John und Linda rannten aneinander vorbei, ohne sich auch nur zuzunicken. Wenn der Gegner auf der Lauer lag – und sie womöglich sehen konnte – dann durfte man keine Zeit verschwenden. Jede Sekunde gab dem Feind Gelegenheit, sich vorzubereiten.

John joggte einen Kilometer, bis er die letzte Nebenschlucht erreichte, und begann sofort hochzuklettern. Der Gneis war hart und glatt, die Schlucht selbst schmal und sehr steil – sie neigte sich dem oberen Schluchtrand in einem Winkel von über 60° Grad entgegen. Darum stemmte John den Rücken gegen eine Felswand und die Stiefel gegen die andere, dann schob er sich Stück für Stück nach oben, so wie man einen Kamin hochklettern würde. Das war schneller, als nach Einkerbungen für seine Finger und Zehen zu suchen.

Als er den Rand erreichte, kam sein Atem keuchend, und die Klimakontrolle der Mjolnir lief auf voller Leistung, um ihn kühl zu halten. John presste die Füße gegen die beiden Felswände, dann krallte er die Finger um die Kante und schob vorsichtig den Helm nach oben. Doch das Hitzeschimmern war so stark, dass er nur vasenförmige grüne Schemen erkennen konnte – vermutlich Pflanzen –, die über dem wabernden schwarzen Gestein tanzten.

»Blau Zwei, Status?«

»Nähere mich deiner Position«, meldete Fred. »Bislang hat noch niemand auf mich geschossen.«

John linste über die Schulter und sah einen klobigen, schieferblauen Umriss, der sich dreißig Meter entfernt durch die vermeintlichen Büsche vorwärtsschob. Die Luftspiegelung auf Bodenhöhe war so extrem, dass er keinerlei Details ausmachen konnte.

Die Gestalt schien weit vorgebeugt zu gehen, denn sie maß nur ungefähr zwei Drittel von Freds normaler Größe und ihr Helm befand sich auf einer Höhe mit den Spitzen der vasenförmigen Umrisse. Offenbar war die Luftspiegelung in dieser Höhe nicht mehr so extrem. John kroch aus der Nebenschlucht, nahm sein BR55 vom Rücken und erhob sich langsam in eine geduckte Haltung. Das Wabern in der Luft nahm ab, und er konnte sehen, dass es sich bei den grünen Formen tatsächlich um Pflanzen handelte.

Oder …?

Die dreieckigen Blätter besaßen keine Stiele, stattdessen wuchsen sie in engen, konzentrischen Ringen direkt aus dem Boden heraus, und zwar so symmetrisch, dass John sich kurz wunderte, ob es vielleicht doch eher kristalline Formationen waren. Aber die

Mitte jedes Blattes war aufgedunsen und die Ränder hatten gekrümmte Dornen. Nicht sehr mineralienartig.

Ein grüner Marker erschien auf seinem Bewegungstracker, als Fred hinter ihm heranjoggte. Und was Kelly anging … John spähte in die Nebenschlucht hinab und sah, dass sie noch ungefähr dreißig Meter unter ihnen war, aber rasch höher kletterte. Anschließend hob er wieder den Kopf. Nichts deutete darauf hin, dass die Allianz hier oben auf dem Plateau einen Hinterhalt geplant hatte; ebenso wenig konnte er aber die Quelle der dunklen Gesteinsbrocken entdecken, die Kelly bemerkt hatte. Ihnen blieb nichts anderes übrig, also noch ein wenig mehr Zeit zu opfern und Nachforschungen anzustellen.

»Blau Zwei, folge in einem Abstand von hundert Metern dem Schluchtverlauf und such nach Spuren«, befahl John. »Ich rücke parallel zu dir in einem Abstand von fünfzig Metern vor. Kelly bleibt außer Sicht und hält uns den Rücken frei.«

Drei LEDs blinkten grün – obwohl Linda unten in der Schlucht war, bestätigte sie den Befehl ebenfalls – und John setzte sich in Bewegung. Die kristallinen Pflanzen waren nach innen gewölbt, sodass ihre Spitzen eine halbmeterbreite Öffnung formten. Wann immer John ein Blatt streifte, brach es ab, und grüner Saft tropfte aus der Wunde. Das Blatt selbst zerbrach auf dem Boden und die Splitter schwebten auf winzigen, hauchfeinen Flügeln in die Luft hoch. Johns Verwirrung wuchs. Waren diese Büsche nun Pflanzen oder Tiere oder Mineralien … oder eine Mischform aus allem?

Er rückte geduckt fünfzig Meter vor, dann richtete er sich zu seiner vollen Größe auf und sah sich kurz um. Anschließend kauerte er sich wieder zusammen und schlich weiter. Nachdem er auf diese Weise neunhundert Meter zurückgelegt hatte, entdeckte er eine Reihe zersplitterter Pflanzen, die sich seitlich von seinem eigenen Pfad dahinzog. John signalisierte Fred und Kelly, stehen zu bleiben, und er selbst verharrte ebenfalls in seiner gebückten

Haltung, nur für den Fall, dass ein Außerirdischer in der Nähe war und ihn in einen Hinterhalt locken wollte.

Als er auch nach fünf Minuten keine Anzeichen von Ärger entdeckt hatte, aktivierte er schließlich den Teamkanal: »Da ist eine Spur, zehn Meter vor meiner Position. Ich werde es mir mal ansehen.«

Drei grün blinkende Statusleuchten antworteten ihm, also stand John langsam auf, um den Bereich genauer in Augenschein zu nehmen. Fünfzig Meter zu seiner Linken klaffte der Abgrund; die Schlucht beschrieb an dieser Stelle eine leichte Wölbung nach innen, bevor sie in die nächste Biegung überging – die Biegung, wo Kelly die schwarzen Steine auf der Straße gesehen hatte. Und fünfzig Meter zu seiner Rechten wartete Fred, so gut verborgen, dass John ihn nicht sehen konnte, obwohl er seine Position kannte. Auf einen Blick über die Schulter verzichtete er gänzlich. Kelly war irgendwo da hinten, um ihnen den Rücken freizuhalten, aber sie war ganz sicher noch besser getarnt als Fred.

John duckte sich wieder und kroch auf die Reihe zerbrochener Kristallpflanzen zu. Tatsächlich war es mehr eine Art Furche, ungefähr fünfundzwanzig Zentimeter breit, die sich durch die Büsche zog und vom inneren Teil des Plateaus zum Rand der verdächtigen Schluchtenbiegung führte. Oder vielleicht führte sie auch in die andere Richtung; es war schwer zu sagen, wohin der mysteriöse Fremde gegangen war.

Ein paar Meter den Pfad hoch – also in Richtung der Schlucht – war eine Kristallpflanze vollständig zermalmt worden. John ging hinüber und stieß zwischen den Blattstümpfen auf einen handgroßen runden Abdruck. Es gab eine schmale, erhöhte Linie in der Mitte … wie von einem Huf, der in zwei Hälften unterteilt war.

John studierte den Boden ringsum. Was immer die Pflanze niedergewalzt hatte, es musste dabei eine ganze Menge grünen Pflanzensaft abbekommen haben. Falls er ein paar Tropfen fand, könnte er mit Gewissheit sagen, in welche Richtung das Ding weitergegangen war.

In einem Umkreis von drei Metern um die Stelle war nichts zu sehen. Entweder das Ding hatte eine *sehr* weite Schrittlänge oder der Pflanzensaft tropfte nicht.

Das eine schien ebenso unwahrscheinlich wie das andere.

John richtete sich einmal mehr auf, um in einem größeren Radius nach Spuren zu suchen.

Was er stattdessen entdeckte, war ein zweiter Pfad, ungefähr vier Meter entfernt, der parallel zu dem anderen verlief. *Exakt* parallel, so als wäre er von einem zweiten Bein gebahnt worden. Was immer diese Fährte hinterlassen hatte, es war größer, als John gedacht hatte. Langsam ging er wieder in die Hocke.

»Blau Zwei, hast du noch diese Strebe?«

»Du meinst das Spinnenbein?«

»Ich meine, komm hier rüber«, sagte John. »Ich möchte, dass du dir was ansiehst.«

Die nächsten beiden Minuten verbrachte er damit, den zweiten Pfad weiterzuverfolgen. In einer staubgefüllten Kuhle entdeckte er einen weiteren Fußabdruck, aber er war ebenso rund wie der erste und gab keinerlei Aufschluss darüber, wohin das Wesen gegangen war. Pflanzensaft war nirgends zu sehen.

Schließlich tauchte Fred zwischen den Büschen auf, die Strebe bereits in der Hand. Er kniete sich neben den Abdruck und hielt die gespaltene Metallplatte daneben – Größe und Form waren absolut identisch. Erwartungsvoll hob er den Kopf. »Und? Glaubst du immer noch, dass ich nur Trugbilder gesehen habe?«

»Ich bin nicht sicher, *was* du gesehen hast.« John nahm die Strebe und versuchte mit ihrer Hilfe zu ermitteln, in welche Richtung die Abdrücke führten. »Könnte es ein Geländefahrzeug der Allianz sein?«

»Sicher«, schnaubte Fred. »Nur dass es *Kinder* transportiert hat, keine Aliens.«

179

»Und das konntest du aus fünfhundert Metern Entfernung erkennen?«, konterte John. »Was, wenn es Grunts waren?«

»Nein. Sie trugen keine Atemmasken. Und auch keine Methantanks.«

»Vielleicht gehören sie zu einer anderen Allianz-Spezies. Einer, die wir noch nicht gesehen haben.«

Fred dachte über diese Möglichkeit nach, aber dann sagte er: »Ich bleibe dabei, dass es Kinder waren.«

»Konntest du ihre Gesichter sehen?«

»Es war mehr ihre Körperform und ihre Proportionen. Sie sahen menschlich aus. Vielleicht anderthalb Meter groß. Dünne Arme und Beine, kleine Hände und Füße. Kein Fell, keine Flügel.« Fred erhob sich in eine kniende Haltung und ging an dem Pfad entlang in Richtung der Schlucht. »Du weißt schon … *Kinder*.«

»Das ergibt keinen Sinn.« John folgte ihm. »Netherop ist unbewohnt. Wo sollten hier ein paar Kinder herkommen?«

»Ich weiß es nicht«, antwortete Fred. »Wo kamen *wir* denn her?«

»Du glaubst, ein Prowler hat sie abgesetzt? Zwei Kinder und ihr Spinnenmobil?« John klatschte die Strebe gegen Freds Brustplatte. »Wohl kaum. Es sind Außerirdische. Und das bedeutet, wir müssen auf der Hut sein.«

Plötzlich glühte Lindas Statusleuchte rot und die beiden ließen sich flach auf den Boden fallen. Einen Moment später meldete Linda sich auch schon auf dem Teamkanal. »Mindestens zwanzig Gestalten. Und, Blau Eins …?«

John forderte sie mit einem Blinken seiner Statusleuchte zum Weiterreden auf.

»Dieser Punkt geht an Fred. Sie sehen *wirklich* aus wie Kinder. Ich glaube, es sind Menschen.«

John richtete sich zu seiner vollen Größe auf und blickte zum Schluchtrand hinüber. Dort, wo der Pfad auf dieser Seite endete, waren Splitter und das Schimmern der hitzewabernden Luft zu sehen, sonst nichts.

»Dort.« Fred deutete auf das Ende der Biegung, wo eine Maschine mit ovalem Körper über den Büschen aufgetaucht war. Das Ding erinnerte tatsächlich an eine Spinne – eine, die sechs kleine Leiber auf ihrem Rücken trug. Die Insassen waren in weite Mäntel gehüllt und Schals vermummten ihre Gesichter. John zoomte näher heran, und nun musste auch er zugeben, dass Fred von Anfang an recht gehabt hatte. Sie hatten strähniges blondes Haar und dünne Brauen über blauen Augen, aber es waren ihre Mienen, die ihn überzeugten: Wut und Furcht, Sorge und Entschlossenheit ... eine schrecklich menschliche Mischung.

Nach einem Augenblick erkannte John, dass die Kinder ihn anstarrten, und er hob die freie Hand, um zu winken.

Bis auf das vorderste Kind – den Piloten – duckten sie sich alle ins Innere ihrer Maschine. Einen Moment später tauchten zwei von ihnen wieder auf, in den Händen etwas, das wie eine schalenförmige Sendeantenne aussah. Sie rammten es in eine Einbuchtung am hinteren Rand des Passagierabteils und schwenkten es in Richtung der beiden Spartans herum. John ging zunächst davon aus, dass es ein Kommunikationsgerät sein müsse, aber dann begann die Spinne über das Plateau davonzustaksen. Ihre Beine bewegten sich dabei so schnell, dass man sie kaum sehen konnte.

»Wartet!« Fred wedelte mit beiden Armen über dem Kopf. »Bleibt stehen!«

Drei weitere Spinnenmaschinen erhoben sich zwischen den Büschen, ihre Parabolantennen bereits aufgesteckt und auf John und Fred ausgerichtet. Sekunden später hatten sie sich weggedreht und stürmten hinter dem ersten Läufer her.

Fred machte einen Schritt vorwärts. »Wir wollen nur ...«

Zwanzig Meter vor ihm zerriss es mehrere Kristallpflanzen, als kurzlebige Geysire aus Feuer in die Höhe stoben. John hatte keine

Ahnung, was für Geschosse die Antennen auf sie abfeuerten, aber er packte Fred am Arm und riss ihn zurück.

»Nicht«, sagte er. »Sie glauben, wir wollen sie verfolgen.«

»Das hatte ich auch vor.« Fred blickte ihn an. »Willst du denn nicht wissen, wer sie sind? Und was sie hier treiben?«

»Doch«, erwiderte John. Die Spinnenmaschinen rannten noch immer über das Plateau und noch immer explodierten Kristallbüsche zwischen ihnen und den beiden Spartans. Ein Vorhang aus weißem Rauch füllte die Luft. »Aber ihnen nachzujagen, ist vielleicht nicht die beste Methode, uns vorzustellen.«

Fred starrte den rasch kleiner werdenden Umrissen der Spinnenmaschinen durch den Rauch hindurch nach. »Du hast recht. Vielleicht sollten wir warten, bis sie zu uns kommen.«

»Vielleicht.« John folgte dem Pfad zum Rand der Schlucht. »Kommt ganz drauf an, was sie vorhaben.«

Fred gesellte sich zu ihm, aber Kelly blieb hinter ihnen im Verborgenen. Nicht dass John etwas dagegen hatte; solange er keine gegenteiligen Beweise hatte, würde er die Kinder weiterhin als potenzielle Gefahrenquellen betrachten.

»Glaubst du, sie wollten uns einen Hinterhalt legen?«, fragte Fred.

»Ich habe mit dem Gedanken gespielt, ja.«

»Warum sollten sie das tun?«

»Gute Frage.«

Sobald sie den Abgrund erreicht hatten, spähte John über den Rand nach unten. Wegen des Hitzeflimmerns konnte er Linda nicht sehen, trotzdem hob er die Hand über den Kopf.

»Fünfzig Meter weiter vorn«, sagte sie auf dem Teamkanal. »Sie scheinen sich am Scheitelpunkt der Biegung verteilt zu haben.«

»Verstanden.«

John ging voran, während sie dem Verlauf der Kurve folgten. Entlang des Klippenrandes konnte er Haufen kopfgroßer schwarzer Steine erkennen, und als er probeweise auf einen von ihnen trat, zerbrach der Brocken unter seinem Gewicht. Es war also genau das, wonach es aussah: Kohle. Johns Verwirrung wuchs, und er kniete sich hin, um erneut in den Canyon hinunterzublicken.

Auf der Rinne der Vergessenen Landstraße hundert Meter unter ihm tanzte eine Handvoll dunkler Punkte im wabernden Licht. Das mussten die Markierungen sein, von denen Kelly zuvor gesprochen hatte.

Er lehnte sich auf seine Fußballen nach hinten und blickte zu Fred hoch. »Sie hatten definitiv vor, uns anzugreifen.«

»Ja.« Fred nahm ein Stück Kohle und zermalmte es in seinem Kampfhandschuh. »Was haben wir ihnen getan, dass sie …?«

»Hinter euch!«, warnte Kelly sie auf dem Teamkanal. »Eine Spinnenmaschine, kommt schnell näher.«

John warf sich an Freds Beinen vorbei, und Fred sprang über seinen Rücken hinweg, dann vollführten sie beide eine Vorwärtsrolle, und als sie wieder auf die Beine kamen, waren sie zehn Meter voneinander entfernt, jeder mit seinem Kampfgewehr im Anschlag.

Eine Spinnenmaschine walzte mit voller Geschwindigkeit durch die Kristallpflanzen auf sie zu. Ein junges Mädchen mit wehendem blondem Haar saß über die Pilotenkontrollen gebeugt, und hinter ihr standen zwei Jungen, die sich am vorderen Rand des Passagierabteils festhielten, während sie ihre Parabolwaffe in Freds Richtung drehten.

Mehrere Kristallpflanzen, die zwischen der Maschine und dem Spartan lagen, zerbarsten und gingen in Flammen auf, dann zuckte ein Netz aus Blitzen über Freds Rüstung. Sein grüner Marker verschwand von Johns Bewegungstracker, während er steif wie ein Stahlträger umkippte.

John eröffnete das Feuer und jagte eine lang gezogene Salve durch den Empfänger der Parabolwaffe. Funken sprühten aus der Schale, und die Flammen, die von den Kristallpflanzen rings um

Fred züngelten, lösten sich in Rauchfahnen auf. Einen Moment später explodierte die Antenne, sodass Splitter in alle Richtungen davonflogen. Einer der Jungen schrie und riss eine blutige Hand nach oben, dann fiel er in das Passagierabteil zurück und verschwand außer Sicht.

Die Pilotin drehte das kugelförmige Steuer in Johns Richtung, und die Spinnenmaschine drehte sich ihm entgegen, wobei sie die Beine auf seiner Seite einknickte und sich mit den Beinen auf der anderen – auf Freds – Seite abstieß. Bevor John überhaupt reagieren konnte, war das Ding bereits bis auf einen Meter heran, seine runde Nase erhoben, um das Schussfeld auf die Pilotin zu versperren.

In der Hoffnung, dass die Maschine über ihn hinwegspringen würde, warf John sich nach hinten auf den Rücken, doch das Ding landete direkt über ihm. Einen Herzschlag später klappte es die Beine ein und ließ sich auf ihn fallen.

»Blau Eins?« Kellys Tonfall klang beinahe panisch. »Ist …?«

»Es sitzt über mir.« John spürte, wie der Bauch der Maschine auf seinen Schultern landete … und dort verharrte. »Ich bin festgenagelt.«

Er hatte keine Ahnung, wie viel die Spinnenmaschine wog, aber sie war nicht viel größer als ein Warthog, und John war schon unter ein paar von diesen Geländewagen eingeklemmt gewesen, ohne dass seine Mjolnir nachgegeben hätte. Als er den Unterarm gegen die Unterseite des Dings stemmte, neigte es sich leicht auf die Seite … aber dann hob es die Beine an und Johns Arm wurde unter dem ganzen Gewicht der Maschine zur Seite gedrückt.

»Richtig festgenagelt«, sagte er. »Ich brauche Hilfe.«

»Geduld.«

Er hörte ein klirrendes Trommeln, als Kelly eine Salve in die Vorderseite der Spinne jagte, gefolgt von jungen, verängstigten Stimmen, die gedämpft durch die Hülle drangen. John versuchte erneut, sich zu befreien, diesmal, indem er sich auf die Seite rollte, aber es war sinnlos. Die Maschine lag mit ihrer ganzen Masse auf ihm. Selbst wenn es ihm gelungen wäre, sich herumzurollen, hätte er sie nicht abschütteln können.

Irgendwo vor der Maschine ertönte der Knall einer detonierenden Granate. John konnte das Resultat nur am oberen Rand seines Visiers erkennen – eine kleine Wolke aus Staub und herabregnenden Pflanzensplittern. Die Granate war offensichtlich nur als Warnung gedacht gewesen, denn sie war zu weit entfernt gelandet, um dem Vehikel oder seinen Insassen echten Schaden zuzufügen. Vom hinteren Teil der Maschine hallten weitere Klirrlaute herab, gefolgt von einem dumpfen Knall, als etwas auf dem Boden des Passagierabteils landete.

»Kelly, du hast doch nicht etwa …«

»Natürlich habe ich«, sagte Kelly. »Aber sie ist nicht scharf.«

Das Mädchen und die beiden Jungen sprangen auf Johns Seite aus dem Passagierabteil, und er konnte sehen, dass das Haar des Mädchens blutverklebt war – vielleicht hatte sie sich einen Schnitt zugezogen, als die Parabolwaffe explodiert war – und einer der Jungen humpelte. Als er sein Knie bog, brach er mit einem Schrei zusammen, und seine beiden Begleiter eilten zurück, um ihn unter den Armen zu packen.

Der zweite Junge konnte dabei nur eine Hand benutzten, weil in der anderen ein Antennensplitter steckte. Jetzt wurde auch die gezackte Schrapnellwunde in der Kopfhaut des Mädchens sichtbar, und als sie zu John hinüberblickte, war ihr Gesicht über und über mit Blut bedeckt. Aber zumindest lebten alle drei noch – was garantiert besser war als das, was sie für die Spartans geplant hatten.

Das Trio spähte um das Heck seiner Maschine herum, dann huschte es zwischen die Büsche davon, gerade als Kelly mit ihrem MA5B heranstürmte. Sie sah den Kindern lange genug nach, um sicherzugehen, dass keine Gefahr mehr von ihnen ausging, dann befestigte sie das Sturmgewehr wieder hinter ihrem Rücken, ging zu der Spinnenmaschine hinüber und stemmte dort, wo die Beine in den Körper übergingen, ihre Schulter gegen die Seite. Gemeinsam schafften sie und John es, das Ding weit genug anzuheben, damit er sich auf den Bauch rollen konnte.

Als er unter der Maschine hervorkroch, tauchte Freds grüner Marker wieder auf seinem Bewegungstracker auf.

»Blau Zwei, Status«, sagte John.

Freds Statusleuchte glühte gelb. »Meine Rüstung muss sich neu hochfahren, aber es sieht aus, als hätten alle Systeme überlebt.«

John stand auf und blickte misstrauisch in die Richtung, in die die Kinder geflohen waren. Er konnte sie nicht länger sehen, aber sie hatten eine Spur aus Bluttropfen hinterlassen; es sollte also kein Problem sein, sie ausfindig zu machen.

»Verletzungen?«

»Nein, als sich alle Systeme kurzschlossen, hat sich der Sperrmechanismus meiner Rüstung aktiviert. Sie müssen mich mit einer Art elektromagnetischem Strahl getroffen haben.« Fred machte eine kurze Pause, dann fügte er hinzu: »Mein Computer sagt, es war ein Mikrowellenschub.«

»Mikrowellen?« John hatte noch nie von einer solchen Waffe gehört. Mikrowellenöfen und Mikrowellenstäbe zum Ausbrennen von Wunden? Sicher. Aber eine Mikrowellenwaffe? Er bedeutete Kelly, die Kinder einzufangen, dann drehte er sich zu der Spinnenmaschine um und stellte sich auf die Zehenspitzen, um in das Pilotenabteil zu spähen. »Das ergibt alles keinen Sinn.«

Das hintere Drittel des Spinnenkörpers war in drei niedrige Kohlenkästen unterteilt, jeweils getrennt durch eine schmale Wand. Ein Meter dahinter ragte eine rußgeschwärzte Röhre über einer eckigen Ausbuchtung mit einer Abdeckung hervor. John hatte sich nie übermäßig für Maschinenbau interessiert, aber es war offensichtlich, dass unter dieser Luke ein kohlebefeuerter Antrieb schlummerte.

Vor den Kohlenkästen lag das Passagierabteil, eine ein Meter tiefe Einbuchtung, angefüllt mit grob geflochtenen Körben voller Nahrungsmittel – tränenförmige Blattbüschel, fransige orangefarbene Pflanzenstiele, lange schlangengleiche Wurzeln – und Wasserschläuche, die aussahen, als bestünden sie aus Tiermägen. Auf dem Boden zwischen den Körben entdeckte John die Griffe kleiner Zugangsklappen, und auch die Wand des Abteils wurde durch eine Reihe von herausziehbaren Schubkästen gesäumt. Am Bug der Maschine befanden sich die Kontrollen: eine dicke Glassäule, gekrönt von einer durchsichtigen Kugel, die in etwa so groß wie Johns Helm war.

»Als hätte eine Gruppe von Jägern und Sammlern ein Luxusgeländefahrzeug gebaut«, kommentierte Fred. Er stand John gegenüber und linste von der anderen Seite in die Abteile der Spinnenmaschine. »Bevor sie das Rad erfanden.«

»Wie gesagt.« John sah Kellys Granate, die harmlos neben einem Korb mit Wasserschläuchen lag, und zog sich ein Stück höher, um sie aufzuheben. »Es ergibt keinen Sinn.«

»Ich könnte ein wenig Hilfe mit diesen Bälgern gebrauchen«, meldete sich Kelly auf dem Teamkanal. »Es sei denn, euch ist lieber, dass ich sie erschieße.«

»Nein«, antwortete John. Er war ziemlich sicher, dass Kelly es nicht ernst meinte, aber Vorsicht war besser als Nachsicht. Sie war nicht gerade die Geduldigste unter den Spartans. »Ich möchte mit ihnen reden.«

»Nicht nur du«, hängte Fred an. »Sie haben *einiges* zu erklären.«

John ließ seine Statusleuchte grün blinken, um seine Zustimmung auszudrücken, aber wenn er ehrlich sein sollte, interessierten ihn die Kinder weniger als ihre Spinnenmaschine. Falls sie mit sich reden oder handeln ließen, könnte er eine der Maschinen zu Petrov schicken, um sie und den Rest von Stoßtrupp Blau abzuholen. Und wenn schon nicht das, könnte er sie zumindest zwingen, ihn und die anderen Spartans zu ihrem Ziel zu bringen.

John und Fred folgten Kellys Spur, bis sie sie neben einer abgebrochenen Kristallpflanze knien sahen. Die Kinder waren ungefähr zehn Meter vor ihr stehen geblieben, und das Mädchen, das hinter ihren Begleitern stand, ließ eine geladene Steinschleuder über dem Kopf kreisen. Blut rann noch immer in ihr Auge und sie wischte es in unregelmäßigen Abständen mit ihrem schmutzverkrusteten Ärmel weg. Da die untere Hälfte ihres Gesichts hinter einem lose umgebundenen Schal verborgen lag, war es schwer, ihr Alter zu schätzen, aber ausgehend von ihrer Größe konnten sie und ihre Begleiter nicht viel älter als zehn sein.

John begann seine Waffen und Granaten von der Rüstung zu lösen, dann legte er sie vor Freds Füßen auf den Boden.

»Ich schnappe mir das Mädchen«, sagte er auf dem Teamkanal. »Kelly, du übernimmst den stehenden Jungen. Der andere sieht nicht aus, als könnte er aus eigener Kraft wegrennen.«

Ein lautes Dröhnen erfüllte seinen Helm, als er von einem Stein getroffen wurde. Sein Kopf ruckte wieder zu den Kindern herum, und er sah, dass das blonde Mädchen mit angstgeweiteten Augen einen neuen Stein in ihre Schleuder legte. Der Junge mit der verwundeten Hand trat vor und warf mit seinem unverletzten Arm ebenfalls einen Stein, aber dieser Treffer fiel deutlich schwächer aus.

»Richtig wild, die Kleinen«, bemerkte Fred. »Das muss man ihnen lassen.«

»Sie sind lebensmüde.« Kelly legte ihre Waffen ebenfalls vor Freds Stiefeln nieder. »Wenn mir noch einer von ihnen einen Stein an den Helm wirft ...«

»Entwaffnen wir sie doch erst mal«, schlug John vor. »Es ist wahrscheinlich leichter, sie zu befragen, wenn sie noch atmen.«

Ein Stein segelte durch die Luft und knallte gegen Kellys Brustplatte.

»Käme auf einen Versuch an«, knurrte sie.

John drehte die Handflächen nach außen und breitete die Arme aus, dann ging er auf seiner Seite langsam auf die Kinder zu.

»Blau Vier«, sagte er auf dem Teamkanal, »rück zur nächsten

Nebenschlucht vor und klettre auf das Plateau hoch. Hier oben sind vier Spinnenmaschinen, und ich will nicht, dass sie zurückkommen, um ihre Freunde mit ihren Mikrowellenkanonen rauszuhauen.«

Lindas LED blinkte grün.

Kelly ahmte Johns Haltung nach und näherte sich den Kindern in einem Bogen von der anderen Seite. Das Mädchen schleuderte ihr einen weiteren Stein entgegen, während der Junge nach John warf. Der Junge auf dem Boden zwischen ihnen hob sofort die Arme und reichte beiden ein neues Wurfgeschoss.

»Jetzt«, befahl John.

Er und Kelly stürmten vor und packten die Kinder an ihren Wurfarmen. John hob das Mädchen vom Boden hoch und wich rasch ein Dutzend Schritte zurück – einerseits um ihr zu zeigen, dass die anderen ihr nicht helfen konnten, andererseits, damit sie sah, dass ihren Freunden kein Leid geschah.

»Lass mich los, du Ochse!« Sie rammte einen Fuß hoch und traf die Innenseite seines Ellbogens mit genug Wucht, dass er einen Zeh knacksen hörte. »Ich mach dich alle!«

Ohne sie loszulassen, aktivierte John seinen Helmlautsprecher. »Ich kann dich verstehen.«

Sie hörte auf, sich zu wehren, und starrte aus schmalen Augen zu ihm hoch. »Natürlich. Ich habe schließlich eine Zunge.«

John blickte fragend zu Kelly hinüber, die den Jungen auf Armeslänge von sich weghielt, ihn ansonsten jedoch ignorierte.

»Schau mich nicht an«, sagte sie auf dem Teamkanal. »Ich kann mit Kindern nicht umgehen.«

John wandte sich wieder dem Mädchen zu und überlegte, was er tun sollte. Er war in fünf unterschiedlichen Verhörtechniken ausgebildet worden, doch sie alle setzten ein gewisses Verständnis des Feindes voraus. In diesem Fall war er nicht mal sicher, ob ihre Gefangenen wirklich *Feinde* waren … Aber der erste Schritt war immer, zu zeigen, dass er die Kontrolle hatte.

John hob die freie Hand und zog den Schal vom Gesicht des Mädchens. Ihre Wangen waren eingesunken, ihr Gesicht so ausgezehrt, dass sie fast wie ein Skelett aussah. Dieser Grad an Unterernährung machte es unmöglich, ihr Alter zu schätzen. Sie hätte acht sein können ... oder achtzehn.

»Wie heißt du?«

»Lena«, antwortete sie. »Und du bist ...?«

Er überlegte einen Moment. Das Mädchen und ihre Begleiter verhielten sich wie Feinde, aber es gab keinen Grund, warum sie Feinde sein sollten – jedenfalls keinen, der sich ihm erschloss. Außerdem hatte er nicht vor, bei einem Kind Drohtechniken anzuwenden, ganz gleich, auf welcher Seite es stand. Ebenso wenig wollte er Druck ausüben oder zu gewaltsamen Mitteln greifen. Damit blieb nur, eine Beziehung aufzubauen und die drei zu einer Einigung zu überreden.

»John«, antwortete er. »Ich bin John.«

»John?« Lena sprach es als *Yon* aus. »Du heißt *John?*«

»Richtig.«

»Na, wenn du meinst.«

»Das ist mein echter Name.« John erkannte, dass sie ihm nicht glaubte. »Warum sollte ich denn nicht John heißen?«

Lena wandte den Blick ab. »Nur so.«

John blieb beharrlich. »Nein, sag es mir.«

»Also ...« Lena lächelte zögerlich. »John ist ein seltsamer Name für einen Außerirdischen, findest du nicht?«

Fred lachte und Kelly stöhnte.

»Wir sind keine Außerirdischen«, erklärte John.

Lena blickte zu dem Jungen hinüber, der in Kellys Griff baumelte. »Ihr müsst Außerirdische sein.«

»Wieso?«

»Sieh dich mal an«, sagte der Junge. »Normale Leute sind nicht so groß.«

»Manche Leute schon«, konterte Fred.

»Nee, gar nicht.« Der Junge schüttelte den Kopf. »Und so schnell rennen kann auch niemand – jedenfalls nicht so lange.«

»Und Leute können auch nicht so schwere Metallanzüge tragen«, schob der andere Junge nach. »Nicht ohne von der Sonne gekocht zu werden.«

»Was, wenn ich euch sage, dass wir gerade *wegen* unserer Anzüge so schnell sind?«, fragte John. »Und dass die Sonne uns nicht kocht, weil die Anzüge uns kühlen?«

Der Junge auf dem Boden schnaubte. »Als ob wir das glauben würden. Wir sind nicht dumm.«

John drehte sich zu Fred herum. »Zeig es ihnen.«

Fred richtete sein Visier auf den Jungen mit dem verletzten Knie. »Wenn du einen Stein nach mir wirfst, zerquetsche ich deinen Kopf wie ein Ei.«

»Was ist ein Ei?«

»Etwas, das leicht zerbricht – und dann kommt glibberiges Zeug raus. Keine Tricks, verstanden?«

Fred hob die Hände und schob seine Finger unter den Kinnschutz, dann strich er am Rand entlang nach hinten, um die Versiegelung zwischen dem Helm und den inneren Schichten unter seiner Rüstung zu lösen. Die Augen der drei Kinder wurden groß und rund, als würden sie mit dem Schlimmsten rechnen. Schließlich hatten Freds Finger die Neuralschnittstelle an seinem Nacken erreicht, und er benutzte beide Hände, um die Verbindung zu lösen. Anschließend schob er den Helm vorsichtig nach vorn und zog seinen Kopf heraus.

Das Gesicht, das zum Vorschein kam, war schmal, mit kräftigen Zügen: schwarze Brauen über blaugrünen Augen, eine schmale Nase, hohe Wangen, ein breiter Mund und darunter ein kantiges Kinn. Fred hatte noch immer die faltenfreie Stirn und die glatte Haut eines Fünfzehnjährigen, aber alles andere – insbesondere die grimmigen Züge und der durchdringende Blick – zeigten, dass er bereits ein kampferfahrener Soldat war.

John wandte sich wieder Lena zu. »Und, was denkst du?«, fragte er. »Menschlich genug?«

»Ich … Ich weiß nicht, was ich denken soll.« Sie blickte zwischen Fred und John hin und her. »Sind alle Leute von eurer Welt so groß?«

»Nicht alle«, erklärte John, während er Lena sacht auf dem Boden abstellte. »Können wir jetzt reden? Ohne Steine? Ohne Wegrennen?«

Das Mädchen nickte. »Ich glaube nicht, dass wir eine Wahl haben. Wenn wir kämpfen, wird dein Freund unsere Köpfe zerquetschen, bis glibberiges Zeug rauskommt.« Sie wandte sich dem Jungen mit dem verletzten Knie zu. »Und wenn wir wegrennen, müssten wir Arne zurücklassen.«

»Ihr solltet fliehen!«, rief Arne. »Es gibt keinen Grund, warum wir alle gekocht werden sollten.«

»Wir werden niemanden kochen.« John fragte sich, ob *kochen* wohl ein lokaler Slangausdruck für *töten* war. »Wir wollen euch nicht wehtun.«

»Warum habt ihr uns dann verfolgt?«, wollte Lena wissen.

»Wir haben euch nicht verfolgt.«

»Sicher?« Lena breitete die Arme aus, eine Geste, die das gesamte Plateau einschloss. »Warum sind wir dann hier?«

»Weil ihr uns eine Falle stellen wolltet.« John bedeutete Kelly, den Jungen loszulassen, dann fragte er ihn: »Wie heißt du?«

»Warum sollte ich dir das sagen?«

»Damit ich weiß, wie ich dich nennen soll.« Vielleicht hätte er es doch mit Einschüchterung versuchen sollen, überlegte John. Das Vertrauen der Kinder zu gewinnen, war schwerer, als er gedacht hatte. Er deutete auf seine eigenen Begleiter. »Er ist Fred. Sie ist Kelly.« Lenas Kopf ruckte hoch. »Du bist ein Mädchen?«

»Eine Frau, aber ja.« Kelly richtete ihr Visier auf den Jungen mit der verletzten Hand. »Und er hat dich nach deinem Namen gefragt.«

»Hab ich gehört.«

Lena seufzte. »Oskar, wenn sie uns kochen wollten, hätten sie es bereits getan.«

Oskar funkelte sie wütend an. »Denk doch mal nach, Lena. Sie wollen uns alle. Das ganze Lager.«

Kellys nächste Worte ertönten nur auf dem Teamkanal. »So kommen wir nicht weiter. Und wir haben eine Mission zu erfüllen. Lass uns weitergehen.«

Die Köpfe der drei Kinder ruckten in Richtung von Freds Helm herum – er hielt ihn immer noch in seinen Händen – aber sie wirkten eher überrascht als alarmiert. Hoffentlich bedeutete das, dass sie nur Kellys Stimme gehört, nicht aber ihre Worte verstanden hatten.

Da er nicht auf dem Teamkanal antworten konnte, ohne noch mehr Aufmerksamkeit auf Freds Helm zu lenken, machte John eine unauffällige kreisende Handbewegung. *Geduld.* Oskar war ein wenig feindselig, aber er hatte das Gefühl, dass er bei Lena Fortschritte machte, und das brachte sie auch einer Abmachung näher, dem Rest von Stoßtrupp Blau zu helfen.

Oder zumindest, Team Blau schneller an ihr Ziel zu bringen.

John blickte Oskar an. »Wir wollen dich nicht … kochen«, begann er. »Wir wollen *niemanden* kochen. Aber wenn ich an eurer Stelle wäre, würde ich vermutlich genauso denken.«

Oskar lächelte selbstgefällig in Lenas Richtung. »Siehst du?«

Das Mädchen rollte mit den Augen und wandte den Blick ab.

»Vielleicht können wir uns ja gegenseitig helfen.« Während John sprach, gab er Fred mit einer Geste zu verstehen, dass er den Helm wieder aufsetzen sollte. »Wir versorgen eure Wunden und bringen euch zu eurer Spinne zurück …«

»Was ist eine Spinne?«, fragte Arne.

»Euer Fahrzeug«, sagte John. Er deutete über die Schulter. »Das Ding, auf dem ihr geritten seid.«

»Wir nennen sie Bergläufer«, klärte Lena ihn auf. »Ich habe auf meinen Lernbildern Spinnen gesehen, aber die waren nicht groß genug, um darauf zu reiten.«

»Da bin ich sicher«, erwiderte John. Er hatte tausend Fragen an diese Kinder. Was hatte sie auf diese angeblich unbewohnte Welt verschlagen? Warum wussten sie nicht, was ein Ei oder eine Spinne war …? Aber die Spartans hatten eine Mission zu erfüllen und die Zeit lief ihnen davon. Er wandte sich erneut an Oskar. »Wir versorgen eure Wunden und bringen euch zu eurem Bergläufer zurück. Dann könnt ihr zu euren Eltern und wir …«

»Zu unseren *Eltern?*«, platzte es aus Oskar hervor. Er wirbelte zu Lena herum. »Ich hab's doch gesagt!«

»Ich verstehe nicht«, murmelte John.

Und das war keine Übertreibung. Wie alle Spartans war er seinen eigenen Eltern im Alter von sechs Jahren weggenommen worden – ein streng geheimes Detail, das normalerweise Entsetzen und Fassungslosigkeit auslöste, wenn jemand Neues über das SPARTAN-Programm aufgeklärt wurde. Diese Leute fanden offenbar, dass John wütend oder verbittert sein sollte, weil man ihm so etwas angetan hatte. Aber er fühlte nichts dergleichen. Schließlich war er für ein streng geheimes Projekt ausgewählt worden, das einen genetisch veränderten Supersoldaten aus ihm gemacht hatte. Trotzdem hatte er ein paar vage, angenehme Erinnerungen an seine Kindheit, und die meisten Leute, die er kannte, schienen voller Wohlwollen an ihre Eltern zu denken.

»Wollt ihr denn nicht zurück zu euren Eltern?«

Erkenntnis dämmerte in Lenas Augen. »John, du hast gerade angeboten, uns zu kochen. Unsere Eltern sind tot.«

»Tot?« Er blickte von Lena zu Oskar. »Alle?«

»Ja, *alle*«, brummte der Junge.

»Was ist mit ihnen passiert?«, wollte Kelly wissen.

Arne beantwortete die Frage. »Sie sind gestorben. Sie verhungerten oder wurden krank oder verletzten sich. Oder der Durst und die Hitze wurden zu viel für sie. Irgendwas davon ist es immer.«

»Immer?«, wiederholte Kelly. »Das ist doch bestimmt eine Übertreibung, oder?«

Arne und Oskar blickten einander nur wortlos an.

»Dann hat also keiner von euch Eltern?«, hakte John nach. Nichts deutete darauf hin, dass die Kinder logen – er konnte einfach nur nicht fassen, was sie ihm erzählten. »Kein einziger?«

»Ich erinnere mich noch an meine«, sagte Lena. »Zumindest an meine Mutter. Ich glaube, sie hatte grüne Augen.«

»Du weißt es nicht?«, fragte Fred.

»Ich war damals noch jung«, erklärte sie. »Ich hatte gerade erst gelernt, zu laufen.«

»Also gut, ich glaube, ich verstehe allmählich«, murmelte John. »Eltern sterben auf Netherop jung. Wer passt dann auf euch auf?«

»Wir sind keine Babys mehr«, schnaubte Oskar.

»Und als ihr noch Babys *wart*?«, fragte John. »Bevor ihr laufen konntet?«

Lena starrte ihn an, als wäre er verrückt.

»Jemand muss sich doch um euch gekümmert haben«, beharrte John. »Niemand kann von Geburt an laufen.«

»Natürlich nicht … Es ist nur eine komische Frage.« Lena machte eine kreisende Bewegung mit ihrem Finger, die sie selbst und die beiden Jungen einschloss. »Wir kümmern uns umeinander … Das ganze Lager.«

Oskar zog die Brauen zusammen und reckte den Kopf vor. »Warum interessieren dich unsere Babys, John?«

»Das klingt für mich nur sehr … ungewöhnlich«, antwortete John. »Und es tut mir leid, dass ich eure Eltern erwähnt habe. Ich wollte nicht sagen, dass wir euch zu euren Vorfahren schicken, nur dass ihr gehen könnt … solange ihr uns in Ruhe lasst.«

»Warum sollten wir euch vertrauen?«, entgegnete Oskar.

»Weil das glibberige Zeug noch immer in deinem Kopf ist«, erinnerte Lena ihn. »Also pass auf, dass *ich* dein Ei nicht zerquetsche.«

John musste unter seinem Helm lächeln. »Ganz recht.« Er hob einen Stein auf, den die Kinder vorhin gegen seine Rüstung geworfen hatten. »Wenn ihr uns noch mal eine Falle stellt …« Er schloss die Hand und zerdrückte den Stein.

Oskars Augen wurden kreisrund. »Das klingt fair«, sagte er. »Aber ihr müsst aufhören, uns zu jagen.«

»Wir haben euch nie gejagt.« John zog ein Medkit aus einer Ausrüstungstasche, dann kniete er sich hin und deutete auf Oskars verletzte Hand. »Darf ich mir jetzt diesen Splitter ansehen? Sieht schmerzhaft aus.«

Oskar blickte unsicher zu Lena hinüber, aber sie nickte zuversichtlich in Johns Richtung.

»Na los«, befahl sie. »Schlechter als eine Schlammpackung kann es nicht sein.«

Oskar kam herüber und streckte seine Hand vor. Er konnte von Glück reden, dass er sie überhaupt noch hatte; der Antennensplitter war knapp fünf Zentimeter breit und hatte die Hand sauber durchbohrt. John betrachtete das Schrapnell, dann packte er die Spitze und brach sie dicht über Oskars Handrücken ab.

Der Junge schrie vor Schmerz und versuchte sich loszureißen. John hielt ihn fest, schob seine Finger unter die Handfläche des Kindes und zog den Splitter mit einer schnellen Bewegung heraus. Erneut heulte Oskar, aber diesmal wehrte er sich nicht und ließ John die Wunde begutachten. Ein großes Loch klaffte in der Mitte der Handfläche, und durch das Blut konnte John sehen, dass mehrere Knochen zerschmettert worden waren, denn Zeige- und Mittelfinger hingen nur noch an Haut und Fleisch herab. Falls der Junge seine Hand je wieder richtig benutzen wollte, brauchte er mehr als eine Erste-Hilfe-Behandlung, aber zumindest konnte John seine Schmerzen lindern und dafür sorgen, dass die Wunde sich nicht entzündete. Er nahm einen Zylinder mit Bioschaum aus dem Medkit.

»Wie lange seid ihr schon auf Netherop?«, fragte er.

»Das ist eine dumme Frage«, presste Oskar hervor.

»Sei nicht so gemein, Oskar.« Lena stand drüben bei Kelly, die gerade das blutverklebte Haar von ihrer Kopfwunde wegschnitt. »Er könnte deinen Kopf zerquetschen und ich wär ihm nicht mal böse deswegen.«

Oskar seufzte. »Wir sind unser ganzes Leben schon hier. Was interessiert dich das überhaupt?«

John begann, den Bioschaum in die Wunde zu sprühen. Auf die zerschmetterten Knochen des Jungen nahm er dabei nur bedingt Rücksicht.

»Dann müsst ihr diese Gegend ja sehr gut kennen«, fuhr er fort.

»Wir wissen, wo es sicher ist«, erklärte Oskar. »Und wo wir besser nicht hingehen sollten. Von der Sorte gibt es hier viele Orte.«

»Kann ich mir vorstellen«, erwiderte John. Er schob die Düse des Zylinders weiter in der Wunde hin und her, um sie vollkommen mit Bioschaum zu füllen. Das sollte reichen, bis Oskar medizinisch behandelt werden konnte. »Habt ihr schon das Wrack gesehen?«

»Was für ein Wrack?«

Der verwirrte Unterton in Oskars Stimme verriet John, dass er die Frage falsch gestellt hatte. Es hatte in letzter Zeit viele Wracks gegeben, von der *Night Watch* über die Pelicans und Sternjäger der *Wheatley* bis hin zu all den abgeschossenen Allianzmaschinen.

»Die große Fregatte«, verdeutlichte er.

»Was ist eine Fregatte?«

Er seufzte. »Vergiss es.« Als er mit dem Bioschaum fertig war, sagte er. »Du bist hart im Nehmen, Oskar. Das tut sicher weh.«

»Allmählich schon«, antwortete der Junge. »Aber am Anfang ist es mir gar nicht aufgefallen. Erst als ich das Blut sah.«

»So ist es oft bei schlimmen Verletzungen«, erklärte John. »Aufgrund des Schocks dauert es ein paar Minuten, ehe man es spürt. Aber wenn es erst mal anfängt … Tja, dann sollte man aufpassen. Der Schmerz kann einem leicht das Bewusstsein rauben.«

»Wurdest du schon mal so schwer verletzt?«

»Ein- oder zweimal«, antwortete John. »Aber ich war nie mehr als ein paar Stunden von einer Krankenstation entfernt, ich musste die Schmerzen also nicht so lange ertragen, wie du es tun musst.«

Freds Stimme ertönte in seinem Helm. »Jetzt verstehe ich, was du da tust«, sagte er. »Clever ... und irgendwie auch grausam.«

»Ich habe keine Wahl«, entgegnete John, ebenfalls auf dem Teamkanal. »Wir müssen die *Glücksfall* einnehmen, und diese Kinder haben einen Bergläufer, der uns hinbringen kann. Versucht doch mal, eure Knirpse zu überzeugen.«

Freds und Kellys Statusleuchten glühten grün, und die beiden begannen, mit ihren Patienten über ihre ach so schweren Verletzungen zu sprechen.

John wandte sich derweil wieder Oskar zu. »Wie lange wird es dauern, um dich zu einer Krankenstation zu bringen?«

»Was ist eine Krankenstation?«

»Wie der Name schon sagt, eine Station, wo Kranke und Verletzte behandelt werden. Wo man deine Hand operieren und wieder in Ordnung bringen kann«, antwortete John. Er glaubte nicht wirklich, dass Oskar Zugang zu moderner medizinischer Versorgung hatte. Mit Ausnahme der Bergläufer deutete alles darauf hin, dass diese Kinder einer Zivilisation entstammten, die nur primitive Behandlungsmethoden zu bieten hatte.

»Operieren?«

John lehnte sich auf seinen Knien nach hinten. »Ihr habt gar keine Krankenstation, oder?«

»Ich glaube nicht«, murmelte Oskar. »Ist das schlimm?«

»Nicht wenn ihr mit uns kommen würdet.« John nahm einen Verband aus dem Medkit und wickelte ihn um die Hand des Jungen. »Andernfalls ... wirst du deine Hand vermutlich nicht mehr benutzen können.«

Oskars Gesicht wurde blass. »Und ... was, wenn ich mit euch komme?«

»Dann könnte einer unserer Chirurgen deine Hand versorgen«, erklärte John.

»Und Arnes Knie auch«, hängte Fred an. Er hielt das Bein des Jungen mit beiden Händen, und Arne hatte sich auf seinen Ellbogen nach hinten gelehnt, die Augen vor Schmerzen zusammengekniffen. »Ich habe es wieder eingerenkt, aber die Bänder sind ziemlich mitgenommen. Wenn er je wieder rennen will, braucht er eine Operation.«

John blickte zu Lena hinüber. Kelly hatte das Haar über ihrer Kopfwunde abgeschnitten und sprühte gerade Bioschaum auf den Schnitt.

»Hat eure Kolonie denn gar keinen Arzt?«

»Kolonie?«, wiederholte Lena. »Warum würde jemand hier eine Kolonie bauen?«

»Das frage ich mich auch, seit ...« Fred unterbrach sich. Es war vermutlich keine gute Idee, die beiden Reiter zu erwähnen, die in der Schockwelle der *Night Watch* verschwunden waren. »Seit wir euch gefunden haben.«

»Sie kommen von keiner Kolonie.« Kellys Stimme klang plötzlich mitfühlend. »Ihr seid nicht freiwillig hier.«

»Nein«, sagte Arne. »Wir sind Verstoßene.«

»Meinst du vielleicht ›Gestrandete‹?«, fragte John. »Ist euer Schiff auf Netherop abgestürzt?«

»Er meint ›*Verstoßene*‹«, betonte Lena. »So nennen wir uns.«

»Unser Schiff ist nicht abgestürzt«, klärte Oskar sie auf. »Unsere Vorfahren waren Piraten. Sie wurden hier ausgesetzt.«

Einen Moment lang herrschte Stille, während die Spartans diese Enthüllung verdauten. John schaltete auf den Teamkanal, damit Linda alles Folgende mithören konnte – er glaubte nicht, dass Team Blau Gefahr drohte, aber er wollte, dass sie ihre Meinung beitragen konnte. Jemanden auf einem fremden Planeten auszusetzen, war ein Verstoß gegen das Militärgesetzbuch – eine Unsitte aus grauer Vergangenheit, so grausam, dass keine koloniale

Regierung sie je in ein planetares Strafgesetzbuch aufnehmen würde. Im Gegenteil, jeder der an so einer Tat beteiligt war, würde kurzerhand eingesperrt werden. Und jemanden an einem Ort wie Netherop auszusetzen? John konnte sich nicht vorstellen, was für ein Maß an Grausamkeit nötig wäre, um so etwas zu tun.

Zu guter Letzt fragte er: »Eure Vorfahren wurden also verstoßen? Jemand hat sie hier abgesetzt, ohne irgendeine Möglichkeit, den Planeten wieder zu verlassen?«

»So hat man es uns erklärt.« Lena zog die Schultern hoch. »Unsere Vorfahren überfielen Frachtschiffe, die die Kolonien belieferten. Als man sie erwischte, setzte man sie hier aus. Ich bin sicher, alle dachten, dass sie elendig zugrunde gehen würden.«

»Aber sie sind nicht zugrunde gegangen«, murmelte Kelly. »Irgendwie haben sie überlebt … und Kinder bekommen.«

Lena nickte. »Ja, weil sie die Höhlenstädte fanden. Es gab zwar kein Essen, aber sie hatten Wasser.«

»Und Werkzeuge.« John blickte zu der Spinnenmaschine hinüber. »Wie euren Bergläufer, richtig?«

»Ein paar Werkzeuge.« Arne nickte. »Die meisten haben schon unsere Vorfahren benutzt. Hin und wieder graben wir neue Dinge aus, aber selbst wenn wir rausfinden, wofür sie benutzt werden, funktioniert vieles davon meistens nicht.«

»Verständlich«, bemerkte Fred. »Diese Höhlenstädte sind bestimmt sehr alt. Hunderte Jahre vielleicht? Oder sogar Tausende?«

Lena legte den Kopf schräg und starrte ihn an. »Was sind Jahre?«

»Ein Jahr ist …« John hielt inne. Er wusste nicht, wie er antworten sollte. Diese »Verstoßenen« kannten manche Begriffe, andere hingegen waren ihnen völlig rätselhaft. Der Computer blendete eine wenig hilfreiche Mitteilung auf seinem HUD ein: NETHEROP BRAUCHT 2,4 STANDARDJAHRE, UM SEINE SONNE ZU UMRUNDEN.

Das würden Lena und ihre Freunde sicher nicht verstehen. Wenn es auf Netherop so etwas wie ein Jahr gab, dann wurde es sicher in Jahreszeiten gemessen oder am Sonnenstand, und Team Blau war nicht lange genug auf dem Planeten, um irgendwelche Aussagen über das eine oder das andere zu machen.

»Ich erkläre es dir später«, sagte John schließlich ausweichend, dann wechselte er auf den Teamkanal. »Blau Vier, hast du alles gehört?«

»Ja«, bestätigte Linda. »Da würde man am liebsten jemanden erschießen.«

»Ich weiß«, sagte John. »Aber wer immer dafür verantwortlich ist, ist vermutlich schon seit fünfzig Jahren tot. Bist du schon auf dem Plateau?«

»Ja.«

»Was tun die anderen Verstoßenen?«

»Sie fliehen weiter. Sieht nicht aus, als würden sie noch mal zurückkommen. Ein Problem gibt es aber trotzdem.«

»Ich höre.«

»Sie bewegen sich in dieselbe Richtung, in die wir müssen«, erklärte Linda. »Vielleicht versuchen sie, vor uns die *Glücksfall* zu erreichen.«

11. KAPITEL

Neuntes Zeitalter der Rückforderung
41. Zyklus, 150 Einheiten (Kriegskalender der Allianz)
Geosynchrone Umlaufbahn, Planet N'ba, Eryya-System

Nizat 'Kvarosee zwang sich, reglos im hinteren Teil der Brücke zu bleiben, seine Hände vor der Brust aneinandergelegt, damit seine Finger nicht nervös zuckten. Den Blick hatte er fest auf die Decke gerichtet, damit er nicht in Versuchung geriet, zur Radar- oder Kommunikationsstation hinüberzugehen. Am liebsten wäre er auf und ab gegangen, aber ein solches Verhalten würde nicht gerade die Zuversicht seiner Mannschaft stärken.

Nizats Plan, das Nervenzentrum des feindlichen Flotten-geheimdienstes zu finden, hätte simpler nicht sein können. Schritt eins: Er ließ eine ONI-Entermannschaft an Bord der *Steadfast Strike,* damit sie die Anti-Gravitationseinheit und den Körperschild stehlen konnte, worin die beiden Luminalfeuer ver-borgen waren. Schritt zwei: Er würde den Angriff zurückschlagen und die Selbstzerstörung der Fregatte einleiten, sobald die Men-schen in sicherer Entfernung wären. Es sollte aussehen, als würde die Mannschaft tatsächlich versuchen, die Technologie der Allianz zu schützen. Und danach … müsste er nur noch warten, bis die Technologiepriester von ONI die erbeuteten Geräte in ihren In-novationstempel brachten.

Doch das Erscheinen der Dämonen-Spartans hatte alles verändert. Die Wahrscheinlichkeit, dass sie an einem so entlegenen Ort auftauchten, hätte gleich null sein sollen. Genau *deswegen* hatte Nizat N'ba schließlich für seinen Plan gewählt.

Und doch waren sie nun hier.

Ein unerwarteter Test seiner Würdigkeit. Falls die Dämonen die *Steadfast Strike* erreichten, ließe sich die Situation nicht länger kontrollieren. Was, wenn sie das Selbstzerstörungssystem deaktivierten und das Schiff intakt einnahmen? Nicht einmal Nizat glaubte, dass ONIs Zerstörung das Risiko wert wäre, den Menschen eine voll ausgestattete Fregatte zu überlassen. Sollte es ihnen gelingen, die Technologie der Allianz zu rekonstruieren …

Aber wenn Nizat seinerseits einen Spartan in die Finger bekam – ob nun tot oder lebendig, machte dabei keinen großen Unterschied –, dann könnte sich ihr Auftauchen hier vielleicht doch als vorteilhaft erweisen.

Waren sie womöglich von den Göttern selbst hergeschickt worden? Nizat wagte kaum, es sich vorzustellen. Mit einem Spartan nach High Charity zurückzukehren, wäre vermutlich der einzige Triumph, der die Hierarchen von seiner Wahrheit überzeugen konnte – von der Gefahr, die ONI für die Allianz und die Große Reise darstellten. Vielleicht würden sie ihn sogar wieder auf den Pfad der Ehre zurückkehren lassen.

Tam 'Lakosee drehte sich von der Überwachungskonsole fort und schritt in den hinteren Teil der Brücke. Nizat hoffte, sein junger Adjutant würde melden, dass sie die Dämonen wieder geortet hatten, aber diese Hoffnung zerplatzte jäh, als 'Lakosee an der Kommunikationsstation stehen blieb. Hätte er gute Neuigkeiten gehabt, hätte er nicht erst nach weiteren Informationen gefragt. Nizat starrte weiter zur Decke hoch, bis 'Lakosee die Konsole hinter sich ließ und vor ihn trat; erst dann senkte er den Blick.

»Gibt es etwas zu vermelden?« Nizat achtete darauf, sich seine Frustration nicht anmerken zu lassen. Schließlich war 'Lakosee nicht derjenige, der die Dämonen aus den Augen verloren hatte. »Ich höre.«

»Eines der Wasals hat persönliche Kommunikationssignale entdeckt.«

Wasals waren kleine Überwachungsschiffe, die normalerweise eingesetzt wurden, um feindliche Kräfte in Orbitalsystemen aufzuspüren. Für die Suche nach Infanterieeinheiten eigneten sie sich nur bedingt, aber sie waren alles, was Nizat zur Verfügung stand, also hatte er sie losgeschickt.

»Ich bedaure, mitteilen zu müssen, dass diese Signale zu schwach sind, um sie genau zu orten«, fuhr 'Lakosee fort. »Wir wissen also nur unwesentlich mehr als zuvor.«

»Ein wenig ist besser als nichts«, erwiderte Nizat. »Was kannst du mir über diese Signale sagen?«

»Sie stammen von irgendwo zwischen der Hauptgruppe der Überlebenden und der *Steadfast Strike,* vielleicht aus den Hügeln, vielleicht von der anderen Seite der Berge. Genauer lässt es sich nicht eingrenzen.«

»Ich verstehe.« Nizat war kein Experte für menschliche Funktechnologie, aber er hatte schon oft genug Begriffe wie *multidirektionale Signalausbreitung, Frequenzsprünge, Terraindiffraktion* und *ionosphärische Reflexion* gehört, um zu wissen, wie schwer es war, eine Signalquelle innerhalb einer planetaren Atmosphäre aufzuspüren – vor allem, wenn die Wesen, die diese Signale erzeugten, ihr Bestes taten, um unbemerkt zu bleiben. »Wie lange werden die Wasals brauchen, um den Suchbereich einzugrenzen?«

'Lakosee zögerte. »Vielleicht erbarmen sich die Götter und geben uns ein Signal, das wir triangulieren können. Aber da es bislang noch nicht geschehen ist …«

»… wäre es töricht, darauf zu zählen«, beendete Nizat den Satz.

»Deine Weisheit kennt keine Grenzen, Flottenmeister.« 'Lakosee senkte den Kopf und ließ seine Mandibeln klacken. »Vielleicht ist es Zeit, eine Aufklärungseinheit zu schicken.«

»Aber *wohin?*«, fragte Nizat. »Hast du nicht eben gesagt, das Signal könne praktisch von überallher kommen?«

»Ja«, erwiderte 'Lakosee. »Darum wäre mein Vorschlag, die gesamte Route abzusuchen.«

Es war ein logischer Plan, und jeder Kommandant, der über eine ausreichende Zahl von Fliegern gebot, hätte ihn sofort umgesetzt. Aber die Flottille der unbesungenen Frömmigkeit hatte von Anfang an zu wenige Flieger gehabt … und nach den Verlusten, die sie im Kampf gegen die Spartans erlitten hatten, waren es nun sogar noch weniger.

Doch wenn er den Vorschlag rundheraus ablehnte, würde 'Lakosee nichts daraus lernen. Es war besser, ihm einen Denkanstoß zu geben, damit er den Schwachpunkt von sich aus erkannte. Außerdem war es ja möglich – wenn auch unwahrscheinlich –, dass 'Lakosee eine zündende Idee hatte.

»Verrate mir, was dir vorschwebt«, sagte Nizat.

Sein Adjutant neigte einmal mehr den Kopf und klackte leise mit den Mandibeln. »Es ist mir eine Ehre, Flottenmeister. Ich schlage vor, dass wir mit einem Luftangriff auf die Hauptgruppe der Überlebenden beginnen.«

»Das wäre nur eine Verschwendung von Trägergas«, entgegnete Nizat. »N'ba und seine Hitze werden sie noch früh genug umbringen.«

»Nun, ein Angriff würde uns verraten, ob die Dämonen noch in ihrer Nähe sind«, erklärte 'Lakosee. »Wenn dem so ist, werden sie ihre Kameraden verteidigen und sich zeigen.«

»Indem sie unsere Gleiter zerstören, so wie beim letzten Mal.«

»Ja, wir könnten ein paar Flieger verlieren«, räumte 'Lakosee ein. »Aber dann wüssten wir, wo sich die Dämonen aufhalten.«

»Und sie würden wissen, dass wir kommen«, konterte Nizat. »Was bedeutet, dass unsere Bodentruppen Luftunterstützung bräuchten, um sie zu bezwingen. Wie viele weitere Gleiter würde uns das kosten?«

»Ist es nicht besser, ein paar Flieger zu opfern, als zuzulassen, dass die Dämonen die *Steadfast Strike* einnehmen?«

»Vielleicht – hätte die Flottille nicht bereits so viele Schiffe eingebüßt«, sagte Nizat. »Die Ungläubigen haben die Hälfte unserer Flieger zerstört. Wenn wir noch mehr verlieren, haben wir nicht mehr genug Maschinen, um unseren Kreuzzug fortzusetzen.«

Sein Adjutant senkte nachdenklich den Blick. »Dann wäre es ebenso unklug, Aufklärungsflüge über ihrer Route durchzuführen.«

»Richtig.« Es erfüllte Nizat mit Stolz, wie schnell 'Lakosee seine Einschätzung der Situation korrigierte. Wenn eine Flottille eigenmächtig handelte, konnte sie keine Verstärkung anfordern. »Wir würden die Spartans vermutlich finden, wenn sie unsere Aufklärungsmaschinen abschießen. Aber sie wüssten, dass man sie entdeckt hat, und sie würden entsprechende Verteidigungsmaßnahmen ergreifen. Was bedeutet, dass wir *noch mehr* unserer Truppen verlieren würden.«

»Also müssten wir die Dämonen finden, ohne sie auf uns aufmerksam zu machen«, murmelte 'Lakosee grüblerisch. »Und sie töten, bevor sie überhaupt merken, dass sie angegriffen werden.«

»Das wäre der Idealfall.«

»Warum sollen wir dann überhaupt nach ihnen suchen?«, fragte 'Lakosee. »Wir wissen schließlich, wo sie hinwollen.«

»Du würdest sie erst bei der *Steadfast Strike* abfangen lassen?«

»Das scheint mir der sicherste Weg, unsere Mission zu erfüllen«, erwiderte der jüngere Sangheili. »Wir können unsere Luftunterstützung nicht aufs Spiel setzen, aber die Dämonen haben überhaupt keine. Also bereiten wir eine Verteidigungsposition vor und zwingen sie, anzugreifen.«

»Was, wenn sie gewinnen?«

»Sie *werden* gewinnen.« 'Lakosees Mandibeln teilten sich vor raubtierhafter Freude. »Wir errichten unsere Verteidigungslinie ein Stück vor der *Steadfast Strike* und lassen zu, dass sich eine kleine Einheit von Ungläubigen an unseren Truppen vorbei zum Schiff schleicht ... *während* die Spartans noch beschäftigt sind.«

»Damit diese kleine Einheit die Ausrüstung mit den Luminalfeuern findet?«

»Genau«, sagte 'Lakosee. »Dann schlagen wir sie zurück, und sobald sie in sicherer Entfernung sind, lassen wir die Dämonen durchbrechen und die Fregatte stürmen.«

»Und dann setzen wir den liebsten Trick der Menschen gegen sie selbst ein: Wir zerstören die *Steadfast Strike,* während die Dämonen an Bord sind.«

»Das wäre eine sichere Methode, um unser heiliges Wissen zu schützen.« 'Lakosee neigte den Kopf. »Spartans können nicht stehlen, was bereits zerstört wurde – erst recht nicht, wenn sie tot sind.«

Nizat war wirklich beeindruckt. »Ein gerissener Plan«, lobte er. »Aber er beruht auf der Annahme, dass die reguläre Infanterie die Fregatte zuerst erreicht. Wir könnten natürlich versuchen, das zu arrangieren, aber es wäre Narretei, zu glauben, dass wir das Handeln der Dämonen diktieren können. Was, wenn sie unseren Plan durchschauen? Oder wenn wir sie nicht lange genug aufhalten?«

»Die *Steadfast Strike* ist immer noch flugfähig«, erwiderte 'Lakosee. »Wenn sich die Dämonen nähern, bevor wir bereit sind, könnte sie einfach starten.«

»Das stimmt wohl.«

Nizat drehte den Kopf weg, um anzuzeigen, dass er nachdenken musste. Sofern er keine weiteren Flieger opfern wollte, konnte er herzlich wenig tun, um die Dämonen aufzuhalten, bevor sie die *Steadfast Strike* erreichten. Vielleicht wäre es wirklich das Beste, die Stärke seines Feindes gegen ihn zu wenden und die Dämonen in 'Lakosees Falle zu locken.

Zufrieden ließ er seine Mandibeln klicken. »Es muss überzeugend aussehen«, sagte er, wobei er sich zu seinem Adjutanten umwandte. »Du wirst den Großteil unserer Verteidigung auf die Spartans konzentrieren, so als wären sie der einzige Feind, den wir haben.«

'Lakosees Kopf ruckte hoch. »*Ich*, Flottenmeister?«

»Es ist deine Idee, also soll es auch dein ... Kommando sein.«

Während Nizat sprach, eilte Qoo 'Weyodosee, der stämmige Schiffsmeister der *Quiet Faith*, von seiner Station zur Kommunikationskonsole hinüber. Dort angekommen legte er den kantigen Schädel schräg und lauschte einen Moment, ehe er zum hinteren Teil der Brücke herumwirbelte. Seine stummelartigen Mandibeln waren vor Schreck aufgerissen, seine Augen rund vor Sorge.

Nizat bedeutete 'Lakosee, ihm zu folgen, dann ging er zu 'Weyodosee hinüber. »Gibt es ein Problem?«

Der Schiffsmeister hob bestätigend den Kopf nach hinten, dann stieß er den Kommunikationsadepten an. »Spiel die Bekundung noch mal ab!«

Der Adept begann, über die Regler an seiner Konsole zu streichen, und eine eisige Kälte nistete sich zwischen Nizats Herzen ein. Eine Bekundung war eine förmliche Absichtserklärung ... und wurde normalerweise als göttliche Rechtfertigung vor einer Hinrichtung verkündet.

Kurz darauf erklang ein leises, zartes Stimmchen. »*Leid ist die natürliche Folge von Verrat, und die Flotte der schnellen Gerechtigkeit wird dieses Urteil vollstrecken.*«

Nizat drehte sich sofort zum taktischen Hologramm im hinteren Teil der Brücke um, wo ein Abbild des N'ba-Planetensystems über einer Projektionsplatte schwebte. Im Kreis darum waren zehn kleine Pulte aufgestellt, jedes bemannt von einem Sensorleser. Die Leser an fünf Pulten – denen auf der Nachtseite des Planeten – tippten hektisch auf ihre Kristallschirme ein, um die Vielzahl von Allianzschiffen zu vergrößern, die gerade aufgetaucht waren: fünf Zerstörer und Fregatten, außerdem ein Kreuzer und ein Angriffsträger. Die Flotte der schnellen Gerechtigkeit war bereits hier … und sie war nicht wegen der Ungläubigen gekommen.

'Weyodosee trat an Nizats Seite. »Die Flottille muss den Orbit sofort verlassen.« Er sprach leise, damit die Leser sie nicht hören konnten. »Die Flotte der schnellen Gerechtigkeit ist auf einem Abfangvektor aus dem Slipspace gesprungen, aber Infiltrationskorvetten lassen sich nicht so leicht einfangen. Die meisten unserer Schiffe sollten entkommen können.«

»Wenn du das glaubst, kennst du den Stillen Schatten schlecht.« Nizat trat an das Geländer, das den taktischen Planungsbereich vom Rest der Brücke trennte, und studierte die menschlichen Zerstörer, die seit dem »Absturz« der *Steadfast Strike* über N'ba lauerten. Die Menschen hatten ihre kleine Flotte so schnell ausgebaut, wie sie weitere Schiffe herbeischaffen konnten, und nun zählte Nizat dort draußen elf Zerstörer, unterstützt von zwei kleinen Kreuzern. Natürlich war diese Streitmacht nicht groß genug, um es mit der Flotte der schnellen Gerechtigkeit aufzunehmen … Doch sie war zumindest groß genug, um ihre Aufmerksamkeit zu erregen.

'Weyodosee schien unfähig, seinen Blick von den ankommenden Allianzschiffen loszureißen. Die Flotte umfasste zehn Schiffe – fünf Zerstörer, drei Fregatten, dazu der Kreuzer und der Angriffsträger.

»Flottenmeister, wir müssen schnell handeln«, drängte 'Weyodosee. »Mit jeder Sekunde, die wir zögern, schwinden unsere Chancen auf eine Flucht.«

»Welche Chancen haben wir, wenn wir uns wie eine *Gortoa* zur Schlachtbank treiben lassen?«, entgegnete Nizat. »Wenn wir nur reagieren, hat der Stille Schatten schon gewonnen.«

'Weyodosees Blick blieb weiter auf die Flotte der schnellen Gerechtigkeit fixiert. Die Zerstörer und Fregatten begannen sich zu verteilen, um die beiden größeren Schiffe abzuschirmen. Nicht mehr lange, und sie würden Patrouillen starten, um Nizats Infiltrationskorvetten aufzuspüren.

Es sei denn …

Nizat betrachtete das taktische Hologramm noch ein paar weitere Atemzüge, dann deutete er auf die neu eingetroffenen Schiffe. »Es ist kein Zufall, dass die Flotte der schnellen Gerechtigkeit auf der Seite von N'ba aufgetaucht ist, die den Menschenschiffen gegenüberliegt.«

»Natürlich nicht«, schnaubte 'Weyodosee. »Sie benutzen die Menschen, um unsere Optionen einzuschränken und unsere Flucht hinauszuzögern.«

»Und deswegen willst du schnell handeln?«, fragte Nizat. 'Weyodosees Furcht machte ihn aufsässig, aber in einer abtrünnigen Flottille konnte ein Flottenmeister es sich nicht leisten, den Kommandanten seines Flaggschiffs zu maßregeln. Ihn zu überzeugen und eines Besseren zu belehren, war die sicherere Option. Nizat sah zu 'Lakosee hinüber und stellte zufrieden fest, dass sein Adjutant nachdenklich die Augen zusammengekniffen hatte. »Damit sie uns den Flugweg um die andere Seite des Planeten abschneiden?«

»Offensichtlich.« 'Weyodosee sprach das Wort aus, als hätte er einen unerfahrenen Jüngling vor sich. »Wenn wir warten, werden sie uns in Richtung der Menschen drängen. Natürlich könnten wir einen so kleinen Verband zerstören, aber es würde einige Zeit dauern …«

»… und bis dahin wäre die Flotte der schnellen Gerechtigkeit in Position, um uns von hinten den Todesstoß zu versetzen«, beendete 'Lakosee den Satz. »Ein klassischer Genickbruch.«

'Weyodosee klackte zustimmend mit seinen Mandibeln. »Siehst du?«, sagte er zu Nizat. »Sogar dein Adjutant erkennt die Gefahr.«

»Ich vermute, er sieht auch das Potenzial für eine Falle.« Nizat blickte 'Lakosee erwartungsvoll an. »Oder?«

»Es scheint in der Tat so, als hätte die Flotte der schnellen Gerechtigkeit uns nur eine Option gelassen.« 'Lakosee drehte sich zu

'Weyodosee herum. »Und der Flottenmeister hat eine Maxime für solche Situationen.«

Ein leises Knurren drang aus 'Weyodosees Kehle. »Das Ganze ist eine Falle?«

»Höchstwahrscheinlich«, erwiderte der Adjutant. »Die Maxime lautet: ›Wenn der Feind dir nur eine Option lässt – wähl eine andere.‹«

»Das ist ja schön und gut«, brummte 'Weyodosee. »Aber die einzigen anderen Optionen, die ich hier sehe, sind, sofort zu sterben oder später, und ich für meinen Teil ziehe später vor.«

»Aber dann müssten wir unsere Mission aufgeben.« Nizat drehte den Kopf weg, um anzuzeigen, wie inakzeptabel dieser Gedanke war. »Nein, das ist keine Option.«

»Es ist unsere einzige Hoffnung«, beharrte der Schiffsmeister. »Wie sollen wir ONI zerstören, wenn wir tot sind?«

»Wir werden nicht sterben«, sagte Nizat entschlossen. »Nicht, wenn wir die dritte Option wählen.«

»Es *gibt* keine dritte Option!«

»Natürlich«, widersprach Nizat. »Wir fliegen in die Atmosphäre hinunter.«

'Weyodosee legte den Kopf schräg und musterte Nizat aus einem Auge. »Vielleicht hat der Flottenmeister vergessen, dass wir an Bord einer Infiltrationskorvette sind? Wenn wir unsere Antriebe aktivieren und den Orbit verlassen …«

»Werden die Menschen uns entdecken und annehmen, dass wir der *Steadfast Strike* helfen wollen.« 'Lakosees Stimme schäumte über vor Enthusiasmus. »Sie werden versuchen, uns abzufangen, und wenn wir dann unseren Anflug abbrechen, werden *sie* zwischen uns und der Flotte der schnellen Gerechtigkeit stecken.«

'Weyodosee verstummte und presste seine Mandibeln fest zusammen, dann senkte er den Blick auf das Deck.

»Ich bitte um Verzeihung. Der Flottenmeister hat nichts

vergessen.« Sein Tonfall klang zerknirscht. »Ich nehme an, der Befehl soll an den Rest der Flottille weitergeleitet werden?«

»Sehr scharfsichtig«, sagte Nizat. »Ich überlasse dir das Timing des Abbruchmanövers, aber wir müssen die *Quiet Faith* tief runterbringen, und der Rest der Flottille muss ihr dicht folgen.«

»Wie du wünschst.« 'Weyodosee begann sich umzudrehen, dann hielt er noch einmal inne. »Ich stelle nur ungern weitere Fragen, aber ich werde die *Quiet Faith* während dieses Manövers besser kommandieren können, wenn ich seinen Zweck verstehe.«

»Natürlich.« Nizat hob die Hand. »Je tiefer die *Quiet Faith* sinkt, desto größer ist die Wahrscheinlichkeit, dass niemand die beiden Abwurfkapseln bemerkt.«

»Abwurfkapseln?«, wiederholte 'Lakosee. »Wer soll denn abspringen?«

»Du und ich«, antwortete Nizat. »Wer denn sonst?«

'Lakosees Kopf ruckte vor und er starrte seinen Flottenmeister aus großen Augen an. »Warum solltest du über N'ba abspringen?«

»Weil sich durch die Flotte der schnellen Gerechtigkeit alles geändert hat«, erklärte Nizat. »Die Menschen werden sie nicht in Schach halten können, bis die Dämonen die *Steadfast Strike* erreichen.«

'Lakosee blickte noch immer verwirrt drein. »Und was sollen wir tun? Sie mit der Korvette davonfliegen lassen?«

»Nein.« Nizat drehte sich in Richtung seiner persönlichen Kabine um, wo er sein Energieschwert und seine Kampfrüstung verstaut hatte. »Aber wenn wir nicht darauf warten können, dass die Menschen *unser* Schiff angreifen ...«

»Ich verstehe. Dann greifen wir ihr Schiff an.« 'Lakosee folgte ihm mit weiten Schritten. »Und bringen die Luminalfeuer zu *ihnen*.«

12. KAPITEL

11:46 Uhr, 7. Juni 2526 (Militärkalender)
Kristallbuschplateau
Berge der Verzweiflung, Planet Netherop, Ephyra-System

Laut Johns Frontsichtdisplay waren es noch neunzehn Kilometer bis zum Ziel, als der spinnenartige Bergläufer zum ersten Mal aus dem Gleichgewicht kam. Er hatte keine Ahnung, wer die Maschine konstruiert hatte, aber vermutlich waren es dieselben Wesen, die auch die Vergessene Landstraße gebaut und in Lenas Höhlenstädten gelebt hatten; insofern mussten es fähige Ingenieure gewesen sein. Das seltsame Vehikel summte und klackte so gleichmäßig dahin, dass es sich anfühlte, als würde es über das steinige Terrain des Kristallbuschplateaus schweben. Darum maß John diesem ersten kleinen Ruck auch keine weitere Bedeutung bei, sondern konzentrierte sich weiter auf die aktuelle Aufgabe – genauso wie der Rest von Team Blau.

Fred saß an den Kontrollen, Linda stand Wache und Kelly spielte Sanitäterin. Genau genommen achtete sie darauf, dass die beiden verstoßenen Jungen keine ungewöhnliche Reaktion auf das Polypseudomorphin zeigten, das die Spartans ihnen gegeben hatten, um ihre Schmerzen zu betäuben. John lehnte sich gegen die hintere Wand des Passagierabteils und studierte sein HUD, während er ihren Plan überdachte.

213

Sofern das Navigationssystem des Mjolnir-Computers korrekte Daten anzeigte, hatte der Bergläufer während der letzten halben Stunde fünfzehn Kilometer zurückgelegt, und zwar in einer geraden Linie auf die *Glücksfall* zu. Dementsprechend sollte das Allianzschiff binnen der nächsten halben Stunde in Sicht kommen. John vermutete, dass sie die anderen Verstoßenen ganz in der Nähe antreffen würden, entweder ein paar Kilometer entfernt bei der *Wheatley* oder bei der *Glücksfall* selbst.

Er konnte nur hoffen, dass sie erst beobachten und planen würden, ehe sie sich einem der Schiffe näherten. Wie würde eine Crew gestrandeter Außerirdischer wohl reagieren, wenn ein Haufen junger Menschen aufkreuzte und sie um eine Mitfluggelegenheit bat? John vermochte es nicht zu sagen, aber er war ziemlich sicher, dass es für die Kinder kein gutes Ende nehmen würde.

Sollte Team Blau die anderen Verstoßenen noch rechtzeitig einholen, stünden ihnen insgesamt fünf Bergläufer zur Verfügung – genug, um den Ersten Zug und den Rest der *Night-Watch*-Mannschaft zu holen, wenn alle ein wenig zusammenrückten. Natürlich würde es vier Stunden dauern, bis die Läufer zurückkehrten, und ob sie den Angriff so lange hinauszögern konnten, würde sich erst noch zeigen müssen. In erster Linie hing es davon ab, was der Captain der *Wheatley* John über die Flottenbewegungen der Allianz im Polona-Sektor erzählen konnte – und darüber, ob auf den Slipspace-Routen in der Nähe von Netherop weitere Schiffe aufgetaucht waren. Aber grundsätzlich wäre es John lieber, zu warten. Zwanzig oder dreißig zusätzliche Soldaten könnten darüber entscheiden, ob sie es schafften, die Fregatte intakt zu sichern, oder während einer langwierigen Enteraktion in die Luft gesprengt wurden.

Der Läufer neigte sich erneut auf die Seite. Der Ruck war kaum zu spüren, aber er reichte, um Johns Blick von seinem HUD auf das Pilotenabteil zu lenken.

»Hoffentlich bist du ein guter Kämpfer«, murmelte Lena. Das

Mädchen saß neben John, den Rücken gegen den vordersten Kohlenkasten gelehnt. »Als Boss taugst du nämlich nichts.«

John wandte ihr sein Visier zu. Sie hatte kein Wasser verschwenden wollen, um sich das Blut aus dem Haar zu waschen, also hatte Lena darauf bestanden, dass Kelly es abschnitt, und jetzt hatte sie eine kurz geschorene Stelle über ihrer Stirn, mit einer braunen Kruste aus Bioschaum in der Mitte. Das Ganze ließ sie sogar noch ausgezehrter wirken als zuvor, aber auch zäher. Zäh wie ein OAST.

»Ich bin niemands *Boss*«, sagte John.

»Kein Wunder.« Lena blickte durch das Passagierabteil zu den anderen Spartans hinüber. »Wer würde dich auch wählen, wenn du schläfst, während alle anderen arbeiten müssen.«

»Was bringt dich auf die Idee, dass ich schlafe?«

»Du hast dich nicht bewegt, seit die Feuerbälle vom Himmel kamen.«

»Ich hatte eben keinen Grund dazu.«

Vor zwanzig Minuten hatten sich zwei Feuerschweife durch die Wolkendecke gebrannt, bevor sie in der Nähe der *Glücksfall* verschwunden waren. John und die anderen Spartans hatten auf dem Teamkanal gemutmaßt, dass es Abwurfkapseln der Allianz waren, die Waffen oder Vorräte enthielten, aber ihren jungen Begleitern hatte John noch nicht in diese Theorie eingeweiht. Er war noch immer nicht sicher, ob er die drei Verstoßenen als Gefangene, Verbündete oder Rekruten behandeln sollte, und bis er eine Entscheidung getroffen hatte, würde er genau abzuwägen, welche Informationen er mit ihnen teilte.

»Du bist ganz still dagesessen«, sagte Lena. »Was hast du denn bitte sonst getan, wenn du nicht geschlafen hast?«

»Nachgedacht.«

»Dir muss das Nachdenken wirklich schwerfallen, wenn du dich dabei nicht mal bewegen kannst.« Lena musterte ihn konzentriert, als würde sie versuchen, durch sein Visier seine Miene zu erkennen. »Und worüber hast du nachgedacht, John?«

»Darüber, was als Nächstes passiert. Und warum du mir nicht erzählt hast, dass eure Freunde zu den Schiffen unterwegs sind.«

»Wer sagt denn, dass sie zu irgendwelchen Schiffen wollen?«

John tippte sich gegen den Helm. »Logische Schlussfolgerung«, sagte er. »Sie bewegen sich genau in diese Richtung.«

Lena zuckte mit den Schultern und drehte den Kopf weg. »Wir schlagen ein neues Lager auf und der Alte Weg führt nun mal dort entlang.«

»Sie sind nicht auf dem *Alten Weg*«, entgegnete John. Er war nicht sicher, ob die Verstoßenen die Position der *Glücksfall* wirklich kannten, aber Kelly hatte per Teamkanal eine Theorie mit ihnen geteilt, die verdammt viel Sinn ergab: Die Kinder hatten gesehen, wie die Fregatte abgestürzt war, und Späher losgeschickt. Diese hatten das Schiff gefunden, und nun war die gesamte Gruppe aufgebrochen, um Kontakt herzustellen. »Sie marschieren schnurstracks über das Plateau, und jedes Mal, wenn Linda sie sieht, sind sie den Schiffen ein kleines Stück näher.«

»Wenn du meinst«, murmelte Lena. »Woher soll ich wissen, was die anderen machen?«

»Willst du mir erzählen, dass ihr nicht gerettet werden wollt?« John bereitete die Arme aus. »Dass ihr hier auf Netherop bleiben wollt? Das kaufe ich dir nicht ab.«

Lena linste zu Arne und Oskar hinüber, die benommen neben ihr auf Boden lagen. »Das ist die Entscheidung der Bosse. Und die sind nicht hier.«

»Weil sie und die anderen euch zurückgelassen haben«, sagte John hart. »Sie sind ohne euch zu den Schiffen aufgebrochen.«

»Was hätten sie denn anderes tun sollen?« Lena zog die Brauen zusammen. »Zurückkommen, damit ihr alle umbringt?«

»Dann wollen sie also *doch* zu den Schiffen.« Die Frage des Mädchens würdigte John keiner Antwort. Dass sie und die anderen nach ihren Angriffen auf ihn und Fred noch lebten, war Beweis genug für die freundlichen Absichten von Team Blau.

»Warum hast du deswegen gelogen? Warum hast du es nicht einfach zugegeben?«

Lena bedachte ihn mit einem Seitenblick. »Seid ihr nicht auch auf dem Weg zu den Schiffen?«

John neigte bestätigend den Helm. »Ich dachte, das wäre ziemlich offensichtlich.«

»Und wirst du mir verraten, warum?«

»Das kann ich nicht«, erwiderte John. »Unsere Mission ist vertraulich.«

Lena runzelte die Stirn. »Was bedeutet das?«

»Dass wir nicht darüber sprechen dürfen«, schaltete sich Kelly ein. »Es ist geheim.«

»Da seht ihr es. Ihr habt auch Geheimnisse.«

»Ja, aber es ist kein Geheimnis, dass ihr von diesem Planeten fortwollt«, beharrte John. »Wir nehmen euch gern mit. Ihr müsst nur fragen.«

Lena wirkte eher misstrauisch als interessiert, aber bevor sie etwas erwidern konnte, neigte sich der Läufer ein drittes Mal auf die Seite, und dann wurde er langsamer. John blickte zum Pilotenabteil vor, wo Freds Helm über der Kontrollkugel auf und ab wippte. Die Kugel pulsierte gelb, und Freds Hände strichen hilflos über ihre Oberfläche, während er versuchte, wieder die Kontrolle zu gewinnen.

»Was ist los?«, fragte John auf dem Teamkanal.

»Wenn ich das wüsste, würden wir nicht langsamer werden«, ertönte die Antwort. »Vielleicht ist das Ding einfach müde.«

Der Läufer verlor mit jedem Schritt an Tempo, und Kelly und Linda hatten beide dieselbe Erklärung. »*Kohle*«, sagten sie unisono.

John wandte sich zu Lena um. »Geht uns die Kohle aus?«

Sie zeigte mit dem Daumen auf die drei prall gefüllten Kohlekisten hinter ihr. »Sieht das etwa aus, als würde uns die Kohle ausgehen?«

»Warum hält der Läufer dann an?«

»Weil wir keine Energie mehr haben.« Das Mädchen deutete auf die Zugangsklappen, die in den Boden eingelassen waren. »Die Batterien müssen aufgeladen werden.«

»Geht das auch, während der Läufer in Bewegung ist?«

Lena stand wortlos auf und kletterte über die Kohlenkästen. Nach einem kritischen Blick auf die Einschusslöcher in der Außenhaut des Bergläufers beugte sie sich über das Heck und öffnete die Luke unter der rußverkrusteten Röhre. Die Metallplatte rutschte klappernd zur Seite, und Lena zog sich hoch, damit sie in den Maschinenbereich spähen konnte.

»Jetzt nicht mehr«, rief sie. »Ihr habt den Kessel zerstört.«

John blickte über ihre Schulter und sah einen versiegelten Tank, ungefähr doppelt so groß wie sein Helm und durchlöchert von einem halben Dutzend Kugeleinschlägen. Schläuche und Kabel führten von seiner Oberseite zu zwei Generatoren, einer auf der linken Seite, der andere auf der rechten. Unter dem Tank stand ein schmutziger Feuerkasten mit einer Kohleklappe. Lena hatte recht: Ein Druckkessel mit Löchern würde nichts mehr aufladen.

John war nicht sicher, warum der Kessel nur benutzt wurde, um die Batterien aufzuladen. Wäre es nicht viel logischer gewesen, die Maschine direkt durch Kohle anzutreiben? Doch dann rief er sich in Erinnerung, dass der Bergläufer von einer uralten außerirdischen Spezies erbaut worden war, und wie der Krieg mit der Allianz gezeigt hatte, hatten Außerirdische ihre ganz eigene Definition von Logik.

»Können wir den Kessel irgendwie reparieren?«, fragte er.

Lena wandte ihm den Kopf zu und blickte ihn an, als hätte er den Verstand verloren. »Einen Kessel kann man nicht mit Pflastern flicken, John. Der Druck ist zu groß.«

John nickte. »Ich dachte mir schon, dass du so was sagen würdest.«

Er kletterte ins Passagierabteil zurück und begann die Schubfächer und Klappen im Boden zu überprüfen. Team Blau hatte die Maschine kurz durchsucht, bevor sie aufgebrochen waren, aber soweit er sich erinnerte, war da nichts gewesen, was nach einem Schweißgerät oder nach Ersatzteilen aussah. Trotzdem war er nicht bereit, Lenas Aussage zu akzeptieren, dass der Kessel nicht repariert werden konnte. Sie wollte offensichtlich, dass ihre Freunde medizinisch versorgt wurden, aber gleichzeitig war sie schrecklich wortkarg, wenn es um die Absichten der anderen Verstoßenen ging. Vielleicht versuchte sie nur, auf Nummer sicher zu gehen, aber John wurde das Gefühl nicht los, dass sie Team Blau nicht in der Nähe haben wollte, wenn der Rest ihrer Gruppe die beiden Schiffe erreichte.

Er sah zu dem Mädchen hinüber. »Weißt du, je länger es dauert, Oskar und Arne zu einem Arzt zu bringen, desto schlechter stehen …«

Er unterbrach sich, als in seinem Helm ein Notfallalarm lossummte.

»*Desto schlechter* was?«, fragte Lena. »Die Sache ist, wie sie ist. Selbst wenn ihr sie hier zurücklasst, der Kessel kann nicht repariert werden.«

John hörte sie kaum. Seine Konzentration galt ganz der beunruhigenden Nachricht, die aus dem Notfallkanal dröhnte.

»*An alle UNSC-Kräfte, hier ist die* Phyllis Wheatley. *Wir melden einen unmittelbar bevorstehenden Angriff, fünf Kilometer vom Ziel entfernt.*« Die Stimme war tief und autoritär, vermutlich ein ranghoher Offizier oder gar der Captain selbst. »*Wir befinden uns auf einem felsigen Plateau und eine Entermannschaft der Allianz nähert sich uns auf dem Fußweg. Sie ist noch ungefähr drei Kilometer entfernt, geschätzte Stärke: ein- oder zweihundert Krieger mit schweren Waffen plus Fahrzeugunterstützung. Ankunftszeit ungewiss, aber vermutlich innerhalb der nächsten dreißig Minuten. Unsere taktischen Sensoren zeigen außerdem feindliche Flieger über uns. Bitten um Kontaktaufnahme zur Absprache von Verteidigungsmaßnahmen, Ende.*«

»*Einsatzgruppe Pantea ist mit zehn Staffeln Nandao-Jägern auf dem Weg*«, antwortete eine harte Frauenstimme. »*Ankunftszeit im Orbit, zwanzig Minuten.*«

»*Zwanzig Minuten, verstanden. Wir werden Sie erwarten.*«

»*Negativ, das war noch nicht alles*«, sagte die Pantea. »*Feindliche Tarnschiffe – Stärke: mindestens acht – nähern sich dem Planeten. Atmosphäreneintritt ungewiss, aber wahrscheinlich. Die Flieger über Ihnen stammen vermutlich von dort.*«

»*Acht Tarnschiffe im Anflug auf den Planeten, verstanden*«, bestätigte die *Wheatley*.

»*Da ist noch mehr.*«

»*Noch mehr?*« Der Offizier von der *Wheatley* sog den Atem ein.

»*Tut mir leid*«, erwiderte die Pantea. »*Ein zweiter feindlicher Kampfverband ist ebenfalls über Netherop eingetroffen. Zerstörer, Fregatten, ein Kreuzer und ein Kampfträger. Wir erwarten, dass sie in zwanzig Minuten den Orbit erreichen.*«

»*Zwanzig Minuten, verstanden. Sie werden also gleichzeitig hier ankommen.*«

»*Korrekt*«, antwortete die Pantea. »*Wir werden versuchen, in einen tieferen Orbit zu gehen und den Kampfverband aufzuhalten, aber wir können nichts garantieren. Das wird eine knappe Sache.*«

»*Verstanden. Können Sie uns Bodenunterstützung schicken?*«

»*Negativ*«, verneinte die Pantea. »*Wir sind ein* Wolf Pack *– keine* Marines. *Ende.*«

»Keine Bodenunterstützung, bestätige. Erwarten weitere Statusaktualisierungen.«

Der Läufer neigte sich auf eine Seite und wurde noch langsamer. Und langsamer. Bis er schließlich stotternd zum Stillstand kam.

Lena, die nichts von den Funkmeldungen in Johns Helm mitbekommen hatte, baute sich vor ihm auf.

»Hast du überhaupt ernst gemeint, was du gesagt hast?«

Er hob den Finger, um anzuzeigen, dass sie warten sollte.

Sie sprach trotzdem weiter. »Dass ihr uns von diesem Planeten fortbringt?«

John ignorierte sie. Er hasste es, die Funkstille zu brechen, indem er sich auf den Notfallkanal schaltete – Breitbandübertragungen waren eine todsichere Methode, um den Feind auf die eigene Position aufmerksam zu machen –, aber die *Wheatley* musste erfahren, dass Hilfe auf dem Weg war.

»Team Blau hier, sind unterwegs zur Landezone«, sagte er. »Ankunftszeit, dreißig bis vierzig Minuten, Ende.«

»*Dreißig wären besser*«, antwortete der Offizier von der *Wheatley.* »*Sobald der Feind die Schlucht überquert hat, müssen wir das Schiff aufgeben. Wir haben nicht genug Leute, um es zu verteidigen.*«

»Verstanden. Tun Sie, was Sie tun müssen.« Selbst bei angezogenem Sprint würden die Spartans mindestens zwanzig Minuten brauchen, um die *Wheatley* zu erreichen – und in unbekanntem Terrain könnte es leicht doppelt so lang dauern. »Und eine Warnung noch: Vor uns werden vermutlich drei Fahrzeuge mit gestrandeten Kindern bei Ihnen aufkreuzen.«

»*Wiederholen Sie das*«, forderten die Stimmen von der *Wheatley* und der Einsatzgruppe fast gleichzeitig. »*Kinder? Wie in* menschliche *Kinder? Auf Netherop?*«

»Bestätige. Menschliche Kinder, die hier gestrandet sind.« Während John sprach, hob der Rest von Team Blau die Köpfe zum Himmel, um nach Banshees Ausschau zu halten, die das Funksignal angelockt haben könnte. »Wir schätzen ihre Zahl auf insgesamt zwanzig. Sie nähern sich aus unserer Richtung, an Bord von … spinnenartigen Läufern.«

»*Weiter*«, verlangte die *Wheatley.*

»Sie sind die Abkömmlinge von Piraten, die hier ausgesetzt wurden«, erklärte John. »Es ist möglich, dass sie sich feindselig verhalten.«

»Du meinst wohl eher, es ist wahrscheinlich«, warf Fred auf dem Teamkanal ein.

»*Verstanden. Junge, feindselige Piraten in Spinnenläufern. Sicher, warum nicht?*« Der Offizier von der *Wheatley* seufzte, dann fragte er: »*Sind sie bewaffnet?*«

»Die Läufer sind mit Mikrowellenwaffen ausgestattet. Davon abgesehen – Schleudern und Steine.«

»*Schleudern und … Steine. Bestätige.*« Die Aufzählung solch primitiver Waffen schien den Offizier mehr zu verwirren als die Erwähnung von völlig fremdartigen Spinnenmaschinen. Inzwischen gab es vermutlich nichts mehr, was ihn überraschen konnte. »*Sonst noch was?*« »Negativ«, antwortete John. »Wir werden schnellstmöglich zu Ihnen stoßen.«

»*Verstanden. Und danke. Captain Dkani lässt ausrichten: Sollten sie nicht von einem Crewmitglied an Bord gewunken werden, seien Sie vorsichtig, wenn sie das Schiff betreten. Extrem vorsichtig.*«

»Danke für den Ratschlag«, sagte John. Dkanis unausgesprochene Botschaft war klar: Wenn die Mannschaft die *Wheatley* aufgeben musste, würde sie Fallen an Bord zurücklassen, die die Selbstzerstörung des Schiffes auslösten. »*Ende.*«

John wartete noch ein paar Sekunden auf letzte Informationen von der *Wheatley* oder der Einsatzgruppe Pantea. Als sich niemand mehr meldete, unterbrach er die Verbindung und wandte sich seinen Kameraden zu. Jeder Spartan suchte ein anderes Drittel des Horizonts nach näher kommenden Allianzfliegern ab. Alles, was mehr als 30 Grad über ihnen lag, ignorierten sie, denn ein Luftangriff aus einem hohen Winkel wäre ineffektiv und für den Angreifer ebenso gefährlich wie für das Ziel.

Andererseits konnte man sich bei der Allianz nie sicher sein.

Darum nahm John sich einen Moment, um den Kopf in den Nacken zu legen und den Himmel über ihnen zu studieren, bevor er seine Ausrüstung zusammenpackte. Während er noch in die Höhe spähte, prallte plötzlich etwas gegen seine Rüstung. John senkte den Blick und bemerkte Lena, die bereits ausholte, um ein weiteres Stück Kohle auf ihn zu werfen.

Er aktivierte seinen Helmlautsprecher. »Das würde ich nicht tun.«

»Wurde auch Zeit.« Lena ließ den Arm sinken. »Hattest du einen Kurzschluss oder so? Ich habe dir eine Frage gestellt.«

»Die Lage hat sich verändert«, erklärte er.

»Das sehe ich auch.« Das Mädchen breitete die Arme aus, die Handflächen nach oben gedreht. »Wir sind stehen geblieben.«

»Zu einem denkbar schlechten Zeitpunkt«, fügte er hinzu.

»Nicht meine Schuld.« Lena deutete anklagend auf Kelly. »*Sie* hat den Kessel durchlöchert.«

»Das ist jetzt unwichtig«, sagte er. »Es sei denn, du kriegst den Läufer wieder in Gang ...«

»Sieht es aus, als hätte ich einen Ersatzkessel in der Hosentasche?«

»Nicht wirklich.«

»Also kriege ich den Läufer auch nicht wieder in Gang.«

»Könntest du dann wenigstens leise sein?« John wechselte auf den Teamkanal, damit Lena seine Befehle nicht hören konnte. »Fred, du übernimmst die Spitze. Linda, wir beide folgen ihm. Kelly, du behältst den Himmel im Auge. Such eine sichere Position ...«

»Hallo?« Lena warf das nächste Stück Kohle gegen seine Brust. »Ich rede mit dir!«

John senkte den Kopf und aktivierte wieder den Helmlautsprecher. »Hör auf.«

»Wollt ihr uns wirklich von Netherop fortbringen oder nicht?«

»Mit jeder Sekunde weniger.« Ohne wieder auf den Teamkanal zu wechseln, fuhr er fort: »Kelly, du behältst den Himmel im Auge ...«

»Und die Bälger wohl ebenfalls«, sagte sie, gleichsam durch ihren Helmlautsprecher. »Warum ich? Ich hasse Kinder.«

»Genau *deswegen*.« Das war nicht die ganze Wahrheit. Als schnellste Läuferin des Teams war Kelly die Einzige, die ein sicheres Versteck für die Kinder finden und dann rechtzeitig wieder zu ihren Kameraden aufschließen könnte. »Erschieß sie, wenn sie nicht hören.«

Lena riss die Augen auf. »Das würde sie nicht tun!«

»Sicher?« Kelly sah auf das Mädchen hinunter. »Denk mal dran, woher die Wunde an deinem Kopf stammt. Aber lass es ruhig darauf ankommen, wenn du willst.«

Lena schüttelte den Kopf. »Nein, danke.«

»Schön, dass wir uns endlich verstehen«, sagte John. »Jetzt sei bitte für zehn Sekunden still.« Er aktivierte wieder den Teamkanal. »Halte die Augen nach Fliegern offen. Das hat oberste Priorität. Ich will nicht, dass jemand hinter uns landet.«

»Ich mach das nicht zum ersten Mal«, erinnerte sie ihn, ebenfalls auf dem Teamkanal.

»Ja, aber diesmal musst du außerdem einen sicheren Ort finden, wo du unsere Verbündeten zurücklassen kannst.«

»*Verbündete?* Ist das nicht ein bisschen übertrieben?« Kelly neigte den Helm in Lenas Richtung; das Mädchen blickte zwischen den beiden Spartans hin und her, als würde sie versuchen, durch ihre verspiegelten Visiere von ihren Lippen abzulesen.

»Vielleicht«, gestand John. »Aber sie sind auch keine Gefangenen.«

»Offensichtlich. Wären sie Gefangene, könnte ich sie nämlich wirklich erschießen.«

»Begnüge dich damit, sie zu einem Versteck zu führen. Und zeig ihnen, wie sie sich bei einem Luftangriff verhalten sollen … Oh, und den Bergläufer zerstörst du besser auch.«

»Das mit dem Luftangriff verstehe ich. Aber warum den Läufer zerstören? Er ist doch bereits hinüber.«

»Soweit wir wissen. Aber Lena ist nicht ganz ehrlich mit uns. Falls sie das Ding doch reparieren kann, will ich nicht, dass sie sich hierher zurückschleicht, sobald du weg bist.«

»Verstanden.« Kelly wandte sich Lena zu, deutete auf die Ansammlung von Wasserschläuchen und Körben im Passagierabteil und sagte durch den Helmlautsprecher: »Nehmt genug Wasser und Nahrung für eine Woche mit.«

»Was ist eine Woche?«

Kelly ließ den Kopf hängen. »Vergiss es.« Sie kniete sich hin und begann Vorräte aus den Körben zu schaufeln. »Nehmt einfach so viel mit, wie ihr tragen könnt.«

»Warum?«

»Weil das ein Befehl ist«, schaltete John sich ein. Er hob sein BR55 und seine M7-Maschinenpistole von der Stelle auf, wo er zuvor gesessen hatte. »Und du weißt, was passiert, wenn ihr euch nicht an Befehle haltet.«

Lena wurde blass und begann hastig, Wasserschläuche auf der Seitenwand des Läufers zu stapeln. Fred war bereits auf den Boden hinuntergesprungen und rannte über das Plateau los, in der einen Hand sein BR55, in der anderen seinen Raketenwerfer und auf dem Rücken zwei Zylinder mit Ersatzmunition. John befestigte neben seiner M7 ebenfalls zwei Raketenzylinder an seinen Magnethalterungen, dann sah er nach, ob Linda bereit war.

Natürlich war sie bereit. Wie immer.

Auf sein Nicken hin sprang sie vorn von dem Läufer und folgte Fred in einem Abstand von einhundert Metern. Dieser Abstand war größer als üblich, aber diesmal würden sie ja auch in vollem Sprint vorstoßen, ohne Rücksicht darauf, ob sie entdeckt oder angegriffen wurden. Die zusätzliche Distanz würde ihnen mehr Zeit zum Reagieren geben, falls Fred in einen Hinterhalt geriet, außerdem konnte der Feind so nicht durch einen einzigen Luftschlag alle vier Spartans ausschalten.

John wollte gerade ebenfalls aus dem Läufer springen, da rief Lena: »Sie werden dir nicht trauen, aber das heißt nicht, dass du sie erledigen musst!«

Er hielt inne, einen Fuß auf dem Bug der Spinnenmaschine. »Wen meinst du?«

»Samson und Roselle«, antwortete das Mädchen. »Unsere Bosse. Sie wollen uns nur von Netherop fortbringen.«

»Dann wollen wir dasselbe«, sagte John.

»Du bist ein schlechter Lügner, John. Du willst etwas anderes.«

»Ich will vieles«, konterte er. »Und eure Gruppe an einen sicheren Ort zu bringen, gehört definitiv dazu. Aber das wäre sicher einfacher, wenn du mir sagst, wie ich Samson und Roselles Vertrauen gewinnen kann.«

»Warum sollte ich das tun, wo ich dir selbst nicht traue?«, schnaubte Lena.

John wandte sich ab und hob seine freie Hand. »Deine Entscheidung.«

Anschließend sprang er auf das Plateau hinunter und rannte los. Die ersten zwanzig Sekunden legte er in angezogenem Sprint zurück, bis er hundert Meter hinter Linda war. Selbst wenn er ihre Rüstung in der wabernden Hitze nicht gesehen hätte, hätte er mühelos der Spur zerbrochener Blätter folgen können, die sich zwischen den Kristallbüschen dahinzog. Als er erkannte, dass er direkt hinter ihr rannte, scherte er fünfzig Meter nach rechts aus.

Auf dem Teamkanal sagte er: »Blau Zwei, verlagere deine Position seitlich zu Blau Vier. Nach dem Funkspruch wissen die feindlichen Flieger garantiert, wo wir sind.«

»Bislang ist nichts zu sehen«, meldete Kelly. »Würden sie uns angreifen wollen, würden sie es sicher sofort tun – bevor wir wieder untertauchen können.«

»Nein, so würden *wir* es machen.« John machte sich keine Sorgen, dass sie sich durch ihren fortgesetzten Funkkontakt verraten könnten. Die Spartans waren noch nicht mal einen Kilometer von dem Läufer entfernt, der Feind würde also so oder so wissen, in welchem Bereich er nach ihnen suchen musste. »Vielleicht hat die Allianz mehr Vertrauen in ihre Langstrecken-Radartechnologie.«

»Du glaubst, sie warten, um uns später zu überraschen?«, fragte Linda.

»Ich weiß es nicht«, gestand John. »Vielleicht wollen sie uns auch beobachten oder sie spielen einfach nur mit uns. Das Einzige, was wir über die Aliens wissen, ist, dass sie nicht so denken wie wir.«

»Das ergibt alles keinen Sinn«, brummte Fred. »Egal, ob man nun wie ein Mensch denkt oder wie ein Alien. Warum greifen sie die *Wheatley* überhaupt an?«

»Sicher nicht, weil ihr eigenes Schiff defekt ist und sie verschwinden wollen«, kommentierte Kelly.

»Nein«, entgegnete Fred. »Wenn es darum ginge, würden sie einfach warten. Da ist eine große Allianzflotte im Anmarsch und die Pantea wird sie nicht lange aufhalten können.«

»Ich sagte ja auch: ›Sicher *nicht*.‹«

»Vielleicht wissen sie nichts von der Allianzflotte«, gab Kelly zu bedenken. »Was, wenn ihre Kommunikationssysteme durch den Absturz zerstört wurden?«

»Das würde auch die Abwurfkapseln erklären«, warf John ein. »Jemand will ihnen eine Nachricht schicken.«

»Und was für eine Nachricht soll das sein?«, fragte Fred. »›Hilfe ist unterwegs, also stürmt doch ein menschliches Bergungsschiff‹?«

»Du hast recht, das ergibt keinen Sinn«, sagte Linda.

»Exakt.«

»Aber vielleicht machen sie sich wegen uns Sorgen«, überlegte sie. »Sie wissen, dass wir die Fregatte wollen, und sie glauben, dass wir unseren Angriff vorziehen, wenn wir ihre Flotte sehen. Also überfallen sie unser Bergungsschiff, um uns aufzuhalten.«

»Ein Präventivschlag«, murmelte John. Taktisch würde das nicht allzu viel Sinn ergeben; es war immer leichter, ein Ziel zu verteidigen als eines anzugreifen. Aber jetzt versuchte er selbst, außerirdisches Verhalten nach menschlicher Logik zu beurteilen. »Ich schätze, eine Erklärung ist so gut wie die andere.«

»Aber bei alldem sollten wir unsere Verstoßenen nicht vergessen«, sagte Fred.

»Was ist mit ihnen?«, fragte John.

»Sie haben mindestens zehn Minuten Vorsprung vor uns«, antwortete Fred. »Vielleicht sogar zwanzig, schließlich wurden ihre Läufer nicht beschädigt. Vermutlich haben die Späher der Allianz sie bereits entdeckt.«

»Und?« Das kam von Linda. »Warum sollte eine Gruppe von Kindern die Aliens zu einem Angriff treiben?«

»Denk mal dran, womit diese Kinder anrücken«, ermahnte Fred sie. »Vielleicht haben die Außerirdischen Angst vor Spinnen.«

Kelly stöhnte. »Überprüf besser mal die Temperatur in deiner Rüstung. Ich glaube, dein Gehirn wird gerade gekocht.«

»Als ob du eine bessere Erklärung hättest.«

»Die hat niemand. Weil sie *Außerirdische* sind.« John gab es nur ungern zu, aber Freds Theorie war ebenso wahrscheinlich wie die von Linda. »Und es hat keinen Sinn, weiter zu diskutieren, wenn wir sie dadurch zu uns führen. Ab jetzt gilt Funkprotokoll Charlie.«

Dieses Protokoll verbot jegliche nicht essenzielle Kommunikation, selbst auf dem Teamkanal. Vermutlich war es eine übertriebene Vorsichtsmaßnahme, da die geringe Signalstärke und die willkürlichen Frequenzsprünge es so gut wie unmöglich machten, jemanden auf diesem Kanal zu triangulieren, aber das UNSC wusste noch immer so gut wie nichts über die Fähigkeiten der Allianz. Es gab also keinen Grund, Risiken einzugehen. Außerdem: Wenn sie alle den Mund hielten, fiel einem von ihnen in der nächsten halben Stunde ja vielleicht eine Erklärung ein, die tatsächlich Sinn ergab.

Oder zumindest war das Johns Hoffnung. Denn je näher sie der *Glücksfall* kamen, desto deutlicher wurde ihm bewusst, dass sie keine Ahnung hatten, was die Außerirdischen wirklich auf Netherop trieben.

13. KAPITEL

11:59 Uhr, 7. Juni 2526 (Militärkalender)
Kristallbuschplateau
Berge der Verzweiflung, Planet Netherop, Ephyra-System

Der behelfsmäßige Schlitten hatte eine lange Furche über den Boden gezogen, die geradewegs zu der schattigen Schlucht führte, wo Kelly die drei Verstoßenen zurücklassen wollte. Nicht mal eine Spartan konnte drei verletzte Kinder und hundert Kilo an Nahrung und Wasser drei Kilometer weit über ein Plateau voller Kristallbüsche schleifen, ohne dass Spuren zurückblieben. Sie glaubte aber nicht, dass es zu einem Problem werden würde. Die Kinder waren alles andere als hilflos, und die einheimischen Kreaturen, die einem Raubtier am nächsten kamen – zumindest soweit Linda das sagen konnte –, waren die kleinen Raupen an den Paddelpflanzen. Wobei sie nicht mal wirklich sicher war, ob es sich dabei tatsächlich um Tiere handelte.

Sie konsultierte erneut die Zeitanzeige ihres HUDs. Einundzwanzig Minuten waren vergangen, seit sie sich von John und dem Rest von Team Blau getrennt hatte. Bald müssten die drei die *Wheatley* erreichen – sofern sie nicht bereits am Ziel waren. Die Allianztruppen von der *Glücksfall* sollten ebenfalls innerhalb der nächsten zehn Minuten dort auftauchen … und dann würde die Schlacht beginnen.

Kellys Team brauchte sie. Sie hatte die Verstoßenen zu einem sichtgeschützten, schattigen Ort geführt und jede Menge Proviant mitgeschleppt. Mehr konnte sie nicht tun. Von nun an würden die Kinder auf sich selbst aufpassen müssen.

Sie blickte sich noch einmal in der Schlucht um. Arne und Oskar saßen im Schatten, neben ihnen ein kleiner Unterstand, bestehend aus den Hüllenplatten, die Kelly zuvor als Schlitten benutzt hatte, um die Kinder und ihre Vorräte hierherzuziehen. Lena war dabei, die Wasserschläuche und Körbe mit Nahrungsmitteln im Schutz dieses Unterstandes abzustellen. Kelly ging hinüber, kniete sich hin und begann dem Mädchen die Vorräte zu reichen, damit es nicht ständig unter dem niedrigen Eingang hindurchkriechen musste.

»Bleibt in der Schlucht, bis wir zurückkommen. Es sollte höchstens drei ...« Kelly fiel wieder ein, dass Lena nichts mit der Zeiteinheit *Tag* anfangen konnte, und sie brach ab. »Wie messt ihr hier die Zeit?«

»Ist doch egal.« Lena nahm ihr einen Korb voller Rüben ab und platzierte ihn an der Rückseite des Unterstands. »Ihr kommt ohnehin nicht zurück.«

»Doch, sofern es möglich ist«, entgegnete Kelly. »Und falls wir die Schlacht verlieren, gibt es da noch einen Zug Marines, der ebenfalls hierher unterwegs ist.«

Lena blickte sie verwirrt an, fragte aber nicht, was ein Marine oder ein Zug war.

»Normale Marine-Kampfuniformen haben keine Systeme, die die Temperatur regulieren, so wie unsere Mjolnir-Rüstungen ...«

Die Falten auf Lenas Stirn wurden noch tiefer. Kelly fuhr fort: »Deswegen kommen sie langsamer voran. Aber in drei, vier ...« Beinahe hätte sie schon wieder *Tagen* gesagt, aber sie hielt rechtzeitig inne und setzte von Neuem an. »Es könnte eine Weile dauern, bis sie ankommen, aber ich werde dem Lieutenant diese Koordinaten schicken, und sie werden euch abholen.«

Lenas Miene war ausdruckslos.

»Wie viel von dem, was ich gerade erklärt habe, hast du tatsächlich verstanden?«, fragte Kelly.

»Du wirst uns hierlassen«, fasste das Mädchen zusammen. »Und wenn ihr es nicht zurückschafft, werden andere kommen. Maulins oder so.«

»Marines. Das sind Soldaten, so ähnlich wie wir. Aber ohne unsere Rüstungen. Das Wichtige ist, ich werde ihnen sagen, wo sie euch finden können. Ihr müsst also hierbleiben, bis sie kommen.«

»Warum sollten wir?«

»Weil sie euch von diesem Planeten runterschaffen werden. Und das wollt ihr doch, oder?« Kelly musste sich zusammenreißen, um nicht den Kopf zu schütteln. Sie hasste Kinder nicht *wirklich*, aber diese endlosen törichten Fragen …

»Vielleicht wollen wir nicht mit deinen Marines gehen«, sagte Lena.

»Aber das könnte eure einzige Chance sein«, hielt Kelly dagegen. »Wenn wir nicht zurückkommen, müsst ihr auf die Marines warten.«

Der Blick des Mädchens schweifte ab, dann nahm sie zwei Wasserschläuche und drehte sich zur Rückwand des Unterstandes um. »Mal sehen.«

Es war keine resignierte Antwort im Sinne von: *Vielleicht wäre es ja doch in Ordnung.* Vielmehr klang es zuversichtlich, wie: *Vielleicht müssen es ja nicht deine Marines sein.*

Kelly schwieg einen Moment. Glaubte Lena womöglich, dass die Verstoßenen Hilfe von der Allianz bekommen könnten? Sie wäre jedenfalls nicht der erste Mensch, der töricht genug war, ein Geschäft mit den Außerirdischen eingehen zu wollen.

Doch dann fiel Kelly wieder ein, wer die Vorfahren dieser Kinder gewesen waren.

»Du musst verrückt sein«, entfuhr es ihr. »Ihr wart noch nie an Bord eines Raumschiffes und jetzt wollt ihr eins *stehlen?*«

Ein Feuer loderte in Lenas Augen, als sie herumwirbelte. »Wir wissen, was wir tun.«

»Nein, wisst ihr nicht. Und selbst, wenn doch, würdet ihr es nie vom Boden hochkriegen. Warum akzeptiert ihr nicht einfach unsere Hilfe?«

»Weil das ein ganz alter Trick ist.« Lena verstellte die Stimme. »Wir sind das UNSC und wir wollen euch helfen.«

Kelly verdrehte die Augen, bis sie zur Oberseite ihres Helms hinaufstarrte. »*Jetzt* wird mir alles klar. Eure Vorfahren waren nicht nur Piraten, richtig? Sie waren außerdem Separatisten.«

»Was, wenn es so wäre?«, schnappte Lena. »Würdet ihr uns dann nicht mehr helfen wollen?«

»Doch, natürlich«, sagte Kelly. »Ganz gleich, welche Verbrechen sie begangen haben ...«

»Frei leben zu wollen, ist kein Verbrechen.«

»Ich meinte ja auch die Piraterie«, stellte Kelly klar.

»He, Fischglas-Lady?«, ertönte Arnes Stimme hinter ihr. Er sprach immer noch langsam und lallend. Kelly hatte ihm ein paar Stimulanzien verabreicht, um dem einschläfernden Effekt des Polypseudomorphins entgegenzuwirken, aber noch schienen sie nicht zu wirken. »Was ist das denn?«

Kelly drehte sich nicht um. Das war nun *wirklich* ein ganz alter Trick.

»Lena, niemand wird dich für die Taten deiner Vorfahren verantwortlich machen«, sagte sie. »Du warst ja noch nicht mal geboren, als sie ihre Verbrechen begingen.«

»Mann!« Oskar klang genauso benommen wie Arne. »Wie kann dieses Gabelding überhaupt in der Luft bleiben!«

Gabelding?

Kellys Magen zog sich zusammen. Als sie sich umwandte, deuteten Oskar und Arne zum Himmel hoch, wo ein lang gezogenes Schiff mit harten, kantigen Linien aus den braunen Wolken herabschwebte. Obwohl es noch immer Dutzende Kilometer entfernt war, zeichneten sich die vorderen Transportarme wie die Zinken eines Dreizacks ab. Das Allianz-Landungsschiff hatte Ähnlichkeit mit den Spirits, denen das UNSC schon oft begegnet war, aber dieser Bautyp verfügte über ein zusätzliches Frachtabteil, außerdem konnte es weitere kleinere Fahrzeuge transportieren.

So eine Art Super-Spirit, fuhr es Kelly durch den Kopf. Aber je länger sie das Schiff betrachtete, desto stärker wurde der Eindruck, dass die Transportarme kürzer und stummeliger waren als bei der zweigezackten Version. Vielleicht war es doch ein gänzlich anderer Schiffstyp oder eine Variante, die man hauptsächlich entworfen hatte, um Fahrzeuge zu transportieren. *Doch nicht so super,* entschied Kelly. Sie würde es Sektion Drei überlassen, einen offiziellen Namen zu finden. Zwischen den drei Zacken schimmerte ein blaues Kraftfeld und darunter hingen zwei bogenförmige Vehikel. Kelly tippte auf Umbras – schnelle, leicht bewaffnete Bodentransporter, die Krieger aufs Schlachtfeld trugen.

Als das Landungsschiff näher kam, sah Kelly, dass sein Anflugvektor direkt über dem defekten Bergläufer hinwegführen würde, den sie und ihre jungen Begleiter auf dem Plateau zurückgelassen hatten. Sie glaubte nicht wirklich, dass der Allianzpilot das Fahrzeug bemerken würde – oder zumindest hoffte sie es. Kelly hatte schon mehrere Spirits aus der Nähe betrachtet, und sie konnte sich nicht erinnern, irgendwelche Kameralinsen oder Sichtfenster an ihrer Unterseite gesehen zu haben. Hoffentlich galt dasselbe auch für dieses dreizackige Schwestermodell. Zudem würden die Fahrzeuge unter dem Schiff die Sicht des Piloten auf den Boden erheblich einschränken. Aber dann waren da noch die Transportarme … Jeder von ihnen könnte bis zu fünfzehn Kriegern Platz bieten, und *die* hatten ganz sicher irgendeine Möglichkeit, nach draußen zu schauen – allein schon, um zu sehen, was sie erwartete, wenn die seitlichen Türen aufklappten und sie auf das Schlachtfeld absprangen.

Kelly packte die beiden Hüllenplatten, aus denen sie den Unterstand errichtet hatten, und warf sie auf die andere Seite der Schlucht, wo sie vom Anflugwinkel des Landungsschiffes aus nicht sichtbar wären.

»Der ... gehört wohl nicht zu euch«, schlussfolgerte Lena.

»Sieht es denn aus, als würde ich versuchen, ihn herzuwinken?« Kelly packte die Jungen, klemmte sich einen unter jeden Arm, und trug sie über den Schluchtboden. »Das ist ein außerirdischer Truppentransporter.«

»Meinst du *echte* Außerirdische?«, fragte Oskar. »Nicht nur Riesenmenschen in Weltraumrüstungen?«

»Ich meine die Art Außerirdische, der man besser nicht begegnen sollte«, erklärte Kelly. »Die Art, die einen kocht, ohne lang Fragen zu stellen.«

»Tragt ihr deswegen diese komischen Rüstungen?«, wollte Arne wissen. »Damit ihr so tun könnt, als wärt ihr Außerirdische?«

»Glaub mir, ich habe keinerlei Ähnlichkeit mit diesen Dingern«, antwortete Kelly.

Sie setzte die Jungen am Fuß der Felswand ab. »Bleibt hier!« Dann kletterte sie nach oben und schob ihren Helm gerade weit genug über den Rand, um sich umblicken zu können. Das Landungsschiff war zur Größe ihrer Hand angewachsen und glitt gerade über der Schleifspur hinweg, die ihr Schlitten durch die Kristallbüsche gezogen hatte. Es war schwer zu sagen, ob der Transporter die Furche auf mittlerer Höhe passierte oder nahe ihres Ursprungs – dort, wo der verwaiste Bergläufer lag. Aber falls einer der Außerirdischen nach unten schauen konnte, würde er so oder so einen Beweis dafür sehen, dass hier jemand entlanggegangen war.

Vermutlich hätte Kelly in einem ungleichmäßigen Zickzackkurs gehen sollen, damit die Spuren mehr denen eines wilden Tieres ähnelten. Aber das hätte länger gedauert, und ihre oberste Priorität war nun einmal gewesen, schnellstmöglich zum Rest von Team Blau zu stoßen.

»Vielleicht hättest du unseren Läufer nicht in die Luft sprengen sollen«, sagte Lena, die neben ihr zum Schluchtrand hochgeklettert war. »Der Rauch war weit und breit zu sehen.«

»So viel Rauch war es gar nicht«, entgegnete Kelly. »Und das Ganze hat vielleicht dreißig Sekunden gedauert.«

»Dreißig Sekunden sind mehr als genug Zeit, um sich einen Punkt und eine Route dorthin zu merken«, entgegnete das Mädchen. »Ich könnte mir in der Zeit sogar zehn merken.«

»Es war nicht der Rauch«, klärte Kelly sie auf. »Den hätten sie durch die Wolken doch gar nicht sehen können.«

Natürlich wäre es möglich, dass ein Allianzschiff die Explosion auf anderem Wege bemerkt hatte – durch Infrarotsensoren oder Radar zum Beispiel. Kelly tippte aber eher darauf, dass das Notsignal von der *Wheatley* den Truppentransporter hergeführt hatte, schließlich hatte das Breitband-Funkgespräch zwischen John und den Offizieren den Äther erfüllt, lange bevor sie den Läufer in die Luft gejagt hatte.

Nur eines verstand Kelly nicht: Warum hatten die Außerirdischen zwanzig Minuten gebraucht, um hier aufzukreuzen? Wenn ihr Mutterschiff so weit entfernt war, hätte jeder fähige Kommandant einen Aufklärungsflieger geschickt, um die Situation zu überprüfen, ehe er das Risiko einging, einen Truppentransporter zu schicken.

Nun, zumindest jeder fähige UNSC-Kommandant. Die Allianz folgte ihrer eigenen Denkweise, wie John immer wieder betonte. Anstatt Vermutungen anzustellen, sollte man lieber genau beobachten und seine Pläne dann darauf aufbauen, was die Aliens tatsächlich taten – nicht darauf, was sie tun sollten.

Kelly wartete fünf Sekunden, um zu sehen, ob weitere Landungsschiffe aus den Wolken hervorbrachen. Als nichts geschah, entschied sie, dass dies kein groß angelegter Angriff sein konnte. Entweder die Außerirdischen setzten eine Spezialeinheit ab oder eine Aufklärungspatrouille … und sie ging von Ersterem aus.

Während einer früheren Operation hatte Team Blau festgestellt, dass der Feind einen Elitetrupp gegründet hatte, um Jagd auf Spartans zu machen. Genau deswegen hatte John sie mehrmals gewarnt, dass der Absturz der *Glücksfall* nur ein Trick sein könnte, um eine Gruppe von Supersoldaten in eine Falle zu locken.

Und was Kelly gerade sah, schien diesen Verdacht zu bestätigen.

Der Pilot wollte seine Fracht offenbar unbemerkt absetzen. Er ging langsam tiefer, um sich nicht durch einen Schallknall zu verraten, und er behielt einen steilen Flugwinkel bei, damit das Schiff vom Boden aus nicht lange sichtbar wäre. Das würde den Transporter zwar zu einem leichten Ziel für Luftabwehrraketen machen, aber die Außerirdischen schienen überzeugt zu sein, dass sie unbemerkt landeten. Das war genau die Art Fehler, die eine Mission in ein Debakel verwandeln konnte.

Anstatt ihre eigene Position zu verraten, indem sie die Funkstille brach, ließ Kelly vom Computer ihrer Mjolnir die wahrscheinlichste Landezone des Truppentransporters berechnen. Mit milder Überraschung stellte sie fest, dass dieser Ort nicht mal einen Kilometer entfernt lag, knapp hinter dem anderen Ende der Schlucht, in der sie sich gerade mit den Verstoßenen versteckte. Aber es ergab Sinn; sie war nur ein kleines Stück vom Kurs der anderen Spartans abgewichen, und wenn die Allianz Team Blau von hinten angreifen wollte, würden sie natürlich versuchen, demselben Pfad zu folgen.

Kelly zog sich zum Grund der Schlucht zurück, dann scharte sie Lena und die Jungs um sich und deutete in die ungefähre Richtung der Landezone.

»In ein paar Minuten werdet ihr von dort drüben Kampfgeräusche hören. Aber ihr müsst hierbleiben.«

»Auf keinen Fall«, protestierte Lena. »Was, wenn sie dir wehtun?«

»Werden sie nicht.« Kelly zog ihre M6D-Pistole aus dem Halfter. »Trotzdem möchte ich, dass ihr die hier und ein wenig Wasser nehmt und euch ein gutes Versteck sucht. Einen Ort, von wo aus ihr die Vorräte im Auge habt, ohne dass man euch sehen kann.«

Lenas Blick hing wie gebannt auf der Pistole. »Was sollen wir damit machen?«

»Hoffentlich nichts«, erwiderte Kelly. »Aber falls jemand anderes außer mir in die Schlucht kommt, braucht ihr sie vielleicht.«

Die Augen des Mädchens wurden groß. »Wofür?«

Kelly tippte auf die Mündung. »Die Kugel kommt hier raus. Richtet dieses Ende also nie auf etwas, wenn ihr es nicht umbringen wollt.« Sie zeigte Lena, wie man die Sicherung löste und den Abzug betätigte. »Wenn ihr sie benutzen müsst, wartet, bis der Feind fast so nahe heran ist, dass er euch berühren kann. Dann zielt mit diesem Ende auf ihn, haltet die Waffe mit beiden Händen gut fest und drückt den Abzug, wieder und wieder, bis er umfällt. Habt ihr das verstanden?«

»Was soll es da zu verstehen geben?«, fragte Lena. »Steine funktionieren genauso.«

»Nicht wirklich.«

»Doch, natürlich«, beharrte die Verstoßene. »Man wirft immer weiter, bis sie tot sind.«

»Okay, vielleicht ist der Unterschied doch nicht so groß, Aber das hier ist besser als ein Stein. Die Kugeln können nämlich eine Rüstung durchschlagen.« Kelly spähte zur Landezone hinüber und sah, dass der Truppentransporter noch knapp fünfhundert Meter über dem Boden hing und beständig tiefer ging. Sie musste los. »Was immer passiert, entfernt euch nicht zu weit von hier. Jemand *wird* kommen, um euch zu holen, auch wenn es vielleicht keiner von uns ist ...«

»Warum nicht?«, wollte Oskar wissen.

»Weil sie sterben könnten«, erklärte Arne. »Pass gefälligst auf.«

»Oh.« Oskar runzelte die Stirn. »Wer kriegt ihre Sachen, wenn sie stirbt?«

»Vergesst meine Sachen.« Kelly hätte nicht übel Lust gehabt, dem Jungen den Hals umzudrehen. »Wenn mir irgendetwas zustößt, explodiert die Rüstung.«

»Wirklich?«, staunte Arne. »Das ist aber ziemlich egoistisch.«

»Komm drüber weg.« Kelly gab Lena die M6D. »Ich muss los. Und was macht *ihr* jetzt?«

»Wir bleiben hier und verstecken uns.« Lena drehte die Pistole von den anderen weg. »Und damit ziele ich nur auf etwas, das ich auch umbringen will.«

»Schön, dass wir uns endlich verstehen.«

Kelly nahm das MA5B vom Rücken und lud den M301-Granatwerfer, der unter dem Lauf befestigt war, anschließend begann sie, zum hinteren Ende der Schlucht zu sprinten. Das Landungsschiff war jetzt noch dreihundert Meter über dem Boden. Aus diesem Winkel wurde das Pilotenabteil von den zwei Umbras verdeckt, die nach wie vor zwischen den drei Transportarmen hingen.

Die Antriebsplatten an der Unterseite der beiden Bodenfahrzeuge waren immer noch dunkel. Es schien ganz, als wollten die Außerirdischen ihre Truppen und ihr Gerät nicht aus der Luft abwerfen, wie sie es sonst gern bei Kampfeinsätzen taten. Vielmehr deutete alles darauf hin, dass das Landungsschiff die Umbras auf dem Boden absetzen und dann warten würde, bis die Fahrer eingestiegen wären und die Antriebssysteme hochgefahren hatten. Anschließend würden die Vehikel ein paar Meter zur Seite schweben, damit die restlichen Krieger aus den Armen klettern konnten, und sobald alle von Bord wären, würde der Transporter schnellstmöglich zu seinem Mutterschiff zurückkehren.

Genau dann musste Kelly zuschlagen – wenn das schwer gepanzerte Landungsschiff mit seinen großen Plasmakanonen fort war. Hätte sie den M41-Raketenwerfer dabeigehabt, hätte sie gewartet, bis die Umbras vollständig beladen waren, und dann versucht, beide Fahrzeuge und all die Krieger an Bord mit zwei direkten Treffern auszuschalten. Schnell und effizient.

Leider hatte Kelly nur ein MA5B-Sturmgewehr und zwei Ausrüstungstaschen voller Granaten – die eine Tasche enthielt 40-mm-Munition für den M301, die andere M9er, die man von Hand werfen musste. Das bedeutete, dass sie erst angreifen konnte, nachdem sich das Landungsschiff zurückgezogen hatte – aber bevor die Bodentruppen sicher im Innern der Umbras waren.

An der Magnethalterung auf Kellys Rücken hing eine taktische Schrotflinte vom Typ M45E, aber sie hoffte, dass sie sie nicht brauchen würde. Sollte der Abstand zu ihren Gegnern so gering werden, hätte sie im Kampf mit einer ganzen Spezialeinheit kaum noch eine Chance.

Das Landungsschiff verschwand jenseits der Schluchtwände außer Sicht. Während sie rannte, bereitete Kelly eine Notfallmeldung vor: eine kurze, aufgezeichnete Botschaft, um Team Blau vor den feindlichen Kriegern – womöglich einer Spezialeinheit – zu warnen, die sich ihnen von hinten näherten, und ihre Theorie über deren Absichten zu skizzieren. Der Computer der Mjolnir steuerte die exakte Position des geplanten Hinterhalts und der Stelle bei, wo sie Lena und die beiden Jungs zurückgelassen hatte. Was Kelly nicht aufzeichnete, war ihre Vermutung, dass John die ganze Zeit über recht gehabt hatte und es sich bei dem gestrandeten Frachter um einen Köder der Allianz handelte. Das war Spekulation und mochte sich immer noch als falsch erweisen.

Kelly erreichte den Bereich, wo das Landungsschiff die Schlucht überquert hatte, und kroch zum Rand hoch. Da war es, zweihundert Meter voraus: ein langer Streifen dunklen Metalls, der fünfzehn Meter über dem Boden schwebte. Der erste Umbra hatte bereits zitternd seine Antriebsplatten aktiviert, und in den Cockpits an der gewölbten Oberseite konnte man den Piloten und den Kanonier beobachten – beides Elites in dunkler Rüstung –, wie sie Systemchecks durchführten. Nicht mehr lange, und das Fahrzeug könnte sich in Bewegung setzen, um den Fußtruppen Platz zu machen.

Danach wäre es nur noch eine Frage von Sekunden, bis sie aufbruchbereit wären. Die Passagierkapseln eines Umbras fassten zwanzig Krieger – zehn auf der einen Seite, zehn auf der anderen –, aber das Landungsschiff trug jeweils nur zehn Außerirdische in seinen stummeligen Transportarmen, insgesamt also dreißig. Und das bedeutete, dass sie sich nicht erst lang auf die verfügbaren Plätze verteilen oder ihre Ausrüstung verstauen mussten. Die Krieger würden einfach aus dem Landungsschiff klettern, das Dutzend Meter zu den Umbras zurücklegen und durch die Verladerampen in die Passagierkapseln auf beiden Seiten der Fahrzeuge hochsteigen. Sobald sie sich festgeschnallt hätten, würden die Rampen hochfahren … und die Umbras könnten hinter John und dem Rest von Team Blau herjagen.

Kelly krabbelte aus der Schlucht und schlich geduckt vorwärts. Bislang hatten die Aliens außer dem Piloten und dem Kanonier des ersten Umbras keine Wachen aufgestellt, und die beiden schienen mehr mit ihren Vorbereitungen beschäftigt als damit, nach einem Angriff Ausschau zu halten. Kelly wäre gern schneller vorgerückt, aber sie musste vorsichtig sein und sich gleichzeitig tief unter den Kronen der Kristallbüsche und weit genug von ihren Blättern weg halten. So kam sie nur frustrierend langsam voran, aber nach ein paar Minuten erreichte sie schließlich den runden Bereich nackten Bodens, wo die Kristallbüsche durch die Ankunft des Landungsschiffes zerschmettert worden waren.

Einen Meter vor dem Rand der Lichtung hielt sie an; von hier aus hatte sie den Zielbereich im Blick, ohne Angst haben zu müssen, dass man sie entdeckte. Das Landungsschiff schwebte fünfzig Meter vor Kelly in einem 45°-Grad-Winkel zu ihrem Annäherungsvektor. Nun hatte auch der zweite Umbra seine Antriebsplatten aktiviert und würde er sich bald zu dem anderen Bodentransporter gesellen. Dann wären sie ungefähr neunzig Meter von Kellys Position entfernt – noch in Schussweite, aber außerhalb der Zone, wo ihre Waffen maximalen Schaden anrichten würden.

Kelly ließ sich auf den Bauch sinken und robbte rückwärts von ihrem ursprünglichen Pfad weg. Sie hatte vor, um die Landezone herumzukriechen, bis sie auf fünfzig Meter an die Umbras heran wäre und die Kanoniere mit ihrem Granatwerfer ausschalten könnte. Danach würde sie zum Sturmgewehr wechseln und die Piloten töten. Die restlichen Allianztruppen wären dann gezwungen, auszusteigen und zu Fuß die Verfolgung aufzunehmen. So könnte Kelly ihre Schnelligkeit ausspielen, und wenn alles so lief, wie sie es sich vorstellte, würde sie die Feinde einen nach dem anderen ausschalten. Natürlich würde sie verhindern müssen, dass sich die Aliens neu formierten und zu den Umbras zurückkehrten …

Ein grüner Punkt erschien auf ihrem Bewegungstracker. Er näherte sich aus Richtung der Schlucht auf demselben Pfad, den sie genommen hatte. Kelly fluchte in ihren Helm. Das konnte nur einer der Verstoßenen sein – sie hatte die drei nach der Zerstörung des Bergläufers als Verbündete markiert. Hastig rollte sie sich auf den Rücken und schwang die Beine herum, sodass ihr Sturmgewehr auf den Neuankömmling gerichtet war. Sie wäre nicht der erste Spartan, der jemanden fälschlicherweise als Verbündeten einstufte.

Ein paar Atemzüge später kam Lena in Sicht. Sie kroch auf dem Bauch hinter Kellys ursprünglichen Spuren her, nicht ahnend, dass sie beobachtet wurde. Als sie an Kellys aktueller Position vorbeirobbte, senkte die Spartan die Lautstärke ihres Helmlautsprechers auf die leiseste Stufe und zischte.

Lena kroch in Deckung, ohne auch nur zur Quelle des Geräusches hinüberzublicken, einen Moment später tauchte die Mündung von Kellys M6D hinter den Blättern eines Kristallbusches auf.

»Denk nicht mal dran.« Kellys Worte waren so leise, dass sie sie selbst kaum hören könnte. »Die Außerirdischen werden dich kochen … sofern ich es nicht vorher tue.«

Der Lauf der M6D senkte sich auf den Boden und Lenas Gesicht kam in Sicht. Ihre Augen waren so groß und rund wie Münzen.

»Wow«, wisperte sie. »Du bist echt gut.«

Kelly hob den Zeigefinger vor ihr Visier, dann winkte sie Lena zu sich. Das Mädchen war nur ein paar Meter entfernt, sollte sie die geliehene Pistole also noch einmal in die falsche Richtung herumschwenken, könnte Kelly sie entwaffnen, bevor die Verstoßene Gelegenheit hätte, abzudrücken. Trotzdem musste die Spartan sich fragen, was bloß in sie gefahren war, dass sie einer Waise überhaupt eine Waffe anvertraut hatte. War sie ernsthaft davon ausgegangen, dass die Kinder Befehle befolgen würden? Lena und ihre Freunde hatten vermutlich in ihrem ganzen Leben noch nie von Disziplin gehört.

Sobald Lena bis auf Armeslänge heran war, riss Kelly ihr die Pistole aus der Hand und steckte sie wieder in das Holster an ihrem Schenkel. »Was machst du hier?«, fragte sie, ihre Stimme kaum mehr als ein Wispern. »Ich habe euch klare Anweisungen gegeben.«

Lena zog die Schultern hoch. »Was willst du jetzt machen?« Sie blickte zu dem Landungsschiff hinüber. »Mich erschießen?«

»Zu laut.« Kelly spreizte drohend ihre Hand. »Aber ich könnte deinen Kopf zerquetschen – du weißt schon, wie ein Ei. Erklär mir also lieber, was du dir dabei gedacht hast.«

»Was gibt's da zu erklären?«, sagte Lena. »Arne, Oskar und ich haben die Sache besprochen, und wir waren uns einig, dass John uns nicht glauben würde, wenn du stirbst.«

»*Was* würde er nicht glauben?«, entgegnete Kelly. »Niemand erwartet, dass ihr mich beschützt.«

»Vielleicht nicht«, räumte das Mädchen ein. »Aber er wäre sicher nicht glücklich, wenn wir dich draufgehen lassen würden.«

»Das macht keinen Sinn«, stöhnte Kelly. »John würde euch nicht dafür verantwortlich machen, was mit mir passiert.«

Lena verdrehte die Augen. »Entweder du bist blind oder dein Helm sitzt zu eng.«

Kelly spähte zu den Schiffen hinüber, um nachzusehen, wie weit die Außerirdischen mit ihren Vorbereitungen waren. Sie durfte sich nicht von dem Mädchen ablenken lassen, aber es ging vermutlich schneller – und war leiser –, ihr zuzuhören, als sie zu den anderen zurückzuschicken. Oder zumindest versuchte Kelly, sich das einzureden.

»Wovon redest du?«

»Du merkst aus zwanzig Schritten Entfernung, wenn dir jemand folgt, aber nicht, dass du der Liebling deines Bosses bist?«

»Sein *Liebling*?«

Kelly mochte John, und sie war ziemlich sicher, dass dieses Gefühl auf Gegenseitigkeit beruhte. Schließlich hatten sie gemeinsam geschwitzt und geblutet, seit sie sechs Jahre alt waren. Wenn einen das nicht zu einer Familie machte, dann hatte sie keine.

Aber sein Liebling? Nein, ganz sicher nicht – jedenfalls nicht auf die Weise, die Lena offensichtlich meinte. Spartans waren nicht nur eine Familie; sie waren eine Kampfeinheit, und alles, was ihren Zusammenhalt schwächte, könnte früher oder später ihr Todesurteil sein. John würde niemals jemanden bevorzugt behandeln – dafür war ihm das Leben seiner Kameraden zu wichtig.

Das Landungsschiff stieg in die Luft hoch, um zu seinem Mutterschiff zurückzukehren, und Kelly erkannte, dass ihr die Zeit davonlief.

»Das ist lächerlich«, sagte sie. »John-117 hat keinen Liebling.«

»Und ob er einen hat«, beharrte Lena. »Warum hat er dich bei uns gelassen und nicht Linda? Er will nicht, dass dir etwas zustößt. Und wenn wir zulassen, dass dir doch was passiert ...«

»*Wir?*« Kelly hatte keine weiteren Punkte auf ihrem Bewegungstracker, aber seine Reichweite war auf fünfundzwanzig Meter begrenzt – und wie der Name schon andeutete, zeigte er nur Kontakte an, die sich bewegten. »Sag jetzt bitte nicht, dass Arne und Oskar auch hier sind.«

243

»Nicht *hier*«, flüsterte Lena. »Drüben bei der Schlucht. Sie sind noch immer zu wackelig auf den Beinen von dem Polysumimorph…«

»Nenn es einfach Poly.« Das war der Spitzname für das Polypseudomorphin, das sie den Jungen gegeben hatte, um ihre Schmerzen zu betäuben. »Ich weiß dann schon, was du meinst.«

»Wie immer ihr es nennt, sie waren jedenfalls nicht in der Verfassung, sich an Außerirdische heranzuschleichen.«

»Schön, dass du wenigstens das eingesehen hast.« Kelly hob den Kopf, um zu den Außerirdischen hinüberzuspähen, dann entschied sie, dass sie einen besseren Blickwinkel brauchte, und wandte sich wieder zu Lena um. »Jetzt bleib hier und rühr dich nicht vom Fleck.«

Das Mädchen verdrehte die Augen, blieb ansonsten aber still liegen.

Kelly richtete sich auf, bis sie über die Spitzen der Kristallbüsche hinweglinsen konnte. Die Allianzkrieger stiegen bereits über die Rampen ins Innere der Umbras. Die meisten von ihnen trugen die blauen Rüstungen, die typisch für Elites waren, aber ungefähr ein Drittel steckte in schwarzer, tiefrot angehauchter Panzerung – eine Farbkombination, die Kelly nur allzu vertraut war. Als Team Blau während Operation: STILLER STURM mit der Einsatzgruppe Yama zusammengearbeitet hatte, waren sie auf eine besonders tödliche Spezialeinheit der Allianz gestoßen, die genau diese Rüstungen getragen hatte. Hätte Kelly noch Zweifel an Johns Theorie gehabt, wären sie spätestens jetzt verflogen.

Sie schätzte, dass es noch ungefähr drei Minuten dauern würde, bis alle Krieger an Bord der Bodentransporter gestiegen waren und sich festgeschnallt hatten. Die Umbras dann noch aufhalten zu wollen, könnte leicht zu einer Selbstmordmission werden – obendrein einer mit verschwindend geringen Erfolgschancen.

Kelly wusste nicht, wie alt Lena und die beiden anderen Verstoßenen wirklich waren, aber sie waren ebenso wenig normale

Kinder, wie sie und die anderen Spartans es während ihrer Zeit auf Reach gewesen waren.

Kelly drehte sich wieder zu dem Mädchen um. »Also schön. Betrachtet euch als zwangsverpflichtet.«

»Was heißt das?«

»Dass ihr mir helfen dürft«, erklärte sie. »Haben Arne und Oskar noch ihre Schleudern?«

»Wir gehen nirgendwo ohne sie hin«, antwortete Lena. »Aber wie wir gesehen haben, richten Steine nichts gegen eine Rüstung aus.«

»Ich habe ein paar ganze besondere Steine.« Kelly zog eine Splittergranate aus der Ausrüstungstasche an ihrer Hüfte und zeigte Lena, wie man sie entsicherte. Die Vorstellung, auf die Unterstützung der Verstoßenen angewiesen zu sein, behagte ihr nicht, aber sie sah keine andere Möglichkeit. »In ungefähr vier Minuten wird mich ein Haufen Außerirdischer durch die Schlucht verfolgen. Schleudert die Granaten auf sie, sobald ihr sicher seid, dass ihr sie treffen könnt.«

»Das kriegen wir hin«, sagte Lena zuversichtlich. »Sonst noch was?«

»Ja. Beeil dich.« Kelly steckte die Granate zurück in die Tasche, dann löste sie die Tasche und hielt sie dem Mädchen zusammen mit ihrer Pistole hin. »Und wenn ihr danebenwerft – lauft, so schnell ihr könnt.«

»Keine Sorge.« Lena drehte sich um und robbte in Richtung der Schlucht zurück. »Wir werfen schon nicht daneben.«

Kelly widmete sich wieder den Umbras und schlich weiter um die Lichtung herum zu ihrem Angriffspunkt. Diesmal legte sie dabei mehr Wert auf schnelles als auf unbemerktes Vorankommen. Falls die Allianz merkte, dass sich einige Blätter in flatternde Kristallkäfer auflösten, sollte das die Aliens davon abhalten, die Umbras zu besteigen.

Doch es war Kelly nicht vergönnt. Sie war zwanzig Schritte

von ihrem Ziel entfernt, als die Bodentransporter ihre Verladerampen einzogen. Die Krieger hatten sich nicht gleichmäßig auf die Fahrzeuge verteilt; der erste Umbra war beinahe voll – er hatte sowohl die schwarz gerüsteten Krieger als auch acht Elites in standardmäßigem Blau an Bord, dazu den Piloten und den Kanonier, beide ebenfalls in Blau. Der zweite Umbra hatte neben Pilot und Kanonier nur acht Krieger in seinen Passagierkapseln – ein sicheres Zeichen, dass dieses Vehikel eine unterstützende Funktion übernehmen sollte. Kelly ließ ihren Computer die Notfallnachricht senden, die sie zuvor für den Rest von Team Blau aufgezeichnet hatte, dann eröffnete sie das Feuer auf den Fahrer des vorderen Umbras.

Die erste Salve durchschlug den Helm des Elite in der blauen Rüstung; die zweite ließ seinen Schädel in einer violetten Explosion zerplatzen. Sofort schwenkte Kelly ihr Gewehr zum hinteren Fahrzeug herum, um seinem Piloten die nächsten beiden Salven in den Kopf zu jagen. Danach wandte sie sich wieder dem ersten Fahrzeug zu und feuerte eine Granate auf das Cockpit des Kanoniers ab.

Der andere Umbra schwenkte indessen seine Plasmakanonen in ihre Richtung herum, also rannte Kelly los, fort von der Schlucht, in die sie später fliehen wollte. Hinter sich hörte sie das Bersten von Gestein, als die supererhitzten Feindgeschosse Krater in den Boden sprengten.

Das Plasmafeuer ließ aber schnell nach, als Kellys Granate explodierte und den vorderen Kanonier ausschaltete. Sie warf sich auf den Bauch, wechselte die Richtung und huschte den Weg zurück, den sie gekommen war. Der Beschuss des anderen Umbras heulte so dicht an ihr vorbei, dass ihre Rüstung unter der Hitze knisterte, aber sie pumpte unbeeindruckt eine neue Granate in den Lauf des M301, visierte den überlebenden Kanonier an und drückte ab.

Der Elite musste die heranfliegende Granate gesehen haben,

denn er zögerte einen Moment, ehe er seine Kanone wieder auf Kelly ausrichtete. Für eine Spartan war das mehr als genug Zeit. Sie warf sich in den Staub, lud nach und sprang an der letzten Stelle auf, wo ein guter Soldat sie vermuten würde – genau dort, wo sie gerade schon gewesen war.

Die Granate detonierte im Cockpit des Kanoniers und ließ Körperteile in drei Richtungen davonfliegen. Die Rampen an der Unterseite des ersten Umbras schlossen sich; damit saßen die Krieger an Bord erst mal fest. Die Rampe des zweiten, näher stehenden Transporters hingegen begannen sich wieder zu senken – auf beiden Seiten.

Kelly feuerte eine Granate durch die rasch größer werdende Lücke auf ihrer Seite und beobachtete zufrieden, wie ein Feuerschwall aus der Öffnung loderte. Als die Rampe sich weiter nach unten neigte, taumelten drei Elites ins Freie. Ihre Rüstungen waren geschwärzt und qualmten, wirkten davon abgesehen aber mehr oder weniger intakt. Dennoch brach einer der Außerirdischen auf dem Boden zusammen und stand nicht wieder auf.

Die beiden anderen zückten ihre Energieschwerter und staksten auf wackeligen Beinen vorwärts. Sie schienen aber nicht zu wissen, wo sich ihre rätselhafte Angreiferin befand. Kelly erlöste sie von ihrer Verwirrung, indem sie auf ihre Oberkörper feuerte, bis die Energieschilde knisternd zusammenbrachen und ihre Brustplatten zersplitterten.

Kaum dass die beiden umgekippt waren, kletterte ein weiterer Elite aus der Lücke. Kelly wusste, dass auf der anderen Seite mindestens vier Krieger aussteigen würden – und sie alle würden versuchen, ihr den Fluchtweg abzuschneiden. Also feuerte sie eine weitere Granate auf das Heck des Umbras ab und rannte los, zur Schlucht.

Die Elites waren zu gut, um alle einer einzigen Granate zum Opfer zu fallen. Bevor das Geschoss landete, sprangen sie bereits in unterschiedlichen Richtungen von der Rampe weg. Die

Detonation erfüllte die Luft mit Staub und Steinsplittern, und als die Außerirdischen wieder auf die Beine kamen, mischten sich auch Plasmaschüsse darunter. Kelly spürte, wie mehrere Treffer von der äußeren Panzerung ihrer Mjolnir abprallten. Diese Kerle waren mehr als gut – sie gehörten zu den besten blaugerüsteten Elites, gegen die sie je gekämpft hatte. Ohne langsamer zu werden, feuerte sie einhändig hinter sich, während sie gleichzeitig versuchte, dem Beschuss auszuweichen und ein wenig mehr Abstand zwischen sich und den Feind zu bringen. Als das Magazin leer war, warf sie es aus und rammte ein neues in das Gewehr.

Die Schlucht war nur noch hundert Meter entfernt, eine gewundene Einbuchtung, wo die Kristallbüsche zerklüftetem, staubigem Fels wichen. Kluge Soldaten wie ihre Verfolger würden einen Hinterhalt erwarten, sobald sie die Schlucht sahen, also würden sie abbremsen und sich dem Bereich vorsichtig nähern. Was Kelly Gelegenheit geben würde, ihren Vorsprung auszubauen. Sie könnte verschwinden, ehe die Aliens auch nur erkannten, dass sie ihre Spur verloren hatten.

Doch danach würden die Elites zu ihren Umbras zurückkehren, um zur *Wheatley* aufzubrechen, und der Rest von Team Blau würde zwischen ihnen und den hundert Allianzkriegern von der *Glücksfall* in der Falle sitzen. Wenn das Zahlenverhältnis vierzig zu eins war und der Feind von zwei Seiten angriff, konnten selbst Spartans verlieren.

Kelly lud den Granatwerfer nach und feuerte im Sprint über die Schulter, erst einmal, dann noch einmal. Der gegnerische Plasmabeschuss hatte nachgelassen, und sie wollte den Eindruck erwecken, als wäre sie verzweifelt. Die Elites würden ihr umso entschlossener nachsetzen, wenn sie glaubten, dass ihre Beute in Reichweite wäre.

Noch zwanzig Meter bis zur Schlucht. Kelly feuerte blind die nächste Granate ab, dann lud sie und hechtete in einem hohen, weiten Sprung vorwärts.

Ihre Verfolger brannten rings um sie ein Netz aus Plasma-strahlen in die Luft, während Kelly mit dem Kopf voran über den Schluchtrand segelte. Dabei drückte sie erneut den Abzug des M301 ... und erhaschte einen entmutigenden Blick auf zwei Um-bras, die in vollem Tempo über die Kristallbüsche hinwegsausten.

Nur einer von ihnen bewegte sich in Kellys Richtung.

Einen Herzschlag später verschwanden ihre Angreifer – sowohl die Umbras als auch die Elites – hinter der Schluchtwand außer Sicht. Kelly landete in einer Vorwärtsrolle, kam auf die Knie hoch und wirbelte sofort herum, um den ersten Helm, der über ihr auf-tauchte, mit einer lang gezogenen Salve zu zerfetzen.

Ihr Bewegungstracker zeigte drei grüne Kontakte an, die zwan-zig Meter unterhalb ihrer Position nahe der Schluchtmitte um-herwuselten – dort, wo es keinerlei Deckung gab. Kelly riskierte einen Blick in diese Richtung, sah aber nur Staub und kleine Fel-sen. Als sie erneut den Tracker konsultierte, war lediglich ein grü-ner Punkt übrig, und auch er bewegte sich kaum noch.

Hoffentlich war das nicht nur eine Fehlfunktion ihres Helms.

Zwischen den Kristallbüschen am Rand der Schlucht zischten zwei Plasmalinien herab. Kelly rollte sich zur Seite und lud den Granatwerfer nach. Bislang hatte sie sechs Elites ausgeschaltet und diese beiden wären Nummer sieben und acht. Dazu kamen noch die beiden, die den Umbra als Pilot und Kanonier bemannt hatten.

Der Rest der Einheit war in dem anderen Transporter, un-terwegs, um sich von hinten an Team Blau heranzuschleichen. Zwanzig ausgeruhte, gut ausgerüstete Elites, die Hälfte von ihnen speziell für die Jagd auf Spartans ausgebildet, in einem schnellen Bodenfahrzeug mit Plasmakanonen ...

Ein Glück, dass Kelly ihre Kameraden gewarnt hatte.

Sie stemmte sich von den Knien hoch und legte das Sturmge-wehr an die Schulter. Sofort platzten die Büsche über ihr an zwei Stellen in Splitter und Kristallkäfer auseinander, als die Elites auf den Köder ansprangen und das Feuer eröffneten.

Kelly rollte sich zur Seite, erst einmal – wobei sie die Granate zur Position des rechten Kriegers feuerte –, dann noch einmal, während sie ihr Gewehr nach links schwenkte. Anschließend leerte sie das Magazin in die zersplitternden Kristallbüsche.

Bevor sie sich auch nur vergewissern konnte, ob sie beide Ziele ausgeschaltet hatte, war der Umbra heran. Die Unterseite seiner nunmehr geschlossenen Passagierkapseln schabten über die Felsen, als er in die Schlucht hinabwalzte und herumschwang, damit der Kanonier das Feuer eröffnen konnte. Die ursprünglich an seinem Cockpit befestigte Plasmakanone war verschwunden – vermutlich losgerissen durch Kellys Granate –, stattdessen hielt der Kanonier eine längliche Waffe mit schmalem Lauf in der Hand. Ein Strahlengewehr.

Kelly sprintete die Schlucht hinab. Sie betete, dass ihr Bewegungstracker keinen Aussetzer hatte und Lena und die beiden anderen Verstoßenen wirklich ein Versteck gefunden hatten. Das Strahlengewehr spie einen Lichtblitz, der direkt neben ihr Felssplitter in die Höhe stieben ließ, und ihre Rüstung klirrte unter den Einschlägen. Sie wechselte das Magazin, dann erwiderte sie einhändig das Feuer, in der Hoffnung, dass der Kanonier den Kopf einziehen – oder der Pilot ein wenig abbremsen – würde.

Leider ging ihr Plan nicht auf. Sie war schnell, aber der Umbra war schneller. Als sie das Versteck der Verstoßenen passierte, war das Fahrzeug fast auf gleicher Höhe mit ihr, und der Fahrer versuchte, sich ihrer Geschwindigkeit anzupassen, damit der Kanonier leichteres Spiel hätte. Kelly konnte weder Lena noch die anderen sehen … bis sie zehn Schritte weitergerannt war und ihr Bewegungssensor plötzlich wieder drei grüne Punkte hinter ihr anzeigte.

Sie ließ sich auf die Knie fallen und setzte einen Fuß nach außen, um sich zu drehen, während sie vorwärtsschlitterte. Aus den Augenwinkeln sah sie drei kleine Gestalten vom Schluchtboden aufspringen. Die Kinder warfen die staubbedeckten Mäntel ab, unter denen sie sich verborgen hatten, und wirbelten ihre Steinschleudern über den Köpfen. Kelly eröffnete währenddessen das Feuer. Natürlich konnte sie den Umbra so nicht aufhalten, aber das hatte sie auch gar nicht vor. Vielmehr wollte sie die Aufmerksamkeit ihrer Verfolger auf sich ziehen. Der Fahrer zuckte zusammen, als eine Kugel von dem Energieschild um seinen Kopf abprallte.

Der Umbra schwenkte zur Seite und einen Moment später warfen die Verstoßenen ihre Granaten. Das erste Geschoss traf die Oberseite des Transporters, ein paar Meter vor dem Piloten. Die Explosion überlastete seinen Schild und schleuderte ihn gegen die Rückwand des Cockpits, aber seine Rüstung bewahrte ihn vor dem Schlimmsten. Er schaffte es sogar, die Hände an den Kontrollen zu behalten ... bis Kelly drei Kugeln durch die Seite seines Helms jagte. Sein Körper erschlaffte und rutschte auf dem Fahrersitz nach vorn, während der Umbra zum Stillstand kam.

Die beiden anderen Granaten landeten eine halbe Sekunde später auf der vorderen Seite des Umbras. Das gesamte Fahrzeug wurde von den Detonationen durchgeschüttelt und der Kanonier sank benommen und mit flackerndem Energieschild in sich zusammen.

Lena eröffnete das Feuer mit der geliehenen M6D. Die Kugeln prallten von der Seite des Umbras ab, ohne dem Elite auch nur nahe zu kommen. Wenn überhaupt, schienen sie ihn wieder in die Gegenwart zurückzuholen, denn er setzte sich ruckartig auf und schwenkte sein Strahlengewehr in Richtung des Mädchens herum.

Kelly jagte ihm eine Salve durch den Hinterkopf. Das Gewehr entglitt seinen Fingern, schlitterte über die Hülle und landete schließlich auf dem Schluchtboden ... fünf Schritte von Arne entfernt. Der verlor keine Zeit und humpelte grinsend zu der Waffe.

»Denk nicht mal daran!«, rief Kelly.

Natürlich ignorierte der Junge sie und ging weiter auf den wertvollen Schatz zu.

Kelly wartete, bis er sich bückte, um das Gewehr aufzuheben, dann jagte sie direkt vor ihm drei Schüsse in den Boden.

Arne riss seine Hand zurück und starrte sie mit offen stehendem Mund an. »Ich hab dir das Leben gerettet und *so* bedankst du dich?«

Kelly marschierte hinüber, hob das Strahlengewehr auf und zielte damit auf einen Felsbrocken. Als sie abdrückte, zuckte ein violetter Lichtstrahl von der Mündung der Waffe, und der Fels hatte plötzlich ein Loch in der Mitte.

»Das ist außerirdische Technologie«, erklärte sie. »Wenn man nicht weiß, wie man sie benutzen muss, kann sie dich ebenso schnell umbringen wie der Feind selbst.«

Nachdem Arne das rauchende Loch einen Augenblick lang gemustert hatte, drehte er sich zu ihr und nickte.

»Dann zeig uns, wie man sie benutzt.«

Unter ihrem Helm lächelte Kelly. »Klar doch«, sagte sie. »Sobald ihr fünfzehn seid.«

Die drei Verstoßenen blickten verwirrt drein. Schließlich fragte Lena: »Wann ist das?«

»Vermutlich zu früh?«

Kelly befestigte ihr Sturmgewehr wieder an der Magnethalterung, nahm das Strahlengewehr und ging zum Pilotencockpit des Umbras hinüber. Ihr Blick wanderte über die Steuerkonsole, bis sie ein leuchtendes Rechteck entdeckte, das an ein Touchpad erinnerte. Probeweise drückte sie mit dem Finger darauf. Die Tür einer Passagierkapsel klappte auf und formte eine lange Verladerampe, die zu den nunmehr leeren Transportstationen hinaufführte.

Kelly neigte auffordernd den Kopf. »Wo wollt ihr sitzen?«, fragte sie. »Wir machen einen kleinen Ausflug.«

Arne und Oskar grinsten breit und kletterten die Rampe hoch.

Lena verschränkte die Arme vor der Brust. »Weißt du überhaupt, wie man dieses Ding steuert?«

»Vermutlich.«

Das Mädchen wirkte nicht überzeugt. »Und wir fahren damit zu John?«

»Bald.« Kelly nahm ihre Pistole aus Lenas kleinen Händen und steckte sie in das Holster an ihrem eigenen Schenkel zurück. »Aber erst holen wir uns ein wenig Verstärkung. Ich glaube, wir werden sie brauchen.«

14. KAPITEL

Neuntes Zeitalter der Rückforderung
41. Zyklus, 151 Einheiten (Kriegskalender der Allianz)
Ebene der geduldigen Andacht, Berge des ehrfürchtigen Glaubens
Planet N'ba, Eryya-System

Selbst eine halbe Einheit nach seiner turbulenten Landung auf der brütend heißen Oberfläche von N'ba rebellierte Nizats Magen noch. Seine Beine zitterten, während er mehrere Kader über das mit Büschen besprenkelte Plateau auf das menschliche Bergungsschiff zuführte, seine Herzen schlugen im Gegenrhythmus zueinander, und er konnte die trockene Luft nicht schnell genug durch seine Mandibeln saugen, um die metabolische Wärme seines Körpers abzubauen. Selbst die Membrane in seinen Ohren vibrierten noch immer vom Grollen der Reibungsflammen, die die Absprungkapsel während des feurigen Atmosphäreneintritts eingehüllt hatten.

Es wäre klüger gewesen, an Bord der *Steadfast Strike* zu bleiben – der »abgestürzten« Fregatte, die er benutzte, um die Technologiepriester von ONI anzulocken – und sich im kühlen Inneren des Schiffes ein paar Einheiten lang zu erholen. Leider hatte Nizat keine Zeit für kluges Vorgehen. Kaum dass seine Kapsel den Orbit hinter sich gelassen hatte, war eine Nachricht aus dem Kommsystem ertönt, eine Warnung, dass die Flotte der schnellen Gerechtigkeit ihrem Namen alle Ehre machte. Der Kampfträger der Flotte hatte bereits einen Truppentransporter abgesetzt und sein Flugvektor ließ auf eine Landung in direkter Nähe der *Steadfast Strike* schließen.

Nizat hatte sich nicht von der Furcht überwältigen lassen.

Ein einzelner Truppentransporter bot maximal dreißig Kriegern Platz, vermutlich war es also nur eine Aufklärungseinheit, die die Situation bei der *Steadfast Strike* überprüfen sollte. Wenn die Späher aber ein menschliches Bergungsschiff in der Nähe entdeckten und die Absichten des Feindes durchschauten, würde die Flotte der schnellen Gerechtigkeit sofort zur Tat schreiten, um die Bedrohung zu neutralisieren. Bevor das geschah, musste Nizat den Menschen die Luminalfeuer unterschieben … und sie dazu bringen, von N'ba zu fliehen, solange sie es noch konnten.

Zumindest Letzteres sollte einfach sein. Trotz ihres ramponierten Aussehens war die *Steadfast Strike* noch immer flugfähig, und wenn sie startete, hätten auch die Menschen keinen Grund mehr, zu bleiben.

Dafür zu sorgen, dass sie die Luminalfeuer mitnahmen, würde da schon schwieriger sein. Der erste Sender war noch immer in einem persönlichen Energieschild verborgen, und Nizat hatte vor, ihn während eines vorgetäuschten Enterversuchs an Bord ihres Bergungsschiffs zurückzulassen. Solange seine Einheit durch eine der Luken an Bord gelangte, könnte er den Schildgenerator einfach irgendwo fallen lassen, und die Menschen würden ihn sicher finden und zum ONI-Innovationstempel zurückbringen.

Das zweite Luminalfeuer befand sich im Innern einer kleinen Anti-Gravitationseinheit. Sie hatte die Form von zwei kleinen Kapseln, die durch ein Integrationskabel miteinander verbunden waren, und normalerweise wurden solche Einheiten nur von Yanme'e benutzt, um ihnen das Fliegen zu erleichtern. Nizat hatte keine Yanme'e in seiner Einheit, trotzdem wollte er das Gerät ebenfalls an Bord des menschlichen Schiffes platzieren. Es war ein Risiko, aber nicht so riskant, wie kurzfristig den Plan zu ändern. Außerdem hielt er es für unwahrscheinlich, dass die ONI-Technologiepriester von dieser Einschränkung wussten.

»Warum haben sie nicht das Feuer eröffnet?«, fragte 'Lakosee. Er ging neben Nizat an der Spitze der Entermannschaft. Wie sein Flottenmeister trug auch er volle Kampfrüstung und die Nachwirkungen ihres holprigen Flugs spiegelten sich in jedem seiner unsicheren Schritte wider. »Wir sind nur noch achttausend Einheiten entfernt – das *muss* innerhalb der Reichweite ihrer Nahverteidigungswaffen sein.«

Nizat erwiderte nichts darauf. Die Nahverteidigungssysteme des Bergungsschiffs stellten die größte Bedrohung für seinen Plan dar. Bei der Befragung von Gefangenen hatte er erfahren, dass solche Kanonen normalerweise eine Reichweite von zehn menschlichen Kilometern hatten, was beinahe dreiunddreißigtausend Allianz-Einheiten entsprach, zudem waren sie speziell entwickelt, um näher kommende Jäger und Raketen zu zerstören. Ziele also, die sich ungleich schneller bewegten als er und seine Krieger. Doch die dicke, planetare Atmosphäre von N'ba sollte ihre Effektivität mindern, und Nizat hoffte, dass die Reichweite auf unter sechstausend Einheiten gefallen war – das war die Entfernung, ab der seine eigenen Truppen das Feuer erwidern könnten.

»Ich habe es nicht eilig, Krieger zu verlieren«, sagte er schließlich. »Der Feind wird erst in zweitausend Einheiten in Schussweiter unserer Fokusgewehre sein.«

»Genau das beschäftigt mich«, erwiderte 'Lakosee. »Menschen sind eine ungeduldige Spezies. Warum würden sie mit ihrem Beschuss warten, wenn sie uns gleich angreifen könnten? Sicher planen sie eine List.«

»Vielleicht.«

Nizat sah über das Plateau zu dem ONI-Bergungsschiff hinüber, einem großen, parabelförmigen Koloss, der auf seinen beiden Landebeinen aufrecht in einer Senke stand und die grauen Hügel ringsum leicht überragte. Mehr ließ sich aus einer Entfernung von achttausend Einheiten nicht erkennen; die Luft waberte wegen der Hitze so stark, dass man es fast nicht als Schiff identifizieren konnte.

»Oder vielleicht sind sie zu gerissen, um auf Ziele zu feuern, die ihre Waffen nicht sehen«, überlegte Nizat. »Ihre Sensoren sind für den Weltraum gemacht, und bei Temperaturen wie hier auf N'ba werden sie nicht richtig funktionieren. Sicher haben sie mit Störungen und Signalbrechungen zu kämpfen.«

»Dann ist die Hitze vielleicht ein Segen«, sagte 'Lakosee. »Wenn wir bis auf Reichweite unserer Fokusgewehre herankommen, bevor der Feind das Feuer eröffnet, werden wir nur minimale Verluste erleiden.«

»Dasselbe habe ich mir auch gedacht«, erwiderte Nizat. »Die Götter lächeln auf uns herab.«

Sie gingen weiter zwischen den zerbrechlichen vasenförmigen Büschen mit ihren kristallinen Blättern hindurch, die sich beim leichtesten Kontakt in flatternde Insekten verwandelten. Alle zehn oder zwanzig Schritte kamen sie außerdem an hochgewachsenen Pflanzen mit einem einzigen Blatt vorbei, das an ein diamantförmiges Segel erinnerte. Auch sie reagierten auf jeden Kontakt, aber im Gegensatz zu den Büschen falteten sie sich entlang einer vertikalen Linie zusammen, um ihre Beute festzuhalten.

Nizat hatte noch nie etwas wie die Kristallblätter gesehen, die scheinbar bewusst von Pflanze zu Tier wechseln konnten, aber die größere Segelpflanze erinnerte ihn an die fleischfressenden *G'lul'g*-Bäume, die die Farmer auf Sanghelios benutzten, um Schädlinge zu bekämpfen. Hier auf N'ba hatte er mit Ausnahme der Blattfliegen nichts entdeckt, das einer fleischfressenden Pflanze als Nahrung dienen könnte, aber vielleicht erwachte die hiesige Tierwelt ja erst nach Sonnenuntergang, wenn die Nacht Kühle brachte ... Es sei denn natürlich, es gab gar keine Tierwelt.

Oder kühle Nächte.

Sie waren inzwischen tausend Einheiten weit gekommen – ungefähr dreihundert Schritte. Das Bergungsschiff der Menschen waberte nicht länger in der Hitze, aber es war noch immer zu verschwommen, um Details wie Kanonengeschütze und Raketenrohre zu erkennen. Vielleicht wurden seine Sensoren ebenso von der Lichtspiegelung behindert wie Nizats Augen, denn es hatte noch immer nicht das Feuer eröffnet.

Aber das würde sich gewiss bald ändern.

Nizat reichte 'Lakosee die beiden Luminalfeuer. »Warte hier«, wies er ihn an. »Melde dich, sobald mein Körper in der Hitze so stark verschwimmt, dass man mich nicht mehr erkennen kann.«

»Wie du befiehlst.«

'Lakosee bot nicht an, an Nizats Stelle vorauszugehen. Natürlich nicht. Wer andeutete, dass ein Sangheili-Kommandant nicht denselben Gefahren trotzen konnte wie seine Krieger, sagte im Grunde, dass er seines Postens unwürdig war.

Während Nizat weitermarschierte, blickte er zu seiner Einheit zurück. In vorderster Reihe standen hundert Mannschaftsmitglieder von der *Steadfast Strike*, die meisten in leichter Bordrüstung und bewaffnet mit Plasmagewehren ohne große Reichweite. Lediglich eine Handvoll war durch das Hitzeschimmern klar zu erkennen, aber sie gingen in einer gestaffelten Linie in Abständen von ungefähr dreißig Einheiten. So konnten die feindlichen Waffen sie jeweils nur einzeln anvisieren und nicht mehrere Krieger auf einmal.

Die Hauptaufgabe dieser ersten Reihe bestand darin, das Feuer auf sich zu ziehen, damit die Fokusgewehre hinter ihnen die menschlichen Geschütztürme ausfindig und unschädlich machen konnten. Viele von ihnen würden schon zu Beginn der Schlacht sterben, dennoch bewegten sie sich mit festen, gleichmäßigen Schritten über das Plateau, ganz ohne Furcht, während hinter ihnen kleine Wolken von Kristallinsekten aufstiegen. Nizat war stolz, zu ihnen zu gehören.

Die zweite Reihe folgte zweihundert Einheiten hinter der ersten und bestand aus Nizats eigenen Rangern, in schwere Rüstungen mit Energieschilden gehüllt. Der ursprüngliche Plan hatte vorgesehen, dass die Ranger an Bord der *Steadfast Strike* kämpfen sollten, nicht im Freien. Deswegen hielten die meisten von ihnen Waffen mit kleiner oder mittlerer Reichweite in den Händen, zum Beispiel Nadelwerfer und Karabiner. Zehn Krieger hatten aber Strahlengewehre aufgetrieben und drei waren mit Fokusgewehren bewaffnet. Deren Reichweite sollte groß genug sein, um von 'Lakosees gegenwärtiger Position aus das Feuer zu erwidern.

Gerade so.

Nizat ging weiter. Flotten-Ranger mochten gut ausgebildete Krieger sein, aber sie waren kein Stiller Schatten. Sie konnten nur das Mögliche tun, nicht das Unmögliche.

Tausend Einheiten hinter den Rangern schwebten schließlich die fünf leichten Spectre-Angriffsfahrzeuge von der *Steadfast Strike* dahin. Sie hatten die Form einer abgerundeten Pfeilspitze, wurden jeweils von einem Kanonier und einem Fahrer bemannt und verfügten über Gravitationsantriebe und schwere Plasmakanonen, die auf drehbaren Halterungen befestigt waren. Das machte sie zu hervorragenden Waffenplattformen, und in den meisten Situationen hätten sie vollkommen als Unterstützung ausgereicht, um Nizats Sieg zu garantieren.

Leider wurde das Plateau von einer tiefen, gewundenen Schlucht geteilt, was bedeutete, dass die Spectres das Bergungsschiff nicht direkt angreifen konnten. Nizat blieb nichts anderes übrig, als die Fahrzeuge in Reserve zu halten. Sobald die feindlichen Geschütze ausgeschaltet wären, könnte er sie an den Schluchtrand rufen, damit sie das Feindfeuer auf sich lenkten und mit ihren Artilleriegeschossen den Vorstoß der Fußtruppen deckten. Nicht gerade die effektivste Art, eine bewegliche Waffenplattform einzusetzen, aber das unwirtliche Terrain ließ ihm keine andere Wahl.

Nizat ging weitere tausend Einheiten vor seinem Trupp her.

»Ich kann dich nicht länger klar erkennen«, meldete 'Lakosee. »Soll ich jetzt auch nach vorn kommen?«

»Noch nicht. Bleib, wo du bist, bis wir die Nahverteidigungskanonen zerstört haben.«

'Lakosee klang entrüstet. »Bis die Gefahr *vorbei* ist?«

»Es tut mir leid, dass ich so viel von dir verlangen muss«, sagte Nizat. »Aber die Luminalfeuer müssen in Sicherheit bleiben, und wenn das Blut erst zu wallen beginnt, gibt es nie eine Garantie, dass man einen kühlen Kopf bewahren kann.«

'Lakosees Atem kam zischend durch den Kommkanal. Es gefiel keinem Sangheili-Krieger, die Gefahr zu meiden, der seine Kameraden ausgesetzt waren, denn Ehre und Respekt gewann man am schnellsten auf dem Schlachtfeld.

»Wie du wünscht«, brummte der Adjutant schließlich. »Aber ich hoffe doch, dass mich mein kühler Kopf nicht auch von zukünftigen Kämpfen fernhält.«

»Wenn wir die erste ONI-Basis angreifen, wirst du den Sturm anführen, das verspreche ich dir.«

Nizat ging weiter, bis er noch fünftausend Einheiten von dem Bergungsschiff entfernt war und es höher vor ihm aufragte. Nun konnte er bereits genauere Details erkennen, zum Beispiel die silbrigen Kreise, die sich über seinen Bug erstreckten, die Linie dunkler Punkte, die am inneren Rand der gewölbten Sektionen vorstand, oder die fünf fächerförmigen Silhouetten, die zwischen den Landebeinen hingen. Die Waffentürme konnte er noch immer nicht ausmachen, dafür aber kantige Flecken aus Licht und Schatten, bei denen es sich um Hangartore oder externe Frachtkapseln handeln mochte. Wenn der Feind schließlich das Feuer eröffnete, sollten Nizats Scharfschützen die Quelle des Beschusses schnell identifizieren und angreifen können – sofern sie vorbereitet waren.

Nizat aktivierte seine Kommeinheit. »Die Schützen mit den Fokusgewehren sollen zweihundert Einheiten vorrücken und alles für einen Gegenangriff vorbereiten. Aber ich will, dass sie maximal alle vier Atemzüge ihre Position wechseln.«

»Wie du befiehlst«, bestätigte 'Lakosee. »Was ist mit den Strahlengewehren?«

»Sie werden mit dem Rest der Flottenranger weiter vorrücken«, erklärte Nizat. Partikelstrahlwaffen hatten beinahe dieselbe Reichweite wie Fokusgewehre, aber ihre kurzen Impulsschüsse zeigten gegen Bodentruppen mehr Wirkung als gegen Waffentürme oder Schützenbunker. »Außerdem sollen sie nur feindliche Scharfschützen ins Visier nehmen, bis ich weitere Befehle gebe.«

'Lakosee bestätigte die Anweisung und beendete die Verbindung, um die Anführer der entsprechenden Kader zu informieren.

Noch viertausend Einheiten.

Das Bergungsschiff begann endlich wie ein Schiff auszusehen und nicht länger nur wie ein riesiger dunkler Bogen. Nizat musterte die aerodynamischen Details, wo sich die gespaltene Hülle zu einem doppelten Heck nach unten wölbte. Die silbrigen Kreise entlang des Bugs verwandelten sich in mehrere Reihen von Bullaugen und die dunklen Punkte an den inneren Rändern des Bogens wuchsen zu den Spitzen von Halteklammern heran. Die fächerförmigen Silhouetten zwischen den Landebeinen erwiesen sich ihrerseits als mächtige Schubdüsen, während die eckigen Umrisse aus Hell und Dunkel die Form von Ausrüstungsbunkern und Hangartoren annahmen. Nizat sah sogar kleine Linien, bei denen es sich um die Läufe von Vierlingskanonen handeln musste. Vielleicht, überlegte er, hätte er die Schützen mit den Fokusgewehren doch ein wenig näher an das Ziel heranlassen sollen.

Einen Wimpernschlag später begannen die kleinen Linien zu blitzen und Funken aus Überladungsstatik tanzten über Nizats Energieschild. Noch während er sich auf den Boden warf, brüllte er in sein Helmkomm: »Fokusgewehre, Feuer! Feuer!«

Die Büsche hinter ihm lösten sich in Wolken aus Kristallinsekten auf und vor seinem Visier sprühten Geysire aus Steinsplittern in die Höhe. Nizat rollte sich seitlich über den Boden, während er mit einem Auge nach Deckung suchte und mit dem anderen die Kontrollanzeige seines Schildes überprüfte. Es gab keine Zahlen oder Werte, nur ein Sichelsymbol, das gelb blinkte; das bedeutete, dass der Generator angestrengt versuchte, die Schilde wieder hochzufahren.

Nizat rollte sich weiter, bis er eine Stelle erreichte, wo nicht länger Fels- und Pflanzensplitter durch die Luft flogen, dann lauschte er dem Jaulen der Fokusstrahlen, die über ihn hinwegzischten. Nachdem das Geräusch verstummt war, sprang er auf und rannte zur nächstbesten Deckung los: einem Vorsprung aus grau geädertem Stein, ungefähr halb so groß wie sein Körper. Feindliches Kanonenfeuer hatte den oberen Rand bereits in eine pockennarbige Linie verwandelt, und das umliegende Areal war mit Splittern und zahngroßen Klumpen weichen grauen Metalls übersät – vermutlich Projektile aus den Waffen der Menschen.

Da in seiner unmittelbaren Umgebung keine Steingeysire emporzüngelten, schob Nizat den Kopf über den Rand seiner Deckung und spähte zu dem Bergungsschiff hinüber. Oberhalb der beiden Landebeine stieg Rauch empor und an der Innenwölbung des Bogens war weiterhin dieses stroboskopartige Flackern zu sehen. Links und rechts von Nizat prangten kahle Stellen auf dem Plateau, wo die feindlichen Kanonen jegliche Vegetation fortgesprengt hatten. Hier und da waren Blutspritzer und Splitter zu sehen, teils von Rüstungen, teils von Knochen – mehr war nicht übrig geblieben von den Kriegern, die dort ihr Leben verloren hatten.

Ein dreifaches schrilles Jaulen zerriss die Luft über Nizats Kopf und raste auf die Quelle des Stroboskopblinkens zu. Selbst unter dem konzentrierten Dauerfeuer aller drei Fokusgewehre dauerte es ganze zwei Atemzüge, bis das gegnerische Geschütz explodierte.

Insgesamt fünfmal schnitten die Fokusgewehre durch die Luft, immer von einer anderen Position. Danach senkte sich jedes Mal eine unheimliche Stille über das Plateau. Nizat blieb, wo er war, und wartete darauf, dass ein weiteres Geschütz das Feuer eröffnete.

Nichts geschah … abgesehen davon, dass noch mehr Rauch unter dem Bergungsschiff aufstieg. Nach ein paar Atemzügen begannen Nizats rastlose Krieger die Köpfe zu heben oder sich hinter Felsbrocken hervorzuschieben, um nachzusehen, ob sie die menschlichen Geschütze endgültig zum Schweigen gebracht hatten.

In Nizats Helm ertönte 'Lakosees Stimme. »Flottenmeister, bist du noch da?«

»Ja«, antwortete er. »Lass die erste Reihe weiter vorrücken. Alle anderen sollen ihre Position halten.«

Der Status seines Energieschildes hatte sich inzwischen wieder normalisiert, also erhob er sich aus seiner Deckung und übernahm einmal mehr die Führung, wobei er nach dem Blitzen weiterer Kanonen Ausschau hielt. Nach fünfzig Schritten ohne Feindbeschuss entschied er zu testen, ob die Fokusgewehre wirklich alle eliminiert hatten.

»'Lakosee, lass zwei Spectres nach vorn kommen«, befahl er. »Alle Krieger in der zweiten Reihe sollen in Deckung gehen, die in der ersten Reihe sollen sich bereit machen, es ihnen gleichzutun.«

Nachdem 'Lakosee die Anweisung bestätigt hatte, dauerte es nicht lange, bis zwei Spectres an Nizat vorbeisausten. Sie näherten sich der Linie aus gähnender Dunkelheit, wo die tiefe Schlucht das Plateau spaltete, ohne Zwischenfälle. Doch Nizat traute der Sache noch immer nicht ganz. Ähnlich wie bei der Allianz basierte auch das Zählsystem der Menschen auf den Vielfachen von zehn, trotzdem hatten sie die bizarre Angewohnheit, Dinge in Zwölfergruppen anzuordnen. Seine Spione hatten ihm nie erklären können, woher diese Fixierung stammte, aber sie war so tief in der menschlichen Denkweise verankert, dass sie sogar ein Wort für solche Zwölfergruppen hatten – ein *Dutzend*. Und ein Dutzend Mal ein Dutzend nannten sie ein *Gros*.

Ihre seltsame Besessenheit von der Zahl Zwölf spiegelte sich auch bei ihrem Militär wider. Schiffe hatten Raketenbehälter, die zwölf oder vierundzwanzig Geschosse abfeuerten, ihre Jagdflieger operierten in der Regel in Zwölfergruppen und die Waffensysteme von Großkampfschiffen waren meist nach demselben Muster angeordnet. Nizat hatte sogar erbeutete Waffenkisten gesehen, in denen sich exakt ein Dutzend Gewehre befanden.

Darum war er noch nicht bereit, zu glauben, dass das Bergungsschiff lediglich fünf Geschütze auf dieser Seite seiner Hülle hatte. Sechs erschienen ihm wahrscheinlicher, dann wäre die Gesamtzahl zwölf. Aber nur zehn? Das wäre untypisch.

»'Lakosee, schick die anderen Spectres nach vorn«, sagte Nizat. »Die Scharfschützen sollen sich bereithalten.«

'Lakosee tat, wie ihm geheißen, und kaum dass die Spectres an Nizat vorbei waren, blitzte ein verborgenes Geschütz am Bug des Bergungsschiffs auf. Das vorderste Angriffsfahrzeug platzte unter dem vernichtenden Kanonenfeuer auseinander und eine Wolke aus Metallsplittern und blutigen Rüstungsfetzen regnete auf das Plateau herab. Ein zweiter Spectre kippte auf die Seite und ging in Flammen auf.

Dann heulten die Fokusgewehre, als sich drei Strahlen aus aufgeladenen Partikeln in das ferne Geschütz bohrten. Die feindlichen Kanonen setzten ihren Beschuss noch ein oder zwei Atemzüge fort, dann verschwanden sie endlich in einem weißen Blitz. Der letzte Spectre schwebte derweil zu den beiden anderen an den Schluchtrand vor.

Nachdem die feindlichen Kanonen erneut verstummt waren, schlug Nizat einen Haken nach links, auf den mittleren Sammelpunkt entlang ihrer Route zu. Jetzt war er sicher, dass die Götter seine Schritte mit Wohlwollen verfolgten. Um ihre verbliebenen Geschütze einzusetzen, müssten die Menschen ihr Schiff starten und drehen, und das ging nicht so schnell. Wichtiger noch, es würde die Flotte der schnellen Gerechtigkeit auf sie aufmerksam machen, und *dieses* Risiko wollten die Menschen ganz sicher nicht eingehen, zumindest nicht, bis sie bereit waren, die *Steadfast Strike* zu stürmen.

Auf Nizats Befehl hin rückten 'Lakosee und die Flottenranger zum Sammelpunkt vor. Er wollte sie in seiner Nähe haben, wenn sie ihr Entermanöver starteten.

Nach ein paar Augenblicken sagte 'Lakosee: »Die Spectres melden, dass eine Kolonne von Menschen das Schiff verlässt.«

»Wie lang ist die Kolonne?« Nizat versuchte nicht, seine Verärgerung zu unterdrücken. 'Lakosee war ein erfahrener Adjutant; ein so vager Situationsbericht sollte eigentlich unter seiner Würde sein. »Wie sieht es mit Bewaffnung aus? Und wohin gehen sie?«

»Das lässt sich noch nicht sagen. In jedem Fall reagiert der Feind nicht wie erwartet. Ich fand, dass du das schnellstmöglich erfahren solltest.«

»In Ordnung.« Nizat blickte zu dem Bergungsschiff hinüber, aber es war sinnlos. Er konnte zwar eine Reihe von Umrissen erkennen, die sich von dem gewaltigen Metallbogen entfernten, aber jegliche Details blieben hinter dem Hitzeflimmern verborgen. »Ja, das sind Menschen. Können Sie nicht *ein Mal* das Richtige tun?«

Er wechselte auf die Kommfrequenz seiner Fahrzeuge. Die Spectre-Mannschaften hatten von ihrer erhöhten Position hinter den Plasmakanonen sicher einen besseren Blickwinkel.

»Hier spricht Flottenmeister 'Kvarosee. Was könnt ihr sehen?«

»Sollen wir direkt Meldung machen?«

»Hätte ich Zeit, der Befehlskette zu folgen, würdet ihr mit eurem ersten Kanonier sprechen.«

»Unser erster Kanonier ist tot, Flottenmeister.«

»Dann ehrt ihn mit raschem Gehorsam«, sagte Nizat. In der Kultur der Sangheili war Loyalität immer persönlich. Dem Anführer des eigenen Turms folgte man bedingungslos, aber bei jeder

Stufe darunter wurde die Gefolgschaftstreue ein wenig schwächer. Die militärische Hierarchie war diesem System nachempfunden, um durch klare Befehlsketten Konflikte und Verwirrung zu vermeiden. »Wenn dieser Angriff scheitert, weil mir die nötigen Informationen fehlen, werden die Götter euren ersten Kanonier an eurem Zögern messen.«

»Wie du wünschst.« Es war nicht dieselbe Stimme wie eben – vermutlich hatte sich der Kommandant des Fahrzeugs zugeschaltet. »Eine Kolonne von mindestens hundert Menschen verlässt das Schiff, teils zu Fuß, teils in vierrädrigen Fahrzeugen. Wir können keine Artilleriewaffen an diesen Fahrzeugen erkennen, aber alle sind mit diesen primitiven Projektilwaffen bestückt.«

»Wohin gehen sie?«

»Es ist noch zu früh, um das mit Gewissheit zu sagen«, erwiderte der Kommandant des Spectre. »Aber sie könnten sich dem zweiten Sammelpunkt nähern. Das wäre jedenfalls meine Vermutung.«

Plötzlich fühlte es sich im Innern von Nizats Rüstung brütend heiß an. Er hatte diesen Sammelpunkt gewählt, weil er gegenüber eines lang gestreckten Geröllhangs lag, über den sie schnell auf der anderen Seite der Schlucht hochklettern könnten. Sobald die menschlichen Nahverteidigungsgeschütze ausgeschaltet wären, sollten sie die letzten dreitausend Einheiten unbehindert zurücklegen können. Das hatten seine Späher ihm versichert.

Nizat betrachtete die Kolonne noch einen Moment länger, während er überlegte, was für Überraschungen sie in petto haben mochte. Schließlich entschied er, dass es keinen Unterschied machte – was immer sie vorhatten, diese Menschen würden seinen Plan nicht stören.

»Ihr werdet in Kürze neue Anweisungen vom Meister der Ranger erhalten«, sagte Nizat. Gern hätte er den Befehl hier und jetzt persönlich gegeben, aber das wäre inakzeptabel gewesen. Es war eine Sache, direkt nach Schlachtinformationen zu fragen, aber die

Autorität eines Unterkommandanten zu untergraben … Das war die Art von Affront, die Loyalitäten zerfraß und sichere Siege in Desaster verwandelte. »Haltet euch bereit, auf die andere Seite der Schlucht zu feuern.«

»Wie du wünschst.«

Nizat wechselte auf seine normale Kommandofrequenz. »Hast du alles gehört?«

»Ja«, antwortete 'Lakosee. »Dann wollen die Menschen sich uns also bei der Schlucht entgegenstellen?«

»Mit den richtigen Waffen wäre das gar keine schlechte Strategie«, brummte Nizat. »Sie könnten sich hinter dem Rand verstecken und auf uns hinabfeuern, während wir klettern. Das würde uns erheblich schwächen.«

»Aber jetzt können wir sie mit Kanonenfeuer zurücktreiben«, entgegnete 'Lakosee. »Soll ich den Rangermeister rufen, damit er die Spectres zum zweiten Sammelpunkt schickt?«

»Ein ausgezeichneter Vorschlag«, sagte Nizat.

Das Komm verstummte, als 'Lakosee die Frequenz wechselte und den Befehl weitergab. Der zweite Sammelpunkt lag noch immer fünfhundert Einheiten voraus, eine gezackte Linie von Felsvorsprüngen am Rand des dunklen Canyons. Auf der anderen Seite streckte sich der Geröllhang zu einer breiten Felskluft hoch. Dieser Spalt hatte die Form einer Speerspitze und war angefüllt mit Gesteinsbrocken und Kristallbüschen; unter Feindbeschuss an seinen steilen Wänden aus nacktem Fels hochzuklettern, würde alles andere als einfach sein. Nizat und seine Ranger mussten den oberen Rand der Schlucht also vor den Menschen erreichen – oder sie würden es vielleicht gar nicht nach oben schaffen.

Aber sie mussten es nach oben schaffen, um einen direkten Angriff auf das Menschenschiff zu starten und die Luminalfeuer an Bord zu platzieren.

Das war das Einzige, was zählte.

Nizat sprach erneut zu 'Lakosee. »Wenn die Kolonne näher

kommt, sollen die Strahlengewehre die Fußsoldaten unter Beschuss nehmen. Die Fokusgewehre konzentrieren sich auf die Fahrzeuge.«

»Wie du befiehlst«, sagte 'Lakosee.

»Hast du bereits mit dem Rangermeister gesprochen?«

»Ja. Unsere Spectres sind …«

Die Antwort wurde vom Zischen von sechs feindlichen Raketen auf der anderen Seite der Schlucht übertönt. Nizat hörte das Donnern von sechs kleinen Detonationen, mehrere hundert Einheiten hinter ihm, und seine Herzen verkrampften sich, als er über die Schulter blickte, um sich ein Bild von den Schäden zu machen. Die beiden Spectres, die der Schlucht am nächsten standen, lagen reglos am Boden – einer spie Rauch aus seiner aufgerissenen Seite, der andere lag in so vielen Einzelteilen auf den Felsen, dass man ihn kaum noch als Fahrzeug identifizieren konnte.

Erneut erklang das Fauchen von Raketen, während auf der anderen Schluchtseite sechs Rauchschweife aus den Büschen emporstiegen. Sie rasten über den Abgrund und stießen alle auf denselben Punkt hinunter: den letzten verbliebenen Spectre. Das Angriffsfahrzeug wurde auf einem Kissen aus Flammen vom Boden hochgerissen, dann landete es auf der Seite und verteilte in einer Kettenreaktion sekundärer Explosionen Teile seines Innenlebens über das Plateau.

Nizats Strahlengewehre erwiderten das Feuer und jagten eine Woge aus blauem Plasma in die Kristallbüsche, wo sich die Raketenwerfer-Teams versteckt hatten. Die menschliche Kolonne rückte unterdessen weiter vor, und die Geländewagen beschleunigten so stark, dass sie auf dem unebenen Terrain auf und ab hüpften.

»'Lakosee, die Fahrzeuge!«

Nizat bedeutete seinen Rangern, ihm zu folgen, während er auf den zweiten Sammelpunkt zurannte. Er verstand nicht, warum die Menschen den Schutz ihres Schiffes verlassen hatten, aber er musste zugeben, dass ihre Taktik funktionierte. Bislang hatten sie jedes seiner Manöver vorhergesehen: Erst hatten sie eine Nahverteidigungskanone verborgen gehalten, um die Spectres aufzuhalten, dann hatten sie ihren Gegenangriff genutzt, um ihre Raketenwerfer-Teams vorrücken zu lassen und den Rest der Allianzfahrzeuge zu zerstören. Und während seine Flottenranger mit einem nunmehr sinnlosen Langstreckenduell beschäftigt waren, stießen ihre Geländevehikel vor, um die Position oberhalb der Schlucht zu sichern. Das war alles gut geplant und ausgeführt – womöglich sogar gut genug, um ihr Schiff zu retten. Aber Nizat hatte es nicht auf ihr Schiff abgesehen.

»Vergesst die Raketenwerfer«, rief er. »Konzentriert euch darauf, die Kolonne auszubremsen. Wenn wir ihnen auf dem Plateau entgegentreten, wird es sogar noch einfacher, ihnen die Luminalfeuer unterzujubeln.«

Nizat hatte den Satz kaum beendet, da zuckte auch schon ein Trio von grellen Lichtstrahlen auf die feindlichen Fahrzeuge zu. Es war nicht leicht, mit einem Fokusgewehr ein bewegliches Ziel zu zerstören – der Strahl musste mehrere Atemzüge Kontakt haben, um ausreichend Energie in das Ziel zu pumpen –, aber die drei Scharfschützen waren die besten in Nizats kleiner Flotte. Der vorderste Wagen kullerte in einer Feuerwolke über die Felsen.

Die anderen Fahrzeuge beschleunigten daraufhin noch weiter. Der zweite Geländewagen in der Reihe rammte etwas, das Nizat nicht sehen konnte, und überschlug sich der Länge nach, sodass Insassen und Ausrüstung in alle Richtungen davongeschleudert wurden. Sofort richteten sich die Strahlen der Fokusgewehre auf das dritte Vehikel, das mit wilden, schlingernden Bewegungen auszuweichen versuchte – vergeblich.

Die verbliebenen fünf Fahrzeuge rasten weiter; sie hatten die Schlucht fast schon erreicht. Noch ein paar Augenblicke und ihre Passagiere würden entlang der Kluft aussteigen. Auf der anderen Seite waren Nizat und die Überlebenden der ersten Schlachtreihe noch ungefähr hundert Einheiten vom zweiten Sammelpunkt entfernt. Sie waren aber nur mit Plasmagewehren und Karabinern bewaffnet – Waffen mit mittlerer Reichweite, die einem Feind auf der anderen Seite des Abgrunds kaum Schaden zufügen konnten, erst recht nicht, wenn er am oberen Rand der Felskluft in Position ging.

Nizat spähte durch das Hitzeflimmern zu den feindlichen Fußsoldaten hinüber. Seine Strahlengewehrschützen hatten die Kolonne auseinandergetrieben, davon abgesehen zeigten ihre Angriffe jedoch kaum Wirkung. Die Menschen hatten sich lediglich verteilt und rückten nun in einer breit gefächerten Welle zwischen den Büschen vor. Die Luft über ihnen war voller Kristallinsekten, sodass es aussah, als würde eine Nebelwand über das Plateau rollen. Die Plasmagewehre feuerten unablässig weiter, aber in diesem Durcheinander hatte selbst der beste Schütze Schwierigkeiten, irgendetwas zu treffen.

Nizat erreichte die Schlucht, ging aber nicht hinter einem der großen Felsbrocken entlang des Randes in Deckung. Die Menschen waren drauf und dran, die überlegene Position zu sichern; die Sangheili mussten den Abgrund also schnellstmöglich überqueren, und die beste Methode, um den Mut von Gefolgsleuten anzufachen, war immer noch, ihnen mit entschlossenem Beispiel voranzugehen. Darum wollte Nizat gerade lang genug am Rand der Schlucht verharren, bis er einen Pfad die Kluft hoch gefunden hatte, auf dem seine Krieger zumindest teilweise vor Feindbeschuss geschützt wären.

Während er noch suchte, tauchte 'Lakosee hinter ihm auf. Nizat deutete auf den Boden hinter einem brusthohen Felsblock.

»Geh dort in Deckung. Die Menschen haben vielleicht ein paar ihrer Scharfschützen mitgebracht.«

»Was ist mit dir, Flottenmeister?«

»Mein Glaube ist mein Schild«, sagte Nizat nur.

»Mein Glaube ist auch stark.«

»Aber du musst die Luminalfeuer beschützen«, entgegnete Nizat. »Also geh in Deckung.«

'Lakosees Mandibeln klackten frustriert, aber er kauerte sich wie befohlen hinter den Felsen. »Ich habe dem Geländetrupp den Befehl zum Vorrücken gegeben. Den Strahlen- und Fokusschützen ebenfalls.«

»Gut«, lobte Nizat. »Wir müssen die Schlucht so schnell wie möglich überqueren.«

Während er sprach, erreichten die feindlichen Fahrzeuge die Felskluft. Aber statt stehen zu bleiben und Soldaten abzusetzen, bremsten sie nur ab und fuhren im Schritttempo über den Rand, zur Mitte des keilförmigen Einschnitts hinab.

Nizat war so verdutzt, dass er im ersten Moment nicht einordnen konnte, was er da sah. Er folgte dem Verlauf der Kluft mit den Augen bis hinunter zu der Stelle, wo sie in die Schlucht mündete … und erst jetzt sah er den schmalen Streifen horizontalen Terrains, der sich über dem schwindelerregenden Abgrund an der Felswand dahinzog.

Die Hitze ließ das Bild wabern und tanzen – vermutlich weil der Temperaturunterschied zwischen dem schattigen Inneren der Schlucht und ihrem sonnenverbrannten Rand so groß war –, aber dieser schmale Streifen schien sich in beide Richtungen zu erstrecken, so weit das Auge reichte.

»'Lakosee?« Nizat deutete zu dem Sims hinab. »Woran erinnert dich das?«

Sein Adjutant spähte hinter dem Felsen hervor. »Ein Tunnel«, sagte er. »Die Form ist zu gleichmäßig für eine Höhle.«

Nizat brauchte mehrere Augenblicke, bis seine Augen etwas entdeckten, was einem Tunnel oder einer Höhle ähnelte, aber schließlich sah er es: Ein Stück den Sims entlang, den er *eigentlich* gemeint hatte, prangte ein dunkler Fleck in der Felswand, geformt wie eine flache Raute.

Es wirkte in der Tat wie der Eingang eines Tunnels.

»Ich sehe es«, brummte Nizat. »Aber schau, direkt davor. Dieser Sims, der daran vorbeiführt.«

'Lakosee zögerte einen Moment, dann: »Das kann nur eine Straße sein.«

»Das sehe ich auch so«, sagte Nizat. »Die Frage ist: Warum versuchen die Menschen, vor uns da hinabzugelangen?«

»Damit wir uns dort nicht sammeln können?«, mutmaßte 'Lakosee. »Vielleicht führt der Tunnel zu ihrer Seite der Schlucht hoch.«

»Das würde nur Sinn ergeben, wenn sie wüssten, dass wir nicht einfach Luftunterstützung anfordern und auf die andere Seite hinüberfliegen können. Aber woher sollten sie das wissen?«

»Weil wir es bis jetzt noch nicht getan haben«, argumentierte 'Lakosee. »Warum würden wir uns all diese Mühe machen, wenn wir Flieger hätten?«

Nizat wog die Frage noch immer in seinem Kopf ab, als der Rangermeister zu ihnen trat. Er war ein hochgewachsener, stämmiger Sangheili in blauer Rüstung, dem zwei Finger und eine halbe Mandibel fehlten – Wunden, die ihn nur umso Furcht einflößender wirken ließen. Weil er sah, dass Nizat hochaufgerichtet im Freien stand, kniete er sich nicht in den Schatten eines Felsens, so wie 'Lakosee … Aber er stellte sich direkt hinter den Adjutanten, sodass zumindest die untere Hälfte seines Körpers geschützt war. Nizat weitete das Kommnetz aus, damit auch der Neuankömmling ihn hören konnte. »Meister 'Zinwasee, wir haben gerade über die Taktik der Ungläubigen gerätselt.« Er deutete über die Schlucht hinweg, wo die fünf menschlichen Fahrzeuge inzwischen ein Viertel des Weges durch die Kluft zurückgelegt hatten. »Warum versuchen die Menschen, vor uns diese Straße zu erreichen?«

»Solange sie scheitern, ist das *Warum* unwichtig.« 'Zinwasee deutete auf die Reihe von Sangheili-Schützen, die sich entlang des Schluchtrandes in Position gebracht hatten. »Auf deinen Befehl.«

»Nur zu«, sagte Nizat. »Was ist mit dem Geländetrupp?«

'Zinwasee deutete in die entgegengesetzte Richtung, an Nizat vorbei die Schlucht hoch. »Er ist bereits hier.«

Als Nizat sich umwandte, sah er zwanzig Sangheili von der *Steadfast Strike* mit ihrer Ausrüstung heranmarschieren – zehn Spulen Carbolium-Seil, eine Tasche mit Klettergeschirren, Schweißstäbe, eine Anti-Gravitations-Abschussröhre und zwanzig Nioboron-Harpunen, die hastig auf dem Reparaturdeck der Fregatte zusammengeschweißt worden waren. Sie blieben ungefähr dreihundert Einheiten entfernt stehen und begannen in kleinen Gruppen mit der Arbeit. Zum Glück wurden sie durch die Felsen vor den Augen der Menschen verborgen, aber selbst wenn der Feind sie gesehen hätte, wären sie außer Reichweite.

Zumindest noch.

Die erste Gruppe lud eine der Nioboron-Harpunen in die Abschussröhre und trieb sie tief in den felsigen Boden. Parallel dazu löste das zweite Team die Verschlüsse der Seilspulen und warf jeweils ein Ende über den Rand der Schlucht. Die dritte Gruppe band das andere Ende um die Ösen weiterer Harpunen und schweißte sie mithilfe der Stäbe fest.

Im nächsten Schritt zog die erste Gruppe ein Seil durch die Öse der Harpune, die sie zuvor im Boden verankert hatte, dann band sie einen großen Halteknoten hinein, um zu verhindern, dass sich das Seil wieder löste. Sobald sie damit fertig waren, feuerten sie eine zweite Harpune auf die andere Seite der Schlucht, wo sie sich knapp oberhalb der Geröllrampe in die Felswand bohrte. Das zweite Team zog das Steil straff und hielt es fest, während die Schweißer es sicherten … und schon war die erste Seilrutsche fertig, eine fingerdicke silbrige Linie, die sich in einem 30-Grad-Winkel über den Abgrund spannte.

Keine zehn Atemzüge, nachdem er mit der Arbeit begonnen hatte, packte der Geländetrupp seine Ausrüstung zusammen und schlich zur nächsten Position weiter. Nizat beugte sich über den Rand der Schlucht, um das Seil zu inspizieren. Er sah, dass die

Harpune perfekt platziert war; sie ragte dicht unter der Straße aus dem Felsen, auf der von der Kluft abgewandten Seite der Geröll-rampe, sodass man innerhalb weniger Sekunden geschützt auf die Fahrbahn hochklettern könnte, um den Feind anzugreifen.

Nizat trat vom Abgrund zurück. »Ruf deine Ranger, Meister 'Zinwasee. Wir wollen so schnell wie möglich mit der Überque-rung beginnen.«

Gerade als er selbst zu dem straff gespannten Seil hinübergehen wollte, heulten zu seiner Linken unvermittelt die Strahlengewehre los. Nizat spähte über die Schlucht zu der keilförmigen Kluft hi-nüber und sah weiße Blitze, die vor den aufmontierten Geschüt-zen der Geländewagen aufloderten. Inzwischen mussten die Ka-noniere aber zu ihren Zielen hochschießen und Nizats Schützen wurden durch den Rand der Schlucht geschützt. Die meisten Ku-geln trafen nur nackten Fels, wohingegen die Fahrzeuge bestän-dig Schaden nahmen. Verschwommene Gestalten sprangen von der Ladefläche und verschwanden hastig hinter Gesteinsbrocken und Büschen, um dem zielsicheren Beschuss der Sangheili zu ent-gehen.

Es dauerte nicht lange, bis Nizat weitere Menschen entdeckte, die zu Fuß durch die Kluft nach unten stiegen. Sie huschten in ge-ducktem Zickzack von einem Felsen zum nächsten, denn mehr als ein paar Schritte über offenes Terrain zu rennen, würde den siche-ren Tod bedeuten. Zwei der Soldaten erwischte es auch so – einer wurde von einem Partikelgewehr am Oberkörper getroffen, der andere von einem Geländewagen zerquetscht, als dieser sich auf der steilen Schräge überschlug. Der Rest stieg aber geschickt zur Straße hinunter, und Nizat schätzte, dass mindestens acht oder neun ihr Ziel erreichen würden.

Außerdem waren da noch mindestens hundert Fußsoldaten oben auf dem Plateau, die sich gerade erst dem Rand der Kluft näherten. Falls Nizat zuließ, dass auch nur eine kleine Gruppe die Straße einnahm, würden sie ihre Position dort schnell verstärken und die Überquerung der Schlucht für die Allianz zu einem Albtraum machen.

Er rannte los. »Schnell, Meister 'Zinwasee!«

Der Geländetrupp hatte bereits ein zweites Seil auf die andere Seite gefeuert, als Nizat sie erreichte. Er ließ sich ein Klettergeschirr geben, stieg hinein und sicherte die Riemen um seinen Brustpanzer und seine Beine. Anschließend hakte er sich an der Gravitationswinde ein und schloss den Kontrollring um das Seil.

Ringsum wurde das Echo von menschlichen Automatikwaffen von den Schluchtwänden zurückgeworfen, doch Nizat hob nicht mal den Kopf. Der gedämpfte Klang der Schüsse verriet ihm, dass sie von der Kluft aus nach oben schossen – er hätte sie also ohnehin nicht sehen können.

»Wie ist die Lage, Meister 'Zinwasee?«

Es gab eine kurze Pause, als 'Zinwasee die Frage an seine Schützen weiterleitete. »Wir haben die Situation unter Kontrolle. Die Waffen der Menschen zeigen zwar Wirkung, aber wir haben ein weiteres ihrer Fahrzeuge zerstört, und noch sind sie nicht in Position, um auf die Seilrutschen zu schießen.«

»Dann müssen wir sie sofort einsetzen.« Nizat zog sein Plasmagewehr vom Rücken. »Folgt mir, so schnell ihr könnt.«

Er nahm Anlauf, erreichte den Rand und trat ins Nichts. Einen Moment lang zuckte ihm die Frage durch den Kopf, ob er es mit dem Sangheili-Ethos vielleicht ein wenig übertrieb. Musste ein Anführer seinen Leuten wirklich *immer* vorangehen?

Sein Magen sprang in seinen Hals hoch, während er zehn Einheiten in die Tiefe stürzte. Dann fing der Kontrollring endlich sein Gewicht auf und er rutschte an dem Seil entlang vorwärts. Die ersten zehn Einheiten bewegte er sich noch ungebremst in einem schrägen Winkel, ehe sich das Bremsfeld aktivierte und er langsamer wurde. Nizat benutzte die freie Hand – in der anderen hielt er sein Plasmagewehr –, um an der Bremsleine zu ziehen. So reduzierte er die Reibung und beschleunigte wieder.

Seit seiner Feldausbildung war viel Zeit vergangen, und er brauchte zehn Atemzüge, um eine Einstellung zu finden, die ihn schnell, aber kontrolliert vorwärtsrutschen ließ. Zu dem Zeitpunkt hatte ihn der Rangermeister am Seil zu seiner Rechten bereits überholt und zu seiner Linken flog eine Harpune mit dem nächsten Seil durch die Schlucht.

Nizat ermahnte sich, nicht nach unten zu blicken ... und tat es dann trotzdem. Tausend Einheiten unter ihm erstreckte sich eine schimmernde blaue Fläche. Ob es sich dabei um Wasser handelte oder nur um eine Hitzeillusion, konnte er nicht sagen; er wusste nur, dass er es nicht herausfinden wollte.

Sein Blick wanderte nach links, die Schluchtwand hoch zu den hellen Lichtblitzen, wo seine Krieger mit ihren Strahlen- und Fokusgewehren in die eine Richtung feuerten und die orangefarbenen Punkte von Glimmermunition – die Menschen nannten sie Leuchtspurgeschosse – in die andere Richtung flogen. Nizat bezweifelte, dass die Ungläubigen viele Treffer erzielten, aber dasselbe galt auch für seine Ranger. Zudem verriet ihm ihr schräger Feuerwinkel, dass sie sich der Straße immer weiter näherten.

'Lakosees Stimme erfüllte seinen Helm. »Flottenmeister, bitte, achte auf deine Geschwindigkeit. Du musst uns nicht beeindrucken.«

Nizat lockerte den Griff um die Bremsleine, sodass sich der Kontrollring wieder enger um das Seil schloss. Sofort wurde er langsamer, aber als er den Kopf hob, raste ihm die Schluchtwand noch immer entgegen. Also ließ er die Bremsleine weiter nach oben rutschen, während er gleichzeitig die Beine anzog, um die Wucht des Aufpralls abzufangen. Doch der Kontrollring erfüllte seine Aufgabe: Nizat bremste so stark ab, dass sein Körper in aufrechter Position nach vorn schwang ... bis er acht Einheiten über der Mitte der Geröllhalde hing.

Unter ihm tauchte 'Zinwasee auf. »Ich sehe, du hast nichts verlernt, Flottenmeister. Kannst du allein abspringen?«

»Du hast Wichtigeres zu tun, als mir zu helfen.« Nizat deutete an der Straße entlang zur Mündung der Kluft – von dort aus nur ein breiter Einschnitt in der Felswand. »Die Menschen sind direkt über uns. Wenn sie die Straße einnehmen ...«

»Das werden sie nicht«, gelobte 'Zinwasee. »Schick meine Ranger hoch, sobald sie hier ankommen.«

Mit diesen Worten kletterte Meister 'Zinwasee zur Straße hoch.

Nizat deaktivierte das Bindungsfeld und fiel die letzten acht Einheiten auf die Schräge hinab. Rasch schälte er sich aus seinem Geschirr und hakte es dann wieder an der Führungsleine ein. Der Geländetrupp hatte nur eine begrenzte Zahl von Geschirren dabei, und früher oder später würden sie sie wieder über die Schlucht zurückziehen müssen, damit der Rest der Krieger nachfolgen konnte.

Anschließend kletterte Nizat hinter 'Zinwasee auf die Straße hoch. Dreißig Meter rechts von ihm erreichte gerade auch 'Lakosee die Fahrbahn. Anstatt seinen Adjutanten dafür zu rügen, dass er die Schlucht ohne Erlaubnis überquert hatte, rannte Nizat wortlos zu ihm hinüber. Initiative und Tapferkeit waren löbliche Eigenschaften für einen jungen Major ... Außerdem brauchte Nizat die Luminalfeuer, wenn sein Plan funktionieren sollte.

Eine vierte Harpune bohrte sich unter ihm in die Klippenwand. Da es vermutlich besser wäre, sich mit dem Ankerteam zu koordinieren, bevor er weiter die Straße hochstürmte, verharrte Nizat an 'Lakosees Seite.

»Die Luminalfeuer sind sicher?«, fragte er.

»Natürlich.« 'Lakosee klopfte auf eine Ausrüstungskapsel an seiner Rüstung. »Wir müssen nur noch Kontakt herstellen und ...«

Ein donnernder Knall hallte von der Mündung der Kluft herab, laut genug, dass es sogar das Rattern der anderen menschlichen Waffen übertönte. Nizat drehte sich in die Richtung, aus der das Geräusch gekommen war, und sein Blick blieb am Rangermeister hängen. 'Zinwasee kauerte hundert Einheiten vor ihnen, einge-hüllt in das Flackern seines überlasteten Energieschildes. Dann ertönte ein zweiter Schuss und eine Fontäne aus purpurnem Blut schoss aus einem Loch in seiner Rückenplatte.

»Scharfschütze!« Nizat packte 'Lakosee, schleuderte ihn von der Straße auf die Geröllrampe zurück und warf sich über ihn. »Bleib unten!«

»Aber, Flottenmeister …«

»Rühr dich nicht«, befahl Nizat. »Beschütze die Luminalfeuer.«

Der Adjutant gab es auf, sich unter Nizat hervorrollen zu wollen. »Wie du wünschst.«

Das Dröhnen des Scharfschützengewehres setzte sich über ihnen fort. Nizat blickte zu den Seilrutschen, um zu sehen, mit welcher Unterstützung er und 'Lakosee rechnen konnten. Zwei Ranger hingen schlaff über der Mitte der Schlucht. Sie waren zum Stillstand gekommen, weil sie ihre Bremsleinen losgelassen hatten, und nun regnete ihr Blut in den Abgrund hinab.

Der nächste Knall malträtierte Nizats Ohren, und der nächste Ranger an 'Lakosees Seil kippte ebenfalls in seinem Geschirr nach hinten. Er wurde langsamer, bis sich der Kontrollring vollends um das Seil geschlossen hatte, dann baumelte er so tot und reglos wie seine Kameraden über der Schlucht. Bevor sie diese Seile wieder benutzen konnten, musste ein Krieger erst zu den Toten rutschen und sie aus ihren Geschirren schneiden – aber das war ein hoffnungsloses Unterfangen, solange ein Scharfschütze der Ungläubigen über der Schlucht lauerte.

Aus der Richtung der Kluft ratterten weiter die Menschengewehre. Als Nizat den Kopf drehte, sah er gerade noch, wie am vierten Seil ein weiterer Ranger in seinen letzten Zuckungen lag.

»Wer ist 'Zinwasees zweite Klinge?«, presste er hervor.

»Oro 'Gulya'see«, entgegnete 'Lakosee. »Soll ich ihn über seine Beförderung informieren?«

»Ja, sofort«, sagte Nizat. »Er soll keine weiteren Ranger losschicken, um an diesen Seilen zu sterben. Stattdessen werden sie uns vom Rand aus Feuerdeckung geben. Die Ungläubigen dürfen diese Straße nicht sichern.«

»Wie du befiehlst.«

Nizat blieb noch einen Moment über 'Lakosee, während er nach oben spähte und das Scharfschützennest suchte. Die meisten der Leuchtspurgeschosse kamen von der Kluft, aber der Scharfschütze musste sich eine höher gelegene Position gesucht haben, andernfalls hätte er 'Zinwasee aus diesem Winkel nicht töten können. Der logischste Ort für so ein Versteck wäre seitlich über der Stelle, wo sich die Straße besonders eng an die Felswand schmiegte. Nizat suchte den Bereich zehn Atemzüge lang mit den Augen ab … ohne etwas zu entdecken.

Er war kein Infanterist, aber er hatte den Eindruck, dass Scharfschützen dieselben Taktiken verfolgten wie Tarnschiffe: Sie versuchten, nie dort zu sein, wo der Feind sie vermutete. Also ließ er den Blick weiter schluchtaufwärts wandern, wo mehrere Felsen oberhalb der Kluft aufragten. Trotz des Hitzeflimmerns dauerte es nicht lange, bis er eine kurze, dünne, schwarz-grau gestreifte Stange sah, die zwischen den beiden größten Brocken hervorragte. Sie war in einem Winkel geneigt, der freie Schussbahn auf 'Zinwasee und die toten Sangheili an den Seilen ermöglichte. Aber die hintere Seite der Geröllrampe, wo Nizat und 'Lakosee – und die Luminalfeuer lagen – sollte sicher sein.

Der Flottenmeister kniff die Augen zusammen und entdeckte schließlich den dunklen Kreis einer Mündung. Ja, definitiv ein Scharfschütze. Vermutlich nicht der Beste, ansonsten hätte Nizat ihn nicht so schnell gefunden … aber doch gut genug, um 'Zinwasee und vier Flottenranger zu töten. Nizat markierte die Position auf dem Interface seines Helms und übertrug sie an 'Lakosee.

»Kader Fünf soll auf diese Position feuern.« Jetzt, wo er zuversichtlich war, dass sich die Luminalfeuer außer Reichweite des

Scharfschützen befanden, rollte Nizat sich von seinem Adjutanten. »Sie sollen alles töten, was sich bewegt.«

Kaum dass 'Lakosee den Befehl weitergegeben hatte, konzentrierten die Ranger ihr Feuer auf den markierten Bereich. Der Lauf des Scharfschützengewehrs verschwand schnell zwischen den Felsen, einen Moment später stolperte eine verschwommene Gestalt mit weicher, wattiger Silhouette vom Rand der Schlucht fort – bis ein Plasmastrahl ihre Brust durchbohrte und sie außer Sicht kippte.

Doch obwohl ihr Scharfschütze nun tot war, dachten die Menschen nicht daran, sich zurückzuziehen. Sie hielten ihre Position in der Kluft und beharkten Nizats Kader auf der anderen Seite der Schlucht mit Gewehrfeuer. Ihr Beschuss nahm sogar noch an Intensität zu, und als der Geländetrupp versuchte, ein fünftes Seil über den Abgrund zu spannen, wurde das gesamte Ankerteam binnen Sekunden niedergemäht.

Die Antigrav-Abschussröhre entglitt den Fingern eines sterbenden Kriegers, landete auf den Felsen und ... rutschte halb über den Rand der Schlucht hinaus, ehe sie liegen blieb.

»Keine weiteren Seilrutschen!«, ordnete Nizat an. Es hatte keinen Sinn, an einer Strategie festzuhalten, die selbst im besten Falle damit enden würde, dass weitere Flottenranger über der Schlucht hingen wie *Chigguts* in einem Longosack. »Der Geländetrupp soll sich zurückziehen.«

»Zurückziehen?«, wiederholte 'Lakosee. »Aber wenn sie es ein Stück weiter die Schlucht hoch versuchen ...«

»Das würde zu lange dauern. Bis die Verstärkung hier einträfe, bräuchten wir sie nicht mehr.« Nizat klettert ein paar Einheiten von 'Lakosee weg, dann streckte er den Arm aus. »Ich nehme das Anti-Gravitationsgeschirr. Streif du die Schildeinheit über.«

Sein Adjutant rollte sich auf die Seite, öffnete die Ausrüstungskapsel und reichte Nizat das Geschirr. »Du glaubst, dass wir sterben werden.«

»Wir stehen zu zweit gegen hundert von ihnen.« Zu Nizats Überraschung überkam ihn fast so etwas wie ein Hochgefühl, als er die Worte aussprach. Sie waren ihrem Ziel, ONI die Luminalfeuer unterzuschieben, ganz nahe; solange sie dieses Ziel erreichten, würde er einen würdigen Tod sterben. »Da wäre es töricht, diese Möglichkeit auszuschließen.«

»In dem Fall ist es eine Ehre, an der Seite eines Paragons zu sterben.« 'Lakosee schnallte die Schildeinheit an seine Rüstung. »Auch wenn mich die Aussicht nicht so euphorisch stimmt wie dich offenbar.«

»Warum nicht?« Nizat befestigte die erste Kapsel des Geschirrs auf Brusthöhe an seiner Rüstung. So wurde es normalerweise nicht getragen, aber er bräuchte 'Lakosees Hilfe, um es über seine Rückenplatte zu ziehen, außerdem würde der Unterschied einem Menschen sicher nicht auffallen. »Wir waren der Erfüllung unseres Plans nie näher.«

»Aber wenn wir hier sterben«, fragte sein Adjutant, »wer wird diesen Plan dann ausführen?«

»'Weyodosee wird meinen Platz einnehmen.«

»Verzeih, Flottenmeister, aber ich muss offen sprechen. 'Weyodosee ist ein Feigling.«

»Ein *gerissener* Feigling«, relativierte Nizat. »Außerdem wird er acht Infiltrationskorvetten unter seinem Kommando haben. Wenn er sieht, dass ONI unseren Köder schluckt, wird er meinen Plan umsetzen. Allein schon, weil die Zerstörung ONIs seine einzige Hoffnung ist, Gnade von den Hierarchen zu erfahren, nachdem er mir gefolgt ist.«

»Ich verstehe nicht, warum wir uns über 'Weyodosees Sündenerlass freuen sollten, wenn wir ihn mit unserem Leben bezahlen«, murmelte 'Lakosee.

»Weil die Vernichtung von ONI unsere Ehre in den Augen der Götter wiederherstellt.« Nizat befestigte die zweite Kapsel auf der anderen Seite seiner Brustplatte. »Sie werden uns auf den

Pfad der göttlichen Transzendenz zurückrufen, also hab keine Furcht.«

'Lakosee legte skeptisch den Helm schräg, klackte aber mit den Mandibeln und sagte: »Wie du befiehlst.«

Jetzt hatten die ersten Menschen den unteren Rand der Kluft erreicht. Nizats Flottenranger ließen von der anderen Seite des Abgrunds Partikelgeschosse und Fokusstrahlen auf ihre Köpfe niederregnen, und die Ungläubigen antworteten mit einer lang gezogenen Raketensalve, die die gesamte Schluchtwand in Rauch und Staub hüllte. Nizat und 'Lakosee kletterten derweil auf die Straße hoch und rannten dem Feind entgegen.

Der Raketenbeschuss war kaum verstummt, als zwei Fahrzeuge aus der Kluft hinunterrumpelten und auf der Straße landeten. Ohne stehen zu bleiben, drehten sie sich in die von Nizat und 'Lakosee abgewandte Richtung, wobei ihre Geschütze langsam herumschwenkten, um die Flottenranger weiter mit Blei einzudecken. Hinter ihnen folgten knapp hundert Fußsoldaten. Nizat und 'Lakosee eröffneten sofort das Feuer auf die feindliche Flanke.

Doch anstatt sich ihnen zu stellen, rannte die gesamte Horde hinter den Fahrzeugen her.

»Was ist los mit ihnen?«, entfuhr es 'Lakosee, der nun auf die Rücken der Ungläubigen schoss.

Bevor Nizat antworten konnte, drehte sich eine Handvoll Menschen am hinteren Ende der Gruppe um und feuerte in ihre Richtung. Nizats Energieschild begann vor Überladungsstatik zu knistern. Dann hob einer der Ungläubigen sein Gewehr ein Stück höher und feuerte ein größeres Geschoss aus dem unteren Lauf der Waffe ab. Ein *deutlich* größeres Geschoss. Es landete fünfzehn Einheiten vor Nizat auf dem Boden.

Granate.

Weißes Licht fraß sich in seine Augen, und er spürte, dass er nach hinten geschleudert wurde.

Nizat bezweifelte, dass er sich je daran erinnern würde, was danach geschah. Mit Gewissheit wusste er nur, dass er nicht in die Schlucht stürzte. Als er wieder zu sich kam, kniete 'Lakosee über ihm und schüttelte seine Schultern. Es dauerte ein paar Sekunden, ehe er registrierte, dass sein Adjutant auf ihn einbrüllte, und selbst dann klang seine Stimme noch schwach und weit entfernt.

»Flottenmeister! Bist du verletzt! Wach auf!«

Nizat schob 'Lakosee fort und setzte sich auf. Dabei klackte etwas gegen seine Unterleibsrüstung. Er senkte den Kopf und stellte fest, dass es eine Kapsel des Anti-Gravitationsgeschirrs war, die zerschmettert an dem Verbindungskabel von seiner Brust baumelte. Nizat dankte den Göttern, dass es nicht die Kapsel mit dem Luminalfeuer war.

»Flottenmeister ...«

»Alles in Ordnung, Tam.« Natürlich konnte Nizat das nicht mit Gewissheit sagen, aber zumindest hatte er keine Schmerzen – das musste fürs Erste reichen. »Hilf mir hoch.«

'Lakosee zog ihn auf die Beine und zu seiner Überraschung sah Nizat die gesamte menschliche Kolonne die Straße entlang davonrennen. »Die Ungläubigen fliehen vor uns?«

»Ich konnte es selbst kaum glauben«, sagte 'Lakosee. »Sind sie wirklich solche Feiglinge?«

»Ich bezweifle es«, brummte Nizat. »Sie sind verrückt wie *Gartls* ... Aber feige sind sie nicht.«

Er schätzte die Zahl der Menschen, die er sehen konnte. Die gesamte Gruppe war ungefähr viermal so groß, das bedeutete ... es konnten nicht mehr als achtzig Überlebende sein. Und da sie zur Mannschaft eines Bergungsschiffs gehörten, war sicher nur ein kleiner Prozentsatz erfahrene Krieger. Wahrscheinlich hatte ihr Schiffsmeister die Selbstzerstörung eingeleitet, als Nizats Kader mit dem Angriff begonnen hatte, und nun versuchten sie, eine sichere Entfernung zu erreichen, bevor das Schiff explodierte.

Nizat wandte sich zu 'Lakosee um. »Sag dem Geländetrupp, er kann jetzt weitermachen. Dann komm mit.« Er löste das zerschmetterte Anti-Gravitationsgeschirr von seiner Rüstung, riss das Verbindungskabel durch und reichte seinem Adjutanten die intakte Kapsel. »Nimm das Luminalfeuer heraus. Bevor wir die Verfolgung aufnehmen, brauchen wir einen neuen Köder.«

»Wir verfolgen sie?«, fragte 'Lakosee. »Werden die Menschen das nicht verdächtig finden?«

»Vermutlich«, erwiderte Nizat. Er setzte sich in Bewegung, auf die Masse menschlicher Leichen zu. »Aber welche Wahl haben wir schon?«

15. KAPITEL

12:28 Uhr, 7. Juni 2526 (Militärkalender)
Landeplatz der UNSC *Phyllis Wheatley,* Kristallbuschplateau
Berge der Verzweiflung, Planet Netherop, Ephyra-System

Nachdem Team Blau achtzehn Kilometer weit gesprintet war, ging das Land in eine Reihe sanft gewellter Hügel über, die den Spartans den Blick auf das Plateau voraus versperrten. Die Kristallbüsche wichen hier Stück für Stück einer hohen Pflanzenart mit einem einzelnen, diamantförmigen Blatt, das nach allem schnappte, was daran vorbeikam. Johns Beine brannten vor Anstrengung, und seine Lungen fühlten sich an, als würde er Ammoniak atmen. Der Körperanzug unter seiner Rüstung schaffte es nicht länger, seine Körperwärme sofort abzuleiten, außerdem hörte er, wie sich immer mehr knirschender Staub in den Gelenken der Mjolnir ansammelte.

Aber laut seinem HUD waren es nur noch tausend Meter bis zur *Wheatley.* Captain Dkanis Meldung über die anrückenden Allianztruppen von der *Glücksfall* lag gerade mal dreiunddreißig Minuten zurück, und das dumpfe Jaulen von Plasmakanonen verriet John, dass er, Fred und Linda noch rechtzeitig ankommen würden, um den Enterversuch zurückzuschlagen. Er klopfte mit dem BR55 gegen seinen Unterarm, um sicherzugehen, dass der Lauf nicht durch Staub oder andere Rückstände verstopft war.

285

»Waffencheck«, befahl er auf dem Teamkanal.

Die Spartans rannten noch immer in gestaffelter Formation: Fred an der Spitze, John hundert Meter hinter und ein Stück rechts von ihm, Linda in einem Abstand von weiteren hundert Metern und noch weiter auf der rechten Seite.

John nahm das Magazin aus dem BR55, drehte den kleinen Regler durch sämtliche Feuermodi und vergewisserte sich, dass sich der Abzug durchziehen ließ. Sämtliche Sturm- und Kampfgewehre des UNSC waren für den Einsatz in harschen Umgebungen entworfen, aber der feine Staub, der durch einen kilometerlangen Dauerlauf aufgewirbelt wurde, setzte jeder Art von Ausrüstung zu. Er verlangsamte Belüftungsventilatoren, er verstopfte Filter und er bildete selbst auf dem dünnsten Film Waffenöl eine Kruste, was die Funktion des Spannschiebers und des Abzugs beeinträchtigen konnte.

Sobald John Gewissheit hatte, dass sein BR55 noch immer voll einsatzfähig war, tauschte er es gegen seine M7-Maschinenpistole und wiederholte die Prozedur. Anschließend überprüfte er das Staubsiegel an den Raketenzylindern für Freds M41-Raketenwerfer, die er auf dem Rücken trug. Und zu guter Letzt nahm er seine Granaten in Augenschein, wobei er den Belüfter seiner Rüstung benutzte, um jeglichen Staub von den Schiebern zu blasen, mit denen sich die Sprengkörper scharfmachen ließen. Im Großen und Ganzen waren seine Waffen in einem guten Zustand. Alles andere wäre auch eine Überraschung gewesen, schließlich hatte das Team während ihres langen Dauerlaufs bereits zwei solche Waffenchecks durchgeführt.

John legte die Granaten in die Ausrüstungstasche zurück, griff erneut zum BR55 und blickte zu Freds und Lindas Statusleuchten hoch. Beide glühten grün – Waffen bereit. Laut HUD war er noch siebenhundert Meter von der *Wheatley* entfernt und Fred rannte noch immer hundert Meter vor ihm.

Die beiden anderen Spartans mussten genauso erschöpft sein

wie John selbst – die kraftverstärkenden Schaltkreise der Mjolnir konnten dem Träger nicht die gesamte Arbeit abnehmen. Aber die Trinkschläuche in ihren Helmen versorgten sie inzwischen mit einer Monosacharid-Glukose-Lösung, die ihnen genug Energie für die bevorstehende Schlacht schenken würde. Team Blau sollte sich also sofort in den Kampf stürzen können, ohne erst eine Pause machen zu müssen.

Aber ein Neunzehn-Kilometer-Sprint war hart, selbst für Spartans. Da war Vorsicht besser als Nachsicht.

»Fühlt ihr euch bereit?«, fragte John. »Die unterstützenden Systeme funktionieren alle fehlerfrei?«

Erneut leuchteten die LEDs in Johns Helm grün auf.

»Ich bin für alles bereit«, meldete Fred. Er erreichte die Kuppe des nächsten Hügels und rannte die Rückseite hinunter. »Aber irgendetwas kommt mir komisch vor.«

»Geht das auch genauer?« John zweifelte nicht an Freds Instinkten – mit seinem Bauchgefühl lag er meistens richtig. Aber auf *irgendetwas* konnte man sich nur schwer vorbereiten.

»Also schön. Es ist so eine Art Flattern in meiner Magengrube …«

»Genug«, befahl John. »Wir haben jetzt keine Zeit für dumme Sprüche.«

»Aber es ist mein Ernst«, beharrte Fred. »Etwas stimmt hier nicht.«

»Muss die Artillerie sein«, überlegte John. »Im Augenblick ist das alles, wonach wir uns richten können – das, was wir hören.«

»Nein.« Das kam von Linda. »Ich glaube, das Problem ist eher, was wir *nicht* hören.«

John erreichte als Nächster die Hügelkuppe. Voraus konnte er auf einer Anhöhe einen Fleck stumpfgrauen Metalls erkennen. Das musste die *Wheatley* sein.

»Und was hören wir nicht?«, fragte er.

»Raketen«, antwortete Linda. »Nahverteidigungskanonen.«

Sie hatte natürlich recht. Die *Wheatley* mochte nur ein Bergungsschiff sein, doch selbst die waren mit Raketenrohren und Nahverteidigungssystemen ausgestattet. Zugegeben, wenn die Raketen in die falsche Richtung zeigten, waren sie auf der Oberfläche nutzlos.

Aber zumindest die Kanonengeschütze sollten in Position sein, um das Schiff gegen die vorrückende Entermannschaft zu verteidigen. Die Waffen nutzten lineare magnetische Beschleunigungstechnologie, um 50 mm-Explosivgeschosse abzufeuern. Eigentlich sollten John und seine Begleiter also ein endloses Rattern und Donnern hören, während die Kugeln auf dem Weg zu ihrem Ziel die Schallmauer durchbrachen und dann beim Aufprall detonierten.

Doch da war nur das sporadische Zischen von Plasmakanonen. Keine Raketen, keine Granaten, kein Gewehrfeuer – überhaupt keine Geräusche einer Verteidigung. Zumindest bis auf der anderen Seite der Anhöhe ein schwaches Knistern ertönte. John erkannte es sofort wieder: eine Mikrowellenexplosion. Eine Sekunde später war ein Knall zu hören, gefolgt von weit entferntem Jubel.

Der Jubel kindlicher Stimmen.

Doch er endete abrupt, als die nächste Plasmakanone losheulte. Die Mikrowellenwaffe knisterte ein zweites Mal, dann verstummte sie und der Beschuss der Allianz schwoll weiter an. Ein ungutes Gefühl senkte sich über John.

Fred rannte bereits den nächsten Hügel hoch, also sagte John: »Lasst uns haltmachen und die Lage überprüfen.«

»Was gibt's da zu überprüfen?« Fred ließ sich auf den Bauch fallen und legte die letzten Meter zur Kuppe kriechend zurück. »Ein Haufen Kinder kämpft mit einem Haufen Aliens um ein ONI-Schiff – und sie brauchen Hilfe.«

Während er sprach, hob Fred kurz den Kopf über den Hügel, dann zog er sich rasch wieder zurück und begann, seinen M41 feuerbereit zu machen.

»Ist es so schlimm?«, fragte John.

Fred gab sich vage. »Nicht wirklich. Sieh's dir selbst an.«

John hielt zwanzig Meter unter der Spitze des Hügels inne und kroch auf Knien und Ellbogen weiter nach oben. Sein Atem kam noch immer schwer, aber es war eine riesige Erleichterung, nicht mehr rennen zu müssen. Er saugte an dem Trinkschlauch, und als die Verjüngungslösung ihre Wirkung entfaltete, kehrte die Kraft sofort in seine Arme und Beine zurück. Nachdem er einen Bogen um eine der Segelpflanzen gemacht hatte – er wollte keine Aufmerksamkeit erregen, indem er ihren Faltreflex auslöste –, konnte er schließlich über die Felsen hinweg auf die andere Seite blicken.

Die *Wheatley* stand in einem schmalen Tal, ein riesiges Hufeisen, so hoch wie die Hügel, die es flankierten. Die beiden Enden des Schiffes ruhten auf Landefüßen von der Größe von Kampfpanzern, und zwischen ihnen hingen die Schubdüsen herab, jede groß genug, dass sich ein Prowler der *Razor*-Klasse darin verstecken könnte.

An der gewölbten Oberseite markierten mehrere Reihen von Aussichtsfenstern die Position der Brücke und der Mannschaftsquartiere. Die inneren Ränder waren mit den Spitzen von fünfzig ausfahrbaren Metallklauen besetzt, die jedes Schiff packen konnten, das weniger als vierhundert Meter breit war.

Bei der Missionsbesprechung hatte John erfahren, dass die *Wheatley* auf diese Weise auch die *Glücksfall* abschleppen sollte. Nachdem Team Blau das Ziel gestürmt und alle Aliens an Bord neutralisiert hatte – vorzugsweise, *bevor* jemand die Selbstzerstörung auslösen konnte –, würde das mächtige Bergungsschiff über die Fregatte fliegen, sie mit ihren Klauen greifen und dann aus der Schwerkraft von Netherop herausziehen. Anschließend sollte sie schnellstmöglich in den Slipspace fliehen und eine Reihe von willkürlichen Sprüngen durchführen, ehe sie mitsamt ihrer Beute in den menschlich kontrollierten Raum zurückkehrte.

Hoffentlich, ohne eine Allianzflotte im Nacken zu haben.

Besagte Beute – die *Glücksfall* – lag auf der anderen Seite des

Plateaus, eine in der Hitze wabernde Scheibe, deren violette Hülle mehr nach einem Schatten als nach einer Fregatte aussah. Die einzigen Details, die John erkennen konnte, waren der lange Hals und das schmal zulaufende Heck. Alles andere blieb hinter einem Vorhang aus Hitzeschimmern verborgen, einschließlich des Kraters, den die Zerstörer der Einsatzgruppe Pantea in die Hülle gesprengt hatten – der Auslöser dieses ganzen Schlamassels.

Zwischen den beiden Schiffen, ungefähr tausend Meter von der *Wheatley* und viertausend von der *Glücksfall* entfernt, schlängelte sich der Canyon dahin, durch den auch die Vergessene Landstraße führte … Dieselbe Schlucht, die Team Blau erklommen hatte, um Lena und die beiden Jungen in ihrem Bergläufer zu stellen.

Die gewundenen, schattigen Tiefen des Canyons erinnerten an eine große schwarze Schlange, die sich auf dem Plateau sonnte. Auf der Seite der *Wheatley* war mindestens ein halbes Dutzend Geröllhalden zu erkennen, wo Lawinen in die Tiefe gestürzt waren und tiefe Spalten in die Felswand gerissen hatten.

Was auf dieser Seite noch zu sehen war, waren vier Bergläufer, die am Rand der Schlucht hin und her tanzten, um dem herabprasselnden Plasmabeschuss auszuweichen. Der vorderste Läufer war so weit entfernt, dass er wie ein Stecknadelkopf aus verschwommener Helligkeit wirkte; der hinterste hatte ungefähr dieselbe Größe wie Johns Handfläche. Dennoch war deutlich zu erkennen, dass sie mit ihren Mikrowellenwaffen das Feuer erwiderten, denn auf der anderen Seite des Abgrunds zerplatzten Kristallbüsche in glitzernde Scherbenwolken, und Segelpflanzen verwandelten sich in lodernde Flammensäulen.

Es war keine Schlacht, eigentlich nicht mal ein Scharmützel. Aber als John näher heranzoomte, sah er, dass zuvor ein viel heftigeres Gefecht auf dem Plateau getobt haben musste. Auf der Seite der Allianz war der Fels mit dunklen Flecken von Ausrüstung und Leichen übersät – neunzehn Leichen, um genau zu sein. Sechs Außerirdische waren noch übrig, um den Kampf fortsetzen, allesamt

Elites, ihren Körperformen und Bewegungen nach zu urteilen. Zwei von ihnen bemannten Plasmakanonen, die an vermeintlich bewegungsunfähigen Angriffsvehikeln befestigt waren. Selbst das vorderste dieser Fahrzeuge war hundert Meter von der Schlucht entfernt, womit sich die Bergläufer am äußersten Rand ihrer effektiven Feuerreichweite befinden sollten.

Doch da war noch eine dritte Kanone, die die Aliens zu einem Vorsprung am Rand der Klippe geschleift hatten – sie befand sich also ganze hundert Meter näher, außerdem deckte sie ein Schussfeld von 270° Grad ab. Neben dem Kanonier kauerte ein Schussbeobachter auf dem Vorsprung, zusätzlich wurden sie von zwei Elites mit langläufigen Strahlengewehren unterstützt.

John konnte keine weiteren Truppen auf dem Plateau sehen – weder tot noch lebendig –, also richtete er seine Aufmerksamkeit auf die *Wheatley*. Schnell wurde ihm klar, warum ihre Nahverteidigungskanonen nicht feuerten; alle sechs Geschütze auf der schluchtwärtigen Seite waren von konzentriertem Feindbeschuss in Fetzen gesprengt worden.

Alles deutete auf einen kurzen, aber tödlichen Schlagabtausch zwischen den Allianztruppen und der Besatzung der *Wheatley* hin, aber John hatte keine Ahnung, was danach geschehen war. Ebenso wenig verstand er, warum die Verstoßenen in einem Artillerieduell ihre Bergläufer und ihr Leben aufs Spiel setzten. Sie müssten sich nur in sichere Entfernung zurückziehen, dann könnten sie die Elites in aller Ruhe erledigen, wenn sie aus der Schlucht kletterten.

Aber sie waren Kinder. Mehr noch, Kinder ohne jegliches Training. Vermutlich wäre es überraschender gewesen, *hätten* sie eine intelligente Strategie angewandt.

»Blau Vier, übernimm die beiden Schützen weiter hinten«, befahl John. »Blau Zwei, die Kanone auf dem Vorsprung. Ich sorge dafür, dass die Verstoßenen nicht auf uns feuern.«

Linda und Fred ließen ihre Statusleuchten grün blinken, dann wechselte die Farbe zu gelb, als sie in Stellung gingen. John markierte die mobile Allianzkanone derweil als Wegpunkt – nicht etwa, weil er vorhatte, dorthin vorzurücken, sondern um über die Position der Waffe auf dem Laufenden zu bleiben. Anschließend kroch er los, so schnell es ihm auf Händen und Ellbogen möglich war, schließlich hatte er von den drei Spartans die größte Distanz zurückzulegen.

Sein Gewehr trug er auf der Armbeuge, und einmal wurde sie ihm fast weggeschleudert, als er eine Segelpflanze streifte und ihr Blatt nach der Waffe schnappte. John riss die Pflanze kurzerhand ab, um das BR55 zu befreien, dann änderte er seinen Kurs und kroch vorsichtig ein Dutzend Meter in diese neue Richtung. Er war ziemlich sicher, dass die Strahlengewehre der Elites ihn hier drüben treffen konnten, falls sie ihn entdeckten, aber zum Glück schienen sie zu sehr mit den Verstoßenen beschäftigt zu sein.

Sieben Minuten, nachdem die Spartans sich aufgeteilt hatten, hallte das unverkennbare Donnern eines Plasmaeinschlags über das Plateau. John hob gerade noch rechtzeitig den Kopf, um die Flammensäule zu sehen, die über dem zweiten Bergläufer emporloderte. Zwei Gestalten wurden aus dem Gefährt gewirbelt; sie waren schon tot, bevor sie auf dem Boden landeten, und das war vermutlich besser so: Die Feuerwolke war durch explodierende Batterien ausgelöst worden – was bedeutete, dass alles voller brennender Säure war.

Lindas Statusleuchte sprang auf Grün um.

»Blau Vier, Feuerfreigabe.« John zog den Kopf ein und kroch weiter. »Blau Zwei, weiter vorrücken.«

Normalerweise hätte er mit dem Angriff gewartet, bis alle in Position waren, aber er wollte nicht, dass noch mehr Verstoßene zu Schaden kamen. Falls sie Verletzten helfen mussten, würde sie das weiter von ihrer Mission abhalten, und ihnen fehlte bereits ein Spartan, weil jemand Arne und Oskar hatte helfen müssen.

John war nicht sicher, wie viel Zeit ihnen noch blieb. Kelly hatte sie in ihrer letzten Nachricht vor einer Spezialeinheit von Elites gewarnt, die sich ihnen von hinten näherte, und er musste die Situation hier unter Kontrolle kriegen, bevor die nächste Welle anrollte.

Zweimal ertönte das Donnern von Lindas SRS99, anschließend blinkte ihre LED dreimal grün, was so viel bedeutete wie: Ziel neutralisiert. John legte sich flach auf den Bauch und begann langsam zu robben. Ab jetzt musste er wirklich darauf achten, seine Position nicht zu verraten. Die Situation hatte sich nach Lindas Schüssen vollkommen verändert, und wenn der Feind etwas taugte – wovon man immer ausgehen sollte –, dann würden die beiden Elites mit den Strahlengewehren jetzt nach der neuen Bedrohung Ausschau halten.

Das SRS99 brüllte drei weitere Male, ehe Lindas LED erneut grün blinkte. Sie schoss eigentlich nur selten daneben, aber der Hitzeeffekt machte genaues Zielen praktisch unmöglich. John konsultierte die Minikarte und sah den Wegpunkt 45 Grad zu seiner Linken. Zeit, näher heranzugehen. Er drehte sich der Markierung entgegen und robbte weiter.

Jetzt leuchtete auch Freds Statusleuchte grün, was bedeutete, dass er bis auf die maximale Reichweite seines M41 – also ungefähr vierhundert Meter – an den Feind heran war. Da John nicht wusste, wie breit die Schlucht am Angriffspunkt war, konnte er auch nicht sagen, wie weit Fred vom Rand des Abgrunds entfernt war. Aber sein BR55 hatte eine Reichweite von neunhundert Metern. Das sollte auf jeden Fall reichen.

Er überprüfte ein weiteres Mal, ob der Lauf des Kampfgewehrs noch immer frei von Staub war, dann schaltete er die Waffe auf den vollautomatischen Feuermodus.

»Blau Zwei, Feuer frei.«

Eine Sekunde verging, dann noch eine … Ein knisterndes Echo verriet, dass die Mikrowellenwaffe irgendetwas auf der Seite der Allianz getroffen hatte. Und dann, endlich, das Grollen von zwei Raketen zu Johns Linken. John hob das BR55 an die Schulter, zielte in Richtung des Wegpunkts und stand auf – nur um festzustellen, dass ihm eine besonders große Segelpflanze die Sicht versperrte. Er eröffnete trotzdem das Feuer.

Die Pflanze klappte in sich zusammen, und dahinter kam eine Wolke aus öligem grauem Rauch zum Vorschein, die über dem Vorsprung auf der anderen Schluchtseite emporstieg. Der blaue Blitz eines Partikelstrahls zuckte aus dieser Wolke heraus in Freds Richtung.

»Der gehört mir«, sagte John auf dem Teamkanal.

Er verband sein HUD mit dem Zielvisier des BR55 und zielte auf den Ursprung des Partikelstrahls. Es dauerte mehrere Herzschläge, aber dann hatte er den Elite schließlich ausgemacht, der inmitten des Rauchs kniete und sein Strahlengewehr auf einem geschwärzten Felsblock abstützte. John platzierte das Zielkreuz über der Seite des Außerirdischen, ungefähr auf Höhe seines Ellbogens, und gab eine lang gezogene Salve ab.

Der Energieschild des Außerirdischen flackerte, aber er wirbelte furchtlos herum, um den neuen Angreifer unter Beschuss zu nehmen. Böser Fehler. John verlagerte seinen Schwerpunkt um eine Winzigkeit und drückte erneut ab. Die Rüstung des Elite zersplitterte und das Strahlengewehr flog aus seinen Händen, als er nach hinten stürzte.

Die nächsten Schüsse aus Lindas SRS99 hörte John erst, als sein eigenes Magazin leer war. Er ließ es aus der Waffe fallen und schob ein neues hinein, während er zu dem fernen Vorsprung hinüberblickte und zwischen den Rauchschwaden nach weiteren überlebenden Elites suchte.

»Alle Ziele sind neutralisiert«, meldete Linda. »Keine Verstärkung von der *Glücksfall* weit und breit.«

»Wie sieht es hinter uns aus?« John wandte sich wieder den Verstoßenen und ihren Bergläufern zu. »Irgendeine Spur von diesen Umbras?«

»Noch nicht«, antwortete Linda. »Aber ich halte die Augen offen.«

»Und den Kopf unten«, sagte John. »Blau Zwei, dasselbe gilt für dich. Im Notfall musst du aber vielleicht eingreifen. Ich habe keine Lust, gekocht zu werden.«

Beide Statusleuchten blinkten grün.

John widerstand der Versuchung, zu den Bergläufern hinüberzugehen. Er konnte sich keine Fehltritte leisten. Die wieder auszubügeln, kostete nämlich Zeit, und wenn Kelly recht hatte, würde die Elite-Spezialeinheit in weniger als einer Stunde hier sein. Also begnügte er sich damit, sein BR55 auf den Boden zu richten und die freie Hand zu heben, während er seinen Helmlautsprecher auf maximale Lautstärke stellte.

»Ich bin kein Außerirdischer!«, rief er. »Ich bin ein Mensch und ich will euch nichts tun. Aber wir müssen reden.«

Die verbliebenen Bergläufer staksten heran, der mittlere kam auf ihn zu, die beiden anderen flankierten ihn. Nicht die schlechteste Taktik … aber auch bei Weitem nicht die beste. Die Verstoßenen schienen nicht zu erkennen, dass sie oben in ihren Vehikeln ein leichtes Ziel für Johns verborgene Kameraden boten.

Die Läufer blieben zwanzig Meter entfernt stehen; das war definitiv in Reichweite ihrer Mikrowellenwaffen, aber weit genug entfernt, dass John nicht einfach losstürmen und zu ihnen hochklettern konnte. In jedem der Läufer saßen zwei Personen, ein Pilot und ein Kanonier, und alle sechs hatten helles Haar und die gleiche raue, staubbraune Kleidung, die Lena und ihre Freunde getragen hatten. Allerdings sahen diese Verstoßenen deutlich älter aus als die drei Kinder. John schätzte sie auf achtzehn, vielleicht sogar auf Anfang zwanzig. Wirklich sicher konnte er aber nicht sein, dafür waren sie alle viel zu ausgemergelt.

Der Kanonier des mittleren Läufers – ein Junge mit langem Gesicht, buschigen Brauen und einer schmalen Nase – beugte sich hinter der Antenne seiner Mikrowellenwaffe vor.

»*Du* willst ein Mensch sein?« Seine blauen Augen wurden schmal. »Wohl kaum.«

»Du kannst mir glauben. Ich trage nur eine besondere Rüstung. Lena und Oskar können es euch bestätigen, wenn sie hier eintreffen.«

»Lena und Oskar sind bei dir?« Die Frage kam von der Pilotin des rechten Läufers, einer jungen Frau mit kantigem Kiefer, breiten Wangen und blassgrünen Augen. Sie schien ungefähr im selben Alter zu sein wie der Kanonier des anderen Vehikels. »Und sonst?«

»Arne auch«, antwortete John. »Aber sie sind nicht bei mir. Eine Freundin passt auf sie auf.«

»Natürlich«, grollte der Mann mit den buschigen Brauen. »Was wollt ihr für sie?«

Soweit John das sagen konnte, waren er und das grünäugige Mädchen die ältesten unter den anwesenden Verstoßenen – alt genug, um Kadetten an einer Militärakademie zu sein. Und da sie auch als Einzige sprachen, während der Rest nur in erwartungsvollem Schweigen zusah, mussten sie wohl die beiden Bosse sein, die Lena erwähnt hatte. Samson und Roselle.

»Sie sind keine Geiseln«, stellte John klar. »Wir wollen nur mit euch zusammenarbeiten.«

»Und Berg und Greta?«, fragte die junge Frau – Roselle. »Werdet ihr sie auch freilassen, wenn wir zusammenarbeiten?«

»Wir haben Berg und Greta nicht«, sagte John. »Es tut mir leid. Ich glaube, sie starben, als unser Schiff explodierte. Das war ein ganzes Stück von hier entfernt, bei unserer Absturzstelle.«

»War das der große Blitz?«, wollte Roselle wissen.

»Richtig.« John nickte. »Ein Mitglied meines Teams sah kurz vor der Explosion zwei Gestalten. Später fanden wir ein Teil ihres Bergläufers.«

Roselle nickte und blickte gequält zu dem jungen Mann mit den buschigen Brauen hinüber – zweifelsohne Samson. Die beiden wirkten zu jung, um Kinder zu haben, die man auf Aufklärungsmissionen schicken könnte, außerdem hatte Lena erzählt, dass Eltern auf Netherop in der Regel starben, bevor ihr Nachwuchs bleibende Erinnerungen an sie haben konnte. Aber irgendwo mussten sie, Arne und Oskar schließlich herkommen. John konnte sich vorstellen, dass Roselle und Samson nach den Standards der Verstoßenen bereits ziemlich alt waren und dass die Eltern der jüngeren Mitglieder längst ein Opfer der harschen Lebensbedingungen geworden waren.

Während er darauf wartete, dass die Verstoßenen die Nachricht vom Tod ihrer Kundschafter verdauten, erschien eine Reihe von gelben Punkten auf seinem Bewegungstracker – unbekannte Kontakte, insgesamt neun, die sich von hinten an ihn heranschlichen. Sie waren in einem Viertelkreis formiert, um aus mehreren Richtungen gleichzeitig angreifen zu können.

Hätte es sich bei den Kontakten um Außerirdische mit modernen Allianzwaffen gehandelt, hätten sie auf diesem offenen Gelände das Feuer eröffnen können, lange bevor sie in den fünfundzwanzig Meter messenden Erfassungsbereich seines Bewegungstrackers traten. Und wäre es nur eine Gruppe von Leuten gewesen, die sich auf normale Weise näherten, hätten Fred oder Linda ihn auf dem Teamkanal gewarnt. Es mussten also Verstoßene sein, die zwischen den Büschen rumkrochen, um für die Kanoniere in den Bergläufern ein effektives Ablenkungsmanöver zu starten.

John deutete mit dem Daumen in Richtung der näher kommenden Gruppe. »Versucht es nicht mal. Ich will euch nicht wehtun müssen.« Um seinen Worten Nachdruck zu verleihen, aktivierte er den Teamkanal und sagte: »Blau Zwei, mach dich bemerkbar.«

Eine Sekunde später brüllte Fred: »Nette Bergläufer habt ihr da! Wäre wirklich eine Schande, wenn denen was passiert.«

Die sechs Verstoßenen in den Fahrzeugen rissen alle die Köpfe herum, und als sie sich wieder John zuwandten, hielt dieser bereits sein BR55 in der einen und seine M7 in der anderen Hand. Die Waffen waren auf zwei unterschiedliche Läufer gerichtet.

John schaute durch sein Visier zu der grünäugigen Frau auf.

»Ruf sie zurück, Roselle«, warnte er. »Ihr könnt nicht gewinnen und wir sind *nicht* eure Feinde.«

Roselles Brauen ruckten hoch, als sie ihren Namen hörte, dann blickte sie den jungen Mann an. »Samson, ich finde, wir sollten uns anhören, was der Mann zu sagen hat.«

Samson schnitt eine Grimasse, aber dann blickte er an John vorbei und rief: »Na schön. Ihr habt den Boss gehört. Zieht euch zurück.«

Johns Bewegungstracker zeigte ihm, dass nur sechs Kontakte den Bereich verließen, aber er drehte sich nicht um.

»Der Rest auch«, sagte er zu Samson. »Ich werde nicht noch mal darum bitten.«

»Na los … ihr *alle*«, befahl Roselle. Sie machte eine schneidende Bewegung mit der flachen Hand, und die Haltung ihrer Begleiter entspannte sich schlagartig, auch wenn sie John weiter anstarrten. »Diese Dinger scheinen Augen am Hinterkopf zu haben.«

Sechs weitere Kontakte verschwanden von Johns Bewegungstracker – das machte insgesamt zwölf. Das bedeutete, er hatte drei von ihnen gar nicht bemerkt, als sie herangeschlichen waren. Was die Verstoßenen an taktischer Finesse vermissen ließen, machten sie durch Geschick wieder wett.

»Das ist ein Anfang«, sagte er. »Und jetzt lasst eure Kanoniere von den Waffen zurücktreten.«

»Und du? Wirst du deine Waffen auch runternehmen?«

»Sicher.« Er senkte die M7. »Wir stehen alle auf derselben Seite.«

»Warum verrätst du uns dann nicht deinen Namen?«, fragte Roselle.

»John.«

Sie blickte ihn skeptisch an. »Das ist ein seltsamer Name für einen … was, hast du gleich noch gesagt, bist du?«

»Ein Soldat«, erwiderte John, »dem allmählich der Geduldsfaden reißt.«

Roselle erblasste, dann nickte sie ihren Begleitern zu. Zwei der

Kanoniere wichen von ihren Mikrowellenschalen zurück, Samson blieb jedoch hinter seiner Waffe. John drehte sich zu ihm und senkte demonstrativ das BR55. Der junge Mann schob sich im Einklang mit der Bewegung nach hinten, und als Johns Gewehr schließlich auf den Boden deutete, stand Samson in der Ecke seines Passagierabteils, die Arme an den Seiten.

»Besser?«, fragte Roselle. Auf Johns Nicken hin neigte sie den Kopf in Freds Richtung. »Da wir jetzt alle Freunde sind, solltest du deinen Kameraden auch herrufen.«

»Vielleicht später«, erwiderte John. »Erst würde ich gern wissen, was hier passiert ist.«

»Was soll schon passiert sein?«, schnaubte Samson. »Wir haben einen Haufen Außerirdische gekocht.«

Als John den jungen Mann nur schweigend anblickte, sagte Roselle: »Das ist doch kein Problem für dich, oder?«

Er wandte sich wieder ihr zu, was Samson sofort für einen Seitenhieb nutzte. »Es sei denn, er ist einer von ihnen.«

»*Bist* du einer von ihnen, John?«, fragte Roselle.

»Nein, das sagte ich doch schon.« Anstatt sich weiter von der einen zum anderen zu drehen, richtete John sein Visier auf einen Punkt zwischen ihnen, sodass er sie aus den Augenwinkeln beide im Blick hatte. »Außerdem habt ihr diese Außerirdischen nicht allein ... gekocht.«

»Fein«, räumte Roselle ein. »Ihr habt vielleicht sechs getötet ...«

»Und die anderen neunzehn hat die Mannschaft der *Wheatley* ausgeschaltet.« John deutete auf das Bergungsschiff hinter ihm. »Eure Waffen haben keine sonderlich große Reichweite.«

Samson und Roselle wechselten einen Blick, dann wandte sich die junge Frau mit einem Seufzen wieder an John. »Es war nicht unsere Schuld.«

John erwartete einen weiteren Kommentar von Samson, aber überraschenderweise blieb der Mann stumm. Sein Gesicht hatte einen erwartungsvollen Ausdruck.

»Was war nicht eure Schuld?«, hakte John nach.

»Sag du es mir«, erwiderte Roselle. »Du scheinst doch alles zu wissen.«

John dachte daran, was der Kommunikationsoffizier der *Wheatley* auf dem Notfallkanal gesagt hatte … Dass sie die Entermannschaft der Allianz nicht zurückhalten könnten … Die Teile des Puzzles fügten sich plötzlich zu einem grimmigen Gesamtbild zusammen.

»Als die Außerirdischen die Schlucht überquerten, hat die Mannschaft der *Wheatley* das Schiff verlassen.«

»Sie haben es *aufgegeben*«, korrigierte Samson. »Und wir wollten es retten.«

»Dann erhebt ihr also Anspruch darauf?«, fragte John.

»Wer es findet, darf es behalten«, erklärte Roselle. »So steht es im kolonialen Gesetz.«

»Das gilt nicht für Militärschiffe«, informierte John sie. »Und was hattet ihr überhaupt damit vor?«

»Du wärst überrascht, was wir alles können«, gab Roselle sich trotzig.

»Das glaube ich gern.« John wandte sich um und deutete auf die *Wheatley*. »Aber *das?* Daraus wird nichts. Nicht mal, wenn ihr tatsächlich ein Raumschiff fliegen könntet.«

»Sei dir da mal nicht so sicher«, raunzte Samson. »Unsere Vorfahren waren …«

»Piraten, ich weiß. Aber deswegen wisst *ihr* noch lange nicht, wie man ein Raumschiff fliegt. Ganz abgesehen davon, dass ihr es niemals auf die Brücke schaffen würdet.«

Roselles Augen wurden schmal. »Ist das eine Drohung?«

»Nicht unbedingt«, sagte John. »Denkt an das, was mit Berg und Greta passiert ist. Eine Militärcrew lässt ihr Schiff nicht einfach zurück, damit der Feind es erobert.«

»Du meinst …« Samson blinzelte zur *Wheatley* hinüber. »Der große Blitz?«

John tippte mit dem Finger gegen seinen Helm. »Jetzt verstehst du. Wenn jemand versucht, das Schiff einzunehmen ...«

Jegliche Farbe wich aus Rosellas Gesicht und sie wirbelte zur Pilotin des dritten Läufers hinüber. »Ebba ...«

»Ich weiß.« Ebba griff bereits nach der Kontrollkugel des Fahrzeugs. »Hoffentlich ist es noch nicht zu spät.«

John beobachtete, wie der Läufer in Richtung der *Wheatley* davonstürmte, anschließend wandte er sich wieder Roselle und Samson zu. Diese Verstoßenen konnten offenbar nie die ganze Wahrheit sagen.

»Wenn wir euch von hier fortgebracht haben, solltet ihr euch für die Offiziersakademie bewerben«, kommentierte er. »Ihr würdet es in Rekordzeit zu ONI-Admirälen bringen.«

Roselle und Samson runzelten verwirrt die Stirn, aber John blieb ihnen eine Erklärung schuldig.

Die sarkastische Bemerkung war mehr für ihn selbst und die anderen Spartans gedacht, die auf dem Teamkanal mithörten. Ob die Bosse der Verstoßenen sie verstanden, war ihm ziemlich egal. Falls überhaupt, waren ihre verdutzten Blicke eine Erleichterung; andernfalls hätte er sich nämlich wundern müssen, ob sie wirklich seit Generationen ein Dasein als Ausgesetzte auf Netherop gefristet hatten.

Nach einem Moment sagte Samson: »Wir brauchen eure Hilfe nicht.«

»Oh, doch«, entgegnete John. »Das da ist ein Militärschiff. Sofern ihr nicht zufällig eine Rolle Thermit-Magnesium-Sprengschnur habt, werdet ihr nicht an Bord gelangen.«

Roselle blickte ihn an, als hätte er gerade einen schrecklich langweiligen Witz gemacht. »Du kapierst wohl nicht, großer Mann.«

»Man kann eine verstärkte, dreifach gesicherte Luke nicht von außen aufbrechen.«

»Müssen wir auch nicht«, verkündete Samson. »Unsere Leute klettern durch die Antriebsdüse in die Toruskammer. Dort gibt es eine Wartungsluke mit einem Handgriff für die manuelle Notentriegelung.«

»Ein alter Piratentrick«, hängte Roselle an. »Unsere Vorfahren haben uns Hunderte Lernmaschinen hinterlassen.«

»Oh.« John fragte sich, wie viel Zeit ihnen wohl noch blieb, bis ein Verstoßener auf das Maschinendeck gelangte und eine der Sprengfallen auslöste. »Wann habt ihr eure Freunde losgeschickt?«

»Gerade vorhin erst«, antwortete Samson. »Wir mussten warten, bis die Außerirdischen ebenfalls abgerückt waren.«

Endlich eine interessante Information. »Sie sind abgerückt?«, fragte John. »In welche Richtung?«

»Den Menschen nach«, berichtete Roselle. »Erst dachten wir, wir müssten uns an Bord schleichen und die Außerirdischen im Schlaf töten. Aber sie waren wohl hungrig.«

Jetzt war John verwirrt. »Hungrig?«

»Ja«, nickte Samson. »Warum hätten sie die Mannschaft sonst verfolgt?«

»Oder sie hatten Angst vor dem großen Blitz«, überlegte Roselle. »Kein Außerirdischer weiß von der manuellen Notentriegelung. Vielleicht wollten sie einen Menschen einfangen, der die Luke öffnen kann, ohne sie alle in die Luft zu jagen.«

Keine dieser beiden Theorien war ganz stimmig, aber um ehrlich zu sein, klangen sie einleuchtender als alles, was John sich zusammenreimen konnte. Er hatte die grässlichen Geschichten gehört, wonach Allianz-Schakale ihre menschlichen Opfer fraßen, Samsons Vorschlag war also nicht ganz unplausibel – auch wenn John bislang keine Schakale auf Netherop gesehen hatte.

Und Roselles Vermutung barg ebenfalls eine gewisse Logik in sich. Das UNSC hatte die Selbstzerstörungsfunktion schon oft benutzt, um dem Untergang geweihte Schiffe in eine verheerende Waffe zu verwandeln. Der feindliche Kommandant konnte sich also bestimmt denken, dass die Luken der *Wheatley* mit Fallen versehen waren. Aber dass er das Schiff praktisch unbewacht zurückgelassen hatte, um mit neunzig Prozent seiner Truppen einer Handvoll Menschen nachzujagen, weil er hoffte, dass einer von ihnen die Luken gefahrlos öffnen könnte ... Das ergab keinen Sinn. Vor allem, da der Kommandant wusste, dass ein ganzer Zug Marines unterwegs war, um *sein* Schiff zu erobern.

Aber jetzt setzte John schon wieder voraus, dass ein Außerirdischer wie ein Mensch dachte. Er schüttelte frustriert den Kopf und sah sich um. Der dritte Bergläufer war bereits wieder auf dem Rückweg von der *Wheatley,* und nun ragten hinter der Pilotin und dem Kanonier vier weitere Köpfe über der Maschine auf. Offenbar hatte diese Ebba die Entermannschaft erreicht, bevor irgendjemand in die Toruskammer klettern konnte.

»Blau Vier, halte weiter nach diesen Umbras Ausschau, die uns folgen«, sagte John auf dem Teamkanal. »Blau Zwei, komm zu uns runter.«

»Gern«, erwiderte Fred. »Ich weiß nur nicht, ob die Verstoßenen noch da sein werden, wenn ich unten ankomme.«

John drehte den Kopf zurück und sah, dass Roselles und Samsons Läufer sich dicht über dem Boden zusammengekauert hatten, während das Dutzend jüngerer Verstoßener über die Beine in die Passagierabteile hochkletterte.

»Ihr wollt gehen?«

»Ist das ein Problem?«, fragte Roselle im Unschuldston.

»Nur wenn ihr dorthin wollt.« Er deutete über das Plateau zur *Glücksfall.* »Glaubt mir, ihr wollt nicht ins Kreuzfeuer geraten.«

»Immer diese Drohungen«, grollte Samson. »Das wird allmählich langweilig.«

»Das ist keine Drohung«, sagte John. Im Stillen fügte er hinzu: *Außer sie funktioniert.* »Außerdem wollte ich mit euch darüber reden, wie ihr diesen Planeten verlassen könnt.«

»Und was willst du im Gegenzug?«, fragte Samson.

»Es würde schon reichen, wenn ihr unsere Mission nicht stört«, erwiderte John. »Die Sache ist ganz einfach. Niemand will, dass ihr noch fünf weitere Generationen hier festsitzt. Ich biete euch einen Weg fort von Netherop. Alles, was ihr tun müsst, ist, hier zu sein, wenn wir abfliegen.«

»Wie großzügig.« Roselle linste zu Samson hinüber. »Klingt fast zu schön, um wahr zu sein.«

»Fast«, sagte der junge Mann. »Aber das UNSC hat ja schon immer geholfen, wo es nur konnte. Und alles, was unsere Vorfahren dafür aufgeben mussten, war ihre Freiheit.«

»Waren eure Vorfahren nicht Piraten?«

»Piraten, Separatisten …« Roselle zuckte mit den Schultern. »Ist das für das UNSC nicht dasselbe?«

»Nein«, erklärte John. »Erst recht nicht, seit die Allianz aufgetaucht ist. Wir kämpfen alle für dieselbe Sache.«

»Ich bezweifle, dass unsere Vorfahren das schlucken würden«, entgegnete Roselle. Sie nickte Samson zu und beide Läufer richteten sich auf ihren dürren Beinen auf, nunmehr voll beladen mit Verstoßenen, von den jungen Erwachsenen bis hin zu kleinen Kindern – ein älteres Mitglied der Gruppe musste sie zwischen den Büschen verborgen haben. »Aber wir werden darüber nachdenken … sobald wir hier weg sind.«

John zwang sich, sein BR55 weiterhin auf den Boden zu richten. Angesichts ihres separatistischen Erbes würde er ihr Vertrauen sicher nicht gewinnen, indem er sie einschüchterte. Und er musste ihr Vertrauen gewinnen, wenn er nicht wollte, dass diese Sache ein böses Ende nahm.

»Ihr seid nicht dumm«, sagte er. »Denkt genau darüber nach. Selbst wenn ich euch das außerirdische Schiff überlassen würde …«

»Warum tust du's nicht einfach?«, wollte Roselle wissen. »Wir kämpfen doch schließlich alle für dieselbe Sache.«

»Richtig«, grollte John. »Aber ihr würde das Schiff nie in die Luft bekommen. Euch bleibt nicht mehr viel Zeit.«

»Da sind sie schon wieder, die Drohungen.« Samson verdrehte die Augen. »Immer dasselbe mit dem UNSC.«

»Es war keine *Drohung*«, betonte John. »Ich kann euch das Schiff wirklich nicht überlassen, aber das ist nicht das eigentliche Problem. Das Problem sind die Außerirdischen.«

»Wir haben die Außerirdischen getötet«, entgegnete Samson.

Es waren nicht die Verstoßenen gewesen, die die Allianztruppen besiegt hatten, aber John verzichtete darauf, den jungen Mann daran zu erinnern. Ein Blick in Richtung des Hügels zeigte ihm, dass Fred hochaufgerichtet zu ihnen hinunterstieg. Auch sein Kampfgewehr war auf den Boden gerichtet, aber er würde nur einen Herzschlag brauchen, um mit der Waffe anzulegen.

John drehte sich wieder zu Samson. »Eine weitere Gruppe von Außerirdischen ist auf dem Weg hierher«, erklärte er. »Sie werden in weniger als einer Stunde eintreffen.«

Roselle zog die Brauen zusammen. »Was ist eine Stunde?«

John musste einen Moment nachdenken. Was für eine Zeiteinheit würden die Verstoßenen wohl verstehen? Schließlich fand er etwas, das allen Menschen gemein war. Er ließ den Computer die durchschnittliche Dauer eines Atemzugs anzeigen und rechnete das Ergebnis dann auf eine Stunde hoch.

»Eine Stunde ist die Zeit, die es dauert, neunhundert Atemzüge zu machen.« Er ließ einen Fünfzehn-Sekunden-Countdown auf seinem HUD herunterticken, dann sagte er: »Ihr habt gerade vier Atemzüge gemacht.«

»Dann haben wir ja noch jede Menge Zeit«, brummte Samson.

»Nicht wirklich«, entgegnete John. »Glaubt ihr, ihr könnt ein außerirdisches Raumschiff in neunhundert Atemzügen reparieren? Oder lernen, wie man es fliegt, ganz ohne die Lernmaschinen eurer Vorfahren?«

Samson drehte sich zu Roselle, die verunsichert dreinblickte.

»Woher sollen wir wissen, dass du die Wahrheit sagst?«, fragte sie.

»In neunhundert Atemzügen werdet ihr es herausfinden«, erklärte John. Fred blieb an der rechten Flanke der Verstoßenen stehen, ungefähr zehn Meter von Samsons Bergläufer entfernt, dann drehte er sich so, dass er die Kuppe des Hügels hinter ihnen im Blick hatte. »Wenn ihr mir so lange vertraut, wird das UNSC die Verstoßenen zu einer Welt eurer Wahl bringen – selbst wenn es eine aufständische Kolonie ist.«

»Verlockend. Aber unsere Vorfahren haben auf die harte Tour gelernt, dass die Versprechen des UNSC hohl sind.« Samson blickte noch immer zu Roselle hinüber. »Was, wenn da gar keine Außerirdischen mehr sind? Was, wenn er uns nur hinhalten will?«

»Das tue ich nicht«, betonte John. Er deutete auf Samsons Läufer. »Aber sofern diese Dinger nicht fliegen können, werdet ihr das Schiff ohnehin nicht vor uns erreichen. Was bedeutet, dass die Außerirdischen euch zuerst einholen würden.«

Roselle schluckte hart, dann begegnete sie Samsons Blick. »Neunhundert Atemzüge sind nicht so lang. Ich finde, bis dahin sollten wir ihnen trauen.«

»Kluge Entscheidung. Es freut mich, dass wir uns einigen konnten«, sagte John.

Kurz ließ er den Blick über das Plateau schweifen, bis er eine abgeschirmte Schlucht entdeckte. Sie war ungefähr einen Kilometer entfernt, und ihr Eingang zeigte in Richtung des Talkessels und der schimmernden Fata Morgan tief unter ihnen. John deutete auf die Öffnung.

»Dort solltet ihr sicher sein, solange ihr die Köpfe unten haltet, wenn die Außerirdischen hier auftauchen.«

»Und was machen wir?«, fragte Fred, ebenfalls durch seinen Helmlautsprecher. »Bleiben wir hier und kämpfen gegen sie?«

Ein Anflug von Beunruhigung schwang in seiner Stimme mit. John wusste, warum: Team Blau hatte eine Mission zu erledigen, und einen Haufen verstoßene Kinder zu beschützen, war nicht Teil davon.

»Nein«, sagte er. Wenn die Krieger von der *Glücksfall* der Crew der *Wheatley* nachsetzten, musste die Fregatte so gut wie leer sein –

und es wäre ein Pflichtversäumnis, diese Chance nicht zu ergreifen, ehe die Elite-Spezialeinheit auf der Bildfläche erschien und ihren Vorteil zunichtemachte. »Wir werden die *Glücksfall* einnehmen.«

»Klingt gut.« Trotzdem hörte John noch immer einen letzten Rest Sorge aus Freds Worten. »Was soll der Rest des Teams solange tun? Die Allianz in Schach halten?«

John nickte. Es war schlau von Fred, ihre wahre Truppenstärke zu verschweigen, aber er schien auch zu glauben, dass John etwas übersehen hatte … und er hatte die ärgerliche Angewohnheit, in solchen Dingen richtig zu liegen.

»Hast du eine besser Idee?«

»Nicht wirklich. Ich frage mich nur, wer die *Wheatley* fliegen soll, wenn wir ihre Mannschaft den Aliens überlassen. Ich für meinen Teil weiß nämlich nicht, wie man ein Bergungsschiff startet. Du vielleicht?«

John senkte den Helm. Er hatte unbeabsichtigt einen strategischen Fehler begangen: Weil er Kelly bei Lena und den anderen verwundeten Verstoßenen gelassen hatte, hatten sie jetzt nicht genug Spartans, um ihre Aufgabe zu erfüllen. Wenn er Fred losschickte, um die Mannschaft der *Wheatley* zu retten, und Linda das UNSC-Schiff bewachte, dann müsste John eine außerirdische Fregatte unbekannten Bautyps ohne jegliche Unterstützung stürmen. Selbst für einen Spartan – und selbst wenn das Schiff nur eine Rumpfmannschaft an Bord hatte – wäre das ein gewaltiges Risiko.

Wenn er hingegen Linda hinter der Crew der *Wheatley* herschickte, während er und Fred die *Glücksfall* einnahmen, würden sie der feindlichen Spezialeinheit die Kontrolle über ein menschliches Bergungsschiff überlassen. Vielleicht waren die Elites clever genug, um erst nach Fallen zu suchen, bevor sie an Bord gingen, aber wenn nicht, wäre die Mission damit gescheitert. Denn selbst wenn John und Fred einen Weg fänden, das Allianzschiff zu steuern, müssten sie es erst wieder flugtauglich machen – doch falls es möglich wäre, die Fregatte zu reparieren, dann würde sie nicht länger auf einem Plateau liegen und darauf warten, eingenommen zu werden.

Und falls die außerirdische Spezialeinheit die *Wheatley* nicht sofort stürmte, sondern die Fallen entschärfte und nicht die Selbstzerstörung auslöste … Nun, dann müsste Team Blau sie trotzdem eliminieren, um das Schiff zurückzuerobern und damit die *Glücksfall* zu bergen. Auch das war keine ideale Lösung, aber zumindest wäre es machbar.

Vor allem, da Kelly der Spezialeinheit folgte. Ein Spartan, der aus diesem Winkel angriff, konnte jede Menge Schaden anrichten.

»Neuer Plan«, wandte John sich an Samson. »Ich will, dass ihr gemeinsam mit Linda der Mannschaft der *Wheatley* helft.«

»Wer ist Linda?«, fragte Roselle.

John wechselte auf den Teamkanal und drehte sich zu dem Hügel. »Blau Vier, du kannst rauskommen.«

Linda erhob sich zwischen den Kristallbüschen und joggte den Hang hinab. Roselles Mund klappte auf, und Samson begann, argwöhnisch an der Hügelkuppe entlangzuspähen.

»Wie viele von euch verstecken sich noch da oben?«, fragte er.

»Du wärst überrascht«, sagte Fred nur.

»Linda könnte eure Unterstützung brauchen, wenn ihr den Feind einholt.« John wollte das Gespräch schnellstmöglich von ihrer Truppenstärke weglenken. Er hatte das Gefühl, dass die Verstoßenen deutlich kooperativer sein würden, solange sie glaubten, dass Dutzende Spartans in den Büschen lauerten. »Darum werden wir eure besten Kämpfer mit allen Waffen ausrüsten, die wir noch auf dem Schlachtfeld finden.«

»M-hmm«, machte Samson. »Und was kriegen wir dafür?«

»Habe ich doch schon gesagt«, erwiderte John. »Wir bringen euch auf eine Welt eurer Wahl.«

»Nein, das war dafür, dass wir eure Mission nicht stören«, sagte Roselle. »Jetzt bittet ihr uns um …« Sie runzelte die Stirn und blickte Samson an.

»Ihr bittet uns um *Unterstützung*«, beendete er den Satz. »Und Unterstützung klingt gefährlich.«

»Auch nicht gefährlicher als das, was ihr bereits getan habt.« Es störte John nicht, dass sie die Situation ausnutzen wollten, um eine vorteilhafte Abmachung herauszuschlagen – er wusste nur nicht, was sie wollten. »Oder, als Zeit zu vergeuden, die wir nicht haben.«

»Also sagt uns einfach, was ihr wollt«, hängte Fred an. »Einen flotten Stellartransporter nur für euch … und die nötige Ausbildung, um ihn zu fliegen?«

Die Augen der Verstoßenen weiteten sich, und John war sicher, dass er unter seinem Helm ebenso verblüfft dreinblickte. Stellartransporter waren ein ziviler Bautyp, einerseits schnell genug, um keine leichte Beute abzugeben, andererseits zu leicht gepanzert und bewaffnet, um selbst von Aufständischen für Überfälle benutzt zu werden.

Alles in allem war es ein perfekter Vorschlag.

Aber Samson und Roselle waren zähe Verhandlungspartner. Sie verbargen ihre Aufregung ebenso schnell wie zuvor ihre Enttäuschung. Dann blickten sie einander an und schüttelten gleichzeitig die Köpfe.

»Auf keinen Fall«, erklärte Roselle. »Wir wollen eine *Sharpfin*.«

Fred pfiff durch seinen Helmlautsprecher. »Eine *Sharpfin*? Das ist ganz schön viel verlangt.«

Das stimmte allerdings, aber nicht aus dem Grund, von dem Samson und Roselle vermutlich ausgingen. Vor hundert Jahren waren *Sharpfin*-Korvetten bei Piraten ebenso beliebt gewesen wie bei den privaten Wachdiensten, die koloniale Versorgungskonvois eskortierten. Nach modernen Standards waren diese kompakten Schiffe aber langsam und schlecht bewaffnet, weswegen sie höchstens noch für planetare Patrouillen eingesetzt wurden.

Nachdem Roselle und Samson mehrere Sekunden erwartungsvoll dreingeblickt hatten, schlug Fred auf dem Teamkanal vor:
»Seufze einfach schwer und sag Ja. Wir finden schon irgendwo so
einen Rosteimer.«

John seufzte schwer und sagte: »Verhandeln könnt ihr, das muss
man euch lassen. Also schön. Wenn ihr uns helft, das Allianzschiff
von Netherop fortzubringen, besorgen wir euch eine *Sharpfin*.«

Roselle wirkte glücklich, aber misstrauisch. »Musst du nicht
erst euren Boss fragen? Du kannst so eine Abmachung einfach
ganz allein treffen?«

»Natürlich kann er das«, erklärte Fred. »Er ist ein Master Chief.
In unserer Einheit ist das sogar noch besser, als der Boss zu sein.«

16. KAPITEL

12: 45 Uhr, 7. Juni 2526 (Militärkalender)
Angriffspunkt Alpha, Vergessene Landstraße
Berge der Verzweiflung, Planet Netherop, Ephyra-System

Der Schemen, der sich über den Hang auf sie zubewegte, war keine Lichtspiegelung, entschied Amalea Petrov. Obwohl sich ihre Sicht und ihre Gedankengänge eingetrübt hatten – *trüb*? Wäre das jetzt nicht schön? Ein schönes, trübes Bier im Offizierscasino von Neos Atlantis, dazu ein saftiges Steak und danach als Absacker ein Glas Whiskey von Yentog ...

»Commander, ich weiß nicht, ob es eine gute Idee ist, dieses Ding anzugreifen.«

Richtig, der Angriff. Ein außerirdisches Transportfahrzeug näherte sich auf der Vergessenen Landstraße und offenbar war es real. Amalea blickte zu der Frau mit dem runden Gesicht und dem schwarzen Haar hinüber, die sie angesprochen hatte. Sesi Cacyuk lag einen Meter entfernt und spähte durch das Zielfernrohr ihres BR55-Kampfgewehrs. Ihre Wangen waren rot und trocken, ihre Augen glasig und ihre Stirn angesichts pochender Kopfschmerzen in Falten gelegt. Kurzum: Sie sah genauso aus, wie Amalea sich fühlte.

»Lieutenant«, sagte sie, »wir brauchen dieses Fahrzeug.«

»Ja, Ma'am. Ich weiß.«

Sie hatten während der vergangenen fünf Stunden vier Crew-mitglieder und zwei Marines an die Hitze verloren – und waren nur zwei Kilometer weit gekommen, ehe Amalea erkannt hatte, dass es Selbstmord wäre, sich noch weiterzuschleppen. Die An-strengung steigerte ihre Körpertemperatur, da half es auch nicht, dass sie mehr als genug Wasser dabeihatten.

»Es ist nur …« Cacyuk reichte ihr das BR55. »Nun, sehen Sie selbst.«

Amalea richtete die Waffe auf den näher kommenden Fleck und presste ein Auge gegen das Zielfernrohr. Der Umriss wurde nicht wirklich klarer, aber größer, und sie konnte erkennen, dass es ein gewölbtes Vehikel war, das auf einem unsichtbaren Kraft-feld schwebte. Folglich musste es zur Allianz gehören – keine gro-ße Überraschung.

»Was soll ich mir ansehen?«

»Die Cockpits«, sagte Cacyuk. »Über den Passagierkapseln.«

Amalea hob das Gewehr um eine Winzigkeit, bis das Zielkreuz über der runden Oberseite des Fahrzeugs hing. Da waren zwei Köpfe, die aus zwei unterschiedlichen Öffnungen ragten. Ent-fernung und Hitzeflimmern machte es unmöglich, Details zu er-kennen, aber sie sahen nicht außerirdisch aus.

Der vordere Kopf trug einen blauen Helm mit einem unver-kennbaren blasenförmigen Visier. Das konnte eigentlich nur Kel-ly-087 sein. Amalea hatte den Hilferuf von der *Wheatley* gehört, ebenso wie Johns Meldung, dass vier Spartans unterwegs waren, um die Entermannschaft der Allianz aufzuhalten. Sie konnte nur vermuten, dass der Kampf erfolgreich verlaufen war und John die-ses erbeutete Fahrzeug zurückgeschickt hatte, um die Überleben-den des Ersten Zuges und der Crew abzuholen.

Doch der kleinere Kopf in dem zweiten Cockpit passte nicht ins Bild. Eine lange Mähne strähniges blondes Haar wehte dahin-ter, und Amalea hätte schwören können, dass sie das blasse Oval eines ausgezehrten menschlichen Gesichts vor sich hatte.

»Was zum Teufel …?« Während des Funkgesprächs zwischen John und der *Wheatley* hatte der Spartan gestrandete Kinder erwähnt – was so unwahrscheinlich klang, dass Amalea schon halb geglaubt hatte, es sei nur eine Hitzeschlaghalluzination gewesen. Aber selbst wenn sie richtig gehört hatte … Warum sollte John einen dieser Gestrandeten mit Kelly zurückschicken? »Ist das ein *Kind?*«

»Okay, gut«, seufzte Cacyuk. »Ich dachte schon, ich halluziniere.«

»Dann haben wir beide dieselbe Halluzination.« Amalea gab der anderen Frau das BR55 zurück. »Alle sollen in Deckung bleiben, bis ich weitere Befehle gebe.«

Sie kletterte aus der Schlucht und stieg den Hang hinunter. Als sie die Vergessene Landstraße erreichte, war der Transporter so nahe, dass es kaum noch Hitzeflimmern gab. Nun konnte es keinen Zweifel mehr daran geben, dass Kelly-087 im Pilotencockpit saß.

Amaleas Blick blieb jedoch an der Gestalt in dem zweiten Cockpit hängen. Das Gesicht des Mädchens hatte etwas geradezu skeletthaftes an sich, als wäre sie stark unterernährt, aber ihre blauen Augen waren hellwach – und sie drückten etwas aus, das offener Feindseligkeit verdammt nahekam.

Kelly brachte das Fahrzeug zum Stillstand und spähte den Hügel hoch, wobei ihr Blick vom Versteck eines Feuerteams zum nächsten schweifte. Es war fast unheimlich, wie schnell sie die getarnten Positionen entdeckte.

Zu guter Letzt wandte sie sich Amalea zu und salutierte. »Commander.« Sie berührte etwas im Innern des Cockpits und auf beiden Seiten des Fahrzeugs klappten Einstiegsrampen nach unten. »Ich bräuchte dringend achtzehn Marines.«

Der Erste Zug bestand nur noch aus zwanzig Marines, einschließlich ihres Lieutenants. Dennoch nickte Amalea und kontaktierte Cacyuk über ihren Helmfunk.

»Bringen sie alle hier runter.« Nachdem Cacyuk den Befehl bestätigt hatte, blickte Amalea wieder zu Kelly hoch. »Lagebericht?«

»Ich nehme an, Sie haben den Notruf der *Wheatley* gehört?«

»Ja.« Sie warf einen Blick auf ihre Uhr. Seit dieser Übertragung war weniger als eine Stunde vergangen, aber es fühlte sich wie eine Ewigkeit an. »Ich verstehe nicht, was die Aliens sich davon erhofft haben. Warum greifen sie die *Wheatley* an, anstatt einfach zu warten?«

»Ich vermute, dass sie die Hoffnung auf eine Rettung aufgegeben haben und nach einem anderen Weg suchen, um den Planeten zu verlassen. Aber das ist nur eine Theorie.«

»Warten Sie«, sagte Amalea. »Das klingt, als hätten Sie sie noch nicht besiegt.«

»Dazu kann ich nichts sagen. John und die anderen sollten die *Wheatley* inzwischen erreicht haben, aber …«

»Und was machen Sie dann hier?« Amalea deutete auf das Mädchen. »Mit ihr?«

»Ma'am, genau das versuche ich gerade, zu erklären.«

Amaleas Magen zog sich zusammen. Zu reden, wenn man eigentlich zuhören sollte, war für jeden Kommandanten eine Kardinalssünde. Aber das kam davon, wenn einem das Gehirn im eigenen Schädel kochte.

»… deshalb müssen wir schnellstmöglich mit Verstärkung nachrücken«, sagte Kelly gerade. »John weiß womöglich nicht, dass sie hinter ihm sind.«

Verdammt. Und jetzt dachte Amalea nach, anstatt zuzuhören.

»Die Spezialeinheit, Ma'am.« Kelly klang besorgt – oder vielleicht auch nur ungeduldig. »In dem anderen Umbra.«

»Ja, richtig.« Amalea nickte. Cacyuk war inzwischen mit den Marines und dem Rest ihrer Crew eingetroffen, also deutete Amalea auf die offenen Verladerampen. »Alle an Bord, los.«

Die Marines kletterten an Bord und begannen sich an den Transportstationen festzuschnallen, aber schon bald wurden Rufe und Flüche laut. Amalea drehte sich zu ihnen um und sah eine Handvoll Marines und drei Crewmitglieder, die aufeinander einbrüllten. Cacyuk stand unter ihnen am Fuß der Rampe und spähte mit mürrischer Miene ins Innere der Passagierkapsel.

Einen Moment später donnerte sie: »Das reicht jetzt! Ruhe!«

Die Rufe verstummten schlagartig, aber niemand machte Anstalten, die Rampe wieder herunterzusteigen. Das Problem wurde schnell offensichtlich, als Amalea neben Cacyuk trat. Auf beiden Seiten der Kapsel befanden sich Transportstationen – insgesamt zwanzig Plätze. Zwei davon wurden aber bereits von verängstigten Kindern in Beschlag genommen. Ihr Anblick ließ Amaleas Wut von Neuem hochkochen, aber sie hatte jetzt keine Zeit, eine Erklärung zu verlangen.

Was zählte, war nur, dass sie achtzehn freie Plätze hatten, aber zwanzig Männer und Frauen. Jede Transportstation war wie ein Sarg geformt, mit dicken Polstern, die sich eng um den Passagier schmiegten und ihn an Ort und Stelle hielten, während sich das Fahrzeug bewegte. Zwei Personen konnten sich also nicht einfach eine Station teilen. So wie es aussah, konnten sich nicht mal die beiden Jungen gemeinsam in eine Station zwängen – jedenfalls nicht, ohne das Risiko einzugehen, dass sie zerquetscht würden.

Jemand musste die Kontrolle übernehmen und dieser jemand war sie. Amalea baute sich am Rand der Rampe auf und blickte von einem der Streithähne zum nächsten.

»Das ist kein Taxi!«, blaffte sie. »Jeder, der kein Marine ist, geht wieder von Bord!« Die Crewmitglieder starrten sie ungläubig und wütend an. Für sie musste es sich anfühlen wie ein Verrat, aber Amalea versuchte, nicht weiter darüber nachzudenken. Die Mission kam an erster Stelle, und ihre Leute wurden nicht länger gebraucht, um sie zu erfüllen.

»*Sofort!* Wenn ich die Spartan rufen muss, damit sie euch da rausholt ...« Sie deutete auf das Becken und die Fata Morgana in der Tiefe. »Dann werdet ihr lernen, wie man ohne Schiff fliegt.«

Ihre Mannschaft stieg grummelnd die Rampe hinunter. Jetzt waren noch neunzehn Marines und die beiden gestrandeten Kinder übrig. Wenn sie die Jungen und das Mädchen im Cockpit hinter Kelly ebenfalls aussteigen ließ, hätten alle Marines, ihr Lieutenant und Amalea selbst Platz.

Sie blickte zu dem Mädchen hoch. »Das gilt auch für dich und deine Freunde!«, rief sie. »Ihr könnt mit der Crew hier warten, bis wir den Transporter zurückschicken.«

»Und du kannst von dieser Klippe springen«, schnappte das Kind. »Wir waren zuerst hier.«

»Tut mir leid«, sagte Amalea. »Aber hier geht es um militärische Notwendigkeit. Erster zu sein, zählt da nicht.«

»Für uns schon. Ohne unsere Hilfe hätte Kelly dieses Ding überhaupt nicht erobert. Wir bleiben.« Sie zog sich hoch und klopfte Kelly auf den Helm. »Richtig?«

»Das ist nicht meine Entscheidung.« Die Spartan blickte Amalea an, während sie sprach. »Aber sie haben wirklich dabei geholfen, den Umbra zu sichern. Und es könnte sich als vorteilhaft erweisen, sie mitzunehmen.«

Amalea zog die Brauen zusammen. Sie hatte den Eindruck, dass Kelly ihr etwas mitteilen wollte, aber sie war nicht sicher, was. Vielleicht lag es an den Auswirkungen der Hitze auf ihr Gehirn. Vielleicht drückte sich die Supersoldatin auch einfach nur zu subtil aus.

Halt, nein. Spartans waren nie subtil.

Amalea beschloss, es auf einen weiteren Versuch ankommen zu lassen. Sie drehte den Kopf zu dem Mädchen hoch. »Ihr wisst offensichtlich, wie man hier überlebt. Das UNSC wäre euch sehr dankbar, wenn ...«

Kelly ließ den Helm sinken, und Amalea erkannte, dass sie einen Fehler gemacht hatte. Die Frage war nur: Was für einen Fehler?

»... ihr meiner Mannschaft helfen würdet, bis wir zurückkommen.«

Kelly gab dem Mädchen keine Gelegenheit zu einer Antwort. »Ma'am, ich bitte um Verzeihung, aber wir müssen los. Wir werden auch so schon zu spät kommen.«

»Na schön«, brummte Amalea.

Was immer Kelly ihr sagen wollte, sie hielt es offenbar für unklug, die Kinder zurückzulassen. Und vielleicht hatte sie sogar recht. Die Gestrandeten mochten jung und unterernährt sein, aber sie waren trotzdem in besserer Verfassung als die meisten der Marines.

Amalea blickte Cacyuk an. »Wählen Sie Ihre sechzehn besten Soldaten aus.« Sie nannte diese Zahl, weil sie und Cacyuk ebenfalls mitfahren würden. Der Erste Zug brauchte seinen Lieutenant und Team Blau brauchte *sie*. Das zeigte sich allein schon daran, dass Kelly jetzt hier war und nicht bei ihren Kameraden. »Die anderen sollen sich mit meiner Crew hier für die Abholung bereithalten.«

»Jawohl, Ma'am«, bestätigte Cacyuk. »Wenn Sie das für das Beste halten.«

»Das tue ich.« Amaleas Entscheidung würde rückblickend vermutlich keinen guten Eindruck machen, aber zumindest könnte sie behaupten, dass sie sich Kellys Einschätzung gebeugt hatte. Damit sollte sie durchkommen, sofern die Mission erfolgreich endete. Und das war letztlich alles, was zählte. Die Mission kam zuerst – im Notfall sogar vor ihrer eigenen Karriere.

Sie blickte das Mädchen an. »Zufrieden?«

Die Kleine zuckte mit den Schultern. »Fürs Erste.«

»Na gut«, sagte Amalea. »Aber ich nehme deinen Platz. Kelly muss mir unterwegs Bericht erstatten.«

Das Mädchen funkelte sie wütend an, aber bevor es protestieren konnte, murmelte Kelly etwas, das Amalea nicht verstand. Einen Moment später stand die Gestrandete auf, um aus dem Cockpit zu klettern.

»Fein«, brummte sie dabei. »Aber denk nicht mal daran, uns aufs Kreuz zu legen. Kelly ist auf *unserer* Seite.«

17. KAPITEL

13:08 Uhr, 7. Juni 2526 (Militärkalender)
Nahe dem Landeplatz der *UNSC Phyllis Wheatley*, Kristallbuschplateau
Berge der Verzweiflung, Planet Netherop, Ephyra-System

John hätte gern gewartet, bis Kelly zurückkehrte, bevor er Linda losschickte, um die Überlebenden der *Wheatley* zu retten – vor allem, da ihre einzige Unterstützung aus einem Haufen untrainierter Verstoßener bestand. Aber da hinter ihnen ein Trupp Elites im Anmarsch war, konnten sie nicht warten.

Nachdem es kein verschlüsseltes Satellitennetzwerk über Netherop gab, konnten sie nicht mal ein Langstreckensignal benutzen, um nach Kellys Status zu fragen. Die einzig sicheren Übertragungen waren Kurzstreckenverbindungen mit minimalem Energieprofil, so wie ihr Teamkanal. John blieb also nichts anderes übrig, als sich in Geduld zu üben und zu hoffen, dass keine Neuigkeiten gute Neuigkeiten waren. Wäre Kelly getötet worden, hätte die Selbstzerstörungsfunktion ihrer Rüstung den Notfallkanal mit statischem Rauschen geflutet. Das war also immerhin etwas.

Das Einzige, was Team Blau tun konnte, war, weiterzumachen – weswegen sich John und Fred nun mit Samson und seinem Piloten im ersten der drei Bergläufer befanden und durch eine steile Kluft in die Schlucht hinabstiegen, die das Plateau spaltete. Sobald sie die Straße erreichten, würden sie sich von Linda und

318

den Verstoßenen trennen und die Schlucht überqueren, um anschließend die letzten vier Kilometer zur *Glücksfall* zurückzulegen und die Fregatte irgendwie zu erobern.

Es war kein guter Plan, aber immerhin war er simpel.

Während der Bergläufer über die Felshänge kletterte, stellte John fest, dass die Mannschaft der *Wheatley* ihr Schiff noch verbissener verteidigt hatte, als ihm bislang klar gewesen war. Ungefähr alle fünfzig Meter lag eine menschliche Leiche zwischen den Felsen – die meisten waren Langstrecken-Strahlengewehren zum Opfer gefallen – außerdem kamen sie an zwei zerstörten Warthogs vorbei. Der Erste sah aus, als wäre er einfach zu schnell gewesen; er hatte mit beiden Vorderrädern ein Loch erwischt und sich überschlagen. Der zweite Wagen war explodiert, nachdem ein Partikelstrahl seinen gepanzerten Wasserstofftank getroffen hatte.

Die Toten trugen alle die ein oder andere Variation von ONI-Arbeitsuniformen, aber die meisten ihrer Abzeichen kündeten von einem wissenschaftlichen oder technischen Fachgebiet. Nur eine Handvoll hatte einen Waffengurt oder Munition umgeschnallt, und lediglich einer – ein übergewichtiger Wachsergeant, der vermutlich seit Jahren keine Freiübungen mehr gemacht hatte –, steckte in einer richtigen Kampfrüstung.

Das war der Preis einer überhasteten Mission; sie konnte blitzschnell aus dem Ruder laufen, weil man nicht das benötigte Personal dabeihatte und Leute Rollen übernehmen mussten, die ihre Fähigkeiten überstiegen. Kleine Herausforderungen eskalierten zu riesigen Problemen. Deswegen war es immer besser, in der Offensive zu sein – gute Angreifer rückten vor, wenn sie bereit waren; Verteidiger mussten kämpfen, egal ob sie dazu bereit waren oder nicht.

Und inzwischen war die gesamte Menschheit in der Defensive, denn die Allianz rückte unerbittlich vor, an tausend Fronten entlang der Äußeren Kolonien gleichzeitig. Deswegen musste das UNSC schlecht vorbereitetes Personal auf verzweifelte Operationen wie diese schicken, wo jeder Fehler Ressourcen und Leben kostete.

Soweit es John anging, waren die Spartans die einzige Hoffnung, diesen Kreislauf zu durchbrechen. Sie waren die einzige Waffe der Menschheit, die der Allianztechnologie überlegen war. Die einzige Einheit, die gegen den Feind in die Offensive gehen konnte. Das Problem war nur, die Außerirdischen wussten das inzwischen ebenfalls ... und sie hatten genug Feuerkraft, um etwas dagegen zu unternehmen.

Je näher John der *Glücksfall* kam, desto stärker wurde das Gefühl, dass die abgestürzte Fregatte nur als Köder diente. Natürlich war er nicht der Erste, der einen solchen Verdacht hegte; Dr. Halsey hatte bereits in ihrer ersten Nachricht auf die Möglichkeit hingewiesen, nur um zu erklären, dass Team Blau das Schiff trotzdem sichern musste. Und John teilte ihre Einschätzung. Dieser Köder war das Risiko wert.

Er hatte nur keine Lust, wie eine lebendige Schachfigur hierhin und dorthin geschoben zu werden. Irgendjemand hatte eine Idee, und die Spartans mussten in die Schlacht ziehen; das war eine Verschwendung ihres Potenzials. Der Angriff auf Naraka hatte Erfolg gehabt, weil die Leute, die ihn anführten – er selbst, Avery Johnson und Marmon Crowther –, auch die Strategie ausgearbeitet hatten. Sie hatten die verfügbaren Ressourcen berücksichtigt und ihre Stärken ausgespielt. Ja, es war ein kühner Plan gewesen, aber sie hatten nichts getan, wofür sie nicht entsprechend ausgerüstet und vorbereitet gewesen waren.

Wenn das UNSC wollte, dass die Spartans die drohende Niederlage abwendeten, dann mussten die hohen Tiere – Admiral Cole und Michael Stanforth und sogar Dr. Halsey – das einsehen. Und wenn Team Blau das nächste Mal zu einer Operation gerufen wurde, würde John seinen Vorgesetzten diesen Standpunkt auch unmissverständlich klarmachen.

Vorausgesetzt, sie überlebten Netherop in einem Stück.

Endlich hatten sie das untere Ende der Spalte erreicht, wo die uralte Straße an der Schluchtwand entlangführte. John sah einen weiteren Warthog, der auf der Seite lag, mit einem klaffenden Loch dort, wo sich einmal der Fahrersitz befunden hatte. Acht Leichen, mehrere von ihnen in der Uniform von Wachoffizieren, lagen rings um das Fahrzeug verstreut, viele noch immer mit Pistolen und Kampfgewehren in den kalten Fingern.

Er tippte Samson an der Schulter an. »Bleib hier stehen, damit wir uns umsehen können.«

Samson leitete den Befehl in Form von lautem Zungenschnalzen an den Piloten weiter, und John und Fred sprangen links und rechts aus dem Läufer. Hier würden sich ihre Wege trennen; Linda und die Verstoßenen würden den Überlebenden der *Wheatley* die Straße hinunter folgen, und sie würden die Schlucht überqueren und die Mission fortführen.

Es war schwer zu sagen, wie viele Außerirdische noch an Bord der *Glücksfall* waren, aber John bezweifelte, dass es mehr als eine Rumpfmannschaft sein konnte. Der Kampf an der Schlucht war brutal gewesen. Um ihn zu gewinnen, war eine ziemlich große Streitmacht nötig gewesen, und seit dem Funkspruch von der *Wheatley* wusste John, dass die Allianz zwischen ein- und zweihundert Krieger losgeschickt hatte.

Während er mit Fred zum Rand der Kluft hinüberging, sagte John auf dem Teamkanal: »Blau Vier, unsere Freischärler sollten vielleicht ein paar der Waffen einsammeln, die hier herumliegen.« Freischärler war Militärjargon für zivile Soldaten – in diesem Fall die Verstoßenen, die John rekrutiert hatte, um Linda zu unterstützen. »Aber mach ihnen unmissverständlich klar, was passieren wird, wenn sie damit in deine Richtung zielen.«

»Hältst du das für wahrscheinlich?«

»Ich weiß nicht«, erwiderte John. »Samson und Roselle scheinen im Moment auf unserer Seite zu stehen, aber falls sie eine

Chance sehen, Netherop ohne uns zu verlassen, könnten sich ihre Loyalitäten ganz schnell ändern.«

»Dann werde ich mich besonders deutlich ausdrücken«, erklärte Linda.

John erreichte den Rand der Kluft und spähte hinunter. Die Straße war mit weiteren Leichen übersät, aber hier waren die meisten von ihnen Elites. Er entdeckte außerdem zehn Harpunenschäfte, die man darunter in die Felswand getrieben hatte, vermutlich mit einer Art Artilleriekanone von der anderen Seite. Dicke Seile spannten sich von dort quer über den Abgrund.

»Immerhin wissen wir jetzt, wie wir rüberkommen«, sagte Fred auf dem Teamkanal.

»Vielleicht. Es sei denn, sie haben Wachen zurückgelassen.«

»Es gibt nur einen Weg, das herauszufinden.« Fred nahm den M41 vom Rücken und wuchtete ihn auf seine Schulter. »Bereit?«

John entsicherte sein BR55. »Alles klar. Ich geb dir Deckung.«

Fred blickte über die Schulter, um sich zu vergewissern, dass keine neugierigen Verstoßenen hinter sie geschlichen waren, dann feuerte er eine Rakete zum oberen Ende einer Seilrutsche. Die Detonation zerstörte den oberen Ankerpunkt und ließ das Seil in die Schlucht hinabpeitschen, wo es unter dem Rand der Vergessenen Landstraße außer Sicht verschwand.

Als niemand das Feuer auf sie eröffnete, sprang Fred aus dem Schutz der Spalte auf die Fahrbahn hinunter und zielte auf die nächste Seilrutsche. Alles blieb ruhig.

John richtete sich auf und feuerte eine Salve zum gegenüberliegenden Schluchtrand hoch. Auch jetzt: keine Reaktion.

»Hm«, machte Fred. »Jetzt bin ich verwirrt.«

»Ich auch.«

John ging zu einem toten Außerirdischen hinüber und rollte die Leiche mit seinem Fuß auf den Rücken. Die Rüstung war schwerer als bei den meisten Elites, gegen die er bislang gekämpft hatte, und sie hatte ein Loch unterhalb der Rückenplatte, wo sich die Batterie des Energieschildes selbst zerstört hatte.

An der Hüfte des Aliens war eine Halterung für ein Energieschwert befestigt, aber natürlich hatten die Kameraden des Kriegers die Waffe mitgenommen. John war nicht sicher, ob es ein Ritus war, um den Toten zu ehren, oder ob die Allianz so einfach nur verhindern wollte, dass ihre Technologie in Menschenhand fiel. In jedem Fall fand man äußerst selten einen toten Elite mit seinen Waffen.

»Das sieht mir nach schwerer Infanterie aus«, erklärte John. »Könnte so eine Art spezielle Angriffsklasse sein.«

»Okay, jetzt bin ich *wirklich* verwirrt.«

Fred befestigte den M41 wieder an der Magnethalterung, dann kletterte er auf die Geröllhalde unterhalb der Straße hinunter und griff nach einer der verbliebenen Seilrutschen. Nachdem er mehrmals probeweise daran gezerrt hatte, zog er sich hoch und begann, Hand um Hand loszuklettern.

John gab ihm Deckung, während die Verstoßenen ihre drei Läufer auf die Straße steuerten und sich neu verteilten – sechs Personen pro Vehikel. Wenn die *Glücksfall* wirklich ein Spartan-Köder war, verstand er nicht, warum der feindliche Kommandant die Fregatte im Stich gelassen hatte, um der Crew der *Wheatley* nachzujagen. Andererseits könnte die Fregatte wirklich flugunfähig sein. Doch in dem Fall wäre das Bergungsschiff ihre beste Chance, Netherop zu verlassen. Warum also hatten die Außerirdischen sich nicht mehr Mühe gegeben, die Verstoßenen von dort zu verscheuchen?

Neue Situation, altes Problem. Aliens dachten nicht wie Menschen.

Fred erreichte das obere Ende des Seils und verschwand über dem Schluchtrand. John wartete ungeduldig und lauschte mit einem Ohr Linda, die den Verstoßenen gerade zeigte, wie man eine M6E-Pistole und ein MA5B-Sturmgewehr benutzte. Ihre neuen Verbündeten schienen nicht ganz ahnungslos, was den Umgang mit Feuerwaffen anging. Vielleicht hatten sie also zumindest auf den »Lernmaschinen« ihrer Vorfahren davon gelesen.

Nach zwei Minuten ertönte Freds Stimme auf dem Teamkanal. »Die Luft ist rein.«

»Bin schon unterwegs«, sagte John. »Bleib weiter außer Sicht. Ich habe allmählich das Gefühl, die *Glücksfall* könnte wirklich ein Glücksfall sein.«

»Wenn du meinst«, erwiderte Fred. »Aber okay. Vorsicht hat noch niemandem geschadet.«

»Platzier ein paar Stolperdrähte um die Ankerhaken.« John hängte seine Waffen an die Magnethalterung. »Diese Allianz-Spezialeinheit ist noch immer hinter uns, und wir wollen nicht, dass sie uns überraschen.«

»Du glaubst nicht, dass Kelly sie ausgeschaltet hat?«

Ausnahmsweise war Freds Tonfall vollkommen ernst. Er glaubte wirklich, dass Kelly ganz allein dreißig Elite-Kommandokrieger ausschalten konnte. Und vermutlich wäre sie sogar wirklich dazu imstande ... hätten sie die nötige Ausrüstung nicht während der desaströsen Landung der *Night Watch* verloren.

»Vermutlich nicht alle«, antwortete John. »*Wir* haben den Raketenwerfer, schon vergessen?«

»Guter Punkt«, murmelte Fred. »Vielleicht sollten ab jetzt alle einen Raketenwerfer dabeihaben.«

»Und wer soll dann den Rest der Ausrüstung tragen?«, fragte John. »Die Scharfschützengewehre und Schrotflinten und Maschinenpistolen?«

»Wer sagt denn, dass wir wählen müssen?«, konterte Fred. »Lassen wir Dr. Halsey doch einfach einen Miniwerfer erfinden.«

»Na sicher.« John griff nach demselben Seil, das Fred benutzt hatte – so wusste er bereits, dass es ihn tragen würde – und zog sich hoch. »Ich werde das Gesuch einreichen, sobald wir zurück sind.«

324

Vier Minuten später ließ er das Seil wieder los und kniete auf dem dunklen Fels des Plateaus. Fred band ein kurzes Stück Thermit-Magnesium-Schnur um den Ankerschaft und befestigte einen Auslöser daran, dann spannte er einen Stolperdraht zwischen Seil und Auslöser. Die geringste Spannung auf der Seilrutsche würde die Sprengschnur zünden.

Jetzt mussten John und Fred sich zumindest keine Sorgen mehr machen, dass eine Elite-Spezialeinheit hinter ihnen auftauchen würde. Sie wandten sich in Richtung der *Glücksfall* – die noch immer vier Kilometer entfernt war – und streckten die Köpfe gerade weit genug über die Kristallbüsche hoch, um den schimmernden violetten Umriss auf ihren HUDs zu markieren. Anschließend schlichen sie geduckt los.

Auf Ellbogen und Knien zu robben, wäre sicherer gewesen, aber auch langsamer. Angesichts des Hitzeflimmerns, der zahlreichen Büsche auf dem Plateau und der Entfernung hoffte John, dass sie die ersten drei Kilometer gebückt zurücklegen könnten, ehe sie zu kriechen begannen. Er wusste nicht, wie es um die Überwachungssysteme der *Glücksfall* stand, aber da sie nur zu zweit waren, rechnete er ihnen gute Chancen zu, das Schiff unbemerkt zu erreichen.

Nach dem ersten Kilometer begannen sein Rücken und seine Beine zu schmerzen, und sein Körperanzug hatte einmal mehr Mühe, seine Körperwärme abzuleiten, aber er ignorierte beides und schlich weiter. Die Schmerzen würden vergehen, sobald er zu kriechen begann, und seine Körpertemperatur würde ebenfalls sinken. Zeit war im Moment der kritische Faktor, und sie hatten bereits fünfzehn Minuten gebraucht, um das erste Viertel des Weges zurückzulegen.

Nach zwei Kilometern teilten sie sich auf und schlichen in einem Abstand von hundert Metern weiter. So konnten die Nahverteidigungskanonen der Fregatte sie nicht beide mit einer einzigen Salve erwischen. Doch die Späher – so der Feind überhaupt welche aufgestellt hatte – schienen sie nicht zu bemerken, und John und Fred schlichen geduckt weitere tausend Meter über das Plateau.

Inzwischen waren fünfundvierzig Minuten vergangen, was bedeutete, dass die Elite-Spezialeinheit die *Wheatley* bereits erreicht haben sollte. Da das Plateau noch nicht von einem Fury-Sprengkopf eingeebnet worden war, war der Allianzkommandant offenbar vorsichtig genug, das Schiff nicht einfach zu stürmen, aber das war nur ein schwacher Trost. Falls die Aliens nicht versuchten, an Bord zu gelangen, waren sie vermutlich weiter hinter John und Fred her – und sobald sie die Sprengfallen an der Schlucht auslösten, würde die Mannschaft der *Glücksfall* zum Angriff blasen.

John hielt lange genug inne, um einen Blick über die Schulter zu werfen und nach einer Rauchwolke oder einem fernen Feuerball Ausschau zu halten, aber das Flimmern über den Büschen war zu stark. Alles, was er erkennen konnte, war die Silhouette der braunen Berge vor dem gleichfarbigen Himmel und der graue Bogen der *Wheatley,* der wabernd am Fuß dieser Berge stand.

Er wandte sich wieder um und sank auf die Ellbogen, um den letzten Kilometer kriechend zurückzulegen. Jeder Knochen in seinem Körper wollte aufspringen und lossprinten, damit er endlich eine Sprengladung an die Hülle der Allianzfregatte klatschen könnte. Aber noch gab es keinen Grund, ein solches Risiko einzugehen. Sie hatten es unbemerkt bis hierher geschafft, und wenn …

Der Boden erzitterte, ein langes, sanftes Schaudern, das in Wellen durch den Fels rollte. Die Kristallbüsche rings um sie zogen sich zusammen, dann barsten sie in einer Wolke von Kristallkäfern auseinander. Durch den schillernden Schwarm hindurch sah John einen violetten Umriss in die Luft emporsteigen – ein Schiff mit lang gezogenem Bug, dessen scheibenförmiger Rumpf sich nach hinten verjüngte. Kurz hing es auf einem Kissen aus blauem Schillern über dem Plateau, dann schwebte es über seinen Rand hinweg in Richtung des Beckens und der Fata Morgana.

Die *Glücksfall* war gestartet.

Er sprang auf und rannte in der Hoffnung hinter der Fregatte her, dass sie wie ein Stein auf den Boden zurückstürzen oder in Flammen aufgehen oder auf die Seite kippen und sich in das Plateau bohren würde. Irgendetwas, das bewies, dass sie wirklich beschädigt war und sich nun mit Müh und Not davonschleppte, um nicht geentert zu werden. Doch die *Glücksfall* glitt weiter über das Becken hinaus und verschwand außer Sicht. Sie war vielleicht nicht in der Lage, die Atmosphäre zu verlassen, aber sie war definitiv nicht flügellahm.

Freds Stimme meldete sich auf dem Teamkanal. »Du musstest es ja verschreien.«

»Ich hab überhaupt nichts gesagt«, verteidigte John sich.

»Aber du hast es gedacht«, beharrte Fred. »*So weit, so gut,* richtig?«

John seufzte. »So ungefähr, ja«, gestand er. »Aber woher weißt du, was ich gedacht habe, es sei denn ...«

»Ja.« Fred nickte. »Ich hab dasselbe gedacht.«

John drehte sich um und sah seinen Kameraden hundert Meter hinter sich auf dem Plateau stehen. »Du weißt, was das bedeutet, oder?«

»Nichts Gutes«, antwortete Fred. »Wenn das Schiff nicht fluguntauglich war ...«

»War es ein Köder«, beendete John den Satz.

»Verdammt. Ich hatte gehofft, dass wir uns irren würden. Stell den Selbstzerstörungsmechanismus deiner Mjolnir so ein, dass er nicht abgebrochen werden kann.«

»Du zuerst.«

Tatsächlich war es bereits erledigt. John hatte den Befehl nur denken müssen und schon hatte der Computer das neue Protokoll aktiviert. Sollte jemand versuchen, seine Rüstung zu öffnen, nachdem er getötet worden war oder sich nicht länger wehren könnte, würde seine Rüstung eine Reaktorüberladung einleiten.

Alles in einem Umkreis von zehn Metern würde sich in seine Atome auflösen, begleitet von einem letzten Schwall Statik auf dem Notfallkanal.

Bislang war nur ein einziger Spartan gezwungen gewesen, dieses Selbstzerstörungsprotokoll anzuwenden: Samuel-034, ein Freund von John – bei ihrer ersten Mission in den neuen Mjolnir-Rüstungen. Die Erinnerung schmerzte noch immer wie eine Wunde, die sich zwar geschlossen hatte, aber nie ganz verheilen würde. Der Angriff, bei dem Sams Rüstung Schaden genommen hatte, war Johns Idee gewesen, und es verging kein Tag, an dem er die Operation nicht noch einmal im Kopf durchging und sich wünschte, er hätte ein wenig mehr Zeit – und ein wenig mehr Kommandoerfahrung – gehabt, um alles vorzubereiten. Doch zumindest konnte er inzwischen akzeptieren, dass er nichts hätte tun können, um Sam zu retten. Es waren die Unberechenbarkeit der Schlacht und Sams eigene Reflexe gewesen, die ihn in die Bahn eines Plasmastrahls getragen hatten, der eigentlich für John bestimmt gewesen war.

Leider war dieses Wissen kein großer Trost. Denn wenn John nicht alles kontrollieren konnte, was in einem Gefecht geschah, dann bedeutete das, dass seine Fähigkeiten in solchen Momenten bedeutungslos waren. Dass er und sein Team manchmal einfach den Launen des Schicksals und ihrer Gegner ausgesetzt waren. Die Erkenntnis mochte die Last der Schuldgefühle von seinen Schultern nehmen, aber sie konfrontierte ihn dafür mit seiner eigenen Sterblichkeit – und der seiner Kameraden. Letzten Endes gab es keine Garantie, dass Sam der letzte Spartan gewesen war, dessen Selbstzerstörungsprotokoll seiner Rüstung sich aktivieren musste. John konnte nur *hoffen* – und die Dinge kontrollieren, auf die sich tatsächlich Einfluss nehmen ließ.

Aber damit konnte er leben. Als Leiter seines Teams hatte er auch gar keine andere Wahl.

Er drehte sich wieder der Schlucht zu. »Wir beeilen uns besser.

Was immer diese Spezialeinheit geplant hat, ich ärgere mich lieber in der Schlucht damit herum und nicht hier auf freiem Gelände.«

»Und da sagen die Leute, du machst immer alles kompliziert.« Fred hob mit einer Hand sein Kampfgewehr, die andere hob er über seine Schulter zu der Magnethalterung mit dem M41. »Kugeln oder Raketen?«

»Raketen«, antwortete John. »Was immer passiert, sie sollen wissen, dass wir es ihnen nicht leicht machen werden.«

Fred tauschte das BR55 gegen den Raketenwerfer und steckte einen neuen Zylinder mit zwei Raketen auf die Waffe. Anschließend sprinteten die beiden Spartans los, wobei sie weiterhin hundert Meter Abstand hielten und regelmäßig ihre Position zueinander wechselten – mal rannte John voraus, mal Fred, jeder auf seinem eigenen Zickzackkurs. Ihr Feind hatte die unangefochtene Lufthoheit, und es war davon auszugehen, dass er genau wusste, wo sie waren. Dass sie noch nicht von Banshees angegriffen worden waren, bedeutete lediglich, dass die Allianz sie auf andere Weise ausschalten wollte.

Während der ersten tausend Meter gab es keinerlei Feindaktivität. Sie legten die Strecke in fünf kurzen Minuten zurück, ein Auge auf den Himmel gerichtet, bereit, sich jederzeit auf den Boden zu werfen und das Feuer zu eröffnen.

Nichts.

Wartete die Allianz, bis die Spartans sich verausgabt hätten? Bis sich ihre Nerven bemerkbar machten oder die Hitze und der Staub ihre Ausrüstung beeinträchtigte? Falls ja, dann verstanden die Aliens die Spartans ebenso wenig, wie John die Aliens verstand. Erschöpfung war für ihn kein Faktor, Furcht nur eine zusätzliche Motivation. Zugegeben, seine Ausrüstung konnte zerstört werden – auch wenn man dafür eine verdammt starke Waffe brauchte –, aber er selbst würde niemals aufgeben.

Also rannten sie weiter.

Nach dem zweiten Kilometer begann John stark zu schwitzen, aber das war in Ordnung. Sein Körperanzug würde die Feuchtigkeit sammeln und wiederaufbereiten, um ihn zu kühlen und mit Flüssigkeit zu versorgen. Er saugte er an seinem Trinkschlauch und suchte den Bereich dicht über dem Horizont nach Banshees ab, während sie ihren Sprint fortsetzten. Als er schließlich die Umbras entdeckte, waren er und Fred noch achthundert Meter von der Schlucht entfernt.

Ein Fahrzeug erklomm gerade eine Hügelkuppe, ungefähr einen Kilometer von der *Wheatley* entfernt – ein silberner Schatten, so winzig, dass John ihn womöglich übersehen hätte, wäre er nicht so schnell dahingerast, dass er eine Staubwolke hinter sich herzog. Der zweite Umbra war deutlich näher, ein halbrunder Umriss von der Größe eines Augapfels. Er stand mit ausgeklappten Verladerampen am Fuß des Bergungsschiffs.

John vergrößerte den Bildausschnitt und sah ein Dutzend dunkel gepanzerter Gestalten in der Hitze flimmern. Sie hatten sich auf ihrer Seite der Schlucht in einer langen Reihe verteilt, während sie von ihrem Transporter zu dem Bergläufer stapften, der während des Artillerieduells zwischen den Verstoßenen und den Kriegern der *Glücksfall* zerstört worden war. Offenbar suchten die Aliens nach Hinweisen darauf, was zum Teufel hier los war.

Willkommen im Club.

Freds Stimme ertönte auf dem Teamkanal. »Flieger auf elf Uhr!«

John hechtete vorwärts, rollte sich über die Schulter ab und drehte sich auf den Rücken, das BR55 kampfbereit erhoben. Als keine Kanonenschüsse auf dem Plateau einschlugen, setzte er sich auf und spähte in die Richtung, die Fred ihm genannt hatte.

Zehn kreuzförmige Umrisse – Banshees – kreisten über der *Wheatley* und ordneten sich für einen Luftangriff an. Unter ihnen begann die Elite-Spezialeinheit, zu ihrem Umbra zurückzulaufen; zweifelsohne hatten die Piloten sie auf John und Fred aufmerksam gemacht. Nun kamen die Banshees schnell näher, auch wenn sie noch zu weit entfernt waren, um das Feuer zu eröffnen.

Aber das würde sich bald ändern.

»Frontaler Gegenangriff?«, fragte John.

Freds Statusleuchte blinkte grün, also sprang John auf und rannte zum Schluchtrand hinüber. Dabei beschrieb er einen weiten Bogen, der ihn direkt vor Freds Position führen sollte. M41-Raketen hatte nicht genug Reichweite, um einen schnellen Flieger von hinten einzuholen. Die beste Methode, ein angreifendes Luftfahrzeug auszuschalten, war also, darauf zu feuern, wenn es im Frontalanflug war. Nur brauchte man Zeit, um die Waffe auf die Schulter zu heben und das Ziel anzuvisieren. Und egal, ob Mensch oder Alien, feindliche Piloten machten sich nur ungern zu einem leichten Ziel, indem sie längere Zeit in einer geraden Linie flogen.

Die Spartans hatten eine Taktik entwickelt, um dieses Problem zu lösen.

John nahm eine Granate aus seiner Ausrüstungstasche und legte den Daumen auf den Schieber. Die feindliche Staffel überquerte gerade die Schlucht und fächerte zu einer zehn Banshees breiten Linie aus; sie wollten sichergehen, dass die Spartans ihrem Beschuss nicht ausweichen konnten, indem sie sich einfach auf die Seite warfen. John hob das BR55 mit der freien Hand und drückte den Abzug. Nicht etwa, weil er glaubte, so echten Schaden anrichten zu können, sondern in erster Linie, weil die Mündungsblitze eine gute Ablenkung darstellten.

Sobald Plasmastrahlen aus dem Bug des vordersten Banshees zuckten und eine Zwillingsspur aus Staubwolken über das Plateau raste, drückte John den Schieber nach oben, dann schleuderte er die Granate mit aller Kraft in die Luft. Er bezweifelte, dass er so einen Banshee ausschalten konnte, aber die Explosion sollte die Piloten aus dem Konzept bringen. Und falls er doch einen Glückstreffer landete, würden die anderen Flieger deutlich vorsichtiger sein, wenn sie mit ihrem nächsten Anflug begannen.

Die Granate hatte den Zenit ihrer Flugbahn noch nicht erreicht, als sein HUD grün blinkte – der Computer informierte ihn, dass dies seine beste Chance war, sich zwischen den Plasmastrahlen nach vorn zu werfen, ohne getroffen zu werden. Also tat er genau das: Er sprang und rollte sich zusammen, um ein möglichst kleines Ziel abzugeben. Sein Helm schlug als Erstes auf dem Boden auf, dann seine Ellbogen und seine Knie.

John drehte sich wieder auf den Rücken und sah eine sparrenförmige Silhouette direkt über sich. Im nächsten Augenblick raste Freds Granate heran. Der Rest der Staffel konnte nach links und rechts ausweichen, aber der mittlere Flieger verging in einem Feuerball.

Anstatt auf das Resultat seines eigenen Granatenwurfes zu warten, sprang John sofort wieder auf die Füße und rannte in wildem Zickzack auf die Schlucht zu. Fred würde ihm in einem Abstand von fünfzig Metern auf einem Parallelkurs folgen, damit der Feind sie nicht beide mit einer Salve erwischen konnte. John blickte nach links: Die fünf Banshees, die in diese Richtung ausgewichen waren, flogen zur *Wheatley* zurück, um einen weiteren Angriffsflug vorzubereiten. Er wusste, dass Fred die rechte Seite im Auge behalten würde – das war stets die Aufgabe des zweiten Mannes in einer Formation. Team Blau hatte diese Prozedur tausendmal geübt, denn eine Einheit konnte schneller reagieren, wenn jedes Mitglied genau wusste, was es zu tun hatte. Und je schneller eine Einheit reagierte, desto besser standen ihre Überlebenschancen.

»Sie lassen sich ganz schön Zeit«, bemerkte Fred.

»Vermutlich hat ihnen nicht gefallen, wie ihr erster Überflug gelaufen ist.« John beobachtete, wie die vier Banshees von Freds Seite zu den fünfen auf seiner Seite stießen. Sie ordneten sich hintereinander an und beschrieben einen Kreis über der *Wheatley* – vermutlich gab ihr Kommandant gerade eine neue Angriffsstrategie durch. »Aber wenn sie uns schon Zeit geben, solltest du vielleicht nachladen.«

»Schon dabei«, sagte Fred. »Aber beim nächsten Anflug werde ich deine Munition brauchen. Ich habe nur noch halb volle Zylinder.«

»Verstanden.« Da es keinen Grund gab, noch länger Funkstille zu wahren – der Feind wusste offensichtlich, wo sie waren –, schaltete John sich auf den Notfallkanal.

»Blau Eins und Blau Zwei hier. Rufen alle verfügbare Unterstützung zum Landeplatz der *Wheatley*«, begann er. »Wir haben eine feindliche Staffel mit neun Banshees über uns, außerdem sind da noch zwei Umbras, die am Boden vorrücken. Unsere Position ist fünfhundert Meter von der *Wheatley* entfernt auf der anderen Seite der Schlucht.«

Er war nicht wirklich überrascht, als mehrere Überschallknalle aus den Wolken echoten. Die Einsatzgruppe Pantea hatte schließlich versprochen, sofort nach ihrer Ankunft Unterstützung zu schicken.

»*Nandao Staffel Echo Eins von der Pantea ist in zwei Minuten bei Ihnen*«, meldete eine weibliche Stimme auf dem Notfallkanal. »*Ich wiederhole: Zwei Minuten.*«

»Verstanden, zwei Minuten«, sagte John. »Danke.«

»*Ist uns ein Vergnügen, Blau Eins*«, erwiderte die Pilotin. »*Und sorry wegen der Banshees. Sie müssen sich im Schutz der Wolken an uns vorbeigeschummelt haben.*«

»Schon gut. Jetzt sind Sie ja hier.«

Die Banshees hatten ihre Runde über der *Wheatley* beendet und flogen erneut hintereinander auf die Schlucht zu.

Unvermittelt füllte Amalea Petrovs Stimme den Notfallkanal. »*Night Watch* Actual an Echo-Eins.«

»*Ich höre, Night Watch.*«

»Greifen Sie nur den vorderen Umbra an. Ich wiederhole, nur den vorderen. Der zweite Umbra wurde von Verbündeten erobert. Position, fünfzehnhundert Meter von der *Wheatley* entfernt. Besatzung, Blau Drei und siebzehn Marines.«

Unter seinem Helm konnte John sich ein Lächeln nicht verkneifen. Kelly hatte also nicht nur überlebt; sie hatte auch den Ersten Zug abgeholt.

»Blau Eins, können Sie das bestätigen?«, fragte die Echo-Eins-Pilotin. Es war eine nachvollziehbare Vorsichtsmaßnahme. Vor zwei Monaten erst, bei der zweiten Schlacht von Harvest, hatte die Allianz versucht, durch eine Kommunikationsverbindung die Software von Kampfverband X-Ray zu hacken und die Schiffs-KIs zu stören. Und auch bei den Aufständischen war Signalspionage ein beliebter Trick, wann immer sie UNSC-Kommunikationsgeräte in die Finger bekamen. Die meisten vorsichtigen Piloten würden in so einer Situation also die Bestätigung einer vertrauenswürdigen Quelle erbitten. »Ist Umbra Nummer zwei ein Verbündeter?«

»Blau Eins bestätigt«, sagte John.

Die Banshees überquerten einmal mehr die Schlucht. Diesmal nahmen sie dabei eine Diamantformation ein, um einen großen Bereich mit Kanonenfeuer einzudecken. Fred könnte vielleicht einen der vorderen Flieger mit dem M41 erwischen, aber dann hätte ihn der nachfolgende Banshee unverzüglich im Visier. Die gute Nachricht war, dass die Spartans einen Treffer überleben würden – solange es bei dem einen blieb.

»Und beeilen Sie sich«, hängte John an. »Bitte.«

»Mach zwölf, Baby«, erwiderte die Pilotin. *»Wir werden schon wieder weg sein, bevor sie überhaupt merken, dass wir da waren.«*

Und genauso war es. Die Banshees eröffneten das Feuer und pflügten den Bereich zwischen der Schlucht und den Spartans um. Fred feuerte beide Raketen ab und zwang die Feindformation auseinander, als mehrere nervöse Piloten an ihren Kontrollen zusammenzuckten.

Einen Moment später taten sich hinter der Allianzstaffel zwölf wirbelnde Löcher in der Wolkendecke auf und die Banshees verwandelten sich in eine rautenförmigen Wand aus Feuer und Trümmern. Eine Druckwelle prügelte die Luft mit solcher

Wucht, dass John es in seinen Stiefelsohlen fühlte; dann breitete sich ein Trichter aus Reibungsrauch am Himmel aus. Er wirbelte herum und starrte zum anderen Ende des Trichters hoch. Ein Teil von ihm erwartete, die Nandaos mit ihren Flügeln wackeln zu sehen, während sie wieder davonflogen.

Stattdessen waren da nur weitere Löcher in den Wolken.

»Blau Eins, ich bestätige neun Abschüsse«, sagte er. »Keines der Ziele konnte entkommen. Danke, dass Sie uns den Hintern gerettet haben.«

»*Jederzeit wieder*«, erwiderte die Echo-Eins-Pilotin. »*Aber der Anflug hat uns einiges an Sprit gekostet, und wir müssen genug in Reserve halten, um wieder aus dem Gravitationsfeld rauszukommen. Wir können Ihnen zwanzig Minuten Luftunterstützung bieten – oder fünf, falls wir noch mal runtergehen und den Umbra angreifen sollen.*«

»Das wird nicht nötig sein«, sagte John. Er winkte Fred zu, und sie rannten weiter dem Rand der Schlucht entgegen. »Aber ein wenig Luftunterstützung wüssten wir wirklich zu schätzen, Ende.«

»*Kein weiterer Anflug, zwanzig Minuten Luftunterstützung, verstanden*«, bestätige die Pilotin. »*Aber ich sollte Sie warnen. Da geht irgendwas Seltsames zwischen den Tarnschiffen der Allianz und ihrer neu eingetroffenen Flotte vor. Sie haben mehrere Salven ausgetauscht …*«

Petrovs Stimme fuhr dazwischen. »Echo-Eins, haben Sie gerade gesagt, die einen Allianzschiffe haben auf die anderen Allianzschiffe gefeuert?«

»*Korrekt.*« Die Pilotin klang ein wenig irritiert. »*Die Allianzflotte hat die Tarnschiffe unter Beschuss genommen. Aber das ist nicht der wichtige Teil.*«

»Dann fahren Sie fort«, sagte Petrov, als hätte eine Prowler-Kommandantin jedes Recht, sich einfach in fremden Funkverkehr einzumischen. »Ich kann mir zwar nicht vorstellen, was noch seltsamer sein sollte, aber bitte.«

»*Nicht seltsamer*«, schnappte die Pilotin. »*Wichtiger. Die Situa-*

tion im Orbit verschlechtert sich rapide. Die Pantea hält die Stellung, so gut es geht, aber der Feind hat mehr Schiffe und mehr Kanonen. So oder so wird die Einsatzgruppe in maximal vier Stunden nicht mehr hier sein.«

»Vier Stunden«, sagte Petrov. »Verstanden.«

»Maximal *vier Stunden*«, korrigierte die Pilotin. »*Echo-Eins, Ende.*«

»Maximal vier Stunden«, bestätigte John. »Verstanden. Und nochmals danke.«

Mit einem Klicken unterbrach Echo-Eins die Verbindung, aber Petrov war noch immer auf dem Kanal. »Wie ist die Lage bei der *Glücksfall,* Blau Eins?«

»Könnte besser sein.« John drehte den Kopf in Richtung des Talkessels. Von der feindlichen Fregatte war nichts zu sehen – nicht dass er etwas anderes erwartet hätte. Ohne ausreichende Besatzung würde selbst eine Allianzfregatte Reißaus nehmen, wenn eine Nandao-Staffel auf der Bildfläche erschien. »Wir kommen nicht mehr an sie ran.«

»Die Selbstzerstörung?«

»Nein«, antwortete John. Nur noch fünfzehn Meter trennten Fred und ihn vom Schluchtrand. Auf der anderen Seite näherte sich der feindliche Umbra der Spalte, durch die die Bergläufer der Verstoßenen – und davor die Crew der *Wheatley* – zur vergessenen Landstraße hinuntergestiegen waren. »Sie ist ohne jede Vorwarnung gestartet.«

»Und Sie haben das *zugelassen?*«

Das ging Fred einen Schritt zu weit. »Verzeihen Sie, Ma'am«, schaltete er sich ein. »Wir waren nicht nah genug für Kletterhaken.«

Petrov verstummte einen Moment, dann knurrte sie: »Das ist nicht der richtige Zeitpunkt für Aufmüpfigkeit, Eins-Null-Vier.«

»Keine Aufmüpfigkeit, nur die Wahrheit, Ma'am«, sagte John hastig. »Wir waren *wirklich* nicht nah genug, um unsere Kletterhaken einzusetzen.«

Die beiden Spartans erreichten den Rand der Schlucht und ließen sich auf die Bäuche fallen, aber erst, nachdem sie sich vergewissert hatten, dass sie weit genug von den Seilrutschen entfernt waren; keiner von ihnen wollte von einer umhersegelnden Harpune getroffen werden, sollten die Sprengfallen unerwartet hochgehen. Ihnen gegenüber begann der Umbra seinen Abstieg durch die steile Spalte. Dabei tat er sich deutlich leichter als die Warthogs der *Wheatley* – oder sogar die Läufer der Verstoßenen. So schwerfällig der Transporter auch aussah, er konnte auf seinem Kraftfeld einfach mit hocherhobenem Bug über die Felsen und Einbuchtungen hinwegschweben.

Jetzt, wo John wusste, dass Kelly und der Erste Zug im Anmarsch waren, machte er sich keine Sorgen mehr darüber, wie sie den Umbra zerstören sollten. Er und Fred würden einfach die Stolperdrähte von den Seilrutschen entfernen, warten, bis die erste Welle von Elites auf halber Strecke über der Schlucht wären, und die Sprengfallen dann wieder scharf machen. Natürlich würden die Mjolnir-Rüstungen die Detonation und die umherfliegenden Ankerhaken abbekommen, aber das wäre nichts verglichen mit dem, was die Elites erwartete.

Petrov meldete sich wieder auf dem Kanal. »Das habe ich vermutlich verdient.«

»Bestätige«, sagte John.

Sie tat so, als hätte sie nichts gehört. »Aber wir müssen unsere nächsten Schritte planen. Besteht noch irgendwelche Hoffnung, die *Glücksfall* zu erobern?«

»Hoffnung gibt es immer.«

Es war eine typische Spartan-Antwort, aber während John sprach, loderte am Himmel weit hinter der *Wheatley* plötzlich ein Feuerball auf, viel zu groß, um von einem Nandao oder einem Baselard zu stammen. Die flammende Kugel, die da einem Aufprall inmitten des Gebirges entgegenstürzte, hatte mindestens die Ausmaße eines Zerstörers. John hoffte, dass sie noch größer war, denn dann müsste es sich um ein Allianzschiff handeln und nicht um eines des UNSC.

»Aber manchmal wird es knapp«, hängte er an.

»Dann ist es Zeit, uns ausfliegen zu lassen«, entschied Petrov. »Sie haben Echo-Eins gehört. Die Situation im Orbit verschlimmert sich.«

»Verstanden«, erwiderte John. »Aber erst müssen wir noch einige Verbündete einsammeln.«

»Wen?«

»Haben Sie Lena und ihre beiden Begleiter getroffen?«

»Ja.« Petrov klang nicht sonderlich begeistert und nach seinen eigenen Erfahrungen mit den Verstoßenen konnte John ihr keinen Vorwurf machen. »Blau Drei hat sie mitgebracht, als sie uns mit dem Umbra abholte.«

»Es gibt achtzehn weitere Gestrandete, genau wie sie, die mit Linda durch die Schlucht weitergezogen sind«, informierte Johns sie. »Blau Drei wollte der Crew der *Wheatley* folgen, und die Verstoßenen haben sich freiwillig gemeldet, ihr zu helfen.«

»Kann Spartan-058 sich nicht allein zum Evakuierungspunkt durchschlagen?«

John konnte nicht glauben, was er da hörte. Schlug Petrov ernsthaft vor, dass Linda eine Gruppe von Gestrandeten – *und* obendrein die Crew eines UNSC-Bergungsschiffs – im Stich lassen sollte, damit die Allianz sie abschlachten konnte? Das war sogar noch kaltblütiger als Commander Yaos Befehle auf Alpha Corvi II. John hatte nicht vor, da mitzuspielen. Nicht, solange sie noch auf dem Planeten waren und er das Kommando hatte.

Während er versuchte, Petrovs Vorschlag zu verdauen, schwebte der feindliche Umbra auf der anderen Schluchtseite auf die Vergessene Landstraße hinaus. John konnte sehen, wie sich der lang gezogene Helm des Kanoniers drehte, als er von den toten Elites auf der Fahrbahn zu den Seilrutschen hinüberblickte.

Der Pilot schien aber mehr auf den Weg voraus konzentriert zu sein als auf die Gefallenen. Er lenkte den Umbra ohne Zögern in die Richtung, in die schon die Crew der *Wheatley* abgezogen war – und nach ihr Linda und die Verstoßenen.

»Was zum Teufel …?«, brummte Fred auf dem Teamkanal. »Ich dachte, die Kerle wären hinter *uns* her.«

Vielleicht hatte die Allianz entschieden, dass ein Spartan leichter zu überwältigen sei als zwei, aber bevor John den Gedanken aussprechen konnte, erkannte er seinen Fehler. Die Außerirdischen konnten unmöglich wissen, wo Linda war. Niemand sonst war hier gewesen, als John und Fred sich von ihr getrennt hatten, und dass ein Aufklärungspilot sie in Hunderten Metern Entfernung in der schattigen, gewundenen Schlucht entdeckt hatte, noch dazu in einem Bergläufer … Nun, das erschien ziemlich unwahrscheinlich.

Trotzdem: Auf *irgendetwas* mussten die Aliens es abgesehen haben, und was immer es war, Team Blau sollte es ihnen vermutlich lieber nicht überlassen.

»Schalten wir sie aus«, sagte John auf dem Teamkanal.

Er jagte eine BR55-Salve in den Schädel des Kanoniers und sah den Energieschild zusammenbrechen – einen Wimpernschlag, bevor der Helm darunter auseinanderplatzte. Der Pilot überwand seine Überraschung bemerkenswert schnell und beschleunigte. Gleichzeitig öffnete er die Rampen unter dem Fahrzeug, sodass die Krieger im Innern von Bord springen konnten.

Sie waren vollkommen chancenlos. Freds erste Rakete zischte durch die halb geöffnete Luke der vorderen Passagierkapsel und verwandelte das Innere in ein Inferno. Die zweite Rakete traf die hintere Kapsel und ließ Feuer aus jeder Öffnung entlang des Umbras schießen.

Der Fahrer warf sich über die Seite des Fahrzeugs, als sein Cockpit von den Flammen verschluckt wurde. Aber noch bevor er auf dem Boden aufprallte, hatte John ihn mit mehreren Kugeln durchlöchert. Der Umbra schwebte nunmehr führerlos auf den

Rand der Straße zu, dann stürzte er in Rauch gehüllt zum Grund der Schlucht hinab.

»John?«, fragte Petrov auf dem Notfallkanal.

Sie konnte Übertragungen auf dem Teamkanal nicht hören, darum hatte sie keine Ahnung, was gerade geschehen war.

Typisch Offizier.

»Melden Sie sich endlich«, blaffte sie.

»Verzeihung, Ma'am«, sagte John. »Ich bin nur ein wenig verwirrt. Wollen Sie, dass wir eine Gruppe von Zivilisten *und* die Crew eines ONI-Bergungsschiffs zurückzulassen?«

»Natürlich nicht«, erwiderte Petrov ein wenig zu hastig. »Wir sind auf dem Planeten, also haben Sie das Kommando.«

»Ja, Ma'am, ich weiß.«

»Aber Sie sollten die Sache logisch betrachten«, fuhr Petrov fort. »Wenn Sie das Leben Ihrer Spartans für Missionen von zweitrangiger Priorität aufs Spiel setzen, werden Sie dieses Team nicht mehr lange leiten.«

»Das ist ein gutes Argument, Ma'am.« John knirschte mit den Zähnen. Er hatte Mühe, nicht die Beherrschung zu verlieren. »Aber ich werde es trotzdem riskieren.«

»Sie begehen einen Fehler, Junge.«

Petrov machte eine Pause, damit er es sich anders überlegen konnte, aber das schürte seine Wut nur noch weiter.

Als er nichts sagte, seufzte Petrov schließlich. »Es ist Ihre Entscheidung.«

»Es freut mich, dass wir uns da einig sind«, sagte John. »Und, Ma'am?«

»Ja?«

»Nennen Sie mich nie wieder ›Junge‹.«

18. KAPITEL

Neuntes Zeitalter der Rückforderung
42. Zyklus, 010 Einheiten (Kriegskalender der Allianz)
Schlucht der tiefen Entschlossenheit, Berge des ehrfürchtigen Glaubens
Planet N'ba, Eryya-System

Nizat 'Kvarosees Beute hatte die Schlucht verlassen und war der uralten Straße tausend Schritte weit einen trümmerübersäten Hang hinunter gefolgt, bis die Fahrbahn – die man vor dunklen Felsbrocken kaum noch erkennen konnte – einen serpentinen-artigen Knick beschrieb und in entgegengesetzter Richtung weiter bergab führte. Die Kolonne der Ungläubigen hatte diese Biegung gerade erst umrundet und begann nun, auf der nächsten Geraden bergab zu marschieren.

Oder zumindest nahm Nizat an, dass es seine Beute war. Wegen des Hitzeflimmerns konnte er nur eine Linie von ungefähr fünfzig dunklen Schemen sehen, die hinter einem Paar Kampf-fahrzeugen herschwebten.

Wie ein Späher gemeldet hatte, waren diese Vehikel – unter den Menschen trugen sie den Titel *Warthogs* – mit so vielen Ver-wundeten beladen, dass die Kanoniere kaum genug Platz hatten, um an ihren Geschützen zu stehen.

Grässlich. Kein würdiger Anführer würde je Verletzte auf seine Kampffahrzeuge laden.

Aber wenn es nach Nizat ging, würden sie nicht mehr lange verletzt sein.

Er kroch auf dem Bauch zur Mündung der Schlucht zurück, wo Tam 'Lakosee und die verbliebenen Krieger der *Steadfast Strike* warteten.

Der Adjutant nahm Nizats Arm und zog ihn auf die Füße hoch. Normalerweise hätte er eine so persönliche Geste nicht zugelassen, aber nachdem er so lange durch die brütende Hitze gerannt war, war Nizat dankbar für die Hilfe.

Er klopfte den Staub von seiner Rüstung, dann sagte er: »Ruf die Schützen nach vorn.«

Während 'Lakosee den Befehl weitergab, nutzte Nizat die Gelegenheit, um seine Einheit zu mustern. Die Hitze und der vorzeitige Gegenangriff des Feindes hatten ihn bereits die Hälfte seiner Krieger gekostet. Und nach den hängenden Schultern und wankenden Köpfen ringsum zu urteilen, würde er noch viele mehr verlieren.

Hätte er eine Gruppe von Infanteristen dabeigehabt, würden sie den Bedingungen vermutlich besser standhalten. Aber die Loyalität von Bodenkriegern galt in erster Linie dem *Kaidon* ihres Klans, nicht dem Flottenmeister, der sie in die Schlacht trug, und Nizat hatte keine Zeit gehabt, einen Kaidon für seine Sache zu gewinnen.

Zehn Flottenranger mit Strahlengewehren und Tarnrüstungen schoben sich durch die Gruppe nach vorn. Auch sie ließen die Köpfe hängen und ihre Waffen baumelten an ihrer Seite herab. Keine Frage, sie litten ebenso sehr wie Nizat. Leider konnte er ihnen keine Rast gönnen.

Vor allem, da die Menschen noch anfälliger für die Hitze zu sein schienen als seine Sangheili. Alle paar hundert Schritte hatten sie Leichen mit roten Gesichtern am Straßenrand gesehen und Nizat wusste: Wenn er die Kolonne nicht bald einholte, würde die gesamte Mannschaft des ONI-Bergungsschiffs ein Opfer der Elemente werden.

Aber zumindest ein paar von ihnen mussten am Leben bleiben; es brachte nichts, die Luminalfeuer bei einem Haufen Leichen zurückzulassen. Nizat wusste nicht viel über ONI, aber er vermutete, dass es keine großen Risiken eingehen würde, um Gefallene zu bergen.

Sobald sich die Schützen um ihn versammelt hatten, deutete Nizat zu der Serpentinenstraße hinunter.

»Die Zeit ist gekommen, diese *Igzuks* in die Enge zu treiben.«

»Wie viele sollen wir töten?«, fragte der größte der Schützen, eine junge Klinge namens Bel 'Tuosee.

»Schaltet zuerst die Fahrzeuge aus«, instruierte Nizat sie. »Wenn euch das gelungen ist, feuert weiter, aber tötet nur die Besten ihrer Soldaten. Unser Angriff muss echt wirken ... genau wie ihr Sieg.«

'Tuosee neigte den Helm. »Wie du es wünschst, so soll es geschehen.«

Er und die neun anderen Schützen aktivierten den Tarnmodus ihrer Rüstung, dann krochen sie zur ersten Biegung der Serpentinenstraße. Die Lichtkrümmungstechnologie machte sie schon nach ein paar Schritten Entfernung so gut wie unsichtbar, insofern war es vermutlich eine überflüssige Sicherheitsmaßnahme, auf dem Bauch in Position zu robben – vor allem, da die hitzewabernde Luft von N'ba sie noch weiter tarnen würde. Aber Scharfschützen waren von Natur aus vorsichtig und gingen kein Risiko ein, wenn es sich vermeiden ließ.

Trotzdem war Nizat nervös. Die Stumme Klinge saß ihnen im Nacken – ihre Späher hatten das Bergungsschiff der Ungläubigen sicher schon entdeckt –, und der Erfolg seines Planes, seine einzige Hoffnung auf die Gnade der Götter und der Propheten, sein Schicksal ... lag nun in den Händen dieser Schützen. Am liebsten hätte er sie ermahnt, auf Stolperdrähte und vergrabene Druckplatten zu achten. Die Menschen legten gern solche Fallen, und diese Gruppe ganz besonders; Nizats Trupp hatte bislang sechzehn Krieger an Granatenexplosionen und Feuerminen verloren.

Aber eine solche Warnung würde die Krieger nur ablenken, also wandte er sich stattdessen 'Lakosee zu. »Die Luminalfeuer sind bereit?«, fragte er. »Die Freiwilligen wissen, was sie zu tun haben?«

»Wir sind bereit.«

'Lakosee zog einen Peilsender der Ungläubigen hervor und hielt ihn Nizat hin. Das Gerät war ungefähr halb so groß wie eine Plasmagranate und stammte von einem der Menschen, die bei ihrem Angriff auf das Bergungsschiff gestorben waren.

Nizat war nicht sicher, ob das Notfallsignal noch richtig funktionierte – selbst wenn er bereit gewesen wäre, einen Test zu riskieren, hätte er keine Gewissheit gehabt –, aber der Sender enthielt nun das Luminalfeuer, das zuvor in dem Anti-Gravitationsgeschirr verborgen gewesen war, einem ihrer Köder für die Ungläubigen.

Als das Geschirr bei der Überquerung der Schlucht beschädigt worden war, hatte er seine Pläne ändern müssen. Dass die Menschen ein funktionstüchtiges Stück Ausrüstung zu ihrem Innovationstempel zurückbringen würden, wäre nur logisch. Dass ein offensichtlich defektes Gerät ihre Aufmerksamkeit erregte, schien hingegen unwahrscheinlich. Also hatte Nizat sich für ein Stück ihrer eigenen Ausrüstung entschieden. So etwas würde ein Ungläubiger mitnehmen, ohne weiter darüber nachzudenken – und vor allem, ohne es so genau zu untersuchen wie einen Allianzharnisch.

Nizat mochte es nicht, im Kampf improvisieren zu müssen, aber den Spartan-Dämonen schien diese Methode gute Dienste zu erweisen, und der sicherste Weg, einen Feind zu besiegen, war, sich seine Stärken anzueignen.

Er betrachtete den erbeuteten Sender lange genug, um sich zu vergewissern, dass das Gerät noch so aussah wie zuvor, dann fragte er 'Lakosee: »Möchtest du ihn selbst zu den Menschen bringen?«

»Wenn du mir diese Ehre gestattest.«

»Du weißt, wonach du suchen musst?«

'Lakosees Helm ruckte hoch und nach rechts – ein Zeichen der Bestätigung. »Ein Exemplar ohne Kampfgeschick, vorzugsweise ohne Rüstung oder Waffen«, sagte er. »Ein Technologiepriester, der nicht erkennen wird, dass es kein ernst gemeinter Angriff ist.«

»Gut.« Nizat gab ihm den Sender zurück. »Ich habe keinen Zweifel daran, dass du mich stolz machen wirst.«

'Lakosee hob den Kopf noch ein bisschen weiter, dann drehte er sich um und winkte einen hünenhaften Flottenranger herbei, der die blaue Rüstung einer Ersten Klinge trug.

»Du kennst Gri 'Waqilsee, Flottenmeister?«

»Natürlich.«

Das stimmte nicht wirklich. Die Flottille der unbesungenen Frömmigkeit mochte klein sein, aber sie zählte trotzdem dreitausend Mitglieder – und Nizat konnte sich unmöglich alle Namen merken. Doch dieser Gri 'Waqilsee gehörte offensichtlich zu den Freiwilligen, die sich bereit erklärt hatten, mit einem defekten Energieschild in die Schlacht zu stürmen und den Menschen das zweite Luminalfeuer unterzuschieben. So zu tun, als würde er seinen Namen kennen, war das Mindeste, was Nizat tun konnte, um solchen Mut zu ehren.

»Tam 'Lakosee hat deine Hingabe gelobt.«

»Deine Worte ehren mich.« 'Waqilsee schien nicht viel von Schmeichelei zu halten, aber zumindest wusste er den Versuch zu schätzen. »Ich werde versuchen, mich ihrer würdig zu erweisen.«

»Daran habe ich keinen Zweifel.«

Nizat würde in seiner Nähe bleiben, um sichergehen, dass 'Waqilsee in letzter Sekunde keine Zweifel kamen … Aber das ließ er unerwähnt.

»Der Schild wird lange genug halten, damit es den Ungläubigen nicht auffällt, und er wird sich nicht selbst zerstören, wenn du fällst«, sagte 'Lakosee. »Dein Tod wird für die anderen das Zeichen zum Rückzug sein. Es wird so aussehen, als hätte dein Verlust uns demoralisiert.«

Nizat musterte 'Waqilsee von Kopf bis Fuß, dann fügte er hinzu: »Wäre ich ein Ungläubiger, würde ich voller Angst vor dir zittern.«

Ihm fiel auf, dass noch immer keine Strahlengewehre zu hören waren, also kehrte er zum Ausgang der Schlucht zurück und spähte auf die schmale Terrasse hinunter, wo die alte Straße ihre erste Kurve beschrieb, bevor sie weiter den Geröllhang hinabführte. Er wusste, dass die Scharfschützen dort drüben waren, aber das Einzige, was ihre Gegenwart verriet, war ein leichtes Flimmern zwischen den Felsen – und das hätte ebenso gut ein Resultat der aufsteigenden Hitze sein können.

Nizat schob sich kniend auf die Fahrbahn hinaus. Er wollte kein sichtbares Ziel abgeben, aber er wollte auch sehen, wie weit die Menschen inzwischen gekommen waren. Wie sich zeigte, hatten sie unter der letzten Biegung des Serpentinenweges haltgemacht. Die Geländewagen brummten leise an der Spitze der Kolonne, während der Rest der Ungläubigen auf dem Hang saß, Planen und Jacken über die Köpfe gezogen, um sich gegen die Sonne zu schützen.

Waren sie womöglich auf irgendein Hindernis gestoßen, das Nizat aus diesem Winkel nicht sehen konnte? Vorsichtig schob er sich näher an den Rand der Fahrbahn heran, wo das Plateau abfiel und er freie Sicht auf den Geröllhang hatte.

Der Fuß des Hanges lag einige hundert Schritte unter ihm, ein schmaler Streifen aus Staub und abgerundeten Felsbrocken, der sich an den Rand des Plateaus schmiegte. Auf einer Seite fiel das Terrain weiter in Richtung des fernen Talkessels ab, auf der anderen zog sich ein ausgetrocknetes Flussbett dahin, bis hin zum Abgrund eines einstigen Wasserfalls.

Oberhalb dieses Wasserfalls ragten die Überreste einer Brücke aus dem Flussbett. Unterhalb davon befand sich der Eingang eines großen dunklen Tunnels.

Nizat war sofort klar, dass die Menschen den Tunnel benutzen wollten, angelockt von den kühlen Schatten, die sie dort erwarteten. Und jetzt überlegten sie, wie sie an der steilen Felswand des Wasserfalls hinabgelangen könnten.

Wenn sie einen Weg fanden, wäre Nizats Plan ruiniert. Der Tunnel bot eine ausgezeichnete Verteidigungsposition, von wo aus sie seine Krieger nach Belieben dezimieren könnten.

Er aktivierte die Kommunikationseinheit in seinem Helm.

»'Tuosee, warum habt ihr noch nicht mit dem Angriff begonnen?«

»Der Winkel ist schlecht und die Entfernung groß«, antwortete 'Tuosee. »Wenn wir jetzt angreifen, müsst ihr tausend Schritte über steiles, felsiges Terrain zurücklegen, und wir werden auch euch nur begrenzt Feuerdeckung geben können. Aber wenn wir warten ...«

»Dafür ist keine Zeit.«

Es war die Stimme von Ob 'Nathisee, dem Schiffsmeister der *Steadfast Strike*, die sich in die Unterhaltung einmischte. »Der Stille Schatten ist hier. Ihr erster Transporter hat das Schiff der Ungläubigen vor einer Einheit erreicht, und als wir starteten, sahen wir ...«

»Ihr seid *gestartet?*« Nizat war absolut fassungslos. Dieser Planet musste wirklich von den Göttern verlassen sein, wenn ihm das Schicksal hier einen so grausamen Streich spielte.

»Wir sind noch immer in der Atmosphäre, Flottenmeister«, versuchte 'Nathisee, ihn zu beruhigen. »Wir mussten nur das Plateau verlassen. Der Stille Schatten schickt eine Banshee-Staffel zu unserem Landeplatz.«

Nizat atmete langsam ein, dann sagte er: »Du hast das Richtige getan. Aber wenn der Stille Schatten vor einer Einheit eingetroffen ist, warum höre ich dann erst jetzt davon?«

»Wir haben versucht, dich zu erreichen, seit wir den ersten Transporter sahen«, erklärte der Schiffsmeister. »Wir hatten fast schon die Hoffnung aufgegeben.«

Natürlich. Nizat war in der Schlucht gewesen, durch Tausende Einheiten Stein von der *Steadfast Strike* getrennt.

»Wo seid ihr jetzt?«

»Wir warten über dem Talkessel auf deine Befehle.«

»Ihr seid noch in der Luft?« Nizat bekam allmählich Zweifel, ob er wirklich mit 'Nathisee sprach. Die Stimme klang wie der Schiffsmeister, aber … die Attentäter des Stillen Schattens beherrschten viele Tricks. »Was ist mit den Banshees?«

»Die Menschen haben sie zerstört. Laut Schiffsmeister 'Weyodosee hat unser Plan funktioniert. Die Menschen greifen die Flotte der schnellen Gerechtigkeit an und halten sie beschäftigt.«

»Das sind willkommene Neuigkeiten.« Wenn 'Nathisee Kontakt mit 'Weyodosee hatte, dann war Nizats Flaggschiff, die *Quiet Faith*, noch intakt. »Und was tut die Flottille der unbesungenen Frömmigkeit?«

»Sie wartet auf deine Rückkehr, Flottenmeister.«

»Ich verstehe.« Nizat wusste nicht, warum er so enttäuscht war; wäre er an Bord seines Schiffes gewesen, hätte er genauso gehandelt. »Meine treuen Schiffsmeister wollen sehen, ob ich hier unten überlebe.«

»Es widerstrebt ihnen, Schiffe der Allianz anzugreifen, Flottenmeister. Und dank der Menschen haben wir genug Zeit, um zu fliehen. Die *Steadfast Strike* könnte starten, solange die Stumme Klinge noch mit der Schlacht beschäftigt ist.«

»Ein weiser Vorschlag«, erwiderte Nizat. »Hast du unsere Position?«

»Ja.«

»Dann landet auf unserer Seite des Talkessels. Wir werden zu euch stoßen, sobald wir hier fertig sind.«

Der Befehl wurde nicht bestätigt.

»Es wird nicht lange dauern«, schob Nizat nach. »Die Menschen sind bereits in Sicht.«

»Ich weiß. Ich hörte den Bericht der Schützen.« 'Nathisee zögerte, dann sagte er schließlich: »Aber euch bleibt keine Zeit mehr. Die Dämonen sind hinter euch.«

»Spartans.« *Natürlich.* Wenn die Götter ihn auf die Probe stellen wollten, dann durften Spartans nicht fehlen. »Wie viele?«

»Das lässt sich nicht sagen. Wir haben lediglich zwei gesehen, aber wir hätten nicht mal bemerkt, dass sie da sind, hätte der Stille Schatten nicht seine Banshees geschickt.«

»Warte«, unterbrach Nizat den Schiffsmeister. »Soll das heißen, sie haben euch vor dem Angriff der Banshees gerettet?«

»Richtig«, bestätigte 'Nathisee. »Die Banshees näherten sich unserer Flanke, und dann tauchten zwei Dämonen aus dem Dickicht auf. Sie zerstörten einen Flieger und drängten den Rest zurück.«

»Was ist dann passiert?«

»Wir waren bereits zu weit entfernt, um irgendetwas zu sehen, aber unsere Sensoren ... Was sie anzeigten, ergab keinen Sinn. Die restlichen Banshees kehrten zurück, um sich zu rächen, und dann ... waren sie plötzlich fort.«

»Sie waren fort?«

»Sie verschwanden vom Schirm«, verdeutlichte 'Nathisee. »Vielleicht hat ein Dämonen-Flieger ...«

»Die Dämonen haben jetzt schon Flieger?«

»Möglicherweise«, sagte 'Nathisee. »Ich weiß nur, da hätten hundert Dämonen auf dem Plateau sein können, und wir hätten es trotzdem erst gemerkt, wenn sie uns geentert und abgeschlachtet hätten. Und wie viele es letztlich auch sind, sie müssen euch in die Schlucht gefolgt sein.«

»Stell nie Vermutungen darüber an, was ein Spartan tut. Du wirst es nur bereuen.« Nizat wurde nachdenklich. »Aber das heißt doch, dass die Dämonen irgendwo hinter den Transportern des Stillen Schattens sind, oder?«

»Richtig«, erwiderte 'Nathisee. »Beide Transporter hielten auf dieselbe Stelle zu, wo die menschlichen Geländewagen in die Schlucht hinabfuhren. Wo hätten sie sonst hinwollen können?«

Nach kurzem Überlegen klackte Nizat zufrieden mit seinen Mandibeln. »Nirgendwohin. Die Transporter *müssen* hinter uns sein.«

'Lakosee, der während des Kommgesprächs gemeinsam mit 'Waqilsee zu Nizat herübergekrochen war, neigte seinen Helm nach links.

»Verzeih, Flottenmeister«, sagte er. »Aber du scheinst dich darüber zu *freuen*.«

»Ganz recht. Es erfreut mich sogar sehr.«

»Wieso?«

»Weil ich es jetzt verstehe. Die Spartans sind nicht mein Fluch.« Er drehte sich zu der Schlucht um – einem Ort, der in seinem Geiste fortan den Namen Schlucht der tiefen Entschlossenheit tragen sollte. »Sie sind meine Rettung.«

»Flottenmeister, vielleicht hat die Hitze dir zu sehr …«

»Es geht mir gut, Tam. Wirklich.«

'Lakosee blickte zu 'Waqilsee hinüber.

Nizat klopfte den beiden auf die Schulter. »Tatsächlich geht es mir so gut wie schon seit langer Zeit nicht mehr.« Er drehte seinen Adjutanten zu sich herum. »Die Spartans sind ein Geschenk der Götter. Siehst du es denn nicht? Sie wurden geschickt, um uns vor dem Stillen Schatten zu retten.«

19. KAPITEL

14:38 Uhr, 7. Juni 2526 (Militärkalender)
Serpentinenhang, Kristallbuschplateau
Berge der Verzweiflung, Planet Netherop, Ephyra-System

Linda hatte das kleine Scharfschützennest – eine große Schiefer-platte, gestützt auf zwei Stapel flacher Steine – vor allem wegen Ro-selle errichtet. Sie selbst hätte in ihrer klimatisierten Mjolnir-Rüs-tung den ganzen Tag im Freien liegen können, aber kein Mensch, nicht mal die, die in diese brutale Umgebung hineingeboren wa-ren, konnte die drückende Sonne von Netherop mehr als zwanzig Minuten ertragen, ohne in Mitleidenschaft gezogen zu werden.

»Warum warten sie?« Roselles Worte waren kaum mehr als ein Wispern, aber auch bei normaler Lautstärke hätte sie niemand gehört. Ein heißer, fauchender Wind wehte den Hang hoch und trug ihre Stimme von den Wesen in der Schlucht fort. »Es sind fünfzig Atemzüge vergangen, seit sie aufgetaucht sind.«

Ihr Versteck befand sich oben am Rand des Plateaus, einen hal-ben Kilometer über der Straße, die hier aus der Schlucht heraus-führte und sich im Zickzack einen Geröllhang hinunterschlän-gelte. Fünfzig Meter unterhalb der letzten Kurve kauerte die Mannschaft der *Wheatley* zwischen zwei Warthogs und versuchte mit Planen und Uniformjacken zumindest ein wenig Schatten zu schaffen.

Linda und Roselle waren aus dem Canyon hochgeklettert, nachdem die Spartan die Straße voraus ausgekundschaftet und festgestellt hatte, dass die Allianzkolonne am Ausgang der Schlucht stehen geblieben war. Vor dreizehn Minuten hatten sie schließlich diese Position erreicht. Einige Minuten später hatte Linda dann das verräterische Flackern einer aktiven Tarnung entdeckt. Sie hatte Roselle das geisterhafte Schimmern gezeigt, wo drei Elites die erste Gerade der Serpentinenstraße hinabkrochen. Scharfschützen. Vermutlich bereiteten die Außerirdischen einen Schockangriff auf die Überlebenden der *Wheatley* vor.

In dem Fall waren vermutlich noch mehr Scharfschützen auf dem Hang; Linda hatte sie nur noch nicht entdeckt.

»Und?«, fragte Roselle. »Worauf warten sie?«

Linda war nicht sicher, ob die Verstoßene die Elites oder die Crew der *Wheatley* meinte – aber es machte nicht wirklich einen Unterschied. Sobald sich *irgendjemand* dort unten bewegte, würde sie losschlagen.

»Wir haben es nicht eilig«, sagte sie. »Je länger sie warten, desto mehr Zeit haben wir, um unsere Ziele zu finden.«

»Wirst du nicht langsam ungeduldig?«

»Es gibt keinen Grund, ungeduldig zu werden.« Linda sah, wie sich ein Stein direkt unterhalb der Straße bewegte und ihr Computer markierte die Stelle als ZIEL VIER. »Der Kampf beginnt, wenn es so weit ist. Bis dahin bereite ich mich vor.«

»Klingt langweilig«, befand Roselle. »Ich wünschte, sie würden irgendwas tun, egal, was.«

»Hör auf, dir Sachen zu wünschen.« Was immer Roselle mit ihrem Leben anfing, nachdem sie Netherop verlassen hatten, Linda hoffte, dass sie keine Karriere als Scharfschützin anstreben würde. »Dann vergeht die Zeit auch schneller. Sei ganz im Hier und Jetzt.«

»Das ist das Dümmste, was ich je gehört habe«, flüsterte Roselle. »Was soll das überhaupt heißen, *ganz im Hier und Jetzt sein*. Ich bin *immer* im Hier und Jetzt.«

»Aber achtest du auch immer darauf?«, konterte Linda. »Sieh dir an, wie die Landschaft in der Hitze wabert. Wo die Sonne die Wolken erhellt. Hör dir an, wie der Wind über die Steine kratzt. Egal, wie das hier ausgeht, viele solcher Momente wirst du auf Netherop nicht mehr haben.«

»Und du findest, das ist was Schlechtes?«

»Es gibt doch sicher irgendetwas hier, das du vermissen wirst.«

»Was denn?«, fragte Roselle. »Die Hitze? Die Krankheiten? Ständig Hunger und Durst zu haben? Oder gekocht zu werden, bevor deine Kinder alt genug sind, um deinen Namen zu sagen?«

»Ja, das würde ich vermutlich auch nicht vermissen«, räumte Linda ein. »Ich hoffe nur, dein neues Zuhause enttäuscht dich nicht, wo immer es dich auch hin verschlägt. Jeder Planet hat seine eigene Schönheit – und seine eigenen Nachteile.«

»Hast du schon viele Planeten besucht?«

»*Besucht* ist vielleicht nicht das richtige Wort …« In der Ferne loderte ein Feuerball durch die Wolkendecke, dann sank er dem Horizont entgegen. Wenig später tauchte ein zweiter auf, nahe genug, dass Linda zwischen den Flammen die schmale Nase eines *Halberd*-Zerstörers ausmachen konnte. Mit einem Mal war sie nicht mehr sicher, ob irgendeiner von ihnen Netherop verlassen würde. »Aber ja, ich war schon auf vielen Welten.«

»Um zu kämpfen?«

»Manchmal auch, um zu trainieren.«

»Aber öfter, um gegen die Außerirdischen zu kämpfen, richtig?«, schätzte Roselle. »Worum geht es bei diesem Krieg überhaupt?«

»Die Aliens wollen uns zerstören«, erklärte Linda. »Jeden einzelnen Menschen im Universum, wie es aussieht.«

»Aber warum?«

»Sie glauben, es ist der Wille ihrer Götter.« Linda hatte schon oft über diese Fragen nachgegrübelt, aber eine Antwort hatte sie bislang nicht gefunden. »Keine Ahnung, warum sie das glauben. Vielleicht liegt das Töten auch in ihrer Natur.«

»Oder vielleicht haben deine Generäle Angst, dir den wahren Grund zu nennen«, entgegnete Roselle. »Vielleicht hat das UNSC den Außerirdischen etwas so Schreckliches angetan, dass nicht mal ihre eigenen Soldaten wissen sollen, was es war.«

Jetzt wandte Linda sich tatsächlich von dem Geröllhang ab, um Roselle anzustarren. Die junge Frau erwiderte den Blick mit todernster Miene.

»Nein.« Linda drehte den Kopf wieder nach vorn. »Das ist es nicht.«

»Also ... bist du doch eingeweiht?«

»Nein. Es gibt nichts, worin ich eingeweiht sein könnte.«

»Warum willst du die Außerirdischen dann umbringen?«, fragte Roselle.

»Ich *will* sie nicht umbringen«, betonte Linda. »Ich will nur verhindern, dass sie noch mehr von *uns* abschlachten.«

»Solange du sie umbringst, werden sie auch weiter Menschen umbringen, das ist dir doch klar, oder?« Roselle zog am Spannschieber des MA5B, das Linda ihr anvertraut hatte. »Und so, wie es klingt, können sie das länger durchhalten als wir.«

»Es sieht nicht gut für uns aus«, gab Linda zu. »Aber diese Dinge liegen weit, *weit* über meiner Besoldungsstufe.«

»Also kämpfst du, bis du stirbst?«, fragte Roselle.

»Ich versuche, das große Ganze zu sehen. Das macht die Sache einfacher.«

»Inwiefern?«, wollte Roselle wissen.

Linda zog die Schultern hoch. »Wir sterben alle. Du, ich, jedes Wesen im Universum. Das Leben ist ein vorübergehender Zustand.«

Sie sah eine kleine Staubwolke nahe der dritten Kurve und suchte den Bereich mit ihrem Zielfernrohr ab, bis sie das Schimmern einer aktiven Tarnrüstung sah – ein weiterer Elite, der hinter der Crew der *Wheatley* in Position ging.

»Wann dein Leben endet, ist nur eine Frage des Timings«, sagte

Linda. Sie überprüfte die Entfernung zu ihrem Ziel: elfhundert Meter. »Ohrenstöpsel.«

»Was?«

»Jetzt.«

Ohne nachzusehen, ob Roselle der Aufforderung nachkam, drückte Linda ab. Zwei Herzschläge später wurde der Elite plötzlich sichtbar, als die Kugel aus ihrem Scharfschützengewehr die Vorderseite seiner Rüstung wegsprengte.

Der Prioritätspfeil auf ihrem HUD dirigierte sie zum nächsten markierten Ziel. Sie platzierte das Zielkreuz eine Winzigkeit rechts von dem flimmernden Fleck. Diesmal maß die Entfernung achthundert Meter, und es dauerte nur einen Herzschlag, bis die Kugel ihr Ziel erreichte.

Linda hatte gehofft, den Elite seitlich zu erwischen, während er herumwirbelte, doch sie hatte ein wenig zu hoch gezielt. Als die aktive Tarnung den Geist aufgab, sah sie, wie der Helm des Außerirdischen von seinem Körper wegkullerte.

Sie folgte dem Prioritätspfeil mit ihrem Gewehrlauf zum nächsten Ziel, konnte aber nirgends das erwartete Flackern entdecken. Hatte der Elite vielleicht die Kondensstreifen ihrer ersten beiden Schüsse zu ihrem Versteck zurückverfolgt und sich mit feuerbereitem Strahlengewehr umgedreht? Wenn ja, dann wäre Lindas nächster Schuss vermutlich ihr letzter, denn ein Partikelstrahl war nicht weniger tödlich als die panzerbrechenden 14,5 x 114-mm-Hochgeschwindigkeitsgeschosse in ihrer eigenen Waffe.

Aber es waren gerade mal vier Herzschläge vergangen, seit sie aus ihrer erhöhten Position hinter dem Feind das Feuer eröffnet hatte. Niemand war so schnell, nicht mal ein Elite.

Sie schwenkte die Waffe weiter zum nächsten Ziel und erspähte einen verschwommenen Fleck, der sich unter einen Schiefervorsprung in Deckung rollte. Linda zielte auf eine Stelle, vier Zentimeter vom Rand des Vorsprungs entfernt, und drückte ab.

Steinsplitter flogen in die Luft, dann humpelte ein Elite mit einem faustgroßen Loch in der Rückenplatte davon. Ein paar Fingerbreit Schiefer waren kein ausreichender Schutz gegen eine Waffe, die meterdicken Beton durchschlagen konnte.

Linda ließ sich vom Prioritätspfeil zu ihrem letzten Ziel leiten. Dieser Schütze lag absolut reglos, deswegen konnte sie kein Flimmern sehen – selbst als sie ihn direkt anstarrte.

Nach einem Augenblick entdeckte sie aber die Spitze eines Strahlengewehrlaufs, die oberhalb der Straße aus dem Geröll ragte. Die Waffe zeigte nicht direkt in ihre Richtung, also zielte Linda auf einen Punkt einen Meter hinter der Mündung und feuerte. Es war immer gut, die Spezifikationen von feindlichen Waffen zu kennen – einschließlich ihrer Länge.

Das Ziel war lediglich fünfhundert Meter entfernt, was man bei einem SRS99 fast schon nächste Nähe nennen konnte, trotzdem konnte Linda diesmal nur raten, ob sie getroffen hatte. Denn kaum, dass sie den Abzug gedrückt hatte, brannten sich Partikelstrahlen in den Fels vor ihr. Aus dem Dach ihres Verstecks regneten Splitter auf sie herab, und Roselles MA5B ratterte los, als sie im Vollautomatikmodus das Feuer erwiderte.

Der Fels unter ihnen erzitterte. Die Vibration war zu stark und zu tief, um von der Schieferplatte über ihnen zu stammen, aber jetzt war keine Zeit, weiter darüber nachzudenken. Linda kroch auf den hinteren Ausgang des Scharfschützennests zu.

Roselles Sturmgewehr klickte nur noch, doch anstatt sich ebenfalls zurückzuziehen, griff die Verstoßene nach einem neuen Magazin. Linda packte sie am Bein und zog sie gewaltsam hinter sich her.

»Ab jetzt musst du schießen *und* laufen!«, sagte Linda, während sie ihr SRS99 nachlud.

Roselle starrte sie verwirrt an. »*Was?*«

Einen Moment lang glaubte Linda, die Verstoßene hätte vergessen, ihre Ohrenstöpsel zu benutzen. Das Donnern eines Scharfschützengewehres konnte einen vorübergehend taub machen, vor allem in einem so engen Raum wie ihrem Versteck.

Dann bemerkte sie, dass der Boden nicht länger nur bebte. Ein tiefes, lauter werdendes Grollen erfüllte die Luft. Tatsächlich hatte Linda Roselles Ausruf auch nicht gehört; sie hatte nur ihre Lippenbewegungen erkannt. Sämtliche Geräusche wurden von dem Donnern übertönt.

Eine gewaltige Staubsäule wuchs über dem Geröllhang in die Höhe. Als Linda zum Rand des Plateaus kroch, blickte sie in eine brodelnde schwarze Rauchwolke hinab, so dicht, dass sie den Boden nicht sehen konnte. Der gesamte Abschnitt des Hangs war losgebrochen und walzte nun in einem gewaltigen Felsrutsch in die Tiefe.

Roselle trat neben Linda und beobachtete die Lawine mit offen stehendem Mund. Als der Lärm nachzulassen begann, tippte sie Lindas Arm an und schrie: »Wie hast du das gemacht?«

Selbst jetzt war das Donnern noch so ohrenbetäubend, dass Linda die Frage kaum hörte. Sie stellte ihren Helmlautsprecher auf maximale Lautstärke, bevor sie antwortete.

»Das war ich nicht«, sagte sie, den Blick noch immer auf den Fuß des Hanges gerichtet, während sie darauf wartete, dass sich der Staub lichtete und die *Wheatley*-Überlebenden enthüllte. »Aber genau das meinte ich mit Warten. Die Crew hat versucht, die Außerirdischen in die Lawinenzone zu locken. Viele von ihnen sind Militäringenieure – es ist praktisch ihr Job, sich Wege auszudenken, um den Feind zu töten.«

Roselle verzog angewidert das Gesicht, und ihre Lippen formten das Wort: »Toll.«

»Ja. Auf jeden Fall besser, als zu sterben.« Linda sah zu der Felsspalte hinüber, die sie benutzt hatten, um auf das Plateau hochzuklettern. »Schaffst du es allein nach unten zurück?«

Roselle nickte.

Das Tosen war inzwischen zu einem Grollen abgeebbt, und

Linda konnte die Worte der Verstoßenen deutlich hören, als sie rief: »Man wird auf Netherop nicht so alt wie ich, wenn man nicht klettern kann.«

Linda musterte Roselle eingehender. Ihre Haut war von Sonne und Wind gezeichnet, aber sie sah nicht viel älter aus als Linda selbst. Vielleicht Mitte zwanzig?

»Wie alt bist du denn?«

»Alt genug«, sagte Roselle. »Ich hatte schon sechs Kinder.«

»Sechs?« Linda überschlug die Zahlen im Kopf und kam zu dem Schluss, dass sie mit ihrer Einschätzung gar nicht so weit danebenliegen konnte. Roselle könnte definitiv Mitte zwanzig sein. »Und deine Kinder … Sind sie bei den anderen? In den Bergläufern?«

»Ja. Die beiden, die überlebt haben.«

»Oh.« Mit einem Mal tat Roselle ihr leid, auch wenn Linda nicht wusste, warum. Es gab ein Dutzend Welten da draußen, wo jedes Jahr Millionen Kinder starben. Vielleicht lag es daran, dass sie die Kinder auf dieser speziellen Welt tatsächlich retten konnte. »Dann lass uns dafür sorgen, dass die beiden *wirklich* alt werden.«

»Das wäre schön«, seufzte Roselle. »Aber wie passt das zu deiner ›Das Leben ist ein vorübergehender Zustand‹-Ansprache von vorhin?«

»Vorübergehend heißt nicht unbedingt kurz.« Linda deutete auf die Felsspalte. »Ich habe keine Ahnung, was die Aliens jetzt tun werden. Sorg dafür, dass die anderen bereit sind. Und sag Samson, er soll nicht den Helden spielen.«

»Vertrau mir, Samson weiß, wie ein Hinterhalt funktioniert.« Roselle schob ein neues Magazin in das MA5B. »Er ist auch alt.«

Linda sah der Verstoßenen nach, während sie zu der schmalen Spalte losrannte. Sie hatte wirklich keine Ahnung, was die Aliens tun würden, deswegen hatte sie Samson auch in der Schlucht zurückgelassen; damit er ihnen einen Hinterhalt legen könnte, falls sie aus irgendeinem Grund beschlossen umzukehren. Diese Möglichkeit erschien ihr nicht allzu wahrscheinlich, aber John hatte recht: Wenn man es mit Außerirdischen zu tun hatte, war man besser auf alles gefasst.

Roselle hatte erst ein paar Schritte gemacht, als Linda ihr nachrief: »Roselle?«

Die junge Frau blieb stehen und drehte sich mit gerunzelter Stirn herum. »*Was?*«

»Der Spannschieber.« Linda machte mit ihrer freien Hand eine ziehende Bewegung. »Du musst die erste Kugel manuell in die Kammer laden.«

»Alles klar.« Roselle richtete das Gewehr auf den Boden und fummelte unter dem Visier herum, bis sie den Schieber fand und ihn nach hinten zog. »Das vergesse ich nicht noch mal.«

Linda schüttelte nur den Kopf, bevor sie zu ihrem zerstörten Scharfschützennest zurückging. Die Verstoßenen waren alles andere als ausgebildete Soldaten, aber sie wussten, wie man überlebte. Hoffentlich würden sie Ruhe bewahren – und ihre Waffen auf den Gegner gerichtet halten –, sollte es hart auf hart kommen.

Nach zwei Minuten war der Felsrutsch schließlich vorüber. Das Grollen verhallte, man hörte nur noch vereinzeltes Poltern und Krachen, dann gab der Staub den Blick auf den nackten Fels darunter frei. Angesichts der jüngsten Ereignisse machte es keinen Sinn, noch länger Funkstille zu wahren, also schaltete Linda sich auf den Notfallkanal.

»Blau Vier an die Mannschaft der *Wheatley*. Können Sie mich hören?«

»*Wheatley* hier«, meldete sich eine tiefe, männliche Stimme. Das war vermutlich Dkani selbst, es sei denn, der Captain war getötet und durch einen Untergebenen ersetzt worden. »Zuerst Mal, falls Sie das mit dem 99er waren, vielen Dank. Wir hätten die feindlichen Schützen nicht kommen sehen.«

»Und die Allianz hat Ihren Felsrutsch nicht kommen sehen«, erwiderte Linda. »Das war ein voller Erfolg.«

»Es war ein erster Schritt«, relativierte Dkani. »Aber gewonnen haben wir noch lange nicht. Wir haben hier unten zwei Warthogs und fünfzig Crewmitglieder, die nicht in der Verfassung sind, noch weiterzumarschieren.«

»Wie ist es um Ihre Waffen bestellt?«, fragte Linda.

»Ich bin nicht sicher, ob das einen Unterschied macht. Wenn uns niemand hier rausholt, werden Hitze und Erschöpfung uns umbringen. Und der Allianz geht es genauso, wenn ich die Lage richtig einschätze.«

»Erst überleben, dann abrücken.« Linda sprach in entschlossenem Tonfall. Der Glaube und der Wille, zu überleben, machten in einer Krisensituation wie dieser oft den Unterschied zwischen Leben und Tod aus.

»Natürlich«, sagte Dkani. »Wir haben die leichten Luftabwehrkanonen auf den beiden Warthogs, jede mit viertausend Schuss Munition. Dazu vermutlich dreißig Sturmgewehre mit jeweils zwei bis drei Ersatzmagazinen.«

»Granaten? Werfer?«

»Wir sind keine Kampfeinheit«, erklärte Dkani. »Wir hatten ein wenig Thermitpaste und C7, aber damit haben wir die Lawine ausgelöst.«

»In Ordnung.« Linda stand auf und drehte den Kopf von einer Seite auf die andere. Wo sie auch hinblickte, war das Terrain steil, scharfkantig und zerklüftet – ein Albtraum von einer Evakuierungszone, vor allem für eine Einheit von halb toten Wissenschaftlern und Ingenieuren. »So schlecht ist Ihre Situation gar nicht.«

»Glauben Sie das wirklich?«

»Oh, ja«, log Linda. »Das wird ein Kinderspiel, vertrauen Sie mir.«

Während sie sprach, hallte aus den Tiefen der Schlucht das Klappern von Stiefeln empor. Die Mündung war fünfzig Meter von ihrer aktuellen Position entfernt, sie konnte also nicht sehen, in welche Richtung die Außerirdischen aufbrachen, aber sie bezweifelte, dass sie wieder die Schlucht hochstiegen – in Richtung der Verstoßenen. Hätten sie sich für den Rückzug entschieden, würden sie nicht rennen.

Von der Staubwolke des Felsrutsches war nur noch ein dunstiger Schleier übrig, und Linda konnte sehen, dass der Großteil des Gerölls mit in die Tiefe gerissen worden war. Alles, was zwischen ihr und der Crew der *Wheatley* lag, waren achthundert Meter nackter Schiefer. Nur auf der Straße waren einige Felsbrocken zum Liegen gekommen, die den Hang nun in Form schräger, gezackter Linien in drei Sektionen unterteilten.

Die Ingenieure hatten die Position der Kolonne perfekt gewählt. Der vordere Warthog stand auf einer kleinen Anhöhe, die die Felsen zurück in die Mitte des Hanges gelenkt hatte, weg von den Überlebenden.

»Die Außerirdischen starten einen Sturmangriff.« Linda wollte nicht, dass der Captain in Panik geriet, also fügte sie hinzu: »Aber das ist gut.«

»Klar«, murmelte Dkani. »So müssen wir wenigstens nicht darauf warten, dass die Sonne uns umbringt.«

»Es ist nicht wichtig, wie sie sterben«, erklärte Linda. »Nur, *ob* sie sterben. Warum sollte ich eine Evakuierung anfordern, wenn Sie bereits aufgegeben haben?«

»Glauben Sie *wirklich*, dass wir eine Chance haben?«

»Wenn Sie genau das tun, was ich sage, ja«, antwortete Linda. »Die Allianz wird sich zuerst auf die Warthogs und die LAAGs konzentrieren, also setzen Sie sie sofort ein. Halten Sie nichts zurück. Eröffnen Sie das Feuer, sobald Sie den Feind sehen können. Oder besser noch: Wenn Ihre Kanoniere den Ausgang der Schlucht von ihrer Position im Blick haben, sollten Sie jetzt das Feuer eröffnen.«

»Aber wir haben nur viertausend Schuss für jede Kanone«, protestierte Dkani. »Und LAAGs feuern fünfhundert Schuss pro Minute. In acht Minuten würde uns die Munition ausgehen!«

»Eröffnen Sie *jetzt* das Feuer«, wiederholte Linda. »Die Munition wird Ihnen nicht ausgehen.«

»Oh.« Dkani machte eine kurze Pause, als er begriff. »Ich verstehe.«

Seine Stimme wurde undeutlich, als er einen Befehl gab, und einen Augenblick später ratterten die LAAGs los. Oben an der Mündung der Schlucht ertönten außerirdische Schreie.

»Gut«, sagte Linda. »Lassen Sie Ihre Leute in dem losen Geröll Kuhlen ausheben. Die Trümmer, die sie beiseiteräumen, sollen sie davor auftürmen.«

»Sie meinen, sie sollen Schützenlöcher graben?!« Dkani stand offenbar dicht hinter den beiden Warthogs, denn er musste brüllen, um sich verständlich zu machen. »Wir haben keine Schaufeln!«

»Nein, keine Schützenlöcher. Dafür haben Sie keine Zeit.« Linda verlor allmählich die Geduld. Erinnerte sich denn kein Schiffscaptain mehr an seine Grundausbildung? »Sie sollen einfach mit ihren Händen oder ihren Helmen eine Kuhle graben und die Felsen davor aufschichten.«

»Ja, ich denke, das kriegen wir hin.«

Erneut wandte Dkani sich von dem Funkgerät ab, um zu seinen Leuten zu sprechen. Vom Ausgang der Schlucht ertönte derweil das Zischen von Allianzwaffen, als die Elites das Feuer eröffneten.

»Niemand in den Kuhlen soll einen Schuss abgeben, bis die Aliens auf fünfzig Schritte heran sind.«

»Das ist verdammt nah!«, brüllte Dkani. »Die Reichweite der MA5Bs ist zehnmal so groß.«

»Aber Ihre Leute haben nur drei Magazine«, erinnerte Linda ihn. »Und sie wissen nicht, wie man schießt. Wenn sie auf Ziele feuern, die fünf*hundert* Schritte entfernt sind, werden sie niemanden treffen.«

»Na schön, wir versuchen's.« Das LAAG-Feuer drohte, Dkanis Worte zu verschlucken.

»Wenn Sie überleben wollen, reicht ein Versuch nicht, Captain.« Linda kroch in ihr Scharfschützennest zurück. Die außerirdischen Scharfschützen, die ihre Position entdeckt hatten, waren längst fort – gemeinsam mit dem Großteil des Geröllhangs.

»Und, Captain?«

»Ja?«

»Gehen Sie auf Abstand zu den Warthogs«, wies Linda ihn an. »Sie sind der Kommandant. Sie sollten nicht direkt neben einem Prioritätsziel stehen.«

Die Angreifer strömten aus der Schlucht und stürmten den Hang hinunter auf die Crew der *Wheatley* zu. Einige von ihnen versuchten, über den nackten Fels zu sprinten, aber sie gerieten schon nach wenigen Metern ins Schlittern und Trudeln und kehrten schnell zu ihren Kameraden zurück, die der felsübersäten Serpentinenstraße folgten. Das machte es für die LAAG-Kanoniere auf den Warthogs leichter, die Außerirdischen niederzumähen. Ein Dutzend Elites war bereits von dem großkalibrigen Kugelhagel in Stücke gerissen worden.

Da zuckten drei violette Strahlen aus der Schluchteinmündung. Sie brannten drei Löcher in die Zufuhreinheit des vorderen LAAG, kochten die Munition, und bevor Linda sich versah, flogen der Kanonier und die Kanone auch schon in unterschiedliche Richtungen davon.

Drei Strahlen, also drei Schützen. Linda ließ ihr SRS99 zurück, zog das MA5C von der Magnethalterung und überprüfte, ob eine Granate im Werfer war, bevor sie zum gezackten Rand der Schlucht rannte und nach unten spähte.

Die drei Elite-Scharfschützen knieten zweihundert Meter unter ihr an der gegenüberliegenden Felswand. Ihre Gewehre waren von einem Typ, den Linda noch nicht gesehen hatte, und sie benutzten Steinhaufen, um die langen Läufe abzustützen. Jetzt gerade nahmen sie ihr nächstes Ziel ins Visier, während die Waffen sich langsam wieder aufluden. Zwanzig Meter hinter ihnen, halb verborgen unter dem vorstehenden Schluchtrand, stand eine

Gruppe von Elites in besonders imposanter Rüstung. Linda war nicht sicher, ob es sich um Offiziere oder besonders hoch angesehene Krieger handelte, aber sie warteten ganz offensichtlich darauf, dass die erste Angriffswelle den Munitionsvorrat ihrer Beute erschöpfte.

Nicht mal Linda konnte sie alle auf einmal erledigen. Sie entschied sich für die Scharfschützen und feuerte eine Granate in ihre Mitte, dann beobachtete sie, wie die Detonation sie über die Steinhaufen hinwegschleuderte. Nachdem sie gelandet waren, brauchte Linda nur eine halbe Sekunde, um jedem von ihnen eine Salve in den Schädel zu jagen, gefolgt von drei weiteren Drei-Schuss-Salven auf ihre Gewehre – nur um sicherzugehen, dass niemand anders sie aufnahm.

Zu diesem Zeitpunkt waren die Krieger in den prachtvollen Rüstungen bereits herumgewirbelt. Sie deckten den Schluchtrand mit Plasmafeuer ein, aber der Schusswinkel war für sie ebenso miserabel wie für Linda, und keiner der Schüsse kam ihr auch nur nahe. Sie wich gerade lange genug zurück, um den Granatwerfer nachzuladen und eine Granate aus ihrer Ausrüstungstasche zu ziehen, dann feuerte sie das 40-mm-Geschoss in die Tiefe und warf die M9 hinterher.

Im Freien waren Granaten nur selten tödlich – vor allem gegen gepanzerte Gegner –, aber sie waren eine erstklassige Ablenkung. Nachdem sie sich wieder auf die Beine gekämpft hatten, stolperten die Elites von der Angriffszone fort, wobei sie weiterhin nach oben feuerten. Linda leerte den Rest ihres Magazins in den langsamsten von ihnen, dann zog sie sich zurück und wog ihre nächsten Schritte ab.

Ein ausgeschalteter Elite mehr – nur hatte sie leider keine Ahnung, wie viele noch übrig waren. Zumindest feuerte das zweite LAAG noch. Wie viele Minuten waren seit dem Beginn der Schlacht vergangen? Drei? Die Crew der *Wheatley* schlug sich besser, als sie erwartet hatte.

Linda wechselte auf den Teamkanal. »Blau Vier, erbitte eine Statusmeldung von Blau Eins bis Drei.«

Als niemand antwortete, versuchte sie es noch einmal ... mit demselben Resultat. Zumindest fürs Erste blieb sie also auf sich allein gestellt. Ohne Satellitennetz hatte der Teamfunk nur eine begrenzte Reichweite, und die scharfen Windungen der Felswände waren der Signalstärke gewiss auch nicht zuträglich. Aber sobald der Rest ihres Teams bei der *Glücksfall* fertig wäre, würde er zu ihr stoßen, da war sie ganz sicher. Die Frage war nur: Wie lange dauerte es, eine Allianzfregatte zu sichern?

Sie warf eine weitere M9 in die Schlucht, um die Elites zu beschäftigen, dann sprintete sie zu ihrem Versteck zurück und schnappte sich ihr SRS99. Theoretisch sollten Lindas Attacken die Aliens dazu bringen, ihren Sturmlauf zu überdenken; schließlich wussten sie nun, dass man sie von hinten angreifen würde, wenn sie den Hang hinunterliefen. Die Logik gebot, dass sie ihre Offensive unterbrachen, bis jemand auf das Plateau hochgeklettert wäre und die Bedrohung neutralisiert hätte. Aber dieser jemand müsste erst einen halben Kilometer die Schlucht zurück, zu der Felsspalte, die auch Linda und Roselle benutzt hatten – dieselbe Felsspalte, an der Samson und eine Handvoll weiterer Verstoßener mit Sturmgewehren und granatenbestückten Steinschleudern im Hinterhalt lagen.

Aber Aliens hielten sich nicht an menschliche Logik. Stattdessen stürmten sie en masse aus der Schlucht, den nackten Fels und die trümmerbedeckte Straße hinunter, die meisten in Zweier- oder Dreiergruppen zusammengedrängt, die ein leichtes Ziel für das LAAG des zweiten Warthogs abgaben. Linda sah, wie ein Feuerstoß ein Trio von Kriegern in zwei Hälften schnitt; zwei weitere platzten in einem purpurnen Sprühregen auseinander, als der undisziplinierte Kanonier des Warthogs seine Waffe mehrere Sekunden auf sie gerichtet hielt.

Nichts schien die Aliens aufhalten zu können. Zehn Gruppen

begannen nacheinander mit dem Abstieg und in jeder befand sich ein Elite mit einem Langstreckenkarabiner. Sobald sie sich dem zweiten Warthog bis auf fünfhundert Meter genähert hätten, könnten sie echten Schaden anrichten.

Linda beobachtete das Geschehen, hielt sich fürs Erste aber zurück. Sie hatte hier oben eine einzigartige Position, die sie nutzen musste, um diejenigen Elemente zu identifizieren und zu eliminieren, die für die feindliche Strategie von besonderer Bedeutung waren.

Dafür musste sie aber erst einmal herausfinden, welche Strategie das war.

Der Bewegungstracker würde sie vor näher kommenden Feinden warnen, aber sein Radius war auf fünfundzwanzig Meter begrenzt. Ein gut ausgebildeter Späher könnte vermutlich unbemerkt über den Schluchtrand hochklettern und einen Flankenangriff starten, während sie abgelenkt war. Darum begann Linda sich alle fünf Sekunden umzublicken.

Die ersten Karabiner-Elites waren inzwischen bis auf Schussweite an den Warthog herangekommen. Sie ließen sich auf den Bauch fallen und krochen weiter, wobei alle paar Sekunden einer von ihnen innehielt und feuerte. Die radioaktiven Geschosse brannten pockennarbige Krater in das Heck des Warthogs, und schlimmer noch, sie schüchterten den Kanonier ein. Aber er hatte immer noch Munition für drei Minuten; er durfte jetzt nicht in Deckung gehen.

Linda feuerte auf den Scharfschützen, der am weitesten von ihr entfernt war. Dabei zielte sie nicht auf seinen Kopf, sondern auf den Karabiner in seinen Händen. Die Waffe explodierte und zerfetzte seine Arme bis zu den Ellbogen. Linda machte sich aber nicht die Mühe, ihm danach den Todesstoß zu versetzen. Er stellte keine Bedrohung mehr dar – im Gegensatz zu seinen Kameraden.

Sie schwenkte den Lauf zum nächsten Schützen herum und drückte ab. Diesmal brach der Karabiner auseinander, und der

Schaft prallte so fest gegen den Helm des Elite, dass er Hals über Kopf den Schieferhang hinunterrutschte. Linda riskierte noch zwei weitere Angriffe, wobei sie einen Karabiner zerstörte und einen Krieger enthauptete, der im letzten Moment seinen Helm hob. Anschließend kroch sie vom Rand zurück, um das Vier-Schuss-Magazin des SRS99 zu wechseln – und nach Feinden Ausschau zu halten, die sich ihr von hinten nähern mochten.

Aber das Plateau war noch immer verlassen.

Da läuteten mehrere krachende Detonationen eine Angriffstaktik der Außerirdischen ein. Linda joggte ein paar Meter von ihrem Versteck weg und kroch auf einen Vorsprung, den sie zu ihrer ersten alternativen Feuerposition erkoren hatte.

Weitere Gruppen von Elites stürmten den Hang hinunter, diesmal im Schutz eines wahren Granatenhagels. Noch loderten die Explosionen nur auf nacktem Fels auf, aber sie näherten sich rasend schnell den Überlebenden der *Wheatley*, und der Kanonier am LAAG wusste augenscheinlich nicht, wie er reagieren sollte. Mal feuerte er auf die Wolken aus Feuer und Rauch, mal auf den Bereich daneben. Die Allianz nutzte seine Verwirrung zu ihrem Vorteil und rückte an einem Dutzend Stellen gleichzeitig vor.

Die Elite in den imposanten Rüstungen hielten sich hinter ihren Truppen und rückten nur langsam nach, was überaus seltsam war. Normalerweise fand man Kommandanten an der Spitze ihrer Einheiten; sie gingen entschlossen und furchtlos voran, um ihre Anhänger zu inspirieren. Was immer der Feind plante, die Kerle in den prächtigen Körperpanzern mussten der Schlüssel sein.

Linda identifizierte acht Ziele, zwei Dreier- und eine Zweiergruppe. Es ließ sich nicht bestimmen, wer unter ihnen der Wichtigste war, also nahm sie den mittleren Elite in der hintersten Gruppe ins Visier und pustete ihm ein Loch in den Rücken.

Der Krieger kippte vornüber, wobei er einen seiner Nebenmänner mit sich riss, und die beiden schlitterten den Felshang hinab.

Der dritte Elite sprang hastig vorwärts und streckte seinem unverwundeten Kameraden die Hand hin. Er war ungewöhnlich groß, mit breiten Schultern und einem Generatorpack auf dem Rücken, was Linda zu der Annahme führte, dass er der Leibwächter des anderen Kriegers war.

Ausgehend von dieser Vermutung zielte sie bei der nächsten Dreiergruppe auf den Elite, der auf der hangabgewandten Seite lief. Seine Brust explodierte in einer violetten Sprühwolke, aber die einzige Reaktion seiner Begleiter bestand darin, sich seitlich aus der Gefahrenzone zu rollen und hastig weiterzustürmen.

Dieser Kerl war also wohl nicht allzu wichtig gewesen.

Linda wandte sich der letzten Gruppe auf ihrer Zielliste zu, dem Duo, das dicht hinter der Hauptstreitmacht herrannte. Mit zwei schnellen Schüssen stanzte sie jedem ein Loch in den Oberkörper, dann zog sie sich vom Rand des Vorsprungs zurück, um kein leichtes Ziel abzugeben, während sie nachlud. Vermutlich war diese Vorsichtsmaßnahme überflüssig – die Allianz schien noch immer ganz auf die Crew der *Wheatley* fixiert zu sein –, aber sie war lieber übervorsichtig als tot.

Kaum dass sie ein neues Magazin in das SRS99 geschoben hatte, verstummte das LAAG des zweiten Warthog. Der Kanonier hatte sieben Minuten durchgehalten – deutlich länger, als sie erwartet hatte. Linda huschte zu ihrer zweiten alternativen Feuerposition, einer schmalen Einbuchtung neben dem Vorsprung, auf dem sie gerade gelegen hatte, dann kroch sie langsam vorwärts, bis sie freien Blick auf das Schlachtfeld hatte.

Der zweite Warthog stand in Flammen und die Elites preschten nun in vollem Sprint die Serpentinen hinunter. Noch trennten sie knapp zweihundert Meter von den Überlebenden der *Wheatley*, aber die ersten menschlichen Sturmgewehre ratterten bereits in panischen, munitionsfressenden Salven los, die insgesamt nur drei Angreifer zu Fall brachten.

Die Zeit für taktische Nadelstiche war vorbei. Linda tauschte das SRS99 gegen ihr MA5C aus und sprang über den Rand des Plateaus. Sie landete auf der steilen Schräge, wo sie sich auf den Hintern fallen ließ und mit hochgereckten Füßen die Klippe hinunterrutschte. Sie konnte die Rutschpartie nur bedingt kontrollieren, aber eigentlich musste sie nur aufpassen, dass sie sich nicht zu überschlagen begann … und in ihrer Mjolnir-Rüstung wäre nicht mal das eine Katastrophe gewesen.

Während sie sich zurücklehnte und mit den Ellbogen Hindernissen auswich, blickte sie mit wachsender Sorge auf das Schlachtfeld. Die Aliens waren bis auf hundert Meter an ihrer Beute heran, und die ersten Sturmgewehre waren bereits wieder verstummt, weil sie keine Munition mehr hatten.

Linda trennten noch fünfzehn Meter vom Rand des Hanges, als mehrere grüne Kontakte auf ihrem Bewegungstracker erschienen, und als sie den Kopf drehte, sah sie die beiden spinnengliedrigen Bergläufer über den Schiefer staksen. Samson stand an der Mikrowellenkanone des vorderen Vehikels, und in dem Passagierabteil hinter ihm knieten sechs jüngere Verstoßene, bewaffnet mit Sturmgewehren, Maschinenpistolen und Schrotflinten, aber kreidebleich vor Furcht. Roselle war nicht unter ihnen.

Linda spähte zum zweiten Läufer hinüber, konnte die junge Frau aber auch dort nicht entdecken. Ein Teil von ihr war froh darüber. Was auch immer Samson vorhatte, es war eine schlechte Idee, und die Verstoßenen würden jemanden brauchen, der sie in ihre neue Zukunft führte. Linda hob die Hände hinter den Kopf und krallte die Finger in den Fels, um abzubremsen, dann stemmte sie die Fersen gegen die Klippe und katapultierte sich in einem hohen Bogen vorwärts.

»Achtung!«, rief sie. »Macht Platz!«

Die Verstoßenen rissen die Köpfe herum, dann wichen sie hastig in eine Ecke des Passagierabteils zurück, als Linda über ihnen angeflogen kam. Die Spartan zog die Beine ein, vollführte einen Vorwärtssalto und landete in geduckter Haltung auf der Oberseite des Läufers, wobei sie die Wucht des Aufpralls mit dem vorderen Bein abfing.

Sie selbst hatte keine Mühe, die Balance zu halten, aber der Läufer neigte sich auf seine hangabgewandte Seite und drohte umzukippen … Bis Linda sich auf die andere Seite rollte und ihn wieder ins Gleichgewicht brachte.

Samson starrte sie mit hochgezogenen Augenbrauen und offenem Mund an. »Frag nächstes Mal einfach, dann halten wir an.«

Linda ignorierte die Bemerkung. »Was tut ihr hier?«

»Die Aliens wollten nicht in unseren Hinterhalt tappen«, erklärte der junge Mann. »Also bringen wir unseren Hinterhalt zu ihnen.«

»So funktioniert ein Hinterhalt nicht.«

»Willst du, dass wir umkehren?« Samson spähte den Hang hinunter. »Die Außerirdischen scheinen keinen großen Respekt vor deinem Plan zu haben.«

»Nein. Sie haben irgendetwas anderes vor.« Linda versuchte, John auf dem Teamkanal zu erreichen, aber es gab noch immer zu viele Interferenzen. Sie seufzte. »Na schön, wir machen weiter.«

Samson wandte sich an die Pilotin, eine Frau mit breiten Wangen und einer langen Mähne staubig-roten Haars. »Du hast es gehört. Weiter.«

Nicht dass die Frau zuvor abgebremst hätte.

Linda richtete sich auf. »Was hättest du getan, wenn ich gesagt hätte, ihr sollt umkehren?«

Samson zeigte grinsend seine abgebrochenen Zähne. »Wir haben darüber gesprochen und entschieden, dass wir deinen Freunden helfen werden. Wir werden euch keinen Vorwand geben, unsere Abmachung zu brechen.«

»Das hatten wir nicht vor.«

»Sagst du.« Samson blickte wieder nach vorn. »Aber du gehörst zum UNSC.«

Linda schüttelte entnervt den Kopf. »Tut einfach, was ich sage«, brummte sie, wobei sie zum Himmel zeigte, »und ich werde versuchen, euch lebend von hier wegzubringen.«

Samson nickte. »Wir werden dich daran erinnern. Oh, und noch etwas.« Er deutete mit dem Kinn nach hinten. »Wir haben deine Freunde in der Schlucht gesehen, ungefähr fünfhundert Atemzüge hinter uns. Sie fahren ein großes, schwebendes Ding.«

»Bist du sicher, dass es meine Freunde waren?«, fragte Linda. Fünfhundert Atemzüge entsprachen etwas mehr als einer halben Stunde – vermutlich zu lange, um noch Einfluss auf den Ausgang dieser Schlacht zu nehmen. Und »großes, schwebendes Ding«? Das klang nach einem Truppentransporter der Allianz. »Ich konnte sie bislang nicht erreichen.«

»Ich bin sicher!«, erwiderte Samson. »Sie waren zu weit hinter uns, um ihnen ein Zeichen zu geben, aber der Helm des Fahrers sah nicht aus wie der eines Außerirdischen. Mehr wie der von John – nur mit einem großen, runden Gesicht.«

»Okay«, sagte Linda. Er beschrieb eindeutig Kellys Helm. »Dann ist immerhin jemand unterwegs, um diesen Scherbenhaufen aufzukehren.«

Sie schob sich zum Bug des Läufers vor. Die hinteren Alien-Gruppen waren noch knapp dreihundert Meter entfernt, wohingegen die vordersten bereits die letzte Kurve umrundet hatten und die Crew der *Wheatley* in ihren hastig ausgehobenen Kuhlen mit einem Plasmagewitter eindeckten. Nur eine Handvoll Menschen schoss noch zurück.

»Die Granaten, die ich euch gegeben habe – wie weit könnt ihr die werfen?«

»Nicht weit«, antwortete Samson. »Vielleicht die Hälfte des Hanges runter.«

»Also gut, sobald wir noch ein Drittel des Hanges über ihnen sind, werft ihr alles, was ihr habt«, wies Linda sie an. »Wartet nicht auf meinen Befehl.«

»Hatte ich auch gar nicht vor.«

Von einem fahrenden Vehikel aus ein Ziel zu treffen, war immer schwierig, aber Linda entdeckte den Elite in der imposanten Rüstung, der vorhin mit einem ihrer Opfer von der Straße geschlittert war, und sie richtete ihre Zieloptik auf seinen Rücken.

Das kleine Kreuz hüpfte auf ihrem HUD auf und ab, jedoch nicht in einem berechenbaren Muster. Die Spinnenbeine des Bergläufers glitten auf dem Geröll immer wieder aus und seine staksenden Bewegungen machten die Sache auch nicht leichter.

Linda feuerte eine Dreischusssalve ab und sah eine Wolke Steinsplitter aufspritzen – zwei Meter vor ihrem Ziel.

Der Elite reagierte blitzschnell: Er warf sich der Länge nach über den Straßenrand und schlitterte unkontrolliert zum qualmenden Wrack eines Warthog hinab. Jetzt würde Linda ihn ganz sicher nicht mehr erwischen, also eröffnete sie stattdessen das Feuer auf den hünenhaften Krieger, der neben dem anderen Elite hergerannt war. Als die erste Salve neben ihm im Boden einschlug, schossen er und einige andere Aliens in seiner Nähe über ihre Schultern zurück. Ihre Plasmawaffen hatten aber nicht genug Reichweite, der Beschuss stellte also nicht wirklich eine Bedrohung dar. Zumindest noch nicht.

Linda leerte ihr Magazin und beobachtete, wie die Kugeln von ihm abprallten. Er musste einen außergewöhnlich starken Energieschild haben. Wirklich zu schade. Ohne diesen zusätzlichen Schutz hätte sie ihn vielleicht zu Fall gebracht.

Während sie nachlud und neu anlegte, detonierten inmitten der vorrückenden Allianzhorde eine Reihe von Granaten. Die Explosionen schleuderten den stämmigen Elite zu Boden und überlasteten seinen Schild. Linda wartete, bis er nicht mehr über die Fahrbahn rollte, dann jagte sie ihm dicht unter dem Brustkorb drei Kugeln in die Seite.

Doch trotz dieser eigentlich tödlichen Verletzung machte der Kerl Anstalten, wieder aufzustehen. Erst als Linda ihm eine weitere Salve in den Leib pumpte, brach er reglos zusammen.

Die vorderen Elite-Gruppen waren bereits im Nahkampf-modus: Sie stürmten auf die Kuhlen zu, ohne darauf zu achten, ob ihnen von dort Beschuss entgegenschlug – was längst nicht oft genug geschah. Die Verteidiger mussten ihre Munition fast völlig aufgebraucht haben. Linda schätzte die Zahl der verbliebenen Aliens auf zwanzig bis dreißig ... und jeder von ihnen schien entschlossen, bis zum letzten Atemzug zu kämpfen. Aber da sie von hinten angreifen würde, sollte sie zehn Gegner ausschalten können, bevor der Rest erkannte, was los war. Linda hoffte nur, dass sich nicht noch weitere Elites mit aktiver Tarnung auf dem Hang herumtrieben.

Oder Elites mit diesen schweren Energieschilden.

Sie musste wirklich aufhören, so zu denken – sie klang fast schon wie Dkani. Linda nahm einem der Verstoßenen eine M7 ab, überprüfte, ob das Magazin voll war, und stellte dann einen Fuß auf den Rand des Läufers.

»Bleibt auf der Straße«, instruierte sie Samson. »Und schießt über die Köpfe der Außerirdischen hinweg, nicht ins Getümmel hinein. Über ihre Köpfe hinweg.«

»Was soll das bringen.«

»Zunächst mal werdet ihr nicht zufällig mich erschießen«, erwiderte Linda. »Und wenn ihr wollt, dass John sein Wort hält ...«

»Schon gut, schon gut«, sagte Samson.

Aber Linda war bereits abgesprungen. Sie landete am Rand der Fahrbahn, wo das Geröll einen niedrigen Wall formte. Sie stieg darüber hinweg und rutschte die letzten Meter nach unten, während sie mit dem MA5C einhändig Dreischusssalven in die Rückenplatten der Aliens feuerte. Sechs Salven brachten vier Elites zu Fall. Das Ganze fühlte sich zu einfach an, so als wäre den Kriegern egal, dass sie von hinten niedergemäht wurden.

Sie tötete einen weiteren Außerirdischen, und dann war sie auch schon mitten im Schlachtgewühl, wo die Elites in die Kuhlen hinabschossen oder mit ihren Energieschwertern auf die

Überlebenden der *Wheatley* einhackten. Linda verlor keine Zeit. Sie rammte den Lauf der M7 gegen das Schlüsselbein eines Elite und drückte ab, einem zweiten schoss sie aus nächster Nähe in den Hals und ihre nächsten Salven brachten drei weitere Gegner zu Fall. Alles, ohne dass die restlichen Aliens auch nur von ihrem blutigen Werk aufblickten.

Eine Gruppe von vier Kriegern merkte schließlich, dass sie ein Problem hatten.

Diese Gruppe hatte sich in einem Halbkreis vor drei Kuhlen aufgestellt, wo zwei rundliche Männer mit Ingenieursabzeichen versuchten, einen schlanken Elite in prachtvoller Rüstung von einer grauhaarigen Frau herunterzuziehen. Anstatt ihrem Kameraden zu helfen, hatten die Krieger sich nach außen gedreht und mähten mit ihren Plasmagewehren jeden nieder, der zu nahe herankam. Als sie Linda sahen, rückten die vier näher zusammen, sodass sie eine Barriere zwischen ihr und dem fünften Elite bildeten. Ihre Plasmagewehre schwenkten herum.

»Deckung!«, rief Linda.

Die beiden Ingenieure blinzelten verwirrt und einer von ihnen öffnete den Mund.

Linda feuerte mit dem Granatwerfer auf die Aliens, einen Augenblick später rollte auch schon eine Woge aus Hitze und Splittern über sie hinweg, während ihre Ziele zurücktaumelten. Anstatt darauf zu warten, dass sich der Feuerball der Detonation auflöste, stürmte Kelly zwischen die Elites und feuerte abwechselnd mit ihrer M7 und dem MA5C. Die Maschinenpistole klickte nur noch, nachdem der dritte Helm zersplitterte, das Sturmgewehr sprengte den vierten, dann war es ebenfalls leer geschossen.

Als Linda sich zu der grauhaarigen Frau umdrehte, erwartete sie, nur noch eine blutige Masse vorzufinden, aber die Wissenschaftlerin lag schreiend auf der Seite, ihr Körper zusammengerollt, die Arme schützend über den Kopf erhoben.

So weit, so gut.

Glücklicherweise hatten die Körper der Elites die Wucht der Granatenexplosion abgefangen, und die beiden Ingenieure, die gerade wieder auf die Beine kamen, waren größtenteils mit oberflächlichen Schrapnellwunden davongekommen. Einer von ihnen blutete aus Nase und Ohren – das passierte, wenn man während einer Detonation die Kiefer zusammenpresste. Dem anderen strömte das Blut nur so übers Gesicht, aber der Riss in seiner Kopfhaut war nicht sehr tief. Kopfwunden sahen meist schlimmer aus, als sie waren.

Linda drückte dem Mann mit der blutenden Nase die M7 mitsamt zwei Ersatzmagazinen in die Hand, dann bedeutete sie ihm, auf seinen verletzten Freund aufzupassen. Nachdem sie ihr Sturmgewehr nachgeladen hatte, begann sie, sich nach ihrem nächsten Ziel umzusehen.

Aber es waren keine mehr übrig.

Die Verstoßenen stürmten mit ihren Bergläufern auf der Straße heran, wobei sie riefen und johlten und in langen, harmlosen Salven über die Köpfe der flüchtenden Feinde hinwegfeuerten. Die Aliens hatten offenbar erkannte, dass sie flankiert wurden, und zogen sich nun durch das Flussbett zurück.

So schnell sie nur konnten.

So viel dazu, dass Elites bis zum Tod kämpften.

Es waren nur noch ungefähr zwanzig übrig, und Linda hätte nichts lieber getan, als ihnen den Rest zu geben, aber im Innern ihrer Mjolnir summte eine Schadenswarnung, und unter den Überlebenden der *Wheatley* gab es zahlreiche Verwundete. Sie vergewisserte sich, dass das Problem mit ihrer Rüstung nicht zu ernst war – ein schmaler Riss, wo ein Splitter durch ein Gelenk ihres Körperanzugs geschnitten hatte –, dann wandte sie sich erneut den drei glücklichen Überlebenden zu.

»Sind Sie in Ordnung?«

Einer der Männer deutete auf seine Ohren – kein Wunder, nachdem in seiner unmittelbaren Nähe eine Granate detoniert war. Aber sein Gehör sollte sich innerhalb der nächsten Stunden erholen.

Die Frau schien inzwischen wieder in besserer Verfassung zu sein. Sie hatte Blutergüsse und Schwellungen im Gesicht, entweder von dem Elite oder einfach von der harten Landung auf dem Fels, aber sie war wieder auf den Beinen und zitterte nicht mehr am ganzen Körper. Ihr Dienstabzeichen wies sie als Wissenschaftlerin aus; vermutlich zeigte es auch an, was für eine Art Wissenschaftlerin sie war, aber Linda wusste nicht, was ein Auge mit einer sternförmigen Pupille bedeutete.

Ihr Blick wanderte zu dem Namensschild über dem Abzeichen hoch, dann fragte sie: »Sind Sie verletzt, Captain Stocken?«

»Nein, es geht mir gut«, antwortete Stocken. »Das habe ich Ihnen zu verdanken.«

»Schön, dass ich behilflich sein konnte.« Linda entdeckte einen Notfallsender, der in der Kuhle hinter dem Captain lag, also hob sie ihn auf und hielt ihn Stocken hin. »Den haben Sie fallen gelassen, Ma'am.«

»Danke.« Die Frau nahm das Gerät und versuchte es an ihrem Gürtel einzuhängen, dann hielt sie inne. »Halt. Der muss jemand anders gehören. Ich habe meinen noch.«

Linda senkte den Blick. Ja, da hing bereits ein Notfallsender an ihrer Gürteltasche.

»Sieht ganz so aus.« Sie ließ sich den überzähligen Sender zurückgeben und schob ihn in eine leere Munitionstasche. »Ma'am, mir ist das Sektion-Drei-Abzeichen an Ihrer Uniform aufgefallen.«

Stocken nickte. »Angesichts unserer Mission hier sollte Sie das nicht überraschen.«

»Tut es auch nicht.« Linda nahm die Frau am Arm und führte sie von der Kuhle fort. »Aber ein Nahkampf mit Elites gehört wohl kaum zum Aufgabengebiet von Sektion Drei. Lassen Sie uns einen Sanitäter suchen, der Sie untersuchen kann.«

»Es geht mir gut.« Stocken schüttelte ihre Hand ab. »Ich habe

gesehen, wie Sie den Hang runtergekommen sind, auf diesem …
was immer dieses vielbeinige Ding auch sein mag.«

»Das war gar nichts, Ma'am«, sagte Linda. »Wir sind ausgebildet …«

»Ich weiß, wozu sie fähig sind, Spartan«, schnitt Stocken ihr das Wort ab. »Mich interessiert auch eher der letzte Außerirdische, den sie von dem Fahrzeug aus erschossen haben. Er sah aus, als hätte er eine ungewöhnlich große Schildeinheit.«

»Ja, Ma'am. Den Eindruck hatte ich auch.«

»Ist der Generator noch intakt?«

»Vermutlich«, schätzte Linda. »Die Granaten haben nur seine Schilde überladen. Ich musste ihn mit einer zusätzlichen Salve erledigen.«

Stockens Augen wurden so rund, dass sich die Falten ringsum glätteten. »Worauf warten wir dann noch?« Sie begann den Hang hochzusteigen. »Suchen wir den Mistkerl.«

20. KAPITEL

15:10 Uhr, 7. Juni 2526 (Militärkalender)
Serpentinenhang, Kristallbuschplateau
Berge der Verzweiflung, Planet Netherop, Ephyra-System

Eine schwarze Rauchwolke stieg über dem Schluchtrand empor, und vor Johns Augen blitzten Erinnerungen an all die Dinge auf, die er in der Vergangenheit unter solchen Wolken gesehen hatte: panzergroße Lachen aus geschmolzenem Metall, Bunker mit weggesprengtem Dach, umgeben von einem fünfzig Meter großen Stern aus Ruß. Abgerissene Gliedmaßen, die von zersplitterten Ästen herabhingen. Köpfe, die auf dem Boden zerplatzt waren. Hundert Leichen, durch Plasma zu einem einzigen riesigen Klumpen zusammengeschweißt.

John versuchte nicht, die Bilder aus seinem Kopf zu verbannen. Er hatte schreckliche Gräuel gesehen, und wenn er sie jetzt verdrängte, würden sie später auf noch quälendere, hinterhältigere Weise zurückkehren. Zumindest hatte Dr. Halsey das gesagt und sie lag in solchen Dingen nur selten falsch.

Also konzentrierte John sich stattdessen auf seine aktuelle Aufgabe. Er saß im Kanonierscockpit von Kellys erobertem Umbra, während sie das Vehikel mit halsbrecherischer Geschwindigkeit durch die Schlucht lenkte. Da Kelly ganz auf die Straße fokussiert war, würde sie Hindernisse oder Feinde vor ihnen als Erste

378

entdecken, darum behielt John die Felswände ringsum im Auge. Seine Augen suchten in Nebenschluchten nach herabkullernden Steinen oder Kratzspuren und an den oberen Rändern der Schlucht nach unmenschlichen Silhouetten oder suspekt wirkenden Felsanhäufungen.

Bislang hatte er nichts dergleichen entdeckt.

Im selben Maß, wie sich der Rauch vor ihnen verdichtete, wuchs Johns Sorge um die Crew der *Wheatley*. Anfangs hatte er geglaubt, dass die Allianz sie nur verfolge, weil sie jemanden suchte, der die Selbstzerstörung des Schiffes verhindern konnte. Aber dann war eine Staffel Banshees aufgetaucht und die *Glücksfall* war gestartet. Der Feind musste offensichtlich nicht erst ein Schiff stehlen, um von Netherop zu fliehen.

Warum machten die Aliens also weiterhin Jagd auf die Überlebenden der *Wheatley?*

Es musste mehr dahinterstecken als nur das simple Verlangen, jeden Menschen weit und breit niederzumetzeln. Ein Viertel der Hitzetoten, an denen der Umbra auf seinem Weg durch die Schlucht vorbeiflog, waren Elites, und man rannte nicht bis zum Umfallen, nur um ein wenig Spaß zu haben.

Vor ein paar Minuten hatte John ein paar abgehackte Wortfetzen von der Crew der *Wheatley* aufgeschnappt. Weil sie nicht länger ein UNSC-Schiff über sich hatten, dass das Signal verstärken und in die Schlucht weiterleiten konnte, war die Übertragung vollkommen unverständlich gewesen. Aber immerhin bedeutete es, dass ein Teil der Mannschaft noch am Leben war.

Oder?

John hatte es seitdem ein Dutzend Mal versucht, Linda auf dem Teamkanal zu erreichen, wegen der Entfernung und dem Terrain aber nie eine Antwort erhalten. Inzwischen hatte die Entfernung jedoch deutlich abgenommen, und das Terrain veränderte sich jedes Mal, wenn Kelly den Umbra um eine Kurve driften ließ. Also ließ er es auf einen weiteren Versuch ankommen.

»Blau Eins an Blau Vier, Lagebericht?« Er wartete fünf Sekunden, dann wiederholte er: »Blau Eins an Blau Vier, Lagebericht?«

Lindas Statusleuchte blieb dunkel. Natürlich bedeutete das nur, dass sie außer Reichweite war. Sie könnte noch immer am Leben sein. Oder tot. Oder verwundet ... Oder sie saß irgendwo in einem Teich und nippte an einem eiskalten *Gooroo*. Alles war möglich.

Nach zehn Sekunden beendete er seinen Kontaktversuch auf dieselbe Weise wie alle vorigen. »Blau Vier, wir kommen.« Wenn alles möglich war, dann auch, dass Linda sie hörte. »Wir kommen, so schnell wir können. Ende.«

»Blau Eins, würdest du bitte endlich aufhören, dir Sorgen zu machen?« Es war Freds Stimme und sie ertönte aus dem bordinternen Kommunikationssystem des Umbras. John hatte keine Ahnung, wie das funktionierte – er konnte nicht mal Lautsprecher sehen –, aber es war so effektiv, dass er theoretisch jedes Wort belauschen konnte, das an Bord des Fahrzeugs gesprochen wurde. »Wir werden schon noch rechtzeitig zu ihr stoßen.«

»Was denn, keine klugen Sprüche?«, fragte John. »Dann kann ich nicht der Einzige sein, der sich Sorgen macht?«

»Ich bin nur vorsichtig«, erwiderte Fred. »Wenn ich dich zu sehr zum Lachen bringe, fliegst du noch aus deinem Cockpit und brichst dir das Genick.«

Fred gab sich alle Mühe, aber sein Humor wirkte erzwungen. Keine Frage, er war ebenso besorgt um Linda wie John.

»Du bist nicht so witzig, wie du vielleicht denkst«, erklärte John. »Was machen unsere Passagiere?«

»Halten sich ganz wacker«, antwortete Fred. »Wenn man bedenkt, wie holprig die Fahrt ist.«

»Das habe ich gehört«, meldete sich Kelly zu Wort. »Wäre es dir lieber, ich würde Schritttempo fahren?«

»War nicht persönlich gemeint«, wehrte Fred ab. »Petrov und der Erste Zug sind solche Manöver nur nicht gewöhnt. Es riecht hier unten wie in einer Abwurfkapsel voller Frischlinge. Nicht mal Lena und die Jungs konnten ihr Mittagessen bei sich behalten.«

Natürlich konnte der Geruch von Erbrochenem Fred nichts anhaben; seine Mjolnir verfügte über ein integriertes Toxin-Kontrollsystem, das die meisten übel riechenden Partikel aus seiner Luftzufuhr herausfilterte. Trotzdem war John froh, dass er oben an der Station des Kanoniers saß.

Der Umbra brauste auf die nächste enge Kurve zu … und John entdeckte frische Kletterspuren, die zu einem fast vertikalen Felsspalt führten. Dieser Spalt prangte an der Innenseite der Kurve – der engsten, auf die sie bislang gestoßen waren … was die Stelle zu einem perfekten Ort für einen Hinterhalt machte.

Wenn man einen Angriff auf ein Fahrzeug erwartete, hatte man eigentlich nur drei Optionen. Die beste Abwehr wäre ein Angriff aus der Luft oder ein Artilleriebombardement, um die Gegner aus ihrem Versteck zu jagen. Leder stand das im Moment nicht zu Debatte – selbst wenn John jemanden außerhalb der Schlucht erreichen könnte.

Die zweitbeste Methode wäre, anzuhalten, abzusteigen und die lauernden Angreifer zu flankieren. Diese Option hätte John auch gewählt, würde ihn die Sorge um Linda und die immer größer werdende Rauchwolke nicht zur Eile treiben.

Die dritte Methode, war, so schnell durch die Angriffszone zu rasen, dass der Feind keine Chance hatte, einen erfolgreichen Überfall zu starten. John suchte auf der Straße voraus nach verdächtigen Steinhaufen oder Leichen, die man in ihrem Weg platziert und mit Sprengstoff präpariert haben könnte. Als er nichts sah, schob er sein BR55 über den Rand des Cockpits und rief auf dem Teamkanal: »Los, los, los!« Anschließend griff er mit der einen Hand nach einer Granate, während er mit der anderen kurze Salven in die Felsspalte feuerte. »Fahr so schnell, wie du kannst!«

Kelly fragte nicht nach einer Erklärung. Sie hatten solche Manöver während der Ausbildung Hunderte Male durchexerziert, also gab sie wortlos Gas und beschleunigte den Umbra so weit, wie sie es wagen konnte. Vielleicht sogar ein wenig weiter …

Trotz seiner klobigen Form war der Transporter überraschend wendig. Die Kraftfelder, die ihn in der Luft hielten, verhinderten auch, dass er sich zu weit zur Seite neigte, und seine raketengleiche Beschleunigung ließ ihn um die Kurve rasen, bevor sein Heck überhaupt ausbrechen konnte. Es gab keine Explosionen, niemand feuerte auf sie, und als John im Vorbeifahren an der Felsspalte entlang nach oben blickte, sah er, dass sie sich zu einem kaminartigen Schacht verjüngte und bis zum Schluchtrand hinaufführte.

Auf halber Höhe des Schachts hing ein Bergläufer der Verstoßenen, alle zehn Beine ausgestreckt, um sich auf beiden Seiten an den Felswänden abzustützen. Vier kleine blonde Köpfe spähten über den Rand des Passagierabteils – und jeder von ihnen blickte am Lauf eines UNSC-Sturmgewehrs entlang in die Schlucht hinunter.

John senkte seine Granate und das BR55. Einen Augenblick später war der Umbra auch schon auf der anderen Seite der Kurve.

»Stopp.« Diesmal sprach John über das Kommunikationssystem des Transporters, damit Fred und der Erste Zug nicht vom Schlimmsten ausgingen. »Es sind die Verstoßenen.«

Während Kelly möglichst gleichmäßig abbremste, wechselte John wieder auf den Teamkanal.

»Blau Eins an Blau Vier, Lagebericht?« Wenn sie die Verstoßenen eingeholt hatten, konnte Linda auch nicht weit sein. »Blau Vier, Lagebericht?«

Noch immer: nichts.

Sobald der Umbra reglos über dem Boden schwebte, steckte John seine Waffen weg, dann sprang er aus dem Cockpit. »Alle sollen auf ihren Plätzen bleiben. Wir fahren weiter, sobald ich diese Kinder befragt habe.«

Kellys und Freds LEDs glühten grün, und John hörte die gedämpften Stimmen von Lena und Arne, während er an dem Umbra entlangschritt. Er konnte nicht verstehen, was sie sagten, aber vermutlich verlangten sie, rausgelassen zu werden, damit sie sich ihren Freunden anschließen konnten. Nun, vielleicht später.

John war ungefähr zwanzig Meter weit gekommen, als der Bergläufer aus der Kluft herabstieg und vor ihm auf die Straße hinaustrat. Roselle stand an der Mikrowellenwaffe am hinteren Rand des Passagierabteils, während ein blonder Junge, kaum groß genug, um über den Rand des Fahrzeugs zu blicken, die Kontrollkugel bediente. Zwischen den beiden ragten die Läufe mehrerer Sturmgewehre hervor – und die Köpfe von vier weiteren Kindern, die sogar noch jünger und kleiner waren als der Pilot.

John hob die leeren Hände. »Ich bin nicht euer Feind.«

»Das weiß ich bereits.« Roselle beugte sich über die Parabolantenne nach vorn. »Andernfalls wäre euer Schwebedings jetzt in tausend Teilen über den Schluchtboden verteilt.«

John betrachtete die Mikrowellenwaffe. Die Allianz war generell schlecht gegen elektromagnetische Impulse geschützt, insofern hatte das Mädchen vielleicht sogar recht – aber sie hätte niemals schnell genug mit der Antenne zielen können, um sie zu treffen.

Fünfzig Meter von dem Läufer entfernt blieb John stehen. Die Verstoßenen von sich aus näher kommen zu lassen, ließ ihn weniger aggressiv erscheinen.

»Ist jemand verletzt?« Er hatte gelernt, dass es immer vorteilhaft war, seine Sorge um seine lokalen Verbündeten auszudrücken. In diesem Fall kam echte Neugier hinzu. »Braucht ihr irgendetwas?«

Roselle hatte keine Zeit für Höflichkeiten. »Ist die Straße zwischen uns und Samson sicher?« Sie tippte sich ans Ohr. »Was hörst du in deinem Helm?«

»Nicht viel. Vielleicht stört die Schlucht unseren Empfang.« Er wollte ihr keine falschen Hoffnungen machen, also fügte er mit einem Blick zum Himmel hinzu: »Es sieht aber nicht gut aus.«

Roselle folgte seinem Blick. »Du meinst, wegen dem Rauch?«

»Richtig. Wenn er so dunkel ist …«

Sie brachte ihn mit einem zischenden Laut zum Schweigen. »Steig wieder in dein Schwebedings, John. Es sind vielleicht noch Außerirdische in der Schlucht. Wir folgen euch in einem Abstand von hundert Schritten.« Sie richtete einen Finger auf ihn. »Pass auf, dass niemand auf uns schießt.«

»Ich weiß nicht, ob ihr uns schon folgen solltet.« Ihm behagte die Vorstellung nicht, dass Kinder die Art von Verwüstung sahen, auf die der Rauch hindeutete. Sie würden den Anblick nie wieder vergessen, insbesondere wenn sie über die Leichen von Samson oder einem Verwandten stolperten. »Der Kampf ist vielleicht noch nicht vorbei, und selbst wenn, wissen wir nicht, wer gewonnen hat.«

»Der Kampf *ist* vorbei.« Roselle starrte John an, als sei er ein Kind, das besser aufpassen musste. »Das ist Kohlenrauch von unseren Bergläufern.«

John legte erneut den Kopf in den Nacken. Natürlich! Die Druckkessel der Läufer wurden mit Kohlenfeuer betrieben. »Sie laden ihre Batterien auf?«

»Richtig«, sagte Roselle. »Ich bin also ziemlich sicher, dass wir gewonnen haben.«

»Ich verstehe.« John wollte sich schon umdrehen, aber dann hielt er noch einmal inne. »Wenn wir das Schlachtfeld erreichen, sollten die Kleineren vielleicht zurückbleiben. Das wird kein schöner Anblick, egal welche Seite gewonnen hat.«

Roselles Gesicht wurde weicher. »Ein guter Rat, John. Du wirst eines Tages bestimmt ein guter Vater sein.«

»Danke, Ma'am«, erwiderte John. Er hatte nicht vor, in nächster Zeit eine Familie zu gründen – oder überhaupt –, aber es war schön, zu sehen, dass er allmählich Roselles Vertrauen gewann. »Das weiß ich zu schätzen.«

Er joggte zu dem Umbra zurück und kletterte in das Kanonierscockpit hoch. Dann, während Kelly wieder anfuhr, brachte er die anderen mithilfe des Bordsprechsystems auf den neuesten Stand.

Lena war die Erste, die auf die Neuigkeiten reagierte. »Wenn Roselle uns folgt, warum müssen Arne und ich dann hier in der Kotze deiner Freunde sitzen?«

John ignorierte sie und aktivierte einmal mehr den Teamkanal. »Blau Eins an Blau Vier, Lagebericht? Blau Vier, melden.«

Diesmal erhielt er postwendend eine Antwort. »Der Feind hat sich zurückgezogen.« Freds und Kellys Statusleuchten leuchteten grün in Johns Helm hinein, und er spürte, wie sein Magen einen Freudensalto vollführte.

Linda setzte ruhig ihren Bericht fort: »Ich habe hier achtundzwanzig Überlebende von der *Wheatley*. Fünf von ihnen sind aufgrund ihrer Verletzungen nicht transportfähig.«

Johns Hochstimmung erhielt einen schweren Dämpfer. Er freute sich, dass Linda unversehrt war, aber sie hatten mehr als zwei Drittel der *Wheatley*-Crew verloren … und sie wussten noch immer nicht, warum die Außerirdischen ihr überhaupt so verbissen nachgesetzt hatten.

»Erstens, es tut gut, deine Stimme zu hören«, sagte John. Kelly und Fred ließen ihre Statusleuchten erneut blinken. »Zweitens, was ist mit den Verstoßenen?«

»Keine Opfer«, meldete Linda. »Alle zwölf sind noch in einem Stück.«

Das war immerhin etwas. Roselle und Lena würden sich freuen. Dr. Halsey und Admiral Cole vermutlich weniger … Vorausgesetzt, Team Blau konnte noch zu Halsey und Cole zurückkehren.

»Wie sieht es mit Fahrzeugen aus?«, fragte er.

»Zwei Bergläufer in gutem Zustand«, antwortete Linda. »Der Rest … Na ja, ich schätze, es gibt keinen.«

Insgesamt hatten sie nun also drei Bergläufer und einen Umbra. Bevor John irgendwelche Schätzungen anstellen konnte, blendete sein HUD bereits die Antwort ein.

VEHIKELKAPAZITÄT: 40. ZU TRANSPORTIERENDE PERSONEN: 69.

Der Computer ging davon aus, dass jeder Bergläufer nur sechs Personen fassen konnte. John wusste, dass man vermutlich zehn Kinder und kleinere Erwachsene in jede der Spinnenmaschinen quetschen konnte, falls es nötig war, und sogar für die Verwundeten wäre noch genügend Platz. Die Transportmöglichkeiten des Umbras ließen leider keine derartige Flexibilität zu. Ein Pilot, ein Kanonier und zehn Insassen pro Passagierkapsel. Der Einzige Weg, mehr Personen unterzubringen, wäre, ein Kind auf den Schultern eines anderen stehen zu lassen, und das war nicht wirklich realistisch. Somit fehlten ihnen insgesamt siebzehn Plätze – und nur die vier Spartans von Team Blau waren in der Lage, eine Evakuierungszone zu Fuß zu erreichen.

Sofern sie überhaupt noch eine Evakuierungszone brauchten. Sie hatten seit Längerem keinen Kontakt mehr mit der Einsatzgruppe Pantea gehabt. Gut möglich, dass die *Wheatley* inzwischen ihre einzige Hoffnung war, Netherop zu verlassen – ein schwerfälliges Bergungsschiff, dessen Nahverteidigungskanonen nicht mal mehr eine Stechmücke aufhalten könnten, wenn sie aus der falschen Richtung kam … aber besser als nichts. Zwei Marines hatten bei der *Wheatley* zurückbleiben müssen, als John und Fred den Umbra bestiegen hatten; das mochte sich nun als unverhoffter Segen erweisen. Es gab zumindest jemanden, der das Schiff bewachte, bis der Rest zurückkehrte.

Schließlich erreichte der Umbra das Ende der Schlucht. Vor ihnen erstreckte sich ein Hang aus nacktem Fels, durchzogen vom breiten Band einer trümmerübersäten Serpentinenstraße. Die beiden Bergläufer kauerten achthundert Meter entfernt auf halber Höhe des Hanges, und Johns Blick wurde unwillkürlich von den Säulen aus schwarzem Rauch angezogen, die aus den kleinen Kaminen an ihrem Heck aufstiegen. Unglaublich. Leichter könnten sie es der Luftunterstützung der Allianz gar nicht machen, ihre Position zu finden.

Während Kelly über den Hang hinabfuhr, suchte John den

Horizont mit den Augen ab. Jeden Moment erwartete er, die winzigen Flecken von Banshees zu sehen, aber das Einzige, was er entdeckte, waren die scheibenförmigen Umrisse von drei großen Allianzschiffen, die in einem Meer aus Flammen ihrer Zerstörung entgegenstürzten. Die Einsatzgruppe Pantea verkaufte ihre Haut offenbar so teuer wie nur möglich.

Als der Umbra bis auf hundert Meter an die rauchspeienden Bergläufer herangekommen war, keimte die Hoffnung in ihm auf, dass vielleicht doch keine Banshee-Staffel aus den Wolken auf sie herabstoßen würde, um die letzten Fahrzeuge zu zerstören, die ihre zusammengewürfelte Truppe noch zur Verfügung hatte.

Trotzdem starrte er weiter zum Horizont hoch.

Kelly brachte den Umbra fünfzig Meter vor den beiden Spinnenmaschinen zum Stehen. Vier jugendliche Verstoßene kletterten auf den Läufern herum, die sich um die Kohle und den Kessel kümmerten. Sie wirkten extrem nervös, aber John konnte es ihnen nicht verübeln. Sie waren jung – vermutlich im selben Alter wie Team Blau selbst, jetzt, wo er darüber nachdachte – und hatten die bitteren Früchte interplanetarer Kriegsführung noch nie gekostet.

Samson und sieben weitere Verstoßene hielten sich unten am Fuß des Hanges auf, und obwohl sie nicht weniger nervös und entsetzt wirkten als ihre Freunde hier oben, taten sie ihr Bestes, um die Verwundeten für den Transport vorzubereiten. Linda stand derweil in der Mitte des Schlachtfeldes und hielt nach feindlichen Fliegern Ausschau. Die Organisierung der Evakuierung überließ sie den Offizieren der *Wheatley*. Als John sie sah, fiel die Anspannung von seinem Körper ab, ungeachtet der zahlreichen verkohlten und zerfetzten Leichen um sie herum. Linda hatte die Schlacht überlebt. Dutzende Elite-Krieger nicht.

Ein Blick über die Schulter zeigte ihm, dass Roselles Läufer ihnen gefolgt war, und er verwendete erneut das Kommsystem des Umbras, während die Verladerampen des Transporters langsam aufklappten.

»Lena, bring Arne und Oskar zu Roselle rüber«, sagte er. »Haltet euch vom Schlachtfeld fern. Dort unten können immer noch Sprengkörper herumliegen, die ihr vielleicht nicht erkennen würdet. Habt ihr verstanden?«

»Ja«, bestätigte Lena. »Was sind Sprengkörper?«

John versuchte, nicht zu lachen. »Dinge, die in die Luft fliegen, wenn man sie falsch ansieht. Erster Zug, zwölf Marines bleiben hier oben – acht, die den Himmel beobachten, und vier, die sich am Boden umsehen. Der Rest hilft bei der Evakuierung. Alles klar?«

»Verstanden.« Die Stimme gehörte Sesi Cacyuk, ihrem Lieutenant. »Und was, wenn wir näher kommende Jäger entdecken?«

»Dann geben Sie unverzüglich Höhe und Richtung durch«, sagte John. »Und beten Sie, dass uns das Glück nicht ganz im Stich lässt.«

Die Rampen hatten sich inzwischen weit genug geöffnet, dass die Marines aussteigen konnten. Die meisten wirkten nach der langen Fahrt in den gekühlten Passagierkapseln des Fahrzeugs erfrischt – auch wenn sie ordentlich durchgeschüttelt worden waren.

Fred und Petrov stiegen nebeneinander aus, aber während Fred sich sofort von dem Fahrzeug entfernte – es war schließlich ein leichtes Ziel für feindlichen Beschuss –, blieb Petrov am Fuß der Rampe stehen, um die Szene unter ihnen zu betrachten. Der Traum eines jeden Allianz-Scharfschützen.

Der Commander hatte dringend ein paar Tage Infanterie-Training nötig.

John sprang aus dem Cockpit des Umbra, während Kelly den Transporter auf seine Landefüße sinken ließ, dann trat er vorsichtig um das Heck herum. Kein Schlachtfeld war je wirklich sicher … nicht, bis man es hinter sich gelassen hatte. Doch die einzige Person, die auf sie zukam, war eine schlanke grauhaarige Frau in einer Uniform mit Captains- und Sektion-Drei-Abzeichen. Sie hatte während des Kampfes einiges abbekommen, aber ihr violett verfärbtes Kinn war entschlossen vorgereckt und ihr Blick fest auf die Identifikationsnummer an Johns Brustplatte gerichtet.

Linda meldete sich auf dem Teamkanal. »Vorsicht, John. Captain Stocken kommt zu euch hoch. Xeno-Technologieexpertin von Sektion Drei. Ist tougher, als sie aussieht.«

»Im Moment sieht sie ziemlich ramponiert aus.«

»Sie hat ein Duell mit einem Elite überlebt, im Nahkampf, bis Hilfe eintraf. Sie sagt, heute wäre ein Glückstag für das UNSC.«

»Aha«, murmelte John. »Haben wir das nicht schon mal gehört?«

Lindas LED blinkte grün und John wandte sich der näher kommenden Wissenschaftlerin zu.

»Captain Stocken …«

»Sierra-058 meinte, Sie hätten das Kommando, solange wir auf der Oberfläche sind«, unterbrach sie ihn.

»Das ist korrekt, Ma'am«, nickte John. »Was kann ich für Sie tun?«

»Nicht für mich, Spartan. Für Sektion Drei. Für das gesamte UNSC.« Stocken deutete den Hang hinunter zur Leiche eines stark gepanzerten Elite, der anderthalb Mal so groß zu sein schien wie die meisten anderen Krieger. »Da ist eine Rüstung mit einem intakten Energieschild.«

»Ich verstehe.« John musste nicht fragen, weswegen sie so aufgeregt klang. Ein funktionstüchtiger Energieschild stand ganz oben auf der ONI-Wunschliste für erbeutete Feindtechnologie. John stieg zu der Leiche hinunter. »Dann wollen wir doch mal sehen, was für Werkzeug wir brauchen.«

»Werkzeug?« Stocken klang alarmiert. »Was wollen Sie mit Werkzeug?«

»Die Schildeinheit entfernen, Ma'am«, antwortete John. Sein Bewegungstracker zeigte einen grünen Punkt, der sich von dem Umbra löste und ihnen folgte. Ganz sicher Petrov. »Das wollen Sie doch, oder?«

»Nein!« Stocken packte John am Unterarm. »Sind Sie verrückt?!«
Er blieb stehen und blickte auf ihre Hand hinunter. »Nein. Meine letzte psychologische Evaluierung fiel beinahe normal aus.«

Falls er gehofft hatte, der Captain würde sich nach diesen Worten ein wenig zurückhaltender verhalten, wurde er enttäuscht. Sie packte seinen Arm auch mit der anderen Hand.

»Sie verstehen nicht! Der Schild könnte ein integrierter Teil der Rüstung sein. Wenn wir ihn entfernen, ist die Einheit womöglich nicht mehr einsetzbar. Wir würden *niemals* herausfinden, wie sie funktioniert.«

Ein Knoten formte sich in Johns Magengrube. »Ma'am, wir haben nicht genug Platz, um die Leiche mitzunehmen«, sagte er. »Wir haben auch so schon siebzehn Leute zu viel.«

Stockens Miene wurde nur noch entschlossener, aber bevor sie protestieren konnte, hatte Petrov sie erreicht.

»Das ist nicht ganz richtig, John.« Sie löste Stockens Hände mit sanfter Gewalt von seinem Unterarm, dann blickte sie zu ihm hoch. »Wir haben genug Platz für das UNSC-Personal.«

John begriff sofort, was sie meinte, aber er wollte, dass sie die Worte laut aussprach. »Ich verstehe nicht, Ma'am.«

»Und ob Sie verstehen.« Petrov spähte zu dem Umbra hoch, wo Roselle gerade Lena und die beiden Jungen in Empfang nahm. »Wir haben hier einundzwanzig Gestrandete und sie gehören nicht zum UNSC.«

»Schlagen Sie vor, dass wir sie zurücklassen?«

»Ich sage nur, dass sie bereits wissen, wie man auf Netherop überlebt.« Während sie sprach, beobachtete Petrov weiter Roselle und Lena. »Und dieser Energieschild? Der ist Nummer fünf auf der Prioritätsliste von Sektion Drei.«

Lena musste Petrovs Blick gespürt haben, denn sie wandte sich plötzlich um, dann hob sie den Kopf und sagte etwas zu Roselle. John realisierte, dass er die Verstoßenen ebenso anstarrte wie Petrov, und er wandte hastig das Visier ab.

»Mir ist bewusst, wie wichtig der Energieschild ist«, erklärte er. »Wir finden schon einen Weg, um ihn zu transportieren.«

»Die gesamte Rüstung?«, schaltete sich Stocken ein. »Die Schildeinheit allein reicht nicht.«

»Ja, Ma'am.« John nickte. »Die gesamte Rüstung.«

»Schön, dass wir uns verstehen«, sagte Petrov. »Wenn wir eine intakte Einheit zurückbringen, wird aus diesem Schlamassel vielleicht doch noch eine erfolgreiche Mission.«

Ganz abgesehen davon, dass es Ihre Karriere retten würde, dachte John. Petrovs Entscheidung, das Protokoll zu ignorieren und schnellstmöglich zur Oberfläche runterzufliegen, war ein schwerer Fehler gewesen. Sie hatte die *Night Watch* verloren und wegen der daraus resultierenden Verzögerung war die *Glücksfall* Team Blau zwischen den Fingern hindurchgeschlüpft. Vermutlich würde man sie nicht vor ein Kriegsgericht stellen, weil ihre Mission so kolossal gescheitert war … aber es würde sehr lange dauern, bis irgendwer sie wieder für eine Beförderung in Betracht zog. Oder auch nur für eine wichtige Mission.

Doch falls Petrov dem ONI eine funktionierende Schildeinheit brachte … Dann wäre alles vergeben und vergessen. Ihre Karriere würde nicht weiter darunter leiden, dass sie ihr Schiff sprichwörtlich in den Sand gesetzt hatte. Vielleicht würde sogar eine Beförderung für sie herausspringen.

John seufzte. Dann sollte es eben so sein. Die Mission kam zuerst.

Er wechselte auf den Teamkanal. »Blau Drei, sobald du da oben fertig bist, hilf Captain Stocken mit einer Allianz-Rüstung. Sie wird bei meiner aktuellen Position auf dich warten.«

Als Kellys Statusleuchte grün blinkte, wandte John sich wieder der Wissenschaftlerin zu. »Warten Sie hier. Sierra-087 wird Ihnen helfen, die Rüstung zu sichern. Und bitte, bedenken Sie: Je mehr Platz diese Leiche einnimmt, desto mehr Soldaten müssen laufen.«

Stocken erbleichte. »Ich werde es nicht vergessen. Danke.«

John begann, zu Linda hinunterzusteigen. Mit einem Anflug von Frustration stellte er fest, dass Petrov ihm folgte.

»Ich dachte, wir wären uns einig, dass die Gestrandeten hierbleiben.«

»Erstens: Sie nennen sich Verstoßene. Zweitens: Ich habe mich bereit erklärt, die Überlebenden zur Landezone zu bringen. Einen Haufen Kinder auf einem lebensfeindlichen Planeten zurückzulassen, ist inakzeptabel. Es wäre ein Verstoß gegen das Militärgesetzbuch.« Er wartete darauf, dass der Computer den entsprechenden Paragrafen einblendete, damit er ihn zitieren könnte. Als sein HUD leer blieb, fuhr er fort: »Oder zumindest ein Verstoß gegen die kolonialen Verwaltungsgesetze.«

Auch diesmal wartete er vergeblich auf eine Einblendung. Konnte es sein, dass Petrovs Vorschlag tatsächlich legal war? John mochte eine moralische Verpflichtung sehen, den Verstoßenen zu helfen, aber womöglich gab es in Kriegszeiten keine gesetzliche Verpflichtung dazu.

Sei's drum. Solange sie auf der Oberfläche waren, hatte er das Kommando, und er war entschlossen, seine Abmachung mit Samson und Roselle einzuhalten. Aber was, wenn das hieß, dass UNSC-Mitglieder sterben würden?

»Diese Situation geht weit über Gesetzmäßigkeiten hinaus, Master Chief«, entgegnete Petrov. »Wir sind im Krieg und Netherop wäre der perfekte Ort für eine vorgelagerte Versorgungsbasis. Wir bitten diese Verstoßenen lediglich, für uns die Stellung zu halten, bis das UNSC eine größere Einheit schicken und sie ablösen kann. Vermutlich würde es nicht mal ein Jahr dauern.«

John schüttelte den Kopf. »Dazu würden sie sich niemals bereit erklären.«

»Vielleicht doch«, entgegnete Petrov. »Es käme ganz auf die Alternativen an.«

Johns Bewegungstracker zeigte einen weiteren grünen Punkt, der sich ihnen schnell von hinten näherte – und es war kein Spartan.

»Darüber können wir später reden«, sagte er. »Wir haben Gesellschaft.«

Sie blieben stehen, und als sie sich umwandten, war Roselle fast schon bei ihnen.

Petrov setzte ein breites Lächeln auf und streckte die Hand aus. »Du musst Roselle sein.«

Die junge Frau starrte mit sichtlicher Verachtung auf die dargebotene Hand hinunter. »Woher weißt du, wer ich bin?«

»Ich bin mit deinen Freunden hergekommen – Lena, Arne und Oskar.« Petrov hielt ihr noch ein paar Sekunden die Hand hin, dann gab sie es auf und senkte den Arm. »Ich habe mich ein wenig mit ihnen unterhalten. Darüber, wer ihr seid und wie ihr so lange hier überleben konntet.«

»Lena nannte es ein *Verhör*.« Roselle wandte sich demonstrativ John zu, während sie sprach. »Also? Wir haben euch geholfen, eure Kameraden zu retten. Was ist jetzt mit *eurem* Teil der Abmachung?«

»Ich arbeite daran.« John musste sich zwingen, bei diesen Worten nicht zu Petrov hinüberzublicken.

»Und wie?«, hakte Roselle nach. »Werdet ihr ein Schiff rufen?«

»Ein Schiff zu rufen, macht erst Sinn, wenn wir eine sichere Evakuierungszone haben.« Bis er genau wusste, wie seine Optionen aussahen, würde John ihren Fragen weiter ausweichen.

»Eine Evakuierungszone?«, wiederholte Roselle.

»Einen Ort, von wo man uns abholen kann«, klärte er sie auf. Es fiel ihm immer noch schwer, einzuschätzen, welche für ihn alltäglichen Begriffe die Verstoßenen kannten und welche nicht. Immer wieder musste er sich ins Gedächtnis rufen, dass ihre einzige Bildung aus »Lernmaschinen« stammte, die ihnen von radikalen Separatisten vererbt worden war. Wie sie sich wohl den Rest der

Galaxis vorstellten? »Ein Schiff kann nicht auf diesem Hügel landen. Nicht wenn es wieder starten soll.«

John ging weiter auf Linda zu, und diesmal folgte ihm nicht nur Petrov, sondern auch Roselle. Er erkannte, dass er *beiden* einen Schritt voraus bleiben musste, bis er eine Lösung für ihr Transportproblem gefunden hatte.

John öffnete den Teamkanal. »Wann hat das letzte Mal jemand etwas von der Pantea gehört?«

»Direkt nach dem Start der *Glücksfall,* als die Nandaos uns vor der Banshee-Staffel retteten«, antwortete Fred. »Seitdem nichts mehr.«

Linda und Kelly ließen ihre Statusleuchten blinken.

Dann fügte Linda hinzu: »Vor der Schlacht habe ich auf dem Notfallkanal mit der Crew der *Wheatley* gesprochen. Ich glaube, hätte die Pantea ein Schiff über uns, hätten sie sich eingeklinkt.«

»Nicht unbedingt«, erwiderte Kelly. »Denk an die Schiffe, die vorhin abgestürzt sind. Direkt über uns muss eine ziemlich heftige Schlacht wüten.«

Das stimmte. Angesichts der Situation am Boden würde die Einsatzgruppe alles in ihrer Macht Stehende tun, um dem Feind die orbitale Hoheit und die Lufthoheit zu verwehren. Und falls die Pantea noch da oben war, schien sie zumindest ein *wenig* Erfolg zu haben. Dafür sprach allein schon, dass die Rauchsäulen über den Bergläufern nicht längst Banshees angelockt hatten. Aber vielleicht war das alles auch nur Wunschdenken. Keiner von ihnen wusste, wie es wirklich dort oben aussah.

»Du glaubst, sie wahren Funkstille?«, fragte John.

»Ich würde es jedenfalls tun«, erwiderte Kelly, noch immer auf dem Teamkanal. »Ich würde einen unauffälligen Lauschposten einrichten und mich auf die Schlacht konzentrieren, bis jemand ganz konkret eine Evakuierung anfordert.«

»Macht Sinn«, stimmte Fred ihr zu. »Es gibt nur ein Problem.«

»Wir wissen nicht, ob sie noch da sind«, murmelte Linda.

John hatte sie endlich erreicht und blieb vor ihr stehen. »Dann werden wir also eine Landezone festlegen ... und hoffen, dass jemand dort aufkreuzt.«

»Nun, vielleicht gibt es einen Weg, um unsere Chancen ein wenig zu verbessern«, warf Kelly ein.

John blickte zurück zu der Leiche mit dem intakten Schildgenerator. Kelly stand über dem Elite und tat so, als würde sie Captain Stocken zuhören; vermutlich erklärte die Wissenschaftlerin ihr gerade eingehend, wie die Spartan den Krieger anpacken durfte und wie nicht.

»Was schwebt dir vor?«, fragte er.

»Es gibt kaum gute Landezonen in dieser Gegend.« Kelly machte eine kreisende Kopfbewegung, um auf das zerklüftete Terrain ringsum aufmerksam zu machen. »Also können wir ihnen ebenso gut sagen, sie sollen uns bei der *Wheatley* abholen.«

John überlegte kurz. Sofern sie nicht alle in die verfügbaren Fahrzeuge quetschen konnten, müssten sie zweimal zum Bergungsschiff fahren, und das würde die Evakuierung um mehrere Stunden hinauszögern. Andererseits hatte Kelly recht; es gab keine guten Landezonen in der Nähe. Er könnte jemand auf das Plateau hochschicken, um dort nach einer geeigneten Stelle zu suchen, aber das würde ebenfalls einige Zeit in Anspruch nehmen. Und eine Sonderevakuierung gleich hier anzufordern, wäre Unsinn. Team Blau wäre natürlich in der Lage, an einem Seil in einen schwebenden Pelican hochzuklettern, und die Marines vielleicht auch. Aber die Überlebenden der *Wheatley*? Oder die Verstoßenen?

Ausgeschlossen.

John spürte, wie ein Stein gegen seine Rückenplatte schlug.

»He, irgendwer zu Hause?«, blaffte Roselle. »Wie sieht der Plan aus?«

Er blickte auf den Stein in ihrer Hand hinunter, bis sie ihn schließlich fallen ließ. Erst dann antwortete er ihr durch den Helmlautsprecher. »Wir gehen zurück zur *Wheatley*.«

»Das dachte ich mir schon«, sagte Petrov. »Gute Wahl.«

Dass sie den Vorschlag unterstützte, machte John misstrauisch. »Bin ich so berechenbar?«

»Mit der *Wheatley* zu starten, ist die offensichtliche Alternative«, erwiderte Petrov. »Nicht der beste Plan B, aber besser als nichts?«

»Was meint sie?«, fragte Roselle. »Warum brauchen wir einen Plan B?«

»Weil wir seit einer Weile nichts von der Flotte über uns gehört haben«, erklärte er. »Sie sollte uns hier rausholen, aber wir wissen nicht, ob sie noch da ist.«

»Und selbst wenn die Einsatzgruppe noch da ist«, fügte Petrov hinzu, »steckt sie mitten in einer Schlacht, die sie nicht gewinnen kann. Wer weiß, wie lange sie noch durchhält? Vielleicht bleibt uns gar keine andere Wahl, als mit der *Wheatley* zu flüchten.«

Roselle blickte John böse an. »Davon hast du uns nichts gesagt!«

»Das letzte Mal habe ich dich bei der *Wheatley* getroffen.« John wurde allmählich wütend, aber nicht auf Roselle. Petrov versuchte ganz bewusst, der jüngeren Frau Angst zu machen, und er wusste auch, warum. »Da hatten wir noch Kontakt mit der Pantea. Ihre Nandaos hatten gerade eine Banshee-Staffel zerstört.«

»Leider hat sich die Situation seitdem verschlechtert«, seufzte Petrov. »Eine Flucht mit der *Wheatley* wäre extrem riskant, aber ...«

»Noch wissen wir nicht, ob es so weit kommt, Commander.« Johns Stimme war schneidend. Offenbar musste Petrov daran erinnert werden, dass er das Kommando hatte, solange sie auf der Oberfläche waren. »Es gibt viele Gründe, warum wir kurzzeitig die Verbindung zur Einsatzgruppe verloren haben.«

Sein Visier blieb Petrov zugewandt, aber er stellte zufrieden fest, dass Roselle angesichts ihres Wortwechsels die Augenbrauen hochzog.

Nach einem Moment sagte Petrov: »Verzeihen Sie, Master Chief. Ich wollte nicht den Teufel an die Wand malen.« Sie sprach in versöhnlichem Ton und wandte sich direkt an Roselle, während sie hinzufügte: »Ich dachte nur, ihr solltet euch über die Risiken im Klaren sein … Für den Fall, dass ihr lieber auf Netherop bleiben wollt, meine ich.«

»Ja, ich verstehe.« Roselle war blass geworden, aber sie brachte ein Lächeln zustande und drückte Petrovs Unterarm. »Wir werden an die Risiken denken, falls wir die *Wheatley* nehmen müssen.«

Jegliche Freundlichkeit verschwand aus Petrovs Lächeln. »Freut mich, das zu hören.« Sie wandte sich John zu. »Jetzt müssen wir nur noch entscheiden, wie wir alle zur Landezone schaffen. Zwei Fahrten durch die Schlucht würden eine Evakuierung um zwei Stunden oder mehr verzögern, und selbst wenn die Pantea noch nicht abgezogen ist …«

»Zwei Fahrten?«, fragte Roselle. »Wieso?«

»Nicht genug Platz«, antwortete John. »Wir können mit dem Umbra und den Bergläufern maximal zweiundfünfzig Personen transportieren, aber wir haben neunundsechzig – plus unsere Ausrüstung.«

»Dann nehmen wir eben siebzehn Leute mehr in den Läufern mit«, sagte Roselle. »Kein Problem.«

Petrovs Kiefer sackte herab. »Ach nein?«

»Nein. Wir leeren einfach die Kohlenkästen.« Die junge Frau begann, Petrov den Hügel hoch zu ihrem eigenen Vehikel zu führen. »Komm, du kannst meinen Läufer nehmen. Er war nicht an der Schlacht beteiligt, darum sind seine Batterien voller.«

Linda neigte den Kopf, als die beiden davongingen. »Irgendwas stimmt hier nicht«, brummte sie auf dem Teamkanal. »Roselle ist normalerweise nicht so nett.«

»Petrov auch nicht.« John wollte nach wie vor herausfinden, warum die Allianz die Überlebenden der *Wheatley* so beharrlich – und unter so großen Verlusten – verfolgt hatte, also begann er, sich auf dem kleinen Schlachtfeld umzusehen. »Sollen sie das unter sich ausmachen. Wir haben immer noch nicht deinen Lagebericht gehört, Linda. Ihr anderen, Ohren auf.«

Alle Statusleuchten glühten grün, und Linda begann: »Ich will es kurz machen. Nachdem wir die Schlucht verlassen hatten, ließ Captain Dkani Sprengfallen auf dem Hang platzieren.« Sie deutete zu den beiden ausgebrannten Warthogs. »Er versuchte, die Aliens in die Todeszone zu locken, indem er die Kolonne dort drüben anhalten ließ.«

»Und das hat funktioniert?«, fragte John.

»Nein. Die Allianz schickte Scharfschützen mit aktiver Tarnung, um einen Überraschungsangriff zu starten. Als ich das Feuer auf sie eröffnete, ließ Captain Dkani seine Falle verfrüht zuschnappen.« Linda zog die Schultern hoch. »Ihm fehlte die Infanterieerfahrung.«

»Fehlte?«

»Ich hab ihn gewarnt, er soll von den Warthogs weggehen«, erklärte Linda. »Er war zu langsam.«

John nickte. Der Captain hatte die Risiken gekannt. In der Schlacht wurden Offiziere zu Prioritätszielen. »Was ist dann passiert?«

»Dann stürmten die Elites den Hang runter«, fuhr Linda fort. »Ich stieß auf Samson und seine beiden Läufer und gemeinsam griffen wir den Feind von hinten an. Das Ergebnis siehst du hier.«

»Einen Moment.« John spürte, wie sich seine Brust zusammenzog. »Die Allianz hat die Crew der *Wheatley* dreißig Kilometer weit durch die Schlucht verfolgt … und nach dem *ersten* Angriff die Flucht ergriffen?«

»Ich würde es eher einen Rückzug nennen.« Linda deutete über das ausgetrocknete Flussbett hinweg. »Aber ja, zwanzig oder dreißig von ihnen sind dort lang – in Richtung des Talkessels.«

»Dort ist die *Glücksfall* hingeflogen«, schaltete Fred sich ein.

»Die Aliens sind nicht geflüchtet. Sie sind zu ihrem Taxi gegangen.«

»Das kann nichts Gutes bedeuten«, sagte Kelly. »Vor allem, da wir immer noch hier sind.«

»Vielleicht kommen sie zurück«, überlegte Linda. »Vielleicht haben sie nur darauf gewartet, dass alle vier Spartans an einem Ort sind.«

»Dann lassen sie sich aber ganz schön Zeit«, entgegnete Fred. »Wenn sie noch länger warten, hänge ich hier irgendwo 'ne Hängematte auf.«

»Du hast recht«, brummte John. »Aber wenn sie es nicht auf uns abgesehen hatten, was war dann ihr Ziel?«

Was könnten die Überlebenden der *Wheatley* dabeigehabt haben, das eine so lange Verfolgung wert gewesen wäre? John wollte keine Antwort einfallen. Die logischste Erklärung war immer noch die, die Team Blau bereits bei der *Wheatley* formuliert hatte: dass die Allianz ein Mannschaftsmitglied brauchte, um die Selbstzerstörung des Bergungsschiffs zu deaktivieren. Hinzu kam der Bericht der Nandao-Pilotin über ein Gefecht zwischen zwei Allianzverbänden. Vielleicht wurde eine gescheiterte Mission bei den Aliens mit dem Tod bestraft, und die Crew der *Glücksfall* hatte versucht, ihre Haut zu retten. Das ergab zumindest ein wenig Sinn. Trotzdem … John konnte sich nicht darauf verlassen, was in seinen Augen Sinn ergab. Er hatte keine Ahnung von der Denkweise der Außerirdischen.

Langsam ging er zu den zerstörten Warthogs hinüber, dann aktivierte er seinen Helmlautsprecher und drehte die Lautstärke hoch.

»Wo ist Captain Dkani?«, rief er. »Ich muss die Leiche von Captain Dkani finden!«

Eine junge Frau, die gerade den Arm eines Verwundeten verband, deutete zum Fuß des Hanges. »Ein Teil von ihm ist da drüben.« Ihr Finger wanderte nach links. »Da ist auch was von ihm.« Dann noch ein Stück weiter. »Und dort ist der Rest.«

»Was ist mit seinem Kommpad?«, fragte John. »Haben Sie den gesehen?«

»Sie machen Scherze, oder?«

Die Frau widmete sich wieder ihrem Patienten, und John deaktivierte den Helmlautsprecher, während er über seine nächsten Schritte nachdachte. Selbst wenn die Aliens Dkanis Kommpad erbeutet hatten, müssten sie erst die Verschlüsselung knacken, bevor sie die Überbrückungscodes für die Selbstzerstörung der *Wheatley* suchen könnten. Und das setzte voraus, dass Dkani diese Daten überhaupt auf dem Gerät abgespeichert hatte. Der Mann war schließlich ONI-Offizier und Kommandant einer wissenschaftlichen Einheit. John hielt es für wahrscheinlicher, dass er den Code auswendig gelernt hatte; so handhaben es die meisten Kommandooffiziere, denen wichtige Informationen anvertraut wurden.

Doch selbst *wenn* die Codes auf seinem Kommpad gewesen wären ... Woher hätten die Aliens das wissen sollen? Und wären sie überhaupt in der Lage, auf einen menschlichen Computer zuzugreifen?

Vermutlich nicht. Ausschließen konnte John es aber nicht. Er würde herausfinden müssen, welche Offiziere außer Dkani den Code gekannt hatten, und dann müsste er sicherstellen, dass die Aliens keinen von ihnen verschleppt hatten. Sein Blick schweifte über das Schlachtfeld, während er überlegte, wo er anfangen sollte, als er Fred und Linda auf ihn zueilen sah.

»Du weißt, dass es egal ist, oder?«, fragte Fred.

»Was ist egal?«

»Was die Allianz hier wollte«, erklärte Fred. »Was immer es war, sie haben es.«

»Und das bedeutet, dass wir es ihnen nicht überlassen dürfen«, führte Linda den Gedanken fort. »Wir müssen sie verfolgen.«

21. KAPITEL

15:48 Uhr, 7. Juni 2526 (Militärkalender)
Hang der letzten Hoffnung
Berge der Verzweiflung, Planet Netherop, Ephyra-System

John war wieder im Kanonierscockpit des Umbras und spähte über eine aufsteigende Staubwolke hinweg, während der Transporter das ausgetrocknete Flussbett am Fuß des Geröllhangs durchquerte. Während Petrov und die Verstoßenen mit den drei Bergläufern und den Überlebenden der *Wheatley* auf dem Rückweg zum Landeplatz des Bergungsschiffs waren, wollten Team Blau und der Erste Zug dem Feind bergab folgen, um zurückzuholen, was immer er erbeutet haben mochte. Die Außerirdischen hatten einen Vorsprung von mehr als zwanzig Minuten, aber sie waren erschöpft und zu Fuß. Der Umbra würde sie einholen.

Vermutlich.

John musste sich bewusst ermahnen, über die Staubwolke hinwegzublicken, anstatt einfach hineinzustarren. So hatte er einen besseren Überblick über die flimmernde Landschaft, wo die Luftspiegelung ein jadegrünes Band über die unteren Hänge malte. Jenseits davon erstreckte sich der gewaltige blaue Fleck des Fata-Morgana-Beckens. An seinem diesseitigen Rand war ein länglicher grauer Fleck zu erkennen. Wenn man ihn heranzoomte, wurde er nur noch verschwommener, aber John zweifelte nicht daran, dass es die *Glücksfall* war, die auf das außerirdische Roll-kommando wartete.

Hatten sie vielleicht doch noch eine Chance, das Schiff zu erobern?

Nein, das war Wunschdenken. Diesmal würden sie die Mannschaft nicht überraschen können. Und selbst wenn es Team Blau gelang, die *Glücksfall* intakt einzunehmen, was sollten sie dann damit machen? Keiner von ihnen wusste, wie man eine Allianzfregatte steuerte, und sie mit der *Wheatley* abzuschleppen, war zu riskant. Das Bergungsschiff hatte auf einer Seite sämtliche Nahverteidigungskanonen verloren, und sobald es die Oberfläche verließ, würden feindliche Jagdmaschinen über sie herfallen. Zudem wären stundenlange Vorbereitungen nötig, bevor sie überhaupt so einen Abschleppversuch unternehmen könnten. Bis die *Wheatley* endlich bereit wäre, die Fregatte aus der Atmosphäre hochzuziehen, hätte der Feind längst die unangefochtene Oberhand im Orbit. Beide Schiffe würden zerstört werden, lange bevor die *Wheatley* Fahrt aufnehmen und in den Slipspace springen konnte.

John musste den Tatsachen ins Auge sehen. Ihre Mission, die *Glücksfall* zu erobern, war ein voller Reinfall, und jeder Versuch, die Operation jetzt noch zu retten, würde aus einem Reinfall eine Katastrophe machen. Der einzige Erfolg, den sie erringen konnten, wäre, der Allianz ebenfalls die Suppe zu versalzen. Mit ein wenig Glück würden sie dabei sogar herausfinden, welches Ziel die Außerirdischen verfolgt hatten.

Hoch über dem Talkessel zuckten Farbflecken durch die braune Wolkendecke. Es dauerte ein paar Sekunden länger, bis die Geräusche folgten: das Kreischen und Donnern einer Luftschlacht. Commander Petrov hatte eine Evakuierung angefordert, als Team Blau und der Erste Zug aufgebrochen waren, und das hier musste die Reaktion der Pantea sein. Die Einsatzgruppe – oder was noch davon übrig war – war auf dem Weg zur Landezone. Das bedeutete, dass John noch weniger Zeit für seine Mission blieb.

Er blickte auf die Zeitanzeige seines HUD. Falls die Pantea Petrovs Zeitplan folgte, würden die Evakuierungsschiffe – vermutlich drei bis vier Pelicans – in exakt dreißig Minuten bei der *Wheatley* eintreffen, und die Selbstzerstörung des Bergungsschiffs würde eingeleitet, sobald sie in sicherer Entfernung wären.

John wollte keinen Luftangriff provozieren, indem er die Funkstille brach, aber bald würde ihm keine andere Wahl bleiben. Die Pantea brauchte Zeit, um einen Pelican zu ihrer Position umzuleiten und eine Notfallevakuierung vorzubereiten. Er nahm eine entsprechende Nachricht auf, in der er angab, welche Form von Unterstützung Team Blau brauchte und wo es sie brauchen würde, dann wies er den Computer an, die Botschaft in fünfzehn Minuten automatisch zu senden.

Das Flackern in den Wolken wurde heller und gleichmäßiger, wenig später trudelten die ersten Feuerbälle vom Himmel, als Jagdmaschinen ihrer Zerstörung entgegenstürzten. John hielt nach Angreifern am Boden Ausschau und schwang den Kanonierssitz alle dreißig Sekunden herum, um auch den Bereich hinter ihnen zu überprüfen. Bislang schien die Staubwolke des Umbras noch keine Aufmerksamkeit erregt zu haben, aber das würde sich zwangsläufig ändern, wenn die Luftschlacht näher rückte.

John wandte sich über das Bordsprechsystem an Lieutenant Cacyuk und ihre Marines. »Es befinden sich feindliche Flieger in der Gegend. Wenn ich den Befehl Evakuieren gebe, sprengen Sie die Rampen und gehen schnellstmöglich auf Distanz.«

»Wir wissen, wie so was läuft«, erwiderte Cacyuk. »Für wie grün halten Sie uns eigentlich?«

»Verzeihung, Ma'am.« John konnte ihren harschen Ton verstehen. Wurde ein Truppentransporter von einem feindlichen Luftangriff zerstört, sahen die Insassen ihr Ende meistens nicht mal kommen; darum erinnerten Offiziere ihre Soldaten lieber nicht daran, wie verwundbar sie waren. Aber die meisten Truppentransporter wurden ja auch nicht von Spartans bemannt. »Halten Sie sich trotzdem bereit. Ich habe hier einen guten Weitblick, wir sollten also ein paar Sekunden haben, um den Umbra im Notfall zu verlassen.«

»Gut zu wissen«, sagte Cacyuk. »Danke, Master Chief.«

Während der Umbra weiter die Hänge hinunterschwebte, schien das grüne Band der Luftspiegelung über dem Staubvorhang in die Höhe zu steigen und dunkler zu werden. Wenig später verschwand das Trugbild schließlich ganz und stattdessen blickte John auf einen regelrechten Wall aus hoch aufragenden stacheligen Saftpflanzen hinunter. Sie wucherten auf einem ebenen Landstreifen, bevor sich das Terrain dem Talkessel entgegenneigte. Ihre flachen, ineinander verwobenen Hauptsprosse – die mit spitzen, hakenförmigen Dornen besetzt waren – standen so dicht, dass sie eine scheinbar undurchdringliche Barrikade formten.

Kelly bremste den Umbra ab, als sie sich den Pflanzen näherten. Dabei hielt sie sicheren Abstand von den größeren Felsbrocken in der Nähe, die sich für einen Hinterhalt anboten.

»Was denkst du?«, fragte sie über die Bordsprechanlage. »Sollen wir durchrasen oder aussteigen und zu Fuß weitergehen?«

John zoomte den Rand des Dickichts heran. Er und die anderen Spartans sollten sich mit ihren Rüstungen problemlos einen Weg auf die andere Seite bahnen können, aber für die Marines wäre es wie ein Marsch durch hundert Meter Stacheldraht.

Die Allianz hatte sich natürlich demselben Hindernis gegenübergesehen, und John konnte vier Stellen entdecken, wo die Außerirdischen Breschen in den dornigen Wall geschlagen hatten. Zwei dieser Pfade befanden sich auf der linken Seite, zwei auf der rechten, jeweils in einem Abstand von fünf Metern zueinander. Er schüttelte den Kopf.

Außerirdische Logik.

Hätte *er* versucht, mit einer Einheit aus überhitzten, erschöpften Soldaten eine so gewaltige Barriere zu überwinden, hätte er sie einen, maximal zwei Pfade freihacken lassen, um Kräfte zu sparen.

»Wir steigen aus und gehen zu Fuß weiter«, entschied er. »Das stinkt nach einem Hinterhalt.«

Kelly brachte den Umbra zum Stillstand und fuhr die Rampen aus. Sofort stürmte der Erste Zug ins Freie, um zu einer fünfzig Meter langen Linie auszufächern. John ging währenddessen mit dem Rest von Team Blau und Lieutenant Cacyuk am Rand der Pflanzenbarrikade entlang, um die Breschen zu inspizieren. So vorsichtig sie auch waren, sie streiften immer wieder die stacheligen Sprosse.

Nach einem Dutzend Schritten rief Fred: »Whoa!« Er redete auf dem Truppkanal, sodass ihn nicht nur die anderen Spartans hören konnten, sondern auch der Erste Zug. »Ich glaube, diese Pflanzen strecken sich nach uns aus.«

John blieb stehen und hielt seinen Unterarm vor einen der dicken Hauptsprosse. Da war vielleicht ein leichtes Zittern, aber das konnte auch nur von dem kräftigen, heißen Wind stammen, der aus dem Tal emporbließ.

»Das bildest du dir nur sein«, antwortete er, ebenfalls auf dem Truppkanal.

»Nein, er hat recht!«, rief Cacyuk. »Schauen Sie!«

John drehte sich um und sah, dass ihr Ärmel und ihr Hosenbein an deinem Dutzend Stellen an den Dornen festhingen.

»Es wird ewig dauern, sich durch dieses Zeug zu schneiden.« Sie zog ihr Kampfmesser und schnitt sich los. »Es ist wie Stacheldraht, der nach einem greifen kann.«

»Gut«, kommentierte John. »Dann wird es die Allianz auch aufhalten.«

Sie erreichten die ersten beiden Breschen und spähten vorsichtig hinein. Beide Pfade waren ungefähr zwei Meter hoch und knapp einen Meter breit – gerade groß genug, um sich im Gänsemarsch hindurchzuzwängen. Da die Pflanzen darüber ein geschlossenes Dach aus Dornen formten, herrschte größtenteils Schatten. Es war dunkel genug, dass sich jemand am Rand des

Weges verstecken könnte … und natürlich beschrieben beide Pfade nach ungefähr drei Metern eine Biegung, die den Rest des Weges vor ihren Blicken verbarg.

Angesichts der Situation gab es nur zwei Dinge, die der Feind planen könnte, und beide erforderten dieselbe Reaktion von Team Blau und dem Ersten Zug. John rief die Marines nach vorn und erklärte ihnen, wie sie vorgehen würden.

Genau in diesem Moment wurde seine Nachricht über den Notfallkanal gesendet: »Blau Eins an alle Evakuierungsschiffe von Einsatzgruppe Pantea. Fordern Notabholung an. Zeit: fünfzehn Minuten. An diesen Koordinaten.«

Die Antwort ließ nicht lange auf sich warten. »*Pantea an Blau Eins. Notabholung in fünfzehn Minuten bei Ihren Koordinaten, verstanden. Kommen Sie nicht zu spät. MSA wahrscheinlich.*«

»Verstanden«, sagte John. Die Außerirdischen würden die Übertragung bemerken, aber da die Luftschlacht über dem Becken bereits in vollem Gang war, wurden sie garantiert mit Hunderten falschen Signalen bombardiert. Es war unwahrscheinlich, dass sie die eine echte Nachricht aus diesem Wust herauspicken konnten. »Ende.«

»MSA?«, wisperte ein junger Marine auf dem Truppkanal. »Was soll MSA heißen?«

»Wen kümmert's?«, erwiderte eine rauchige Frauenstimme. »Wir schaffen es ohnehin nicht zurück.«

»Genug mit dem Gejammer, Sawyer«, schnappte Cacyuk. »Sind Sie zu den Marines gekommen, um an ihrer Bräune zu arbeiten oder um Aliens zu killen?«

»Ganz ehrlich?«, sagte Sawyer. »Ich würde lieber an einem Hitzeschlag sterben, als mir bei einer mobilen Seilabholung alle Knochen zu brechen.«

»Wenn das wirklich die einzigen Optionen sind«, murmelte der junge Marine, »würde ich es lieber mit dem Seil probieren. Wie immer das funktioniert.«

»Es wird Ihnen gefallen«, warf Fred ein. »Vertrauen Sie mir.«

»Ist das ein Befehl?«, fragte der junge Marine.

»Genug geplaudert«, übertönte John die anderen Stimmen. »Erst erledigen wir die Aliens. Alles andere kommt später. Verstanden?«

Schweigen senkte sich über den Truppkanal und sie betraten das Dickicht. Team Blau ging voraus, wobei jeder Spartan einen anderen Pfad wählte. Jedem von ihnen folgte in fünfzehn Metern Abstand ein Feuerteam Marines, wobei die Soldaten untereinander ebenfalls einen Abstand von fünf Metern wahrten. Obwohl die Pfade mehrere scharfe Biegungen beschrieben, blieb die Entfernung zwischen ihnen mehr oder weniger gleich, sodass John alle vier Gruppen auf seinem Bewegungstracker sehen konnte. Hin und wieder verschwanden die hintersten Marines aus dem Erfassungsbereich, und wenn das geschah, fragten die Spartans an der Spitze der jeweiligen Gruppe nach ihrem Status, nur um sicherzugehen, dass diejenigen nicht einem Elite mit aktiver Tarnung zum Opfer gefallen waren.

John suchte den Boden vor sich nach Stolperdrähten und Flecken aufgewühlten Sands ab, wo der Feind Sprengsätze platziert haben könnte. Er rechnete nicht wirklich damit, dass sie auf Fallen stoßen würden – nach dem langen Marsch durch die Schlucht und dem Gefecht mit den Überlebenden der *Wheatley* hatten die Außerirdischen vermutlich nicht mehr allzu viele Minen oder Granaten übrig – aber man durfte sich nie auf Vermutungen verlassen. Nach seinem Wissensstand konnten die Landminen der Allianz ebenso gut unsichtbar und fingergroß sein.

Sie waren seit drei Minuten in dem Dornentunnel, als John fünf graue – sprich: unbekannte – Kontakte auf seinem Tracker entdeckte. Sie befanden sich zwei Meter rechts des Pfades, einer von ihnen mehrere Schritte hinter dem mittleren Trio, der Fünfte ein Stück weiter vorn.

Die Einbuchtungen im Dickicht waren so gut verborgen, dass

John sie ohne die sichtverbessernden Filter seines HUD nicht gesehen hätte. Er achtete aber darauf, sich nicht auffällig umzublicken, sondern ging weiter – bis der erste Marine seines Feuerteams auf gleicher Höhe mit dem hintersten grauen Kontakt war, dann sagte er auf dem Truppkanal: »Kolonne Eins, rechte Seite.«

Er feuerte eine lange Salve in die Wand aus Pflanzen, vom Boden bis auf Hüfthöhe. Eine Gestalt barst aus den Schatten hervor, eingehüllt in die Funken abprallender Kugeln und spritzenden Pflanzensaft. Sie schaffte es, mehrere schlecht gezielte Plasmaschüsse abzugeben, bevor Johns zweite Salve sie zu Boden schickte.

Das Donnern automatischer Waffen hallte über den Pfad, als Sawyer den hintersten Elite angriff. Hinter ihr führte Lieutenant Cacyuk die beiden anderen Marines in das Dickicht, wobei sie den Lauf ihres Gewehrs nutzte, um die dornigen Pflanzensprosse zurückzuhalten, während sie mit ihrem Kampfmesser einen Weg freihackte. Sie wollte die Hauptgruppe der Angreifer flankieren, doch als drei Elites die drohende Gefahr erkannten, sprangen sie unvermittelt aus ihrem Versteck.

John stürmte auf sie zu und pflügte dabei mit seiner Rüstung eine neue Schneise in die dornigen Pflanzen. Die Aliens wirbelten herum – und wurden niedergemäht, als Cacyuk und ihre Marines von hinten das Feuer eröffneten.

Der gesamte Kampf dauerte nur ein paar Sekunden. John erledigte die Außerirdischen, die noch nicht ganz tot waren, dann bückte er sich, um ihre Rüstungen zu betrachten, aber sie schienen nur gewöhnliche Crewmitglieder zu sein, bewaffnet mit Plasmagewehren. Also führte er die Marines auf den Hauptpfad zurück und ging weiter.

Inzwischen waren fünf Minuten vergangen. Das hieß, sie hatten nur noch zehn Minuten, um die Mission zu beenden und zur Evakuierungszone zurückzukehren.

Dreimal hörte er Gewehrfeuer, als die anderen Kolonnen auf ähnliche Hinterhalte stießen und ihre Angreifer überwältigten.

Zweimal stieß er auf weitere Einbuchtungen an der Seite des Pfades. Dank seines Bewegungssensors musste er nur ein paar Schüsse hineinfeuern, um sicherzustellen, dass dort niemand in den Schatten lauerte; die Aliens hatten diese Einbuchtungen offenbar ins Dickicht gehackt, um ihre Verfolger zu verunsichern.

Nach acht Minuten lichtete sich das Gewirr der Dornenpflanzen schließlich, und John erkannte, dass sie sich dem Fata-Morgana-Becken näherten. Hier gab es keine weiteren Einbuchtungen mehr entlang des Pfades. Zweihundert Meter unter ihnen kauerte die *Glücksfall* inmitten von Sand und Geröll. Fußspuren führten zu dem Schiff hinab, aber nach nur dreißig Metern lösten sie sich im Hitzeflimmern auf. John versuchte es mit mehreren Zoomstufen, konnte aber keine einzige Gestalt zwischen dem Dickicht und dem Schiff erkennen – nicht mal einen verschwommenen Schemen.

Am Himmel über ihnen gab es dafür umso mehr Bewegung. Raketenschweife schnitten durch die Wolken, Feuerbälle loderten ... und ein stimmgabelförmiger Allianz-Truppentransporter sank über dem Rand des Talkessels herab.

»Perfektes Timing«, sagte Fred auf dem Teamkanal. »Ich hatte schon Angst, es könnte zu leicht werden.«

Nizat 'Kvarosee versuchte es als Ehre zu empfinden, dass die Götter seine Würdigkeit mit immer neuen Hindernissen auf die Probe stellten, aber um ehrlich zu sein, wurde er es allmählich leid, sich zu beweisen. Er lag mit seinen zwanzig letzten Kriegern unterhalb des Dornendickichts im Hinterhalt, ihre Karabiner und Plasmagewehre im Anschlag, bereit, die Dämonen-Spartans und ihre Soldatendiener in Stücke zu schießen, sobald sie über den Hang auf die *Steadfast Strike* zumarschierten.

Nur machten sie keine Anstalten, das zu tun.

Vielleicht hatte sie das näher kommende Landungsschiff des Stillen Schattens überzeugt, dass sie die Verfolgung aufgaben und sich lieber unauffällig zurückziehen sollten. Oder sie suchten nach einem besser geschützten Weg den Hügel hinunter. Oder sie forderten einen Luftangriff an. Nizat wollte es nicht hoffen, aber er wusste nicht, was die Götter für ihn geplant hatten.

Seit seine Nachhut gemeldet hatte, dass die Dämonen eine Gruppe ihrer Soldatendiener in einen erbeuteten Allianztransporter geladen hatten, versuchte Nizat zu begreifen, warum die Dämonen ihn immer noch verfolgten. Selbst auf dem dritten Mond von Borodan und auf Zhoist, wo sie so schreckliche Zerstörung angerichtet hatten, hatten sich die Dämonen auf gefährliche Gegner konzentriert und sie mit Zielstrebigkeit und Kalkül angegriffen. Aber jetzt? Jetzt schienen sie aus reiner Rachsucht zu handeln.

Nizats größte Furcht war, dass die Menschen die Luminalfeuer gefunden haben könnten und dass sie sich jetzt die Empfängereinheiten holen wollten. Natürlich war das eine unsinnige Sorge. Selbst wenn die Dämonen durch Zufall die Luminalfeuer entdeckt und auf wundersame Weise ihren Zweck erraten hätten, waren die Empfänger sicher an Bord der *Quiet Faith* – es sei denn natürlich, das Schiff war zerstört worden.

Doch das bezweifelte Nizat. Qoo 'Weyodosee war ein fähiger Schiffsmeister, aber niemand, der dem sicheren Tod in den Rachen sprang, wenn er ihn auf sich zukommen sah. Inzwischen hatte er sich gewiss irgendwo am Rand des Systems versteckt, um abzuwarten, ob sein Flottenmeister die Schlacht überleben würde.

Und Nizat *würde* überleben … sofern die Dämonen sich nicht zurückzogen. Die Mannschaft der *Steadfast Strike* stand loyal zu ihm, und der feige 'Weyodosee würde es ebenfalls tun, wenn er zu seiner Flottille zurückkehrte.

»Wir sollten unsere Schwerter nehmen und die Menschen jetzt gleich töten«, flüsterte 'Lakosee. Er wagte es nicht, das Kommsystem ihrer Rüstungen zu nutzen, weil das Landungsschiff des Stillen Schattens sonst ihre Position orten könnte. »Dann müssten wir nicht gegen zwei Feinde gleichzeitig kämpfen.«

»Bleib ruhig«, sagte Nizat. »Die Götter haben die Spartans geschickt, um uns vom Stillen Schatten zu befreien. Wir müssen auf ihre Weisheit vertrauen.«

»Ich würde lieber auf meine Klinge vertrauen«, wisperte 'Lakosee.

Dennoch blieb er reglos an Nizats Seite, während das Schiff auf halber Höhe zwischen der *Steadfast Strike* und dem Dornendickicht in Position ging, um zu landen. Es war offensichtlich, warum Nizats Fregatte den Transporter nicht angriff; die Rumpfmannschaft war zu klein, um gleichzeitig die Flug- und die Waffenstationen zu bemannen. Und wenn sie überleben wollte, musste das Schiff sofort startbereit sein, wenn Nizat an Bord kam.

Die Frage, warum der Stille Schatten nicht seinerseits auf die *Steadfast Strike* feuerte, war fast ebenso leicht zu beantworten. Zunächst einmal würde der Kommandant Nizats Tod bestätigen wollen, und das ging nicht, wenn sie die Fregatte vom Orbit aus vernichteten. Angesichts der verbitterten Schlacht zwischen den Menschen und der Flotte der schnellen Gerechtigkeit hatten sie im Moment vielleicht nicht einmal die Kapazitäten für ein Plasmabombardement. Und wichtiger noch: Sie wollten es nicht riskieren, die Luminalfeuer zu zerstören und den Zorn der Propheten auf sich zu ziehen. Bis sie die heiligen Artefakte geborgen hätten, würden sie nichts tun, was sie beschädigen könnte.

Und darin lag Nizats Chance.

»Wie lange müssen wir noch warten?«, zischte 'Lakosee, diesmal so laut, dass Nizat schon befürchtete, die Spartans könnten es hören. »Ich weigere mich, auf meinem Bauch zu sterben wie ein …«

Der letzte Teil des Satzes ging im Heulen der Raketen unter, die die Ungläubigen aus dem Dickicht abfeuerten. Einen Atemzug später trafen sie das Landungsschiff des Stillen Schattens – vier kurze, ohrenbetäubende Einschläge, die beide Transportarme absprengten und das Schiff in drei feuerspuckenden Teilen auf den Hang hinabstürzen ließ.

'Lakosees Mandibeln klappten auf und er wirbelte zu Nizat herum. »Wurden wir gerettet?« Er begann sich aufzurichten. »Von unseren Feinden?«

»Von unseren *Göttern*«, korrigierte Nizat, während er seinem Adjutanten eine Hand auf die Schulter legte und ihn wieder nach unten drückte. »Warte noch.«

Diesmal ließ 'Lakosee sich ohne Widerworte auf den Bauch zurückfallen.

Ein paar Atemzüge spähten sie lautlos aus ihrem Versteck. Nizat betete, dass die Krieger der Stummen Klinge wirklich so zäh waren, wie immer behauptet wurde – dass sie sich aus der Asche erheben würden, um Rache zu nehmen …

Und seine Gebete wurden erhört.

Mindestens elf Gestalten kamen mit blitzenden Karabinern und Flakkanonen zwischen den Flammen hervorgestürmt. Dort, wo die Spartans und ihre Soldatendiener sich versteckt hatten, platzte die Wand aus Dornenpflanzen auseinander, aber die Menschen erwiderten den Beschuss mit weiteren Raketen. Die Energieschilde der Schattenkrieger begannen zu knistern und zu flackern, dann gaben sie den Geist auf, und die tapferen Sangheili gerieten ins Straucheln, als die Kugeln der Ungläubigen ihre Rüstung durchschlugen.

»Jetzt!«, brüllte Nizat, wobei er sowohl seine Stimme als auch das Kommsystem benutzte. »Die Götter sind mit uns! Kämpft!«

Er sprang auf und rannte los, wobei er einen weiten Bogen um die Krieger des Stillen Schattens machte. Er hatte keine Lust, in das Feuergefecht zwischen ihnen und den Spartans hineinzugeraten. Vier der schwarz gerüsteten Sangheili wirbelten herum, als sie ihn entdeckten … nur um prompt vom feindlichen Kugelhagel in Stücke gerissen zu werden.

Nizat und sein Trupp frommer Überlebender preschte hangabwärts, obwohl sie bereits nach wenigen Schritten zu keuchen und zu stolpern begannen. Die Hitze war so intensiv, dass sie sich durch seine Stiefelsohlen brannte, wann immer sie den Boden berührten, und sein Gehirn fühlte sich an, als würde es in seinem Schädel kochen.

Aber sie würden es schaffen. Sie waren jetzt auf gleicher Höhe mit dem brennenden Landungsschiff. Das Wrack würde sie vor den Waffen der Ungläubigen abschirmen und danach müssten sie nur noch die letzten hundert Schritte zur *Steadfast Strike* zurücklegen.

Gerade als Nizat den Rand des Wracks erreicht hatte, brach der letzte Schattenkrieger zusammen, und die Spartans verlagerten ihr Feuer auf die Flüchtenden. Nizat sah die orangefarbenen Schweife von Leuchtspurgeschossen über sich vorbeirasen, hörte das Knistern seines Energieschildes, als die ersten Kugeln ihr Ziel trafen ... Dann war er hinter dem Landungsschiff. In Sicherheit. Er blieb stehen und blickte zurück. 'Lakosee und sechs weitere Sangheili waren dicht hinter ihm, aber der Rest seines Kaders rollte leblos den Hang hinunter oder lag zuckend zwischen den Felsen, während der Feind ihre Leiber weiter mit Kugeln durchlöcherte.

Welch loyale Gefolgsleute. Welch fromme Krieger. Man würde ihrer gedenken, wenn die Würdigen den Blutsvätern in den Zustand heiliger Göttlichkeit folgten.

Dafür würde Nizat persönlich sorgen.

Er spürte eine Hand an seinem Arm und erkannte, dass 'Lakosee ihn mit sich zog.

»Flottenmeister, komm!«

Siebzig Schritte unter ihnen hatte sich die Einstiegsrampe der *Steadfast Strike* bereits halb geöffnet. Nizat bemerkte den Arm eines Mannschaftsmitglieds, das ihnen auffordernd zuwinkte.

Dann bemerkte er die sichelförmige Silhouette eines Gigas-Bombers, der aus den niedrigen braunen Wolken über der Fregatte herabstieß. Und einen Moment später sah er nur noch den Arm, der durch die Luft auf sie zuflog, während sich der Rest der

Welt im blendend grellen Ball einer detonierenden Plasmabombe auflöste. Die Druckwelle ließ ihn eine gefühlte Ewigkeit durch die Luft fliegen, bevor er mit klappernder Rüstung landete und hangabwärts rollte. Er prallte gegen mehrere faustgroße Steine, ehe er schließlich langsamer wurde und mit dem Rücken gegen einen großen Felsbrocken zu liegen kam. Die ganze Zeit über hallte sein Helm wider vom erschrockenen Keuchen und dem gequälten Geheul von 'Lakosee und den anderen.

Nizat rollte sich flach auf den Bauch, während er versuchte, sich auf dem Schlachtfeld zu orientieren. Er wollte den Scharfschützen der Ungläubigen kein leichtes Ziel bieten – obwohl eine Stimme in seinem Hinterkopf fragte, welchen Unterschied es jetzt noch machte, ob sie ihn töteten.

Erst machte er nur helle Lichtblitze aus, wohin er auch sah, und er befürchtete schon, dass er geblendet worden war. Doch dann zeichneten sich kreuzförmige Umrisse am Horizont ab, die Punkten aus roter und orangefarbener Helligkeit hinterherjagten, bevor sie unter den braunen Wolken wendeten und tief über dem Boden näher kamen. Nizat erkannte, dass er Zeuge einer gewaltigen Luftschlacht wurde.

Ein Stück rechts von seiner Position entdeckte er schließlich die Trümmer des Landungsschiffes, das die Dämonen abgeschossen hatten. Oberhalb davon – dort, wo sich das Dornendickicht befunden hatte – erhob sich eine Wand aus Flammen. Irgendjemand feuerte noch immer Plasmastrahlen in dieses Inferno hinein, und Nizat folgte den weißen Blitzen zu ihrem Ursprung zurück ... zu dem sichelförmigen Gigas-Bomber, den er schon zuvor gesehen hatte. Die Maschine schwebte über dem glasigen Krater, der einmal die *Steadfast Strike* gewesen war.

Am Himmel über dem Gigas zogen sich spiralförmige drehende Verwirbelungen dahin, und da waren so viele Raketen und Kanonengeschosse und Jagdmaschinen, dass es aussah, als würden Feuer und Schrapnelle aus den Wolken herabregnen. Was Nizats Blick anzog, waren jedoch die drei Sangheili-Krieger in heller Rüstung, die vor dem Gigas den Hang hinaufstapften. Zwei trugen gelbe Panzerung, und sie flankierten den dritten, einen Helios Ultra in elfenbeinfarbener Rüstung mit tieforangefarbenen, fast schon goldenen Einsprengseln.

Ehrenwachen von High Charity.

Nizat war entschlossen, nicht auf den Knien zu sterben. Er kämpfte sich auf die Füße und tastete nach seinem Energieschwert – nur um festzustellen, dass es ihm während der Explosion der *Steadfast Strike* abhandengekommen war. Also zog er sein Plasmagewehr, aber als er den Arm hob, hielt er nur ein verkrümmtes Stück Metall, das ihm vermutlich die Hand absprengen würde, falls er den Aktivator drückte.

Die Ehrenwachen erreichten ihn, wobei die beiden Unterlinge links und rechts von Nizat in Position gingen, während der Ultra einen Schritt vor ihm stehen blieb. Dass sie nicht mal ihre Energieschwerter zogen, war ein Zeichen absoluter Verachtung, und Nizat hätte sie am liebsten mit bloßen Händen angegriffen. Leider er war so schwach und benommen, dass er schon beim ersten Schritt über seine eigenen Füße gestolpert wäre.

Der Ultra starrte einen Moment lang auf ihn herab, dann sagte er nur: »Du weißt, weswegen wir hier sind. Gib uns die Luminalfeuer und dein Tod wird schnell sein.«

»Ich verstehe.« Zu Nizats Entsetzen zitterte seine Stimme, als er sprach. Er hatte erwartet, dass er ohne Furcht sterben würde. »Aber erweist mir zunächst die Ehre, mir eine Frage zu beantworten.«

»Diese Ehre hast du nicht verdient«, entgegnete der Ultra. »Gib mir die Luminalfeuer und bitte die Götter um Vergebung … oder lass uns danach suchen und trag die Konsequenzen.«

»So einfach ist es nicht. Zwei Schiffe der Flottille der unbesungenen Frömmigkeit hatten die Empfänger an Bord.« Das war natürlich gelogen. Beide Empfänger befanden sich an Bord seines

Flaggschiffs, der *Quiet Faith*. »Ohne Empfänger sind die Sender wertlos.«

Der Ultra nickt. »Ich weiß.«

»Dann weißt du auch, dass meine Antwort bedeutungslos ist, solange ich nicht weiß, was aus meinen Schiffen geworden ist.«

Der Ultra schwieg fünf Atemzüge, dann: »Die *Silent Truth* und die *Quiet Faith* konnten entkommen ... fürs Erste.«

»Dann kann ich nicht tun, was du von mir verlangst.« Nizat ließ den Kopf sinken, um seine Erleichterung zu verbergen. Der Feigling Qoo 'Weyodosee würde ONI wohl kaum angreifen, wenn er nur noch zwei Schiffe hatte, aber solange die *Quiet Faith* überlebte, gab es Hoffnung, dass Nizats Plan doch noch in Erfüllung ging – auch wenn er selbst es nicht mehr erleben würde. »Die Empfänger waren auf der *Still Devotion* und der *Worthy Silence*.«

»Sicher?«

»Nun tut, was man euch befohlen hat.« Nizat streckte die Hände aus, auf dass sie als Erstes abgehackt werden mochten. »Ich werde die Wahrheit nicht verdrehen.«

Die Schultern des Ultra sanken unmerklich herab, aber anstatt nach seinem Energieschwert zu greifen, wandte er sich seinen Begleitern zu.

»Nehmt ihm seine Rüstung ab.«

Nizats Mandibeln klappten auf. »Was?«

»Das ist nur der Anfang, Flottenmeister.« Der Ultra deutete in den schimmernden Talkessel hinunter, anschließend machte er ein leises, klickendes Geräusch mit seinen Mandibeln.

»Ihr wollt mich hier aussetzen?«

»Dich und alle, die dir gefolgt sind, ja.« Der Ultra nickte seinen Begleitern zu, die daraufhin vortraten und begannen, Nizat aus seiner Rüstung zu schälen. »Wirklich ein Jammer, dass du die Luminalfeuer nicht zurückgeben konntest. Dann wärst du wenigstens mit deinem Helm gestorben.«

John hatte Freds Bemerkung kaum registriert – *Ich hatte schon Angst, es könnte zu leicht werden* –, da begann der außerirdische Truppentransporter auch schon, zwischen dem Dickicht und der *Glücksfall* tiefer zu gehen.

»Raketenwerfer!«, rief er in den Truppkanal. »Jeder, der einen hat, nach vorn!«

Mehrere Rauchfahnen schossen aus dem Pflanzenwald hervor und eine Sekunde später trafen vier markerschütternde Explosionen das Schiff. Es verlor beide Transportarme und stürzte in drei brennenden Teilen auf die Felsen herab.

Gut.

Jetzt brauchten sie einen Plan. John überprüfte den Countdown bis zur Abholung – 6:29 erschien auf seinem Frontsichtdisplay – und entschied sich für eine simple Taktik: Alle Aliens töten und schnellstens verschwinden.

Er kroch auf dem Bauch zum Rand des Dickichts, um nach den Elites zu suchen, die sie hierher verfolgt hatten. Eine Gruppe von zwanzig oder dreißig Kriegern konnte sich nicht einfach in Luft auflösen. Vermutlich versteckten sie sich hinter einem der Felshaufen entlang des Hanges und warteten auf eine Gelegenheit, um zu der Fregatte hinabzustürmen.

Johns Überlegungen wurden jäh unterbrochen, als von den brennenden Trümmern des Truppentransporters eine Welle aus Plasmaschüssen und Flakgeschossen hangaufwärts brandete und die Pflanzen rings um ihn in Fetzen riss. Es schien unmöglich, dass jemand den Absturz überlebt haben könnte, aber noch während er in die Tiefe starrte, tauchten elf Elites mit dunkelroter Rüstung und zischenden Waffen aus den Flammen auf.

Raketen und M301-Granaten prasselten auf die Angreifer nieder, noch bevor er den Befehl gab. Er selbst eröffnete mit seinem BR55 das Feuer und verfolgte, wie die ersten Energieschilde unter dem brutalen Beschuss der Spartans und Marines zu flackern begannen. Die Elites mussten zur selben Spezialeinheit gehören, mit der sie es schon zuvor auf Seoba und über Naraka zu tun gehabt hatten: zu den Spartan-Killern. Dieselbe Einheit, die aus dem Umbra gestiegen war, den John und Fred in der Schlucht zerstört hatten.

In Johns Kopf schrillten die Alarmsirenen, als seine schon lange gehegt Furcht vor einem Hinterhalt neue Nahrung fand. Was, wenn die bizarre, umständliche Operation der Allianz hier auf Netherop nur dazu gedient hatte, Team Blau in dieses Dickicht zu locken, wo sie keine Unterstützung hätten und leicht zu überwältigen wären?

Dann tauchten plötzlich zwanzig feindliche Kontakte auf seinem Bewegungstracker auf, gerade mal fünfzehn Meter unterhalb ihrer Position. Aber John drehte sich nicht in ihre Richtung um. Wenn man schon dumm genug war, sie ins Kreuzfeuer zu locken, gab es nichts Schlimmeres, als in Panik zu geraten und sich ablenken zu lassen.

Er nahm den Blick gerade lange genug von den Angreifern, um die Zeitanzeige zu konsultieren: 4:14.

Die Spartans könnten es in dieser Zeit locker durch das Dickicht zurückschaffen, aber der Erste Zug ... diese Marines mussten *jetzt gleich* aufbrechen.

John fällte eine Entscheidung.

»Feindlicher Kontakt rechts unter uns.« Er leerte sein Magazin in einen der Elites in roter Rüstung, bis dieser umkippte, dann rutschte er ein Stück zurück und lud nach. »Erster Zug, Rückzug zum Evakuierungspunkt.«

»Bestätig-«

»Los!« Sie hatten keine Zeit, nicht mal, um Befehle zu bestätigen. »Blau Eins und Blau Zwei schlagen den Flankenangriff zurück! Blau Drei und Vier, haltet das Sperrfeuer aufrecht!«

Drei Statusleuchten blinkten grün. John zog den Spannschieber des BR55 nach hinten und sprang auf, um sich dem Angriff von der rechten Seite zu stellen.

418

Nur *war* es überhaupt kein Angriff … Bloß zwanzig erschöpfte Elites, die auf der Suche nach Deckung zu dem abgestürzten Truppentransporter rannten. John eröffnete trotzdem das Feuer und hörte, wie Fred dasselbe tat. Ihre kombinierten Salven brachten zwölf Ziele zu Fall, ehe ihre Magazine leer klickten.

Die Überlebenden verschwanden hinter den Trümmern.

John überprüfte sein HUD. Noch genau zwei Minuten bis zur Evakuierung. Der Himmel über der *Glücksfall* war inzwischen ein loderndes Netz aus Raketen und Plasmablitzen, außerdem war da etwas Großes und Hässliches, das schnell näher kam – etwas mit sichelförmigen Flügeln und Kanonengeschützen von der Größe eines Nandao-Jägers. Wenn die Spartans sich jetzt nicht auf den Weg machten, würden sie entweder sterben … oder sehr lange Zeit auf Netherop bleiben müssen.

»Team Blau, Rückzug.« Was immer die Außerirdischen von der Mannschaft der *Wheatley* erbeutet hatten, gehörte jetzt ihnen. Ein Team von Spartans zu opfern, würde das Rätsel auch nicht lösen. »Und ladet nach. Wir müssen uns den Weg in den Orbit vielleicht freischießen.«

Grüne Statusleuchten bestätigten seine Anweisung. John drehte sich um und stürmte durch den Tunnel gekrümmter Nadeln los, immer dem Wegpunkt auf seinem HUD nach. Wo der Pfad Windungen beschrieb, pflügte er kurzerhand einen eigenen Weg durch die Pflanzen …

Die Luft wurde weiß. Der Himmel wurde weiß. *Alles* wurde weiß. Das Dickicht verschwand innerhalb eines Herzschlags, als die Druckwelle von hinten heranrollte und John vorwärtsprügelte. Das Kampfgewehr entglitt seinen Fingern und flog davon.

Er rollte sich zusammen, während er sich in der Luft überschlug, und kam mit den Füßen voran wieder auf. Einen Moment später sprintete er auch schon wieder über den geschmolzenen Stein, den die Druckwelle vor sich hergeblasen hatte. Weit voraus konnte er den winzigen, deltaförmigen Schatten eines Pelican erkennen, der über einer Gruppe von sieben Marines tiefer ging. Nur sieben Überlebende. Verdammt, das war übel.

Die Marines standen jeweils zwei Meter voneinander entfernt, die Waffen auf den Boden gerichtet, in der freien Hand übergroße Karabinerhaken, die sie hoch über ihre Köpfe hielten.

Eine Staffel pfeilförmiger Nandaos eskortierte den Pelican, wobei sie in einem engen Diamantmuster über dem Truppentransporter hin und her flogen und mit ihren Luft-Luft-Raketen und Kanonen alles zerstörten, was auch nur den Anschein machte, als würde es sich dem Pelican nähern.

Kelly tauchte rechts vor John auf – wie immer war sie die Schnellste – und nahm ihren Platz am Ende der Reihe ein. Dann hob sie einfach die Hand und krümmte die Finger zu einer Hakenform; der Griff eines Spartans war stärker als jeder Karabiner.

Als Nächster erreichte Fred den Evakuierungspunkt, dicht gefolgt von Linda, und John bildete den Abschluss. Der Pelican rollte ein SPIE-Seil aus – ein langes, elastisches Kabel, das sechzig Meter unter dem Bauch des Truppentransporters herabhing – und begann mit dem Anflug.

Der untere Teil des Seils war alle zwei Meter mit steifen, fünfzig Zentimeter großen Schlaufen versehen; außerdem verfügte es über integrierte Sensoren und KI-kontrollierte Spannfasern, die dafür sorgten, dass es knapp zwei Meter über dem Boden parallel zum Boden ausgerichtet war. Sobald sich das Kabel über den wartenden Marines befand, ließen die Fasern die Schlaufen eine nach der anderen nach unten klappen, sodass sie die hochgereckten Karabiner erwischten und die Marines der Reihe nach an ihren Geschirren vom Boden hochhoben.

Über ihnen glitt der Pelican weiter, seine Schubdüsen nach unten abgeknickt, weil er so langsam flog. John konnte das Rattern der Bugkanone hören, die auf irgendetwas hinter ihnen feuerte, aber er wagte es nicht, sich umzudrehen. Das SPIE-Seil versuchte sich an alle unvorhergesehenen Bewegungen anzupassen, aber eine Fünfzig-Zentimeter-Schlinge bot nicht viel Spielraum. Wenn er danebengriff, müsste der Pelican ihn entweder zurücklassen oder einen überaus riskanten zweiten Anflug starten.

Der siebte und letzte Marine wurde in die Luft hochgerissen, und als die Soldatin über ihn hinwegflog, stellte John erleichtert fest, dass es Sesi Cacyuk war. Die nächsten Schlaufen klatschten in Kellys und Freds Hände, woraufhin sich das Seil unter dem Gewicht der Mjolnir-Rüstungen leicht nach unten neigte. Einen Moment später flog Linda davon, und zu guter Letzt spürte John, wie die Schlaufe gegen seine Handfläche schlug.

Sofort zog er die Hand an die Brust und ließ die Schlaufe zu seinem abgewinkelten Ellenbogen rutschen, während der Boden unter seinen Füßen verschwand. Das SPIE-Seil begann hin und her zu schwingen, als der Pelican beschleunigte und sich von der Kampfzone wegdrehte.

Da John am unteren Ende des Seiles hing – etwas sechzig Meter unter und genauso weit hinter dem Truppentransporter –, stand ihm ein ganz besonders wilder Ritt bevor. Er schwang in einem weiten, flatternden Bogen über den Talkessel hinaus. Im Moment stellten Angriffe vom Boden die größte Gefahr für den Pelican dar, darum behielt John die Landschaft unter ihnen genau im Auge. Doch was er sah, ergab keinen Sinn.

Wo gerade vorhin noch die *Glücksfall* auf den Felsen geruht hatte, befand sich jetzt ein breiter, flacher Krater mit glasigem Grund, wie er für einen großen Plasmaeinschlag typisch war. Vor dem Krater standen acht unbewaffnete Elites, die zu dem Transporter und den dahinter herfliegenden Soldaten hochstarrten. Ihre Mandibeln waren vor Zorn weit aufgerissen ... oder lachten sie? John wusste zu wenig über ihre Spezies, um ein Urteil fällen zu können.

Als der Pelican seine Wende abgeschlossen hatte und auf die Berge zuflog, schwang John erneut in einem weiten Bogen zur Seite. Vor ihnen wuchs das Plateau heran, das er und die anderen in ihrem vergeblichen Versuch überquert hatten, die Allianzfregatte einzunehmen.

Von diesem Blickwinkel aus sah es nicht länger nach einem Plateau aus. Die Felswände waren von Hunderten Höhlen durchzogen, jede mit einer geometrischen Öffnung – mal ein Trapez, mal ein Fünfeck oder Dreieck. Und sie waren alle in sauberen diagonalen Linien angeordnet, die vom Fuß der Klippen bis zu ihrem oberen Rand hinaufführten.

Was John da sah, war eine riesige uralte Stadt, erbaut von einer Zivilisation, die vor Hunderten oder Tausenden oder gar Millionen Jahren untergegangen war. Wer auch immer hier gelebt hatte, war hier gestorben. Sie hatten nie die Sterne erreicht, und ihr Ende war so endgültig gewesen, dass keine Erinnerungen an sie überlebt hatten, nicht mal auf ihrem eigenen Planeten.

Genau dieses Schicksal wünschte die Allianz sich auch für die Menschheit, wie John wusste – eine völlige Auslöschung, sodass jegliches Wissen über ihre Existenz aus der Geschichte der Galaxis verschwinden würde. Die Gründe blieben ihm schleierhaft. Warum schlug ihnen eine so brutale Feindseligkeit von einer Zivilisation entgegen, die bis vor zwei Jahren noch nicht mal Kontakt mit der Menschheit gehabt hatte?

Dann blieben die Klippen hinter ihnen zurück und der Pelican begann höher zu steigen. Jetzt, wo sie außerhalb der Kampfzone waren, konnte der Pilot einem geraden Kurs folgen, und der Crew Chief begann das Seil einzuholen. John stieg ruckhaft ein paar Meter in die Höhe, wann immer der nächste Marine in den Frachtraum hochgezogen und von seiner SPIE-Schlaufe ausgehakt wurde. Weit zu seiner Linken sah er den nackten Hang und die zerstörten Warthogs, wo die Aliens die Überlebenden der *Wheatley* angegriffen hatten. Eine Zeitlang folgten sie dem geschlängelten Verlauf der Schlucht, in der sich die Vergessene Landstraße dahinzog. Team Blau konnte sich glücklich schätzen, dass sie dieses harsche Terrain unversehrt durchquert hatten;

viele andere hatten dort unten den Tod gefunden. Die Schlucht war zu tief, um irgendetwas zu erkennen, aber aus irgendeinem Grund bremste der Pilot ab, und der Pelican wackelte mit den Flügeln.

Schließlich näherten sie sich dem gewaltigen Krater und den hohen Staubverwehungen, wo vor ein paar Stunden noch die *Wheatley* auf ihren Landefüßen gestanden hatte. Jetzt gab es dort nichts mehr außer ein paar Ausrüstungskanistern, die einer der Pelicans abgeworfen haben musste, um Platz für mehr Passagiere zu haben. Der Selbstzerstörungsmechanismus des Bergungsschiffs hatte offensichtlich seine Aufgabe erfüllt – aber hoffentlich erst, nachdem die Verstoßenen und die anderen Überlebenden abgeholt worden waren.

Nun wurde auch John zum Rest von Team Blau und dem Ersten Zug in den Pelican hochgezogen. Der Crew Chief war eine Frau mit rundem Gesicht, rosigen Wangen und funkelnden grünen Augen. Sie schloss die Luke im Bauch des Truppentransporters, dann tippte sie Johns Helm an und deutete auf einen der Sitze, die den Frachtraum säumten.

»Schnallen Sie sich an, Master Chief«, sagte sie. »Das wird ein ruppiger Flug.«

John setzte sich auf den Platz, den sie ihm zugewiesen hatte, und wartete, während der automatische Schutzbügel von oben herunterklappte. Der Pelican beschleunigte bereits und stieg steil dem Orbit entgegen. Erst jetzt bemerkte John die Alien-Leiche, die – noch immer in voller Rüstung – in der Mitte des Frachtraums lag, festgeschnallt an den Haken, die normalerweise zum Sichern von Mongoose-ATVs benutzt wurden. Es war der Elite, den Captain Stocken von Sektion Drei wegen des intakten Schildgenerators an seiner Rüstung hatte mitnehmen wollen.

Dann war also zumindest *ein* Teil ihrer Mission erfolgreich gewesen.

John hob den Kopf, als er einen Blick auf sich spürte. Captain

Stocken lächelte von der gegenüberliegenden Wand des Fracht-raums zu ihm herüber.

»Sie haben es geschafft, Master Chief.« Die grauhaarige Frau deutete mit einem faltigen Finger auf den toten Elite. »Dank der Technologie in dieser Schildeinheit hat ONI endlich eine Chan-ce, das Blatt zu wenden. Die Fregatte haben wir nicht erbeutet, aber das hier könnte sich als der wahre *Glücksfall* erweisen.«

»Hoffen wir es, Ma'am«, sagte John. »Wir könnten ein wenig Glück brauchen.« *Und zwar besser, solange es noch eine Menschheit gibt, die von diesem Glücksfall für Sektion Drei profitieren kann.* Aber das sprach er nicht laut aus.

Stattdessen blickte er zur vorderen Wand des Frachtraums, wo der Crew Chief auf seinem Sitz saß, eingerahmt von – John konn-te es kaum glauben – Roselle und Samson. Die Plätze neben ih-nen waren von Lena, Arne, Oskar und drei weiteren Verstoßenen belegt.

Lena hob die Hand und winkte. »Hallo, John. Ich hab mir schon Sorgen um dich gemacht.«

»Wirklich?« Er versuchte, nicht zu skeptisch zu klingen. »Das war unnötig. Spartans sterben nie.«

»Klar, John.« Das Mädchen verdrehte die Augen. »Was immer du sagst.«

Er lächelte unter seinem Helm, wo niemand es sehen konnte, dann wandte er sich dem Crew Chief zu.

»Chief, ich will Ihnen nicht sagen, wie Sie Ihren Job machen sollen, aber was haben Sie sich dabei gedacht, mit einem so wert-vollen Fund in die Kampfzone zurückzukehren?« Er deutete auf die außerirdische Leiche, die in der Mitte des Decks festgezurrt lag.

Der Crew Chief zog unbeeindruckt die Schultern hoch. Wie jeder Crew Chief nahm sie Kritik nur ernst, wenn sie von ihren Piloten kam.

»Wir hatten keine Wahl«, erklärte sie. »Auf dem Weg hierher

haben wir einen Vogel verloren, und die beiden anderen verließen den Evakuierungsbereich, sobald sie voll waren.«

»Der Evakuierungsbereich?«, fragte Kelly. »Was ist mit den Leuten, die ich in der Schlucht zurückgelassen habe?«

»Sie meinen, bei der Absturzstelle der *Night Watch*?«, fragte der Crew Chief. »Wir waren dort. Deswegen sind wir auch der letzte Vogel, der bei der *Wheatley* ankam.«

»Und?«

»Tut mir leid.« Der Crew Chief blickte Kelly lange genug an, um klarzustellen, dass sie es ernst meinte, dann wandte sie sich wieder John zu. »Nun, jedenfalls mussten wir sie deshalb auflesen. Wir waren die Einzigen, die noch ein paar freie Plätze hatten.«

Selbst ohne Ausrüstung oder Fahrzeuge an Bord konnte man maximal zwanzig Personen in einem Pelican unterbringen. Das bedeutete, dass irgendwo neun Personen zurückgelassen worden waren – nein, sogar noch mehr, denn John zählte drei leere Sitze in ihrem Pelican.

Und was immer geschehen war, es war vor der *Wheatley* geschehen, irgendwo in der Schlucht, ansonsten hätte es nämlich überhaupt keine freien Plätze gegeben. John drehte sich zu Stocken um.

»Einer der Läufer hat es nicht zur *Wheatley* geschafft«, sagte er. »Warum nicht?«

Die Wissenschaftlerin schüttelte den Kopf. »Ich weiß es nicht.« Sie blickte zum vorderen Teil des Frachtraums. »Ich war in einem der vorderen Läufer.«

John folgte ihrem Blick und stellte fest, dass Roselle sie mit bedauernder Miene beobachtete. »Die Batterien in Commander Petrovs Läufer waren nicht so voll, wie ich gedacht hatte.« Sie zog die Schultern hoch, dann machte sie eine wegwerfende Handbewegung in Richtung des toten Elite. »Aber wir konnten sie nicht wieder aufladen. Wir mussten ja die Kohlenkästen leerräumen, um das Ding da mitzunehmen.«

»Aber es ist okay«, hängte Lena an. »Sie hat sich freiwillig gemeldet, dazubleiben.«

»Genau«, nickte Roselle. »Ich glaube, ihre Worte waren: Netherop wäre der perfekte Ort für eine vorgelagerte Versorgungsbasis.«

John starrte die junge Frau an. »Was habt ihr getan?«

»Gar nichts.« Roselle setzte eine halbwegs überzeugende Unschuldsmiene auf. »Ich sage die Wahrheit. *Frag sie.*«

Sie deutete auf den Crew Chief. Die Frau zog die Brauen zusammen, nickte aber widerwillig. »Ich habe keine Ahnung, was in dieser Schlucht geschehen ist«, sagte sie. »Aber als wir losflogen, um Sie abzuholen, hatte ich noch mal Kontakt mit Commander Petrov.«

»Und?«

»Der Commander stellte klar, dass Sie oberste Priorität genießen«, antwortete der Crew Chief. »Ihr Befehl lautete: ›Holen Sie die Spartans da raus und verschwinden Sie verdammt noch mal‹.«

EPILOG

10:10 Uhr, 12. Juni 2526 (Militärkalender)
Everest, UNSC-Kreuzer der *Valiant*-Klasse
Tiefraum-Transitzone, Sammelpunkt Durga, Polona-Sektor

John-117 trug seine weiße Paradeuniform, als er den Chester-W.-Nimitz-Konferenzraum im Sicherheitsbereich der *Everest* betrat – dem Flaggschiff von Kampfverband X-Ray. Die Tür war hoch genug, dass er ausnahmsweise nicht den Kopf einziehen musste, und die Wände wurden von holografischen Bildern gesäumt, auf denen große Militärpiloten aus dem Zweiten Weltkrieg auf der Erde zu sehen waren. John erkannte die Porträts von Jimmy Doolittle, der mit einer B-25 von einem Flugzeugträger gestartet war, um Tokio zu bombardieren, und Lidija Litwjak, das erste weibliche Fliegerass der sowjetischen Luftwaffe. John achtete darauf, in ihrer Gegenwart ein wenig gerader zu stehen, und er richtete sich zu seiner vollen Größe auf. Erst dann trat er an das Ende des Konferenztisches, um den sich einige ranghohe Mitglieder des Flottenkommandos versammelt hatten.

»Master Chief Sierra-117 meldet sich wie befohlen.«

»Stehen Sie bequem, Master Chief.«

Vizeadmiral Preston J. Cole saß am Kopfende des Tisches, der so lang aussah wie eine M512-Kanone. Den Platz zu seiner Linken hatte Dr. Catherine Halsey eingenommen, zu seiner Rechten

427

Vizeadmiral Michael Stanforth, ein hohlwangiger Mann, der ONIs Sektion Drei leitete. Alle drei waren weit weniger förmlich gekleidet als John: Cole trug eine blaue Arbeitsuniform mit blauem Tarnmuster, Stanforth ein schwarzes Hemd ohne Namensschild oder Insignien, abgesehen von drei Sternen an seinen Kragenspitzen, und Halsey wie üblich ihren Laborkittel über einem grauen Overall. Ihre entspannten Mienen führten John zu dem Schluss, dass er den Ernst der Lage vielleicht überschätzt hatte, als er herbestellt worden war, um vor einem Untersuchungsausschuss zu erscheinen.

Rechts von Stanforth saß ein Lieutenant vom Judge Advocate General Corps, kurz JAG, der höchsten Justizinstanz des UNSC. Er hatte aufgedunsene Wangen und das Namensschild an der Brust seiner blauen Dienstuniform verkündete: J. STONE. Ihm gegenüber hatte eine Frau mit haselnussbraunen Augen, rotem Haar und schmaler Nase Platz genommen, ebenfalls in blauer Uniform. Auf ihrem Namensschild stand B. NETT und an ihrem Kragen glänzten die goldenen Eichenblätter eines Lieutenant Commander. Zwischen ihr und Dr. Halsey hatten sich die Verstoßenen Roselle und Samson auf ihren Stühlen zurückgelehnt, beide in schmucklosen blauen Overalls. Sie wirkten schrecklich fehl am Platz und taten ihr Bestes, um nicht gelangweilt zu wirken. Ihre blassen Gesichter verrieten John aber, dass sie Angst hatten. Sie blickten John an, ohne ihn wiederzuerkennen. Kein Wunder: Es war das erste Mal, dass sie ihn ohne Rüstung sahen. Vermutlich hielten sie ihn einfach nur für einen weiteren UNSC-Riesen.

Cole nickte John verständnisvoll zu. »Danke, dass Sie den weiten Weg von der *Kayenta* hergekommen sind, Master Chief. Ich möchte Sie darauf hinweisen, dass dies ein offizieller Untersuchungsausschuss ist. Aber keine Sorge, niemandes Karriere steht auf dem Spiel.« Er bedachte Samson und Roselle mit einem aufmunternden Lächeln. »Und es muss auch niemand ins Gefängnis.«

Roselle verdrehte die Augen, Samson blickte nur finster vor sich hin.

Cole tat so, als würde er es nicht bemerken. Ob die Verstoßenen es merkten oder nicht, der Rangunterschied zwischen den beiden JAG-Offizieren deutete an, dass der Admiral die Karten zu ihren Gunsten gemischt hatte. Das machte ihn John gleich noch sympathischer.

Cole fuhr fort: »Wir wollen nur herausfinden, was bei der Operation schiefging ...«

»Verzeihung, Admiral, aber das ist eine unpassende Beschreibung«, schaltete sich Dr. Halsey ein. »Vieles mag nicht so abgelaufen sein, wie wir es geplant hatten, aber das Ganze war offensichtlich eine Falle der Allianz – womöglich, um einige meiner Spartans gefangen zu nehmen –, und wir haben ihren Plan vereitelt. Mehr noch, wir haben ein höchst bedeutendes Stück Allianztechnologie geborgen. Dieser Schildgenerator ist von einem Typ, den ich noch nie zuvor gesehen habe.«

»Und ich bin sicher, in ein paar Jahren werden wir auf seiner Grundlage nützliche Schlachtfeldtechnologien entwickeln«, sagte Cole. »Falls wir so lange durchhalten.«

Stanforth breitete die Arme aus. »Irgendwo müssen wir anfangen, Preston.«

»Ich weiß.« Cole seufzte, dann nickte er Halsey zu. »Verzeihen Sie, Doktor. Aber im Moment ist es schwer, nicht auf Eile zu drängen. Unsere Welten fallen wie Dominosteine.«

»Oh, ich will auch keine Zeit verlieren, Admiral«, erwiderte Halsey. »Das versichere ich Ihnen.«

»Ich weiß. Aber das hat nichts mit dieser Besprechung zu tun.« Cole wandte sich wieder John zu. »Der Grund, warum *Sie* hier sind, Master Chief, ist Folgender: Wir müssen *bestätigen* ...«

»Sie sagten, *feststellen*«, unterbrach Stanforth ihn.

»Sagen wir einfach, es gibt Fragen über einige Ereignisse, die sich auf Netherop zugetragen haben.«

»Zugetragen haben *könnten*«, korrigierte Stanforth.

Cole stieß frustriert den Atem aus.

Stanforths Blick wanderte zu John hinüber und verweilte auf ihm. Es war ein offenes Geheimnis, dass er der Leiter von ONIs Sektion Drei und somit der Mann war, der mehr oder weniger das Schicksal des gesamten SPARTAN-II-Programms in seinen Händen hielt. Falls er entschied, den Stecker zu ziehen, konnte niemand etwas dagegen tun. Dasselbe galt, sollte er beschließen, John als Anführer seiner Einheit zu ersetzen. Wenn er wollte, konnte er John sogar in rosaroter Rüstung aufs Schlachtfeld schicken.

Und er machte gerade unmissverständlich klar, was er von dieser Befragung erwartete.

Stanforth deutete auf den JAG-Lieutenant. »Lieutenant Stone ist hier, um die Interessen der Gestrandeten zu vertreten.«

»Verzeihung, Admiral«, sagte Lieutenant Commander Nett, die Frau mit der schmalen Nase. »Wir haben keine Beweise dafür, dass sie dort gestrandet sind. Nach dem, was Samson und Roselle mir erzählt haben, ist Commander Petrov *freiwillig* auf Netherop geblieben.«

Stanforth spießte sie mit einem Blick auf, den sie kühl erwiderte. John mochte sie jetzt schon.

»Lieutenant Stone, fangen wir mit Ihnen an.« Cole deutete auf John. »Bitte.«

Stone drehte sich auf seinem Stuhl zu ihm um. »Spartan, ähm, Eins-Eins-Sieben. Ich … Hat Commander Petrov je angedeutet, dass es vielleicht im Interesse der Mission wäre, die Verstoßenen auf Netherop zu lassen, damit Sie und das UNSC-Personal mit dem Schildgenerator fliehen können?«

»Es stimmt.«

Als John sprach, weiteten sich Samsons Augen und Roselles Mund klappte auf.

»Warte! *Du* bist John?«, entfuhr es der jungen Frau. Sie erkannte vielleicht nicht sein Gesicht, aber seine Stimme erkannte sie definitiv. »Du bist nur ein Kind!«

Er lächelte. »Lass dich nicht von der glatten Haut täuschen«, sagte er. »Ich bin älter, als ich aussehe.«

Es war keine Lüge, jedenfalls nicht wirklich.

»Vergessen Sie bei all der Wiedersehensfreude bitte nicht, meine Frage zu beantworten«, fuhr Stone dazwischen. »Hat Commander Petrov je angedeutet, dass es besser wäre, die Verstoßenen ...«

»Verzeihung, Sir«, sagte John. Er würde den Lieutenant die Frage kein zweites Mal stellen lassen. »Ja, das ist korrekt. Sie hat einen solchen Vorschlag gemacht.«

»Und wie haben Sie darauf reagiert?«

»Ich dachte, ein solches Vorgehen würde möglicherweise gegen das Militärgesetzbuch verstoßen.«

»Oder gegen die kolonialen Verwaltungsgesetze«, hängte Stone an. »Zitiere ich Sie da richtig?«

»Das habe ich gesagt, ja.«

John fragte sich, ob man Stone Zugang zu den Daten seines Mjolnir-Computers gewährt hatte. Der Kerl wusste Dinge, die er definitiv nicht wissen sollte ... Es sei denn, Stanforth hatte ihm vorübergehend eine höhere Sicherheitsfreigabe zugesprochen. Nicht dass es einen Unterschied machte. John hatte nicht vor, zu lügen. Aber er musste vorsichtig sein, wie er die Wahrheit präsentierte.

»Ich war sicher, dass es irgendein Gesetz gegen ein solches Vorgeben gäbe«, fuhr er fort. »Ich wusste nur nicht, welches.«

»Ich verstehe.« Stone blickte zu Cole hinüber. »Fürs Protokoll: Es gibt kein derartiges Gesetz, das in Kriegszeiten gültig ist. Commander Petrovs Vorschlag war weder ungesetzlich noch unvertretbar.«

»Zur Kenntnis genommen«, nickte Cole.

Stone widmete sich wieder John. »Master Chief, wäre es möglich, dass einer der Verstoßenen, zum Beispiel Miss Roselle hier oder einer der Minderjährigen in ihrer Obhut, dieses Gespräch mitgehört hat?«

Der Kerl war schlauer, als er aussah.

»Ich kann nicht beurteilen, was sie gehört haben.«

»Ich fragte ja auch, ob es möglich wäre.«

»Wie gesagt, ich weiß es nicht«, antwortete John. Er sah, dass Stanforth ihn beobachtete, aber das war unwichtig. Er würde für niemanden lügen. »Wir waren mitten auf einem Schlachtfeld, Sir. Verwundete riefen um Hilfe und starben, und es stand zu befürchten, dass Allianzflieger unsere Position angreifen. Ich hatte andere Dinge zu tun, als darauf zu achten, was Roselle hören konnte.«

Stones Gesicht lief rot an. »Würde es Sie überraschen, wenn ich Ihnen sage, dass ...«

»Der Master Chief hat die Frage beantwortet«, warf Nett ein. »Es gibt keinen Grund, ihn zu bedrängen.«

»Das sehe ich auch so«, sagte Cole. »Fahren Sie fort, Commander Nett.«

»Danke, Admiral.« Nett blickte zu John hoch. »Also gut, Master Chief, haben Sie die Verstoßenen zu irgendeinem Zeitpunkt gebeten ...«

»Halt«, protestierte Stone. »Ich war noch nicht fertig. Wir müssen ermitteln, ob Commander Petrov vorsätzlich auf Netherop zurückgelassen wurde.«

»Sie ist *freiwillig* zurückgeblieben«, betonte Cole. »Der Crew Chief der Pelican hat das bereits bestätigt. Petrov hat ihr befohlen, die Spartans abzuholen und – ich zitiere – ›verdammt nochmal zu verschwinden‹.«

»Sir«, beharrte Stone, »bei allem Respekt. Commander Petrov wusste zu dem Zeitpunkt nicht, dass sie dauerhaft auf Netherop festsitzen würde.«

»*Dauerhaft?*« John hatte das Gefühl, als müsse er seinen Kiefer nach dieser Offenbarung erst wieder vom Boden aufheben. »Ich dachte, Netherop wäre perfekt für eine vorgelagerte Versorgungs-basis?«

»Das war vielleicht der ursprüngliche Gedanke«, sagte Stan-forth, »aber die Allianz hat überall um den Planeten Orbitalmi-nen platziert. Jetzt kommt da nicht mal eine Abwurfkapsel mehr heil durch.«

Johns Magen zog sich zusammen. Das war das Letzte, womit er gerechnet hatte. »Können wir ihr eine Nachricht zukommen las-sen? Sie muss erfahren, dass zum Zeitpunkt unserer Evakuierung noch Allianzkrieger auf Netherop waren. Sie könnten dort noch immer aktiv sein.«

»Wir haben es versucht«, berichtete Stanforth. »Leider können wir nicht ermitteln, ob sie die Botschaft auch erhalten hat. Aber falls ja, dann wird sie garantiert Jagd auf diese Krieger machen. Petrov ist zäh wie Schuhleder.«

»Ich weiß, Sir«, erwiderte John. Er versuchte noch immer, sei-ne Überraschung zu verwinden. »Das ist das Letzte, was ich er-wartet habe.«

»Sie sehen also, wie sehr das die Situation des Commanders verändert«, ergriff Stone die Gelegenheit. »Falls Commander Pe-trov durch eine List dazu gebracht wurde, auf Netherop zu blei-ben ...«

»Lieutenant – *es reicht*. Sie hat sich freiwillig gemeldet.« Coles Ton wurde härter. »Das haben wir bereits festgestellt und alle wid-rigen Umstände im Universum werden nichts daran ändern.« Er nickte Nett zu. »Commander?«

Stone sank vor Wut schäumend auf seinem Stuhl zurück, und Stanforth bedachte John mit einem vernichtenden Blick, der ihn verzweifelt wünschen ließ, er würde seinen Helm mit dem ver-spiegelten Visier tragen.

Nett fragte: »Master Chief ... haben Sie die Verstoßenen zu ir-gendeinem Zeitpunkt gebeten, Linda-058 bei einem Kampfein-satz zu helfen?«

433

»Die Details unterliegen der Geheimhaltung, Ma'am«, erwiderte John. »Aber ja, ich kann bestätigen, dass ich eine entsprechende Bitte an sie gerichtet habe.«

»Und? Haben sie Linda-058 geholfen?«

»Ja, Ma'am.«

»Obwohl sie sich dadurch selbst großer Gefahr aussetzten?«

»Ich war nicht dabei, Ma'am«, sagte John. »Aber ja. Soweit ich weiß, war es eine gefährliche Situation.«

»Ich verstehe.« Nett drehte den Kopf zu Cole. »Und was haben Sie ihnen im Gegenzug für ihre Hilfe versprochen?«

Stanforth beugte sich vor. »Es ist egal, was er versprochen hat. Ein Master Chief ist immer noch ein Unteroffizier und Unteroffiziere können keine Versprechen im Namen des UNSC machen.«

Jetzt musste John einen bösen Blick von Roselle über sich ergehen lassen. Allmählich begriff er aber, warum Stanforth versuchte, Druck auf ihn auszuüben. Die Verstoßenen hegten offensichtlich Sympathien für die Aufständischen, und nach allem, was sie über die Fähigkeiten der Spartans erfahren hatten, wollte ONI sie nicht einfach so in die Galaxie hinausziehen lassen.

Verständlich – aber unbedeutend.

Cole nickte John zu. »Beantworten Sie die Frage, mein Sohn.«

Mein Sohn. Er hasste es, so genannt zu werden. Aber wenn jemand ein Recht darauf hatte, dann Cole. »Ja, Sir.« John wandte sich wieder an Nett. »Ich versprach ihnen eine *Sharpfin*-Korvette ...«

Stanforth keuchte. »Eine *Sharpfin?* Haben Sie den Verstand verloren?«

»Ich bin sicher, irgendwo lässt sich noch eine auftreiben«, sagte Cole. »Was noch, Master Chief?«

»Dass das UNSC sie zu einem Planeten ihrer Wahl bringt, damit sie dort leben können«, fuhr John fort, »selbst wenn er unter der Kontrolle der Aufständischen steht.«

Stanforth blickte Cole an. »Sie sehen das Problem, oder?«

»Beruhigen Sie sich«, bat der UNSC-Admiral. »Wir wissen ja noch gar nicht, ob es überhaupt ein Problem gibt.«

Stanforth wandte sich an Samson. »Sag uns, wo ihr gern leben wollt.«

Es war Roselle, die antwortete. »Auf Gao. Wir haben gehört, das ist eine freie Welt.«

Cole verzog das Gesicht. John wusste, warum: Auf Gao herrschte praktisch offene Rebellion gegen die Erdregierung – und das, obwohl sich die Invasionstruppen der Allianz bereits ihrem Sektor näherten.

»Ich würde sagen, jetzt haben wir ein Problem«, grollte Stanforth. »Gao ist der Heimatplanet von Hector Nyeto.«

Allein die Erwähnung des Namens reichte aus, um John die Zähne zusammenpressen zu lassen. Hector Nyeto war ein Verräter und ein Spion der Aufständischen. Vor ein paar Monaten hatte er versucht, John und elf weitere Spartans während ihres ersten großen Einsatzes gegen die Allianz zu töten. Nachdem sie ihn enttarnt hatten, war Nyeto mit drei Prowlern der *Razor*-Klasse geflohen. Den jüngsten Informationen zufolge versteckte er sich nun in den Dschungeln von Gao, außer Reichweite des ONI.

Dennoch konnte John seine Verblüffung nicht verbergen und Dr. Halsey schlug sich mit der flachen Hand gegen die Stirn. Nur Lieutenant Commander Nett wirkte unbeeindruckt.

»Na und?«, sagte sie. »Sagen wir, Nyeto ist *wirklich* auf Gao. Das bedeutete doch nur, dass die Aufständischen dort bereits vom SPARTAN-II-Programm wissen. Welchen Unterschied macht es da noch, wenn sich Samson, Roselle und ihre Freunde dort niederlassen? Was die Verstoßenen von Netherop über die Spartans erfahren haben, ist nichts, verglichen mit Nyetos Wissen.«

»Das Programm hat sich weiterentwickelt, seit Nyeto uns bespitzelt hat.« Stanforth sprach mit leiser Stimme, aber ganz sicher nicht, weil er vorhatte, nachzugeben.

»Und Sie glauben, Personen, die seit drei Generationen über offenem Feuer kochen und nach Wasser graben, haben ein Verständnis von diesen Entwicklungen?«, konterte Nett. »Nachdem sie weniger als einen Tag mit den Spartans verbracht haben? Ist das Ihr Ernst?«

Stanforth schüttelte den Kopf. »Wir können nicht darüber urteilen, was sie verstehen.«

»Ich denke schon. Aber wenn es Sie beruhigt, werden Samson und Roselle gern versprechen, alles, was sie über die Spartans erfahren haben, geheim zu halten.« Sie blickte zu Roselle hinüber. »Richtig?«

»Klar doch.« Roselle nickte enthusiastisch. »Wenn John sein Versprechen einhält, tun wir das auch. Wir werden niemandem von ihm und seinen Riesenfreunden erzählen. Ihr habt unser Wort.«

Stanforth blickte zur Decke hoch, aber Cole wollte das Angebot nicht so einfach abtun.

»Was denken Sie, John?«, fragte er. »Können wir ihnen vertrauen?«

Er musste nicht mal darüber nachdenken. Die Verstoßenen waren durch und durch verschlagen, aber sie hatten ihr Leben aufs Spiel gesetzt, um ihre Abmachung mit den Spartans einzuhalten. Wenn John sich nicht ebenso ehrenhaft verhalten konnte, nachdem er sein Wort gegeben hatte … wofür kämpfte er dann überhaupt?

Er blickte zu Samson und Roselle hinüber, bis beide unmerklich nickten. Dies war eine Abmachung nur zwischen ihnen; das UNSC hatte nichts damit zu tun. Anschließend richtete John sich wieder an Cole.

»Wenn sie sagen, dass sie niemandem von den Spartans erzählen werden, dann glaube ich ihnen.«

»Sehr gut. Damit ist die Sache entschieden.« Cole wandte sich an die beiden Verstoßenen. »Wir werden euch nach Gao bringen, sobald wir einen Weg finden, der nicht in einem zweiten Krieg endet.«

»Mit unserer *Sharpfin*?«, hakte Samson nach.

»Natürlich.« Cole nickte. »Aber erst mal müssen wir eine auftreiben.«

»Nicht so schnell.« Stanforth hob einen Finger. »Eines würde ich gern noch klarstellen.«

»Ist doch schon alles klar«, brummte Samson.

»Wir haben Agenten auf Gao«, fuhr Stanforth ungerührt fort. »Wir wissen, was dort passiert. Und wenn wir auch nur das leiseste Gerücht über die Geschehnisse auf Netherop hören, werden wir euch finden und diesen Gerüchten ein Ende machen. Ein für alle Mal.«

Roselle blieb gelassen. »Du musst dir keine Sorgen machen. Wir halten unser Versprechen an John.« Sie stemmte die Arme auf den Tisch und beugte sich vor. »Aber für jemanden mit deinem Job bist du ein lausiger Lügner. Wenn ihr auf Gao an jemanden rankommen könntet, wäre dieser Nyeto, auf den ihr alle so wütend seid, doch schon längst tot.«

Stanforths Augen blitzten, und einen Moment lang befürchtete John schon, dass Roselle gerade ihre Abmachung ruiniert hatte. Doch dann schmunzelte der Admiral, und als er sich auf seinem Stuhl zurücklehnte, kam ein lautes Lachen über seine Lippen.

»Nun gut, Miss Roselle.« Er stand auf, ging um den Tisch herum und hielt ihr die Hand hin. »Wir sind im Geschäft.«

Roselle starrte seine Hand einen Moment lang an, dann griff sie zögernd danach. »Gib uns keinen Grund, das zu bereuen. Sonst werden wir *dich* finden, und das würde dir nicht gefallen.«

Stanforth grinste. »Danke für die Warnung, Miss Roselle.« Sie schüttelten einander die Hände, dann wandte er sich zu Nett um. »Ich glaube, wir sind hier fertig, Commander. Wegtreten.«

Nett erhob sich mit einem Lächeln und berührte die beiden

Verstoßenen an der Schulter. »Kommt. Ich begleite euch zu euren Zimmern.«

Samson blinzelte verwirrt. »Wir haben *gewonnen?*«, staunte er. »Vor einem UNSC-Gericht?«

»Untersuchungsausschuss«, korrigierte Cole. »Da gibt es einen Unterschied. Aber ja … Ihr habt gewonnen. Dafür könnt ihr euch beim Master Chief bedanken.«

Nett führte die beiden bereits zu Johns Ende des Tisches.

Als sie vor ihm stehen blieben, flüsterte Roselle: »Danke, John.« Sie nahm seine Hände in die ihren, dann fügte sie hinzu: »Du wirst uns doch besuchen kommen, oder?«

»Natürlich«, sagte er. »Nur vielleicht nicht auf Gao. Das Letzte, was wir im Moment brauchen, ist ein weiterer Krieg.«

In dem Wadi unter ihnen saß eine Frau allein in der langen Nacht von N'ba und röstete Pflanzentriebe über einem offenen Feuer. Ihr schmales Gesicht wurde von wirrem blutbraunem Haar eingerahmt, und ihre müden Augen schien sie nie von den kleinen Spießen abzuwenden, die sie regelmäßig über den niedrigen Flammen wendete.

Wie lange die Frau schon so dasaß, vermochte Nizat 'Kvarosee nicht zu sagen. Er wusste nur, dass es bereits dunkel gewesen war, als sie hergekommen war und ihr Feuer entzündet hatte. Und dass sie seitdem zehn große Taschen mit gerösteten Pflanzentrieben gefüllt hatte. Vielleicht dauerte der Prozess zwei Einheiten, vielleicht auch zwanzig – Nizat konnte es nicht deutlich genug sehen, aber es interessierte ihn auch nicht. Auf N'ba war Zeit bedeutungslos. Tag folgte auf Nacht, Nacht auf Tag, eine endlose Wiederholung aus Licht und Dunkelheit und dann wieder Licht. Ohne Sinn. Ohne Entkommen.

Wie auch?

Nur ein Narr würde versuchen, dem Willen der Götter zu entkommen. Sie hatten Nizat aus einem Grund von seinem geliebten Sanghelios, seinem Klan und dem Turm seiner Ahnen fortgeführt, hierher nach N'ba. Wenn er das nicht sehen konnte, dann war er blind, nicht sie.

Er wusste über die Frau nur, dass sie gemeinsam mit den anderen Menschen hergekommen sein musste, um die *Steadfast Strike* zu bergen. Danach hätte sie den Planeten nicht mehr betreten können – der Stille Schatten hatte gewiss einen Ring aus selbst lenkenden Plasmatorpedos im Orbit um den Planeten zurückgelassen, damit Nizat nicht von einem loyalen Schiffsmeister gerettet werden konnte. Er hätte in so einer Situation nicht anders gehandelt. Außerdem war es die einzig logische Erklärung für die fünf Feuerbälle, die seit dem Abflug der Flotte der schnellen Gerechtigkeit vom Himmel gefallen waren.

Nizat war sicher, dass es sich bei keinem dieser Feuerbälle um die *Quiet Faith* gehandelt hatte. Qoo 'Weyodosee war ein zu großer Feigling, um unter den wachsamen Augen des Stillen Schattens eine Rettungsmission zu riskieren. Wahrscheinlicher war da schon, dass er mehr Schiffe um sich scharen und die Luminalfeuer aktivieren würde, um ONI zu zerstören und sich so die Gnade der Hierarchen zu sichern.

Sein Erfolg wäre auch Nizats einzige Hoffnung auf Erlösung. Wenn die Götter sahen, dass *seine* Planung und Inspiration der Schlüssel zu 'Weyodosee Triumph waren, würden sie ihm seine früheren Fehler womöglich verzeihen und ihren getreuen Diener einmal mehr auf dem Pfad der göttlichen Transzendenz willkommen heißen. Zugegeben, angesichts von 'Weyodosees Ängstlichkeit und seinem Mangel an Mut war es nur eine schwache Hoffnung – aber immer noch besser, als gar nicht hoffen zu können. Denn in seiner gegenwärtigen Lage war Hoffnung alles, was Nizat noch blieb. Hoffnung und Glaube.

Seine Gedankengänge wurden unterbrochen, als Tam 'Lakosee zu ihm trat. Ebenso wie die anderen Sangheili, die auf N'ba zurückgelassen worden waren, wirkte auch der loyale Adjutant inzwischen so abgemagert wie ein Skelett, und seine Haut war fahl und schuppig geworden. 'Lakosee ging neben Nizat in die Hocke und starrte in das Wadi hinunter, wo die Frau ihr Lagerfeuer entzündet hatte.

»Wir müssen zuschlagen, Weltenmeister«, flüsterte er. »Bald wird es hell und dann verlieren wir unseren Vorteil.«

Nizat beobachtete weiter die Frau. Sie trug eine Pistole an der Hüfte und eine langläufige Waffe, die sie stets in Reichweite hielt, lehnte an einem nahen Felsen.

Nach einem Moment flüsterte Nizat. »Woher willst du das wissen?«

»Dass wir den Vorteil verlieren?«

»Dass es bald hell wird?«

»Es ist schon lange dunkel.«

»*Wie* lange?«, fragte Nizat. »Die Dunkelheit hier ist grenzenlos, und es gibt nichts, womit wir die Einheiten messen könnten. Also frage ich dich erneut: Woher willst du es wissen?«

'Lakosees Ton wurde gereizt. »Ich weiß es, weil ich hungrig bin. Du etwa nicht?«

»Ah.« Nizat starrte weiter zu der Frau hinunter. Falls sie 'Lakosees Zischen gehört hatte, ließ sie es sich nicht anmerken; sie drehte nur weiter ihre Spieße über dem Feuer. »Dann haben uns die Götter diesen Menschen also geschickt, weil du Hunger hast?«

»Die Götter oder das Schicksal ... oder was auch immer«, erwiderte 'Lakosee. »Wir haben Hunger, außerdem brauchen wir Waffen und Wasserschläuche. Sie kann uns das alles geben.«

»Vielleicht«, murmelte Nizat. »Ich frage mich, was *sie* wohl braucht?«

»Warum interessiert dich das?«

»Wenn sie wirklich von den Göttern geschickt wurde, dann dürfen wir ihr Geschenk nicht vergeuden, *deshalb*.«

»Und wenn sie das Schicksal hierher verschlagen hat?«

»Vertraue niemals auf das Schicksal«, ermahnte Nizat ihn. »Es ist nur eine Ausrede für schlechte Planung.«

'Lakosee klackte frustriert mit den Mandibeln. Selbst jetzt drehte die Frau sich nicht um.

»Wir haben Hunger, Weltenmeister. Sie hat nicht mehr viel Fleisch auf den Knochen, aber es reicht. Und wenn du nichts davon willst, dann holen wir sie uns eben ohne ...«

»Verrate mir, Tam: Wie viele Pflanzentriebe kann eine Frau essen?«

»Das sind Tränentriebe«, entgegnete 'Lakosee. »Wenn man sie röstet, bleiben sie lange Zeit genießbar.«

»Richtig.« Nizat machte eine Pause. »Und wie viele Taschen mit Tränentrieben kann eine Frau tragen?«

»Keine zehn.« 'Lakosee verstummte eine Weile, dann sagte er: »Vielleicht sollten wir sie noch ein wenig beobachten. Sie könnte Freunde haben, die sich in der Dunkelheit verbergen.«

»Ein guter Gedanke«, lobte Nizat. »Und während wir warten, erschließt sich uns vielleicht der wahre Grund, warum uns die Götter dieses Geschenk in den Schoß gelegt haben.«

»Ich sage es nur ungern, aber ...« 'Lakosee sank auf die Knie. »Aber ich habe Angst, dass die Götter sich von uns abgewendet haben könnten.«

»Das ist auch meine Sorge, Tam.« Nizat legte seinem Adjutanten eine Hand auf die Schulter. »Und darum ... bete ich.«

DANKSAGUNG

Ich möchte allen danken, die zu diesem Buch beigetragen haben, insbesondere meiner ersten Leserin Andria Hayday, meinem Editor Ed Schlesinger, unserem Korrektor Joal Hetherington, unserer Lektorin Susan Rella; Jeremy Patenaude, Tiffany O'Brien, Jeff Easterling und all den anderen großartigen Leuten bei 343, und Christopher McGrath, von dem das Titelbild stammt. Ihr seid die Besten!

HALO
STILLER STURM
EIN MASTER-CHIEF-ROMAN

HALO: STILLER STURM
Ein Master-Chief-Roman
18,– €, ISBN 978-3-8332-4265-6

JETZT NEU IM BUCH- HANDEL

Band 1 einer neuen spektakulären Romanreihe basierend auf einem der erfolgreichsten Science-Fiction-Videogames aller Zeiten. Seit 2001 begeistert die spektakuläre Xbox-Saga um den Kampf der Menschheit gegen eine schier übermächtige Allianz von Außerirdischen die Videogame-Community weltweit. Hier werden die allerersten Missionen des noch jungen Supersoldaten John-117 erzählt, den jeder Gamer als den Master Chief kennt.

PANINI BOOKS
www.paninibooks.de

AUROBOROS
DIE WINDUNGEN DER SCHLANGE

Die von Chris Metzen, dem legendären
World of Warcraft-Entwickler, geschaffene neue Fantasywelt

AUROBOROS – DIE WINDUNGEN
DER SCHLANGE: Rechtbrand
Weltenbuch, 49,– €, ISBN 978-3-8332-4270-0

AUROBOROS –
DIE WINDUNGEN
DER SCHLANGE:
Unter der Sonne
Roman, ISBN 978-3-8332-4271-7

Uralte Magie fließt durch die schmutzigen Straßen von Rechtbrands geschäftigen Handelsstädten. Spannungen zwischen der herrschenden sularischen Kirche und einer neuen Generation von Abenteurern drohen einen Flächenbrand gesellschaftlicher Umbrüche zu entfachen.

Dieses Buch gibt Spielern und Spielleitungen alle Werkzeuge an die Hand, die sie benötigen, um ihre eigenen 5E-Abenteuer in dieser epischen Fantasy-Welt zu erschaffen.

JETZT NEU IM BUCHHANDEL

www.paninibooks.de

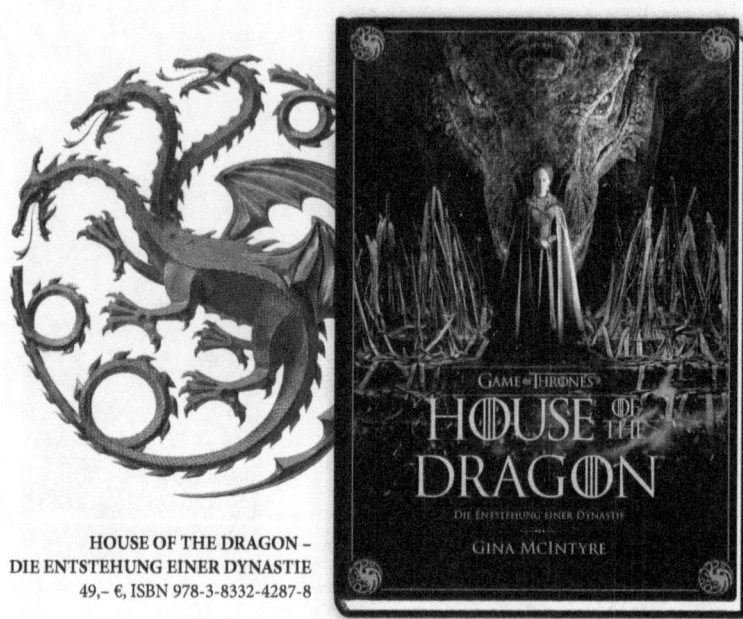